LUCCA MÜLLER
Fräulein Schopenhauer und die Magie der Worte

Lucca Müller

Fräulein Schopenhauer und die Magie der Worte

Roman

Lübbe

Die Bastei Lübbe AG verfolgt eine nachhaltige Buchproduktion. Wir verwenden Papiere aus nachhaltiger Forstwirtschaft und verzichten darauf, Bücher einzeln in Folie zu verpacken. Wir stellen unsere Bücher in Deutschland und Europa (EU) her und arbeiten mit den Druckereien kontinuierlich an einer positiven Ökobilanz.

Originalausgabe

Dieses Buch wurde vermittelt von der Literaturagentur erzähl:perspektive, München (www.erzaehlperspektive.de)

Copyright © 2023 by Bastei Lübbe AG,
Schanzenstraße 6–20, 51063 Köln

Textredaktion: Claudia Schlottmann, Berlin
Umschlaggestaltung: Christin Wilhelm, www.grafic4u.de
unter der Verwendung von Motiven von © Richard Jenkins Photography
und © shutterstock: Iryna Mukovoz | Stiva Urban | Chipmunk131
Satz: GGP Media GmbH, Pößneck
Gesetzt aus der Adobe Caslon
Druck und Verarbeitung: GGP Media GmbH, Pößneck

Printed in Germany
ISBN 978-3-404-19188-8

1 3 5 4 2

Sie finden uns im Internet unter luebbe.de
Bitte beachten Sie auch: lesejury.de

*Der vorliegende Roman handelt
vom Leben der Adele Schopenhauer,
erhebt aber keinen Anspruch auf historische Wahrheit.
Vieles ist frei erfunden.*

1 *Aufbruch*

Adele, Winter 1805

Der Vater stand in der offenen Ladeluke oben im Speicher. Seine hagere Gestalt verdeckte den Blick auf den hölzernen Hebekran, mit dessen Hilfe die Waren von den Schiffen unten auf dem Fleet vier Stockwerke hoch in den Lagerraum gehievt wurden. Er wandte Adele den Rücken zu und blickte in die Tiefe. Sie wunderte sich, dass er sich nicht festhielt. Seine Arme baumelten lose neben dem Körper. Nun beugte er sich vor und streckte die Arme nach hinten, wie um das Gleichgewicht zu halten. Er schien unten etwas zu suchen. Plötzlich hatte sie Angst um ihn. Am Abgrund zu stehen, war gefährlich. Wenn die Ware gelöscht wurde, achtete der Vater stets darauf, dass die Lagerhelfer gesichert waren. Sie selbst durfte nie auch nur in die Nähe der Luke kommen, die so groß war, dass drei Männer aufrecht nebeneinander arbeiten konnten.

Sie hatte den Drang, ihn zu warnen, doch sie rang den Impuls nieder. Den Vater sprach man nicht an, das hatte die Mutter ihnen eingeschärft. Man wartete, bis man zum Reden aufgefordert wurde, was in letzter Zeit nur noch selten geschah. Der Vater flößte ihr zunehmend Scheu ein, dabei war sie früher sein Liebling gewesen. Er war sanfter zu ihr als zu Arthur oder selbst zur Mutter und hatte ihr oft Geschenke mitgebracht. Seit der langen Reise benahm er sich aber seltsam. Er beachtete sie kaum noch, starrte meist nur missmutig vor sich hin. Die Mutter beteuerte, es liege nicht an ihr. Den Vater plagten Sorgen. Bei den Mahlzeiten saß er schweigend am Kopfende, die Stirn in Falten gelegt. Adele hätte ihn gerne aufgeheitert, aber sie getraute sich nicht. Selbst ihr großer Bruder, der sich sonst nie einschüchtern ließ, blieb stumm. Lediglich die Mutter plauderte unentwegt, wobei der Vater meist gar nicht zuhörte. Manchmal nickte er an den falschen Stellen. Sobald er fertig gegessen hatte, stand er auf und zog sich in sein Schlafzimmer zurück.

Unschlüssig stand Adele im riesigen Lagerraum. Eigentlich hätte sie gar nicht hier sein dürfen. Seit Arthur beim Spielen die Seidenballen ruiniert hatte, war ihnen der Speicher untersagt.

Mehr noch als die Strafe des Vaters fürchtete sie die Gespenster. Hier oben spukte es. Die Geister flüsterten miteinander, man konnte sie hören. Einmal hatte eine eisige Hand sie rücklings an der Schulter gepackt, worauf sie schreiend weggerannt war. Da hatten die Gespenster eine Teekiste vom obersten Regalbrett geworfen. Nur um Haaresbreite hatte das Geschoss sie verfehlt. Seitdem wagte sie sich nicht mehr unters Dach. Aber heute hatte sie nicht widerstehen können. Das Schokoladenkonfekt war eingetroffen. Drei Kisten, frisch aus Belgien. Erst ein einziges Mal hatte sie davon naschen dürfen, an ihrem siebten Geburtstag. Den köstlich süßen Geschmack spürte sie heute noch auf der Zunge, nach über einem Jahr. Wenn sie ganz vorsichtig war, würden die Geister sie nicht bemerken, und der Vater auch nicht.

Sie raffte ihr Kleid zusammen, damit es nicht am Boden raschelte. Lautlos schlich sie durch den Speicherraum auf die Kisten mit dem Konfekt zu, die kleiner und aus besserem Holz waren als die anderen. Adele sah sie schon, sie standen an der Wand, einige Schritte neben der Öffnung, von deren Kante aus der Vater noch immer nach unten starrte. Beinahe war sie am Ziel, da knarrte ein Dielenbrett unter ihren Füßen. Reglos hielt sie den Atem an. Aber der Vater hatte sie schon bemerkt. Er wandte sich um. Sie zog den Kopf ein, ihre Hände umklammerten ihre Ellenbogen. Sein Blick senkte sich in ihre Augen. Um dem Donnerwetter zuvorzukommen, stammelte sie eine Entschuldigung, doch die Art, wie der Vater sie ansah, ließ sie verstummen. Diesen Ausdruck hatte sie noch nie an ihm gesehen. Als wäre er gar nicht hier, sondern unerreichbar fern, in einer anderen Welt, die nur noch fadendünn mit dem Diesseits verbunden war. Sie erschrak: Das war ja ein Geist!

Panisch rannte sie zum Ausgang und rüttelte an der Tür, die wieder einmal klemmte. Sie warf sich dagegen, doch der Fluchtweg blieb verschlossen. Den Tränen nahe, drehte sie sich um, erwartete grauenerregend kalten Gespensteratem in ihrem Nacken, meinte schon, die eisigen Hände zu spüren, die sie an der Schulter packten. Doch das Gespenst in Gestalt ihres Vaters wandte sich wieder von ihr ab. Mit dem Rücken zu ihr verharrte es wie festgenagelt in der Ladeluke. Sein Umriss zeichnete sich gegen das Abendrot ab. Adele fand es seltsam, dass das Gespenst nicht durchsichtig war. Es sah einem echten Menschen zum Verwechseln ähnlich. Statuenhaft unbewegt ragte es in der Öffnung auf. Die Haare, grau wie die des Vaters, flatterten im Wind.

Etwas an dem Anblick zog Adele in den Bann. Sie vergaß, dass sie eben noch hatte fliehen wollen. Mit einem Mal verschwand ihre Angst, und ein unbestimmtes Gefühl von Erwartung erfasste sie. Das Wesen flüsterte, ein leises Murmeln, fast wie ein Gebet. Der Vater würde niemals beten, er glaubte nicht an Gott. Das Gespenst breitete die Arme aus. Im Gegenlicht erinnerte es an einen Priester beim Segen. Plötzlich flog es los. Kerzengerade kippte es nach vorne, erst langsam, dann schneller, wie eine umstürzende Säule. Zuletzt lösten sich die Füße vom Grund, dann wurden auch sie unsichtbar. Von dem Geist blieb nur ein dünner Nebelstreif zurück, der vom Wind davongeblasen wurde.

Plötzlich ließ die Tür sich wieder öffnen. Benommen stieg Adele die Treppen hinunter. Das Herz klopfte ihr bis zum Hals.

Auf dem Absatz oberhalb der Wohnräume sank sie auf die Stufen. Die Ellenbogen auf die Knie gestützt, fragte sie sich, was sie gerade gesehen hatte. War es Einbildung gewesen? Ihr Französischlehrer sagte immer, sie habe zu viel Fantasie. Das sei nicht gut für ein Mädchen, meinte er. Wenn sie ihrer Mutter davon erzählte, zwinkerte die ihr verschwörerisch zu. »Monsieur Jacques beherrscht seine Sprache, aber sonst versteht er nicht viel.«

»Da steckst du!« Adele erschrak. Sophie, das Kindermädchen, stand vor ihr. »Ich habe dich schon gesucht. Du musst die Hände waschen. Es gibt gleich Abendessen.«

»Ich war nicht auf dem Speicher!« Sie errötete, kaum dass sie es gesagt hatte. Man durfte nicht lügen.

Die rundliche Frau mit dem freundlichen Gesicht musterte sie aufmerksam. »Ist alles in Ordnung, Kind?«

Sophie war kein gewöhnliches Kindermädchen. Sie konnte Gedanken lesen, jedenfalls ihre Gedanken. Adele konzentrierte sich auf die Astlöcher in den Bodendielen und versuchte, das Erlebte aus dem Kopf zu verbannen.

Sophie setzte sich neben sie. Auch sie war Französin, aber viel netter als der Lehrer. »Du kannst mir alles sagen.«

Adele beschloss, ihr zu vertrauen. »Hast du schon mal ein Gespenst gesehen?«

»Du warst also doch auf dem Speicher.«

Sie nickte kleinlaut.

Sophie strich ihr beruhigend über die Wange. »Gespenster spuken nicht tagsüber.«

Das leuchtete ihr ein. Wenn es aber kein Geist gewesen war, sondern der Vater selbst, wieso war er dann plötzlich verschwunden?

Beim Abendessen blieb sein Platz am Kopfende des Tisches frei. Adele fasste sich ein Herz. »Wo ist Vater?«

»Er hütet das Bett«, sagte die Mutter. »Er fühlt sich nicht gut.«
Also hatte sie auf dem Speicher nicht ihn gesehen. Und auch keinen Geist. Was aber dann? Ihre Verwirrung wuchs.

»Ist kein großer Unterschied«, meinte Arthur und nahm sich einen Nachschlag vom kalten Braten.

Die Mutter wies ihn unerwartet heftig zurecht. »Sprich nicht so über deinen Vater!«

»Aber ist doch so.« Arthur blieb unbeeindruckt. »Er sitzt nur da und schweigt.«

»Darf ich ihn vor dem Schlafengehen kurz besuchen?«, fragte Adele.

»Lieber nicht«, erwiderte die Mutter. »Er könnte ansteckend sein.«

Am nächsten Morgen rief sie sie noch vor dem Frühstück zu sich. »Ich muss euch etwas Trauriges sagen, Kinder. Euer Vater ist tot.«

Sie standen am Bett des Vaters. Darin lag wächsern und fahl eine Gestalt, die ihm ähnelte und die doch nicht er war. Ein weißes Laken bedeckte das Wesen bis zur Brust. Darüber waren die Hände wie zum Gebet gefaltet. Niemand sagte etwas. Adele hielt sich dicht bei der Mutter. Die Gestalt gruselte sie. Nun war der Vater wirklich ein Gespenst. Jeden Moment erwartete sie, dass er plötzlich die eingesunkenen Augen aufriss. Der Mund stand bereits leicht offen.

Ihr Bruder Arthur zeigte auf einen Fleck, der sich um den Kopf herum auf dem Kissenbezug abzeichnete. »Wieso sind seine Haare nass?«

Verwirrt starrte Adele auf die grauen Strähnen. Tatsächlich glänzten sie feucht. Wurden Gespenster nass? »Vielleicht ist er ins Wasser gefallen«, murmelte sie ratlos.

Ihre Mutter wandte sich abrupt zu ihr um und musterte sie forschend.

Mit zusammengezogenen Brauen blickte der große Bruder die Mutter an. »Ich dachte, er war krank?«

»Das stimmt auch«, bestätigte sie. »Deshalb ist er gestern ja früher aus dem Kontor hochgekommen als sonst.«

Adele sah plötzlich wieder die wie zum Flug ausgebreiteten Arme der Gestalt auf dem Dachboden. »Die Speicherluke stand offen ...«, flüsterte sie.

Arthur starrte sie durchdringend an. »Was willst du damit sagen?«

Sie wusste jetzt gar nichts mehr. In ihrem Kopf war alles voller Nebel. Hilflos zuckte sie mit den Achseln.

»Was meint sie damit? Ist Vater gestürzt?«, fragte der Bruder die Mutter misstrauisch.

»Das Kind ist völlig verstört, Arthur. Merkst du das nicht?«

»Du hast meine Frage nicht beantwortet«, beharrte er. »Wie kommt sie darauf?«

»Nun hab doch Respekt, Arthur. Dort liegt euer Vater!«

Der Bruder verschränkte die Arme vor der Brust. »Ich will jetzt wissen, was passiert ist.«

»Nun gut.« Die Mutter lenkte ein. »Aber nicht hier.«

Im Salon nahmen sie Platz vor dem Kamin. Arthur wippte rastlos mit dem Knie. »Also?«

Die Mutter schürte das Feuer und blickte sie dann beide fest an. »Vater ging es schon länger nicht gut. Das Herz, sagt der Arzt. Ihm war auch oft schwindelig.«

»Davon höre ich zum ersten Mal.«

»Du kennst doch deinen Vater. So etwas gibt er nicht zu. Aber auf der Reise nach England hättest du es merken können. Es ging dabei auch um Luftveränderung, um Kur.«

»Und weiter?«

»Nichts hat geholfen, der Ortswechsel nicht und auch nicht die Tinkturen. Gestern war ihm so elend, dass er sich hinlegen musste. Trotzdem hat er sogar noch im Bett gearbeitet. Es gab eine Ungereimtheit in den Büchern. Also ist er abends noch einmal hoch ins Lager, um eine Lieferung zu überprüfen. ›Bis gleich‹, hat er zu mir gesagt.« Die Mutter machte eine Pause, ihre Unterlippe zitterte. »Aber er ist nicht zurückgekommen.«

Wieder blitzte das Bild der Gestalt mit den ausgebreiteten Armen vor Adeles innerem Auge auf. »Vielleicht habe ich ihn gesehen«, flüsterte sie.

»Das ist unmöglich, Liebes.« Die Mutter schenkte ihr ein bemühtes Lächeln. »Da hast du schon tief und fest geschlafen.«

»Wirklich?« Das Bild verschwand wieder, ehe sie es genau betrachten konnte.

»Aber ja, mein Schatz.« Die Mutter strich ihr mit der Hand über den Kopf. »Das hast du geträumt. Ich war spät noch mal bei dir im Zimmer. Du hast im Schlaf gesprochen, wolltest sogar aufstehen. Ich hab dich zugedeckt, dann hast du weitergeschlafen.« Sie blickte sie liebevoll an. »Ich weiß, wir sind alle durcheinander, aber du darfst dir das nicht einreden.«

Nur ein Traum also. Wenn ihre Mutter das sagte, musste es so gewesen sein. Jetzt meinte Adele, sich daran zu erinnern, wie die Mutter nachts an ihrem Bett stand. Sie war gar nicht wirklich auf dem Speicher gewesen.

»Was ist dann passiert?« Arthur ließ nicht locker.

»Danach?« Mit trübem Blick schüttelte die Mutter den Kopf. »Ich weiß es nicht. Er muss das Gleichgewicht verloren haben. Heute Morgen hat man ihn am Hafen aus dem Wasser gezogen. Sie konnten ihm nicht mehr helfen.«

Der Bruder bohrte immer weiter. »Wieso stand er in der Luke, wenn er Waren zählen wollte? Weshalb war die Luke überhaupt offen?«

»Die Kisten waren frisch angeliefert. Sie standen direkt dort am Rand. Er muss einen Schwindelanfall gehabt haben, ich habe sonst keine Erklärung. Er ist plötzlich zusammengesackt und gestürzt. Leute haben es von unten mit angesehen. Ihr könnt sie fragen.«

»Er ist einfach so hinausgefallen?«

Die Mutter nickte bedächtig. »Ein entsetzlicher, trauriger Unfall.«

Arthur schwieg nachdenklich.

Adele schmiegte sich an die Mutter. Der Vater war gestorben, während sie von ihm geträumt hatte. Ein grässlicher Gedanke trieb ihr einen Schauder den Rücken hinunter: Was, wenn sein Geist sie im Augenblick des Todes besucht hatte?

Die Mutter drückte sie an sich. »Wir müssen jetzt zusammenhalten.«

Adele hörte den ruhigen, stetigen Herzschlag der Mutter und dachte an den Vater, dessen Herz nun nicht mehr schlug. Gestern hatte er noch mit ihr am Frühstückstisch gesessen. Sie hatte ihm den Brotkorb gereicht, er hatte aufgeblickt und ihr ganz unerwartet ein freundliches Lächeln geschenkt, so wie früher, als sie noch sein Liebling war.

Ein merkwürdiges Geräusch riss sie aus den Gedanken. Es kam von der anderen Seite des Zimmers. Arthur stand dort und starrte aus dem Fenster. Er atmete komisch. Seine Schultern zuckten. Jetzt legte er die Hände vors Gesicht, und ihr wurde klar, dass er schluchzte. Mit einem Mal schossen auch ihr die Tränen in die Augen. Nie wieder würde sie mit dem Vater beim Frühstück sitzen. Nie wieder würde er ihr zulächeln. Der Raum um sie herum wurde plötzlich grau, die Wände dehnten sich aus und schrumpften wieder, alles begann, sich zu drehen. Adele klammerte sich an ihrer Mutter fest, doch das änderte nichts. Ihr war, als habe sie jeden Halt verloren.

Johanna, Winter 1805

Sie suchte sein bestes Gewand heraus. Heinrich sollte wieder der Mann sein, den sie geheiratet hatte. Sie klingelte nach dem Diener, überreichte ihm Brokatweste und Gehrock und bat, er möge sie rufen, wenn alles hergerichtet sei. Der Diener verschwand stumm im benachbarten Schlafgemach. Gegen ihren Willen folgte sie ihm mit dem Blick, wanderten ihre Augen zu dem reglosen Umriss unter dem weißen Laken. Durch die halboffene Tür sah sie nur die Beine, die Füße ragten sinnlos in die Höhe, bildeten ein kleines Zelt mit zwei Spitzen, die wie Zuckerhüte aussahen. Schnell wandte sie sich ab.

»Schließen Sie die Tür«, befahl sie.

Allein im engen Ankleidezimmer ihres Mannes, atmete sie den unverwechselbaren Duft von Tabak und Lavendel ein, den Heinrichs Leibwäsche verströmte. Der Marmorkopf, der seine altmodische Stutzperücke aus Rosshaar trug, starrte sie aus toten Augen an. Johanna ließ sich auf die Chaiselongue sinken, auf der noch sein zerknülltes Nachthemd lag. Man hatte sie im Morgengrauen aus dem Schlaf gerissen. Seitdem hatte sie nur eine Tasse Tee getrunken, und noch immer würde sie keinen Bissen herunterbekommen. Tränen weinte sie nicht. Doch auch wenn sie alles vorausgeahnt hatte, fühlte sie sich bis in die Haarspitzen erschüttert.

Sie hatte das Menschenmögliche versucht, aber das Unglück hatte sich nicht aufhalten lassen. Seit Langem schon war Heinrich nicht mehr der furchtlose, für seine Rechtschaffenheit und Urteilskraft hochangesehene Handelsherr gewesen, dem sie als Achtzehnjährige die Hand gereicht hatte. Mechanisch strich sie sein Nachthemd glatt und dachte an die Zeit in Danzig zurück. Wie unbeschwert sie gewesen waren! Auch er, jedenfalls hatte sie es damals geglaubt.

Das Jahr 1785 stand ihr vor Augen, als wäre es heute: Frisch in die Gesellschaft eingeführt, tanzte sie leichtfüßig durch ihr junges Leben, hüpfte in Seidenkleidern von Ball zu Ball. Nach einem klirrend kalten Winter hatten im Frühjahr die Promenadenkonzerte begonnen. Gewärmt von der noch sanften Sonne, flanierte sie nach dem Tee am Ufer der Weichsel entlang, begrüßte hier und dort Bekannte, spazierte weiter zum Konzertpavillon, ließ sich eine Erfrischung bringen und lauschte der Musik. Meistens wurde sie von einer Freundin aus dem Pensionat begleitet, das sie im Vorjahr beendet hatte. Tag für Tag begegnete ihnen ein hochgewachsener, fremder Herr mit eindrucksvollen Gesichtszügen. Jedes Mal, wenn er an Johanna vorbeiging, deutete er eine Verbeugung an. Anfangs hatte sie an eine Verwechslung geglaubt, aber bei der dritten Begegnung blickte sie ihm nach.

»Wer ist das?«, fragte sie ihre Freundin.

»Du kennst ihn nicht?«, lautete die erstaunte Antwort. »Das ist Herr Schopenhauer, der Republikaner. Alle sprechen von ihm. Während der Belagerung vor zwei Jahren, als die Preußen uns unterwerfen wollten, hat man versucht, ihn zu bestechen. Er sollte die Seiten wechseln, weil er so einflussreich war. Aber er hat sich geweigert. Sein Handelshaus ist unter der Hafenblockade beinahe bankrottgegangen, doch das freie Danzig war ihm wichtiger. Er hat sogar seine wertvollen Pferde geopfert, als es kein Futter mehr gab.«

»Ein stolzer Mann also.« Ihr Interesse war geweckt. »Und er betreibt ein Handelshaus?«

Die Freundin nickte. »Wie dein Vater, wieder sehr gut gehend übrigens. Fast ein Wunder, dass ihr einander noch nicht vorgestellt wurdet. Er verkehrt in unseren Kreisen, frag deine Eltern.«

Und in der Tat: Beim darauffolgenden Sonntagskonzert erschien Schopenhauer in Begleitung ihres Onkels.

»Welch ein Zufall«, raunte die Freundin ihr ins Ohr.

Johanna zog die Augenbraue hoch. Inzwischen war sie überzeugt, einen Verehrer zu haben. Sie wusste, sie war nicht unansehnlich, aber es schmeichelte ihr dennoch. Der Onkel stellte sie einander vor, und sie musterte Herrn Schopenhauer eingehend. Er war deutlich älter als sie, unter der Perücke schauten an den Schläfen graue Haare hervor. Aus der Nähe wirkte er noch größer. Trotz seiner Länge hielt er sich tadellos. Die selbstsicheren graugrünen Augen, der entschlossene Mund und die gebogene Nase vervollständigten das Bild eines Mannes, der seinen Wert kennt.

»*Enchanté*«, sagte er mit tiefer Stimme und schüttelte ihre Hand wie zu einem Vertragsabschluss. Ihre zierliche Hand verschwand fast in seiner Pranke.

»Sie dürfen loslassen«, erwiderte sie lächelnd und genoss den Anflug von Verlegenheit, den sie hervorrief.

Kurz darauf gab ihr Onkel, der sonst nie einlud, eine Gesellschaft. Den gesamten Abend über spürte sie den Blick von Herrn Schopenhauer auf sich ruhen. Nach dem Begrüßungstrunk flüsterte er ihrem Onkel etwas ins Ohr, woraufhin der zu ihr kam und sie bat, ein Lied vorzutragen. Sie zierte sich nicht, sondern setzte sich sogleich ans Klavier und stimmte *Das Veilchen* von Mozart an. Damals hatte sie einen schönen Mezzosopran. Schopenhauer trat näher, lauschte andächtig und blätterte die Noten um. Als sie geendet hatte, reichte er ihr ein Glas Wasser.

Am nächsten Tag ließ er seinen Besuch anmelden. Er wollte sie allein sprechen, sodass sie sich ausrechnen konnte, was er vorhatte. Als er vor ihr auf die Knie ging, geriet sie trotzdem aus der Fassung. Ihr war, als schwanke die Erde unter ihren Füßen.

Ähnlich wie jetzt und doch so anders, dachte sie traurig. Aus dem Nebenzimmer drangen beklemmende Geräusche an ihr Ohr. Der Diener bat eine Magd um Wasser für die Leichenwäsche. Johanna fröstelte. Sie versenkte sich wieder in ihre Erinnerungen, bevor der Jammer sie überwältigen konnte.

Damals hatte sie es ihm hoch angerechnet, dass er zuerst mit ihr sprach. Zu der Zeit war es üblich, beim Vater um die Hand der Braut anzuhalten. Doch Heinrich überließ ihr die Wahl. Er verstand ihren unabhängigen Charakter, ihren Stolz. Niemals hätte sie unter Zwang geheiratet. Aber so sagte sie ohne die übliche Bedenkzeit Ja.

Die Hochzeit war Stadtgespräch. Menschen aus den unteren Schichten drängten sich auf dem Kirchplatz, um einen Blick auf das Brautpaar zu erhaschen. Das Haus, über dessen Schwelle Heinrich sie trug, führte ihr vor Augen, dass sie zwar in Wohlstand, aber nicht in Reichtum aufgewachsen war. Besinnungslos verliebt, wie in früher Jugend in den Sohn des Hafenmeisters, war sie nicht. Für solche Gefühlsstürme war Heinrich zu gesetzt. Aber sie bewunderte ihn und war stolz, ihm anzugehören. Wenn ihr Gemahl und sie über die Promenade spazierten, grüßten selbst die einflussreichsten Bürger voller Respekt. Sie gaben ein schönes Paar ab, so gegensätzlich, wie sie waren. Er groß, hell und ernst, sie zierlich, flink und temperamentvoll, mit honigfarbenen Augen und haselnussbraunem Haar. Ihr Ehemann trug sie auf Händen. Selbst als sie längst verheiratet waren, brachte er ihr täglich frische Blumen mit. Den Altersunterschied empfand sie nicht als störend. Auch ihr Vater war älter als ihre Mutter. An Heinrichs leichte Schwerhörigkeit gewöhnte man sich schnell. Sie mochte es, wie er ihr den Kopf zuneigte und aufmerksam lauschte, wenn sie mit ihm sprach.

Es waren glückliche Monate, doch dann kam der Herbst. Heinrichs Stimmung verdüsterte sich, kaum merklich zunächst, mit den kürzer werdenden Tagen immer spürbarer. Er wurde schweigsam. Wo sie vorher angeregt geplaudert hatten, grübelte er nun dumpf vor sich hin. Sie wollte den Grund wissen, er zuckte mit den Achseln: »Melancholie. Gelegentlich bin ich mir selbst keine gute Gesellschaft. Das geht vorbei.«

Sie versuchte, ihn aufzuheitern, scherzte, plauderte und sang. Mit dem Frühling griff ihre unverwüstliche Lebensfreude auch auf ihn wieder über. Er war dankbar. Trotz der Jahreszeit trieb er erneut täglich Blumen für sie auf. Eines Tages musste sie die Maiglöckchen aus dem Zimmer schaffen lassen, weil ihr von dem Geruch übel wurde. Sie war guter Hoffnung.

Heinrichs Fürsorge kannte keine Grenzen. Keine Speise war zu erlesen, kein noch so flüchtiger Wunsch zu schwer zu erfüllen. Doch mit der Vorfreude auf das Kind schlich sich auch Rastlosigkeit ein. Heinrich wollte verreisen. »Mein Sohn soll in England zur Welt kommen. Dann ist er englischer Staatsbürger«, sagte er. »Später als Kaufmann wird das für ihn von Vorteil sein.«

Seit Kindertagen hatte Johanna von fernen Ländern geträumt. Aber in diesen besonderen Umständen widerstrebten ihr die Pläne. »Ich würde lieber bei meiner Mutter bleiben«, bat sie. »Dort fühle ich mich sicherer. Ich kann es dir nicht erklären.«

Ihre Einwendungen blieben ungehört. Die Kutsche wurde mit Kissen und Decken ausstaffiert und rollte los. Bei der Überfahrt nach Dover wurde Johanna in ihrer übelriechenden Schiffskajüte hin und her geschleudert, während sie krampfhaft den Eimer umklammerte und nach halbwegs frischer Luft schnappte. Der Anblick der Kreidefelsen kurierte ihre Seekrankheit jedoch schnell. Dann London: Theater, Bälle, neue Bekanntschaften, ein wahr gewordener Traum. Heinrich schaffte den besten Arzt der Stadt herbei, einen gebildeten Mann, mit dem sie plaudernd ihr Englisch vervollkommnete. Sie war Heinrich nun dankbar, dass er sie überredet hatte.

Doch mit Beginn der dunklen Jahreszeit schlug seine Stimmung urplötzlich wieder um. Ängste, die er zuvor an ihr belächelt hatte, ergriffen von ihm Besitz: »Eine Niederkunft so fern der Heimat ist eine Gefahr«, sagte er. »Wir müssen zurück nach Danzig!«

Wieder erhob sie Einwände, vergeblich. Inzwischen war sie hochschwanger. Fast wäre sie bei schwerem Seegang über die Reling geschleudert worden, als die Übelkeit sie an Deck trieb. Es war Februar, ganz Europa lag unter einer Schneedecke. Immer wieder rutschten die Pferde aus, einmal wäre um ein Haar die Kutsche umgestürzt. Nach schrecklichen vierzehn Tagen erreichten sie endlich Danzig. Noch in derselben Nacht setzten die Wehen ein. Am nächsten Morgen hielt sie einen gesunden Sohn im Arm: Arthur.

Der Stammhalter vertrieb die Schwermut. Heinrich sang seinem Sohn Lieder vor. Für einige Jahre blieben die dunklen Wolken fern.

Nebenan in Heinrichs Schlafzimmer wurde eine Waschschüssel abgestellt. Zwei Diener murmelten Unverständliches miteinander. Johanna merkte, dass sie noch immer geistesabwesend Heinrichs Nachthemd an sich drückte.

Sie hatte glauben wollen, dass alles gut werden würde. Voller naiver Hoffnung war sie gewesen, wie die Sansculotten in Frankreich, mit denen Heinrich und sie so mitfieberten. Doch kurz nach Arthurs fünftem Geburtstag war Heinrich zu ungewohnter Zeit atemlos ins Frühstückszimmer gestürmt: »Ruf die Dienerschaft zusammen. Wir packen. Die Preußen sind wieder da! Sie erobern die Stadt!«

Sie war erschrocken. »Du willst fliehen?«

»Es ist aussichtslos, Danzig wird sich keine Woche halten. Bisher gab es Absprachen, aber durch die Revolution in Frankreich sieht der Preußenkönig sich von uns freien Städten bedroht. Er fürchtet, das Beispiel könne Schule machen, auch anderswo zu Aufständen führen. Also verteidigt er sich durch Angriff. Und Russland schützt uns nicht mehr. Sie teilen Polen unter sich auf.«

»Sollten wir nicht zunächst abwarten? Vielleicht ändert sich für uns wenig.«

»Solange ich atme, unterwerfe ich mich keinem König. Ich bin freier Bürger einer freien Stadt. Lieber sterbe ich, als dass ich mich zum Untertanen degradieren lasse.«

Der Umzug nach Hamburg brachte Entbehrungen mit sich. Sie mussten Teile ihres Besitzes zurücklassen, aber schlimmer wog die Fremdheit. Heinrich war Respekt gewohnt, doch die einheimischen Kaufleute betrachteten ihn als Neuling ohne Wurzeln, als Flüchtling. Sie beäugten den Konkurrenten misstrauisch.

Klar und deutlich stand Johanna die erste Abendgesellschaft vor Augen, die sie in Hamburg gegeben hatten. Der Vorstand der Kaufmannsgilde ließ sich wegen Unpässlichkeit entschuldigen, vier weitere Personen erschienen mit Verspätung. Die eintreffenden Gäste sahen sich kritisch im Hause um, sodass Johanna schmerzlich bewusst wurde, in welch vergleichsweise bescheidenen Verhältnissen sie neuerdings leben mussten.

»Kein sehr erfolgreiches Handelshaus, scheint mir«, flüsterte eine Dame gut hörbar ihrem Gatten zu.

»Umso besser für uns«, antwortete der Reeder in Zimmerlautstärke. Für einen Augenblick war Johanna froh über Heinrichs Schwerhörigkeit.

Man begab sich ins Speisezimmer. Lohndiener servierten, waren aber nicht mit dem Haushalt vertraut. Johanna musste dafür sorgen, dass die überzähligen Gedecke abgeräumt wurden. Während der Mahlzeit bot Heinrich einem Ratsherrn Moselwein an.

»Danke, nein«, erwiderte dieser. »Ich bin bekanntlich Abstinenzler.«

Heinrich nickte dem Ratsherrn verbindlich zu. »In der Tat ein edles Tröpfchen. Ich lasse ihn aus Bernkastel kommen. Wenn Sie gestatten, schicke ich Ihnen eine Kiste zu.«

Wegen einer Gesprächspause waren Heinrichs Worte am ganzen Tisch hörbar. Alle Augen richteten sich auf ihn. Die

Reedersgattin täuschte einen Hustenanfall vor. Ihr Gemahl wechselte einen spöttischen Blick mit dem Ratsherrn.

Heinrich, der seinen Fehler nun bemerkte, wurde fahl, während Johanna sich eilig für ihn in die Bresche warf. »Leider beeinträchtigt eine noch nicht abgeklungene Erkältung das Gehör meines Mannes zurzeit.«

Im weiteren Verlauf des Abends sprachen die Gäste so laut und so langsam mit Heinrich, als wäre er begriffsstutzig. »Soll ich es wiederholen?«, hörte Johanna mehrfach. In Danzig hatte man sein Gebrechen höflich ignoriert, hier nicht. Als alle gegangen waren, sagte Heinrich zu ihr: »Wir laden diese Schweine nicht mehr ein.«

Schon da schwante ihr nichts Gutes für die Zukunft.

Tatsächlich zog er sich mehr und mehr von der Gesellschaft zurück, wurde zum Menschenfeind. Brütend verbrachte er die Abende vor dem Kamin, starrte reglos ins Feuer, las nicht einmal ein Buch.

In ihrer Not regte Johanna eine Badereise an, schützte Brustbeschwerden vor, um ihn zu überreden. Sie fuhren nach Karlsbad. Ein Glücksfall führte sie im Kurhotel mit Bekannten aus Danzig zusammen. Heinrich lebte auf. Sie selbst hingegen fühlte sich plötzlich tatsächlich krank, als hätte die Lüge sie eingeholt. Der Arzt eröffnete ihr, dass sie wieder in anderen Umständen war, neun Jahre nach Arthurs Geburt. Die frohe Botschaft bewirkte Wunder. Von einem auf den anderen Tag verflog Heinrichs Trübsinn. Wieder verzärtelte er Johanna wie zu Beginn ihrer Ehe. Selig, wenn auch etwas ungeschickt, hielt er nach der Niederkunft die winzige Adele auf dem Arm. Johanna musste ihm zeigen, wie man das Köpfchen stützt. Als Arthur ein Säugling gewesen war, hatte er nie gewagt, ihn hochzunehmen.

Fünf glückliche Jahre vergingen. Auch das Handelshaus florierte wieder. Gelegentlich klagte Heinrich über Kopfschmerzen. Jedes Mal rechnete Johanna mit dem Schlimmsten, doch seit Adeles Geburt musste er nur sein Töchterchen um sich haben, schon waren alle Sorgen vergessen. Wenn er über ihr seidenweiches Haar strich, das anfangs ebenso strohfarben war wie das seine, legte sich eine kindliche Sanftheit auf seine Züge.

Eines Vormittags bei der Rückkehr von der Putzmacherin fand sie ihren Mann im Salon im ernsten Gespräch mit dem Buchhalter vor.

»Morgen früh kann ich den Schaden beziffern«, hörte sie den Untergebenen sagen.

Heinrich, der mit dem Gesicht zur Tür stand, bemerkte Johanna und verschluckte seine Erwiderung. Er nickte ihr mit gezwungenem Lächeln zu und meinte leichthin zum Buchhalter: »Alles Weitere bereden wir im Kontor.«

Am Abend, als die Kinder im Bett waren, sprach Johanna ihn auf die Begegnung an. »Ich konnte nicht umhin, ein paar Worte aufzuschnappen. Gibt es Schwierigkeiten im Geschäft?«

Ungewohnt heftig fuhr Heinrich sie an. »Gelddinge haben dich nicht zu interessieren. Kümmere du dich um die Kinder. Arthur hat eine furchtbare Schrift. Das solltest du ändern, anstatt mir zuzusetzen.«

Im ersten Moment verletzten sie die groben Worte nur, doch bald bemerkte sie, dass alles noch viel schlimmer war: Heinrichs Melancholie war zurück. Er verlor den Appetit, vernachlässigte seine Kleidung, verließ kaum mehr das Haus. Und er reagierte unwirsch auf Arthur. Selbst sein Sonnenschein Adele heiterte ihn nicht mehr auf. Die Kleine bekam Angst vor ihrem Vater. War sie ihm sonst freudig entgegengelaufen, wagte sie sich nun kaum mehr in seine Nähe.

Johanna verbrachte trübe Abende am Kamin neben ihrem Mann, der, in seinem Ohrensessel sitzend, eine bleierne

Schwermut verströmte, die auch ihre Lebensfreude zu ersticken drohte. Sie war froh über die Abwechslung, als der Diener einen eben aus Schweden eingetroffenen Besucher anmeldete. Es handelte sich um einen Teehändler aus Danzig, der von früher her gut mit ihrem Mann bekannt war. Urplötzlich kam Leben in Heinrich. Er sprang auf und eilte dem Besucher entgegen. »Wie war die Reise? Ich hoffte schon früher auf Nachricht von Ihnen.«

Der Teehändler verbeugte sich höflich vor Johanna und sagte dann leutselig zu Heinrich: »Alles in Ordnung. Ihr Handelspartner in Göteborg ist ein anständiger Mensch. Auch ohne Frachtbrief hat er die Rechnung beglichen.« Er pochte auf seine Brusttasche. »Ich habe den Wechsel hier bei mir.«

Heinrich atmete spürbar auf. »Ich danke Ihnen für Ihre Mühe.« Er wandte sich an Johanna: »Klingele dem Diener. Unser Gast wünscht eine Stärkung.«

Erleichtert über Heinrichs aufgehellte Stimmung, ließ sie Wein und Braten servieren. Der Teehändler sprach dem Alkohol reichlich zu, was Heinrich dankenswerterweise nie tat. Je weiter der Abend fortschritt, desto redseliger wurde der Besucher. Lachend schilderte er die Unterredung mit dem schwedischen Handelspartner: »Ich habe auf ihn eingeredet wie auf einen lahmen Gaul! Er war felsenfest überzeugt, mit der Ware würde etwas nicht stimmen. Wer traut schon einem angesehenen Kaufmann solch einen Schnitzer zu? Die Frachtpapiere auf der Hafenmole liegen lassen, bis sie wegwehen! Ich muss sagen, Schopenhauer, wenn Sie es nicht gewesen wären, hätte ich selbst an eine faule Ausrede geglaubt.«

Johanna bemerkte, wie die Miene ihres Mannes sich schlagartig verdüsterte. Abrupt stand er auf. »Es ist spät geworden. Meine Frau lässt Ihnen ein Bett herrichten.« Dann nickte er dem Besucher zu und zog sich zurück.

Am nächsten Morgen reichte der verkaterte Teehändler ihm

zum Abschied die Hand. »Nichts für ungut«, sagte er lächelnd. »Ich erzähle die Sache nicht herum.«

»Tun Sie, was Ihnen beliebt.«

Als er in die Kutsche gestiegen war, wandte sich Johanna ihrem Mann zu. »Wie schön, dass alles wieder gut ist.«

»Nichts ist gut«, erwiderte Heinrich missmutig. »Die ganze Welt lacht über mich.«

»Du hattest einen Moment der Zerstreutheit. Das passiert jedem dann und wann.«

»Verstehst du nicht? Mit meinem Kopf ist etwas nicht in Ordnung!«

Die Verzweiflung in seinem Blick traf sie mitten ins Herz. Sie wusste nicht, wie sie sich verhalten sollte. »Nun mach nicht aus einer Mücke einen Elefanten«, sagte sie leichthin. »Du bist der klügste Mann, den ich kenne.«

Er schüttelte heftig den Kopf. »Mein Gedächtnis lässt mich im Stich. Ich finde Gegenstände nicht mehr, die ich eben noch in der Hand hatte. Manchmal fallen mir Wörter nicht mehr ein.«

»Nun beruhige dich. Ich mache dir einen Tee.« Widerstandslos ließ er sich zu seinem Sessel führen. Er schien plötzlich geschrumpft zu sein, wie verloren saß er in dem mächtigen Polstermöbel, dessen Kopfstück ihn zu erdrücken schien. Mit zitternden Händen nippte er an dem Tee, den sie ihm reichte.

Johanna wurde plötzlich bewusst, wie alt er war. Unmerklich hatte sich sein Haar entfärbt, war von Gold zu Silber gewechselt, während seine ehemals wettergegerbte Haut nun fahl und faltig wirkte. Auch das leuchtende Blau seiner Augen war verblasst zu mattem Grau. Es war, als hätte jemand das Licht darin ausgeknipst.

Arthurs bevorstehender Schulbesuch in England brachte sie auf die Idee mit der großen Reise. Sie würden ihren Sohn zu seiner

Boarding School in London begleiten, aber vorher gemeinsam den Süden des Landes besichtigen. Nach einiger Überredung willigte Heinrich ein. Sein Buchhalter bekam die Prokura.

Johanna war davon ausgegangen, dass ihre Tochter und das Kindermädchen mit ihnen reisen würden, aber Heinrich verwahrte sich dagegen: »Adele ist noch zu klein. Tag und Nacht in einer Kutsche, über Wochen? Unmöglich.«

Es kam sie hart an, sich von dem sechsjährigen Kind trennen zu müssen. Adele, die immer schon anhänglich gewesen war, klammerte sich weinend an ihren Hals. Schließlich musste Sophie die kleinen Finger auseinanderbiegen, um ihr die schluchzende Tochter aus den Armen nehmen zu können. Johanna warf ihr noch eine Kusshand zu, dann kletterte sie schnell in die Kutsche und blickte sich nicht mehr um, weil es sie sonst zu sehr geschmerzt hätte.

Die Reise schien einzulösen, was sie sich davon erhofft hatte. Heinrich war wie ausgewechselt. Selbstsicher und beinahe heiter führte er sie durch die deutschen, flandrischen und französischen Städte auf ihrem Weg nach England. Lediglich bei der Einschiffung in Calais wurde er plötzlich unruhig, weil seine Brieftasche verschwunden zu sein schien. Johanna hatte vorgesorgt und alle wichtigen Dokumente im Blick behalten. Sie steckte die Papiere unbemerkt in seine Rocktasche, wo er sie zu seiner großen Erleichterung schließlich fand. Noch bevor die französische Küste im Nebel verschwand, war der kurze Schreck vergessen.

Ihre Besichtigungstour führte sie an der englischen Südküste entlang. Johanna wurde nicht müde, sich die archaischen, wilden Landschaften und die großartigen Herrensitze anzusehen, wenn auch Arthur einiges dafür tat, ihr den Genuss zu verderben. Mit der typischen Trägheit seines Alters trottete er mürrisch hinter ihnen her, ohne der Umgebung auch nur das Geringste abgewinnen zu können. Heinrich wies ihn gelegentlich zurecht, doch insgesamt ließ auch er sich nicht aus der Ruhe bringen und erfreute sich mit Johanna an den Ausblicken, die ihnen zuteilwurden.

Nach zwei abwechslungsreichen Monaten erreichten sie Cornwall und mieteten sich in einem hübschen Landgasthof ganz in der Nähe der Küste ein. Manchmal waren Heinrich und sie bei ihren Wanderungen unter sich, weil Arthur es vorzog, in seinem Zimmer zu lesen. Es gab Momente, in denen sie sich wieder fühlte wie als Frischvermählte.

Der Tag, der ihr Leben veränderte, begann mit strahlendem Sonnenschein. Johanna erwachte spät, das Licht fiel schon hell ins Zimmer. Das Kissen neben ihr war leer, Heinrich bereits aufgestanden. Auch sie erhob sich und machte sich frisch. Bevor sie zum Frühstück hinunterging, warf sie einen Blick in Arthurs Zimmer. Wie erwartet schlief er noch tief und fest. Sachte zog sie die Tür hinter sich zu. Im Frühstücksraum traf sie nur die Gastwirtin an. Heinrich war eben an die frische Luft gegangen, um sich die Beine zu vertreten. Sie beschloss, ihn zu suchen.

Ein Fußweg führte zur Steilküste, die unmittelbar hinter einem mit Felsbrocken durchsetzten Kiefernwald senkrecht zum Meer abfiel. Frohgemut durchschritt sie das Wäldchen und umrundete einen kurios geformten Steinblock. Abrupt blieb sie stehen. Wenige Schritte vor ihr endete das Gelände am Abgrund. Unmittelbar an der Klippe stand Heinrich, das Gesicht der Morgensonne zugewandt, die flach über dem Meer stand. Sie sprach ihn an. Er schrak zusammen und fuhr herum. Er wirkte verstört. Hastig kam er auf sie zu und ergriff ihre Hände. Seine Stimme klang ungewohnt bewegt. »Für euch ist gesorgt. Sag den Kindern Lebewohl. Verzeih mir!« Er ließ los und lief schnurstracks zurück zur Klippe.

Erst als er unmittelbar an der Kante stand, erwachte sie aus ihrer Erstarrung: »Nein!«

Mit einem Satz war sie bei ihm und klammerte sich an seinen Arm. Beim Versuch, sie wegzustoßen, verlor er das Gleichgewicht. Mit dem freien Arm rudernd, kippte sein schwerer, großer Körper ins Leere. Auch sie selbst drohte, in die Tiefe gerissen zu werden. Mit aller Kraft stemmte sie sich dagegen, doch ihr Kampf wäre aussichtslos gewesen, wenn Heinrich sich nicht in letzter Sekunde an einem Riedbüschel festgehalten und wieder hochgezogen hätte. Nach Luft ringend fielen sie nebeneinander ins Gras. Kaum war sie wieder bei Atem, ging sie auf ihn los: »Warum tust du mir das an? Bedeute ich dir gar nichts?«

Er setzte sich aufrecht hin, schlang die Arme um die Knie und brach wie ein Kind in Tränen aus. In ihrer Erschütterung wusste sie nicht, wie sie ihn trösten sollte. Nie zuvor hatte sie ihn weinen sehen.

»Es ist das Beste für uns alle«, schluchzte er.

»Deine Stimmungen kommen und gehen«, versuchte sie ihn, aber auch sich selbst zu beruhigen. »Die Reise war doch schön bisher.«

»Du begreifst es nicht. Ich bin am Ende!«

»Geht es um Geld? Ich schränke mich ein. Nur bitte tu das nicht. Es ist Sünde.«

»Sünde?« Er lachte auf. »Wer glaubt an diesen Unsinn? Du nicht und ich nicht.«

»Ich glaube ans Leben. Du hast Familie. Denk wenigstens an uns.«

»Ohne mich seid ihr glücklicher dran.«

»Wie kannst du so etwas sagen?«

»Weil es die Wahrheit ist. Vertrau mir.«

Die tiefe Verzweiflung in seinem Blick schnürte ihr die Brust zu. »So sag mir doch bitte endlich, was los ist«, bat sie flehentlich.

Er zog sein Taschentuch hervor und schnäuzte sich. Sie setzte sich zu ihm und wartete schweigend. Erschöpft steckte er das Taschentuch weg. »Also gut.«

Doch weiter sagte er nichts.

»Was ist so schlimm, dass du es nicht aussprechen kannst?«

Er flüsterte fast. »Ich habe die Franzosenkrankheit.«

Sie verspürte einen tiefen Stich der Kränkung. Natürlich hielten sich viele Männer Geliebte, aber sie war sich seiner Treue immer sicher gewesen. »Du hattest andere Frauen?«, fragte sie.

»Vor unserer Hochzeit. Ich lebe seit vielen Jahren damit.« Immer noch blickte er sie nicht an. »Hast du dich nie gefragt, warum ich dich so selten berühre?«

Sie war wie vor den Kopf geschlagen. Es stimmte, ihre ehelichen Beziehungen hatten sich vor Jahren ins Geschwisterliche gewandelt, durchaus zu ihrem Leidwesen. Sie hatte es auf Heinrichs Alter geschoben.

»Du hast mich geheiratet, obwohl du es wusstest?«

»Es war verschwunden. Die Krankheit ist tückisch. Bei unserer Hochzeit hielt ich sie für überstanden.«

Sie musterte ihn forschend: Er war ehrlich. Seufzend beschloss sie, die Vergangenheit Vergangenheit sein zu lassen. »Du hast mich nicht angesteckt. Also verzeihe ich dir. Siehst du? Alles halb so schlimm. Du hättest viel früher mit mir sprechen sollen.«

Er sah sie müde an. »Du verstehst mich noch immer nicht. Ich bin im letzten Stadium. Die Anzeichen sind nicht zu übersehen. Erinnerst du dich an unseren Nachbarn in Danzig?«

Sie erschrak. Den Mann, von dem Heinrich sprach, hatte sie nur wenige Male gesehen, weil seine Familie ihn im Haus versteckte. Einmal war er nackt ins Freie gerannt, ein von Geschwüren übersäter, abgemagerter Greis, dem Spuckefäden aus dem verfilzten Bart liefen. Er hatte Laute ausgestoßen, die keiner Sprache angehörten.

»Der Mann hatte galoppierenden Schwachsinn, das ist etwas anderes«, sagte sie.

»Der Mann hatte Syphilis«, widersprach Heinrich. »Das ist meine Zukunft. Aber dazu lasse ich es nicht kommen.«

Von da an lebte sie in ständiger Angst. Jeder Tag konnte der letzte sein. Sie brachen die Reise ab. Johanna verschleierte das Erlebnis an der Klippe vor Arthur, so gut es ging. Er war erbost, dass er mit ihnen nach Hamburg zurückkommen sollte. Aber sie brachte es nun nicht mehr über sich, ihn in der Fremde zurückzulassen. Zudem war er einer der Fäden, die Heinrich vielleicht doch noch ans Leben binden konnten. Die angebliche späte Absage der Boarding School erklärte sie ihrem Sohn mit einem Irrtum ihrerseits, verursacht durch die fremdsprachige Korrespondenz.

Die Rückreise wurde zur Qual. Wenn Arthur sich nicht beklagte, herrschte drückendes Schweigen. In den Gasthöfen bestand Johanna darauf, ein Zimmer mit Heinrich zu teilen. Abends, wenn sie allein waren, wirkte sie auf ihn ein, sein Vorhaben hinauszuzögern. Nicht mehr lange, und Arthur wäre erwachsen. Adele wäre nicht mehr ganz so klein.

»Ich werde handeln, solange ich selbst dazu in der Lage bin«, lautete die immergleiche Antwort.

»Noch geht es dir gut«, beredete sie ihn. »Wirf das Leben nicht weg, bevor es nicht restlos ausgeschöpft ist.«

Widerstrebend ließ er sich schließlich auf ihre Bitte ein. »Ich versuche es.«

Hatte sie sich von diesem Versprechen Seelenfrieden erhofft, so sah sie sich getäuscht. Das Leben wurde zum Warten auf den Tod. Sie fand keinen Schlaf mehr, ertappte sich plötzlich selbst dabei, wie sie stumpfsinnig ins Kaminfeuer starrte und sich zu nichts aufraffen konnte. An anderen Tagen zuckte sie bei jedem Geräusch zusammen, wurde rastlos, erschien unter tausend Vorwänden in den Räumen ihres Mannes, um sich zu vergewissern, dass er keine Dummheiten anstellte. Mehr als einmal ertappte sie ihn dabei, wie er nachdenklich ein Fläschchen Laudanum gegen das Licht hielt oder, einen Seidenschal in der Hand, zum Deckenbalken hochblickte. Jedes Mal bettelte sie erneut, jedes Mal mit schwindender Überzeugungskraft. Immer wieder gab er nach, doch dann war der gestrige Tag angebrochen. Johanna hörte sich selbst seufzen. Ihr Herz schmerzte bei der Erinnerung, als würde es zerquetscht.

Beim Frühstück war Heinrich aufgekratzter gewesen als sonst. Zeitig brach er auf ins Kontor. Er bat sie jedoch, sich die Stunde vor dem Tee freizuhalten. Er wünsche eine Unterredung.

Eine dunkle Ahnung beschlich sie. Wie sollte sie ihn nur ein weiteres Mal umstimmen? Den Vormittag verbrachte sie vor dem Frisierspiegel, widmete sich mit besonderer Sorgfalt ihrer Toilette. Ihre Schönheit sollte ihn an diese Welt fesseln. Sie ließ Blumen bringen und ein fröhliches Feuer anfachen. Als Heinrich am frühen Nachmittag ihren Damensalon betrat, ging sie ihm mit strahlendem Lächeln entgegen und ergriff seine Hände. »Ich habe den Künstler angeschrieben, der die Ratsmitglieder malt. Er wird Porträts von uns anfertigen. Eine großartige Begabung.«

»Setz dich bitte und sieh dir das hier durch.« Ohne auf ihren Vorschlag einzugehen, schob er sie zu ihrem Kirschholzsekretär, zog sich einen zweiten Stuhl heran und drückte ihr einen Packen Dokumente in die Hand, von denen viele ein amtliches Siegel trugen.

»Wie du siehst, wird es den Kindern und dir an nichts fehlen.« Er sprach schnell, den Blick zu Boden gerichtet. »Mein Prokurist wird das Handelshaus für dich weiterführen. Falls du es wünschst, liquidiert er und zahlt dir den Erlös aus.«

»Heinrich, hör bitte auf!«

Er zeigte auf ein Papier. »Das sind unsere Besitzungen in

Danzig. Das Landgut ist frisch verpachtet, man wird dir jährlich einen Wechsel schicken. Dies ist der Schlüssel zum Tresor. Darin liegen Goldstücke und Barren. Und das hier«, er legte einen versiegelten Brief vor sie auf den Tisch, »ist mein Testament. Alles wird zu gleichen Teilen unter euch aufgeteilt. Du verwaltest das Vermögen der Kinder bis zu ihrer Volljährigkeit.«

Den Tränen nahe, flehte sie ein weiteres Mal: »Heinrich, du bist noch weit entfernt von … Deine Gesundheit ist gut! Wie sonst könntest du alles so klar regeln?«

Unbeirrt sprach er weiter. »Ich hätte gerne Arthurs Eintritt in den Beruf erlebt. Er soll immer ehrlich und anständig sein, dann wird er ein guter Kaufmann. Sag ihm das. Und küsse Adele von mir, sie soll mich nicht vergessen.«

Verzweifelt sah sie ihm ins Gesicht. »Was kann ich tun, um dich umzustimmen?«

»Nichts.« Sein Blick war ernst und entschlossen. »Ich habe schon viel zu lange gewartet. Also nehmen wir Abschied.«

Mit ungewohnter Sanftheit legte er seine Arme um sie und küsste sie, erst auf die Stirn, dann auf den Mund. »Leb wohl und sei glücklich. Such dir einen anderen Mann. Sei frei. Und mach dir keine Vorwürfe. Du warst eine gute Ehefrau, besser, als ich es verdient habe.«

Unvermittelt machte er sich los und eilte aus dem Raum. Sein kerzengerader Rücken war das Letzte, was sie von ihm sah.

Die darauffolgenden Stunden waren furchtbar gewesen. Bestimmt hundertmal lief sie los, um ihn zu suchen, nur um im Flur wieder kehrtzumachen. Sie wusste, es war zwecklos. Sie musste seinen Wunsch respektieren. Jedoch ertrug sie es nicht, tatenlos dazusitzen, während in unmittelbarer Nähe der Mann, mit dem sie zwanzig Jahre Tisch und Bett geteilt hatte, ein schreckliches Ende fand.

Sie warf ihren Mantel über und verließ das Haus. Mit der

Kutsche ließ sie sich an den Elbstrand bringen, dann befahl sie dem Kutscher, allein zurückzukehren. Sie wolle einen längeren Spaziergang machen. Ohne auf die Blicke der Bootsleute zu achten, die sich fragen mochten, was eine unbegleitete Dame hier suchte, folgte sie dem von Weiden gesäumten Treidelpfad am Elbufer, umrundete sorgsam die zahlreichen schlammigen Pfützen, wich einer Herde Schafe aus, die hier graste, und entfernte sich immer weiter von der Stadt. Mit jedem Schritt erschien ihr der Abschied von Heinrich etwas mehr wie ein Produkt ihrer überhitzten Fantasie.

Sie drehte erst um, als es bereits dämmerte. Man sah das andere Ufer nicht mehr, als sie in besiedeltes Gebiet zurückkehrte. Die Elbe floss nachtschwarz dahin, nur spärlich erhellt von mattem Licht, das aus den Fenstern der Fischerkaten drang. Je näher sie den wohlhabenden Bürgerhäusern am Handelshafen kam, desto zahlreicher und heller wurden die Laternen. Wie durch eine innere Wand hindurch beobachtete sie das träge Wellenspiel des Wassers, freute sich an den silbrigen Flämmchen, die hier und dort aufzüngelten und im nächsten Atemzug wieder von der Dunkelheit verschluckt wurden. Etwas trieb vorbei. Sie glaubte, ein Stück Holz auszumachen, oder vielleicht eine Ente mit dem Hinterteil in der Luft. Etwas an der Ente stimmte nicht, sie war rund wie ein Kopf. Johanna sah dem Umriss nach, blickte angestrengt stromabwärts, doch nun war sie nicht einmal mehr sicher, ob es nicht nur eine Welle gewesen war.

Als sie ins Haus zurückkehrte, nahm der Diener ihr wie immer schweigend den Mantel ab. Die Köchin erkundigte sich, ob sie servieren dürfe. Nichts schien geschehen zu sein, oder niemand war im Bilde. Beim Abendbrot fragte Adele nach dem Vater. Schlagartig war es mit Johannas Gelassenheit vorbei, sie stammelte eine Ausrede und zog sich so schnell wie möglich zurück.

Bis lange nach Mitternacht grübelte sie, wie sie es den Kindern beibringen sollte. Erst im Morgengrauen schlief sie ein, nur um kurz danach von städtischen Büttteln geweckt zu werden. Man hatte Heinrichs Leichnam gefunden. Der Fluss hatte ihn hinter dem Hafen ans Ufer geschwemmt. Ihre erste Empfindung, für die sie sich sogleich schämte, war Erleichterung. Es war vorbei.

»Sie haben gerufen?« Der Diener stand in der Tür zu Heinrichs Ankleidezimmer, wie lange schon, konnte sie nicht sagen. Mit einem Tuch trocknete er sich die Hände, mit denen er eben noch ihren Ehemann gewaschen hatte. Ein sonderbarer Geruch schien von ihm auszugehen.

Sie nahm sich zusammen und erhob sich von der Chaiselongue. »Ist er so weit?«

Der Diener nickte.

»Dann dürfen Sie mich allein lassen«, erklärte sie. »Ich möchte nicht gestört werden.«

Zögernd ging sie hinüber in Heinrichs Schlafgemach und trat an sein Totenbett. Inzwischen trug er den Festtagsrock und die Weste, die sie herausgesucht hatte. Seine vom Flusswasser durchnässten Locken waren sorgfältig gekämmt. Das Gesicht war fahl, aber friedlich. Die Gramfalten der Vergangenheit waren geglättet, fast wirkte er wieder jung, wie er, frei von allen Sorgen, vor ihr lag.

Sie pflückte eine Rosenknospe aus dem Bouquet, das neben der Bettstatt in einer Vase stand, und steckte die Blüte sanft in Heinrichs auf der Brust gefaltete Hände. Sie hauchte dem Toten einen Kuss auf die Stirn: »Lebe wohl!«

Ein letztes Mal nahm sie seinen Anblick in sich auf, dann verließ sie den Raum, ohne sich umzusehen.

Im Flur musste sie sich anlehnen. Sie schloss die Augen. Schwäche konnte sie sich nicht erlauben, sie musste alles genau durchdenken. Niemand durfte es erfahren. Heinrich verdiente eine würdige Beerdigung, er sollte nicht in ungeweihter Erde verscharrt werden. Auch den Kindern würde sie einreden, es sei ein Unfall gewesen. Sie sollten ihren Vater in guter Erinnerung behalten.

Adele, Frühjahr 1806

Adele saß an einem niedrigen Tisch abseits der Teegesellschaft und malte ein Bild von ihrem Vater. Sie war das einzige Kind hier. Es war ein Damenkränzchen, nur Frauen waren zugegen. Geladen hatte die dicke Reedersgattin, die seit dem Tod des Vaters immer so freundlich zur Mutter war. Gerade schenkte sie ihr eigenhändig Tee ein. Die Mutter bedankte sich mit dünnem Lächeln. Adele konnte quer durch den Raum spüren, dass sie es nicht mochte, so behandelt zu werden. Sie vertiefte sich wieder in ihr Bild. Jemand tätschelte ihren Kopf.

»Du malst sehr schön.« Die Frau des Prokuristen setzte sich neben sie. Frau Jansen war ihr Name, sie war mit der Mutter befreundet und immer nett zu Adele.

Adele seufzte. »Es ist nicht sehr ähnlich.« Die Augen des Vaters waren gelungen, aber der Mund nicht. Sie wusste nicht mehr genau, wie er aussah. Wenn sie die Augen schloss, war er manchmal da, aber sobald sie sie wieder aufschlug, verschwand er. Versuchsweise zeichnete sie die Oberlippe und radierte sie wieder aus. Auch seine Stimme hatte sie nicht mehr im Ohr. Sie wollte die Erinnerung so gerne festhalten, aber es ging nicht. Die Mutter sprach nicht über den Vater. Sie sagte, es würde ihr zu sehr wehtun. Auch Arthur war keine Hilfe. Den Vater, von dem er sprach, kannte sie nicht. Er war streng und verlangte Gehorsam. Außerdem wurde der Bruder immer wütend, wenn vom Vater die Rede war. Er schimpfte dann auf die Mutter. Adele hatte es aufgegeben, ihn zu fragen, warum.

»Also, ich finde, er ist dir gut geglückt«, lobte Frau Jansen.

»Ich habe ihn sofort erkannt.« Nach einer Weile fragte sie: »Vermisst du ihn sehr?«

Adele wollte nicht darüber reden. »Ein bisschen«, sagte sie und schwieg. Sie war froh, dass die Frau nicht weiter nachbohrte.

Sie hätte gar nicht sagen können, ob sie den Vater sehr vermisste. Manchmal war sie traurig, aber eigentlich hatte sich nicht viel verändert. Das Haus stand da wie immer, alles sah genauso aus. Ihre Hauslehrer erteilten ihr weiter Unterricht, die Mutter schrieb wie vorher Briefe, der Bruder verbrachte die Tage im Kontor. Nur die Mahlzeiten waren anders. Arthur stritt jetzt immer mit der Mutter.

Früher hatten sie sich immer gut verstanden. Aber jetzt schrie er die Mutter ständig an. So wie an dem Tag, als der Sessel des Vaters plötzlich verschwunden war. Adele bemerkte sein Fehlen, als sie abends zu dritt vor dem Kamin saßen. Also fragte sie nach.

»Ich konnte den Anblick nicht mehr ertragen und habe ihn entfernen lassen«, erklärte die Mutter.

Adele sah das ein, aber Arthur wurde sofort wütend.

»Was kommt als Nächstes?«, fauchte er. »Treibt der Sessel auch im Fluss?«

Die Mutter seufzte. »Musst du immer wieder daran rühren?«

»Solange du mich belügst, ja. Kannst du eigentlich ruhig schlafen?«

»Durchaus, mein Sohn, danke der Nachfrage. Und nun schlage ich vor, du findest dich damit ab. Ich lasse den Fauteuil aus dem kleinen Salon neu aufpolstern, du wirst sehen, er ist sehr bequem.«

»Worüber streitet ihr euch eigentlich?«, fragte Adele. Sie mochte es nicht, wenn der Bruder und die Mutter über ihren Kopf hinwegsprachen.

Arthur zeigte mit dem Finger auf die Mutter. »Alles ist ihre Schuld. Ohne sie würde Vater noch leben.«

Erschrocken schaute sie zur Mutter. »Stimmt das?«

Die Mutter funkelte Arthur an. »Nun hetz mir nicht auch noch das Kind auf!«

»Ich sage lediglich die Wahrheit: Es war kein Unfall!«

Die Mutter stand auf und stemmte die Hände in die Hüften. »Das reicht! Schluss damit, ein für alle Mal!«

Arthur öffnete den Mund, doch die Mutter unterbrach ihn schneidend. »Ich will nichts mehr hören! Auf dein Zimmer, sofort!«

Einen Moment starrten Bruder und Mutter einander wütend an. Adele zog den Kopf ein. Sie hatte das Gefühl, dass gleich etwas Schlimmes passieren würde. Doch plötzlich drehte Arthur sich wortlos um und stürmte aus dem Raum. Die Tür fiel krachend hinter ihm zu.

»Warum ist er denn so wütend?«, fragte sie die Mutter, die mit geschlossenen Augen dastand und tief ein- und ausatmete.

Die Mutter beruhigte sich wieder. »Er ist in einem schwierigen Alter. Irgendwann legt sich das.« Mit dem Handrücken strich sie begütigend über ihre Wange. »Besser, du beachtest ihn nicht, wenn er sich so verhält.«

Ähnliche Vorfälle wiederholten sich danach noch öfter, aber mehr sagte die Mutter nie dazu. Adele fragte auch den Bruder, doch der meinte nur von oben herab: »Das verstehst du nicht. Du bist noch zu klein.«

Mitunter träumte sie von ihrem Vater. Im Traum nannte er sie Motte, wie früher. Sie wollte dann nach ihm greifen, ihn berühren, aber immer zerfloss er, wurde durchsichtig wie Nebel, und sie wachte schweißgebadet auf. An regnerischen Abenden, wenn es auf dem Speicher knirschte und knarrte, fragte sie sich, ob er mit den anderen Geistern dort umging. Niemals wieder würde sie da hinaufgehen.

Im Salon bei der Teegesellschaft setzte sich jetzt noch eine andere Dame zu ihnen. Adele kannte sie nur flüchtig, sie war die Schwester eines Kaufmanns, der mit ihrem Vater Geschäfte gemacht hatte. »Du armes Kind«, sagte sie freundlich. »Ich kannte deinen Vater, er war oft geschäftlich bei uns. Ein eindrucksvoller Mann. Und dann solch ein Unglück! Wie das bloß passieren konnte?«

Die Frau sah sie an, als würde sie eine Antwort von ihr erwarten. Zum Glück zog Frau Jansen das Gespräch an sich. »Es stürzen immer wieder Leute aus den Speichern. Dass die Schutzvorrichtungen nicht endlich verbessert werden!«

»Die meisten dieser Menschen haben Geldsorgen«, erklärte die andere Dame mit merkwürdiger Betonung.

»Bitte, das Kind!«, flüsterte Frau Jansen und warf Adele ein Lächeln zu. »Hör nicht auf uns.«

Wieder hatte sie das Gefühl, dass über ihren Kopf hinweg Dinge besprochen wurden, die sie angingen.

Die Mutter setzte sich zu ihnen und reichte ihr ein Schälchen Quittenkonfekt. »Schau, hier ist etwas zu naschen.«

Sie griff zu. Schokoladenkonfekt schmeckte besser, aber sie hatte seitdem nie mehr davon gegessen.

Frau Jansen deutete auf die Zeichnung. »Ihre Tochter ist eine kleine Meisterin. Wie alt ist sie eigentlich?«

»Acht«, kam sie ihrer Mutter zuvor.

Die Mutter lächelte. »Bei aller Bescheidenheit, ich glaube, das hat sie von mir.«

»Eben habe ich davon gesprochen, welch große Hochachtung mein Bruder und ich für Ihren Gatten hegten«, sagte die Schwester des Kaufmanns. »Es muss schwer für Sie sein.«

Die Mutter wurde schlagartig ernst, wie immer, wenn vom Tod des Vaters die Rede war. Sie nickte stumm.

»Gott sei Dank sind Sie nicht in Not«, fuhr die Dame fort.

»Ja, ein Segen«, erwiderte die Mutter. Adele hörte an ihrer Stimme, dass ihr das Gespräch nicht gefiel. Die Mutter legte eine Hand auf ihren Arm. »Wollen wir uns wieder zu den anderen setzen?«

Adele blickte zu der Runde hinüber. Vier Damen unterhielten sich mit zusammengesteckten Köpfen. Jetzt schauten sie zu ihnen herüber, aber sofort wieder weg. Adele war sicher, dass es dort ziemlich langweilig war. »Ich würde gerne mein Bild fertig malen«, sagte sie.

»Wir plaudern doch gerade so nett«, entgegnete die Schwester des Kaufmanns. Die Mutter gab nach und blieb sitzen.

Nasen konnte Adele nicht, aber die Haare gelangen ihr gut. Das Bild wurde ein bisschen ähnlicher. Eine Dienerin schenkte Tee nach, außer für sie.

»Sie kommen doch zu unserer Soirée, hoffe ich?«, fragte Frau Jansen die Mutter nach einer längeren Gesprächspause.

»Sie gehen schon wieder in Gesellschaft?«, mischte sich die Schwester des Kaufmanns ein.

»Man kommt auf andere Gedanken«, antwortete die Mutter.

»Es ist nur eine kleine Gesellschaft«, erklärte Frau Jansen. Zur Mutter sagte sie munter: »Übrigens wird Herr Pistorius anwesend sein. Sie sind ihm im Theater begegnet.«

»Ich bin nicht sicher, ob ich mich erinnere.«

»Er hingegen durchaus. Er nimmt großen Anteil an Ihnen.«

»Ist das nicht etwas verfrüht?«, fragte die Schwester des Kaufmanns.

Etwas an ihrem Ton ließ Adele aufblicken. Die Mutter runzelte die Stirn. »Seien Sie unbesorgt. Ich versichere Ihnen, ich werde nicht wieder heiraten.«

Adele fragte sich, warum die Mutter von so etwas anfing. Die beiden Damen am Tisch schwiegen.

Die Mutter strich ihr über die Wange. »Liebes, ist dir nicht wohl? Du siehst so blass aus.«

»Wirklich? Ich bin aber nicht krank«, beruhigte Adele sie. »Nur das dumme Bild wird nicht so, wie ich es will.«

Die Mutter erhob sich. »Wir gehen besser, Kind. Bestimmt ist es das viele Konfekt.«

Adele wollte etwas sagen, aber die Mutter hatte schon begonnen, sich zu verabschieden. Als sie auf die Straße traten, stieß sie einen Fluch aus, wie sie es sonst nie tat. »Diese Impertinenz, mich pausenlos an meine Lage zu erinnern! Die sollen mich verschonen mit ihrem falschen Mitleid und ihrer Tratschsucht!«

Adele wunderte sich. »Die waren doch ganz nett.«

»Nett?« Die Mutter lachte auf. »Vielleicht Frau Jansen, aber auch sie: Dein Vater ist kein Jahr unter der Erde, und sie will mich verkuppeln? Mit einem Freund ihres Gatten, der mein Geschäft führt? Wer bin ich, dass ich mir das bieten lassen muss?«

Die Mutter sprach so ärgerlich wie sonst nur im Streit mit Arthur. Beim Überqueren der Straße trat sie beinahe in den Kehricht, der in der Gosse schwamm. Adele zog sie gerade noch rechtzeitig am Arm zur Seite. Die Mutter legte die Hände an die Schläfen und atmete tief durch. »Verzeih, Liebes, ich habe mich gehen lassen«, sagte sie, wieder mit ihrer gewohnten Stimme.

Wenige Tage später rief die Mutter Arthur und sie abends zu sich in den Salon. Seit dem Tod des Vaters mied die Familie die Kaminecke, in der inzwischen ein bequemer Polstersessel mit weinrotem Samtbezug die Stelle des alten Lehnstuhls einnahm. Sie setzten sich ans Fenster. Die Mutter reichte Tee, Kakao und Gebäck. »Ich habe einen Entschluss gefasst, Kinder. Wir ziehen fort von Hamburg.«

Adele erschrak. »Aber hier ist unser Zuhause.«

»Wir suchen uns ein neues.«

Adele stellte den Kakao weg. »Ich will aber kein neues.«

»Wir brauchen einen Neuanfang.«

»Nein! Ich will das nicht!«

Die Mutter seufzte hörbar.

»Was gedenkst du mit dem Geschäft zu tun?«, fragte Arthur, der bisher geschwiegen hatte.

»Ich bitte Herrn Jansen um ein Angebot. Wir werden uns sicherlich einig.«

»Und das Haus?«

»Verkaufen. Interessenten gibt es genug.«

Arthur blickte die Mutter kühl an. »Ich sehe, du hast schon alles geplant.«

»Hamburg war nie meine Heimat«, gab die Mutter zu. »All diese Händlernaturen. Ihr werdet sehen, wir ziehen an einen sehr viel schöneren Ort.«

»Der wäre?«, fragte Arthur.

»Ich denke an Weimar. Der Herzog gilt als fortschrittlich. Er schart Dichter um sich. Goethe lebt in der Stadt, und Wieland. Dort gibt es Geist, Bildung, Kultur.«

»Aber wir haben da kein Haus. Und keine Freunde«, versuchte Adele, sie von der Idee abzubringen.

»Wir finden neue Freunde«, entgegnete die Mutter. »Die Stadt ist recht klein, man kennt die Gleichgesinnten schnell. Jeder malt, schreibt oder musiziert. Es gibt ein wunderbares Theater und großartige Konzerte.«

Adele konnte sich wenig darunter vorstellen. »Und wenn es mir trotzdem nicht gefällt?«

»Ich bin fest davon überzeugt, dass du dich dort bald schon pudelwohl fühlen wirst«, sagte die Mutter. »Die Natur soll auch sehr schön sein. Du wirst sehen, es ist ein Paradies.«

Adele sagte nichts mehr. Die Mutter würde nicht auf sie hören.

»Damit eins klar ist«, meldete sich Arthur wieder zu Wort. »Ich gehe nicht mit!«

Adele schöpfte leise Hoffnung. Vielleicht schaffte der Bruder, was ihr nicht gelungen war.

Die Mutter blickte Arthur freundlich an. »Auch dir wird es dort gefallen. Du könntest studieren. Ganz in der Nähe gibt es eine gute Universität.«

»Ich mache bereits eine Ausbildung. Als Kaufmann. Wie der Vater es gewünscht hat.«

»Du bist nicht daran gebunden. Wir wissen beide, im Grunde liegt es dir nicht.«

»Was ich als halbes Kind einmal gesagt habe, gilt heute nicht mehr. Ich ehre Vaters Andenken, also bleibe ich.«

Die Mutter sah schweigend aus dem Fenster.

»Bleiben wir dann alle hier?«, fragte Adele hoffnungsvoll.

Die Mutter beachtete sie nicht, sondern wandte sich Arthur zu. »Gut, ich bin einverstanden. Du bist alt genug. Du wohnst weiter in Hamburg. Ich gehe mit deiner Schwester nach Weimar.«

»Aber dann sehen wir uns ja gar nicht mehr!«, schrie Adele.

»Die Familie ist ohnehin schon zerbrochen, wegen ihr.« Arthur deutete auf die Mutter, die nur den Kopf schüttelte und eine wegwerfende Handbewegung machte.

Adele warf sich vor sie hin. Sie wollte nicht auch noch ihren Bruder verlieren. »Bitte, Mama, ich will, dass wir alle zusammenbleiben!«

Die Mutter zog sie zu sich hoch und nahm sie auf den Schoß, wiegte sie sanft. Adele blickte ihr flehend ins Gesicht. »Bitte! Wir haben doch nur noch uns!«

Die Mutter schüttelte traurig den Kopf. »Ich habe es dir doch erklärt, Liebes. Ich muss hier weg. Und er geht seinen Weg.«

Adele rutschte von ihrem Schoß und umklammerte Arthurs Hand. »Du kannst auch woanders Kaufmann werden.«

»Sie will mich gar nicht dabeihaben. Sie will mich los sein, wie den Vater.«

Erschöpft sah die Mutter ihn an. »Findest du nicht, wir haben genug Kummer? Müssen wir uns wirklich gegenseitig das Leben schwer machen?«

»Du erntest, was du säst.«

Adele brach in Tränen aus. »Warum müsst ihr immer streiten? Warum könnt ihr euch nicht einfach vertragen?«

Die Mutter atmete tief ein und wieder aus. »Vermutlich ist es die beste Lösung, wenn sich unsere Wege nun trennen«, sagte sie mit fester Stimme. »Hoffen wir, dass wir uns aus der Ferne besser verstehen.«

Adele spürte, die Entscheidung war gefallen. Sie würde Arthur verlieren, ihr Haus und überhaupt alles, was sie kannte. Sie konnte nichts dagegen tun. Was sie sich wünschte, interessierte niemanden.

2 Kanonendonner

Adele, Herbst 1806

Draußen donnerten die Kanonen. Es war kein fernes Grollen mehr wie in den vorangegangenen Tagen. Der Krieg war da. Er tobte vor ihrer Tür. Unten auf der Straße galoppierten berittene Soldaten übers Pflaster, Fußsoldaten durchbohrten einander mit Bajonetten, schossen mit Gewehren aufeinander. Zu alledem läuteten pausenlos die Glocken der Kirche nebenan. Eine verirrte Kugel pfiff am verschlossenen Fenster vorbei, hinter dem Adele stand. Sie duckte sich in die Ecke, machte sich so klein wie möglich. Ein helles Zischen, dann ein berstendes Geräusch. Ein Geschoss hatte anscheinend die Hauswand getroffen.

Lauter als alles andere dröhnte die Artillerie. Bei jedem Einschlag bebte der Boden, sie spürte es unter ihren Füßen. Mit klopfendem Herzen schlich sie wieder zum Fenster, schob die dicken Vorhänge ein kleines Stück zur Seite und spähte auf die Straße. Sie sah eine wogende Masse in verschiedenfarbigen Uniformen, viele Männer lagen auf dem Boden, der rot vor Blut war, Waffen blitzten, Pulverdampf vernebelte die Sicht.

Sophie, das Kindermädchen, zog sie am Arm. »Komm weg da!«

Adele rührte sich nicht. Sie war wie erstarrt, konnte den Blick nicht abwenden von dem mörderischen Gemetzel. Das also war Weimar, das Paradies, in das ihre Mutter unbedingt gewollt hatte.

Sophie hob sie hoch, wollte sie wegtragen. Der Leinengürtel mit dem eingenähten Gold, den sie am Leib trug, drückte schmerzhaft gegen ihren Bauch. Sie hielt sich am Fensterbrett fest.

Auf der gegenüberliegenden Straßenseite zertrümmerten französische Soldaten das Kutschtor, das zu den Ställen eines Gasthofes führte. Die Mutter war dort. Sie versuchte, Pferde zu bekommen. Auch sie wollte nun wieder fort von hier. Sie sagte, niemand habe ahnen können, dass Napoleon die Preußen überfällt. Adele fragte sich, ob dem Vater so etwas auch passiert wäre.

Die Mutter hatte geglaubt, Napoleons Truppen würden weiterziehen. Ein hoher Offizier hatte es ihr versichert, also verließ sie sich darauf. Als der Kanonendonner immer näherkam, vergrub sie das Silber im Garten der gerade erst angemieteten Wohnung und nähte den Schmuck in die Kleider ein, aber nur vorsorglich, wie sie erklärte. Erst als schon Waffengeklirr in den Straßen zu hören war, rannte sie los, um Pferde für die Flucht zu beschaffen.

Mehrere Bretter an dem Holztor gegenüber waren bereits geborsten. Vier Soldaten stürmten mit einem dicken Balken darauf los und rammten ihn mit voller Wucht dagegen. Die Torflügel gaben splitternd nach. Schwarzer Rauch quoll heraus, Flammen loderten auf, Pferde wieherten verängstigt, die Ställe brannten!

Adele geriet in Panik. Ihre Mutter war nirgends zu sehen. Auch Sophie kniff schon nervös die Augen zusammen. Der Brand breitete sich aus. Pferde galoppierten herrenlos auf die Straße, rissen Soldaten um, trampelten über die auf dem Boden liegenden Verletzten hinweg. Hinter den Pferden drängten Menschen ins Freie, schoben und stießen sich gegenseitig beiseite, um dem Feuer zu entfliehen. Die Mutter war nicht unter ihnen. Inzwischen war der dunkle Qualm so dicht, dass man fast nichts mehr sah. Das Gedränge wurde auf einmal noch hektischer, ein Soldat schrie: »Weg da, weg da, das Pulverfass!«

Eine gewaltige Explosion ließ die Fensterscheiben zerspringen. Adele warf sich flach auf den Boden und hielt sich die Ohren zu. Sophie lag plötzlich über ihr, Scherben prasselten herab, das Zimmer füllte sich mit Brandgeruch. Als alles still wurde und Sophie sich aufgesetzt hatte, rappelte Adele sich ebenfalls auf. Sie wusste nicht, ob sie verletzt war. Benommen sah sie an sich hinab. Einige Glassplitter steckten in ihrem Kleid, aber es tat nirgends weh. Ihr schien nichts passiert zu sein. Dann bemerkte sie, dass Sophie am Arm blutete. Erschrocken kniete sie sich zu ihr und reichte ihr ein Taschentuch.

Sophie tupfte die Wunde ab. »*Ce n'est pas grave*«, sagte sie. Zum Glück war es kein großer Schnitt. Adele half ihr, ihn mit dem Taschentuch zu verbinden.

Vorsichtig kamen sie hoch und schauten aus dem Fenster. Der Pulverqualm senkte sich, man konnte wieder einzelne Gestalten unterscheiden. Die Soldaten kämpften nicht mehr, sondern bargen gemeinsam die Opfer der Explosion. Von der Mutter noch immer keine Spur.

»Ich gehe sie suchen!«, rief Adele und wandte sich zur Tür.

Sophie stellte sich ihr in den Weg. »Und wenn ich dich festbinden muss, du bleibst hier!«

Da plötzlich tauchte die Gestalt der Mutter auf, sie bahnte sich einen Weg durch die aufgeregte Menge. Sie hielt ein Kind an der Hand, ein Mädchen etwa in Adeles Alter, das sich gerade zu einer Frau umdrehte, die hinter ihnen herstolperte.

Adele stürmte ins Treppenhaus und rannte die Stufen zur Eingangshalle hinunter. Mit einem Schürhaken bewaffnet, kam Sophie ihr nach und schob sich an ihr vorbei. »Lass mich das machen. Wir müssen die Soldaten draußen halten.«

Unten hämmerte jemand an die Eingangstür. Das Kindermädchen schob den Riegel zurück und riss die Tür auf. Die Mutter stolperte herein, gefolgt von der Frau und dem Kind.

Ein Fußsoldat drängte nach. Adele starrte auf die klaffende Wunde an seiner Stirn. Sophie warf sich gegen die Tür. Der Soldat drückte von außen dagegen und rief auf Französisch andere herbei. Die Mutter sprang Sophie zur Seite, auch Adele half, so gut sie konnte. Ihr Herz klopfte bis zum Hals. Der Soldat verlor an Boden, das Schloss schnappte wieder zu. Eilig schob die Mutter den Riegel vor. Gemeinsam wuchteten sie eine Truhe, die im Hausflur stand, vor die Tür.

»Es gibt nirgends Pferde«, verkündete die Mutter atemlos. »Wir müssen hierbleiben und das Beste hoffen.«

Adele hörte das Blut in ihren Ohren rauschen. »Müssen wir sterben, Mama?«

»Beruhige dich, Kind. Wir sind keine Preußen, also keine Kriegspartei. Obendrein sind wir Frauen. Sie werden uns nichts tun.«

»Man darf gespannt sein, ob die Mörder da unten das auch so sehen«, sagte die fremde Frau. Adele sah sie an. Sie trug ein Seidenkleid und sah aus wie eine Dame.

»Es hilft nichts, sich verrückt zu machen.« Die Mutter ging allen voran die Treppe hinauf. In der Wohnung roch es noch immer nach Schießpulver. Die Mutter besah sich schweigend die Bescherung, dann bot sie den beiden Gästen unbeschädigte Stühle an und stellte sie vor: »Das ist Frau von Pogwisch mit ihrer Tochter. Sie haben in dem Gasthof dort drüben gewohnt. Jetzt wissen sie nicht, wohin.«

Adele betrachtete nun auch das Mädchen genauer. Sie sah ängstlich aus und etwas zerzaust. Vor allem aber war sie schöner als ein Engel mit ihren goldenen Korkenzieherlocken, ihrem herzförmigen Mund, ihrer Stupsnase und ihren veilchenblauen Augen.

Diese offenen, klaren Augen musterten sie nun freundlich. »Wie heißt du?«

»Adele, und du?«

Das schöne Mädchen streckte die Hand aus. »Ottilie, sehr erfreut.«

Ihre Hand war eiskalt und zitterte. »Wollen wir etwas spielen?«, fragte Adele.

»Gerne.«

Sie führte das Mädchen in die Zimmerecke, in der ihre beiden Puppen lagen. »Ich habe noch nicht viele Sachen hier«, sagte sie entschuldigend. »Wir sind erst kürzlich hergezogen. Unsere Kisten sind noch nicht alle da.«

»Wir sind auch neu hier. Meine Mutter wird Hofdame bei der Herzogin.«

»Dann seid ihr Adelige?«, fragte Adele.

»Ja, aber nur meiner Mutter ist das wichtig.«

»Meine Mutter findet, Adel sollte es nicht geben.«

»Das sagt mein Vater auch, dabei ist er selber adelig«, erklärte das schöne Mädchen und seufzte. »Sie haben sich nicht gut verstanden, deshalb sind sie jetzt getrennt.«

»Ich habe auch keinen Vater. Meiner ist gestorben.«

»Fehlt er dir?«

»Manchmal. Fehlt dir deiner auch?«

»Ja.«

Plötzlich erschütterten dumpfe Schläge das Haus. Unten wurde gegen die Tür gehämmert. Die Mutter wagte einen Blick aus dem zersprungenen Fenster. »Französische Soldaten!«

»Die kommen, um zu plündern!«, rief Frau von Pogwisch angstvoll.

»Aber das ist verboten«, sagte Sophie, die eine Karaffe Wasser herumreichte.

»Das sind Franzosen!« In Frau von Pogwischs Stimme lag Verachtung.

»Ich bin selbst Französin. Es ist verboten.«

Sophies Worte gingen in einem hässlichen Knirschen unter. Die Tür hatte nicht standgehalten. Schon waren polternde

Schritte auf der Treppe zu hören. Mit wild pochendem Herzen flüchtete Adele zu ihrer Mutter, die schützend den Arm um sie legte. Ein Dutzend französischer Soldaten platzte in den Wohnraum. »*Du vin, du vin!*«, grölten sie.

»Alles wird gut«, flüsterte die Mutter Adele zu. Sie gab ihr einen Kuss auf die Stirn und schob sie sanft zu Sophie hinüber, die mit Ottilie und ihrer Mutter in der hintersten Ecke des Raumes Zuflucht gesucht hatten. Während Adele sich an das Kindermädchen schmiegte, trat die Mutter den Soldaten entgegen.

»Gibt es hier einen Anführer?«, fragte sie auf Französisch. Ihre Stimme klang anders als sonst, lauter und irgendwie angestrengt.

Ein Mann mit Schultertressen wurde nach vorne geschoben. »Ich bin Unteroffizier.«

»Sie sollten Ihre Leute besser im Griff haben«, schalt die Mutter ihn. Adele staunte, wie bestimmend sie mit ihm sprach. Etwas zuvorkommender fuhr sie, an die ganze Truppe gewandt, fort: »Sicher seid ihr hungrig und durstig. Ich biete Wein, Brot und Wurst. Wir geben gerne, was wir haben. Dafür erwarte ich, dass alle sich benehmen. Und ich möchte einen höheren Offizier sprechen. Wir bieten Einquartierung gegen Wachschutz.«

»Was sagt sie?«, fragte Ottilie verängstigt. Adele übersetzte, so gut sie konnte. Die Soldaten scharten sich um die Mutter. Adele hatte Angst, sie könnten sich auf sie stürzen. Doch zu ihrer unendlichen Erleichterung wies der Unteroffizier seine Männer an, die Waffen niederzulegen. Dann sagte er beinahe höflich zur Mutter: »Wie Sie wünschen. Aber erst einmal: Wein her und Fourage! Wir haben seit gestern nichts gegessen.«

In Windeseile tischten Sophie und die Mutter auf, was die Speisekammer hergab, Brote, die für die vereitelte Flucht gebacken worden waren, Schinken, Blutwurst, eingelegte Gurken, dazu gekochte Kartoffeln und Eierkuchen, die Sophie briet, bis der Vorrat aufgebraucht war. Glücklicherweise hatten die Kisten mit dem Burgunder unversehrt ihren Weg aus Hamburg hierher gefunden, anders als die beiden Wagen mit den Möbeln, die auf sich warten ließen. Adele half, Brot auszuteilen. Die gierigen Soldaten rissen ihr die Laibe ungeschnitten aus den Händen. Dennoch gelang es ihr, Ottilie und Frau von Pogwisch einige Stücke zuzustecken.

Satt und angetrunken wurden die Soldaten freundlicher. Adeles Kinderfranzösisch schien sie zu amüsieren, sie forderten sie auf, ihnen ein französisches Volkslied vorzusingen. Sie kannte das Lied, Sophie hatte es ihr beigebracht, aber jetzt fiel es ihr nicht mehr ein. Die Mutter legte ihr beruhigend eine Hand auf den Rücken und summte ihr den Anfang vor. Plötzlich konnte sie es wieder. Die Soldaten wurden ganz still, als sie sang, einige klatschten anschließend sogar.

Der Unteroffizier hielt sein Versprechen. Als er sich satt gegessen hatte, ging er los und holte einen Offizier, dessen Uniform mit noch mehr goldenen Schnüren geschmückt war. Er hieß Lieutenant Denier und versprach, das Haus zu schützen, bis sich die Lage beruhigt hatte. »Die Stadt ist eingenommen. Es gilt jetzt napoleonisches Recht. Heute sind die Soldaten nicht zu bändigen, aber ab morgen wird bestraft, wer stiehlt oder Zivilisten misshandelt. Ihnen wird nichts passieren, dafür verbürge ich mich.«

Die Mutter räumte ihr Zimmer für Lieutenant Denier frei. Adele half mit, ihr eine Bettstatt im Kinderzimmer herzurichten, das sie sonst nur mit Sophie teilte. Während die Mutter dem Offizier sein Quartier zeigte und Sophie für Frau von Pogwisch und Ottilie ebenfalls ein notdürftiges Lager aufschlug, lernte Adele ein Klatschspiel von Ottilie, das etwas anders ging als die Klatschreime, die sie aus Hamburg kannte.

»Du da!« Ein betrunkener Soldat torkelte herbei und zeigte auf Ottilie. »Steh auf und komm her!«

Ottilie drückte sich verängstigt in die Ecke. »Was will er von mir?«

»Du sollst zu ihm gehen.«

Ottilie gehorchte zitternd. Adele musste übersetzen. »Ich hab mir Läuse eingefangen«, lallte der Soldat. »Du hast hübsche kleine Hände. Also mach dich nützlich, bring die Viecher um.«

»Nur auf dem Kopf oder überall?«, rief ein anderer Soldat. Alle grölten.

Ottilies Unterlippe bebte, als würde sie gleich in Tränen ausbrechen. Adele raffte ihren Mut zusammen. »Lassen Sie meine Freundin in Ruhe!«

Die Soldaten lachten jetzt noch lauter.

»Sieh an. Das kleine Mädchen ist in Wirklichkeit ein kleiner Kavalier.« Der Soldat grinste sie frech an. »Dann laust du mich eben.«

Seine Haare waren verfilzt und klebrig. Adele konnte nicht erkennen, ob sie nur Dreck sah oder auch Blut. Es war widerlich, ihr wurde übel.

»Ich mache mit«, flüsterte Ottilie und schob die Ärmel ihres Seidenkleides hoch.

Die Läuse waren überall, unendlich viele, man musste nicht einmal suchen, sie krabbelten herum. Gegen den Brechreiz ankämpfend, zerdrückte Adele sie mit den Fingernägeln. Es gab ein ekelhaftes Knacken. Manchmal klebte danach etwas Blut an ihren Fingern. Sie blickte zu Ottilie hinüber, die mit ausdruckslosem Gesicht eine tote Laus vom Kragen des Soldaten streifte.

»Du musst das nicht tun«, murmelte sie.

»Man könnte ihm Schmalz auf den Kopf schmieren«, schlug Ottilie vor. »Davon sterben die Viecher.«

»Ruhe, ihr beiden!«, schimpfte der Soldat.

»Es gibt ein Hausmittel«, sagte Adele tapfer.

»Aha. Und was?«

Als die Mutter und Sophie in die Stube zurückkamen, schmierten sie und ihre neue Freundin schon zwei weiteren Soldaten Fett in die Haare. Der entlauste Dragoner kippte sich eine Flasche Wein in die Gurgel und lallte. »Zwei Wunderkinder haben Sie da. Kein Jucken, nichts. Seit Wochen das erste Mal!«

Die Mutter zog die Augenbrauen zusammen. »Was geht hier vor?«

»Lasst uns trinken!«, rief der Soldat. »Alle, auch ihr!«

Die Mutter wehrte ab, aber der Franzose war nicht zu bremsen. Er drängte Adele und Ottilie zwei volle Weinkelche auf. Wie sie es bei Erwachsenen gesehen hatte, hakte Adele sich bei Ottilie ein. Mit ineinander verschlungenen Armen führten sie ihre Weingläser zum Mund und nippten daran. Es schmeckte unangenehm sauer, Adele schüttelte sich. Dennoch fühlte sie sich beglückt, denn Ottilie sagte lächelnd: »Auf unsere Freundschaft!«

Johanna, Herbst 1806

Eigenhändig trug Johanna das Verbandszeug, das sie in den letzten Tagen mit Sophie und Adele aus alten Leinenlaken gerupft hatte, zum Lazarett. Ein Lohndiener folgte ihr mit dem Handwagen voller Äpfel, die sie einem Bauern abgekauft hatte. Sie wollte sie unter den Verwundeten verteilen.

Barrikaden und Trümmer versperrten ihnen den Weg. Einige der ausgebrannten Ruinen, an denen sie vorbeikamen, qualmten noch schwach, andere glänzten kohlschwarz und nass von den Löscharbeiten. Der rußige Geruch, der über allem lag, mischte sich mit süßlichem Verwesungsgestank. Die Leichen wurden nicht schnell genug beerdigt. Wer überlebt hatte, richtete sich notdürftig wieder ein Dach über dem Kopf her. Die

Glücklichen, deren Häuser noch standen, räumten auf, eine alte Frau schüttete vor Johannas Füßen Waschwasser aus einem Eimer auf die Straße, das sich sogleich rötlich einfärbte von dem Blut, das fast überall auf dem Pflaster klebte. Johanna sprang beiseite. Etwas knackte unter ihren Füßen. Mit einem Aufschrei erkannte sie, dass sie auf einen abgetrennten Finger getreten war.

Warum bloß hatte sie niemand gewarnt, dass hier Krieg herrschen würde? Sie wusste zwar vom Hörensagen, dass Napoleon, dieser Nachlassverwalter der Französischen Revolution, sich auf Eroberungsfeldzügen befand. Doch das Rheinland, in das seine Truppen einmarschiert waren, war ihr weit weg erschienen. Der rasche Vorstoß auf Thüringen und Preußen hatte selbst preußische Militärs überrascht. Nun war es zu spät für eine Flucht. Es galt, das Beste aus der Situation zu machen und sich nicht unterkriegen zu lassen.

Die Luft im Lazarettzelt war drückend und verbraucht. Die Verletzten litten an Wundbrand, sie verfaulten bei lebendigem Leibe. Viele waren zu schwach zum Schreien und stöhnten nur noch leise.

Johanna wurde übel. Aber wenn sie im Leben etwas gelernt hatte, dann Selbstbeherrschung. Sie riss sich zusammen, bedeckte Mund und Nase mit einem Taschentuch und übergab einem Feldscher das Verbandszeug. Sie fragte sich, warum es »Scharpie« genannt wurde – hatte das mit den Schärpen der Offiziere zu tun? Waren die seidenen Auszeichnungen, die quer über den Galauniformen getragen wurden, stilisierte Wundverbände, die zeigen sollten, wie mutig sich die Träger in der Schlacht geschlagen hatten? Ihr ging es wie den meisten Frauen: Sie konnte dem Krieg nichts abgewinnen. Tatkraft und Mut waren vergeudet, wenn sie der Zerstörung dienten.

Ein Ächzen unmittelbar neben ihr riss sie aus den Gedanken. Auf dem nackten Lehmboden neben einem leeren Feldbett kauerte ein älterer Mann. Ein Zivilist mit grauem, gramzerfurchtem Gesicht.

»Kann ich etwas für Sie tun?« Sie beugte sich zu ihm hinab. »Warten Sie, ich helfe Ihnen auf.«

Der Mann hob abwehrend die Hände. »Lassen Sie mich. Ich möchte einfach hier sitzen.«

»Der Boden ist schmutzig. Ihre Wunde wird sich entzünden.«

»Ich bin nicht verletzt. Und wenn schon! Umso eher wäre ich bei meinem Sohn.«

»Er ist verstorben?«, fragte sie mitfühlend.

»Heute Morgen. Dort.« Er deutete auf das leere Feldbett und sagte ausdruckslos: »Jetzt habe ich niemanden mehr. Meine Frau ist auch schon lange tot.«

»Kann ich Sie nach Hause begleiten und vielleicht jemanden rufen? Einen Nachbarn, einen Freund?«

»Mein Haus ist abgebrannt. Es ist nichts mehr da.«

»Dann kommen Sie wohl besser mit mir«, beschloss sie. »Wir werden ein Lager für Sie finden.«

Mühsam stand der Mann auf. Er hieß Vogt und war Arzt. »Gegen alles hatte ich ein Mittel, nur meinen Sohn konnte ich nicht retten«, murmelte er, während sie sich einen Weg zurück zu Johannas Mietquartier neben der Stadtkirche bahnten, das, wie nur sehr wenige Häuser, so gut wie unbeschädigt geblieben war. »Ein Bajonettstich, nichts zu machen.«

Eine Gruppe napoleonischer Husaren kam mit Mehlsäcken und einem lebenden Huhn aus einem Haus.

»Drecksfranzosen«, schimpfte der Arzt.

»Soldaten sind Soldaten. In meiner Heimatstadt Danzig haben die Preußen vor fünfzehn Jahren genauso gehaust«, entgegnete Johanna.

Der Franzose mit dem Huhn unter dem Arm hob plötzlich den Kopf, wie ein Jagdhund, der Beute wittert. Er drückte einem Kameraden den gackernden Vogel in die Hand und rannte quer über die Straße zu einem halb verbrannten Schuppen mit eingetretener Tür. Man hörte Schreie, kurz darauf zerrte der Husar eine blutjunge Magd mit zerrissenem Kleid hinter sich her, eine Hand lag dreist auf ihrem Busen. Seine Kameraden riefen ihm Anzüglichkeiten zu. Sie wollten auch noch an die Reihe kommen. Johanna zögerte nicht lange, sie baute sich vor den beiden auf. »Lassen Sie die Frau los! Sonst landen Sie vor Gericht!«

Ihre Worte machten keinen Eindruck. Ein rothaariger Soldat mit vernarbtem Gesicht legte vertraulich einen Arm um ihre Taille. »Noch eine zum Vernaschen.«

»Sieht sogar noch besser aus«, meinte ein anderer.

»Stell du dich hinten an«, sagte ein dritter.

Johanna ließ sich ihre Angst nicht anmerken und schob energisch den Arm weg: »An Ihrer Stelle würde ich mir das gut überlegen. Lieutenant Denier ist mein vertrauter Freund. Er erwartet mich jeden Moment zurück. Heute Abend ist er bei General Berthier zu Gast, der Vergehen gegen die Bevölkerung unter strengste Strafe gestellt hat.«

Das zeigte Wirkung. Murrend ließen die Soldaten von der Magd ab und trollten sich. Johanna sprach die junge Frau an. »Wohin sollen wir dich bringen? Hast du jemanden, der dich beschützt?«

Die Magd schüttelte den Kopf. »Die Herrschaften sind geflohen. Wir sollten auf das Haus aufpassen, aber Karl, also der Knecht, ist verschwunden.«

Johanna machte eine einladende Geste. »Besser, du kommst auch mit mir.«

Der Arzt protestierte. »Sie ist eine lumpige Magd!«

»Wir alle sind Menschen, wo ist der Unterschied?« Johanna nickte der jungen Frau freundlich zu, um sicherzugehen, dass sie ihr auch folgte.

Zurück im Mietquartier, traf sie Gesichter an, die sie noch nicht kannte. Während der letzten Tage hatten zahlreiche Hilfsbedürftige hier Unterschlupf gesucht. Das große Gesellschaftszimmer quoll über von Menschen. Es fehlten Stühle, manche mussten auf dem Boden sitzen. Soeben sorgte Sophie dafür, dass eine hochschwangere Frau mit zwei kleinen Kindern zumindest eine Decke untergelegt bekam. Entschuldigend drehte das Kindermädchen sich zu Johanna um. »Ich konnte sie nicht abweisen.«

»Natürlich nicht. Noch ist Platz da.«

»Aber das Essen wird knapp. Es gibt kein Brot mehr.«

In der Vorratskammer fanden sich in der Tat nur noch Kartoffeln, und nicht eben viele. »Wir treiben schon genügend für alle auf«, sagte Johanna zuversichtlich.

»Leute haben Mehl aus dem verbrannten Gasthof getragen. Ich habe es gesehen«, mischte sich Adele ein. Sie saß wie immer neben ihrer neuen Freundin. »Vielleicht sollten wir auch was holen.«

»Untersteh dich, Kind«, mahnte Johanna. »Wir plündern nicht. Ich werde Lieutenant Denier bitten, dass er jemanden losschickt. Zur Not findet sich etwas auf den Bauernhöfen in der Umgebung.«

Der Hunger und die Langeweile schlugen den Gestrandeten auf die Stimmung. Der Arzt, der sich, möglichst weit weg von der Magd, zu Frau von Pogwisch gesetzt hatte, seufzte vor sich hin.

»Nur Mut«, sagte Ottilies Mutter, die mit geradem Rücken auf ihrem Stuhl saß. »Das Blatt wendet sich wieder. Unsere Leute erobern alles zurück.«

»Bitte nicht noch mehr Krieg!«, entfuhr es Johanna.

»Und sich den Franzosen unterwerfen?«

»Wäre das so unerträglich? Unter Napoleon sind Bürgerliche mit Adeligen gleichgestellt, es herrscht Religionsfreiheit, die besetzten Länder dürfen sich selbst verwalten.«

»Sie sind ja eine Revolutionärin!«, rief der Arzt aus.

»Das nun auch wieder nicht«, lenkte sie lächelnd ein. »Ich will nur sagen, möglicherweise werden wir uns arrangieren müssen.« Sie sah, wie unglücklich ihre Tochter auf den Boden starrte. Adele mochte diese Art von Gesprächen nicht, sie jagten ihr Angst ein. Johanna schlug vor, gemeinsam ein Lied zu singen.

Frau von Pogwisch wirkte konsterniert. »Finden Sie es richtig, zu musizieren, während unsere Soldaten sterben?«

»Was kann man der Zerstörung Schöneres entgegensetzen als Musik?«, fragte sie zurück und nickte ihrer Tochter aufmunternd zu.

Adele stimmte ein Herbstlied an. Niemand sang mit. Die Tochter schaute sich verwirrt um und brach ab. »Kennt ihr das nicht?«

»Das ist aus Hamburg, mein Liebes«, erklärte Johanna.

»Dann sag du, was wir singen wollen.« Adele sah ihre neue Freundin an.

»Nein, sing nur weiter. Mir gefällt es«, entgegnete die kleine Pogwisch.

Adeles glockenklare Singstimme brachte schließlich selbst Frau von Pogwisch dazu, andachtsvoll die Augen zu schließen.

Als die letzten Töne verklungen waren, bemerkte Johanna, dass ein Neuankömmling den Raum betreten hatte. Vernehmlich klatschte er Beifall. Sie musterte ihn fragend. Der Mann war sicher über fünfzig, aber noch gutaussehend mit seinen wachen, hellbraunen Augen und seinem nur leicht gepuderten, graumelierten Haar. Gekleidet war er in schlichtes Schwarz. Für einen Händler wirkte er zu gebildet, notleidend sah er auch nicht aus. Johanna sah ihn fragend an. »Sie wünschen?«

»Darf ich mir erlauben, Ihnen den Geheimrat von Goethe vorzustellen?«, fragte der Neuankömmling.

»Aber mit dem größten Vergnügen«, rief sie aus. Gleich bei ihrer Ankunft in Weimar hatte sie über einen Künstler namens

Fernow, der zu ihren wenigen Bekannten hier gehörte, versucht, Kontakt zu dem bewunderten Dichter aufzunehmen. Der Krieg hatte es bislang vereitelt. »Bitten Sie ihn herein.«

»Er steht vor Ihnen.«

Ihr fehlten die Worte, was sonst nur selten geschah. So hatte sie sich den Verfasser des *Werther* nicht vorgestellt. Der sichtlich mit seinem Auftritt zufriedene Mann wirkte so gar nicht Ehrfurcht gebietend. Eher wie ein umgänglicher Nachbar, dem bewusst war, dass ihm die Frauenherzen zuflogen. Entzückt drückte sie ihm beide Hände. »Welch eine Ehre und Freude! Gehen wir nach nebenan. Dort ist es ruhiger.«

Sie führte ihn in das kleinere Visitenzimmer, das sich an den großen Wohnraum anschloss. Hier hielten sich keine Flüchtlinge auf. Lediglich Lieutenant Denier steckte den Kopf durch die Tür, um ihr mitzuteilen, dass er zwei Säcke mit frisch gebackenen Broten besorgt hatte. »Sie sind ein Engel«, lobte sie ihn. »Seien Sie doch so nett und bitten Sie Sophie, dass sie sich um die Verteilung kümmert.«

Nachdem der Lieutenant sich zurückgezogen hatte, wandte sie sich Goethe zu: »Darf ich Ihnen eine Kleinigkeit anbieten? Wein ist auch da, zwar kein Burgunder mehr, aber Riesling von der Mosel.«

»Da sage ich nicht nein.«

Sie schenkte ihrem Besucher ein Glas Weißwein ein. »Hat Fernow also mit Ihnen gesprochen?«

Der Dichter stutzte. »Wie meinen?«

»Unser gemeinsamer Bekannter Fernow. Sicher verdanke ich Ihren Besuch ihm?«

»Ich habe ihn seit Kriegsbeginn nicht gesehen.«

Sie war verwirrt. »Wie komme ich dann zu der Ehre?«

»Ich gebe zu, ich war schlicht neugierig. Alle Welt redet von Ihrem Einsatz für die Geplünderten und Verwundeten. Sogar die Herzogin hat Sie gestern erwähnt.«

»Aber das ist doch alles nicht der Rede wert.« Johanna schwebte fast vor Glück. Ganz ohne es zu wissen, hatte sie das Interesse des großen Dichters geweckt. Eine schönere Belohnung für ihre selbstverständliche Nothilfe hätte sie sich nicht vorstellen können.

»Man freut sich in diesen Zeiten über jeden Lichtblick«, fuhr Goethe fort. »Eben zum Beispiel das kleine Mädchen. Ihr Gesang hat mir den Tag versüßt.«

»Ich werde es ihr ausrichten. Sie ist übrigens meine Tochter.«

»Mama, sind hier meine Malstifte?« Adele war unbemerkt hereingehuscht.

Johanna deutete auf die kleine Schreibkommode, die die Vermieterin ihnen überlassen hatte. »Dort liegen sie.«

»Du hast eine schöne Stimme. Mir gefällt deine Modulation«, sagte Goethe, während das Kind den Raum durchquerte.

»Ihre Stimme gefällt mir auch«, erwiderte Adele und warf Johanna einen fragenden Blick zu. Im nächsten Moment flitzte sie mit dem Malblock und den Stiften wieder hinaus.

»Kinder«, sagte Johanna entschuldigend.

»Sie wirkt recht aufgeweckt. Musiziert man in Ihrer Familie auch sonst?«

»Was mich betrifft, würde ich eher sagen, man dilettiert, aber von Herzen«, bekannte sie. »Ich könnte nicht leben ohne Musik. Mehr noch verehre ich aber Ihre Dichtung. Ich habe alles gelesen, was zu bekommen war.«

Goethe winkte bescheiden ab. »Darf ich fragen, wie lange Sie sich in Weimar aufhalten werden?«

»Ich habe vor, mich ganz hier niederzulassen. Sofern die Umstände es erlauben, muss man derzeit wohl dazusagen.«

»Meiner Ansicht nach haben die Preußen nicht die Kraft, zurückzuschlagen. Napoleon hat den Krieg gewonnen. Nicht das Fürchterlichste, was uns widerfahren kann, wenn Sie mir die Bemerkung erlauben.«

Sie horchte auf. »Dann sind Sie ein Anhänger der französischen Ideale?«

»Und Sie ebenfalls?« Der Dichter musterte sie interessiert.

»Freiheit, Gleichheit, Brüderlichkeit«, bekräftigte sie.

»Ich bereue nicht, Sie aufgesucht zu haben«, sagte Goethe und erhob sich. »Besuchen Sie mich doch gelegentlich in meinem Heim, das glücklicherweise ebenfalls verschont wurde.«

»Unbedingt! So bald wie möglich!«, rief sie erfreut und begleitete ihn zum Ausgang, wo er ihr lange und fest die Hand drückte.

Für den Rest des Tages überhäufte sie ihre Gäste mit Aufmerksamkeiten. Eine Einladung bei Goethe! Sie hatte Schachzüge über Schachzüge ersonnen, wie sie seine Bekanntschaft machen könnte. Und nun hatte sie nicht das Geringste dafür tun müssen.

In den darauffolgenden Tagen leerte sich ihre Wohnung nach und nach wieder. Die Flüchtlinge fanden anderswo Unterschlupf, die Herrschaften der Magd kehrten zurück, und der Arzt reiste nach Jena, wo eine Cousine von ihm lebte. Auch Lieutenant Denier zog mit seinen Leuten ab, eine Schildwache war nicht mehr nötig.

Sehr zu Adeles Leidwesen trat Frau von Pogwisch ihren Dienst als Hofdame an und zog mit Ottilie in einen Seitenflügel des herzoglichen Residenzschlosses. Mutter und Tochter besuchten sie aber weiterhin regelmäßig. Bei einer dieser Gelegenheiten überbrachte Frau von Pogwisch Johanna ein Billett. Es trug das Siegel der Herzoginmutter und enthielt die Einladung zu einer Vormittagsvisite.

Auch wenn sie nicht an die Überlegenheit des Adels glaubte, verwandte sie am Morgen des Besuchs bei der Herzogin mehr Sorgfalt auf ihre Toilette als üblicherweise. Beziehungen konnten nie schaden. Bei der Gelegenheit verdross es sie wieder einmal, dass der Wagen mit den Hamburger Möbeln und einigen ihrer besten Kleider noch immer nicht eingetroffen war. Man wusste nichts über seinen Verbleib. Johanna befürchtete, dass sie ihre Sachen verloren geben musste. Vermutlich putzten sich Soldatenliebchen damit heraus, die die Diebesbeute von den Franzosen als Gegenleistung für zweifelhafte Gefälligkeiten bekommen hatten.

Johanna wählte ihr feinstes Seidenkleid, staffierte auch Adele hübsch aus und machte sich mit ihr auf den Weg zum Schloss. In den Straßen herrschte inzwischen Ruhe. Die Herzoginmutter Anna Amalia, die in Abwesenheit ihres Sohnes, des Herzogs Carl August, die Geschicke der Stadt leitete, hatte eine Übereinkunft mit Napoleons Leuten erzielt. Der Herzog kämpfte als General weiter östlich gegen die Franzosen, doch seine Mutter hatte den Besatzern die Zusage abgerungen, dass sie die Einwohner des Herzogtums Sachsen-Weimar-Eisenach in Frieden leben lassen würden.

Anna Amalia war eine beeindruckende alte Dame mit klugen Augen, die trotz ihrer weißen Haare beinahe schön wirkte. Sie empfing Johanna im Kreise einiger Hofdamen, unter denen sich auch Frau von Pogwisch befand. Johanna freute sich für Adele, die sogleich zu ihrer kleinen Freundin rannte. Fröhlich spielten die beiden Kinder den ganzen Besuch über im hinteren Teil des geräumigen Empfangssaales mit einem Reifen.

Die Herzogin lächelte nachsichtig über das Gekicher der Mädchen und widmete Johanna eine Viertelstunde, in der sie freimütig von den eigenen Entbehrungen berichtete. Gegen den Rat ihres Sohnes, des Herzogs, war sie nicht vor den französischen Truppen geflüchtet. Sie war geblieben, um Weimar zu schützen. Gleich nach der Eroberung hatte sie die Verhandlungen mit den Besatzern aufgenommen. Nur dadurch hatten die Plünderungen so bald ein Ende gefunden. In den Tagen voller Gewalt und Chaos hatte auch die Herzogin mit ihrem Hofstaat nur von Kartoffeln gelebt. Den Kaffee, den sie ihren Gästen nun wieder anbieten konnte, trank sie noch immer mit besonderem Genuss. Johanna verließ sie mit der erfreulichen Erkenntnis, dass die Herzogin auch nur ein Mensch war, und zwar ein sehr angenehmer.

Der Empfang bei Hofe hob Johannas gesellschaftlichen Status enorm. In ihrem großen Salon, in dem sich vor kurzem noch Flüchtlinge gedrängt hatten, strömten nun scharenweise adelige Damen und solche aus dem gehobenen Bürgertum. Johanna musste sich regelrecht verleugnen lassen, um endlich Zeit für den Gegenbesuch bei Goethe zu finden.

Sie brach allein zu dem Dichter auf. Adele wollte nicht mitkommen, die kleine Pogwisch hatte sich eingestellt. Es war Johanna nicht unlieb, man war unter Erwachsenen doch ungestörter. Auf dem kurzen Weg zum Frauenplan bemerkte sie wieder einmal, wie klein Weimar doch war. Jedermann schien sie inzwischen zu kennen, Passanten zogen den Hut und grüßten sie.

Der Dichter selbst ließ jedoch auf sich warten. Der Diener, der sie ins Vorzimmer führte, kam zweimal zurück, um ihr mitzuteilen, dass sie sich noch gedulden müsse. Sie begann sich zu fragen, ob sie bei der ersten Begegnung einen weniger günstigen Eindruck auf Goethe gemacht hatte als umgekehrt.

Als er schließlich erschien, war er nicht allein. Eine Frau um die vierzig mit ebenmäßigen, aber etwas groben Gesichtszügen trat hinter ihm ins Besuchszimmer. Das musste die Vulpius sein. Goethes illegitime Verbindung mit der Putzmacherin war kein Geheimnis, es gab einen siebzehnjährigen Sohn. Der Dichter hatte sie aus der Armut gerettet, nachdem ihr Vater wegen Unterschlagung unehrenhaft aus dem herzoglichen Dienst entlassen worden war. Nun trug sie feinste Kleider, darüber hinaus in Weiß, was Johanna bei ihrer Vorgeschichte etwas unpassend fand. Bei einem anderen Gastgeber hätte sie es als Affront betrachtet, der Geliebten vorgestellt zu werden, doch der Dichter stand im Ruf, sich über Regeln hinwegzusetzen.

»Sie dürfen gratulieren«, begrüßte er sie. »Wir kommen eben aus der Kirche. Wir haben geheiratet.«

Überrascht reichte sie dem Brautpaar die Hand. »Man sagte mir, Sie geben nichts auf derlei Konventionen.«

»In Friedenszeiten ja, aber in Zeiten wie diesen? Gesetze bieten Schutz und Sicherheit.«

Die frischgebackene Frau von Goethe nickte zu allem, was der Dichter sagte. Sie wirkte warmherzig, im Gespräch zeigte sie sich allerdings etwas unbeholfen. Johanna befürchtete, dass der neue Status als Goethes rechtmäßige Ehefrau ihr in der guten Gesellschaft nicht alle Steine aus dem Weg räumen würde.

Die Gedanken des Dichters schienen in eine ähnliche Richtung zu gehen: »Es würde mich freuen, wenn Sie meine Gattin bei Gelegenheit zum Tee einlüden.«

Johanna hätte ihr halbes Vermögen dafür gegeben, sich Goethes Freundschaft zu sichern, und nun genügte eine Tasse Tee. Wenn er ihr seinen Namen gibt, ist das wohl nicht zu viel verlangt, dachte sie und sagte: »Aber mit Vergnügen. Passt es Ihnen am kommenden Sonntag?«

Als Christiane von Goethe angemeldet wurde, saßen bereits einige Damen aus Johannas neuem Bekanntenkreis beisammen. Bei ihrem Eintreten warfen sie einander vielsagende Blicke zu. Alle waren über ihre fragwürdige Herkunft und Vergangenheit im Bilde. Johanna begrüßte die Besucherin mit ausdrücklicher Hochachtung. »Da sind Sie endlich. Sehen Sie bitte über die zusammengewürfelte Einrichtung hinweg. Wir improvisieren noch.«

Sie stellte die Frischvermählte den übrigen Anwesenden vor. »Sehr erfreut«, sagte die Goethe schüchtern. Die anderen Damen neigten kaum merklich den Kopf und machten mit formvollendetem Schweigen deutlich, dass sie nichts mit ihr zu tun haben wollten.

Johanna bemühte sich, das Gespräch in Gang zu bringen. »Ich höre, das Theater soll wieder eröffnen. Ich kann es kaum erwarten. Das Ensemble soll ja sehr gut sein, nicht weiter verwunderlich bei dieser Leitung.«

Das ehemalige Fräulein Vulpius nickte eifrig. »Mein Mann versucht, gute Schauspieler zu fördern.«

»Er hat einen Hang zum einfachen Volk«, stichelte Frau von Göchhausen, eine verwitwete Hofdame, die Johanna bei der Herzoginmutter kennengelernt hatte. Christiane von Goethes Miene fiel in sich zusammen.

Johanna nutzte Adeles Eintreten, um dem Gespräch wieder eine unverfängliche Richtung zu geben. »Darf ich vorstellen? Meine Tochter Adele. Begrüß die Damen, Liebes.«

Adele knickste folgsam. Die Anwesenden nickten ihr lächelnd zu. Zwar war ihre Tochter nicht besonders hübsch, wie selbst Johanna zugeben musste. Ihre Haare waren zu stumpf, ihre Augen zu wässrig, auch war ihr Gesicht zu unregelmäßig und der dünne, für ihr Alter recht große Körper zu knochig. Dennoch war das Kind auf unerklärliche Art einnehmend. Jedermann spürte, dass hinter der etwas zu hohen Stirn ein wacher Geist wohnte, gleichzeitig verriet das lebhafte Mienenspiel Gefühlstiefe. Es war unübersehbar, dass Adele an allem, was um sie herum vorging, regen Anteil nahm.

Sie hielt ihr ihre Porzellanpuppe hin. »Kannst du mir mit dem Kleid helfen, Mama? Ich möchte eine Schleife annähen. Sophie ist nicht da.«

»Die Dame, die neben deiner Mutter sitzt, hilft dir sicher gerne«, sagte Frau Bertuch, eine berüschte Matrone. »Sie kennt sich aus.«

Christiane von Goethe lief rot an. Johanna fiel ein, dass die Matrone mit dem Inhaber der Kleidermanufaktur verheiratet war, in der die jetzige Dichtergattin jahrelang als einfache Arbeitskraft gegen Lohn gearbeitet hatte. »Frau von Goethe möchte nicht behelligt werden«, sagte sie schnell zu Adele. »Möchtest du ihr nicht lieber einen Kakao anbieten? Von dem guten aus Hamburg.«

»Der unter den Dielenbrettern versteckt ist? Aber den heben wir doch für Weihnachten auf!«

»Kindermund tut Wahrheit kund«, lachte die Bertuch.

»Ich möchte Ihnen keine Umstände machen«, wehrte Christiane von Goethe verlegen ab.

»Nicht doch«, beharrte Johanna. »Ihr Gemahl hat mir verraten, dass Sie diese kleine Schwäche mit mir teilen. Also müssen Sie davon kosten, keine Widerrede. Dieser Kakao kommt auf direktem Wege von der Elfenbeinküste. Mein verstorbener Gatte war Großhändler, müssen Sie wissen.«

Sie sorgte persönlich für die Zubereitung. Zwar ließ sich nicht vermeiden, dass sie auch den anderen Damen davon anbot, doch die Sache war es wert.

Nach den Entbehrungen, die alle Anwesenden in der jüngsten Vergangenheit erlitten hatten, duftete und schmeckte der Kakao köstlich wie nie. Genussvolle Stille erfüllte den Raum.

»Vorzüglich, finden Sie nicht?«, meinte die Bertuch plötzlich zur Goethe. Die drehte verwirrt den Kopf, um zu sehen, ob tatsächlich sie gemeint war. Dann lächelte sie unsicher.

Frau von Göchhausen wandte sich ihr ebenfalls zu. »Was ich mich schon immer gefragt habe: Wie ist Goethe denn so privat?«

Die Angesprochene schien nicht recht zu wissen, was sie antworten sollte. »So wie sonst auch, würde ich sagen.«

»Hat er denn keine Fehler?«, hakte die andere nach.

»Nun ja.« Die Goethe lächelte. »Er bildet sich schnell ein, er wäre krank. Schon beim geringsten Halskratzen.«

»Mein Mann war auch Hypochonder«, sagte die Göchhausen schmunzelnd.

»Und meiner ist es noch«, pflichtete die Bertuch bei. Die übrigen Damen lachten beifällig. Das Eis schien gebrochen zu sein.

Goethe sprach bereits am nächsten Morgen wieder vor. Er war Johanna sichtlich dankbar. »Meine Gemahlin und ich sind Freitagabend bei Bertuchs eingeladen. Wir sehen Sie hoffentlich dort?«

Johanna bejahte. Sie hatte in der Post ebenfalls eine Einladung vorgefunden. »Übrigens möchte ich den Winter über selbst öfter Gesellschaften geben«, erklärte sie. »Keine steifen Festlichkeiten, eher freie Zusammenkünfte, bei denen über Dichtung gesprochen und musiziert wird.«

»Sie meinen eine Art literarischen Zirkel?«

»Ganz recht. Es geht darum, gebildete Menschen zusammenzubringen und sich auf anregende Weise die Zeit zu vertreiben. Farben und Papier werden verfügbar sein, ebenso Journale, Neuveröffentlichungen, Musikinstrumente. Jeder darf sich beschäftigen, wie ihm beliebt. Alle sind willkommen, Frauen und Männer aller Schichten und Herkunftsländer. Nur Geist und Talent sind Bedingung.«

»Eine wunderbare Idee. Sie dürfen gerne mit mir rechnen.«

So ging also ihr kühnster Traum in Erfüllung. Durch den Krieg, der andere ins Unglück gestürzt hatte, war sie in Weimar in kürzester Zeit so heimisch geworden, wie es in Hamburg nie ganz der Fall gewesen war. Sie musste an die Worte ihrer jüngeren Schwester Julia denken, gegen die sie in ihrer Jugend oft im Piquet gewonnen hatte. Nicht ohne Neid hatte die Schwester stets gesagt: »Wie ein Korken bist du, immer schwimmst du oben!«

Mit einem Lächeln winkte sie Goethe, als er das Haus verließ. Genauso war es!

3 Teezirkel

Adele, Frühjahr 1807

Es herrschte wieder Frieden. Napoleon hatte gewonnen. Auch die Mutter hatte bekommen, was sie sich gewünscht hatte. Jeden Donnerstag und Sonntag musste Adele sich nun am Nachmittag herausputzen, denn es erschienen Gäste zum Tee. Sie tranken allerdings nicht nur Tee, sondern blieben bis in den Abend. Den Leuten gefielen die Gesellschaften offensichtlich, und die Mutter war ganz in ihrem Element, nur für Adele war es ziemlich langweilig. Sie war das einzige Kind. Ottilie lebte jetzt im Residenzschloss. Weil ihre Mutter als Hofdame spätnachmittags und abends nicht wegkonnte und Ottilie zu jung war, um allein herzukommen, hatte sie keine Freundin, mit der sie hätte spielen können.

Fast immer saß sie an dem kleinen Tisch im Nebenzimmer und bastelte oder malte. Die Gespräche der Erwachsenen interessierten sie nicht und auch nicht die Bücher, aus denen vorgelesen wurde. Manchmal wurde Musik gemacht, das war schön. Vor allem Frau von Knebel sang sehr ergreifend, und Fräulein Bardua spielte gut Klavier.

Mitunter setzte sich einer der Besucher zu Adele. Professor Meyer zum Beispiel, der Zeichenlehrer mit dem drolligen Akzent, war immer nett zu ihr. Er konnte eine Münze hinter dem Ohr verschwinden lassen. Am freundlichsten aber war Herr Goethe. Er hatte ihr gezeigt, wie man Scherenschnitte anfertigte. Sie besaß jetzt selbst eine kleine Schere und war schon richtig gut darin. Bei fast jeder Gesellschaft kam er zu ihr und schnitt mit ihr gemeinsam Bilder aus. Sie mochte ihn, er sprach nicht so von oben herab mit ihr wie manche Erwachsene. Allerdings ließen die anderen Gäste ihn nie lange in Ruhe. Immer schauten Herr Fernow oder ihre Vermieterin, Frau Ludekus, herein und wollten, dass er wieder zu ihnen in den großen Salon kam. Es schienen sich wirklich alle um ihn zu reißen.

Die Mutter war da keine Ausnahme. Adele hatte noch nie erlebt, dass sie sich solche Mühe gab, jemandem zu gefallen. Sie brachte Tusche, Feder und Büttenpapier herbei, wenn Herr Goethe zeichnen wollte, bat die Bardua ans Klavier, wenn ihm der Sinn nach Musik stand, ließ sein Weinglas auffüllen, sobald es halb leer war, und sorgte immer für einen Vorrat an Schmalzbroten, die er so gerne mochte.

Als Herr Goethe einmal ihre Begabung als Gastgeberin pries, wurde die Mutter richtig rot. Und noch röter wurde sie, als er sie für ihre gelungene Beschreibung der Weimarer Kriegswirren lobte, die in einer Hamburger Zeitung abgedruckt worden war. Dabei hatte die Mutter einfach nur Arthur einen Brief geschrieben, ihm die Lage geschildert und versichert, dass es ihnen gut gehe. Der Bruder hatte den Brief an die Jansens und einige andere Bekannte weitergegeben, die sich für die Zustände in Weimar interessierten. Und irgendwer hatte dann schließlich gemeint, man solle den Brief an die Zeitung schicken, damit alle von dem Krieg erführen.

Adele besah sich den Scherenschnitt, an dem sie eben herumgeschnippelt hatte. Sie hatte ihn verdorben, er war nicht zu retten. Sie zerknüllte das Papier und wusste nichts mehr mit sich anzufangen. Nebenan im großen Saal schwatzten die Erwachsenen. Herr Goethe war heute nicht erschienen. Plötzlich musste sie an ihren Vater denken. Sie fühlte sich einsam.

Leise schlich sie aus dem Salon, um sich in ihr Zimmer zurückzuziehen. Sie hoffte, dass die Mutter ihr Verschwinden nicht bemerkte. Meist schaute sie erst spät nach ihr, wenn alle gegangen waren. Adele stellte sich dann schlafend und genoss es, wenn die Mutter mit dem Handrücken über ihre Wange strich und ihr flüsternd eine gute Nacht wünschte.

Als sie in den Flur einbiegen wollte, von dem aus man zu den hinteren Zimmern gelangte, sprach die Mutter sie von hinten an. »Nanu, fehlt dir etwas, Liebes?«

Adele drehte sich zu ihr um und schüttelte den Kopf. »Mir wird nur die Zeit lang.«

»Du könntest etwas Hübsches zeichnen. Oder basteln ...«

»Habe ich schon.«

Die Mutter hob die beiden leeren Karaffen an, die sie in Händen hielt. »Dann komm, hilf uns mit dem Wein.«

Obwohl sie keine rechte Lust hatte, folgte Adele ihr in die Küche, wo Sophie mit der anderen Bediensteten Burgunder entkorkte.

»Schau, den füllst du in die Karaffen um. Dann bietest du den Gästen davon an.«

»Die sind alle so laut.«

»So ist das bei Geselligkeiten.«

»Ich möchte lieber in mein Zimmer gehen.«

»Papperlapapp, es ist doch viel schöner unter Leuten«, entgegnete die Mutter. »Dann trag das hier rüber.« Sie zeigte auf eine Schüssel mit Salzgebäck. »Und bitte zieh nicht so ein Gesicht. Es gibt nichts Schlimmeres als griesgrämige Menschen.«

Arthur hätte sich bestimmt geweigert, aber sie war nicht so wie er. Sie wusste, dass die Mutter sich immer durchsetzte. Also nahm sie die Schüssel und versuchte sich an einem Lächeln.

»Viel besser«, sagte die Mutter.

Im Laufe des Abends spürte sie mehrmals, wie die Blicke der Mutter prüfend auf sie gerichtet waren. Manchmal nickte die Mutter ihr auffordernd zu. Dann merkte Adele, dass sie gerade müde war oder sich langweilte. Sofort setzte sie ein fröhliches Gesicht auf und suchte sich eine Beschäftigung.

Später, als sie schon im Bett lag, lobte die Mutter sie dafür. »Ich bin froh, dass du so sonnig bist, Liebes. Zum Glück schlägst du in der Hinsicht nach mir.« Sie gab ihr einen Kuss auf die Stirn.

Beglückt sog Adele ihren Rosenduft ein. Bevor sie einschlief, beschloss sie, von nun an immer gut gelaunt zu sein.

Als sie sich endlich mal wieder trafen, schlug Ottilie vor, sie könnten einander Briefe schreiben, um Adeles Langeweile zu vertreiben. Ihr gefiel die Idee. Sie würde Geheimtinte aus Essig benutzen, weil das abenteuerlicher war. Außerdem konnte so niemand anders die Briefe lesen. Man musste sie erst über eine Flamme halten, damit die Schrift sichtbar wurde. Arthur hatte ihr das einmal gezeigt.

Schon bei der nächsten Teegesellschaft, als sich wieder einmal niemand um sie kümmerte, legte Adele los. Plötzlich wurde das Treiben der Erwachsenen richtig interessant, denn nun konnte sie Ottilie davon erzählen. Sie begann, die Gäste zu beobachten, die sich manchmal wirklich komisch benahmen. Frau Knebel und Fräulein Bardua zum Beispiel: Ständig gerieten die beiden Frauen sich ins Gehege. So auch heute wieder. Alle beide wollten in einem der lebenden Bilder, die Herr Goethe zum Spaß arrangierte, die Göttin der Jagd spielen. Dabei gab es auch andere Rollen, Adele verkörperte ein Reh.

»Ich lasse Ihnen gerne den Vortritt, aber ich fürchte, Sie können das Kostüm nicht tragen«, meinte die Bardua zur Knebel. Sie war nämlich schlanker, die Knebel war ziemlich dick.

»Keine Sorge, es passt tadellos, Sie werden sehen.« Kurz darauf ertönte aus dem Zimmer, in dem die Knebel sich umzog, ein Wutschrei.

»Niemand kann behaupten, ich hätte sie nicht gewarnt«, sagte Fräulein Bardua.

Als Adele ihr später half, das Jagdgöttinnenkostüm anzuziehen, entdeckte sie einige Stecknadeln, mit denen es enger gemacht worden war. »Dann passt das Kostüm Frau Knebel ja doch«, rief sie und zog eine Nadel heraus. Fräulein Bardua sah sie erschrocken an und legte warnend einen Finger an die Lippen. »Psst! Das bleibt unser Geheimnis.«

Später saß Adele im ruhigeren Nebenraum des Salons an einem der Zeichentische und beschrieb Ottilie das Gesicht der Bardua, als sie sie ertappt hatte. Sie musste kichern.

»So ein fröhliches Kind!« Sie schrak auf. Unbemerkt war Fräulein Bardua eingetreten und lächelte ihr wohlwollend zu. »Malst du ein Bild? Zeig mal.« Sie beugte sich über den Brief. »Nanu, ganz leer?«

»Ich fange gerade erst an«, behauptete Adele, froh über die Geheimtinte. Die Bardua schlenderte weiter. Dafür kam nun Herr Goethe in den Raum. Er begrüßte sie freundlich und warf einen Blick auf das leere Blatt. »Die gute alte Zaubertinte, nicht wahr? Schreibst du an deine Freundin?«

»Woher wissen Sie das?«, fragte Adele überrascht.

»Ich bin nicht erst seit gestern auf der Welt.«

Herr Goethe war immer für eine Überraschung gut.

»Wenn du mit dem Brief fertig bist, malst du dann etwas für mich?«, fragte er jetzt. »Gerne mit Tusche und sichtbar.«

»Was denn?«

»Was immer du möchtest.«

»Wir könnten Knickbilder malen«, schlug sie vor.

Herr Goethe blickte sie fragend an.

»Ich zeichne einen Kopf und falte die Seite so, dass Sie nicht sehen, wie er aussieht«, erklärte sie. »Dann malen Sie Hals und Arme, dann ich den Bauch, und so weiter.«

»Einverstanden.« Herr Goethe war wirklich erstaunlich entgegenkommend.

Sie legte los. Das Blatt sorgfältig vor seinen Blicken abschirmend, malte sie acht Köpfe, deren Hälse wie Blumen in einem Strauß zusammengebunden waren. Sie knickte das Bild und gab es weiter. Herr Goethe kehrte ihr beim Zeichnen den Rücken zu. Jemand steckte den Kopf zur Tür herein und fragte, ob er etwas vortragen wolle.

»Nicht jetzt, nicht jetzt«, entgegnete Goethe. Er schien sich zu amüsieren.

Neugierig falteten sie schließlich das Blatt auf. Das Ergebnis war eine Hydra mit dem gestreiften Bauch eines Tigers, der allerdings eine Weste trug, und Tintenfischtentakeln anstelle von Beinen. Das Wesen war schöner als jedes steinerne Monster, das Adele je an einer Kirche gesehen hatte. Sie mussten beide herzlich lachen.

»Nun versuchen wir dasselbe mit Worten«, schlug Goethe vor. »Ich schreibe einen Vers, du reimst darauf, dann ich und so weiter.«

Das Spiel war fast genauso lustig wie die Knickbilder. Je blühender der Unsinn, den sie reimten, desto lauter lachte Herr Goethe. Als ihn erneut jemand zu den anderen zurücklocken wollte, nickte er Adele zu. »Nun tragen wir unser Werk gemeinsam vor.«

Er bestand darauf, dass sie abwechselnd sprachen. Noch nie war sie so großer Aufmerksamkeit ausgesetzt gewesen. Es behagte ihr nicht besonders, doch die Verse sorgten für großes Vergnügen und wurden allgemein beklatscht. Für den Rest des Abends nannten alle sie die kleine Dichterin. Ihre Mutter drückte ihr einen Kuss auf die Stirn.

Adele fragte sich manchmal, warum Herr Goethe so viel Zeit mit ihr verbrachte. Sie hatte auch andere Gäste schon darüber sprechen hören. Sogar zum Mittagessen durfte sie mitkommen, als der Dichter ihre Mutter einlud. So sah sie zum ersten Mal sein Haus.

Die Ehefrau von Herrn Goethe kannte Adele bereits. Sie mochte die mütterliche Wärme, die sie ausstrahlte. Allerdings hatte sie einige abfällige Bemerkungen über sie aufgeschnappt. Manche von den Erwachsenen schienen auf sie herabzusehen.

Dass Herr Goethe auch einen Sohn hatte, war Adele bis dahin gar nicht klar gewesen. Nun verbeugte sich ein stämmiger Bursche vor ihr, der ungefähr in Arthurs Alter sein musste, vielleicht war er aber auch erst siebzehn. Adele verstand nicht, was er zur Begrüßung sagte. Er nuschelte ziemlich. Herr Goethe stellte ihn als August vor.

Nie hätte sie gedacht, dass so jemand Goethes Sohn sein könnte. Während man ihnen im Vorraum die Mäntel abnahm, stand er mit gesenktem Blick da, knetete seine Hände, lehnte sich schließlich an eine Kommode und verlor das Gleichgewicht. Adele hatte richtig Mitleid mit ihm.

Er verschwand, sobald seine Eltern es ihm erlaubten, und zeigte sich erst wieder, als zur Mahlzeit geklingelt wurde.

Außer der Mutter und ihr war nur Kunstprofessor Meyer da sowie ein Ehepaar, das sie nicht kannte. Die Frau stieß ständig hohe Schreie aus, so begeistert war sie von der Einrichtung. Adele fand auch, dass es viel zu sehen gab. Überall standen Marmorbüsten herum, in Schaukästen wurden alte Münzen und bunte Steine ausgestellt, und auf einem Sofatisch lag ein riesiges, aufgeschlagenes Buch, in das getrocknete Pflanzen geklebt waren.

Den größten Blickfang stellte eine Marmorstatue dar, der Kopf und Arme fehlten, die dafür aber in der Körpermitte mit etwas ausgestattet war, das Adele nur einmal bei ihrem Bruder gesehen hatte. Der Vater hatte ihm damals wegen einer Verfehlung die Hose heruntergezogen und eine Tracht Prügel verpasst. Weinend hatte Arthur seine Hände auf seinen Hintern gelegt, während Adele auf das unbekannte Körperteil an seiner Vorderseite starrte. Sie war fasziniert gewesen von der sackartigen Ausstülpung mit dem kleinen Rüssel. Offenbar war das Körperteil nicht lebensnotwendig, denn sie selbst besaß es nicht. Zu gerne hätte sie erfahren, wozu es diente.

»Nicht eben naturgetreu«, murmelte die Mutter vor sich hin.

»Warum haben Männer so was?«, fragte Adele.

»Das wirst du früh genug erfahren. Schau dir einmal die hübschen Gemmen an!« Die Mutter zog sie zu einer Vitrine mit zweifarbigen Steinen, in die Seitenansichten von Köpfen graviert waren. Selbst winzige Augenbrauen und Mundwinkel waren zu erkennen.

»Gefällt dir meine Sammlung?«, fragte Herr Goethe.

»Oh ja. Was für ein Stein ist das?«

»Diese dort bestehen aus Chalzedon und Achat, der Schwarzweiße hier aus Onyx.«

»Alle antik, unglaublich wertvoll«, warf der schweizerische Kunstprofessor ein.

»Möchtest du einen davon in die Hand nehmen?«, fragte Herr Goethe.

Sie blickte ihn überrascht an. »Darf ich?«

»Wenn du gut aufpasst.« Er öffnete die Vitrine und reichte ihr einen besonders schönen, orangerot und weiß geschichteten Stein, in den das Porträt einer Dame mit am Hinterkopf hochgebundener Lockenfrisur geschnitten war. Ehrfürchtig hielt sie die Gemme auf der flachen Hand. Der Dichter erklärte, was es damit auf sich hatte. »Die Römer haben diese Steine als Siegelringe benutzt, schon vor zweitausend Jahren. Den da habe ich aus Italien mitgebracht.«

»Italien? Ist das nicht weit weg?«

»Vierzehn Tagesreisen«, sagte Herr Goethe. »Man muss ein hohes Gebirge überqueren.«

»Aber wenn man dort ist, muss es zauberhaft sein«, warf die Mutter ein. »Die Sonne scheint, Zitronenbäume blühen, alles ist Schönheit und Kunst. Eines Tages reisen wir dorthin.«

Adele musste daran denken, wie ihre Mutter Weimar beschrieben hatte. Das leuchtende Bild hatte bei weitem nicht der Wirklichkeit entsprochen. »Herrscht in Italien Krieg?«, fragte sie.

»Nein, Liebes«, erwiderte die Mutter.

»Dort herrscht die Kultur«, erklärte Herr Goethe. »Überall spürt man diesen erhabenen alten Geist, die Natur ist wie von einem Landschaftsgärtner angelegt, das ärmlichste Haus, die kleinste Stadt, alles verströmt diese überirdische Harmonie, selbst die Bauern wirken wie Edelmänner. Man fragt sich, warum wir nicht alle dort leben.«

»Ich möchte auch dorthin«, beschloss sie.

Die Glocke wurde geläutet. Alle begaben sich in den Speiseraum. Goethes Sohn August saß neben ihr und schaufelte stumm den Schweinsbraten mit Thüringer Klößen in sich hinein. Adele fragte ihn, ob er noch Geschwister habe, aber er antwortete nicht. Kaum hatte Herr Goethe die Tafel aufgehoben, schob er den Stuhl zurück, wobei er sie versehentlich anrempelte, und wollte wieder verschwinden. Seine Mutter hielt ihn mit einer Handbewegung auf. »Ärgere deinen Vater nicht«, flüsterte sie ihm zu.

August blieb unschlüssig stehen, mit hängenden Schultern, die Miene mürrisch. Sein Vater schenkte ihm keine Beachtung. Als August bemerkte, dass Adele ihn ansah, begann er herumzuschlendern. Er ging durch die Flügeltür ins nächste Zimmer. Plötzlich ertönte von dort ein lautes Klirren. Alle liefen hinüber, auch sie. August kniete am Boden und sammelte Scherben auf. Ein Ärmel seiner Jacke war eingerissen. Anscheinend war er gegen eine Vitrine gestoßen und hatte sie vom Sockel gefegt.

Nun blickte er mit knallrotem Kopf auf. Er sah seinen Vater an. Adele folgte seinem Blick. Wenn Herr Goethe sie so voller Verachtung angeschaut hätte, wäre sie sofort in Tränen ausgebrochen. Auch August zog Kopf und Schultern ein. Wieder verspürte sie Mitleid mit ihm. Herr Goethe winkte einen Diener herbei, damit er die Scherben auffegte, und wandte sich ab. Dann sprach er sie plötzlich an. »Suchst du mit mir einen Platz für unser gemeinsames Werk von neulich aus?«

»Sie wollen ein Knickbild aufhängen?«, fragte sie zweifelnd.

»Warum nicht? Mir gefällt es.«

Die Zeit bis zum Aufbruch verbrachten Herr Goethe, die Mutter und sie damit, das lustige Monster in Goethes Arbeitszimmer mit Reißzwecken an die Wand zu heften. August begegnete sie nur noch kurz bei der Verabschiedung, wo sich zum ersten Mal ihre Augen trafen. Sein Blick verriet eine Feindseligkeit, die sie nicht verstand.

Beim darauffolgenden Teezirkel der Mutter, als sie gemeinsam einen Scherenschnitt entwarfen, sagte Herr Goethe auf einmal zu ihr: »Übrigens würde es mich freuen, wenn du mich Vater nennen würdest.«

Sie fand die Bitte komisch. »Aber Sie sind nicht mein Vater.«

»Meiner Ansicht nach sollte man seine Verwandtschaften frei wählen dürfen«, entgegnete er. »Ich jedenfalls betrachte dich als eine Art Tochter im Geiste.«

»Ich weiß nicht ...«, murmelte sie verwirrt.

»Es ist eine Ehre, Liebes«, schaltete sich die Mutter ein, die in der hereinbrechenden Dämmerung Wachskerzen in den Gesellschaftsräumen verteilte.

Tatsächlich war Adele aufgefallen, dass die übrigen Erwachsenen sie respektvoller behandelten, seit Herr Goethe sich so viel mit ihr abgab. Manchmal hörte man ihr sogar zu. Die Mutter sah sie mahnend an. »Na gut. Wenn Sie meinen, Herr Vater.«

Auch der neue »Vater« ersetzte jedoch die Freundin nicht. Je seltener sie sich sahen, desto mehr befürchtete Adele, Ottilie könnte das Interesse an ihr verlieren. Immerhin gab es auch im Umfeld der herzoglichen Residenz gleichaltrige Mädchen.

Nach längerem, vergeblichem Warten hielt sie eines frühen Abends, als sich der Teezirkel eben einfand, endlich wieder einen der ersehnten Briefe in Händen. Während die Gäste im großen Salon ein Pfänderspiel spielten, eilte sie in die Küche, um den Brief mit klopfendem Herzen über eine Kerzenflamme zu halten.

»Findet sich hier irgendwo Salz?« Frau Ludekus betrat die Küche. Auf ihrem Kleid waren Rotweinflecken. Sie sah sich nach dem Salzfass um. Plötzlich rief sie aus: »Um Gottes willen! Vorsicht, Kind!«

Adele war abgelenkt gewesen und hatte vergessen, den Brief rechtzeitig wegzuziehen. Sie merkte erst, dass er lichterloh brannte, als ihre Finger angesengt wurden. Erschrocken ließ sie das Blatt los. Es flatterte auf die Vermieterin zu, die schreiend zur Seite sprang. Dennoch landete ein glühender Papierfetzen auf ihrem Rocksaum. Das Kleid verschmorte an der Stelle, es stank furchtbar. Ein unangenehmer Geruch erfüllte den Raum. Sophie und die Mutter eilten herbei, auch Herr Goethe war plötzlich in der Küche. Er ergriff einen Krug Wasser und löschte die Glut.

»Ich bin untröstlich. Natürlich komme ich für den Schaden auf«, versicherte die Mutter, während die Ludekus wie ein begossener Pudel an sich hinabsah.

Adele zitterte am ganzen Leib. Sie stammelte eine Entschuldigung nach der anderen, doch die Mutter sagte nur streng: »Du gehst auf dein Zimmer, Kind. Für heute bist du hier nicht mehr erwünscht.«

So saß sie auf ihrem Bett, starrte auf die kläglichen Reste des verkohlten Briefes und wartete bange auf die Strafpredigt, die folgen würde, sobald die Gäste gegangen waren. Endlich erschien die Mutter. Mit verschränkten Armen stellte sie sich vor sie hin. Ihre Miene war noch ebenso streng wie zuvor in der Küche. »Mit diesen Briefen ist nun Schluss. Frau Ludekus setzt uns sonst noch vor die Tür.«

»Ehrlich, ich wollte das nicht. Ich habe sonst immer gut aufgepasst.«

»Geschehen ist geschehen. Zu deinem Glück hat Herr Goethe sich für dich eingesetzt. Er meint, dir fehlt es an gleichaltriger Gesellschaft. Ich werde Frau von Pogwisch schreiben, ob deine kleine Freundin dich öfter besuchen kann. Ein Diener soll sie begleiten. Ich komme dafür auf.«

Adele wurde vor Erleichterung ganz schwindelig. Sie sprang auf und fiel ihrer Mutter um den Hals. Die schob sie von sich, klang aber nicht mehr ganz so verärgert. Mit erhobenem Zeigefinger sagte sie: »Wehe, du tust so etwas noch einmal.« Dann nahm sie sie in den Arm.

Von diesem Tag an war Ottilie regelmäßiger Gast der Teegesellschaften. Meistens sangen die Mädchen den Erwachsenen ein, zwei Duette vor und sonderten sich dann ab. Sie dachten sich ein Würfelspiel aus, an dem nicht einmal der »Vater« teilnehmen durfte. Es ging um zwei Schwestern. Die eine musste die andere retten, indem sie ein Zauberelixier besorgte. Dafür musste man vorher Hexen, Drachen und Werwölfe besiegen. Wenn man den bösen Mächten in die Hände fiel, musste man sich freikaufen wie bei einem Pfänderspiel. Entweder man enthüllte ein Geheimnis, oder man bestand ein Abenteuer.

Ottilie war an der Reihe. Sie warf die Würfel und rollte mit den Augen. »Nicht schon wieder … Also gut, ich nehme Geheimnis.«

Adele überlegte. »Wenn du einen einzigen Wunsch frei hättest, was würdest du dir wünschen?«

»Das ist einfach«, erwiderte die Freundin. »Eine richtige Familie. Mit Geschwistern, und meinem Vater.«

»Das hätte ich mir auch gewünscht«, gab Adele zu. Nun war sie an der Reihe. Auch sie hatte Würfelpech. Die Hexe nahm sie gefangen. »Ich nehme Abenteuer«, entschied sie.

Ottilie überlegte, worin die Mutprobe bestehen sollte. Auf einmal leuchtete ihr Gesicht auf. »Du gibst jemandem hier im Raum einen Kuss.«

Adele fand die Aufgabe eklig. »Ich hab's mir anders überlegt. Ich nehme doch lieber ›Geheimnis‹.«

»Das gilt nicht. Los, du musst jemanden küssen!«

Adele blickte zu den Erwachsenen hinüber. Die Männer kamen nicht infrage. Aber auch die Frauen ... Es würde ein beschämender Moment werden. Plötzlich hatte sie eine Eingebung. Sie lief zu ihrer Mutter und gab ihr einen Kuss auf die Wange.

»Womit habe ich das verdient?«, fragte die erstaunt.

»Einfach so«, sagte Adele schnell und kehrte zurück zu Ottilie. »Du bist wieder dran.«

Beim nächsten Fehlwurf der Freundin revanchierte sie sich. »Nun musst du jemanden küssen«, verkündete sie.

Ohne zu zögern, umhalste Ottilie sie und küsste sie geradewegs auf den Mund. »Siehst du, so geht das«, sagte sie lachend.

Adele wischte sich den Mund ab, aber eigentlich war es gar nicht eklig gewesen.

Ein paar Tage später – Adele übte eben auf ihrer Mandoline, auf der sie neuerdings gemeinsam mit Ottilie unterrichtet wurde – entstand im Hausflur ein Tumult. Aufgeregte Stimmen sprachen durcheinander, etwas schien geschehen zu sein. Sie legte das Instrument weg und erhob sich, als auch schon Sophie, die inzwischen die Hauswirtschaft führte, in ihr Zimmer stürmte. »Herr Arthur ist da!«

»Unser Arthur?« Adele rannte in den Flur. Tatsächlich, da stand er und begrüßte die Mutter. Adele warf sich in seine Arme.

»Du Kindskopf zerdrückst mich!« Ihr Bruder schob sie lächelnd von sich, um sie anzusehen. »Ich glaube, du bist beinahe schon so groß wie Mutter.«

Auch er sah anders aus als früher. Noch größer und dünner, aber vor allen Dingen älter. Er trug einen Schnurrbart wie ein echter Erwachsener. Der Reitrock und die glänzenden Stiefel standen ihm gut, aber den Spazierstock, den er in der Hand drehte, fand Adele etwas albern.

»Ich wusste gar nicht, dass du kommst.« Sie hatte jede Menge Fragen. »Wie lange bleibst du? Warum bist du hier? Gibt es einen Grund, oder wolltest du uns nur sehen?«

Arthur deutete zur Mutter. »Hat sie dir nichts erzählt? Ich habe geschrieben. Das Kaufmannsdasein ist nichts für mich. Ich werde studieren.«

»Heißt das, du wirst hier bei uns wohnen?«, fragte Adele aufgeregt.

»Lass ihn doch erst einmal ankommen«, bremste die Mutter sie und trug der Köchin auf, eine Mahlzeit anzurichten.

Adele half Sophie, Wasser vom Brunnen hinterm Haus zu holen, damit Arthur sich nach der langen Reise frisch machen konnte.

»Er ist von der Schule geflogen«, raunte Sophie ihr zu, während sie den schweren Eimer die Treppe hochtrugen.

»Stimmt das?«, fragte sie ihren Bruder später, als sie zu dritt kalten Braten und Kartoffelsalat aßen.

»Kein Verlust«, entgegnete Arthur gleichgültig. »Der Lehrer war dumm.«

»Du hast dich vor Publikum über ihn lustig gemacht«, hielt ihm die Mutter vor. »Das war auch nicht sehr klug.«

»Wäre er kein Kleingeist, hätte er mitgelacht.«

»Dennoch musst du Latein lernen, wenn du studieren willst«, erinnerte ihn die Mutter.

»Das ist mir klar.«

»Das geht auch hier, oder?«, fragte Adele hoffnungsvoll.

Die Mutter wiegte den Kopf. »Ich habe mich erkundigt: Du könntest in Altenburg aufs Gymnasium gehen. Das ist eine Tagesreise von hier entfernt. Oder du nimmst einen Privatlehrer hier in Weimar.«

»Bitte bleib bei uns!«, rief Adele.

»In Altenburg würdest du besser und schneller lernen«, wandte die Mutter ein.

»Aber hier wären wir zusammen«, protestierte Adele.

Die Mutter beachtete sie nicht. »Durch die abgebrochene Ausbildung hast du drei Jahre verloren«, sagte sie zu Arthur. »Du bist deutlich älter als andere Studenten.«

»Willst du denn nicht, dass er studiert, Mama?« Dieser Verdacht war ihr gerade gekommen.

»Doch, doch, natürlich. Ich war nie eine Anhängerin des Kaufmannsberufs«, erklärte die Mutter. »Arthur soll glücklich werden.«

»Aber du sähest mich lieber eine Tagesreise von hier entfernt?«, fragte der Bruder.

»Auch im Hinblick darauf überlasse ich dir die freie Entscheidung.«

»Aber ich nicht!«, rief Adele. »Warum willst du woanders wohnen, wenn du auch hier wohnen kannst?«

Arthur warf ihr ein Lächeln zu, das sie von innen wärmte.

Die Mutter unterbrach den schönen Moment. »Für den Fall, dass du in Weimar bleibst, sage ich allerdings eins vorweg«, erklärte sie entschlossen. »Ich möchte, dass du dir eigene Räumlichkeiten mietest. Die Mahlzeiten kannst du bei uns einnehmen, aber wohnen wirst du hier nicht. Ich erinnere mich noch zu gut an die vergangenen Streitereien.«

»Aber dann sind wir wieder keine richtige Familie«, protestierte Adele.

»Glaub mir, es ist besser, Liebes. Ich will nur Frieden.«

»Wenigstens ist sie ehrlich«, sagte der Bruder zu Adele. Er wirkte gekränkt, was sie verständlich fand.

Trotz der Missstimmung mit der Mutter entschied sich Arthur für Weimar, sehr zu Adeles Freude. Ein Privatlehrer wurde beschafft, in der Nachbarschaft wurden Zimmer für ihn angemietet. Er erschien täglich zum Mittagessen und fand sich oft bei den Teegesellschaften der Mutter ein.

Adele stellte fest, dass auch ihr Bruder besonderen Wert auf den Umgang mit Herrn Goethe zu legen schien. Bei jeder sich bietenden Gelegenheit verwickelte er ihn in ein Gespräch.

»So etwas wie der Teufel existiert nicht, die christliche Religion führt die Menschen in die Irre«, sagte er eines Abends ganz unvermittelt zu Herrn Goethe, als der mit ihr im Zeichenzimmer saß. Adele fragte sich, wie er darauf kam. Vielleicht hatten sie schon früher darüber gesprochen, denn Herr Goethe stieg sofort darauf ein.

»Genau genommen ist der Teufel keine christliche Erfindung, sondern viel älter. Aber ja, natürlich existiert er nicht im Wortsinn, er ist eine Metapher für das Böse im Menschen«, entgegnete er.

»Die Leute sehen ihn aber nicht als Bild, sondern als reales Wesen«, widersprach Arthur. »Für sie ist der Teufel keine innere Kraft, sondern eine äußere Macht, die vom Menschen Besitz ergreift und ihn zu bösen Taten verleitet.« »Wovon redet ihr?« Adele gab sich Mühe, dem Gespräch zu folgen, aber es war alles so kompliziert.

»Das verstehst du nicht«, sagte Arthur und wandte sich wieder an Herrn Goethe. »Der Teufel dient also dazu, die Verantwortung abzugeben: Man war von ihm besessen und konnte nichts dafür.«

»Bei sehr einfachen Gemütern mag das sein«, erwiderte der »Vater«. »Aber den meisten Menschen ist sicher bewusst, dass es den Teufel als lebendiges Wesen nicht gibt. Wir erfinden nun einmal gerne Bilder, um Ideen greifbarer zu machen.«

»Aber dadurch gewinnen sie ein Eigenleben, man glaubt schließlich daran«, beharrte Arthur. »Sehen Sie sich doch um, die Menschen sind dumm und schlecht. Und zu feige, es sich einzugestehen.«

»Ein düsteres Menschenbild für einen so jungen Mann.«

»Ich bin eben ehrlich in einer Welt voller Heuchler.«

»Nun, ich finde, es gibt auch viel Licht. Das Gute hält sich mit dem Bösen die Waage.«

»Ich finde, es gibt sogar mehr Gutes«, mischte sich Adele ein. Den letzten Satz hatte sie endlich mal verstanden.

»Sie wollen mich nicht begreifen«, widersprach Arthur, ohne sie zu beachten.

»Oh doch, sehr wohl«, gab Herr Goethe zurück. »Ich teile nur Ihre Meinung nicht.«

»Es gibt in dieser Frage nur eine Meinung.«

»Wie kommt es dann, dass wir uns nicht einig sind?«

»Sie sind voreingenommen, deshalb. Sie sehen die Welt durch eine Wunschbrille, ich sehe sie, wie sie wirklich ist.«

»Aha, wie gelingt dieses Kunststück?«

»Ich trete an jede Frage heran wie ein neugeborenes Kind, das noch keinerlei Einflüssen unterworfen wurde. So dringe ich direkt zum Kern der Wahrheit vor.«

»Dann müsste ich ja viel näher an der Wahrheit dran sein als ihr«, sagte Adele, stolz auf ihre Erkenntnis.

Herr Goethe lachte, aber Arthur sah sie unfreundlich an. »Merkst du nicht, dass du störst?«

Sie schwieg betroffen.

»Nun, belassen wir es dabei. Sie sind ein bemerkenswerter junger Mann«, beendete Herr Goethe das Gespräch. Dann wandte er sich ihr zu, bevor Arthur noch etwas sagen konnte.

»Ich hatte eben einen Einfall für einen Scherenschnitt. Ein Engel, der einen Teufel am Schlafittchen hält. Hilfst du mir?«

Abends, als die anderen Gäste gegangen waren, brach auch Arthur auf. Beim Abschied sagte er zur Mutter: »Goethe hat die besten Zeiten hinter sich. Diese Gedankenträgheit. Schneidet Figürchen mit dem Kind aus, um Gesprächen unter Männern zu entgehen.« Adele hatte irgendwie den Verdacht, dass er eifersüchtig war.

Die Mutter wies ihn zurecht, wie schon öfter zuvor: »Du solltest mehr auf deinen Tonfall achten, Arthur. Mit deiner Rechthaberei machst du dir keine Freunde.«

Adele konnte sich denken, was sie damit meinte. Zum Beispiel hatte Ottilie schon nach der ersten Teegesellschaft, bei der sie den Bruder erlebt hatte, gesagt: »Arthur ist merkwürdig.«

»Wie meinst du das?«, hatte Adele gefragt.

»Na ja, er blickt niemanden an, er hört niemandem zu, und er redet und redet wie ein Lehrer.«

Adele liebte ihn trotzdem. Allein schon, weil er ihr Bruder war. Aber auch, weil er sie in gewisser Hinsicht an sie selbst erinnerte. Sie waren beide groß und dünn und außerdem manchmal grüblerisch. Sie wollte das abstellen, weil die Mutter es nicht mochte, aber es passierte dennoch. Bestimmt haben wir das von unserem Vater, dachte sie. Weil ihr Bruder so komisch war und ihr Vater es höchstwahrscheinlich auch gewesen war, befürchtete sie manchmal, selbst sonderbar zu sein. Vielleicht interessierte Herr Goethe sich deshalb so für sie. Er sammelte Merkwürdigkeiten. Auf jeden Fall bewirkte dieser gemeinsame Fehler, dass sie ihren Bruder erst recht liebhatte. Wenn sie nicht zu ihm hielt, wer dann?

Als der Sommer nahte, blieb Arthur plötzlich den Teegesellschaften fern. Anfangs fiel es niemandem auf. Die Mutter schien sogar etwas erleichtert zu sein. Adele aber vermisste ihren Bruder und beschloss, ihn zu besuchen. In Begleitung von Sophie machte sie sich zu dem windschiefen Fachwerkhaus auf, in dessen oberstem Stockwerk er lebte. Die ältliche Hauswirtin führte sie die knarrende Stiege hinauf. »Gut, dass Sie da sind«, sagte sie zu Sophie. »Ich wollte schon nach jemandem schicken.«

Adele klopfte an die Tür. Drinnen blieb alles still.

»Ich habe ihn seit drei Tagen nicht gesehen«, sagte die Wirtin.

»Ist er verreist?«, fragte Sophie.

Die Wirtin schüttelte den Kopf. »Morgens steht der Nachttopf vor der Tür.«

Adele klopfte erneut. »Arthur, ich bin's. Mach auf!«

Sie hörte ein Schlurfen, dann wurde der Riegel zurückgeschoben. Als sie die Tür aufstieß, schlug ihr verbrauchte Luft entgegen. Arthur grüßte nicht einmal. Matt sank er auf sein Bett zurück. Ganz elend sah er aus, um Nase und Mund herum käseweiß, aber mit roten Flecken auf den Wangen. Die Haare klebten strähnig auf seiner schweißnassen Stirn.

»Sie haben ja Fieber!«, rief Sophie.

»Ich glaube, es ist Scharlach«, brachte Arthur mühsam hervor. »Haltet euch fern.«

Erschrocken packte Sophie Adele und schob sie aus dem Raum. Die Hauswirtin, die neugierig in die Dachstube geschaut hatte, eilte aufgescheucht die Stufen hinunter, während Sophie die Tür zur Dachstube von außen zuschlug.

»Aber er braucht Hilfe!«, protestierte Adele. »Hast du gesehen, wie er zittert? Der Wasserkrug ist leer.«

»Wir benachrichtigen deine Mutter. Er braucht einen Arzt.«

Die Mutter ließ den Bruder mit der Sänfte abholen. Adele räumte ihr Zimmer für ihn frei und zog zu Sophie, die inzwischen eine eigene Kammer bewohnte.

»Du gehst mir nicht in Arthurs Nähe, hörst du?« Die Mutter klang ernst, als sie mit dem Fieberthermometer aus Adeles Zimmer kam, in dem der Bruder nun lag. »Scharlach ist ansteckend und gefährlich.«

»Aber warum darfst du dann zu ihm?«

»Es ist eine Kinderkrankheit. Erwachsene scheinen geschützt zu sein. Außerdem er mein Sohn.«

Die Mutter pflegte Arthur hingebungsvoll. Doktor Vogt wurde hinzugezogen, der beste Arzt am Ort. Dennoch schwebte ihr Bruder zwischen Leben und Tod. Sieben Tage lang hörte sie nur das ernste Flüstern der Erwachsenen, die sie von ihren Beratungen ausschlossen, das Tröpfeln der Leinentücher, wenn die Wadenwickel erneuert wurden, und das Pfeifen des Wasserkochers, wenn Sophie ihren berühmten Fiebertee aus Lindenblüten kochte.

Am achten Tag, als das Mädchen mit der Wäsche beschäftigt und die Mutter zum Markt gegangen war, um frisches Obst aufzutreiben, schlich sie zu ihrem Bruder. Totenblass lag er unter den Laken und schlief. Sie musste an den Vater denken, wie sie ihn nach dem Unglück ein letztes Mal gesehen hatte. Sie zog sich einen Stuhl heran. Die Dielenbretter knarrten. Arthur schlug die Augen auf, die immer noch ungesund glänzten. Er lächelte schwach. »Bist du schon lange hier? Ich habe von Hamburg geträumt.«

»Du hast hier nichts zu suchen!« Die Mutter war schneller zurück, als sie erwartet hatte. Sie zerrte Adele aus dem Zimmer.

»Ich wollte nur gucken, wie es ihm geht.«

»Er wird es überstehen. Doktor Vogt ist jetzt sicher. Aber du kannst dich immer noch anstecken.«

»Wann darf ich denn endlich zu ihm?«

»In ein paar Tagen. Er bleibt jetzt bei uns. Es ist mir lieber so.«

»Du meinst, er wird hier wohnen?«

Die Mutter nickte. »Wie wir die Zimmer aufteilen, sehen wir dann.«

Sie fühlte sich, als hätte man ihr ein Geschenk gemacht. »Er kann meins behalten«, sagte sie glücklich. »Ich schlafe gerne bei Sophie.«

So wurde ihr Wunsch doch noch wahr. Damit Arthur sich wohlfühlte, wollte sie es ihm in ihrem Zimmer so wohnlich wie möglich machen. »Er braucht neue Vorhänge«, erklärte sie ihrer Mutter. »Meine sind für Mädchen.«

Gemeinsam mit Sophie machte sie sich auf den Weg zum Händler. Die Mutter hatte ihr ein Goldstück mitgegeben. Neue Ware war eben eingetroffen, fester, glänzender Atlas aus England. Sie wählten einen dunkelgrünen Farbton aus, der am besten zu Arthur zu passen schien.

Zurück in der Wohnung, ging Adele mit dem Stoffpaket schnurstracks zum Bruder. Er lag inzwischen nicht mehr im Bett, sondern saß lesend im Sessel und sah schon viel kräftiger aus. »Guck mal«, sagte sie, »was ich für dich ausgesucht habe.«

Arthur blickte von seinem Buch auf. »Was ist das?«

»Stoff für deine neuen Vorhänge.« Sie zeigte ihm die grünen Bahnen.

Er sah gar nicht richtig hin. »Was soll ich damit?«

»Das hier wird doch dein Zimmer, und die alten passen nicht zu dir.«

Arthur schüttelte den Kopf. »Du hättest mich besser vorher gefragt. Ich werde hier nämlich nicht wohnen.«

»Doch, Mama will das jetzt auch.«

»Dafür sollte ich wohl dankbar sein. Aber nächsten Monat lege ich die Lateinprüfung ab. Anschließend geht es an die Universität. Mir schwebt Göttingen vor.«

Die Neuigkeit versetzte ihr einen Stich. »Dann bist du bald wieder ganz weg?«

»Ich war ja immer nur vorübergehend hier.«

»Nun mach nicht so ein Gesicht, Liebes«, sagte die Mutter, die hinter ihr eingetreten war. »Mich hat er damit vorhin auch überrascht. Aber junge Männer ziehen nun einmal in die Welt hinaus.«

Über Dinge, die man nicht ändern konnte, jammerte man nicht, das wusste Adele inzwischen. Man nahm sie so gefasst wie möglich hin. Also zwang sie sich zu einem tapferen Lächeln.

4 Schwärmerei

Adele, Frühjahr 1811

Adele saß an ihrem neuen gedrechselten Mahagonischreibtisch und brachte die letzten Sätze des Theaterstückes zu Papier, an dem sie gerade schrieb. Ottilie lümmelte währenddessen auf ihrem neuen Himmelbett und naschte Konfekt.

Adeles altes Schaukelpferd und die Kinderstühle waren längst gegen elegante Damenmöbel ausgetauscht worden. Immerhin war sie nun beinahe vierzehn Jahre alt und überragte die Mutter um einen halben Kopf. Lediglich die grünen Atlasvorhänge, die sie vor vier Jahren ursprünglich für Arthur vorgesehen hatten, hingen noch. Manchmal, wenn ihr Blick darauf fiel, dachte sie wehmütig an ihren schrulligen Bruder, der inzwischen in Berlin studierte.

In diesem Augenblick war ihr Kopf jedoch ganz von der bangen Frage erfüllt, was ihre Freundin wohl von ihrem Werk halten würde. Schwungvoll schrieb sie die letzten Worte nieder, legte die Schreibfeder zur Seite und trocknete die Tinte mit Sand aus der Streubüchse. Dann reichte sie die Blätter an Ottilie weiter. Erwartungsvoll beobachtete sie, wie deren Augen über die Zeilen flogen. »Und? Was hältst du davon?«

Ottilie runzelte die Stirn. »Wo ist denn die Liebesgeschichte?«

»Es geht um Freundschaft«, entgegnete sie verständnislos.

»Aber es ist langweilig, wenn kein Mann vorkommt.«

Adele verbarg ihre Enttäuschung und lenkte ein. »Gut, dann ändere ich das. Hilfst du mir?«

»Können wir das auf später verschieben? Louise kommt gleich.« Ottilie schien zu bemerken, dass sie die Stirn runzelte. »Es ist dir doch recht, dass ich sie hergebeten habe?«

»Selbstverständlich«, log sie.

Fast immer, wenn sie und Ottilie sich nun trafen, kam früher oder später deren andere beste Freundin dazu. Wie Ottilie war Louise die Tochter einer herzoglichen Hofdame. Auch sie wohnte in einem Seitengebäude der Residenz. Im Grunde hatte Adele nichts gegen das Mädchen einzuwenden. Sie war umgänglich und gebildet, und mit ihren fünfzehn Jahren wusste sie über Dinge Bescheid, die für sie und Ottilie ebenso interessant wie rätselhaft waren. Bereitwillig gab sie ihre Kenntnisse weiter. Auch ihr Äußeres war anziehend. Sie hatte wundervolles rehbraunes Haar und leuchtende, dunkelbraune Augen.

All diese Vorzüge machten es Adele jedoch schwer, Louise wirklich zu mögen. Seit sie in das Leben ihrer besten Freundin getreten war, hatte Adele das Gefühl, nicht mehr an erster Stelle zu stehen. Waren sie doch einmal zu zweit, lastete auf ihr die unausgesprochene Erwartung, Ottilie etwas bieten zu müssen, um dem Vergleich mit Louise standzuhalten. Das Schlimmste war, dass sie Ottilie ihre Nöte nicht anvertrauen konnte. Ein entsprechender Versuch war auf verständnisloses Stirnrunzeln gestoßen. Ihr blieb nur das Tagebuch, das sie mit Klagen über die Zurücksetzungen füllte, die ihr beim Durchlesen dann lächerlich und kleinlich erschienen.

Das Theaterstück hatte sie ganz für Ottilie und sich geschrieben. Es war die Geschichte zweier Freundinnen, die gemeinsam durch dick und dünn gingen. Sie wollte es mit Ottilie einstudieren. Sogar ein Bühnenbild hatte sie schon entworfen, das sich mit wenig Aufwand aufbauen ließe. Wenn sie nun einen Mann hinzufügte, würde sie auch das ändern müssen.

Schon führte eine Bedienstete Louise herein. Mit einem

freundlichen Kopfnicken in ihre Richtung setzte sie sich zu Ottilie aufs Bett und steckte die Nase in das Theaterstück.

»Das hast du dir ausgedacht?« Sie warf ihr einen erstaunten Blick zu.

»Es wird noch einmal alles anders«, winkte Adele ab. »Ottilie gefällt es so nicht.«

»Das habe ich nicht behauptet«, protestierte ihre Freundin. »Mir fehlt nur die Liebesgeschichte.«

»Wie gesagt, ich schreibe es neu.«

»Es muss richtig romantisch werden«, sinnierte Ottilie träumerisch. »Mit Sehnsucht und Hindernissen, und erst ganz am Ende kriegen sie sich und heiraten.«

»Ja, ja. Ich denke, ich habe verstanden, wie es werden soll.«

»Die beste Freundin könnte sich opfern«, fuhr Ottilie unbeirrt fort. »Sie ist natürlich auch in den Mann verliebt, aber am Ende verzichtet sie, damit die Liebenden zusammenkommen.«

Mitunter blitzte doch wieder auf, wie ähnlich Ottilie und sie dachten. »Das war auch mein erster Gedanke«, gab sie zu.

»Dann braucht ihr aber einen Mann«, wandte Louise ein. »Wisst ihr schon, wer den spielen soll?«

»Du natürlich«, schlug Ottilie vor.

Louise lachte auf. »Ich weiß nicht, ob ich das als Kompliment auffassen soll.«

Ottilie blickte sie bittend an. »Sonst müsste ich mit einem echten Jungen Liebesschwüre tauschen. Stell dir nur vor, mit August von Goethe zum Beispiel ...« Sie schüttelte sich. »Bitte erspar mir das.«

Fragend sah Louise zu Adele hinüber. »Was meinst du dazu?«

Sie seufzte innerlich. Was konnte sie schon entgegnen? »Du wärest hervorragend geeignet.«

Nun war es also kein Stück mehr für zwei Freundinnen, sondern für ein Trio, in dem Louise und Ottilie als Liebespaar die Hauptrollen spielten.

In der geänderten Form fand das Stück Ottilies Zustimmung. Leider war Adeles eigene Rolle als beste Freundin der Heldin zwangsläufig auf die einer Stichwortgeberin geschrumpft, die sich die bangen Sehnsüchte und Hoffnungen der romantischen Heldin geduldig anhörte und gelegentlich Ratschläge gab.

Sie musste zugeben, dass Louise in ihrer Verkleidung, die aus einem alten Anzug von Arthur geschneidert worden war, einen entzückenden Galan abgab. Die zu einem altmodischen Männerzopf zusammengefassten Haare und die geschwärzten Augenbrauen verliehen ihr einen jungenhaften Anstrich, der ihrem Erscheinungsbild nicht abträglich war.

Wieder einmal probten sie die Liebesszene. Adeles Schlafzimmer hatten sie mit ein paar Tüchern zur Kemenate der jungen Gräfin Laura alias Ottilie umgestaltet, in die sich der jugendliche Rebell Alfonso alias Louise nachts heimlich schlich. Er kam aus dem einfachen Volk und wusste noch nicht, dass er ebenfalls Sohn eines Adeligen war.

»Ich werde deinem Vater beweisen, dass ich deiner würdig bin«, verkündete er mit rauchig belegter Stimme.

»Er wird dich nie akzeptieren. Wir müssen fliehen«, stieß Ottilie theatralisch hervor.

»Könntet ihr bitte die Hände nicht ganz so schmachtend ausstrecken?«, unterbrach Adele sie. »Ihr seht aus, als würdet ihr ertrinken.«

»Das muss so sein«, protestierte Ottilie. »Wir sehnen uns nacheinander.«

»Leider wirkt es aber etwas lächerlich.«

»Liebende benehmen sich so«, erklärte Louise altklug. »Warte noch ein, zwei Jahre, dann verstehst du das.«

In dem Moment betrat Adeles Mutter den Raum. Wohlwollend musterte sie die Dilettantentruppe. Ihr Blick blieb an Louise hängen. »Eine Frau in Hosen? Gewagt!«, sagte sie schmunzelnd.

»Bei der Aufführung trage ich nur den Gehrock und darunter mein Kleid«, stellte Louise klar.

»Aber das sieht unglaubwürdig aus«, wandte Adele ein. »Wir spielen nur vor Freunden, also ist es doch gleichgültig.«

»Du bist nicht diejenige, die Hosen tragen soll«, ergriff Ottilie Partei für Louise.

»Sie wollte schließlich den Mann spielen«, gab Adele zurück.

»Vielleicht besprecht ihr das später.« Ihre Mutter blickte sie an. »Du musst dich bereit machen. Dein Benimmunterricht beginnt gleich.«

Beinahe hätte Adele den Termin vergessen. Von heute an sollte sie zweimal in der Woche eine Dame aus der besseren Gesellschaft besuchen und von ihr die Regeln der Etikette erlernen. »Muss das wirklich sein?«, fragte sie wenig begeistert. »Wir proben gerade.«

»Es ist aber vereinbart. Sie erwartet dich.«

»Wir könnten ohne dich weitermachen«, schlug Ottilie vor.

»Für die Liebesszene wird die beste Freundin nicht gebraucht«, pflichtete Louise ihr bei.

Bittend blickte Adele ihre Mutter an. »Nur ausnahmsweise, ja? Wir könnten sagen, ich fühle mich nicht wohl.«

Die Mutter schüttelte den Kopf. »Verpflichtungen sind Verpflichtungen. Das ist auch so eine Regel, die jeder beherzigen sollte.«

»Ottilie und Louise müssen so was auch nicht machen.«

»Deine Freundinnen haben alles Nötige bei Hofe gelernt. Du willst dich doch in der Gesellschaft bewegen können. Das ist wichtig für dich.«

»Ich weiß, wie man sich benimmt.«

»Mir scheint im Gegenteil, du hast die Lektionen sehr nötig.« Ihre Mutter verschränkte die Arme. Sie würde sich nicht erweichen lassen, Adele erkannte es an ihrem Blick.

»So was Überflüssiges«, murrte sie leise.

Louise hatte unterdessen hinter dem Wandschirm ihr Kostüm abgelegt und kam im Alltagskleid wieder zum Vorschein. »Wir gehen dann jetzt«, sagte sie und zupfte eilig ihr Haar zurecht.

Ottilie warf Adele zum Abschied einen mitfühlenden Blick zu. »Morgen können wir uns ja früher treffen.«

Und weg waren die beiden. Die Mutter trommelte wartend mit den Fingern an den Türrahmen, während Adele vor dem Spiegel ihre Haube aufsetzte. Ottilie und Louise liefen nun wahrscheinlich lachend durch die Straßen und veralberten die Liebesszene. Vermutlich merkten sie nicht einmal, dass sie nicht bei ihnen war.

»Es wäre gut, wenn du dich ein wenig beeilen würdest.« Ihre Mutter schaute auf die Taschenuhr. »Pünktlichkeit ist die Höflichkeit der Könige.«

»Gibt es irgendetwas, das ich richtig mache?«, fragte Adele gereizt.

Die Mutter sah sie kopfschüttelnd an. »Du warst immer so ein verständiges Kind. Woher nur plötzlich diese Widerspenstigkeit?«

»Du hast mich dazu erzogen, meine Meinung zu vertreten.«

Die Mutter stöhnte. »Ich hoffe, du entwickelst dich nicht wie dein Bruder.«

Seit vier Jahren sah Adele Arthur nur sporadisch, etwa an Weihnachten. Die Mutter freute sich über seine Besuche immer genauso wie sie, aber nach spätestens zwei Tagen kam es regelmäßig zu Streit. Die geringsten Kleinigkeiten dienten als Anlass. Arthur fühlte sich schnell gekränkt, und so reichte eine dahingesagte Bemerkung der Mutter über seine Universitätsstudien, seine Essgewohnheiten oder seine Kleidung aus, um ihn zu erbitterter Widerrede anzustacheln. Ein Wort gab dann das andere, und schon fand Adele sich zwischen zwei Streithähnen wieder, die beide nicht nachgeben konnten. Wenn ihr Bruder abreiste, vermisste nur sie ihn, die Mutter hingegen hatte Mühe, ihre Erleichterung zu verbergen. Erst aus der Entfernung wuchs ihre Liebe wieder, bis auch sie seinem nächsten Besuch entgegenfieberte.

Anders als Arthur liebte Adele Frieden und Harmonie. Auch konnte sie es mit der Mutter an Willensstärke nicht aufnehmen. Am Ende gewann die Mutter immer, also lenkte Adele lieber ein. So auch jetzt. »Bin schon fertig.« Sie glättete ihr Gesicht und stand auf. »Gehen wir?«

Der Unterricht in Etikette und gutem Benehmen war äußerst öde. Die Lehrerin, eine verhärmte, ältliche Jungfer von adeliger Geburt, hielt den Rücken sogar beim Einschenken von Tee noch so kerzengerade, als hätte sie einen Spazierstock verschluckt. Sie wurde nicht müde zu betonen, dass sie bessere Zeiten gesehen hatte und unverschuldet in Armut geraten war. Adele empfand Mitleid mit ihr, jedoch auch mit sich selbst, weil die Stunde sich endlos hinzog. Sie erfuhr, dass man der ältesten Dame zuerst Tee oder Kaffee anbot und beim Anreichen der Tasse den Henkel zur rechten Seite drehte. Aus gesundem Menschenverstand hatte sie das schon immer so gehandhabt.

Nach dem Unterricht eilte sie sofort zur Residenz, um sich Ottilie und Louise wieder anzuschließen. Ein livrierter Diener führte sie zu dem Nebentrakt, in dem ihre beste Freundin mit ihrer Mutter wohnte. Tatsächlich traf sie die beiden in Ottilies mit goldenem Stuck verzierten Mädchenzimmer an. Wie gemalt saß die Freundin auf einem zierlich geschwungenen Sitzmöbel vor der mit Intarsien geschmückten Spiegelkommode, während Louise ihre Haare frisierte. Gemeinsam kicherten sie über ihre jüngsten Erlebnisse. Während Adele das Teeservieren erlernt hatte, hatten sie in dem kleinen, versteckten Pavillon im Labyrinthgarten des herzoglichen Schlossparks die Liebesszene noch einmal geprobt. Hier hatten sie sich vor Blicken geschützt geglaubt. Selbstvergessen waren sie in ihren Rollen als Laura und Alfonso aufgegangen, deren Sehnsucht endlich gestillt werden sollte. Sich an den Händen fassend, blickten sie einander tief in die Augen und näherten ihre Münder zu einem Kuss. Plötzlich teilten sich die dichten Buchsbaumsträucher, und ein Mann schlüpfte verstohlen in den Pavillon. Es war niemand anders als Herzog Carl August persönlich. Er wirkte ebenso überrumpelt wie sie. Wenige Augenblicke später erschien mit geröteten Wangen eine atemberaubend schöne Frau und hauchte: »Hier bin ich!«

»Weißt du, wer das war?«, fragte Ottilie kichernd.

»Sag nicht, seine Gemahlin, denn da liegst du falsch«, spöttelte Louise.

Adele hob ahnungslos die Schultern.

»Die Jagemann! Du weißt doch, die Schauspielerin!«

»Die mein Bruder so bewundert?« Arthur hatte die gefeierte Aktrice bei einer Soirée der Mutter kennengelernt und danach keine Gelegenheit ausgelassen, ihr wieder zu begegnen. Nicht eine ihrer Aufführungen hatte er verpasst. Allerdings war er lediglich einer unter vielen Männern gewesen, die um die Gunst der Schönheit buhlten, allesamt glücklos, wie es hieß. Hier also fand sich die Erklärung.

»Wir standen wie angewurzelt da, und niemand hat etwas gesagt«, erzählte Ottilie aufgeregt. »Es war furchtbar peinlich! Schließlich bin ich einfach weggerannt.«

»Ich hinterher. Bis wir nicht mehr konnten. Wir mussten so lachen, ich habe jetzt noch Bauchweh«, ergänzte Louise grinsend.

Adele lachte mit den beiden, obwohl es ihre Laune trübte, nicht dabei gewesen zu sein.

Ottilie musterte sie forschend. »Stimmt etwas nicht?«

Sie verneinte eifrig. »Sehr lustig, die Geschichte. Außer für die Herzogin.«

»Was den Herzog betrifft, ist die Jagemann offenbar nicht die Einzige. Es kursieren eine Menge Gerüchte«, deutete die lebenserfahrene Louise an.

»Immerhin habt ihr die Szene nun einstudiert«, sagte Adele munter. »Also lasst sehen.«

Die beiden führten ihre Liebesszene auf. Sie waren gut, trotzdem spürte Adele, wie ihre Stimmung weiter sank.

»Ihr seid großartig. Ich glaube, wir können die Proben beenden«, lobte sie, ohne sich etwas anmerken zu lassen.

»Wollen wir uns mit Gebäck belohnen?«, schlug Louise vor. »Ich könnte schnell nach nebenan laufen. Meine Mutter hat Ingwerkekse geschenkt bekommen.«

»Das klingt verlockend, nur leider müsste ich mich dringend meinen Französischvokabeln widmen«, sagte Ottilie. »Mein Lehrer hat mich gestern ziemlich gescholten.«

»Gott, bin ich froh, dass ich die elenden Lektionen hinter mir habe.« Louise stöhnte. »Auch noch Französisch. Scheußliche Sprache!«

Adele bedauerte, dass sie schon gehen sollten. »Sehen wir uns morgen wieder?«

»Ehrlich gesagt, insgeheim habe ich gehofft, dass du mir mit den Vokabeln hilfst.« Ihre beste Freundin klimperte bittend mit den Wimpern.

»Aber gerne«, sagte sie schnell. »Worum geht es denn?«

»Mich braucht ihr dabei wohl nicht, oder?« Louise legte ihr Schultertuch über und ließ die beiden allein.

Ottilie schloss die Tür hinter ihr und wandte sich zu Adele um. »Eigentlich muss ich gar nicht lernen. Ich wollte bloß mal wieder mit dir allein sein.«

Sie sah die Freundin verwirrt an. »Du hast Louise belogen?«

Ottilie lächelte entschuldigend. »Ich mag sie wirklich gerne. Aber wir beide sind so selten für uns. Außerdem dachte ich, du fändest das auch schön.«

Adele nickte erfreut. Es bedeutete ihr viel, dass Ottilie ihr Unbehagen bemerkt hatte.

»Spielen wir Offizier und Krankenschwester?«, fragte die Freundin. Sie konnte offenbar Gedanken lesen.

»Das wollte ich auch gerade vorschlagen!«

Offizier und Krankenschwester war ihr gemeinsames Lieblingsspiel. Sie hatten es sich im ersten Winter ihrer Freundschaft ausgedacht, als sie noch unter dem Eindruck des Krieges standen.

»Wer ist Offizier?«, fragte Ottilie.

»Du suchst aus.«

Ottilie nickte, band ihr Haar im Nacken hoch, stellte sich in die Mitte des Raumes und krümmte sich plötzlich zusammen, als hätte eine Gewehrkugel sie getroffen. Wie unter starken Schmerzen hielt sie sich den Bauch, stöhnte noch einmal auf und sackte in sich zusammen. Adele eilte gerade noch rechtzeitig zu ihr, um sie aufzufangen. Sie schleifte den verwundeten preußischen Offizier zum Bett und sorgte dafür, dass er bequem auf dem Bauch lag. Dann zog sie sorgsam die Vorhänge des Betthimmels zu und begann, das Kleid der Freundin aufzuknöpfen. Ottilie half ihr beim Lösen der Korsettbänder. Schließlich griff Adele in die Nachttischschublade und holte das Fläschchen mit dem duftenden Lavendelöl hervor, das sie Ottilies Mutter vor einiger Zeit stibitzt hatten. Das war die Medizin, mit der die Krankenschwester den verwundeten Offizier kurierte. Neben der Freundin kniend, träufelte sie Lavendelöl auf deren nackte Schulterblätter und rieb den geschundenen Offiziersrücken damit ein. Sanft massierte sie Nacken und Schultern. Ottilie schnurrte wohlig. »Gleich kommst du dran, versprochen«, murmelte sie, machte aber keine Anstalten, die

Rollen zu tauschen. Adele scherte sich nicht darum. Ihr war es egal, wer wen spielte. Hauptsache, Ottilie war noch immer ihre beste Freundin.

Johanna, Sommer 1812

Sie prüfte vor der Frisierkommode, ob das pflaumenfarbene Batistkleid, das sie gerne zu ihren Salongesellschaften trug, richtig saß. Dann legte sie ihre silbergraue Seidenstola um und blickte ein weiteres Mal auf ihre kleine, goldene Taschenuhr. Die ziselierten Zeiger gaben an, dass Adele vor inzwischen mehr als einer halben Stunde hätte zu Hause sein sollen. Johanna seufzte ungeduldig. Sie hatte die Tochter ausdrücklich gebeten, pünktlich zurückzukommen. Der berühmte Dichter Christoph Martin Wieland wurde erwartet, endlich, denn bisher war er ihrem Teezirkel immer unter Verweis auf seine Betagtheit ferngeblieben. Sie war entschlossen, dem achtzigjährigen Ehrengast jede Bequemlichkeit zuteilwerden zu lassen. Doch ausgerechnet heute lag Sophie mit schwerem Husten darnieder, die beiden neuen Mädchen hatten sich angesteckt. Sämtliche Lohndiener Weimars schienen für eine Festivität auf Schloss Belvedere, dem herzoglichen Lustschloss außerhalb der Stadt, angeheuert worden zu sein. Johanna war auf sich gestellt und hätte die Hilfe ihrer Tochter sehr gut gebrauchen können.

Sorgen machte sie sich keine. Adele war mit ihren fünfzehn Jahren inzwischen alt genug, um sich unbegleitet in der Stadt bewegen zu können. Es war helllichter Tag, überdies war sie mit Ottilie unterwegs. Johanna war überzeugt, dass ihre Tochter sich aus purem Trotz verspätete. Seit einiger Zeit verhielt sich das früher so artige Mädchen störrisch und aufsässig. Sie hoffte, dass es nur an dem heiklen Alter lag. Ganz unterdrücken konnte sie die Befürchtung allerdings nicht, dass sich auch bei ihrer

Tochter ein eigensinniger Charakter Bahn brach. Ein schwieriges Kind in der Familie genügte vollauf.

Sie hörte hastige Schritte auf der Treppe und verschränkte die Arme, fest entschlossen, ein ernstes Wörtchen mit ihrer Tochter zu reden.

Die Tür flog auf. Atemlos stürmte Adele herein. »Ich weiß, ich weiß!«, rief sie reuig. »Zu meiner Entschuldigung kann ich nur vorbringen, dass Ottilie sich bei einem fahrenden Trödler einen Haarkamm gekauft hat, und dann hatte sie kein Geld dabei und musste loslaufen. Ich bin sozusagen als Pfand dageblieben. Sie kam einfach nicht wieder. Aber der Kamm ist wirklich sehr hübsch, aus Schildpatt und sehr fein geschnitzt, er hat die Form eines Schmetterlings.«

»Du hättest dich nicht darauf einlassen dürfen. Der Besuch von Herrn Wieland ist eine große Ehre. Nun haben wir kaum noch Zeit, alles vorzubereiten, und du musst dich noch umziehen.«

»Dann lass uns beginnen. Nächstes Mal bin ich pünktlich, versprochen.« Sofort begann Adele, Stühle für die Gäste zurechtzurücken. Eifrig polsterte sie den Diwan mit Kissen auf und fragte dann: »Soll ich im Garten Blumen schneiden?«

»Die Dahlien blühen sehr hübsch. Und bring Gladiolen mit.« Bereits halbwegs versöhnt, blickte Johanna ihrer Tochter nach, die mit dem Küchenmesser hinauslief. Vielleicht hatten Adeles wechselhafte Launen auch andere Gründe. Gelegentlich schien es in letzter Zeit Misshelligkeiten zwischen ihr und Ottilie zu geben. Es war gewiss nicht einfach, im Schatten der Freundin zu stehen, die mit jedem Tag mehr zu einer Schönheit aufblühte. Die Männerwelt lag Ottilie jetzt schon zu Füßen, selbst die älteren Salongäste reckten die Hälse, wenn sie den Raum betrat. Adele hingegen stach mehr durch Geist und Witz hervor, Eigenschaften, die Männer an Frauen noch nie übermäßig geschätzt hatten.

Sie begann, den Teetisch zu bestücken. Eine der Meissener Tassen hatte einen schadhaften Goldrand. Sie stellte sie beiseite.

»Wo sollen die Blumen hin?« Adele kam mit einer Vase zurück. Sie hatte einen natürlichen Sinn für gelungene Arrangements. Die blauen, violetten und weißen Spätsommerblumen harmonierten wunderbar.

»Auf die Kommode dort. Vielleicht könntest du anschließend die neuen Bücher und Journale auslegen. Sie liegen noch im Poststapel neben der Garderobe.«

Adele tat, wie ihr geheißen. Johanna prüfte, ob die Zuckerdose aufgefüllt war, und stellte noch eine Schale mit Buttergebäck dazu. Als sie auch den Samowar aufgesetzt hatte, bemerkte sie, dass der Diwan falsch stand. Der betagte Ehrengast sollte es bequem haben. Sie bat die Tochter, kurz mit anzufassen, und zog an der gepolsterten Lehne.

»Vorsicht!«, rief Adele, doch da stieß Johanna schon rücklings gegen die Kommode. Die Vase kippte um und zerbrach klirrend am Boden.

Sie starrte auf die Bescherung. »Oh nein, Herr Wieland kommt jeden Moment!«

»Ich hole schnell Kehrblech und Lappen.« Adele rannte los. Kurz darauf ging die Türglocke.

»Wie überpünktlich kann man sein?«, stöhnte Johanna.

»Du öffnest ihm. Ich mach das weg«, sagte Adele bestimmt. »Halt ihn hin, so gut es geht.«

Sie eilte in den Flur. Mit ihrem verbindlichsten Lächeln öffnete sie die Tür. Vor ihr stand jedoch nicht der greise Poet, sondern der junge Regierungsrat Müller, seit geraumer Zeit regelmäßiger Besucher ihres Salons. Sie kannte ihn als höflichen Menschen von ansprechendem Äußeren, der in seiner Freizeit als Dichter dilettierte, allerdings mit mehr Begeisterung als Begabung.

Ihre mangelnde Freude über die verfrühte Störung so gut es

ging überspielend, bat sie ihn herein. »Leider muss ich Sie bitten, selbst abzulegen. Wir haben einen Engpass bei der Dienerschaft. Sie sehen hoffentlich darüber hinweg.«

»Bloß keine Umstände.« Der junge Mann stellte seinen Spazierstock ab. »Kann ich mich irgendwie nützlich machen?«

»Nicht doch. So weit kommt es noch.« Sie spähte in den Salon und registrierte erleichtert, dass Adele das Malheur mit der Vase inzwischen beseitigt hatte. Sie ließ Müller den Vortritt und folgte ihm. »Darf ich Ihnen Tee anbieten? Er ist noch nicht ganz fertig, aber wenn Sie sich einen Augenblick gedulden …«

Müller sah sich verlegen im menschenleeren Raum um. »Bin ich zu früh?«

»So geben Sie mir Gelegenheit, mich Ihnen aufmerksamer zu widmen«, sagte sie. »Sie erlauben, dass ich nebenbei das Früchtebrot aufschneide?«

Adele trat mit einer zweiten Vase ein, in der sie die Blumen neu arrangiert hatte. Sie stellte sie auf der Kommode ab und schaute nach dem Samowar. »Er brodelt.«

»Dann bereite ich nun den Tee zu«, verkündete Johanna.

»Wenn es Ihnen recht ist, kümmere ich mich um das Früchtebrot«, bot Müller an und machte sich an die Arbeit, ohne ihre Antwort abzuwarten.

Auch sonst erwies er sich als überraschend hilfreich. Ohne nachzufragen, räumte er einige Scherben weg, die Adele übersehen hatte. Bevor Wieland in Begleitung einer seiner zahlreichen Töchter erschien, war alles so arrangiert, dass man Sophies Fehlen nicht mehr bemerkte. Tee, Wein und kalte Speisen standen bereit, ebenso Sitzgelegenheiten für die Gäste, deren Zahl sie nie genau abschätzen konnte, da sie keine Einladungen verschickte. An manchen Tagen waren es nur zehn, aber heute rechnete sie eher mit zwanzig. Auf dem ovalen Tisch im großen Salon waren neben druckfrischen Journalen zwei neu erschienene Theaterstücke und ein illustriertes Pflanzenbuch aufgefächert, ein Stapel Noten lag auf dem Klavier aus, Spielkarten und Brettspiele waren ebenfalls griffbereit. Wer sich künstlerisch betätigen wollte, konnte das im kleineren Nebenraum tun, wo Stifte, Farben, Pinsel und reichlich Papier zur Verfügung standen. Kurzum, für jeden erdenklichen Zeitvertreib war gesorgt, wie sie zufrieden feststellte, als sie zum letzten Mal prüfend ihren Blick durch die Räume schweifen ließ.

Während sie ihre erhitzten Wangen in der Küche mit Wasser benetzte, ertönte die Türglocke. Kurz darauf stürmte Adele herein und teilte ihr aufgeregt mit, dass Wieland samt Tochter eingetroffen war, ebenso wie Goethe, der sich mit dem älteren Dichter im Vorraum unterhielt. Johanna atmete tief durch und eilte den beiden Berühmtheiten entgegen. Goethe drückte ihr freundschaftlich die Hand und begab sich mit Adele schon einmal in den großen Gesellschaftsraum, sodass sie sich ganz dem Ehrengast widmen konnte. Sie hieß ihn mit ihrem charmantesten Lächeln willkommen. Wieland erwiderte ihre Begrüßung mit einer elastischen Verbeugung. Trotz seiner achtzig Jahre wirkte er quicklebendig, körperlich wie geistig. Er widersetzte sich freundlich, als sie ihn nach Betreten des Salons zum Diwan dirigieren wollte. »Die vielen Kissen sind schlecht für den Rücken. Ich bevorzuge Lehnstühle.« Mit diesen Worten ließ er sich auf einem einfachen Polsterstuhl nieder und lenkte das Gespräch unvermittelt auf die große Politik. »Haben Sie schon gehört, dass es vielleicht wieder Krieg gibt? Die Preußen suchen Verbündete. Napoleon muss sich vorsehen.«

»Bitte nicht wieder Krieg!«, rief ihre Tochter aus.

»Wir haben uns ganz gut mit Napoleon eingerichtet«, sagte Goethe sichtlich besorgt.

»Ich fürchte auch, es wird Rückschritte geben«, pflichtete Wieland ihm bei. »Die Preußen werden die Ständeordnung wieder einführen.«

»Noch ist nichts entschieden«, mischte Regierungsrat Müller

sich ein. »Zwar gibt es Gerüchte, zumal Napoleon durch Russland geschwächt ist, aber ob die Preußen tatsächlich angreifen …«

»Warten wir also ab«, sagte Johanna. Um das Gespräch in eine erfreulichere Richtung zu lenken, erkundigte sie sich nach Wielands Cicero-Übersetzung. Die Augen des alten Mannes leuchteten auf. Er erläuterte die Ansichten des Römers mit so viel Ausdauer, dass ihre Geduld auf eine harte Probe gestellt wurde. Während die übrigen Zuhörer nach und nach im Zeichenzimmer, am Kartentisch oder hinter Büchern verschwanden, hörte sie ihm weiterhin aufmerksam zu, auch wenn es zuletzt mehr aus Höflichkeit geschah. Einzig Regierungsrat Müller war offenbar ein so großer Bewunderer Wielands, dass er bis zuletzt in der kleinen Runde ausharrte.

Immerhin schien der Ehrengast die Teegesellschaft zu genießen, er genehmigte sich Tee und Wein, tat sich an den Broten mit kaltem Braten gütlich, die sie oder der Regierungsrat ihm eifrig herbeischafften, und freute sich an dem wunderbaren Gesang der Knebel, die ebenfalls anwesend war. Selbst als die Gäste sich nach und nach verabschiedeten, blieb er vergnügt auf seinem unbequemen Stuhl sitzen und unterhielt die verbliebenen Gäste mit amüsanten Anekdoten. Seine Tochter wurde immer unruhiger, doch er sah geflissentlich über ihre Zeichen zum Aufbruch hinweg.

»Er ist müde und gesteht es sich nicht ein«, raunte die selbst nicht mehr ganz junge Frau Johanna zu.

Johanna blickte den greisen Gast prüfend an und bemerkte, dass seine Hände bereits zitterten. Er war auch bereits ganz fahl im Gesicht. Sie erhob sich und klatschte in die Hände. »Für heute muss ich die Gesellschaft zu meinem größten Bedauern aufheben.«

Wieland trennte sich wie ein alter Freund von ihr. »Ich habe den Abend sehr genossen.«

Sie drückte ihm beglückt die Hand. »Beehren Sie mich wieder!«

»Sobald es irgend geht. Wer würde sich nicht freuen, Ihr Gast zu sein.«

»Da haben Sie wohl einen Verehrer gewonnen«, sagte Goethe schmunzelnd, als auch er sich verabschiedete.

Der junge Regierungsrat blieb, bis alle anderen Gäste gegangen waren. »Kann ich noch irgendwie behilflich sein?«

»Nicht doch. Ohnedies stehe ich tief in Ihrer Schuld«, sagte sie und reichte ihm die Hand. Sie hatte den Eindruck, dass er sie länger festhielt als nötig. Aber sie konnte sich auch täuschen.

Bei einem Opernbesuch im Hoftheater wenige Tage später erwies sich der Regierungsrat erneut als außergewöhnlich aufmerksam. Mozarts *Zauberflöte* wurde gegeben. Die Vorstellung war ausverkauft. Schon unter den Säulen am Eingang des erst vor wenigen Jahren im klassisch-römischen Stil erbauten Hauses drängten sich die Besucher in ihren seidenglänzenden Abendgarderoben. Einige mussten abgewiesen werden, weil die Anzahl der Sitzplätze nicht ausreichte. Selbstverständlich hatten sie und Adele durch Vermittlung Goethes, der das Hoftheater ja immerhin leitete, Plätze in der ersten Reihe.

Hier und da Bekannte grüßend, ließen sie sich vom Strom der Menschen durch das mit eleganten Stuckfriesen verzierte Foyer in den Aufführungsraum treiben. Durch den Mittelgang gingen sie nach vorne zu ihren Plätzen – doch ebendort saß bereits eine außergewöhnlich kostspielig aufgeputzte Matrone mit golddurchwirktem Kleid und einem Turban, auf dem ein Brillant von der Größe eines Taubeneis funkelte. Eine weniger auffällig gekleidete, aber ebenfalls vornehme Dame saß etwas beengt neben ihr auf dem Sitz, der eigentlich Adele zugedacht war.

»Eine Cousine des Herzogs weilt mit ihrer Gesellschafterin zu Besuch«, raunte ihnen der Platzanweiser bedauernd zu.

Johanna sah sich im Saal um. Überall raschelten Seidenkleider, wurden Frackschöße zurückgeworfen, neigten sich mit Federn geschmückte Damenköpfe Herren zu, die ihre von steifen Stehkrägen gerahmten Köpfe über den kunstvoll geknoteten Halstüchern kaum bewegen konnten. Überall wurde getuschelt, der von zahlreichen Kerzenlüstern erleuchtete Saal summte wie ein Bienenstock. Nicht ein einziger Platz war noch frei. Sie und Adele standen in ihren crèmefarbenen Musselinkleidern, die sie sich für sommerliche Abendvergnügungen neu hatten anfertigen lassen, da wie bestellt und nicht abgeholt.

»Gehen wir wieder«, flüsterte sie ihrer Tochter zu.

In dem Moment trat Regierungsrat Müller unerwartet zu ihnen und verbeugte sich. »Darf ich Ihnen Plätze anbieten?«

»Ich lasse nicht zu, dass Sie selbst auf die Aufführung verzichten«, wehrte Johanna ab.

»Aber so ist es nicht. Neben mir sind rein zufällig zwei Sitze frei geworden.« Er deutete auf die fünfte Reihe, in der eine gewisse Unruhe herrschte, weil zwei junge Männer sich Richtung Ausgang schoben.

Johanna schien es, als stecke einer der beiden einige Silbermünzen ein. »In diesem Fall nehmen wir das Angebot mit Vergnügen an.«

Von der fünften Reihe aus war die Sicht nicht ganz so gut wie gewohnt, dennoch war sie dem jungen Regierungsrat aufrichtig dankbar. Während der Oper spürte sie immer wieder seinen Blick von der Seite auf sich ruhen. Es lenkte sie ab und störte ihren Musikgenuss. Nach der Pause richtete sie es deshalb so ein, dass Adele zwischen ihr und Müller zu sitzen kam. Doch der Regierungsrat verließ im letzten Moment noch einmal seinen Platz, um einen Bekannten zu begrüßen. Als er in die Reihe zurückkehrte, schlug er der Einfachheit halber vor, dass Johanna und Adele aufrutschten. So saß er auch in der zweiten Hälfte wieder neben ihr und blickte sie nun von der anderen Seite an.

Nach der Vorstellung wollte sich Adele zur kleinen Pogwisch gesellen, wie zuvor in der Pause schon. »Kann ich mit Ottilie noch etwas hierbleiben? Ihr Diener bringt uns heim.«

»Einverstanden. Aber trödelt nicht zu lange herum.«

Adele versprach es und verschwand in der Menge.

Müller bot Johanna seinen Arm an. »Darf ich Sie nach Hause geleiten?«

»Das ist wirklich nicht nötig.«

»Es ist bereits dunkel.«

»Sie wissen doch, wir wohnen ganz in der Nähe. Aber wenn es Sie beruhigt …«

Sie hakte sich bei ihm ein. Mit den übrigen Opernbesuchern strömten sie zwischen den Säulen hindurch auf den Vorplatz. Wieder wechselte Johanna hier und da ein paar Worte mit Bekannten. Ihr Begleiter wartete höflich, bis sie bereit war, weiterzugehen. Sie überquerten den Theaterplatz und erreichten die Straße, in der Johanna wohnte. Schweigend gingen sie nebeneinander her. Erst als ihr Wohnhaus schon aus der Dunkelheit hervortrat, ergriff der Regierungsrat das Wort. »Kommende Woche gibt man die *Jungfrau von Orleans*. Es würde mich freuen, wenn ich Sie und Ihr Fräulein Tochter einladen dürfte.«

Sie blieb stehen und musterte ihren Begleiter im Schein der Straßenlaterne. Er musste einige Jahre jünger sein als sie. »Machen Sie mir den Hof?«, fragte sie unverblümt.

Er hielt ihrem Blick stand. »Und wenn es so wäre?«

Sie hatte sich also nicht getäuscht. »Ich fühle mich geehrt, aber ich warne Sie: Ich bin nicht auf der Suche nach einem Mann. Im Gegenteil, meine Freiheit liegt mir am Herzen.«

»Ihre Freiheit müsste nicht leiden.«

»Das zu beurteilen, überlassen Sie bitte mir. Guten Abend.«

Er schien nicht gekränkt zu sein. Mit einem angedeuteten Handkuss verabschiedete er sich.

Sie blickte ihm nach, bis ihn die Nacht verschluckte. Sie fühlte sich geschmeichelt, aber sie würde ihn nicht ermutigen. Als Witwe konnte sie frei schalten und walten, wie es sonst nur Männern erlaubt war. Als Ehefrau würde sie wieder zum Besitztum werden, ihre Wünsche mit List und Charme erbetteln müssen. Sie wäre von den Launen des Gemahls abhängig, und weil Macht die Menschen zum Schlechten veränderte, würde sie miterleben müssen, wie dieser höfliche junge Mann sich mit jedem Tag mehr zum Despoten entwickelte. Ein junges Mädchen hatte keine andere Wahl, aber wenn eine Witwe sich ohne jede Not ein zweites Mal unter das Ehejoch beugte, beging sie eine heillose Dummheit. Nein, danke.

Adele, Herbst 1813

Der Krieg war wieder aufgeflammt. In Ottilies Mädchenzimmer hielt Adele die Landkarte mit den Kriegsgebieten gegen die Wand, während ihre Freundin mit zusammengekniffenen Augen aus einigen Schritten Entfernung die günstigste Position prüfte. Die Karte wollte sich immer wieder aufrollen, das Rheinland und Ostpreußen bogen sich links und rechts nach oben. Adele strich den Karton glatt. »Gut so? Oder höher?«

»Noch etwas nach rechts. Ja, genau so.« Ottilie markierte die Stelle für den Bilderhaken.

Wenig später hing die Landkarte zwischen Frisiertisch und einem schmalen Bücherregal aus gedrechseltem Kirschholz. In dem stuckverzierten Raum mit der schinkelblauen Seidentapete und den zierlichen Empiremöbeln wirkte die nüchterne Militärkarte, die sie einem Offizier bei Hofe abgeschwatzt hatten, wie ein ungebetener Eindringling, der mit schmutzigen Stiefeln den Perserteppich verdirbt.

Eifrig befestigte die Freundin mit Stecknadeln kleine Fähnchen dort, wo derzeit Schlachten geschlagen wurden oder schon geschlagen worden waren.

»Schlesien ist befreit. Bei Bautzen wird auch bereits gekämpft«, verkündete sie zufrieden.

Voller Sorge versuchte Adele auszurechnen, wie weit die Kriegshandlungen noch von Weimar entfernt waren. Noch lebten sie zwar in Sicherheit, doch die Schauplätze der Kämpfe rückten immer näher. Diesmal waren es die Preußen, die mit ihren Verbündeten die Franzosen aus dem Land jagten.

Ihre Freundin war eine glühende Verfechterin der preußischen Sache. Die deutschen Staaten müssten endlich von den französischen Unterdrückern befreit werden, sagte sie. Sogar einem patriotischen Frauenbund wollte sie beitreten, sofern ihre Mutter es erlaubte.

Und Ottilie war mit ihren Ansichten nicht allein. Ob am Herzogshof, in der Nachbarschaft oder beim Gesinde: Wen man auch fragte, alle standen auf der Seite der Preußen. Fast musste man schon Mut aufbringen, um den gegenteiligen Standpunkt zu vertreten. Oder man war unangreifbar wie Goethe.

Zu den Ausnahmen zählte auch ihre Mutter. Sie schätzte Napoleon, weil er die Gleichheit beförderte und dem Herzog freie Hand ließ, das Kulturleben in Weimar ohne Denkverbote zu gestalten. Viele Freiheiten, die sie der französischen Besatzung verdankten, sah sie nun bedroht. Sie war überzeugt, die Preußen würden die Schranke zwischen Bürgertum und Adel wieder hochziehen und auch sonst in der Geschichte rückwärtsgehen. Für fortschrittlich gesinnte Menschen, für Frauen zumal, könne ein Sieg der Preußen nichts Gutes bedeuten.

Adele hoffte, dass ihre Mutter sich irrte. Sie hielt aus Freundschaft zu Ottilie, auch wenn der Krieg sie mit nackter Angst erfüllte. Längst vergessen geglaubte Grausamkeiten schlichen sich nachts wieder in ihre Träume, ließen sie schweißgebadet hochschrecken und hallten nach dem Erwachen noch lange nach.

»Der Herzog von Braunschweig schließt sich den Befreiern an, habe ich gestern beim Morgenkonzert sagen hören.« Ottilie schraffierte das genannte Fürstentum mit blauem Farbstift.

»Könnten wir von etwas anderem sprechen?«, bat Adele. »Wie war es im Konzert?«

»Belanglos. Uns fehlt die heroische Musik. Ach ja, Louises Verehrer lässt nicht locker. Sie behauptet, er sei lästig, aber sie spricht von nichts anderem.«

Louise stand mit ihren siebzehn Jahren kurz vor der Verlobung. Adele wünschte ihr Glück, nicht zuletzt, weil Ottilie dann mehr Zeit für sie haben würde.

»Übrigens soll es auch hier in Weimar schon preußischen Widerstand geben.« Die Freundin kam doch wieder auf den Krieg zu sprechen. »Sie rekrutieren Freiwillige für die Landwehr, verdeckt natürlich.«

Die Furcht legte sich wie ein Schraubstock um Adeles Brust. »Heißt das, wir sind schon mittendrin?«

Ottilies Augen leuchteten. »Großartig, nicht?«

»Erinnerst du dich nicht mehr an die Toten? An die brennenden Häuser? An all das Blut?«

Ottilie schien endlich zu merken, wie beunruhigt sie war, und nahm sie tröstend in den Arm. »Dieser Krieg ist etwas ganz anderes. Die Preußen bringen Freiheit, nicht Elend und Verderben wie die Franzosen.«

Adele genoss die Umarmung und sog mit geschlossenen Augen Ottilies Duft nach frischem Flieder ein. Nach und nach beruhigte sie sich. »Wollen wir Offizier und Krankenschwester spielen?«, schlug sie vor.

»Du bist so ein Kindskopf.« Ottilie lachte. »Langsam sind wir nun wirklich zu alt für diesen Unsinn.«

»Aber warum denn?«, fragte sie bestürzt.

Ihre Freundin zog sie vor den goldgerahmten Spiegel. »Schau uns an. Wir sind keine Kinder mehr. Inzwischen wirkt es unnatürlich, findest du nicht?«

Ottilies Worte trafen sie ins Mark. Ihr Lieblingsspiel sollte unnatürlich sein? Selbstverständlich ahnte sie, was Ottilie meinte. Ihre Körper hatten sich verändert. Man sah es an den Blicken der Männer. Bald würde es um Heirat gehen. Aber das hatte doch mit ihrem Spiel nichts zu tun. Sie konnte jedenfalls nichts Schlechtes daran erkennen, der Freundin den Rücken zu kraulen oder sich von ihr streicheln zu lassen. Waren ihre Gefühle unnatürlich?

Der Verdacht, dass sie irgendwie anders war, nagte schon länger an ihr. Sie konnte es nicht benennen, aber sie spürte, dass andere Mädchen Vorlieben hatten, die sie sich mühsam abschauen musste und die ihr dennoch fremd blieben. Wenn zum Beispiel ein Mann den Raum betrat, legten Ottilie und Louise automatisch den Kopf schief und spielten lächelnd mit ihren Haaren. Sie taten es unwillkürlich, es war ihnen offenbar in die Wiege gelegt. Adele kopierte ihre Freundinnen, so gut sie konnte, doch warum man sich so verhielt, blieb ihr ein Rätsel. Ebenso wenig verstand sie, wieso eine Harfe besser zu einer Frau passen sollte als eine Trompete oder weshalb andere Mädchen sich gegenseitig immer so süßlich lobten. Beim Versuch, ihre Freundinnen nachzuahmen, kam sie sich pausenlos unehrlich vor. Die anderen Mädchen waren Fische im Wasser, sie selbst war ein Fisch auf dem Trockenen.

Frau von Pogwisch steckte den Kopf ins Zimmer und erinnerte Ottilie an das anstehende Hofbankett zu Ehren eines sächsischen Diplomaten. Die Freundin durfte bei solchen Anlässen inzwischen zugegen sein. Allerdings musste sie sich jetzt schleunigst in Schale werfen.

Adele half ihr in das weit ausgeschnittene Abendkleid aus rosafarbenem Crêpe de Chine, das am Rücken mit zahlreichen

Knöpfen geschlossen wurde. Sie steckte ihr die Haare mit edelsteinbesetzten Nadeln hoch, legte ihr das goldene Collier um und konnte sich wieder einmal nicht sattsehen an der Schönheit der Freundin, die mühelos den gesamten Hofstaat in den Schatten stellte.

Später an diesem Abend, als sie sich in ihrem Zimmer bettfein machte, betrachtete sie sich im Nachthemd in dem ovalen Standspiegel, den ihr die Mutter geschenkt hatte. Das Mädchen, das ihr entgegenblickte, kam ihr fremd vor und wenig einnehmend. Sie mochte diesen Körper nicht. Obwohl sie ein gutes Stück größer war als Ottilie und Louise, hatte sie immer noch kaum Brust und wenig Taille. Auch die Hüften, alles an ihr war gerade, wie bei einem Jungen. Ihr Gesicht gefiel ihr schon eher, wenn nur nicht dieser grüblerische Ausdruck in den Augen gewesen wäre, der sie immer an ihren verstorbenen Vater erinnerte.

Inzwischen verband sie mit ihm nur noch ein vages Gefühl von Schwermut. Ein düsteres Geheimnis umgab seine Person. Die Mutter vermied es bis heute, über ihn zu reden. Fiel zufällig sein Name, lenkte sie das Gespräch mit zusammengezogenen Brauen in eine andere Richtung. Adele fragte sich, ob ihre Andersartigkeit, die sie mit jedem Lebensjahr stärker empfand, das Erbe des Vaters war. Sie wollte sie loswerden, wollte so heiter und selbstzufrieden werden wie ihre Mutter und Ottilie, die sich in dieser Hinsicht glichen. Fest blickte sie sich im Spiegel an und schwor sich, den beiden nachzueifern, so gut sie nur konnte.

Auch was den Krieg betraf, bemühte sie sich mit aller Kraft, sich von der Begeisterung ihrer Freundin anstecken zu lassen. Ottilie hatte bereits all ihren Goldschmuck für die Kriegskasse gespendet. Nun wollte sie es ihr gleichtun. Etwas wehmütig ließ sie ihr goldenes Armband noch einmal durch die Finger gleiten. Die Mutter hatte es ihr zum letzten Weihnachtsfest geschenkt. Ottilie, die sie begleitete, nickte ihr auffordernd zu. Die etwas grimmig wirkende Offiziersgattin, die die Spenden verwaltete und in deren Besuchszimmer sie sich befanden, streckte die Hand nach dem Schmuckstück aus. Adele gab sich einen Ruck und überreichte es ihr. »Sie geben es doch zuverlässig weiter?«

»Aber natürlich tut sie das«, versicherte Ottilie.

»Der gesamte Erlös geht ans Heer«, bekräftigte die Dame, ohne gekränkt zu wirken. »Eine Replik aus geschwärztem Eisen wurde angefertigt?«

Adele schüttelte den Kopf. Daran hatte sie nicht gedacht.

»Das solltest du beim nächsten Mal tun. Schau.« Ottilie lupfte ihren Schal, sodass ihre eiserne Halskette sichtbar wurde.

»Ich kann es noch veranlassen, wenn Sie wünschen«, bot die Offiziersgattin an.

Adele atmete auf. So hätte sie wenigstens eine Erinnerung an das Armband. »Das wäre sehr nett.«

Im Hochgefühl, etwas Gutes getan zu haben, spazierten sie später am Tag an der Ilm entlang. Sie waren schon ein gutes Stück außerhalb der Stadt, als Adele auf dem Wiesenstreifen, der das Flussufer säumte, einen Apfelschimmel grasen sah. Er war gesattelt, doch der Reiter war nirgends zu sehen. Sie gingen auf das Pferd zu, das neugierig den Kopf hob.

Adele streichelte die samtige Nase. »Wo kommst du denn her? Und wem gehörst du?« Ein Stöhnen ließ sie herumfahren. Aus dem Gebüsch am Ufer ragten schmutzige Lederstiefel hervor. Sie stieß Ottilie an. »Da liegt jemand.«

Ihre Freundin bekam es mit der Angst zu tun. »Gehen wir lieber.«

Adele zögerte. »Er rührt sich nicht. Vielleicht ist ihm etwas passiert.«

Hand in Hand näherten sie sich den Stiefeln, bereit, jederzeit wegzurennen. Adele schob einige Sträucher beiseite und hatte nun freie Sicht. Der Träger der Stiefel lag ächzend im

Gebüsch. Eines seiner Hosenbeine war unterhalb des Knies zerrissen. Blut sickerte hervor. Die beiden Mädchen ließen ihre Vorsicht fahren und eilten zu ihm. »Sind Sie verletzt?«

»Können wir Ihnen helfen?«

Der Mann hob mühsam den Kopf. Er war noch recht jung, vielleicht Mitte zwanzig. Sein Reiseanzug schien der eines Edelmannes zu sein, auch wenn er zerrissen und verdreckt war. Die gepflegten Hände bestätigten diesen Eindruck. »Ich brauche einen Arzt«, stieß er mit schmerzverzerrtem Gesicht hervor.

»Natürlich, sofort«, sagte Adele, und sie rannten los, um Hilfe zu holen. Am alten Stadttor trafen sie auf eine geschlossene Mietkutsche, die eben Fahrgäste absetzte. Sie erklärten dem Kutscher die Lage und lotsten ihn zu dem Verletzten. Der biss tapfer die Zähne zusammen, als der Kutscher ihm aufhalf, und ließ sich ohne einen Schmerzenslaut in das Fuhrwerk verfrachten.

Adele fing mit einiger Mühe den Apfelschimmel ein, während Ottilie dem Verwundeten Wasser zu trinken gab. »Er heißt übrigens Ferdinand Heinke«, flüsterte ihr die Freundin zu, als sie mit dem Pferd am Zügel wieder zur Kutsche stieß.

Sie brachten ihren Schützling zu Doktor Vogt. Während der junge Mann verarztet wurde, rätselten sie im Warteraum, was ihm geschehen sein mochte.

»Wahrscheinlich hat sein Pferd gescheut«, vermutete Ottilie.

»Oder er ist Räubern in die Hände gefallen«, überlegte Adele.

Endlich öffnete sich die Tür des Behandlungsraumes, und der Verwundete kam, auf einen Stock gestützt, herausgehumpelt. Der Arzt empfahl viel Ruhe und wollte sich die Wunde in einigen Tagen noch einmal ansehen. »Wo finde ich Sie?«

»Ich bin noch fremd in der Stadt«, gestand der junge Mann etwas ratlos. »Zwar habe ich ein Empfehlungsschreiben, jedoch …«

»Wir kümmern uns um die Unterkunft und geben Ihnen Bescheid«, verkündete Adele kurz entschlossen.

»Ich möchte ungern in einem Gasthof absteigen«, sagte der Verwundete, als sie auf die Straße traten. »Sie wissen nicht zufällig ein privates Zimmer?«

»Wir könnten meine Mutter fragen«, überlegte sie. »Sie hat viele Freunde. Vielleicht findet sich etwas.«

»Falls möglich, erzählen Sie bitte niemandem von unserer Begegnung«, sagte er leise. »Mir wäre es lieb, kein Aufsehen zu erregen.«

Adele musterte ihn mit erwachendem Misstrauen. »Darf man erfahren, aus welchem Grund?«

»Aus einem ehrenhaften, das versichere ich Ihnen«, beteuerte er. »Die Verschwiegenheit ist leider dennoch nötig. Glauben Sie mir bitte.«

Sie sah forschend in das Gesicht des Fremden. Seine Züge waren feingeschnitten und ebenmäßig. Seine dunkelblauen Augen blickten offen in die Welt. Ihr Misstrauen schwand. Ottilie ging es offenkundig ebenso. »Wir vertrauen Ihnen«, verkündete sie.

Adele kam die Dachstube in den Sinn, in der Arthur vor Jahren gewohnt hatte. Die Gleichgültigkeit der Wirtin, die sie bei der Erkrankung ihres Bruders damals empört hatte, konnte nun von Vorteil sein. Sie eilte los, um sich zu erkundigen.

Das Logis stand tatsächlich frei, und die Wirtin war bereit, es zu vermieten. Der Aufstieg über die vielen Treppen gestaltete sich allerdings mühsam für den Verletzten. Er war am Ende seiner Kräfte, als er endlich auf das leider nicht eben reinliche Lager sank.

Die Mädchen ließen den Verwundeten allein und beschlossen, nach dem Apfelschimmel zu sehen. Sie hatten ihn von einem Burschen zu den Stallungen des Herzogs bringen lassen. Einer der Pferdeknechte dort zählte zu Ottilies Verehrern. Unterwegs begegneten sie Louise, ausnahmsweise ohne ihren Verlobten.

»Euch suche ich gerade«, rief sie erfreut. »Habt ihr Lust auf einen Kaffeeklatsch?«

»Eigentlich gerne, nur leider müssen wir wieder einmal französische Vokabeln büffeln«, log Ottilie. »Also auf bald, ja?«

Enttäuscht zog Louise von dannen.

»Das war aber nicht nett von dir«, tadelte Adele, als sie aus ihrem Sichtfeld verschwunden war.

»Wir haben doch versprochen, ihn nicht zu verraten«, erklärte Ottilie, sichtlich begeistert von dem Abenteuer, in das sie unverhofft geraten waren.

Auch Adele verspürte ein aufgeregtes Prickeln bei dem Gedanken, Teil einer Verschwörung zu sein, der außer ihr nur Ottilie und der geheimnisvolle Fremde angehörten.

Dem Apfelschimmel ging es glücklicherweise gut. Sie nahmen die Satteltaschen an sich, um sie dem Besitzer bei ihrem nächsten Besuch mitzubringen. Aus einer der Taschen schaute ein Stück Stoff hervor. Adele stutzte und öffnete kurzerhand die Schnalle.

»So etwas tut man nicht!«, protestierte Ottilie, aber dann verstummte sie.

Adele zog eine Uniform hervor und hielt sie hoch. »Er ist preußischer Offizier!«

Ihre Freundin machte große Augen. Sie deutete auf die Schultertressen aus goldener Kordel. »Ein Leutnant, um genau zu sein.«

Adele nickte aufgeregt. »Er befindet sich im Feindesland. Deshalb die Geheimnistuerei. Die Franzosen dürfen nichts davon erfahren!«

Draußen schlug eine Kirchturmglocke sieben Mal. Sie mussten heimkehren, um ihren Müttern keinen Anlass zur Sorge zu geben. Zum Abschied fassten sie sich an beiden Händen, und mit einem bedeutsamen Blick raunte Ottilie ihr zu: »Also, kein Wort zu niemandem. Von jetzt an heißt es, nur du und ich!«

Beschwingt eilte Adele nach Hause. Die Satteltaschen verbarg sie im Gartenschuppen hinter einigen Gerätschaften. Oben in der Wohnung unterhielt sich ihre Mutter mit Regierungsrat Müller, der wieder einmal vor den anderen Salongästen erschienen war. Zu ihrer Erleichterung erkundigte die Mutter sich nur flüchtig nach dem Grund für ihr längeres Fernbleiben. Auch als sie am folgenden Tag wieder ausgehen wollte, ließ sie sie gewähren, ohne Fragen zu stellen. Unbemerkt steckte Adele etwas Verpflegung aus der Speisekammer ein, holte die Satteltaschen aus ihrem Versteck und traf fast gleichzeitig mit Ottilie bei dem Verwundeten in der Dachstube ein.

Ferdinand Heinke war schon besser bei Kräften als am Vortag. Mühsam setzte er sich auf und trank ein wenig Wasser. Weil Ottilie davor zurückschreckte, wickelte Adele den blutverkrusteten Verband ab. Die Wunde an der Wade war kreisrund und recht klein, dafür aber tief. Sie sah genauso aus, wie sie sich eine Schusswunde vorstellte.

»Erzählen Sie uns, wie das passiert ist?«, bat Ottilie.

Er schüttelte den Kopf. »Das ist kein Thema für junge Damen.«

Adele zeigte auf die Satteltaschen. »Wir wissen, dass Sie preußischer Offizier sind.«

»Dann wissen Sie auch, dass das hier ein gefährliches Pflaster für mich ist«, gab er zu bedenken.

»In unserer Stadt sind kaum Franzosen. Sie überlassen die Verwaltung ganz dem Herzog, solange er ihnen Rechenschaft ablegt.«

»Nun gut.« Heinke atmete tief durch. »Ich komme aus Berlin. Auf dem Weg hierher musste ich die feindlichen Linien durchbrechen und wurde von einer französischen Patrouille aufgespürt. Zum Glück hatte ich das schnellere Pferd. Nur leider habe ich das hier abbekommen.« Er zeigte auf die Wunde.

»Sie kämpfen für die Befreiung?« Ottilie konnte ihre Begeisterung kaum bremsen. »Wir sind glühende Anhänger Ihrer Sache. Wir haben unseren Schmuck gespendet.«

»Sehr löblich«, sagte Heinke anerkennend. »Jeder Beitrag zählt.«

»Was ist Ihr Auftrag?«, wollte Adele wissen. »Sind Sie hier nur gestrandet, oder war Weimar Ihr Ziel?«

»Wir schweigen auch wie ein Grab«, beteuerte Ottilie.

Zum ersten Mal lächelte Heinke. »Sie haben schon so viel für mich getan, ich nehme an, ich sollte Ihnen vertrauen. Also: Es gibt Strömungen hier in Weimar, die sich insgeheim gegen Napoleon auflehnen. Dieser Widerstand soll gestärkt werden. Mehr darf ich aber beim besten Willen nicht preisgeben.«

Ottilie ließ nicht locker. »Die Franzosen werden sich nicht halten können, nicht wahr? Wann, glauben Sie, ist es so weit?«

Adele ließ sich von ihrer Freundin anstecken: »Wie können wir Sie und Ihre Sache unterstützen?«, fragte sie. Die Fremdherrschaft erschien ihr plötzlich drückend und Gegenwehr Pflicht. Es war gewiss die Mutter, die sich irrte.

»Ich müsste mich schämen, wenn ich Sie da hineinziehen würde.«

»Andererseits wird niemand junge Mädchen mit etwas Verbotenem in Verbindung bringen«, wandte Adele ein. »Niemand kann Ihnen so unauffällig helfen wie wir.«

»Ich wohne in der Residenz. Ich gehe dort ein und aus«, bestätigte Ottilie.

Heinke schien nachzudenken. »Wenn Sie dem Stadtkommandanten einen Brief zukommen lassen könnten …«

»Herrn von Kleist?«, erkundigte sich Ottilie. »Den kenne ich persönlich. Ich sehe ihn häufig.«

»Auch bei uns war er neulich zu Besuch«, bekräftigte Adele.

»Nun gut. Es sei.« Heinke zog einen Brief aus der Innentasche seiner Uniform und reichte ihn Ottilie. »Bitte behandeln Sie dieses Schreiben mit größter Vorsicht. Sie dürfen es unbedingt nur Herrn von Kleist persönlich übergeben.«

Ottilie legte eine Hand auf ihre Brust. »Sie können sich auf uns verlassen.«

Auch Adele versprach es feierlich. Der junge Leutnant mit den warmen Augen hatte etwas an sich, das sie dazu brachte, ihm jeden Wunsch erfüllen zu wollen.

Es war wie verhext. In den nächsten Tagen verfehlten sie den Stadtkommandanten mehrfach knapp. Schließlich verschafften sie sich unter dem Vorwand, eine Beschwerde über zudringliche Soldaten vorbringen zu wollen, Zutritt zu dem wichtigen Mann. Der hatte sichtlich andere Dinge im Kopf und empfing sie voller Ungeduld. Als sie ihm den Brief überreichten, stutzte er. Bohrend erkundigte er sich nach dem Aufenthaltsort des Verfassers, doch sie schwiegen wie ein Grab. Schließlich bat der Stadtkommandant sie, vor der Tür zu warten, und kam nach einer Weile mit einem Schreiben zu ihnen, das sie Heinke übermitteln sollten.

Sofort rannten sie zu dem jungen Leutnant. Seine Wunde war bereits so gut verheilt, dass er wieder auftreten konnte. Mit einer aufrichtigen Dankesbezeigung nahm er das Billett des Stadtkommandanten entgegen und fügte bedauernd hinzu: »Leider muss ich Sie bitten, mich nun allein zu lassen.«

»Meinst du, es wird einen Aufstand geben?«, flüsterte Adele aufgeregt, als sie auf die Straße traten.

»Wie er uns eben angeschaut hat!«, rief Ottilie aus. »Ich glaube, ich habe noch nie einen so vollkommenen Mann gesehen.«

Adele pflichtete ihr aus vollem Herzen bei. Die ruhige Bescheidenheit, mit der Heinke seinen riskanten und für das Kriegsgeschehen so wichtigen Auftrag erfüllte, beeindruckte sie tief. Als er ihr oben in der Dachstube zum Abschied ein Lächeln zugeworfen hatte, hatte ihr Herz unerklärlicherweise angefangen, wild zu klopfen. Auch jetzt, wo sie nur an ihn dachte, ging ihr Puls schneller. Aus Liebesgedichten kannte sie diese Anzeichen. Auch Louise hatte ihnen ausführlich davon erzählt. War sie also dabei, sich zu verlieben? Während sie sich die Frage stellte, ging wieder ein aufgeregtes Prickeln durch ihren Körper.

Am nächsten Morgen holte sie Ottilie früh ab. Gemeinsam besorgten sie frisches Brot und machten sich auf zu ihrem Helden. Als sie sich dem Haus näherten, begann Adeles Herz wieder zu pochen. Ottilie schien nichts zu bemerken. Sie wirkte selbst ganz aufgeregt.

Auf ihr wiederholtes Klopfen hin öffnete die Vermieterin, ließ sie jedoch nicht eintreten. »Der Herr ist weg«, sagte sie und reichte ihnen einen Brief. »Er hat Ihnen das hier hinterlassen.«

Für Adele war es wie ein Schlag in die Magengrube. Benommen ließ sie sich neben Ottilie auf das Mäuerchen sinken, das den Vorgarten begrenzte. Ihre Freundin brach das Siegel auf. In wohlgeformten, entschlossenen Schriftzügen schrieb Heinke:

> »*Sehr verehrte junge Fräulein! Mit dem allergrößten Bedauern muss ich mich leider von Ihnen verabschieden. Dringende Geschäfte rufen mich fort. Ob ich zurückkehre, ist ungewiss. Einer Sache dürfen Sie jedoch gewiss sein: Sie beide haben auf ewig einen Platz in meinem Herzen. In tiefster Dankbarkeit, Ferdinand Heinke.*«

Einen Moment lang schwiegen sie betroffen. Er war einfach weg. Adele hatte das Gefühl, nie mehr von dem Mäuerchen aufstehen zu können.

Ottilie legte den Kopf an ihre Schulter und seufzte. »Wo er wohl jetzt ist?«

»Hoffentlich nicht in Gefahr.«

»Meinst du, wir sehen ihn irgendwann wieder?«

Um die Freundin zu trösten, riss Adele sich zusammen. »Bestimmt. Es war Vorsehung, dass wir ihn gefunden haben.«

Fortan sammelten sie noch eifriger als zuvor alle Nachrichten über das Vorrücken der Preußen. Ottilies Landkarte war bald übersät von blauen Fähnchen, man hörte von Freiwilligen-Bataillonen gegen die Franzosen und von Volksaufständen.

Kurz vor dem ersten Advent kam Ottilie in Adeles Zimmer gestürmt und umarmte sie jubelnd. »Ich habe ihn gesehen! Er ist wieder da!«

Adele war genauso aus dem Häuschen wie die Freundin. Die zwischenzeitlich schon geschwundene Zuversicht war also doch berechtigt gewesen.

Ferdinand Heinke war plötzlich offizieller Adjutant des Stadtkommandanten. Sie und Ottilie trafen ihn abends im Theater wieder und eilten erfreut auf ihn zu, doch er wandte sich ab, als habe er sie nicht bemerkt. Erst in der Pause ließ er sich in aller Form von einem Höfling aus Ottilies Bekanntenkreis vorstellen. »Entschuldigen Sie die Scharade«, bat er, als der Höfling außer Hörweite war. »Mein früherer Aufenthalt hier sollte unser Geheimnis bleiben. Aber ich bin hocherfreut, die Bekanntschaft zu erneuern.«

Sie begegneten ihm im Schauspiel, beim Konzert oder im Schlosspark. Er ließ sich bei Adeles Mutter einführen und wurde ein regelmäßiger Besucher ihres Salons. Etwas war allerdings anders: Sie und Ottilie waren nicht mehr Mitverschwörerinnen, sondern junge Damen, denen er als wohlerzogener Edelmann artig den Hof machte. Seine Aufmerksamkeiten verteilte er gleichmäßig. Bei Gesellschaften holte er Getränke für sie beide. Wenn sie gemeinsam spazieren gingen, hakte Adele sich auf der einen Seite bei ihm unter und Ottilie auf der anderen.

Bei einem dieser Spaziergänge kurz vor Weihnachten wirkte Heinke ungewöhnlich schweigsam und ernst. Erst als sie schon auf dem Rückweg waren, verkündete er: »Es ist so weit. Der Herzog schließt sich den Preußen an. Ich muss Sie wieder verlassen. Nach Neujahr ziehen wir in den Krieg.«

Adele erschrak zutiefst, auch wenn sie wusste, dass es eigentlich gute Neuigkeiten waren. Heinke war siegesgewiss. Überall stünden Verbündete gegen Napoleon auf. Ein schneller Erfolg sei ihnen sicher, sagte er. Der Silvesterball im herzoglichen Stadtschloss sollte der Abschiedsabend sein.

Es war Adeles erster richtiger Ball. Im vergangenen Jahr war sie noch zu jung gewesen, um eingeladen zu werden. Nun aber raubte auch ihr die Frage aller Fragen den Schlaf: Was ziehe ich an? Ottilie beriet sie. Hellblaue, fließende Seide wurde angeschafft, moderne Schnittbögen konsultiert, eine Näherin engagiert. Das Ergebnis konnte sich sehen lassen, wie selbst ihre Mutter fand. »Sehr vorteilhaft«, urteilte sie, während sie Adele in dem schmal geschnittenen, unter der Brust leicht gerafften Kleid musterte. »Wenn ich an die ausladenden Reifröcke und unbequemen Turmfrisuren denke, mit denen wir uns damals herumgequält haben … Wie gut, dass diese Mode der Revolution zum Opfer gefallen ist.«

Adele legte noch ihr eisernes Armband an, das ihr fast besser gefiel als das ursprüngliche goldene, und betrachtete sich lächelnd im Spiegel. Sie fand sich regelrecht hübsch. Schmeichelhaft umfloss das Kleid ihren Körper und ließ sie beinahe weiblich wirken. Zudem ergänzte es sich in Farbe und Schnitt wunderbar mit Ottilies nachtblauem Abendkleid, das der Freundin die Anmut einer Elfe verlieh.

Tausend Lichter in glitzernden Kristalllüstern, die von der Decke hingen, und goldenen Leuchtern, die auf Simsen und Tischchen an der Wand standen, erhellten den prächtig mit Blumen geschmückten herzoglichen Festsaal. Die prunkvollen, in allen Farben schillernden Gewänder der Damen, die würdevolle Haltung der Herren, deren Fräcke aus den edelsten Stoffen gefertigt waren, die funkelnden Brillantcolliers, Ohrringe, Diademe, Broschen und Armbänder, die die adeligen Damen trotz der Gold-für-Eisen-Mode noch irgendwo hervorgezaubert hatten, all das raubte Adele die Sinne, und für einen Moment erschien ihr ihr eigenes Kleid plump und unansehnlich. Schüchternheit überfiel sie. Doch Ottilie, die ähnliche Anlässe bereits gewohnt war, hakte sich bei ihr unter und flanierte mit ihr zwischen den Grüppchen umher. Adele bemerkte einige vertraute Gesichter, die sie wegen der glanzvollen Aufmachung nicht auf Anhieb erkannt hatte. Sie begrüßte Louise und zwei weitere junge Mädchen, mit denen sie gelegentlich verkehrte. Bald schon legte sich ihre Scheu wieder.

Plötzlich hielt Ottilie inne und blickte zu den geöffneten Flügeltüren, die von zwei livrierten Saaldienern flankiert wurden. Aus einer Gruppe von Neuankömmlingen stach die große, schlanke Gestalt von Ferdinand Heinke hervor, der soeben eintrat. Er trug Galauniform und sah blendend aus. Sofort klopfte Adeles Herz wieder bis zum Hals.

Er erblickte sie nun auch. Lächelnd hob er die Hand zum Gruß. Ein Major, ebenfalls in Galauniform, verwickelte ihn in ein Gespräch, doch er machte sich los und schob sich durch die Menge zu ihr und Ottilie. Mit einer zackigen Verbeugung begrüßte er sie erneut und reservierte sich Tänze mit ihnen. Als Erstes führte er Ottilie aufs Parkett. Die beiden gaben ein Bild von vollendeter Harmonie ab, zwei schöne Menschen, deren Bewegungen ineinanderflossen, als würden sie seit Jahren miteinander tanzen. Adele konnte die Augen nicht von ihnen abwenden. Für die Dauer des Menuetts war der festliche Trubel um sie herum wie ausgeblendet. Sie fragte sich, weshalb sie keine Eifersucht verspürte, und erklärte es sich damit, dass sie Ottilie als Teil von sich selbst empfand. Wenn ihre beste Freundin mit Heinke tanzte, dann tanzte sie selbst mit ihm. Als die Musik verstummte, hatte sie Mühe, sich wieder im Hier und Jetzt zurechtzufinden.

Ihr eigener Tanz mit Heinke war eine Polka. Sie konnte kaum atmen, als er sie an den Händen und um die Taille fasste. Ihr Kopf drehte sich, sie begann zu schwitzen, der Moment, dem sie entgegengefiebert hatte, bereitete ihr nun, da er eingetreten war, wenig Vergnügen. Aus Furcht, sich ungeschickt zu benehmen, geriet sie aus dem Takt. Sie, die sonst nie um Worte verlegen war, wusste plötzlich nichts mehr zu sagen. Der Tanz zog sich endlos hin. Nach dem Schlussakkord strebte sie erleichtert zurück zu ihrem Platz.

Mitternacht nahte heran, und die Gäste wurden zum Feuerwerk in den Schlossgarten gebeten. Adele eilte mit Ottilie und Heinke ins Freie. Sie genoss den wilden Farbenrausch der explodierenden Lichter, wie sie zuvor den Anblick der Tänzer genossen hatte. Punsch wurde gereicht. Ihre Mutter, die sie schon kurz nach Betreten des Festsaals aus den Augen verloren hatte, kam auf sie zu. »Alles Gute für das neue Jahr, mein Kind.«

Auch Regierungsrat Müller und andere Bekannte, die zum Grüppchen der Mutter gehörten, stießen mit ihr an. Sie nippte an dem süßen Getränk mit dem etwas bitteren Nachgeschmack. Prickelnde Wärme durchströmte ihre Adern. Mit leichtem Schwindelgefühl blickte sie sich nach Ottilie um. Doch die Freundin und Heinke waren nirgendwo zu sehen.

Sie schob sich durch die Menge, die sich wegen der Kälte wieder ins Innere verlagerte, durchmaß den Festsaal und die Nebenräume, in denen gespeist oder Karten gespielt wurde, doch Ottilie und Heinke blieben verschwunden. Erschöpft vom

Lärm und den vielen Leuten beschloss Adele, auf der Schlossterrasse etwas Luft zu schnappen. Zwar fröstelte es sie in dem dünnen Seidenkleid, doch die Nacht war sternenklar und die plötzliche Ruhe wohltuend. Sie ging bis zur Brüstung, die die Terrasse begrenzte. Vor ihr lag die englische Gartenanlage, zu der eine Treppe hinunterführte. Im schwachen Schein der Fackeln, die an steinernen Statuen auf der Brüstung angebracht waren, sah man nur schemenhaft die Umrisse von teils kahlen, teils immergrünen Bäumen. Ein Jasminstrauch blühte trotz der Jahreszeit und verströmte seinen süßen Duft. Adeles Augen gewöhnten sich an die Dunkelheit. Unter den Ästen einer majestätischen Zeder bemerkte sie eine schlanke Gestalt. Die nachtblaue Farbe des Kleides ließ sie aufmerken. Es war tatsächlich Ottilie, die ihr den Rücken zuwandte. Sie war nicht allein, Adele erkannte Heinkes Galauniform, die von ihrer Freundin halb verdeckt wurde. Sie wollte schon auf die beiden zueilen, als Ottilie plötzlich auf das Bänkchen unter dem Baum sank. Heinke fing sie auf, beugte sich über sie. Adele befürchtete kurz, die Freundin sei unpässlich geworden, doch dann erkannte sie, was vorging: Die beiden küssten sich.

Wie ein glühender Messerstich schnitt das Gesehene in ihre Eingeweide. Sie wollte schreiend hinrennen, Ottilie von Heinke wegreißen, doch sie war wie gelähmt. Ihre Beine versagten ihr den Dienst, nicht ein Laut kam über ihre weit geöffneten Lippen. Mit letzter Kraft schleppte sie sich in die dunkelste Ecke der Terrasse.

In den Schatten gekauert, umklammerte sie ihre Knie mit den Armen, wiegte sich sinnlos hin und her. Sie glaubte, vergehen zu müssen vor Schmerz. Sie vergrub den Kopf in den Armen, hielt sich Augen und Ohren zu, doch auch dann noch sah sie die beiden, die sich in wilder Leidenschaft umarmten, hörte den schnellen Atem, wurde von den Liebkosungen verfolgt. Sie litt Qualen, die sie nie zuvor gekannt hatte. Dennoch wusste sie den Namen für das brennende Gefühl, das sie gepackt hatte: Es war Eifersucht!

Sie wollte und durfte nicht ausgeschlossen sein, jede Faser ihres Körpers sehnte sich danach, selbst geliebt zu werden, selbst diese Umarmungen, diese Küsse zu spüren. Sie stellte sich vor, dort unter der Zeder zu liegen, sich an Heinke zu schmiegen, von ihm geküsst zu werden. Der Gedanke jagte ihr einen Schauder über den Rücken, der sie zusammenzucken ließ. Zu ihrem eigenen Erschrecken erkannte sie, dass es nicht das war, wonach sie sich sehnte. Nicht Heinke wollte sie ganz für sich haben, sondern Ottilie. Als habe ein Nebel sich gelichtet, wusste sie plötzlich: Ottilie war diejenige, für die ihr Herz schlug, die sie umarmen, küssen, spüren wollte. Sie konnte sich nicht länger belügen: Sie liebte die Freundin. Liebte sie auf eine Weise, wie Frauen andere Frauen nicht lieben sollten.

5 Zerwürfnis

Adele, Frühjahr 1814

In ihrem neuen geblümten Frühjahrskleid aus indischem Musselin, zu dem sie die empfindlichen blassrosafarbenen Seidenschuhe und einen Haarschmuck aus Seidenrosen trug, trat Adele vor ihre Mutter hin. »Ist es so recht?«, fragte sie und bemerkte, dass auch die Mutter sich mit großer Sorgfalt angekleidet hatte. Das hellgraue Chintzkleid hatte sie noch nie an ihr gesehen. Es musste neu sein. Der spitzenbesetzte, tiefe Ausschnitt betonte ihre ansehnliche Büste, die nur mit einem transparenten Fichutuch aus feinster Seide bedeckt war. Aus ihrer am Hinterkopf hochgesteckten, antikisierenden Frisur fielen an den Schläfen einzelne Korkenzieherlocken. Seit dem Vorabend war sie mit Lockenwicklern in der Wohnung herumgelaufen.

Mit prüfendem Blick musterte die Mutter sie. »Eine Brosche wäre noch hübsch. Komm mit, ich leihe dir eine aus meinem Schmuckkästchen.«

Schicksalsergeben ließ sie sich die perlenbesetzte Brosche anstecken, bevor sie sich ins Speisezimmer begaben. Alles blitzte und glänzte, die Mutter hatte das gute Silber aufgefahren und nicht an Wachskerzen gespart. Zu Adeles Erstaunen war der Speisetisch allerdings nur für drei Personen eingedeckt.

»Wer ist der Gast, für den du solchen Aufwand betreibst?«, erkundigte sie sich neugierig.

Wie zur Antwort führte der angemietete livrierte Diener Regierungsrat Müller herein, der den klangvollen Adelsnamen eines Verwandten angenommen hatte und neuerdings Müller von Gerstenbergk hieß. Adeles Verwunderung wuchs. Der Regierungsrat war beinahe täglich zu Gast, in letzter Zeit sogar noch häufiger als früher. Mit einer Verbeugung, als verneige er sich vor einer Königin, küsste er der Mutter die Hand.

»Falls das möglich ist, sehen Sie heute sogar noch bezaubernder aus«, säuselte er. Die Mutter schenkte ihm ein hoheitsvolles Lächeln. Erst jetzt schien er zu bemerken, dass Adele ebenfalls im Raum war. Er küsste auch ihr die Hand, was sie vor Widerwillen erschauern ließ. »Sie werden Ihrer Mutter mit jedem Tag ähnlicher«, schmeichelte er ihr, obwohl das offenkundig gelogen war.

»Gibt es einen besonderen Anlass für Ihr Erscheinen?«, fragte sie ihn anstelle einer Begrüßung. Sie hegte eine unerklärliche Abneigung gegen den Mann. Ihr missfiel sein kriecherisches Gehabe und seine etwas zu hohe Stimme. Selbst der militärische Schnurrbart, den er sich zugelegt hatte, obwohl er nie im Leben Uniform getragen hatte, störte sie.

Die Mutter und der Regierungsrat wechselten einen kurzen Blick, worauf die Mutter erklärte: »Alles zu seiner Zeit.«

»Eben. Wir wollen doch nicht mit der Tür ins Haus fallen«, stimmte der Regierungsrat eifrig zu. Behende sprang er herbei, um den Stuhl für die Mutter zurechtzurücken, bevor der Lohndiener es tun konnte. Die Mutter neigte mit leisem Lächeln den Kopf. Die Unterwürfigkeit, die Adele so abstieß, schien ihr zu gefallen. Adele bemerkte das nicht zum ersten Mal.

Es gab ein Hors d'oeuvre aus Wachteleiern, danach den ersten Spargel des Jahres. Die Mutter hatte wirklich an nichts gespart. Das Gespräch drehte sich um Nichtigkeiten. Adele fiel auf, dass der Regierungsrat sich auch um sie bemühte, obwohl er ihr normalerweise kaum Beachtung schenkte. Nach jeder an sie gerichteten Bemerkung widmete er sich aber bald wieder der Mutter, reichte ihr das Salzfass, schenkte ihr eigenhändig Wein nach und lobte unermüdlich ihr Geschick in der Zusammenstellung der Speisen. »Dieser Saftschinken ist wirklich vorzüglich, meine Teure, ganz ausgezeichnet, wie alles bei Ihnen.«

Der Lohndiener trug einen besonders edlen Jahrgangswein auf, den die Mutter eigens entkorkt hatte. Müller nahm ihm die Karaffe aus der Hand und schenkte der Mutter ein. Auch Adele hielt ihm ihr Glas hin.

Fragend blickte er zur Mutter: »Darf die junge Dame sich ausnahmsweise einen Schluck genehmigen?«

»Aber selbstverständlich. Wir haben immerhin etwas zu feiern.«

Als alle drei Gläser gefüllt waren, trat eine kurze Stille ein. Dann wandte die Mutter sich ihr zu. »Du hast vorhin nach dem Anlass für diese Zusammenkunft gefragt ...«

Bitte lass sie nicht heiraten, betete Adele im Stillen. Dieser Verdacht hatte sich während des Essens bei ihr verfestigt.

»Nun, wir feiern, dass wir in Zukunft häufig so zusammensitzen werden«, fuhr die Mutter fort. »Täglich, um genau zu sein.«

Adele wurde ganz flau im Magen. »Ihr heiratet?«

»Das nicht eben«, beeilte sich die Mutter zu sagen.

»Obwohl es nicht an mir liegt, wie ich betonen möchte«, warf Müller von Gerstenbergk ein. »Ich würde liebend gerne ...«

»Das haben wir besprochen«, unterbrach ihn die Mutter mit einer entschlossenen Handbewegung und wandte sich wieder Adele zu. »Herr Müller von Gerstenbergk wird in Zukunft unser Hausgast sein. Er wird hier wohnen.«

»Aber wieso, wenn ihr nicht heiratet?«, fragte Adele verwirrt.

»Nun, es hat sich so ergeben«, erklärte die Mutter vage. Mit einem strahlenden Lächeln hob sie ihr Weinglas. »Ich bin sicher, ihr kommt prächtig miteinander aus. Darauf trinken wir. Auf unseren Hausgast!« Sie stießen an.

Vielleicht liegt es am Wein, dass ich die Nachricht nicht allzu schwernehme, dachte Adele. Solange der Regierungsrat nur zu Gast war, wenn auch dauerhaft, würde sich sicher nicht so viel ändern.

Fortan saß Müller von Gerstenbergk also morgens, mittags und abends mit am Tisch, verstreute seine Besitztümer in den Räumlichkeiten, bat Adele um Ruhe, wenn er in den zahlreichen Mußestunden, die ihm die Tätigkeit als herzoglicher Archivar erlaubte, an Gedichten schrieb, und wenn man Pech hatte, traf man ihn auch noch zur Schlafenszeit im Nachthemd vor dem stillen Örtchen an, das sich in dem kleinen Kabinett auf dem unteren Treppenabsatz befand.

Er schien kein schlechter Mensch zu sein. Er wurde nie laut und litt nicht unter Launen, auch war er hinreichend gebildet, um seinen Teil zur Unterhaltung beitragen zu können. Dennoch störte sie seine Anwesenheit mit jedem Tag mehr. Es war die Art, wie er sich zwischen sie und ihre Mutter drängte, wie er sich anmaßte, als Respektsperson aufzutreten und sie wie ein Kind zu behandeln.

An einem sonnigen Nachmittag zum Beispiel hatte sie vor, mit Ottilie zum Belvedere außerhalb der Stadt zu laufen. Doch er vertrat ihr tadelnd den Weg zur Garderobe. »Es gehört sich nicht für junge Damen, unbegleitet in der Landschaft herumzulaufen. Zudem ist es gefährlich.«

»Und worin sollte diese Gefahr bestehen?«, fragte sie mit zusammengezogenen Brauen. »Wir sprechen von der Lindenallee! Schlimmstenfalls wird man totgetrampelt, so viele Spaziergänger sind dort unterwegs.« Sie behielt für sich, dass sie aus diesem Grund meist einen kleinen Pfad durch den Wald wählten, der ebenfalls den Belvedere-Hügel hinaufführte.

»Deine Sorge um Adeles Wohl ehrt dich«, mischte ihre Mutter sich ein. Sie duzte den Hausgast, seitdem er hier wohnte. »Aber an einem Tag wie heute wüsste ich tatsächlich nicht, was dagegenspricht.«

»Wenn dem so ist, dann will ich nichts gesagt haben«, lenkte Müller von Gerstenbergk sofort ein. »Sie dürfen gehen«, fügte er an Adele gewandt hinzu und gab den Weg frei.

Seine Gewohnheit, wie ein Echo stets haargenau die gleichen Ansichten zu vertreten wie ihre Mutter, konnte ein Segen sein, aber auch ein Fluch. Lobte die Mutter ein Theaterstück, dann befand auch er es als herausragend, selbst wenn Adele vom ersten Akt an gegen den Schlaf hatte kämpfen müssen. Fand die Mutter an ihr etwas auszusetzen, weil sie eine Besorgung vergessen oder sich verspätet hatte, ermahnte auch er sie, als hätte er ein Recht dazu. Mit der Mutter hatte sie über die Zeit ein Gleichgewicht gefunden, das ihr allerlei Freiräume ermöglichte. Durch die ungebetene neue Allianz sah sie sich nun immer öfter einer unüberwindlichen Übermacht gegenüber.

Sie saßen beim Frühstück, das seit dem Einzug des Regierungsrats etwas zeitiger, aber umso üppiger aufgetragen wurde. Adele nippte an ihrer Morgenschokolade und versuchte, die hohe Stimme des Hausgastes auszublenden, der zufrieden einen Artikel aus einem Journal vorlas, in dem es um das geglückte Archivierungssystem der herzoglichen Bibliothek ging. Adele unterdrückte ein Gähnen.

Auch die Mutter hatte offenbar genug gehört. Sie stellte ihre leere Teetasse ab und wandte sich an sie: »Könntest du für mich einige Briefe aufs Postamt bringen?«

»Natürlich. Ich schreibe nur noch schnell einige Zeilen an Arthur.«

»Mir wäre lieb, du gingest sofort. Es sind Sendungen nach Danzig dabei. Der Kurier ist oft überpünktlich, am Ende verpasst du ihn noch.«

»Es sind wirklich nur ein paar Sätze«, beharrte Adele. »Ich schaffe es sicher trotzdem rechtzeitig.«

Gerstenbergk ließ die Zeitung sinken und mischte sich ein.

»Wenn Ihre Mutter Sie um etwas bittet, sollten Sie gefälliger sein.«

Adele stellte klirrend ihre Tasse ab und streckte die Hand aus. »Wo sind die Briefe?«

»Dieser trotzige Ton steht einer jungen Dame nicht an«, tadelte er.

Sie schluckte ihre Antwort hinunter und machte, dass sie ins Freie kam.

Mit Ottilie konnte sie über ihren häuslichen Ärger nicht sprechen. Seit Heinke in den Krieg gezogen war, trauerte die Freundin ihm nach. Für alles, was nicht mit ihm zu tun hatte, war sie unempfänglich. Adele kannte die Leiden unerfüllter Liebe inzwischen gut genug, um Nachsicht zu üben. Ihr Herz konnte sie nur ihrem Tagebuch ausschütten, das sie verschlossen unter ihrem Bett verwahrte. Sie hatte kürzlich einen neuen Band beginnen müssen, der sich auch schon wieder zu einem großen Teil gefüllt hatte mit dem Liebesleid, das jede Begegnung mit ihrer besten Freundin bei ihr auslöste.

Auf dem Postamt, wo sie die Briefe der Mutter und ihren eigenen an Arthur abgab, überreichte man ihr einen Brief Heinkes an Ottilie. Sie kämpfte den Drang nieder, das Billett kurzerhand in die Ilm zu werfen, und suchte die Freundin auf.

Ottilie riss ihr den Brief aus den Händen und las ihn aufgeregt. »Es geht ihm gut«, sagte sie atemlos. »Die Preußen rücken schnell vor. Er hofft, dass der Krieg bald vorbei ist.«

Adele raffte sich zu einer Frage auf, die sie bislang nicht zu stellen gewagt hatte, weil sie die Antwort fürchtete. »Seid ihr eigentlich verlobt?«

»Um Gottes willen, nein! Es ging ja alles so schnell, er war am Tag darauf schon fort«, entgegnete Ottilie. »Die nächste Hochzeit wird wohl eher in eurem Haus gefeiert.«

»Wie meinst du das?« Adele zog die Brauen zusammen.

»Na ja, deine Mutter und Gerstenbergk?«
»Er ist lediglich zu Gast.«
Ottilie lächelte spöttisch. »Natürlich.«
Adele legte den Kopf schief. »Was möchtest du andeuten?«
»Es kann dir doch nicht entgangen sein, dass deine Mutter und der Regierungsrat ein Verhältnis haben.«

Der Gedanke war Adele bei Gerstenbergks Einzug kurz durch den Kopf geschossen, doch sie hatte ihn als unbegründet beiseitegeschoben. In den acht Wochen, die Gerstenbergk inzwischen bei ihnen wohnte, war ihr keine Unschicklichkeit im Verhalten der beiden aufgefallen. Also widersprach sie der Freundin voller Überzeugung.

Als sie aufbrach, begegnete sie Frau von Pogwisch, die sich in Gesellschaft einer weiteren Hofdame befand. Beide trugen ihr Grüße an die Mutter und deren Hausfreund auf. An den süffisant hochgezogenen Augenbrauen erkannte Adele, dass über die Mutter geredet wurde.

Am nächsten Tag traf sie sie beim Unkrautjäten im Blumengarten hinter dem Haus an und erbot sich, ihr zu helfen. Es gab nicht mehr viele Gelegenheiten, bei denen sie unter sich waren. Für eine Weile arbeiteten sie schweigend, die Mutter auf ihrem Schemel sitzend, die kleine Schaufel in der behandschuhten Hand, Adele neben ihr hockend, mit einem Handrechen bewaffnet. Als die Mutter aufstand, um auf der Gartenbank neben dem Brunnen zu pausieren, fasste Adele sich ein Herz. Sie reichte der Mutter ein Glas Wasser aus dem Krug, der neben dem Brunnen stand, trank ebenfalls davon und sagte: »Ich möchte dich etwas fragen, Mama. Aber ich weiß nicht, wie ich es anstellen soll.«

»Sprich frei von der Leber weg«, forderte die Mutter sie auf.

Adele holte tief Luft. »Ich habe gestern etwas gehört über den Regierungsrat und dich ... Die Leute reden ...«

Ihre Mutter blieb gelassen. »Das kann ich mir lebhaft vorstellen, Liebes.

»Und ist etwas daran?«, murmelte sie verlegen.

»Nicht doch. Traust du mir das zu?«

Unsicher zuckte sie mit den Achseln.

»Setz dich her, Kind.« Adele ließ sich neben ihr auf der Gartenbank nieder. Die Mutter blickte sie an. »Du weißt, ich werde den Regierungsrat nicht heiraten. Dabei könnte ich es. Er würde mich nehmen, jederzeit …«

Sie nickte. Gerstenbergk selbst hatte davon gesprochen.

»Wieso sollte ich mich also auf ein unerlaubtes Verhältnis einlassen?«

Adele breitete ratlos die Hände aus. Sie wusste es nicht.

»Eben, es gibt keinen Grund.« Ihre Mutter nickte bekräftigend. »Du siehst also, an den Gerüchten ist nichts dran. Auch wenn mir die Regeln der Gesellschaft nicht immer gefallen – ich halte sie dennoch ein.«

In dieser Hinsicht war Adele also beruhigt. In jeder anderen Hinsicht fiel es ihr immer schwerer, mit dem Hausgast friedlich auszukommen. Völlig selbstverständlich gängelte und ermahnte er sie inzwischen wie ein Vater sein unmündiges Kind. Die Mutter ließ ihn gewähren, vielleicht fiel es ihr nicht einmal sonderlich auf. Adele vermisste ihren Bruder mehr denn je. Er hätte ein Gegengewicht gebildet, die Kräfteverhältnisse im Hause wieder ausgeglichen.

Doch Arthur lebte in Berlin. Nicht einmal ihre Briefe beantwortete er zuverlässig. Dreimal hatte sie ihm in den letzten Monaten geschrieben, ohne Antwort zu erhalten. Da endlich traf ein mageres Schreiben ein. Trotz allem erfreut, brach sie das Siegel, faltete das Blatt auseinander und las:

»Liebe Adele, verzeih mein langes Schweigen, die Promotion hat meine Zeit ganz in Anspruch genommen. Nun bin ich fertiger Doktor der Philosophie und gedenke, nach Weimar

zurückzukehren, bis sich eine Stelle findet. Wenn alles gut geht, treffe ich Ende des Monats ein. Dein Bruder Arthur.«

Adele machte einen Luftsprung. Das war die schönste Überraschung seit Langem. Arthur würde wieder bei ihnen wohnen. Ein Verbündeter!

Adele, Herbst 1814

Mit verschränkten Armen baute Arthur sich vor der Mutter auf, die im Salon ihren nachmittäglichen Tee trank, heute ohne Gäste. Er war in höchstem Maße verärgert, das sah Adele ihm an. Sie saß der Mutter gegenüber auf der Chaiselongue und stickte ihre Initialen in ein Taschentuch.

Ihr Bruder erhob die Stimme. »Ich sehe nicht ein, länger in der Kammer zu hausen. Der Mann muss das Zimmer räumen!«

Die Mutter nippte mit vorgetäuschter Ruhe an ihrem Assam. Adele blickte unglücklich auf ihren Stickrahmen. Sie fühlte sich wie Goethes Zauberlehrling. Die Geister, die sie gerufen oder zumindest herbeigesehnt hatte, quälten sie nun.

»Wir haben das doch besprochen«, entgegnete die Mutter schließlich beherrscht. »Herr Gerstenbergk zahlt Miete. Er hat ein Anrecht auf den Raum.«

»Seit wann hast du Mieteinkünfte nötig? Vater hat dir ein Vermögen hinterlassen!«

»Bitte streitet nicht schon wieder«, versuchte Adele zu vermitteln. »Wir müssen einen Weg finden, miteinander auszukommen.«

»Nicht, solange dieser Mensch bei uns wohnt«, schimpfte Arthur. »Er hat hier nichts zu suchen.«

»Das hast nicht du zu entscheiden«, erwiderte die Mutter scharf. »In diesem Haus bestimme immer noch ich.«

»Da sieht man, was geschieht, wenn man Frauen freie Hand lässt!«

»Wem helfen kränkende Worte, Arthur?«, mischte Adele sich erneut ein. »Es ist Mutters Wunsch, dass Herr von Gerstenbergk hier wohnt. Also müssen wir uns arrangieren.«

»Unter vier Augen hast du dich noch anders geäußert.«

»Ich behaupte nicht, dass ich mit allem zufrieden bin. Aber wir müssen doch eine Lösung suchen. Wir alle müssen guten Willens sein.«

»Auch das ist wieder typisch Frau. Zugeständnisse machen, nachgeben … Du bist ein Schwächling, Adele!«

»Gibt es irgendjemanden, mit dem du nicht streitest?«, gab sie verletzt zurück.

»Ich sage nur, wie es ist. Und ich rücke nicht davon ab, nur um niemandem auf die Füße zu treten. Herr von Gerstenbergk ist ein Störenfried, dessen fragwürdige Rolle zudem unseren Ruf beschädigt.«

»Vorsicht, Arthur!« Die Mutter zog die Brauen zusammen. »Überschreite nicht gewisse Grenzen!«

»Die Frage ist eher, ob nicht du sie bereits überschritten hast.«

Die Mutter erhob sich. Auch sie verschränkte die Arme. »Das genügt jetzt. Ich erwarte Respekt von dir!«

Arthur wollte etwas erwidern, doch nun waren Schritte im Flur zu hören. Derjenige, um den der Streit sich drehte, hatte die Wohnung betreten und näherte sich.

Adele legte die Hände zusammen. »Ich bitte dich, Arthur, mach keine Szene.«

Gerstenbergk erschien in der Tür. »Die ganze Familie beisammen«, konstatierte er betont munter. »Ist noch eine Tasse Tee für mich da?«

»Selbstverständlich«, sagte Johanna, und Adele machte sich daran, ihm einzuschenken.

Arthur nahm den Hausgast ins Visier. »Sie sind doch inzwischen Geheimer Regierungsrat des Herzogs, nicht?«, fragte er sachlich.

Gerstenbergk nickte selbstzufrieden.

Arthurs Stimme wurde scharf. »Wie kommt es, dass Sie sich keine eigene Wohnung leisten können?«

»Arthur!«, rief die Mutter streng.

»Ich frage nur. Andere Männer würden sich schämen, einer schutzlosen Witwe zur Last zu fallen.«

Gerstenbergk wechselte einen Blick mit der Mutter. Man sah, dass er sich ihr zuliebe am Riemen riss. »Ich muss mich Ihnen gegenüber nicht erklären, und ich werde es auch nicht tun. Ich wäre Ihnen allerdings dankbar, wenn Sie aufhören würden, Ihrer Mutter zuzusetzen.«

»Sind Sie mein Vater, dass Sie so mit mir reden?«

»Mir liegt das Wohl Ihrer Mutter am Herzen. Das sollte Ihnen ebenso ergehen.«

»Nun, wenn Sie etwas für meine Mutter tun wollen, dann suchen Sie sich eine andere Bleibe. Sie kompromittieren sie!«

Ihre Mutter machte einen Schritt auf ihn zu. »Ich sage es zum letzten Mal im Guten, Arthur: Ich möchte kein Wort mehr hören! Nicht über den Geheimen Regierungsrat, nicht über mein angebliches Betragen. Das Einzige, was ich von dir hören will, ist die Einsicht, dass ein Sohn seine Mutter so nicht behandelt. Solange du dazu nicht imstande bist, ziehe ich es vor, ohne deine Gesellschaft meinen Tee zu trinken.«

Arthur starrte sie feindselig an. Einen Augenblick befürchtete Adele, dass der Bruder zu einer neuen Tirade ansetzen würde. Doch er schnaubte nur verächtlich, drehte sich auf dem Absatz um und verließ grummelnd den Raum.

Für den Moment konnte sie aufatmen. Doch sie wusste, morgen und übermorgen würden sich ähnliche Szenen abspielen. Seit

Wochen ging das so. Im Rückblick erschien ihr die Zeit, in der nur Gerstenbergk ihren Frieden gestört hatte, wie eine Erholungskur.

Sie folgte ihrem Bruder in den Garten. Er saß missmutig auf der schmiedeeisernen Bank hinter dem Haus und schmauchte seine Pfeife. Sie stellte sich vor ihn hin. »Ich teile ja in vielem deine Ansicht«, versuchte sie ihn zu besänftigen. »Aber so wie du dich verhältst, sorgst du nur für weiteren Unfrieden.«

»Unfrieden, Frieden, gibt es für dich nichts Bedeutsameres?«, entgegnete er verstimmt.

»Was soll wichtiger sein?«, fragte sie aufrichtig.

»Unser Ruf, unsere Ehre. Die Mutter beschmutzt beides.«

»Sie hat mir versichert, dass diese Freundschaft unschuldig ist.«

»Wie naiv kann man sein? Sie lügt wie gedruckt.«

»Du glaubst immer nur das Schlimmste.«

»Ich kenne sie eben. Ich sehe, wenn sie lügt. Erinnerst du dich an Vaters Tod? Dass es ein Unfall war, wollte sie uns weismachen. Dabei hat er sich umgebracht! Und sie gibt es bis heute nicht zu.«

»So etwas darfst du nicht sagen«, widersprach Adele erschrocken. »Es war wirklich ein Unfall!«

»Er ist gesprungen. Du warst damals noch klein, aber ich weiß es.«

»Ich glaub dir kein Wort.«

»Natürlich nicht. Du bist beschränkt wie alle Frauen.« Er klopfte seine Pfeife aus.

Aufgewühlt ging Adele zwischen den blühenden Herbstblumen auf und ab. Konnte es sein, dass ihr Bruder die Wahrheit sagte? Hatte die Mutter sie wirklich in die Irre geführt? Sie lehnte sich an den üppig tragenden Quittenbaum, der den Blumengarten von den Gemüsebeeten trennte. Dunkle Bilder stiegen in ihr auf, von einem Speicher und einer Luke, vom Vater, der den

Halt verlor. Ihr wurde ganz schwindelig zumute. Auf wackeligen Beinen wankte sie zur Gartenbank und ließ sich neben ihren Bruder sinken.

Er blickte sie von der Seite an. »Also glaubst du es mir jetzt doch.«

Sie nickte schweigend. Nach der ersten Erschütterung fühlte sie mit einem gewissen Erstaunen, wie sie bereits ruhiger wurde, wie ihr die Neuigkeit schon weniger monströs erschien. Vielleicht hatte sie die Wahrheit über den Vater tief in ihrem Inneren schon immer geahnt.

»Warum hat Mama uns etwas vorgemacht?«, fragte sie leise.

»Weil sie die Schuld daran trägt«, erwiderte Arthur bitter. »Sie hat ihn unglücklich gemacht. Höchstwahrscheinlich hat sie ihn damals schon betrogen.«

Adele zuckte zusammen. »Woher willst du das wissen?«

»Vater war ein reicher, angesehener Mann. Welchen Grund hätte er sonst gehabt?«

Adele sperrte sich dagegen, dass noch mehr in ihr zerbrach. »Es ist also eine reine Vermutung?«

Arthur sah sie eindringlich an. »Warum sonst die Lüge damals? Warum gibt sie es bis heute nicht zu?«

»Vielleicht wollte sie uns schonen«, riet Adele. »Es war ohnehin schon alles so furchtbar. Ich weiß nicht, wie ich das auch noch verkraftet hätte.«

»Ohne sie würde er noch leben«, beharrte Arthur.

Adele musterte ihren Bruder. Er hatte schon erste Gramfalten um den Mund. Man sah ihm an, dass er die Welt und die Menschen nicht mochte. Sie beschloss, sich von ihm nicht ihr Bild von der Mutter zerstören zu lassen.

»Ich bin sicher, du tust ihr Unrecht«, erklärte sie mit Nachdruck.

Arthur lachte abfällig. »Du und deine Voreingenommenheit ... Aber gut, bleib bei deinem Irrtum, wenn es dich beruhigt.«

»Ja, lassen wir das«, stimmte sie zu.

Sie wollte nicht mehr über den Vater sprechen, nicht einmal an ihn denken, daran, was ihn bewogen haben mochte ... Hier und jetzt gab es Aufruhr genug. Sie kam wieder auf den Anfang des Gesprächs zurück. »Auch wegen der Sache mit Gerstenbergk bin ich mir immer noch nicht sicher. Wir wohnen zusammen. Ich habe nie etwas dergleichen bemerkt.«

»Man sieht nur, was man sehen will.« Arthur stopfte seine Pfeife neu.

Adele dachte an Ottilie und Frau von Pogwisch, an das Gerede und die hochgezogenen Augenbrauen. Vielleicht war wirklich etwas dran am Verdacht des Bruders. Sie ließ diese Möglichkeit auf sich wirken. Wenn die Mutter ein Verhältnis mit Gerstenbergk hatte – war das wirklich so schlimm? Goethe hatte zwanzig Jahre in wilder Ehe mit der Vulpius gelebt. Sie konnte ihre Mutter nicht verurteilen. »Selbst wenn du recht haben solltest, ihr Ruf ist intakt. Mag sein, dass die Leute reden, aber jedermann behandelt sie mit Respekt.«

»Das ist nicht der springende Punkt.« Arthur zündete die Pfeife an. »Es geht um ihren Verrat. Sie spuckt auf das Andenken unseres Vaters.«

»Er ist tot«, erinnerte Adele ihn. »Sie ist verwitwet. Sie kann tun und lassen, was sie möchte.«

Arthur stieß Rauch aus. »Sein Name sollte ihr heilig sein.«

Adele missfiel die Sichtweise ihres Bruders. »Wir haben in unserer Familie immer viel Wert auf Freiheit gelegt«, wandte sie ein. »Auch unser Vater. Du kennst den Wahlspruch in seinem Wappen ...«

»Ohne Freiheit kein Glück«, murmelte Arthur mechanisch.

Sie nickte. »Warum also soll nicht auch unsere Mutter frei sein?«

Arthur starrte sie an. »Begreift ihr Frauen so etwas wirklich nicht?«

»Wenn du mich fragst, tut sie nichts, was andere sich nicht auch herausnehmen«, erwiderte Adele. »Sie verletzt niemanden, Vater spürt es nicht mehr.«

Unzufrieden nahm Arthur die Pfeife aus dem Mund. »Uns kränkt sie, denn wir sind seine Kinder.«

»Nimm mich bitte aus«, sagte Adele nun schon energischer. »Solltest du wirklich recht mit deinem Verdacht haben, könnte ich mit der sittlichen Verfehlung leben. Selbst der Herzog hat eine Geliebte, und seine Gemahlin ist noch am Leben.«

»Das ist etwas völlig anderes«, befand Arthur.

»Ja, bei ihm ist es tatsächlich Ehebruch.«

»Darauf wollte ich nicht hinaus.«

»Ich weiß schon, er ist ein Mann, ja. Deshalb beurteilst du sein Verhalten milder.«

Die Pfeife war wieder ausgegangen. Arthur steckte sie unzufrieden ein und stand auf. »Du fällst mir also in den Rücken.«

Adele bemühte sich, ruhig zu bleiben. »Ich bitte dich lediglich: Unternimm wenigstens den Versuch, mit Gerstenbergk zu leben. Vielleicht können wir dann gemeinsam auf ihn einwirken und einige seiner zugegebenermaßen störenden Angewohnheiten ändern.«

Arthur schüttelte den Kopf. »Du magst dich den beiden fügen. Was erwarte ich auch? Aber ich bin der Mann in der Familie. Ich muss tun, was zu tun ist. Wenn du mich im Stich lässt, nun gut. Ich verjage den Eindringling auch allein.« Damit wandte er sich ab und ging ins Haus.

Adele schwirrte der Kopf von allem, was sie soeben erfahren hatte. Hinzu kam ein ungutes Gefühl in der Magengegend, wenn sie an die weiteren Streitereien dachte, die bevorstanden.

Als sie in die Wohnung zurückkehrte, kam Arthur ihr auf dem Korridor mit einem Stapel Bücher entgegen, die er mit entschlossener Miene vor sich hertrug. Wortlos schob er sich an ihr vorbei und betrat das Zimmer, in dem Gerstenbergk wohnte. Sie folgte ihm und sah, dass bereits andere Bücher, Kleider und private Utensilien von ihm auf Bett und Teppich des Hausgastes lagen.

»Was sagt Mutter dazu?«, fragte sie beunruhigt.

»Frag sie doch.« Ihr Bruder kippte eine Schublade von Gerstenbergks Kommode aus, sammelte die darin befindliche Leinenwäsche ein, legte noch ein paar Stiefel auf den Stapel und marschierte so beladen durch den Flur zurück in die Kammer, in der bislang er selbst wohnte.

Adele eilte suchend durch die Wohnung, doch weder die Mutter noch der Hausfreund schienen anwesend zu sein.

»Sie wollten frische Luft schnappen. Du triffst sie vermutlich im Schlosspark an«, erklärte Arthur, während er die Leinenwäsche auf einen Haufen mit Gerstenbergks sonstigen Kleidern warf.

»Das gibt riesigen Ärger, Arthur«, warnte sie besorgt.

»Werden wir ja sehen.« Er nahm einen neuen Stapel Bücher auf und trug sie in das umkämpfte Zimmer.

»Warum bist du nur so?« Verzweiflung stieg in ihr auf. »Ich habe mich so auf dich gefreut. Und nun machst du alles nur noch schlimmer.«

»Wenn du dich beschweren willst, beschwer dich bei Mutter. Ich setze lediglich meine Rechte durch.«

»Was geht hier vor?« Sie hatten das Eintreffen der Mutter beide nicht bemerkt. Nun erschien sie in der Zimmertür, erfasste die Lage und funkelte Arthur scharf an. »Du machst das rückgängig. Sofort.«

»Das werde ich ganz bestimmt nicht tun.«

»Oh doch. Und du entschuldigst dich bei Herrn von Gerstenbergk für diesen Übergriff.«

»Versuch nur, mich dazu zu bringen.« Mit dem Rücken zu ihr begann er, seine eigenen Bücher in das leergeräumte Regal zu sortieren.

»Sieh mich an. Ich rede mit dir!«

Er wandte sich aufreizend langsam zu ihr um. »Wenn ihr mich nun bitte allein lassen würdet. Ich habe zu tun.«

»Nichts da! Du bringst deine Sachen wieder zurück! Und zwar, bevor Georg hier ist.«

»Georg, ja?« Arthur lächelte abfällig.

»Du kannst von Glück reden, dass er noch im Archiv zu tun hat. Und nun los, steh nicht rum.« Die Mutter griff nach Arthurs Bettzeug, um es zurück in die Kammer zu tragen. »Hilf mir, Adele!«

Adele zögerte, dann nahm sie einige Kleidungsstücke ihres Bruders, die dieser auf Gerstenbergks Bett geworfen hatte, und folgte der Mutter. Kaum stand sie im Korridor, fiel hinter ihr krachend die Zimmertür zu. Der Schlüssel wurde umgedreht.

»Mich kriegt ihr hier nicht raus«, rief Arthur von drinnen.

Ihre Mutter hämmerte gegen die Tür. »Mach sofort auf!«

»Ich denke nicht daran!«

Die Mutter war außer sich. Mit hochrotem Gesicht machte sie ihrer Empörung Luft. »Was habe ich ihm jemals getan? Womit habe ich so viel Undank verdient?«

Adele hatte das Gefühl, in einem Alptraum gefangen zu sein. Ohnmächtig musste sie mit ansehen, wie die Kluft zwischen ihrem Bruder und ihrer Mutter immer tiefer wurde. Innerlich zitterte sie, doch nach außen hin versuchte sie, ruhig zu bleiben: »Lass uns abwarten, Mama. Er kann sich ja nicht ewig verschanzen.«

Die Mutter presste ihre Fingerspitzen an die Schläfen und atmete tief durch. »Also gut, trinken wir erst mal Tee.« Sie wandte sich der verschlossenen Tür zu und erhob die Stimme. »Falls du Hunger oder Durst bekommst, musst du dich leider ins Wohnzimmer bequemen.«

Wenig später brodelte der Samowar. Das blubbernde Geräusch, der Geruch der Teeblätter, die ritualisierten Bewegungen der

Zubereitung beruhigten Adele ein wenig. Schweigend rührte sie Zucker in ihre Tasse und sah dem kleinen Wirbel zu, der sich dabei bildete.

Ihre Mutter echauffierte sich immer noch. »Woher nimmt er nur das Recht? Überhaupt diese erbarmungslose Zanksucht!«

»Wann meinst du, kommt Gerstenbergk zurück?«, fragte Adele, die sich besorgt den Streit ausmalte, der dann unweigerlich entbrennen würde.

Die Mutter warf einen Blick auf ihre Taschenuhr. »Bald.« Sie stellte ihre Teetasse ab und sah Adele eindringlich an. »Du musst vermitteln, Liebes.«

»Das habe ich doch schon versucht. Er hört nicht auf mich.«

»Immer noch eher als auf mich.« Ihre Mutter legte die Hände zusammen. »Adele, bitte. Ich weiß langsam nicht mehr weiter. Sprich mit ihm.«

»Also gut.« Seufzend gab sie nach. »Ich versuche mein Bestes, aber viel Hoffnung habe ich nicht.« Sie straffte sich und ging in den Flur. Sachte klopfte sie an die verschlossene Tür. »Arthur, ich bin's, lass mich rein.«

»Schickt dich die Mutter?«, hörte sie ihn fragen.

»Ja und nein«, gab sie zu. »Ich wohne hier ebenfalls. Es betrifft mich genauso wie euch. Wir brauchen einen Ausweg.«

»Den kann ich dir nennen: Mutters sogenannter Hausfreund wohnt fortan in der Kammer, oder er zieht ganz aus. Mir ist beides recht.«

»Willst du dich wirklich dauerhaft mit ihr überwerfen?«

»Es liegt an ihr, nicht an mir.«

»Sie hat so viel für dich getan, erinnere dich doch! Sie hat dir das Studium ermöglicht, als du nicht mehr Kaufmann werden wolltest. Nach deinem Rauswurf aus der Schule hat sie für Abhilfe gesorgt.«

»Das ist ja wohl das Mindeste, was man erwarten kann. Falls ich ihr wirklich etwas bedeute, soll sie es jetzt beweisen.«

»Gibt es irgendeine Möglichkeit, dass du auch nur einen Millimeter auf uns zugehst?«, fragte Adele ratlos.

»Nein.«

Mit dieser Antwort kehrte sie zu ihrer Mutter zurück. »Bitte schick mich nicht mehr als Vermittlerin vor. Es ist zwecklos.«

Die Mutter seufzte. »Dass ich mich vor meinem eigenen Sohn rechtfertigen soll, ist lächerlich. Aber gut, ich werde ihm schreiben.«

Adele ließ die Mutter allein und ging nach draußen. Die Sonnenhüte und Dahlien, die reifen Quitten und Kohlköpfe, das Grün des Lindenbaumes am anderen Ende des Gartens, vor allem aber die ungetrübte Ruhe wirkten besänftigend auf ihr Gemüt.

Sophie, ihr ehemaliges Kindermädchen, gesellte sich zu ihr. Sie hatte natürlich mitbekommen, dass es wieder Streit gab. »Herr Arthur und eure Mutter sind sich ähnlich«, sagte sie, während sie eine heruntergebogene Sonnenblume hochband. »Beide wollen das Sagen haben.«

Adele nickte seufzend. »Leider. Ein paar alte Rechnungen sind wohl auch noch im Spiel.«

Die Mutter beugte sich aus dem Fenster und rief, mit einem Brief winkend, nach Sophie. »Könntest du dieses Schreiben bitte an meinen Sohn übergeben? Falls er nicht öffnet, steckst du es unter der Tür durch.«

Sophie nickte und verschwand im Haus. Adele blieb noch eine Weile im Garten. Sie rupfte einige Unkräuter aus, die sich zwischen den Mangoldpflanzen angesiedelt hatten, und hoffte, dass der Brief etwas bewirkte.

Als sie in die Wohnung zurückkehrte, war jedoch alles beim Alten. Vom Korridor aus konnte sie sehen, dass die Mutter unruhig im Salon auf und ab tigerte. Adele horchte an der Tür zu Gerstenbergks verschlossenem Zimmer. Drinnen war es vollkommen still.

Plötzlich eilte die Mutter herbei. »Habe ich das richtig vernommen? Kommt er raus?«

Auch Adele hatte ein Geräusch gehört, aber von weiter hinten in der Wohnung, wo sich die Küche befand. Sie zuckte bedauernd mit den Schultern. »Was hast du Arthur eigentlich geschrieben?«, wollte sie wissen.

»Nichts, was ich glaubte, je erklären zu müssen«, entgegnete die Mutter verstimmt. »Ich versuche, ihm deutlich zu machen, dass ich euren Vater in hochachtungsvoller Erinnerung bewahre. Das Leben geht dennoch weiter, auch für mich.«

Adele hörte ein leises Rascheln aus dem verschlossenen Zimmer, so als würde etwas über den Boden geschoben. Tatsächlich erschien unter der Tür ein Blatt Papier, beschrieben mit Arthurs Schriftzügen.

Schnell bückte sich die Mutter und hob es auf. Während sie las, beobachtete Adele, wie sich ihr Blick verhärtete.

»Was steht drin?«, fragte sie, nichts Gutes ahnend.

Statt einer Antwort zerriss die Mutter den Brief in kleine Fetzen, die sie mit versteinertem Gesicht zu Boden rieseln ließ. Nach einem Moment völliger Starre wandte sie sich dem verschlossenen Zimmer zu und erhob gebieterisch die Stimme. »Ich zähle bis drei, dann lasse ich die Tür einschlagen!« Als sich nicht sofort etwas rührte, befahl sie Adele: »Lauf die Straße runter und hol den Schmied. Er soll seine Axt mitbringen!«

Erschrocken blickte Adele ihre Mutter an. Sie war unschlüssig, wie sie sich verhalten sollte.

»Worauf wartest du?« Die Mutter schob sie zur Wohnungstür. »Beeil dich!«

Adele schickte sich an, die Wohnung zu verlassen, da riss Arthur von innen die Zimmertür auf. Feindselig starrte er die Mutter an. »Mit der Axt gehst du auf mich los? Bist du jetzt irre?«

»Du hältst den Mund und hörst zu!«, befahl die Mutter gebieterisch.

Überraschenderweise blieb Arthur tatsächlich stumm. Adele schloss die Wohnungstür wieder und verfolgte bange, wie die Mutter mit zu allem entschlossener Miene näher an ihren Sohn herantrat. »Seitdem du eingetroffen bist, machst du mir Vorwürfe, Tag für Tag!«, rief sie. »Nun muss ich mir noch schriftlich geben lassen, dass du meinen angeblich so verworfenen Lebenswandel tadelst, ihn mir verbieten willst!«

»Andere Männer hätten sich längst duelliert mit deinem Hausfreund.«

»Still jetzt.« Die Mutter hob Einhalt gebietend die Hand. »Was erlaubst du dir eigentlich? Wo bleibt der Respekt? Niemals hättest du mit deinem Vater so gesprochen! Niemals hättest du ihn auch nur kritisiert! Bin ich weniger als er? Ich verlange die gleiche Achtung, den gleichen Gehorsam!«

»Wie kannst du Vaters Namen noch in den Mund nehmen!«

»Was hätte er zu deinem Betragen gesagt? Kurz vor seinem Tod hat er dich ermahnt, mich zu ehren, mir keinen Verdruss zu bereiten! Erinnerst du dich nicht? Ich weiß es wie heute!«

Zornbebend stand die Mutter vor Arthur. Adele hatte sie noch nie so außer sich gesehen. Ihr Bruder öffnete den Mund zu einer grimmigen Erwiderung, doch die Mutter schnitt ihm das Wort ab. »Ich habe dir alles ermöglicht. Du durftest deinen Weg frei wählen. Und du willst mir meine Freiheit nehmen?« Sie funkelte ihn an. »Zwanzig Jahre habe ich meinen Eltern gehorcht, weitere zwanzig Jahre meinem Ehemann. Mein Leben war gewiss nicht immer einfach. Nun bin ich frei zu tun und zu lassen, was ich will, und eins sage ich dir: Lieber sterbe ich, als dass ich mir jemals noch von irgendwem vorschreiben lasse, wie ich mein Leben zu leben habe!«

»Also gibst du zu, dass ihr ein Verhältnis habt?«, entgegnete Arthur kühl.

»Darum geht es nicht«, warf Adele ein, die von dem Ausbruch der Mutter ziemlich beeindruckt war. Sie schien plötzlich um einen Kopf größer geworden zu sein, ihre Miene ehrfurchteinflößender, ihre Stimme gebieterischer. Dass die Mutter sie über ihre Beziehung zu Gerstenbergk augenscheinlich belogen hatte, berührte sie weniger, als sie erwartet hätte. Vielleicht lag es an Arthurs Verhalten. Seine selbstgerechte Unerbittlichkeit trieb sie an die Seite der Mutter.

Nun schien diese sich selbst zur Ruhe zu zwingen, ohne aber in ihrer Entschlossenheit nachzulassen. »Ich sehe nicht, wie wir weiter ersprießlich zusammenleben können«, erklärte sie und blickte Arthur dabei fest in die Augen. »Deshalb wirst du dir eine andere Bleibe suchen.«

Arthur taumelte einen Schritt zurück. »Du gibst deinem Geliebten den Vorzug vor deinem Sohn?«

»Was erwartest du denn, Arthur?«, rief Adele aus.

»Wir beide hatten immer unsere Differenzen«, fuhr die Mutter, nun scheinbar wirklich ruhiger, fort. »Mit der Entfernung sind sie meistens in den Hintergrund gerückt. Wollen wir hoffen, dass es auch dieses Mal so geschieht.«

»Du verjagst mich also nicht nur aus der Wohnung, sondern gleich aus der ganzen Stadt?«

»Wohin du gehst, steht dir frei, mein Sohn«, erwiderte die Mutter kühl. »Viele junge Männer deines Alters haben sich in jüngster Zeit als Freiwillige gemeldet.«

Arthur starrte die Mutter ungläubig an. »Du willst mich totschießen lassen?«

»So hat sie es nicht gemeint«, versuchte Adele, ein erneutes Aufflammen des Streits zu verhindern.

»Sie schickt mich in den Krieg!« Arthur schäumte. »Ich soll den Boden der Schlachtfelder düngen wie die anderen Dummköpfe, die für das Vaterland sterben. Ich bin keine wertlose Fabrikware der Natur!«

Adele hörte, wie in ihrem Rücken die Wohnungstür geöffnet wurde. Und tatsächlich betrat nun der Geheime Regierungsrat den Korridor, in dem sie alle standen, Arthur wutbebend, die Mutter mit in die Hüften gestemmten Händen, sie selbst mit zugeschnürter Brust, inzwischen nur noch von dem Wunsch beseelt, den Schrecken irgendwie zu beenden.

»Was ist hier schon wieder los?« Argwöhnisch blickte Gerstenbergk in die Runde. Mit zusammengezogenen Brauen trat er näher. »Warum steht meine Zimmertür offen? Was sind das für Sachen, die dort liegen?«

»Halten Sie den Mund!«, herrschte Arthur ihn an, schob Gerstenbergk beiseite und stellte sich direkt vor die Mutter. Sein zorniges Gesicht berührte beinahe das ihre. »Ich habe dir viel zugetraut, aber dass du mich tot sehen willst wie den Vater …«, stieß er hervor.

»Wie reden Sie mit Ihrer Mutter?«, mischte Gerstenbergk sich ein. »Sie entschuldigen sich sofort!«

Mit verächtlichem Blick wandte Arthur sich zu ihm um. »Und das haben Sie mir zu befehlen?« Ehe Gerstenbergk etwas entgegnen konnte, packte Arthur ihn am Mantelkragen und schleifte ihn durch den Korridor. »Ihre Einmischung ist hier unerwünscht, haben Sie das verstanden?«

»Lass ihn sofort los!«, rief die Mutter scharf.

Doch Arthur dachte nicht daran. »Und Ihre Anwesenheit auch!« Wutbebend schleuderte er den Regierungsrat gegen die Wohnungstür. Die Mutter fiel ihm in den Arm und versuchte, ihn festzuhalten. Er stieß sie mit dem Ellenbogen fort. »Weg da, du Hure!«

Adele zuckte zusammen. Ihre Mutter erstarrte förmlich. Auch Arthur schien zu merken, dass er zu weit gegangen war. Er ließ vom Regierungsrat ab, der sich räusperte und seinen Kragen richtete. Die Mutter schob sich zwischen ihn und Arthur, heftete den Blick fest auf ihren Sohn, holte mit der

Hand aus und schlug ihm, obwohl sie viel kleiner war als er, mit voller Wucht ins Gesicht.

Für einen Moment stand die Zeit still. Adele vergaß zu atmen. Arthur hielt sich die gerötete Wange und starrte die Mutter an, als sähe er sie zum ersten Mal. Äußerlich ruhig hielt sie ihm die Tür auf. »Du trittst mir nie wieder unter die Augen. Wir sind geschiedene Leute.«

Arthur verharrte einen Moment lang wie in Trance, dann schüttelte er sich leicht, als streife er ihre Worte ab. Er griff nach seinem Mantel und wandte sich zur Tür, ohne Adele oder Gerstenbergk noch eines Blickes zu würdigen. Als er an der Mutter vorbeikam, spuckte er vor ihr auf den Boden.

»Raus hier, ehe ich mich vergesse!«, schrie sie. Noch bevor sie die Tür hinter ihm zuwerfen konnte, hatte er sie schon mit einem lauten Krachen von der anderen Seite zugeknallt.

Adele wurde übel vom Gefühl der Ohnmacht, das sie packte. Es war wie damals beim Tod des Vaters, wie im Krieg. Sie bäumte sich dagegen auf und rannte Arthur auf die Straße nach. »Bitte sie um Verzeihung!«, rief sie.

Er sah sie nur verständnislos an. »Kennst du mich immer noch nicht?«

»Aber was willst du denn jetzt tun?«

»Das wird sich finden. Ich werde dir schreiben, aber nicht der Mutter. Lebe wohl!«

Eine ungelenke Umarmung, und er war verschwunden. Entmutigt kehrte sie in die Wohnung zurück. Die Mutter hatte sich in ihrem Zimmer verschanzt, während ein Lohndiener bereits Arthurs Sachen zusammenpackte.

Beim Abendbrot fand Adele sich allein mit Gerstenbergk wieder, der etwas unbeholfen versuchte, ein Gespräch in Gang zu bringen.

»Es ist besser so«, sagte er zwischen zwei Bissen. »Ihr Bruder ist ein schwieriger Mensch. Ich fürchte, mit ihm wird es kein gutes Ende nehmen.«

»Können Sie bitte einfach schweigen?«, bat sie.

Spätabends klopfte sie mit einem kleinen Tablett bei der Mutter.

»Was ist?«, kam es von innen.

Sie drückte die Klinke hinunter. Die Tür war nicht abgeschlossen. Die Mutter lag mit offenem Haar auf dem Bett und wandte ihr das rotgeweinte Gesicht zu. »Ich habe ihn mit meiner eigenen Milch genährt, weißt du? Meine Mutter, dein Vater ... alle wollten ihn zu einer Amme geben, weil man das so machte. Aber ich habe ihn nicht hergegeben. Er sollte bei mir sein, Tag und Nacht.« Tränen liefen ihr über die Wangen. »Und das ist draus geworden.«

Verlegen stellte Adele das Tablett ab. Noch nie hatte sie ihre Mutter so aufgelöst erlebt, was der offenbar nun auch bewusst wurde. Sie griff nach einem Taschentuch. »Bitte lass mich allein.«

Als die Mutter am nächsten Morgen aus ihrem Zimmer kam, zeigte sie keine Spur mehr von Verzweiflung. Vielleicht hatte sie sich etwas sorgfältiger frisiert als sonst, möglicherweise sogar etwas Puder aufgelegt. Gefasst bat sie das Küchenmädchen, für das Frühstück aufzudecken, dann wandte sie sich Adele zu und sagte ruhig und bestimmt: »Bitte erwähne den Namen deines Bruders nie wieder in meinem Beisein.«

Adeles Wunsch, Arthur möge sich gegen Gerstenbergk auf ihre Seite stellen, war auf schreckliche Weise in Erfüllung gegangen. Die Familie war auseinandergebrochen, und nichts würde diesen Bruch je wieder kitten können.

6 Verluste

Adele, Frühjahr 1816

Nun sollte sie auch noch Ottilie verlieren. Die Freundin, inzwischen achtzehnjährig wie sie selbst, stand kurz vor der Verlobung. Stündlich war der offizielle Antrag zu erwarten. Bei dem Bewerber handelte es sich ausgerechnet um August von Goethe, diesen stumpfsinnigen Grübler, der davon lebte und zugleich darunter litt, Sohn des großen Dichters zu sein. Adele verstand nicht, was Ottilie an ihm fand. Sie konnte nichts Außergewöhnliches an ihm entdecken, lediglich durch seinen beunruhigenden Weinkonsum stach er aus dem Mittelmaß hervor. Das leise Mitleid, das sie anfänglich mit ihm verspürt hatte, war bei jeder Begegnung mehr dem Ärger über seine unfrohe, missvergnügte Art gewichen. Sie musste ihrer Mutter recht geben: Menschen, die ihre Launen nicht beherrschen, waren wenig anziehend.

Seit einigen Wochen bahnte sich das Unglück nun schon an, und Adele fühlte sich, als würde sie einem Glas dabei zusehen, wie es zu Boden fiel, ohne dass sie es noch hätte vor dem Zerbersten retten können.

Begonnen hatte alles auf der Feier anlässlich des Sieges über die Franzosen. Sämtliche Straßen der Stadt waren beflaggt, auf allen Plätzen standen lange Tische, die sich unter den Platten mit Würsten und kaltem Braten, den Töpfen mit fetter Erbsensuppe und den Schüsseln voller Klöße bogen. Dazu gab es freies Bier für jedermann, ob Bürger, Bauer oder Knecht. Carl August, der auf dem Wiener Kongress vom Herzog zum Großherzog erhoben worden war, hatte sich nicht lumpen lassen.

Immerhin waren die jungen Männer siegreich vom Schlachtfeld zurückgekehrt, die Besatzer waren vertrieben, der Triumph grenzenlos.

Adele war jedoch nicht zum Feiern zumute. Kurz zuvor hatten sie Sophie zu Grabe getragen, die zur Familie gehört hatte, seit sie denken konnte. Die früher so zupackende Dienerin war über Monate hinweg immer schwächer geworden, bis sie schließlich das Bett hatte hüten müssen. Adele hatte sie gepflegt, so wie früher das Kindermädchen sie behütet hatte. Eines Morgens war Sophie einfach nicht mehr aufgewacht. Ihre Güte, ihre mütterliche Herzlichkeit fehlten nun im Haus. Eine neue Haushälterin wurde eingestellt, mit der Adele nicht recht warm wurde.

Ottilie hatte sie überredet, sich dennoch ins Getümmel zu stürzen. Im Stadthaus sollte ein Ehrenball für die bessere Gesellschaft stattfinden. So viele rauschende Feste gab es nicht in Weimar. Sie waren jung, das Leben war kurz.

So begab Adele sich, festlich gekleidet und frisiert, zu ihrer Freundin, um sie abzuholen. Die war natürlich noch nicht fertig, und Adele half ihr, den geeigneten Schmuck zum schulterfreien, fliederfarbenen Ballkleid auszusuchen. Sie legte Ottilie eben ein granatbesetztes Collier um, das deren porzellanweißes Dekolleté wunderbar zur Geltung brachte, als ein Mädchen mit einem Brief hereinkam. Ihre Freundin sprang auf, schnappte ihn sich und flüsterte Adele glücklich zu: »Von Heinke!«

Adeles Magen zog sich zusammen, wie stets, wenn Ottilie von dem ehemals gemeinsamen Freund sprach. Und wie immer fühlte sie zweierlei: Freude darüber, dass dieses Geheimnis sie auf ewig mit ihrer Freundin verband, und Eifersucht, wenn sie deren glückliche Miene sah.

»Was schreibt er?«, fragte sie gespielt gleichmütig, während Ottilie das Siegel erbrach. Die Freundin faltete das Schreiben auseinander. Ein eingelegtes Billett aus feinstem Büttenpapier fiel zu Boden. Adele hob es auf, während Ottilie den eigentlichen Brief vorlas:

»*Sehr verehrtes Fräulein, in dankbarer Erinnerung an unsere Freundschaft möchte ich Sie persönlich von meiner Eheschließung in Kenntnis setzen. Auch Ihnen wünsche ich alles Glück auf Ihrem Lebensweg. Grüßen Sie Ihre kluge Freundin von mir. Stets der Ihre, Ferdinand Heinke.*«

Das goldgeränderte Billett, das Adele der Freundin nun reichte, kündigte Heinkes Heirat mit einer Charlotte Werner an. Die Hochzeit lag bereits Wochen zurück.

Ottilies Beine knickten weg, und sie sank zu Boden wie eine Marionette, deren Fäden man durchtrennt hat. Totenbleich klappte sie den Mund auf und zu, ohne einen Ton herauszubringen. Adele nahm sie in den Arm und wiegte sie wie ein kleines Kind. Sie verspürte Mitleid mit der Freundin, insgeheim fiel ihr aber auch ein Stein vom Herzen.

Zum Ball erschienen sie viel zu spät. Adele wäre gar nicht hingegangen, aber Ottilies Stimmung war nach Stunden des Jammers plötzlich umgeschlagen. Sie stand vom Boden auf, legte ihren auffälligsten Schmuck an, prüfte ihr Lächeln im Spiegel und sagte zu Adele: »Ich hoffe, es gibt Punsch.«

In dem mit farbigen Bändern geschmückten großen Saal des Stadthauses herrschte dichtes Gedränge. Eine Kapelle spielte lustige Tanzmusik auf, und am anderen Ende des Raums war ein üppiges Büfett aufgebaut, vor dem Tische und Bänke standen. Dort war das Gedränge noch größer, zumal aus einer riesenhaften Kristallschale tatsächlich Punsch ausgeschenkt wurde.

Vermeintlich allerbester Stimmung, mischte Ottilie sich an Adeles Seite unter die Gäste. Am Punschtopf trafen sie August von Goethe, der bereits nicht mehr ganz nüchtern war. Ottilie begrüßte ihn wie einen guten alten Freund. »Mir steht der Sinn nach tanzen, und Ihnen?«

Verwirrt führte der junge Mann sie auf die Tanzfläche. Adele sah zu, wie sie sich zu einem Menuett im Kreis drehten. Ihre Freundin gab sich übertrieben ausgelassen. Mit zurückgeworfenem Kopf lachte sie über jede Bemerkung, die ihr Partner ihr über die Musik hinweg zurief. Derart ermutigt, wurde auch er immer lebendiger. Als die Geigen verstummten, hielt er sie auf der Tanzfläche zurück und wirbelte sie einen Moment später im Walzertakt herum.

Den Rest des Abends tanzte die Freundin ununterbrochen mit dem jungen Goethe, wenn sie nicht gerade Punsch trank. Als Adele kurz nach Mitternacht den Ball verließ, kam Ottilie nicht mit. Sie schien fest entschlossen zu sein, sich Heinke trotzig aus dem Herzen zu feiern.

Von diesem Tag an folgte der junge Goethe Ottilie wie ein Hündchen. Täglich machte er ihr seine Aufwartung, brachte riesige Blumensträuße und las ihr jeden Wunsch von den Lippen ab. Er war bis über beide Ohren verliebt, das bemerkte nicht nur Adele. Ottilie genoss es, derartig begehrt zu werden. Sie hatte immer schon zahlreiche Bewunderer gehabt, aber noch nie hatte jemand so beharrlich um sie geworben wie August von Goethe.

Adele beobachtete das seltsame Spiel der Freundin mit Sorge. »Ist es richtig, ihn so zu ermutigen?«, fragte sie. »Du magst ihn nicht einmal besonders.«

»Das habe ich nie gesagt«, entgegnete Ottilie. »Immerhin ist er verlässlich und ergeben, nicht so unstet wie andere Männer.«

Da die Freundin offensichtlich nur Heinke vergessen wollte, rechnete Adele nicht damit, dass sie ernsthaft erwog, ihren Verehrer zu erhören. Doch dann verkündete Ottilie eines Tages wichtige Neuigkeiten. Durch eine Indiskretion hatte sie zufällig erfahren, dass August von Goethe einen Goldring verkleinern ließ, den er von seiner Großmutter geerbt hatte. Das war insofern bedeutsam, als er kurz zuvor Ottilies schmale Finger bewundert hatte, an denen alle Ringe zu locker saßen. Die Freundin war sicher, dass ein Antrag unmittelbar bevorstand.

Adele erschrak: »Aber du sagst doch nein, oder?«

»Warum sollte ich?« Ottilie gab sich gleichmütig. »Er kommt aus einem Haus, das in geistiger und materieller Hinsicht nichts zu wünschen übrig lässt. Ich hätte eine abgesicherte Existenz in Kreisen, in denen ich mich wohlfühle.«

Betroffen versuchte Adele, die Miene der Freundin zu lesen. »Das meinst du nicht ernst, oder?«

»Hast du den Eindruck, ich scherze?«

Adele bekam es mit der Angst zu tun. War ihre beste Freundin wirklich im Begriff, aus enttäuschter Liebe ihr Leben an diesen stumpfsinnigen Trinker wegzuwerfen?

»Aber du liebst ihn nicht!«, stieß sie hervor.

»Umso besser. Du hast doch gesehen, was sonst geschieht.«

Adele fasste sie aufgewühlt an den Händen. »Er verdient dich nicht!«, rief sie aus. »Er ist geistlos, er ist mürrisch, und man sieht ihn selten nüchtern!«

»Du beschreibst einen anderen Mann als den, den ich kenne.«

Beschwörend blickte Adele der Freundin ins Gesicht. »Bitte, Ottilie, es ist solch ein großer Schritt. Prüfe deine Gründe! Lauf nicht in dein Unglück, nur weil du gekränkt wurdest.«

»Meine Entscheidung hat mit Heinke nichts zu tun«, widersprach Ottilie. Ruhig und bestimmt fügte sie hinzu: »In Sachen Liebe sind wir beide unterschiedlich, scheint mir. Bei dir habe ich oft den Eindruck, du brauchst die Männer nicht. Aber ich, ich möchte geliebt werden. August trägt mich auf Händen. Mehr kann ich nicht erwarten.«

Adele schluckte bei den offenen Worten der Freundin. Sie gab es auf, sie umstimmen zu wollen. Es war zwecklos, das sah sie mehr als deutlich. »Ich möchte nur nicht, dass du dein Tun irgendwann bereust.«

Ottilie umarmte sie gerührt. »Mach dir keine Sorgen. Ich weiß, was ich tue.«

Während sie so dastand, die Arme um die geliebte Freundin geschlungen, ihren Fliederduft einatmend, reifte ein Entschluss in ihr. Sie würde nicht tatenlos zusehen, wie Ottilie ihr Leben ruinierte. Noch war der Heiratsantrag nicht ausgesprochen. Irgendetwas musste ihr einfallen, um die Katastrophe zu verhindern.

Am Tag darauf, beim Morgenkonzert im großherzoglichen Schlosspark, machte sie eine Beobachtung, die sie aufmerken ließ. Nicht nur August von Goethe warb um Ottilie. Auch ein junger englischer Aristokrat, der sich auf einer Bildungsreise durch Europa befand und für einige Wochen in Weimar weilte, schien sie zu bewundern. Vom ersten Geigenton bis zum Schlussakkord ruhten seine Augen anbetungsvoll auf der Freundin.

Dieser Mr. Sterling schien allerdings eher zurückhaltend zu sein. Als Ottilie ihm nach dem Konzert freundlich zunickte, sah Adele, wie er mit hochrotem Gesicht den Hut vor ihr zog und sich tief verneigte, ohne jedoch ein Gespräch anzuknüpfen. Sein sehnsuchtsvoller Blick folgte der davonschwebenden Ottilie bis zum Rand des Konzertpavillons, wo sie sich bei August von Goethe einhakte, der dort mit einigen Bekannten stand. Adele sah Betroffenheit in den Augen des Engländers, als er die Vertrautheit Ottilies mit dem jungen Goethe bemerkte. Sie war nun vollkommen sicher, einen Verehrer ihrer Freundin vor sich zu haben. Dass sich so schnell eine Lösung abzeichnen würde, hatte sie nicht erwartet.

Sie würde Feuer mit Feuer bekämpfen. Ein neuer Verehrer konnte August von Goethe durchaus in der Gunst Ottilies ablösen, die immer schon anfällig für Schmeicheleien gewesen war. So würde die Freundin erkennen, wie austauschbar ihr August war. Dass der Gentleman aus England kam, konnte ihm nur nützen. Ottilie liebte das Land, die Sprache und die Kultur, wie Adele wusste. Mr. Sterling hatte zudem einen weiteren unschätzbaren Vorzug: Er würde sich nur für begrenzte Zeit in Weimar aufhalten und dann weiterreisen. Ottilie als gebranntes Kind würde sich vor ernsthaften Gefühlen hüten. Niemandes Herz würde gebrochen werden.

Der junge Gentleman stand noch immer am selben Fleck und blickte mit hängenden Schultern zu Ottilie und August von Goethe hinüber. Adele, die ihm bei einem früheren Konzert bereits vorgestellt worden war, gesellte sich zu ihm. Sie knüpfte ein Gespräch mit ihm an, das sie wie zufällig auf Ottilie lenkte, als deren beste Freundin sie sich zu erkennen gab.

Plötzlich war der Engländer ganz Ohr. Sie fand es amüsant mitanzusehen, wie seine Begierde, mehr über die Angebetete zu erfahren, mit seiner höflichen Zurückhaltung kämpfte. Bereitwillig enthüllte sie ihm alles Wissenswerte über Ottilie und ließ einfließen, wie sehr diese die Bewohner seines Landes liebe. Schließlich deutete sie an, dass Ottilie sich näheren Umgang mit ihm wünsche. Etwas verwirrt fragte Mr. Sterling nach August von Goethe, an dessen Arm ihre Freundin nun den Park verließ. Die Wahrheit etwas überdehnend, versicherte Adele dem Bildungsreisenden, der Augenschein trüge, Ottilies Herz sei noch immer frei. Sie war nicht stolz auf ihre kleine Intrige, aber der Zweck, die Freundin zu retten, heiligte allemal die Mittel.

Und ihre Einmischung hatte Erfolg. Schon am selben Abend beobachtete Adele, wie der Brite Ottilie nach dem Theaterbesuch in eine angeregte Unterhaltung verwickelte. August von Goethe hatte Mühe, die Aufmerksamkeit der Angebeteten wieder auf sich zu ziehen. Adele, die mit ihrer Mutter ebenfalls noch im Säulengang des Theaterportals verweilte, konnte sich ein zufriedenes Lächeln nicht verkneifen. Noch zufriedener war sie, als Ottilie sich am nächsten Tag bei einem Spaziergang durch die Laubengänge an der Ilm angetan über Mr. Sterling äußerte, mit dem sie wunderbar auf Englisch geplaudert habe.

Während der junge Goethe als Kammerrat des Großherzogs tagsüber beschäftigt war, verfügte der Reisende aus England über viel freie Zeit. Im Gespräch mit Ottilie hatte er sich an der ländlichen Umgebung Weimars interessiert gezeigt, und so regte Adele eine Landpartie an. Beteiligt waren nur Ottilie, Mr. Sterling und Adele selbst, die der Schicklichkeit halber dabei sein musste und ihre Botanisiertrommel mitnahm. Auf der Suche nach Heilkräutern blieb sie immer wieder hinter den anderen zurück und ermöglichte ihnen so ein Beisammensein in trauter Zweisamkeit.

Nach diesem wunderbar sonnigen Nachmittag auf dem Lande, von dem Ottilie und Sterling mit geröteten Wangen zurückkehrten, zweifelte Ottilie zum ersten Mal vor Adele ihre Verlobungspläne an. »Ich weiß nicht mehr, ob ich das wirklich möchte«, sagte sie seufzend.

»Meine Meinung kennst du«, erwiderte Adele, bemüht, ihre Freude nicht zu zeigen.

Die Freundin suchte nun selbst nach Möglichkeiten, Zeit mit Mr. Sterling zu verbringen, der seine Schüchternheit gänzlich abgelegt hatte. Adele war froh, keine Kunstgriffe mehr anwenden zu müssen.

Das unverhohlene Werben des Engländers entging natürlich auch August von Goethe nicht. Er kochte vor Eifersucht. Unbeholfen wie er war, wusste er sich jedoch nicht zu wehren. Ottilie konnte er keine Vorhaltungen machen, ohne sie noch weiter von sich wegzutreiben. Bei einem österlichen Picknick auf den Wiesen vor der Stadt, an dem die ganze gute Gesellschaft teilnahm, überraschte er Adele mit der Bitte um ein Gespräch. Während Damen in Frühlingskleidern, Herren in hellen Anzügen und herausgeputzte Kinder umherliefen und Ostereier suchten, bat August von Goethe sie hinter einem grünenden Holunderbusch, ihm dabei zu helfen, Ottilie zurückzuerobern.

Adele bekam es nun doch mit einem schlechten Gewissen zu tun. »Ich weiß nicht, ob ich das tun kann«, wand sie sich.

»Dieser Ausländer sucht nur Abenteuer. Meine Absichten hingegen sind ehrenhaft«, beschwor der junge Goethe sie.

Unerwartet regte sich in ihr wieder das Mitgefühl aus längst vergangenen Zeiten. »Ottilie muss selber wissen, was sie tut«, sagte sie ausweichend.

Von einem Moment auf den anderen schlug die Stimmung ihres Gegenübers um. Sein Blick wurde feindselig, er ballte die Hände zu Fäusten und trat dicht an sie heran. »Sie konnten mich noch nie leiden«, stieß er grollend hervor. »Natürlich hätten Sie Einfluss auf Ottilie. Sie wollen mir nur nicht helfen. Immer kommen wir uns ins Gehege, früher beim Vater, nun hier. Wer weiß, am Ende ist alles Ihr Werk!«

Adele schluckte. So viel Hellsicht hatte sie dem Dichtersohn gar nicht zugetraut. »Es tut mir wirklich leid«, sagte sie schwach. Als August von Goethe die Fäuste sinken ließ, sich wie ein nasser Hund schüttelte und von ihr abwandte, schämte sie sich regelrecht für ihre Winkelzüge.

Sie stand noch ganz unter dem Eindruck dieser Begegnung, als Ottilie über die Frühlingswiese auf sie zueilte, sich bei ihr unterhakte und einen Spaziergang vorschlug. Kaum waren sie außer Hörweite der übrigen Picknickgäste, sprudelte es aus ihrer Freundin hervor: »Er hat um meine Hand angehalten!«

»Aber ... wann?«, stammelte Adele. »Ich habe doch gerade noch ...«

»Nicht August, Dummerchen. William, also Mr. Sterling.«

Adele blinzelte verwirrt. »Er will dich heiraten?«

»Ist das so abwegig?« Ottilie sah sie verwundert an.

Adeles Beine begannen zu zittern. Mit dieser Möglichkeit hatte sie nicht gerechnet. Der Engländer sollte eine harmlose Tändelei sein und irgendwann wieder aus Ottilies Leben verschwinden. Mit aufkommender Panik stieß sie hervor: »Wovon wollt ihr leben? Er hat kein Haus hier, keinen Beruf.«

»Er hat einen Landsitz in Kent.« Ottilie strahlte über das ganze Gesicht. »Du kommst mich doch dort besuchen, nicht wahr?«

Adele wurde schlagartig übel. Sie rannte hinter einen Busch und übergab sich. Schwer atmend versuchte sie, ihre Fassung wiederzugewinnen. Sie hatte einen sauren Geschmack im Mund.

Ottilie kam zu ihr und blickte erschrocken auf die Bescherung. »Bist du krank? Soll ich jemanden rufen?«

Adele schüttelte den Kopf. »Geht schon wieder.« Sie blickte der Freundin ins Gesicht und fragte tonlos: »Wann fahrt ihr?«

»Ich habe mich ja noch nicht entschieden.«

Adele gab alle Zurückhaltung auf und flüsterte mit zittriger Stimme: »Bitte verlass mich nicht. Ich brauche dich hier.«

»Es geht um meine ganze Zukunft. Ich muss mir das gut überlegen«, erwiderte Ottilie.

Flehend drückte Adele die Hände der Freundin. »Es geht auch um meine Zukunft. Ich will dich nicht verlieren.«

»Bitte, Adele, mach es mir nicht noch schwerer. Ich weiß ohnehin schon nicht, wo mir der Kopf steht.«

Adele hätte noch so viel sagen wollen. Die Worte drängten sich in ihrem Kopf, die zurückgehaltenen Gefühle wollten endlich hervorbrechen. Doch Ottilie löste sich mit einem verträumten Lächeln von ihr und hüpfte davon, zurück zu ihrem zukünftigen Verlobten.

Sie aß nicht mehr und schlief nicht mehr. Jeden Morgen rannte sie zu ihrer Freundin, um die bange Frage zu stellen, die über ihr Schicksal entschied. Noch hatte Ottilie ihr Ja-Wort nicht gegeben. Sie schien den Schwebezustand sogar zu genießen. Doch plötzlich war sie morgens für sie nicht mehr zu sprechen. Wie vor den Kopf geschlagen, kehrte Adele nach Hause zurück. Sie fühlte sich, als schnürten eiserne Ringe ihre Brust ein.

Die Mutter musterte sie besorgt. »Du bist so blass, Liebes. Ich sehe das nun schon eine Weile mit an. Ist da ein Mann im Spiel?«

Adele nickte bitter. »Sogar zwei.«

»Du bist jung. Genieß das Leben. Nur mach keine Dummheiten, die du nachher bereust.«

Leider ist das schon passiert, hätte Adele um ein Haar gesagt, aber sie schwieg.

Zwei Tage und zwei Nächte hörte sie nichts von Ottilie, gleichgültig, wie häufig sie vorsprach. Unbeirrt machte sie sich auch am dritten Tag wieder auf den Weg. In der Nähe des Nebengebäudes der Residenz, in dem die geliebte Freundin wohnte, stand eine Kutsche, die von zwei Dienern mit Koffern beladen wurde. »Vorsicht!«, rief der eine dem anderen zu. »Die Kiste muss nach oben, ausdrücklicher Wunsch von Mr. Sterling.«

Adele zuckte zusammen. Kopflos quetschte sie sich an dem Gefährt vorbei und rannte los, wobei sie beinahe einen Pferdeknecht umstieß, der gerade aus dem benachbarten Gasthof trat. Sie hämmerte an die Tür von Ottilies Haus und taumelte in die Eingangshalle, als jemand von innen öffnete. Die Freundin selbst stand in Haube und Umhang vor ihr, offenbar im Begriff, auszugehen.

Adele schüttelte sie fassungslos an den Schultern. »Ihr packt schon die Koffer? Wann wolltest du dich verabschieden?«

»Ich fahre doch gar nicht, Dele.« Ottilie machte sich los und lächelte ihr beruhigend zu.

Adele rang nach Atem. Verwirrt zeigte sie auf die Straße. »Aber da steht doch die Kutsche ...«

»Mr. Sterling reist ab, das ist richtig«, erklärte Ottilie. »Er wohnt dort in dem Gasthof. Ich wollte ihm gerade *farewell* sagen.«

Adele verstand nicht, was das alles zu bedeuten hatte. »Und du? Was ist mir dir?«

Die Freundin setzte ein sonderbares Lächeln auf, eine Mischung aus Verlegenheit und Stolz. Sie streckte ihr die linke Hand entgegen, an deren Ringfinger ein fein ziselierter Goldring mit einem leuchtend blauen Aquamarin steckte. »Seit gestern bin ich mit August von Goethe verlobt.«

Adeles Knie zitterten. Sie lehnte sich mit dem Rücken gegen die Wand und rutschte an der barocken Marmorvertäfelung hinunter zu Boden. Was sie über Wochen hinweg so heftig bekämpft hatte, nahm sie nun mit regelrechter Erleichterung auf. Wieder einmal hatten sich ihre Wünsche als Bumerang erwiesen. Die Welt war ein verwirrender Ort.

Adele, Sommer 1819

August von Goethe stand breitbeinig am Fuß der Treppe, die zu Ottilies Mansardenzimmer führte, und versperrte Adele den Weg. »Meine Gemahlin empfängt heute nicht. Sie benötigt Ruhe.«

»Die Geburt liegt bereits fünf Monate zurück«, erinnerte Adele ihn. »Sicher überanstrengt es Ottilie nicht, mit einer guten Freundin eine Tasse Tee zu trinken.«

Der junge Goethe lächelte böse. »Sie ist erneut in gesegneten Umständen, und auch der Stammhalter fordert ihre Aufmerksamkeit. Kommen Sie ein andermal wieder, oder besser noch, schreiben Sie«, fügte er hinzu und hielt ihr die Haustür auf.

Mit einem bitteren Geschmack im Mund machte Adele sich auf den Heimweg. Es war alles so gekommen, wie sie befürchtet hatte. Der Ehegemahl schirmte die geliebte Freundin ab wie ein Wachhund. Jedes Mal, wenn sie im Hause Goethe vorsprach, kam er aus dem Arbeitszimmer des Vaters geschossen, als dessen Sekretär er inzwischen tätig war, und vertrieb sie.

Sie wusste, dass es auch anderen Freundinnen von Ottilie so erging. Louise hatte sich bei ihr beklagt. Dennoch hatte sie den Eindruck, dass die Eifersucht des Ehemannes ihr ganz besonders galt.

Unterwegs kam ihr eine Magd aus dem Goethe'schen Haushalt entgegen, die sie vom Sehen kannte. Adele verlangsamte ihre Schritte und sprach die Bedienstete kurz entschlossen an. Sie kritzelte ein paar Zeilen in das Notizbuch, das sie stets bei sich führte, riss das Blatt heraus und reichte es der Magd mit einigen Münzen und der Bitte, Ottilie die Nachricht persönlich zu überbringen.

Sie blickte der Magd nach, die dienstfertig loslief, und machte sich nach einigen Minuten selbst wieder auf den Weg zum Goethe'schen Wohnhaus, um erneut den Klingelzug zu betätigen.

Wieder erschien August von Goethe im Entree, kaum dass ein Lakai ihr geöffnet hatte. Verärgert zog er die Brauen zusammen und verschränkte die Arme. »Ich muss schon sagen, Sie sind hartnäckig. Aber das ändert nichts. Wenn Sie wünschen, richte ich meiner Gemahlin etwas aus.« Mit diesen Worten versuchte er, sie zur Tür hinauszudrängen.

In dem Moment erschien Ottilie auf dem oberen Treppenabsatz. »Dele, wie schön!«, rief sie. »Warum gehst du denn schon wieder? Komm rauf!«

Ihr Ehemann fuhr herum. »Du musst dich schonen, Liebling.«

»Natürlich, mein Lieber«, sagte Ottilie sanft. »Wir plaudern nur ein wenig. Vielleicht machen wir auch einen Spaziergang mit der Amme. Der Kleine war heute noch gar nicht an der frischen Luft.«

Adeles Widersacher fielen keine weiteren Einwände ein. Ärgerlich ermahnte er Ottilie, sich nicht zum Mittagessen zu verspäten, und verzog sich dann ins Arbeitszimmer, nicht ohne Adele vorher noch einen feindseligen Blick zuzuwerfen.

Kurz darauf schlenderten sie über die steinerne Brücke hinter dem Residenzschloss und liefen im kühlen Schatten der majestätischen Bäume des Schlossparks an der verträumten Ilm entlang. Die Amme folgte ihnen mit dem kleinen Walther, den sie in einem Tuch vor der Brust trug.

Adele warf einen verstohlenen Blick auf den Körper der Freundin. Man erkannte ihren Zustand noch nicht. Der Faltenwurf ihres sommerlich weißen Musselinkleids, das unmittelbar unterhalb der Brust geschnürt war, verhüllte die Umstände der Trägerin. Sie räusperte sich. »Du erwartest ein zweites Kind?«

»Glaub mir, ich hätte es lieber hinausgezögert«, antwortete Ottilie achselzuckend und wechselte das Thema. »Wie war es gestern beim Konzert?«

»Dieser Felix Mendelssohn ist wirklich ein Wunderkind, und dazu so reizend! Übrigens hatte ich gehofft, dich dort zu sehen.«

»Ich war verhindert«, erklärte Ottilie knapp.

Adele ahnte, dass August ihr verboten hatte, zum Konzert zu gehen. Und sie wusste auch, dass ihre Freundin das Thema nicht weiter vertiefen wollte.

Dennoch ließ sie nicht locker. »Behandelt er dich gut?«, fragte sie.

»Wem nützen Klagen?« Ottilie machte eine wegwerfende Handbewegung.

Die unverkennbare Traurigkeit in ihrem Blick schnürte Adele das Herz zusammen. »Du weißt, du kannst mir alles anvertrauen«, sagte sie voller Mitgefühl. »Geteiltes Leid ist halbes Leid.«

Die Freundin schüttelte den Kopf. »Davon verstehst du nichts, Adele«, sagte sie bedrückt und sprang im nächsten Moment jauchzend davon, um an den Blüten eines Pfeifenstrauchs zu riechen. »Dieser herrlich süße Duft!« Sie brach einen Zweig ab und drehte sich mit ausgebreiteten Armen um die eigene Achse. »Überhaupt, wie schön es hier ist!« Mit dem Gesicht in der Sonne blieb sie stehen. »Ach, Adele, lass uns einfach den Moment genießen. Mehr will ich ja gar nicht.«

Ergeben stimmte Adele in das Lob des Sommertages ein und flocht der Freundin einen Haarkranz aus Wiesenblumen.

Viel zu früh sah Ottilie auf die Uhr. Ihr Blick verdüsterte sich. »Ich muss umkehren. Das Mittagessen ... August ...« Bedauernd zuckte sie mit den Achseln.

Im Bemühen, die heitere Stimmung zu bewahren, plauderte Adele auf dem Rückweg von bevorstehenden Ausflügen ins Grüne. Doch mit jedem Schritt wurde die Freundin ernster und schweigsamer. Als sie sich vor ihrem Haus trennten, war ihre Leichtigkeit restlos verflogen.

So war es nun immer. Alles Wichtige blieb ungesagt. Wie es wirklich um Ottilie bestellt war, konnte Adele nur erahnen. Während sie durch die drückende Hitze, die sich in den Straßen angestaut hatte, nach Hause lief, fiel ihr auf, dass die Freundin sich mit keinem Wort nach ihrem Befinden erkundigt hatte. Auch sie veränderte sich durch die Ehe, schleichend zwar, aber unaufhaltsam. Adele fühlte sich einsam.

Eine willkommene Abwechslung bot der runde Geburtstag von Goethe, der nun Ottilies Schwiegervater war. Lebenslustig, wie er war, gab er ein rauschendes Fest. Endlich durfte Adele das Haus ungehindert betreten. Selbst August von Goethe begrüßte sie, wenn auch mit schneidender Kälte.

Adele kannte beinahe jeden Gast. Neben dem Freundeskreis, dem die Mutter angehörte, waren auch Leute ihres Alters zahlreich vertreten. Dafür hatte nicht zuletzt Ottilie gesorgt. Sie übernahm im Hause Goethe die weiblichen Gastgeberpflichten, da die Vulpius nicht mehr lebte. Goethe hatte ihr sein ausdrückliches Einverständnis gegeben. Er umgab sich immer noch gerne mit jungen Menschen.

Der jüngste Gast war Felix Mendelssohn, das Wunderkind. Zu Ehren des lorbeerbekränzten Jubilars spielte er ein Klavierkonzert in dem großen Saal mit den Marmorskulpturen, der für den Anlass mit Girlanden aus Efeu geschmückt worden war. Der Zehnjährige erweckte die Melodien mit solch berührender Empfindsamkeit zum Leben, dass Adele Tränen in die Augen traten. Kurz darauf stand er schlaksig und schüchtern am kalten Büffet, das mit Bergen von Gartenfrüchten und Trauben, honigsüßen Kuchen und Quarkspeisen, aber auch mit Räucherforellen und einem ganzen Spanferkel beladen war, und wirkte wieder wie ein kleiner Junge, der nicht recht wusste, ob er sich, ohne um Erlaubnis zu bitten, bedienen durfte.

»Das Spanferkel ist köstlich. Soll ich dir davon auftun?«, sprach Adele ihn freundlich an. Mit den dunkelbraunen Locken und den haselnussbraunen Knopfaugen erinnerte er sie an ein niedliches Pelztier. Seine Verlorenheit weckte ihren Beschützerinstinkt. Während um sie herum die Gäste zechten und am anderen Ende des Saales das Bühnenbild für ein kurzes Theaterstück zu Ehren des Geburtstagskindes aufgebaut wurde, unterhielt sie sich mit dem Jungen, der eine bezaubernde Mischung aus Kindlichkeit und Weisheit an den Tag legte.

»Fühlen Sie sich auch manchmal so, als passten Sie nirgends richtig hinein?«, fragte er sie, kaum dass sie eine Viertelstunde miteinander gesprochen hatten.

Adele war noch gerührt von der klugen Beobachtung des Knaben, als plötzlich hinter ihr Geschrei losbrach. Sie drehte sich um und sah, wie August von Goethe neben den rustikal auf Holztischen aufgebockten Weinfässern aufgeregt mit einem Gast rangelte. Der andere nahm ihn in den Schwitzkasten.

»Lass mich!«, schimpfte der junge Goethe und versuchte, sich zu befreien. Er lallte bereits. »Ich guck mir das nicht länger an.«

»Sie unterhält sich nur«, erklärte der andere, ihn atemlos umklammernd. »Du regst dich grundlos auf.«

Als der Dichtersohn sich unter dem Arm seines Gegners herausgewunden hatte, schubste er ihn grob weg und torkelte mit hochrotem Gesicht an Adele vorbei. Wie ein wütender Stier steuerte er auf Ottilie zu, die in der Nähe des Bühnenbilds angeregt mit einem jungen Theaterdichter plauderte, den Goethe neuerdings protegierte. Gerade lachte sie mit zurückgelegtem Kopf glockenhell auf. Die Gesichtsfarbe des Ehemannes verfärbte sich ins Dunkelviolette.

»Mir scheint, er ist betrunken«, flüsterte der Knabe Felix Adele ins Ohr.

Sie nickte besorgt. »Das fürchte ich auch.«

Nun packte der junge Goethe die erschrockene Ottilie grob am Arm und zerrte sie aus dem Saal. Adele warf dem jungen Pianisten einen entschuldigenden Blick zu und folgte den Eheleuten ins Entree, wo ein heftiges Gerangel im Gange war. August zog Ottilie Richtung Treppe, während sie energisch versuchte, von ihm loszukommen. Keiner der beiden achtete auf Adele.

»Bist du nun völlig von Sinnen?«, fauchte ihre Freundin, als sie sich endlich befreit hatte. »Darf ich noch nicht mal mehr mit anderen Menschen sprechen?«

»Hältst du mich für einen Dummkopf?«, brüllte er. »Warum küsst ihr euch nicht gleich vor aller Augen?«

»Das ist doch lächerlich!«, empörte sie sich. »Ich bin höflich zu den Gästen, das ist alles.«

Der Ehemann lachte bitter auf. »Zu einem ganz besonders.« Drohend trat er näher. »Wie lange geht das schon?«

»Nun beruhige dich doch bitte.« Adele sah Ottilie an, wie sehr sie sich beherrschen musste. »Dein Vater hat Geburtstag. Lass uns wieder hineingehen.«

»Für dich ist die Feier beendet.«

»Man wird mich vermissen.«

»Mir egal.« Er packte sie erneut und bugsierte sie brutal zur Treppe.

Adele konnte das nicht länger mit ansehen und wollte eingreifen. Doch Ottilie, die nun ihre Gegenwart bemerkte, schüttelte warnend den Kopf. Sie warf ihr einen verzweifelten und zugleich eindringlichen Blick zu. Zu ihrem Mann sagte sie: »Schon gut, bitte lass mich los. Ich gehe freiwillig.«

August tat, als hätte er nichts gehört, und zerrte sie gewaltsam die Treppe hinauf. Sichtlich um einen Rest Würde bemüht, trippelte Ottilie hinter ihm her. Sie stolperte über ihr Kleid, verlor den Halt und schlug mit den Knien auf. Auch jetzt hielt ihr Ehemann nicht inne, sondern schleifte sie grob über die kantigen Stufen. Adele sah von unten, wie ihre Freundin sich in die Hand biss, um nicht vor Schmerz aufzuschreien. Oben angekommen, schubste August Ottilie vor sich her durch den Flur. Das Paar verschwand aus Adeles Blickfeld. Sie vernahm grobe Worte, ein Schlüssel wurde im Schloss umgedreht, dann erschien der junge Goethe wieder auf dem Treppenabsatz. Er stockte kurz, als er sie bemerkte, dann setzte er ein feindseliges Grinsen auf. »Das freut dich, oder?« Bisher hatte er sie noch nie geduzt.

Adele war immer noch fassungslos. »Ich hatte gehofft, dass Sie sie wenigstens nicht misshandeln.«

Inzwischen hatte er den Fuß der Treppe erreicht und stellte sich so dicht vor sie, dass sie seinen Alkoholatem roch. »Alles deine Schuld«, stieß er hervor. »Wegen dir liebt sie mich nicht. Du hetzt sie auf, das weiß ich ganz genau.«

Angeekelt wischte Adele sich die Speicheltropfen aus dem Gesicht. Sie hätte schreien mögen, sich auf den Widerling stürzen, ihn windelweich prügeln. Doch sie stand nur wie versteinert da, während er sein verrutschtes Halstuch richtete und zurück in den Festsaal torkelte. Erschüttert verließ Adele die Feier.

Von diesem Tag an hielt Ottilie sich nicht mehr mit Klagen über ihren Ehemann zurück. Adele erfuhr alles: dass er sich täglich betrank, dass er sie vor Eifersucht zuweilen ins Gesicht schlug, dass er danach weinend um Verzeihung bat, kurzum, dass ihr Leben die Hölle war.

Ottilies Unglück tat Adele im Herzen weh. Da ihre Freundin sich keinen Zwang mehr antat, fand sie sich in einer sonderbaren Rolle wieder. Schließlich konnte sie nicht gut sagen, dass das alles zu erwarten gewesen war, und ihrerseits auf August schimpfen. Also war plötzlich sie diejenige, die versuchte, Hoffnungsschimmer zu entdecken, und die Ottilie Mut machte, auch wenn sie selbst nicht daran glaubte. Ihre Gespräche drehten sich endlos im Kreis, sie konnten reden und reden, doch für die Freundin verbesserte sich nichts. Der, von dem alles abhing, war unbelehrbar. Ottilie war an ihn gekettet, ihre Lage ausweglos.

Adele, Spätsommer 1819

Adeles Mutter war ebenfalls nicht auf dem Damm. Schon seit dem Zerwürfnis mit Arthur vor fünf Jahren litt sie häufiger unter Herzrasen. Das tägliche Glas Portwein, das der Arzt ihr verschrieben hatte, brachte keine Besserung. Man empfahl eine Wasserkur, um die angegriffene Gesundheit wiederherzustellen. Die Mutter entschied sich für Wiesbaden, weil sie das Rheintal in schöner Erinnerung hatte. Gerstenbergk war unabkömmlich, aber Adele durfte sie begleiten. Sie war froh, dem Leben in Weimar für eine Weile entkommen zu können.

Es war ihre erste längere Reise seit dem Umzug von Hamburg, den sie nur undeutlich als traurige, mühsame und wegen der vielen Soldaten angsteinflößende Angelegenheit in Erinnerung hatte. In der Postkutsche, die auf staubtrockenen Wegen durch Thüringen und Hessen holperte, war es unbequem, brütend heiß und eng. Dennoch weitete sich ihr Herz, wenn sie durch das kleine Fenster in die Welt hinausblickte. Die saftigen, im Morgennebel liegenden Wiesen, auf denen Rehe grasten, die dichtbelaubten Wälder, durch deren Blätterwerk einzelne Sonnensprengsel drangen – Adele konnte sich nicht sattsehen.

Abends machten sie in kleinen Städtchen halt, an deren von Fachwerkhäusern umgebenen Marktplätzen sich unweigerlich ein Gasthof namens *Hirsch*, *Adler* oder *Gans* fand, immer golden natürlich, in dem einem nach der langen Fahrt beste Hausmannskost aus eigener Schlachtung vorgesetzt wurde.

Spät am sechsten Tag kam endlich der Rhein in Sicht.

»Majestätisch, nicht wahr?«, sagte die Mutter, während sie in das breite Tal hinunterblickten. Adele fand den Fluss im Vergleich zur Elbe in Hamburg fast ein wenig enttäuschend. Dennoch gab er ein schönes Bild ab, wie er im Abendrot zwischen den Weinbergen hindurchfloss.

Ihr Hotel in Wiesbaden war neu und sehr schick – hohe Fenster, große, taubenblaue Räume, eine von Linden beschattete Terrasse mit eigenem Rosengarten. Es galt als das erste Haus am Platz.

Sie machten sich frisch, zogen sich um und gingen hinunter zum Abendessen. Der Speisesaal, ein heller, hoher Raum mit

Stuckfriesen an der Decke und großen, runden Tischen, an denen die Hotelgäste in Abendgarderobe saßen, summte und brummte bereits. Livrierte Diener lupften silberne Essenshauben vor befehlsgewohnten Damen, deren Hälse, Arme, Hände, Ohren, Haare nur so funkelten von teurem Schmuck. Andere schenkten ehrwürdigen Honoratioren mit grauen Schläfen Flaschenwein aus der Region ins Kristallglas, die gestärkte Leinenserviette schwungvoll über den Arm geworfen. Adele und die Mutter waren die letzten Gäste, die eintrafen. Wie sich herausstellte, brachte der Kurbetrieb ein sehr regelmäßiges Leben mit sich, das sich hauptsächlich um die täglichen Mahlzeiten drehte, die mit äußerster Pünktlichkeit eingenommen wurden.

Sie wurden nicht allzu diskret von allen Seiten gemustert, während sie auf den für sie reservierten Tisch zugingen, der als einziger noch frei war. Soeben wollten sie sich niederlassen, als eine helle Stimme sie ansprach. »Adelaide! Ich wusste gar nicht, dass Sie hier sind!«

Adele wandte sich um und blickte in das Gesicht von Felix Mendelssohn, dem Wunderkind, der sie freudig aus seinen haselnussbraunen Knopfaugen anstrahlte.

»Na, so was!«, rief sie aus. »Bist du hier zur Kur?«

»Ich gebe ein Konzert«, stellte der Knabe richtig. »Am Kurpavillon, Sie können gerne morgen kommen. Aber nun würde ich mich erst einmal freuen, wenn Sie sich zu uns setzen.« Er wies auf den Nachbartisch, an dem bereits rundum Leute saßen.

»Mir scheint, Sie sind vollzählig. Wir möchten keine Umstände bereiten«, wehrte die Mutter ab.

»Wir rücken zusammen«, mischte sich eine Dame ein, die in einem schlicht geschnittenen, aber sichtlich teuren blauen Samtkleid mit am Tisch saß. Sie hatte eine erstaunlich tiefe Stimme und sprach so laut, dass Leute vom Nebentisch herüberblickten.

»Sibylle Mertens-Schaaffhausen, Bankiersgattin aus Köln«,

holte Felix die Vorstellung nach und nannte auch die Namen der übrigen Anwesenden, unter denen sich seine Eltern und seine Schwester befanden.

Während Adele und ihre Mutter höflich in die Runde grüßten, winkte die selbstbewusste Bankiersgattin einen Diener herbei: »Bringen Sie bitte noch zwei Stühle und zwei Gedecke, wenn es genehm ist.«

Die Mutter runzelte missbilligend die Stirn. Adele wusste, dass sie es nicht schätzte, wenn jemand ungefragt über sie verfügte. Ihr selbst aber gefiel es, schon gleich neue Bekanntschaften zu schließen. Sie bedankte sich artig. »Sehr verbunden, Frau …« Peinlich berührt stellte sie fest, dass ihr der Name bereits entfallen war.

»Mertens-Schaaffhausen, ja, ja, der Name ist kompliziert«, half die Angesprochene ihr fröhlich aus. »Nennen Sie mich einfach Frau Mertens, oder besser noch Sibylle.« Sie lächelte Adele vergnügt zu, wobei in ihrem großen, aber nicht unhübschen Mund zwei Reihen perlweißer Zähne aufblitzten.

Während die Mutter befremdet zu sein schien von der direkten Art der neuen Bekannten, war Adele auf Anhieb angetan. Mit ihren warmbraunen Augen, die auch dann zu lachen schienen, wenn sie gar nicht lachte, verströmte Frau Mertens Herzlichkeit und gute Laune.

Nachdem zwei weitere Stühle mit etwas gutem Willen am Tisch platziert worden waren, ließen sie sich nieder. Adele saß links neben der Bankiersgattin aus dem Rheinland, die mit einem melodischen Singsang unbekümmert auf sie einplauderte.

»Endlich lerne ich jemanden kennen, der wegen des Heilwassers herkommt«, stellte sie belustigt fest, als die Mutter Felix' Fragen zu den Gründen ihrer Reise beantwortete.

»Ich dächte doch, das trifft auf so ziemlich alle Anwesenden zu«, erwiderte die Mutter.

»Ach wo, kein Mensch ist hier wirklich krank«, widersprach

die Mertens. »Ich zum Beispiel komme nur her, weil ich so Ruhe vor meinen drei Kindern habe. Und vor meinem Mann natürlich.« Sie kicherte über den eigenen Scherz.

»Außerdem stiftet sie die Konzerte im Kurpark«, ergänzte Felix lobend. Auch ihm schien nicht entgangen zu sein, dass die Unverblümtheit der Rheinländerin bei Adeles Mutter aneckte.

»Ich mag Musik und habe Geld«, erklärte die Mertens achselzuckend. »Warum also nicht?«

Dann wandte sie sich wieder Adele zu und fragte sie den Rest des Abends über jedes Detail ihres Lebens aus. Normalerweise hätte Adele sich gegen eine solche Zudringlichkeit verwahrt, aber der neuen Bekannten gab sie bereitwillig Auskunft, ohne auch nur einen Moment zu zögern. Die Mertens flößte ihr Vertrauen ein. Adele spürte, dass ihre Fragen auf echtem Interesse beruhten. Auch schien sie klug zu sein. Nicht ein einziges Mal hatte Adele das Gefühl, falsch verstanden zu werden oder ins Leere zu reden. Bevor das Souper vorüber war, kam es ihr bereits so vor, als würden sie sich schon ewig kennen.

Als die Tafel aufgehoben wurde, erhob sich die Mertens von ihrem Stuhl und drückte ihr fest die Hand. »Ich glaube, wir können gute Freundinnen werden. Lassen Sie uns morgen einen Spaziergang machen.«

Am nächsten Morgen, als die Mutter zu ihren Anwendungen aufbrach, traf Adele sich mit der »frechen Person«, wie die Mutter ihre neue Bekannte nannte, zu einer Wanderung durch die Weinberge, die direkt hinter dem Kurpark begannen. Schon gleich bei der Begrüßung bestand die Mertens darauf, dass sie sich fortan duzten. Es stellte sich heraus, dass sie auch erst zweiundzwanzig Jahre alt war. Sie waren also gleichaltrig, auch wenn Frau Mertens, also Sibylle, wie Adele sich anfangs mehrfach korrigieren musste, wegen der spitzenbesetzten Rüschenhaube, die sie als verheiratete Frau trug, älter auf sie gewirkt hatte.

Es war noch warm wie im Hochsommer, die Luft roch aber schon etwas herbstlich. Der Himmel war klar, nur einige Schäfchenwolken schwebten vorbei. Adele fiel auf, dass sie ihren Sonnenschirm vergessen hatte. Sie erwog, umzukehren, doch Sibylle machte eine wegwerfende Handbewegung. »Die Dinger sind doch nur lästig. Wir sind ja nicht aus Zucker.«

Lächelnd gab sie sich geschlagen und hakte sich bei ihrer neuen Bekannten unter. Bald ließen sie den Kurpark mit seinen exotischen Bäumen und angelegten Wasserfällen hinter sich und erreichten die Weinberge, die sich sanft die Hügel hinaufzogen. Die Trauben färbten sich bereits blau, während die Rosen am Ende der Rebenreihen tiefrot leuchteten.

Sibylle, die etwas kleiner war als Adele, aber anscheinend recht sportlich, lief flink wie ein Wiesel. Adele hatte Mühe, mit ihr Schritt zu halten. Plötzlich rannte ihre Begleiterin ein Stück vor, bückte sich und hob etwas vom Rand des Feldweges auf. »Gibt's ja gar nicht!«

Adele erkannte das leere Gehäuse einer Weinbergschnecke. »Die liegen doch hier überall«, stellte sie verwundert fest.

»Schau mal genau hin«, widersprach Sibylle. »Alle anderen drehen sich im Uhrzeigersinn. Bei der hier ist es genau andersrum. Das kommt äußerst selten vor. Ich suche seit Jahren nach einem solchen Exemplar.«

Adele besah sich das Schneckenhaus genauer. Es stimmte, auf den ersten Blick sah man es kaum, aber dieses Exemplar unterschied sich tatsächlich von den anderen.

Sibylle steckte ihren Fund ein und strahlte sie an. »Du bringst mir Glück.«

»Du interessierst dich für Naturkunde?«, fragte Adele im Weitergehen.

»Ich interessiere mich für fast alles«, erhielt sie zur Antwort. »Versteinerungen, Münzen, überhaupt Archäologie. Und Kunstgeschichte natürlich, kennst du den Kölner Dom?«

»Ich habe davon gehört. Aber ich war noch nie da«, gab sie zu.

»Du musst ihn sehen. Komm mich bei Gelegenheit in Köln besuchen. Ein absurdes Ungetüm, sage ich dir. Dreihundert Jahre Bauzeit, und dann haben sie ihn halb fertig stehen lassen. Die Mitte fehlt. Sieht aus wie eine liegende Ziege mit abgebrochenem Horn und rausgeschnittenem Rücken. Warum ich das erzähle? Ich will es ändern. Die alten Baupläne existieren noch. Mit ein paar Freunden sammle ich Geld, um das Ding fertigzubauen.«

»Verstehe ich dich richtig? Du willst einen Kirchenbau finanzieren?« Adele sah sie zweifelnd an. »Ist das nicht ein wenig hoch gegriffen?«

»Nö«, sagte Sibylle. »Ich will nicht prahlen, aber wenn ich mir etwas in den Kopf setze, dann wird es was.«

Adele war beeindruckt von der zupackenden Selbstsicherheit, die aus Sibylles Worten sprach. »Ich werde meine Mutter fragen«, sagte sie. »Wir geben sicher gerne etwas.«

»Um Gottes willen, so war das nicht gemeint!«, rief Sibylle. »Ich wollte nur erzählen, womit ich mich so beschäftige. Aber die Einladung ist mein Ernst. Köln ist schön und gar nicht so weit weg von hier. Ihr könntet auf dem Heimweg Station machen. Bleibt so lange, wie es euch gefällt.«

Auch wenn sie Sibylle erst seit gestern kannte, hatte Adele spontan Lust, auf den Vorschlag einzugehen. Sie nahm sich vor, mit der Mutter zu sprechen. Allerdings war sie skeptisch, was den Erfolg betraf.

»Obst gefällig?« Sibylle pflückte zwei Äpfel von einem Baum, der am Wegrand stand, und reichte ihr einen davon. Er war noch nicht ganz reif, schmeckte aber schon saftig. Das schienen auch einige Bienen zu finden, die Adele umkreisten. Sie wedelte abwehrend mit den Händen.

»Besser nicht beachten«, riet Sibylle. »Die stechen nur im Notfall, sie sterben nämlich daran.«

»Ich möchte es nicht ausprobieren. Es tut ziemlich weh, sagt man.«

»Ach wo, halb so wild. Ich bin schon tausend Mal gestochen worden.« Auf Adeles verwunderten Blick hin fügte Sibylle hinzu: »Wir haben Bienenstöcke auf unserem Landgut südlich von Köln. Manchmal sehe ich so aus wie der da.«

Sie zeigte auf einen alten Mann, dessen ganzer Körper verhüllt war und der zum Schutz seines Gesichtes ein Netz über den Hut gezogen hatte. Gerade hob er den Deckel von einem bunten Holzkasten, der neben mehreren ähnlichen Kästen auf einer Wiese stand. Ein Schwarm Bienen flog auf und summte wütend um ihn herum.

»Das wäre nichts für mich«, stellte Adele fest.

Sibylle lächelte. »Ich gebe zu, meistens macht das unser Gärtner.«

Adele wurde auf einen improvisierten Verkaufsstand aufmerksam, den der Imker am Feldrain aufgebaut hatte. Es war nur noch ein Glas Honig da. »Das bringe ich meiner Mutter mit. Sie liebt Süßes«, beschloss sie.

Sie gingen auf den Stand zu und winkten dem Imker. Er bedeutete ihnen mit einer Handbewegung, dass sie sich selbst bedienen und das Geld in ein aufgestelltes Schälchen werfen sollten.

Während Sibylle sich ein paar Kräutern zuwandte, die sie in der Nähe entdeckt hatte, kramte Adele in ihrem Portemonnaie nach Münzen. Sie hatte gerade das Kupfergeld beisammen, als sich ein Mann zwischen sie und den Stand schob, klimpernd ein paar Münzen in die Schale warf und ihr den Honig vor der Nase wegschnappte. Adele war so verblüfft, dass sie nicht einmal protestierte.

Sibylle blickte zu ihr auf. »Fertig? Wo ist der Honig?«

Adele deutete auf den Mann, der sich entfernte, ohne auch nur Notiz von ihr genommen zu haben.

»Das ist aber nicht die feine englische Art«, empörte sich ihre neue Bekannte.

Sie winkte ab. »Nicht so wichtig.«

»Nix da.« Sibylle ging dem Mann mit schnellen Schritten nach. »Hey, Sie!«

Der Mann drehte sich um. Wie Adele erst jetzt erkannte, handelte es sich um einen Kurgast aus dem Hotel, einen General außer Dienst, wie die Mutter ihr zugeraunt hatte. Stirnrunzelnd musterte er Sibylle. »Sie wünschen?«

»Meine Freundin wollte den Honig gerade kaufen. Sie haben sich vorgedrängelt.«

»Davon habe ich nichts bemerkt.«

»Mag sein, aber so ist es. Wir wären Ihnen verbunden, wenn Sie das wieder ändern würden.«

»Ich wüsste nicht, wieso. Soweit ich das sehe, war ich zuerst da. Und ich gehöre nicht zu den Männern, die Damen alles durchgehen lassen.«

»Wie bitte?« Sibylle stemmte die Hände in die Hüften.

»Nun lass doch«, bat Adele. Ihr war der Auftritt unangenehm.

»Wenn immer die Klügeren nachgeben, haben am Ende die Dummen das Sagen«, erklärte Sibylle und nahm den General a. D. fest ins Visier. »Sehen Sie, wir wohnen im selben Hotel, wir dinieren im selben Speisesaal. Sollen Ihre Manieren heute Abend wirklich allgemeines Gesprächsthema sein? Ich hätte nicht die geringste Scheu, einen wunderhübschen Skandal anzuzetteln.«

Der Mann kämpfte sichtlich mit seinem Stolz, doch schließlich gab er murrend das Honigglas zurück. »So was spricht von Manieren. Etwas Bescheidenheit stünde Ihnen gut an!«

»Dann sind wir ja schon zwei«, erwiderte Sibylle fröhlich. »Schönen Tag auch!« Sie kehrte ihm den Rücken und zog Adele mit sich.

»Tut mir leid, dass du dir meinetwegen Grobheiten anhören musstest«, sagte Adele, als sie ihren Weg fortsetzten.

»Nicht doch. Das ist der Preis, wenn man sich nicht die Butter vom Brot nehmen lässt. Bei mir gehen solche Bemerkungen zum einen Ohr hinein und zum andern wieder hinaus.«

»Du bist sehr mutig«, sagte Adele anerkennend.

»Oder einfach sehr plump«, entgegnete Sibylle grinsend.

Inzwischen kam das Hotel in Sicht. Die Mutter trat eben auf die Terrasse. Adele ging auf sie zu, um ihr das hart erkämpfte Honigglas zu überreichen. Kaum bemerkte die Mutter sie, eilte sie ihr gestikulierend entgegen. Ihre übliche Contenance war verschwunden. »Pack deine Sachen«, rief sie ihr zu. Sie hatte rote Flecken im Gesicht. »Wir reisen ab!«

Auf Adeles erschrockene Frage, was denn geschehen sei, drängte sie nur zu mehr Eile.

»Also wird es wohl nichts mit eurem Besuch in Köln«, stellte Sibylle fest.

Adele nickte bedauernd. »Vielleicht lässt sich das irgendwann nachholen.«

»Jederzeit gerne. Und schreib mir.« Sibylle drückte ihr herzlich die Hand. Adele wollte noch etwas sagen, doch die Mutter war mit ihrer Geduld am Ende. Sie zog sie mit sich ins Innere des Hotels, wo sie Adeles Sachen in eine Tasche warf und zu den eigenen Koffern stellte, die schon gepackt waren.

Keine halbe Stunde später stand Adele vor dem offenen Schlag einer Mietkutsche und verabschiedete sich mit schwerem Herzen von der neuen Freundin, die eigens auf sie gewartet hatte. Sie war noch ganz durcheinander von dem jähen Aufbruch und stammelte Belanglosigkeiten, wenn sie auch das Gefühl hatte, es gäbe tausend wichtige Dinge zu sagen. Die Mutter trieb sie aus dem Inneren der Kutsche zur Eile an, und auch Sibylle sagte schließlich mit schiefem Lächeln: »Nun hau schon endlich ab.«

Nach einem letzten Händedruck stieg Adele ein. Ihre neue Freundin drückte von außen die Tür zu und zog ein weißes Taschentuch hervor. Während die Pferde lostrabten, winkte Adele ihr durch das Rückfenster zu. Sibylle wurde immer kleiner und schwenkte bis zuletzt ihr Taschentuch.

Johanna, Herbst 1819

Ungeduldig beugte Johanna sich aus dem Kutschschlag. Die Pferde liefen viel zu gemächlich. In diesem trägen Trab würden sie Wochen bis Danzig brauchen. »Machen Sie schneller!«, rief sie dem Kutscher zu.

»Ich treibe sie schon an, so gut es geht.« Um seinen Worten Nachdruck zu verleihen, schnalzte er mit der Zunge. »Hüa!«

Die Pferde wechselten schnaubend in den Galopp. Unsanft, aber immer noch deutlich zu langsam, holperte der Wagen über den Weg.

Erneut streckte Johanna den Kopf aus dem Fenster. »Das reicht nicht. Nehmen Sie die Peitsche!«

Ein Zweig schlug ihr ins Gesicht. Sie zuckte zurück und stieß mit dem Kopf gegen die Rückenlehne. Dass man sich in diesem engen Kutschverschlag auch so gar nicht bewegen konnte! Ihr linkes Augenlid zuckte vor Nervosität.

Adele saß ihr blass gegenüber. »Es ist bestimmt ein Irrtum, Mama«, sagte sie schwach.

»Gewiss, mein Kind.« Seit sie die Nachricht erhalten hatte, klammerte Johanna sich an diese Hoffnung. Es konnte nicht anders sein. Das gesamte Vermögen – einfach weg? Ihre Tochter und sie Bettler, die ihr täglich Brot nicht mehr bezahlen konnten? Undenkbar!

Die Freunde, der Schwager, die Berater – alle hatten ihr versichert, das Geld sei in guten Händen. Schon ihr Vater hatte auf

Bankier Muhl vertraut, ebenso ihr Ehemann. Und nun schrieb man ihr, das renommierte alteingesessene Danziger Bankhaus sei bankrott. Ihr gesamtes Vermögen war dort angelegt. Wenn die Nachricht wirklich stimmte, bliebe ihr nicht einmal genug, um den Kutscher zu bezahlen.

Der Wagen rumpelte durch ein Schlagloch. Der Stoß fuhr Johanna bis in den Nacken. Ihre Kopfschmerzen wurden unerträglich. Auch ihr Herz raste wieder, und in ihrem Ohr pulsierte es. Mindestens zwölf Tage würde die Reise dauern, wenn sie die Nächte durchfuhren. Zwölf Tage, bis sie Gewissheit hätten. Warum nur hatte sie ausgerechnet Wiesbaden als Kurort ausgewählt?

»Möchtest du einen Schluck Wasser?« Adele hielt ihr eine Trinkflasche hin. Die Tochter ertrug das alles mit bemerkenswerter Ruhe. Johanna wusste nicht, ob sie darüber froh sein oder sich ärgern sollte. Sie hatte den Verdacht, dass Adele den Ernst der Lage nicht erfasste. Was sollte aus ihr werden, wenn sie ruiniert waren? Bewerber um ihre Hand standen schon jetzt nicht Schlange. Wie sollte sie einen Ehemann finden, wenn sie arm war wie eine Kirchenmaus? Und Johanna selbst: Wie würde sie in Zukunft leben? Man würde sie aus ihren Kreisen ausstoßen. Sie wäre auf fremde Hilfe angewiesen. Ihre Freiheit wäre dahin.

Sie trank einen Schluck Wasser und schloss die Augen. Besser an nichts denken, wenn sie eh nichts tun konnte, besser sich dem gleichmäßigen Rollen der Räder anvertrauen, dem eintönigen Rattern, dem Schaukeln …

Sie fuhr hoch, weil sie standen. Sie musste eingeschlafen sein. Draußen war es dunkel. Regen prasselte aufs Kutschdach.

»Wir können heute Nacht nicht weiter«, setzte Adele sie in Kenntnis. »Der Weg vor uns ist zu moorig. Wir müssen warten, bis es hell wird.«

Von da an regnete es ununterbrochen. Die Straßen wurden unpassierbar, die Kutsche blieb stecken. Ein Achsenbruch kostete sie weitere wertvolle Tage. Nach entsetzlichen drei Wochen erreichten sie endlich die Stadt ihrer Jugend. Es war ein trauriges Wiedersehen mit ihrer Mutter und ihren drei Schwestern, die ebenfalls von dem Bankrott betroffen waren. Womöglich hätten sie am Ende gerade noch das Dach über dem Kopf. Nur ihre jüngste Schwester blieb verschont. Sie hatte gut geheiratet.

Flüchtig machte Johanna ihre Tochter mit den Verwandten bekannt, die sie zuletzt als kleines Kind gesehen hatten. Notdürftig erfrischt, begab sie sich anschließend sofort zu Bankier Muhl. Der Ehemann ihrer jüngsten Schwester, ein sehr vernünftiger Mensch und zudem Anwalt, begleitete sie. Auch der Bankrotteur hatte einen Rechtsberater bei sich, die drei Männer warfen mit Zahlen um sich. Was Johanna nach zahlreichen Nachfragen verstand, war: Ihre schlimmsten Befürchtungen wurden wahr. Muhl hatte sich verspekuliert. Er sah selbst ganz blass und elend aus, aber sie hatte zu großes Mitleid mit sich selbst, um welches für ihn erübrigen zu können.

Die Anwälte sahen zwei Möglichkeiten. Bei beiden würde Johanna Kröten schlucken müssen. Muhl bot ihr als gütlichen Vergleich die sichere Zahlung von dreißig Prozent ihres Vermögens an, sofern sie auf die übrigen siebzig Prozent ein für alle Mal verzichtete. Ansonsten bliebe ihr der Gang vor Gericht, um ihre Forderungen gegen den Bankrotteur zu erstreiten. Doch dieser Weg hatte seine Tücken: Bis zum Urteil würde alles Geld eingefroren werden, der Prozess konnte sich über Jahre hinziehen, der Ausgang war ungewiss.

Ihr Schwager riet ihr nachdrücklich zum Vergleich. Er kannte ähnliche Rechtshändel, die mehr als zehn Jahre gedauert hatten. Beteiligte waren darüber verstorben, einige durch Selbstmord. Ein knappes Drittel des bisherigen Vermögens, sofort ausgezahlt und sicher angelegt, würde Johanna zwar ein eingeschränktes, aber ein sicheres Leben ermöglichen.

Sie erbat sich, die Nacht darüber zu schlafen. Als sie am

nächsten Morgen viel zu früh erwachte, war sie immer noch unschlüssig. Sie beschloss, sich mit Adele zu beraten, die ja nun auch kein Kind mehr war. Die Tochter gab dem Schwager recht: Während der Dauer des Prozesses hätten sie nicht einmal das Nötigste zum Leben. Jahre der Unsicherheit, gepaart mit Armut, würden ihnen alle Lebensfreude nehmen. Dem klaren Schnitt sei der Vorzug zu geben. Sie wüssten dann, womit sie rechnen könnten, und würden mit dem verbliebenen Geld schon haushalten.

Johanna sah die Dinge nun auch in diesem Licht und verkündete ihrem Schwager, dass sie bereit sei, sich mit dreißig Prozent abzufinden. Ihre Mutter und die Schwestern strebten diesen Weg ebenfalls an. Sofort tat sich jedoch ein Problem auf: Der Vergleich war nur möglich, wenn ohne Ausnahme alle Geschädigten einwilligten. Zog ein Beteiligter vor Gericht, würden unweigerlich auch die Gelder der anderen Gläubiger bis zur Urteilsverkündung eingefroren. Inzwischen hatten fast alle ehemaligen Bankkunden Muhls der gütlichen Einigung zugestimmt. Nur ein Geschädigter stellte sich quer: ihr Sohn Arthur, der seinem Naturell entsprechend wieder einmal gegen den Strom schwamm. Ob ihm bewusst war, was er ihr und seiner Schwester damit antat, konnte sie nicht sagen.

Nach ihrem Zerwürfnis vor fünf Jahren hatte er den größten Teil seines Erbes einem anderen Bankhaus übergeben, um auch in Gelddingen die Trennung zu vollziehen. Dadurch war er vergleichsweise fein raus. Nur einige tausend Taler lagen noch bei Muhl beziehungsweise waren jetzt ebenfalls verloren. Trotz des geringeren Betrages hatte Arthur die gleichen Einspruchsrechte wie die anderen. Er ließ den Bankrotteur brieflich wissen, dass er in jedem Fall Klage erheben werde.

Der Schwager hatte das Schreiben gesehen und war ratlos. »Kannst du deinen Sohn umstimmen?«, fragte er. »Es hängt für alle viel davon ab.«

»Ich werde es versuchen«, mehr wusste sie nicht zu sagen.

Es kostete sie einige Überwindung, den Bittbrief an ihren Sohn zu schreiben, mit dem sie seit seinem letzten hässlichen Auftritt keinerlei Kontakt mehr hatte. Sie brauchte mehrere Anläufe, doch dann war es vollbracht. Der Brief lag in der Post, nun hieß es warten. Arthur lebte inzwischen in Berlin, seine Antwort würde etwa eine Woche brauchen.

Sie vertrieb sich die Zeit damit, Adele die Stätten ihrer Jugend zu zeigen, doch unter den betrüblichen Umständen wirkten die Plätze und Straßen grau, die Erinnerungen fade. Vom sechsten Tag an führte sie ihr erster Weg morgens und ihr letzter Weg abends zum Postamt. Arthur hatte offenbar keine Eile, sich zu ihrer Bitte zu äußern. Am zwölften Tag, sie hatte in einer kindlich sentimentalen Anwandlung eben in der Marienkirche für einen guten Ausgang der Angelegenheit gebetet, fand sie bei ihrer Rückkehr endlich die ersehnte Antwort vor. Nun, da sie den Brief in Händen hielt, zögerte sie, ihn zu öffnen. Die schroffen Schriftzüge, mit denen ihr Name auf den Umschlag gekritzelt war, verhießen nichts Gutes. Sie ließ sich einen Tee kommen, zog sich in ihr Zimmer zurück und riss den Umschlag auf. Ohne Anrede legte Arthur direkt los:

»Wenn es noch eines Beweises bedurft hätte, dass Frauen kein Geld besitzen sollten, hier ist er. Durch deine Dummheit geht auf einen Schlag alles verloren, wofür mein Vater ein Leben lang gearbeitet hat. Es war mehr als unklug, dein gesamtes Vermögen und das meiner Schwester einem einzigen Bankhaus anzuvertrauen. Hättest du wie ich mit Bedacht gehandelt, wärest du nun nicht in der unerfreulichen Lage einer Bittstellerin. Ich werde nie verstehen, warum Witwen mehr Rechte genießen als andere Weiber, denen man aus gutem Grund keine Geschäfte anvertraut.«

Johanna versuchte, die kränkenden Vorwürfe nicht an sich heranzulassen. Auch dass er zu ihr wie zu einer Fremden sprach, ignorierte sie. Wichtig war allein seine Entscheidung. Angespannt heftete sie ihre Augen auf den letzten Absatz:

»Du verlangst von mir, mich mit dreißig Prozent abspeisen zu lassen und auf eine Klage gegen Bankier Muhl zu verzichten. Erklär mir doch bitte eins: Warum sollte ich zu meinem eigenen Nachteil so handeln? Der Bankrotteur muss zur Rechenschaft gezogen werden. Er schuldet mir und auch dir den vollen Betrag. Bevor du den letzten Rest des väterlichen Erbes verschleuderst, nimm meinen Rat an und entscheide auch du dich zur Klage. Auf alle Fälle werde ich mich nicht davon abbringen lassen.«

Entmutigt ließ Johanna den Brief sinken. Ihr Schicksal war besiegelt. Die Hoffnung, dem vollständigen Ruin zu entgehen, wenigstens bescheiden leben zu können – Arthur hatte sie zerstört.

Adele, Herbst 1819

Sorgfältig legte Adele ihre Überkleider in das obere Fach der Kabine und ließ sich auf der Holzbank nieder. Nur noch mit ihrer Leibwäsche bekleidet, lauschte sie einen Moment auf die Brandung, die an diesem windstillen, überraschend warmen Oktobertag nur ein sanftes Rauschen war, und zog die Glocke. Der halbwüchsige Fischersohn, der klimpernd sein Trinkgeld gezählt hatte, riet ihr durch die Bretterwand hindurch, sich gut festzuhalten, und trieb das Pferd an. Der Badekarren setzte sich in Bewegung. Leicht fröstelnd rollte Adele in dem fensterlosen Wagen den abschüssigen Strand zum Ufer hinunter. Sehen konnte sie nichts, unter ihr knirschte der Sand. Mit einem Plätschern tauchten die Räder ins Meer ein. Der Wagen verlangsamte sich, ein Schwall Wasser schwappte in die Kabine. Unwillkürlich zog Adele die Füße hoch. Nun hielt der Karren an. Der Junge spannte das Pferd aus und rief ihr von außen zu: »Läuten Sie, wenn Sie fertig sind. Und gehen Sie nicht tiefer hinein, es ist gefährlich.«

Aufgeregt ließ sie sich vom Sitz gleiten. Ihre nackten Füße berührten den kühlen, nassen Karrenboden. Im ersten Moment schauderte sie leicht, doch schnell gewöhnte sie sich an die ungewohnte Empfindung. Sie schob den Segeltuchvorhang am hinteren Ende der Kabine zur Seite, und ein Gefühl ergriff sie, als würde sie schweben. Nur eine hölzerne Stufe trennte sie noch vom Wasser, das sich bis zum Horizont erstreckte. Glitzernde Unendlichkeit, so weit das Auge reichte. Darüber die morgendlich tiefstehende Herbstsonne, deren Ränder im Dunst verschwammen. Zwei Möwen segelten vorbei, ohne mit den Flügeln zu schlagen. Auch Adeles Herz wurde leichter, pochte ruhiger als zuvor.

Vorsichtig tauchte sie die Zehen ins grünliche Meerwasser. Es war kalt, aber nicht so kalt wie befürchtet. Der Junge hatte nicht gelogen, die Ostsee war vom Sommer noch aufgeheizt. Die zweite Stufe außen am Badekarren befand sich schon unter Wasser. Adele betrat sie, nun empfand sie die Kühle bereits als angenehm. Sie ging weiter, Stufe für Stufe. Ihr Unterrock saugte sich voll. Auf einmal fühlte sie weichen Sand unter ihren Füßen. Er kitzelte sanft zwischen den Zehen. Sie stand jetzt hüfthoch im Wasser. Sie stieß sich vom Badekarren ab und watete auf den Horizont zu. Die Nässe benetzte ihren Bauch. Sie atmete scharf ein und ging weiter. Die spiegelglatte, von keiner Welle gekräuselte Ostsee reichte ihr nun bis zur Brust. Sie blickte sich um: Niemand konnte sie hier hinter dem Wagen sehen, auch die Tanten und die Großmutter nicht, die sie wegen ihres Badewunsches für verrückt erklärt hatten, nun aber geduldig auf der Uferpromenade warteten. Sie atmete tief ein, schloss die Augen und tauchte mit dem Kopf unter Wasser. Alles wurde weggespült, die Angst, die Sorgen, der Ärger und die Anspannung. Ein Gefühl tiefsten Friedens durchströmte sie. In diesem Moment war sie frei wie die Möwen über ihr in der Luft, wie die kleinen Fische, die um ihre Beine flitzten.

Zwei Monate waren sie inzwischen in Danzig, und nach wie vor war unsicher, ob es doch noch Rettung geben würde. Nachdem sie Arthurs Brief erhalten hatte, war die Mutter kaum mehr als ein Häuflein Elend gewesen. Adele hatte sie nie zuvor so erlebt. Tagelang kam sie nicht aus dem Zimmer, jeder Versuch, sie aufzumuntern, lief ins Leere. Mehr für die Mutter als für sich selbst hatte Adele beschlossen, Arthurs Absage nicht hinzunehmen. Sie schrieb ihm einen langen Brief, in dem sie eindringlich an seine Bruderliebe appellierte und ihn bat zu helfen, wenn sie ihm irgendetwas bedeutete. Seitdem wartete sie auf Antwort. Die Mutter setzte wenig Hoffnung in den erneuten Versuch, doch anders als sie glaubte Adele an Arthurs gutes Herz. Er war stur und rechthaberisch, aber er war auch anständig und hatte seine kleine Schwester immer gemocht. Sie traute ihm nicht zu, dass er sie dem Bettelstab überließ, wenn er sie mit einem verschmerzbaren Opfer retten konnte.

Adele tauchte auf. Nun wehte doch ein leiser Wind, die Luft kühlte ihren nassen Kopf, an Brust und Schultern richteten sich die kleinen Härchen auf. Auch das war eine angenehme Empfindung. Sie fühlte sich erfrischt und klar wie selten zuvor.

Das grünliche Wasser, das ihren Körper umfloss, ließ ihre Gedanken zum Rhein wandern. Sonnige Weinberge kamen ihr in den Sinn und Sibylle, die beim Spaziergang erzählt hatte, dass es auf ihrem Landgut eine von Schilf umgebene, vor neugierigen Blicken geschützte Badestelle gab. Sibylle konnte sogar schwimmen.

Adele versuchte, sich vorzustellen, wie es wohl war, wenn man schwerelos im Wasser schwebte. Sie breitete die Arme aus und legte sich rücklings in die Wellen, ging aber sofort unter. Über sich selbst schmunzelnd, tauchte sie wieder auf. Von Ferne hörte sie die Stimme des Fischerjungen. »Geht es Ihnen gut?«

»Bestens«, rief sie zurück.

»Sie müssten langsam wieder rauskommen.«

»Ja, bitte, Adele«, vernahm sie jetzt auch die Stimme ihrer älteren Tante. »Es ist nicht gesund.«

Seufzend tauchte sie noch einmal unter, genoss für einen letzten Moment das Gefühl der Unverwundbarkeit, das diese Welt der Stille ihr schenkte, dann kletterte sie die kleine Leiter wieder hinauf in den Karren, zog den Vorhang zu und läutete die Glocke. Der Junge kam und spannte das Pferd an.

Kurz darauf trat sie, die tropfende Leibwäsche in einer Leinentasche neben sich hertragend, in trockener Straßenkleidung wieder auf die Strandpromenade, wo die wartende Verwandtschaft sie in Empfang nahm, als käme sie von einer Reise zum Mond zurück.

In einem Teehaus mit Blick auf die Bucht wärmte sie sich bei einer Tasse heißer Schokolade auf. Die besorgten Tanten fanden, sie sehe ungewöhnlich blass aus, die Großmutter erkannte erste Anzeichen einer ernsten Erkrankung, verursacht durch das Bad im Meer. Sie alle hatten sich nie in die gefährlichen Fluten gewagt, obwohl sie ihr ganzes Leben an der Ostsee verbracht hatten.

Insgesamt hatte Adele sich ihre Verwandten anders vorgestellt. Die adretten, freundlichen Damen, die mit spitzen Mündern an ihren Teetassen nippten, hatten so wenig mit der Mutter gemeinsam wie eine Herde Schafe mit dem Schäferhund. Sicher, sie waren gebildet und kultiviert, aber sie hatten kaum einen eigenen Willen und schon gar keine eigenen Ansichten.

Von der Mutter sprachen sie mit einer Mischung aus Bewunderung und Befremden. Offenbar hatte sie schon als Kind die Familie dominiert. Alle hatten sich ihr klaglos untergeordnet. Sie galt als Bernstein an einem Strand voller Kieselsteine. Darüber, dass sie nach dem Tod ihres Gatten nicht nach Danzig zurückgekehrt war, waren ihre Mutter und ihre Schwestern bis heute ein wenig gekränkt.

Adele spürte, dass die Verwandten ihr nicht nur wegen des Bades das gleiche Staunen entgegenbrachten wie ihrer Mutter. Zum ersten Mal im Leben machte es ihr nichts aus, anders zu sein. Trotz aller Zuneigung blieben ihr die Tanten und auch die Großmutter fremd.

Bei ihrer Rückkehr von dem Ausflug wedelte die Mutter mit einem Brief. Arthur hatte geantwortet. Adeles gelöste Stimmung verwandelte sich jäh in Anspannung.

»Lies ihn vor«, bat ihre Mutter. Tanten und Großmutter umringten sie. Auch für sie stand einiges auf dem Spiel. Adele jedoch schnappte der Mutter den Brief aus der Hand und verzog sich auf das stille Örtchen im Hinterhof. Im schwachen Dämmerlicht, das durch das herzförmige Loch in der Holztür fiel, las sie:

»Liebe Adele, ich bedaure, dass durch die Kurzsichtigkeit unserer Mutter auch deine Zukunft gefährdet ist. So gerne ich deine Bitte um Hilfe erhören möchte, habe ich auch andere Dinge zu bedenken. Nur wenn ich hinreichend vermögend bin, kann ich mein Leben der Philosophie widmen, ohne über Gelderwerb nachdenken zu müssen. Der zu erwartende Gewinn für die Menschheit wiegt höher als die Nöte einzelner Personen.«

Adeles Mut sank, und sie fragte sich, warum sie gehofft hatte, mehr ausrichten zu können als ihre Mutter. Um das Pflaster in einem Ruck von der Wunde zu reißen, las sie schnell weiter.

»Da du mir am Herzen liegst und ich zudem verhindern will, weiterhin angebettelt zu werden, schlage ich Folgendes vor: Zwar willige ich nicht in den lächerlichen Vergleich ein, der mich um mehr als zwei Drittel meiner Muhl'schen Einlagen bringen würde, jedoch verzichte ich auf die Klage. Ich setze darauf, dass das Muhl'sche Bankhaus sich wieder erholt und ich in einigen Jahren mein volles Kapital zurückfordern kann. Mit diesem Vorgehen ist euren und meinen Wünschen Genüge getan. Ich habe keine Verpflichtung mehr gegen euch und kann nur hoffen, dass ihr mit dem euch verbleibenden Geld besser wirtschaftet als bisher. Dein Bruder Arthur.«

Adele las die Zeilen zweimal, bis sie den unter den kränkenden Worten verborgenen Sinn erfasst hatte. Erleichtert rannte sie zu ihrer Mutter und verkündete ihr die frohe Botschaft. Sie würden immerhin nicht als Bettlerinnen enden. Die Mutter zitterte leicht, als sie die Nachricht vernahm. Zu Adeles Verblüffung faltete sie die Hände und stieß ebenso wie die Tanten und die Großmutter einen Seufzer aus: »Danke, Gott!« Es war die erste religiöse Regung, die Adele je bei ihr beobachtet hatte.

Wenige Stunden später war die Mutter wieder die Alte und blickte gefasst und zuversichtlich in die Zukunft. Sie hatte Muhl benachrichtigt und machte ihm Druck, seinen Teil der Vereinbarung schnellstmöglich umzusetzen. Ihren Schwager, den Anwalt, der sich als umsichtiger Mann erwiesen hatte, ernannte sie zum Verwalter. Er sollte den bescheidenen Rest ihres Vermögens sinnvoll anlegen. Adele hätte das Geld gerne nach Weimar transferiert, aber sie war ja noch nicht volljährig, und die Mutter hielt es so für besser.

Kaum waren die Geldgeschäfte erledigt, packten sie ihre Sachen. Die Verwandten zeigten sich etwas verstimmt über den eiligen Aufbruch, nachdem sie drei Monate lang zu Gast gewesen waren. Jedoch war Schnee angesagt, und Adele wollte genauso wenig wie ihre Mutter noch länger in Danzig bleiben. Die Geldsorgen hatten ihr den Ort verleidet. Sie hoffte, die Wolken abschütteln zu können, sobald sie in der Kutsche saß.

Die Pferde lieferten sich ein Wettrennen mit dem Schneegestöber, das sie kurz nach Überquerung der Oder verloren. Zwei Tage saßen sie und ihre Mutter in einem brandenburgischen Gasthof fest, der so armselig war, wie sich ihr Leben ohne Arthurs Einlenken in Zukunft gestaltet hätte. Weder gab es genügend Holz für den Kamin, noch Bettzeug, das diesen Namen verdiente. Durch die Fenster pfiff der Wind, auf dem Waschwasser schwamm eine Eisschicht. Einer Bemerkung der Wirtin entnahm Adele, dass sie nur noch zwei Tagesreisen von Berlin entfernt waren. Sie versuchte, die Mutter zu einem Besuch beim Bruder zu bewegen, jedoch vergeblich. »Er hat mich nicht um Verzeihung gebeten. Im Übrigen hat er es uns auch in der Geldsache nicht eben leicht gemacht. Ein Zusammentreffen würde mich nur aufregen und zu nichts Gutem führen.«

Obwohl Adele Verständnis für die Argumente der Mutter hatte, war sie enttäuscht. Seit fünf Jahren hatte sie ihren Bruder nicht gesehen. Er hatte ihnen einen großen Gefallen getan. Sie vermisste ihn. »Wärest du einverstanden, wenn ich allein fahre?«

Ihre Mutter blickte sie überrascht an. Nach einem Moment des Zögerns antwortete sie: »Aber natürlich, ihr seid Geschwister. An der nächsten Poststation gibt es eine Kutsche in die Hauptstadt. Du musst nur dann selber zusehen, wie du nach Weimar kommst.«

»Das kriege ich hin«, sagte Adele erfreut.

Endlich ließ das Schneetreiben nach, und sie konnten die Reise fortsetzen. In einem kleinen Städtchen namens Eberswalde trennten sie sich. Adele stieg in eine Kutsche um, in der bereits ein gutbürgerliches Ehepaar und ein bis zur Verstocktheit wortkarger Halbwüchsiger saßen. Sie hielt den Jungen zunächst für den Sohn der Mitreisenden, bis er sich im Laufe der Fahrt als zukünftiger Handelsgehilfe auf dem Weg zum Lehrherrn entpuppte. Das Ehepaar mittleren Alters hatte keine Kinder, was die mütterlich wirkende Gattin sichtlich bedauerte. Sie nahm sie und den Lehrling unter ihre Fittiche, verteilte großzügig Essen und gute Ratschläge. Zu Adele sagte sie: »Eine junge Dame wie Sie sollte nicht allein reisen. Wir werden dafür sorgen, dass Ihnen nichts geschieht.«

Ihr Mann, von Beruf Tuchhändler, nickte eifrig dazu, wie zu allem, was sie sagte.

Adele schmunzelte innerlich. Sie war bestimmt fünf Jahre älter als der Lehrling und wusste nicht, wovor sie hätte Angst haben sollen. Im Gegenteil genoss sie es, sich endlich einmal nach niemandem richten zu müssen. Diese erste Reise allein, auch wenn sie nur einen Tag dauerte, verschaffte ihr ein Hochgefühl von Freiheit.

Berlin war noch belebter als Danzig. Überall liefen, rannten, schrien Menschen. Im Gewusel vor der Poststation hielt sie nach Arthur Ausschau. Sie war jetzt doch etwas unruhig. Zwar hatte sie ihm ihr Kommen angekündigt, jedoch keine Antwort mehr erhalten, sodass sie nicht wusste, ob ihr Brief ihn überhaupt erreicht hatte.

Nun war sie froh über die Fürsorge der Tuchhändlergattin, die versprochen hatte, ihr nicht von der Seite zu weichen, bis sie sie in guten Händen wusste. Langsam zeichnete sich ab, dass Arthur nicht auftauchen würde. Ihre Beschützerin lud sie daraufhin in ihr Haus nahe der Spree ein. Der Ehemann bekräftigte gutmütig den Vorschlag seiner Gattin. Da krähte ein barfüßiger, zerlumpter Knabe lautstark Adeles Namen. Als sie ihn ansprach, drückte er ihr ein Billett von Arthur in die Hand, der an der Universität aufgehalten wurde. Er gab seine Wohnadresse als Treffpunkt an und wollte so schnell wie möglich zu ihr stoßen. Erleichtert ließ sie sich von dem Tuchhändler und seiner Gattin zu der Adresse begleiten. Nachdem sie sich bei der Hauswirtin vergewissert hatten, dass Arthur wirklich dort wohnte, verabschiedeten sich ihre neuen Bekannten so herzlich, als kennte man sich seit Jahren. Adele winkte ihnen nach, bis die Mietdroschke außer Sicht war. Als sie sich wieder zum Haus umwandte, stellte sie fest, dass die Vermieterin dort immer noch stand und sie sonderbar musterte. »Sie sind also die Schwester?«

Adele nickte.

»Sind Sie wegen der Klage hier?«

Sie verstand nicht. »Es gibt keine Klage, das hat mein Bruder mir versichert. Woher wissen Sie überhaupt davon?«

»Sie glauben wirklich, Ihr Bruder darf eine anständige Frau einfach die Treppe hinunterstoßen? Das hat Konsequenzen, sage ich Ihnen. Er wird Schadensersatz zahlen müssen. Frau Marquet kann ihren Arm nicht mehr bewegen.«

Adele war völlig verdattert. »Wovon reden Sie?«

»Na, von der Nachbarin, die Ihr Bruder angegriffen hat.«

»Sie müssen sich irren«, sagte sie voller Überzeugung.

»Ich war selbst dabei«, widersprach die Hauswirtin energisch. »Mit knapper Not bin ich davongekommen. Ich werde vor Gericht alles erzählen, auch seinen Lebenswandel. Das Kind mit dieser Magd …«

»Bitte lassen Sie mich jetzt in Ruhe.« Adele hatte zusehends den Eindruck, dass die Frau nicht ganz richtig im Kopf war.

»Ja, ja, immer schön so tun, als wenn nichts wäre. Aber das wird Ihnen nicht helfen. Sie müssen zahlen. Und haben will Sie hier auch keiner mehr. Zum Monatsende ziehen Sie aus.«

Die Hauswirtin schien durch sie hindurchzublicken, während sie ihren Redeschwall losließ. Adele wich einige Schritte zurück. Die Frau wurde ihr langsam unheimlich. Wer wusste schon, zu was sie in ihrer Verwirrtheit imstande war?

»Du kommst an einem ungünstigen Tag«, hörte sie die Stimme ihres Bruders in ihrem Rücken.

Sie fuhr herum. »Arthur!« Ihn hatte die Vermieterin also angestarrt. Sofort fiel ihr auf, dass er noch hagerer geworden war. Auch sein Gesicht hatte sich verändert, die senkrechten Furchen zwischen den Augenbrauen waren tiefer als zuvor. Gekleidet war er jedoch wie immer mit penibler Sorgfalt. Und er hatte einen kleinen Pudel dabei, der sie neugierig ansprang, als sie ihrem Bruder die Hand reichte.

»Das ist Atman.« Arthur deutete auf den Hund, der nun die verwirrte Frau anknurrte. »Meine Vermieterin kennst du anscheinend bereits.«

»Gibt es einen Ort, an dem wir in Ruhe Tee trinken können?«, fragte Adele. Unter den feindseligen Blicken der Hauswirtin fühlte sie sich zunehmend unwohl. »Hunger habe ich auch.«

»Wenn Sie speisen wollen, gehen Sie in den Gasthof. Ich rühre keinen Finger mehr für Sie«, antwortete die Vermieterin ungefragt.

»Wie hältst du es nur mit dieser Person aus?«, erkundigte sich Adele, als sie auf dem Weg zu einem Speiselokal waren.

»Du hast ja gehört, ich ziehe um. Dann muss ich auch die Marquet nicht mehr sehen. Die Frechheit dieser Person ist unbeschreiblich.«

»Es gibt also tatsächlich eine Frau Marquet?«

»Oh ja. Ein lautes Weibsbild, vulgär und ohne jedes Feingefühl. Macht einen Krach wie zehn Bierkutscher, man kann keinen klaren Gedanken fassen.«

»Aber sonst ist nichts dran an dem, was ich eben gehört habe? Du hast ihr nichts getan?«, hakte Adele nach.

»Ich wollte nicht, dass sie die Treppe runterfällt. Sie sollte nur Ruhe geben.«

Adele schluckte. War die Frau, bei der ihr Bruder wohnte,

am Ende gar nicht verrückt? Verunsichert blickte sie ihn an.
»Deine Vermieterin hat auch etwas von einer Magd gesagt ...«
»Das Kind ist tot«, winkte er ab. »Die Sache ist erledigt. Ich habe ihr eine neue Stellung verschafft.«
Adele verschlug es die Sprache. Schweigend gingen sie weiter. Als sie bei der Gastwirtschaft anlangten, war sie immer noch zutiefst bestürzt über die Kälte ihres Bruders.
Zwei junge Männer in Studentenkleidung querten den Bürgersteig vor dem Speiselokal und grüßten Arthur respektvoll. Einer von ihnen hatte einen Korb mit Viktualien dabei, Würste und Schinken schauten daraus hervor. Adele lief das Wasser im Munde zusammen. Sie war wirklich hungrig.
Ihr Bruder nickte den Studenten leutselig zu. »Heute fällt die Vorlesung leider aus«, sagte er und deutete auf sie. »Ich habe unvorhergesehenen Familienbesuch.«
Die Studenten nickten, dann fragte der ältere der beiden höflich: »Wäre es möglich, beim Nachholtermin darauf zu achten, dass er sich nicht mit dem Seminar von Herrn Hegel überschneidet?«
»Danach kann ich mich nicht richten«, entgegnete Arthur kühl. »Die Entscheidung, welcher Vorlesung Sie den Vorzug geben, sollte wohl nicht schwerfallen.«
»Natürlich.« Die beiden Studenten blickten etwas gequält.
»Also, wir sehen uns nächste Woche zur gewohnten Zeit«, sagte ihr Bruder abschließend. »Falls dieser Korb für mich bestimmt ist, bringen Sie ihn dann gerne mit. Den Nachholtermin gebe ich noch bekannt.« Mit einem knappen Nicken wandte er sich ab.
Adele stieg hinter ihm her die Stufen zur Gastwirtschaft hoch, als ein dritter Student außer Atem zu seinen Kommilitonen stieß. »Ich habe das Bockbier bekommen, das Hegel so liebt. Nichts wie los jetzt! Er hasst Unpünktlichkeit.«
Adele sah, wie die Miene ihres Bruders sich verdüsterte. Die

beiden Studenten, mit denen er gesprochen hatte, warfen einen betretenen Blick in seine Richtung und eilten ihrem Freund hinterher. Arthur kehrte ihnen ostentativ den Rücken zu und durchschritt mit zusammengepressten Lippen die Tür zum Speiselokal.

Kaum saßen sie an einem Tisch, spuckte er Gift und Galle. »Dieser Schaumschläger von Hegel mit seinen Plattitüden, die könnte sich ein zehnjähriges Kind ausdenken! Alle wollen sie zu ihm, weil sie denkfaul sind und Arbeit scheuen!«

»Wer ist denn dieser Hegel?«, fragte Adele, die wenig Ahnung von der Welt der Philosophie hatte.

»Ein Kollege, der sich für den Allergrößten hält. Er hat ein eigenes System, mit dem er angeblich die ganze Welt logisch erklären kann. Als ob in dieser Welt irgendetwas logisch wäre!«, sprudelte es aus Arthur heraus. »Und dann diese Banalitäten: ›Das Bewusstsein bestimmt das Sein.‹ Ach, wirklich? Das ist ja das Allerneueste! Trotzdem hängen alle an seinen Lippen, oder wahrscheinlich gerade deshalb. Müssen sie ihr Hirn nicht anstrengen. Bockbier kriegt er! Mir bringt keiner was mit!«

Das hat vielleicht Gründe, dachte Adele, sagte aber nichts, denn sie wollte ihn nicht weiter aufregen. Stattdessen fragte sie, was seine Philosophie von der Hegels unterscheide.

»Alles«, lautete die kategorische Antwort. »Dieser Mann will die Welt in sein billiges System pressen, ich hingegen sage, diese Welt ist entfesselt. Sie entwickelt sich nicht auf ein Ziel hin, und es gibt auch keinen Puppenspieler, der die Fäden in der Hand hält und zu dem wir beten können. Es gibt nur eine Naturkraft, einen Willen der Natur, der die Entfaltung allen Seins ermöglicht. Aber weder ist dieser Wille gut, noch ist er vernünftig, er ist einfach nur da.«

»Mit anderen Worten, du glaubst nicht an Gott«, fasste Adele zusammen.

»Du doch auch nicht«, konterte er.

Sie zuckte mit den Achseln. Religion hatte in ihrer Familie nie eine Rolle gespielt. Wenn man als Kind nicht in die Rituale eingeführt wurde, muteten sie später doch ziemlich sonderbar an.

»Ich befasse mich in letzter Zeit viel mit indischer Philosophie«, erklärte Arthur, während er seinem Pudel ein Stück von dem Braten zuwarf, der soeben gebracht worden war. »Dort glaubt man, dass es das höchste Ziel jedes Lebens ist, irgendwann ins Nichts einzugehen.«

»Das Nichts soll das Ziel sein?«, fragte sie skeptisch.

Ihr Bruder nickte nachdrücklich. »Leben bedeutet leiden. Also muss man das Leben überwinden, den Willen zum Leben verneinen. Wenn man sich von allen Wünschen und Bedürfnissen befreit, verlässt man das ewige Hamsterrad und findet Frieden im Nichtsein.«

Das klingt ziemlich traurig, dachte Adele und versuchte, das Gespräch durch einen Scherz aufzulockern. »Für jemanden, der anscheinend Asket werden will, hast du eine ziemlich solide Beziehung zu Geld.«

Arthur zog misstrauisch die Brauen zusammen. »Kommen jetzt die Bittgesuche?«

»Nein, natürlich nicht«, wehrte sie schnell ab. »Im Gegenteil, ich möchte dir noch einmal ganz ausdrücklich danken. Auch in Mutters Namen. Du warst unsere Rettung!«

»Warten wir ab, wie lange es vorhält«, gab er missmutig zurück. »Aber hofft nicht auf mich, wenn ihr wieder pleite seid. Ich habe meine Pflicht getan. Mehr ist bei mir nicht zu holen.«

Nun war auch sie verstimmt. »Es war wirklich nicht Mutters Schuld, dass Muhl bankrottgegangen ist.«

»Komischerweise stehe ich besser da als ihr«, konterte er. »Meinst du, das ist Zufall? Frauen können eben nicht mit Geld umgehen. Deshalb schiebe ich gleich einen Riegel vor und sage, von mir bekommt ihr keine weitere Hilfe.«

»Und ich sage, wir werden auch keine weitere Hilfe brauchen«, versprach Adele. »Sei ganz unbesorgt.«

Ihr Bruder lachte abfällig.

Sie wurde zornig. »Nebenbei, wirf nicht alle Frauen in einen Topf! Ich kann sehr wohl wirtschaften. Wenn ich volljährig bin, wirst du es sehen!«

»Vielleicht bist du besser als unsere Mutter, aber eine Frau bist auch du, Adele«, verkündete Arthur abschätzig. »Ich kann dir nur raten, heirate einen vernünftigen Mann.«

Sie trennten sich, sobald sie aufgegessen hatten. Adele sah keinen Grund, ihren Besuch weiter auszudehnen. Die Sehnsucht nach dem Bruder war ihr gründlich vergangen. Als sie abends endlich in der Postkutsche nach Weimar saß, gab sie der Mutter gedanklich recht: Die Liebe zu Arthur schrumpfte mit der Nähe und stieg mit der Entfernung.

7 Heiratspläne

Adele, Frühjahr 1820

Als wäre nichts geschehen, lud die Mutter weiterhin zum Teezirkel, wenn auch nur noch einmal wöchentlich. Da sie bis auf die Köchin und das Mädchen alle Dienstboten entlassen hatten, half Adele bei der Vorbereitung. Während sie neue Kerzen in die Kandelaber steckte, sah sie entgeistert mit an, wie ihre Mutter Weinkiste um Weinkiste öffnete.

»Zwei Dutzend Flaschen?«, fragte sie kopfschüttelnd. »Muss das sein?«

»Meine Gäste trinken gerne.«

»Aber wir müssen sparen!«

»Ich bestelle ja schon keinen Moselwein mehr, sondern nur den hiesigen von der Unstrut«, verteidigte sich die Mutter.

»Dennoch«, wandte Adele ein. »Und dann die Wachskerzen! Warum keine Talglichter? Die sind viel günstiger.«

Ihre Mutter rümpfte die Nase. »Ich bitte dich, Liebes, wie das riecht!«

»Und wenn wir wenigstens nicht alle Kerzenhalter füllen?«

»Manche Besucher lesen gerne, und einige sind nicht mehr die Jüngsten. Soll Goethe sich bei uns die Augen verderben?«

Adele seufzte. »Wir müssen uns einschränken, Mama. Sonst kommen wir nicht hin.«

»Auf keinen Fall sparen wir an der Bewirtung«, beharrte ihre Mutter.

»Aber dort verschwindet das meiste Geld«, gab Adele zu bedenken. »Für uns selbst verbrauchen wir doch schon kaum mehr etwas.« Es machte Adele wenig aus, bescheiden zu leben. Allerdings wurmte es sie, wenn das Geld dann anderswo mit vollen Händen ausgegeben wurde.

Die Mutter blickte sie ernst an. »Die Leute dürfen nichts merken, hörst du? Ich kann es nicht oft genug wiederholen!«

»Wieso müssen wir denn unbedingt so tun, als ob? Es sind doch alles Freunde.«

»Du kennst die Welt nicht, Kind. Wer arm ist, hat keine Freunde. Geld ist Ansehen, Einfluss, Freiheit. Meinst du, diese freche Rheinländerin könnte sich so aufführen, wenn sie nicht reich wäre?«

»Was hat Sibylle damit zu tun?«

»Ich will nur sagen: Wir sind Frauen! Wir haben es in allem schwerer als Männer. Uns ist es verboten, Geld zu verdienen, also müssen wir uns anderswie behelfen. Und wir dürfen nie, wirklich niemals Schwäche zeigen. Wenn irgendwer davon erfährt, und sei es deine beste Freundin, glaub mir, Liebes, und beherzige es: Dann sind wir erledigt!«

Seit ihrer Rückkehr schärfte die Mutter ihr diese Warnung ein. Wenn jemand nach der Reise fragte: Im Anschluss an die Wasserkur in Wiesbaden waren sie auf Familienbesuch in Danzig. Ein Aufenthalt mit spätsommerlichen Badeabenteuern in der Ostsee und einem gemeinsamen Weihnachtsfest, der greisen Großmutter zuliebe. Ohne mit der Wimper zu zucken, erzählte die Mutter selbst ihrem »Hausfreund« Gerstenbergk, der weiterhin bei ihnen wohnte, von winterlichen Schlittenpartien, die nie stattgefunden hatten, und von der angeblichen Opulenz, die bei ihren Danziger Verwandten herrschte. Adele schwieg meist dazu. Höchstens pflichtete sie der Mutter einsilbig bei, wenn die sie unter dem Tisch anstieß. Das täglich dichter werdende Lügengespinst zur Verschleierung der wahren Umstände drückte mehr auf ihre Seele als die Armut selbst.

Auch wenn sie die Notwendigkeit bezweifelte, hielt sie sich an das Versprechen, das sie der Mutter gegeben hatte. Nicht einmal Ottilie kannte die Wahrheit. Doch die Geheimniskrämerei entfremdete Adele noch mehr von ihrer Freundin, als es durch deren Heirat ohnehin schon der Fall war. Wieder einmal konnte sie sich einzig ihrem Tagebuch anvertrauen.

Eine Mitwisserin gab es allerdings: Sibylle, mit der sie sich nun regelmäßig schrieb. Die neue Freundin hatte sich so besorgt nach dem Grund ihrer überstürzten Abreise erkundigt, dass sie ihr die Wahrheit enthüllt hatte, ehe die Mutter auf Geheimhaltung bestand. So war Sibylle nun der einzige Mensch, mit dem sie offen über ihre Nöte sprechen konnte. Trotz der Entfernung fühlte sie sich ihr näher als allen Bekannten, die sie täglich umgaben.

Was sie jedoch auch Sibylle verschwieg, war die Tatsache, dass ihre Mutter unfähig war, mit Geld umzugehen. Leider hatte Arthur in dieser Hinsicht nicht ganz unrecht, wie sie erst jetzt feststellte, da sie sich selbst mit der Hauswirtschaft befasste. Ihre Mutter neigte zu Verschwendung. An ein Leben in Wohlstand gewöhnt, hatte sie nie gelernt, mit begrenzten Mitteln auszukommen. Sie konnte oder wollte nicht einsehen, dass sie ihren Lebensstil ändern musste. Unbeirrt belohnte sie sich für jede noch so kleine Ersparnis mit einem doppelt so teuren Luxus an anderer Stelle. Wenn es so weiterging, würden die kümmerlichen Einkünfte aus dem verbliebenen Vermögen nie und nimmer für das gesamte Jahr reichen. Adele gönnte Arthur den Triumph nicht, seine Vorhersage erfüllt zu sehen. Also beschloss sie, Geld hinzuzuverdienen.

Die Mutter war entsetzt. »Du willst Unterrichtsstunden geben? Ja, bist du von allen guten Geistern verlassen? Wie oft muss ich mir den Mund noch fusselig reden? Wir wahren den Schein, koste es, was es wolle!«

»Ich deklariere es als Zeitvertreib, als Liebhaberei. Mir wird die Zeit lang, und es bereitet mir Freude, Kinder in Klavier, Zeichnen und Französisch zu unterrichten. Ohnehin gelte ich als Blaustrumpf. So ist dieser Ruf einmal von Vorteil.«

»Aber du lässt dich bezahlen!«

»Sie glauben, ich spare auf ein Geschenk für dich, ein teures Lorgnon zum Lesen.«

»So etwas habe ich schon.«

»Du verwendest es nie vor anderen. Auch ich kann andere täuschen, wenn es sein muss.«

»Die Leute werden es durchschauen.«

»Sieh dir bitte das Haushaltsbuch an und sag mir, was du zu tun gedenkst! Willst du Gerstenbergk um Geld bitten?«

»Auf keinen Fall! Ich mache mich doch nicht abhängig! Er liegt mir auch so schon ständig wegen Heirat in den Ohren.«

»Finde einen Weg oder erlaube meine Unterrichtsstunden«, beharrte Adele. »Irgendeinen Tod musst du sterben.«

Ihre Mutter blickte sie unzufrieden an. »Also, ich muss schon sagen: Fast schlimmer als die Knauserei sind die ständigen Diskussionen mit dir. Wo habt ihr nur alle diesen Geiz her?«

»Von dir jedenfalls nicht, Mama, leider«, konnte Adele sich nicht verkneifen zu sagen.

Das Thema Unterrichtsstunden hing noch in der Schwebe, als Frau Ludekus, ihre Vermieterin, die über ihnen wohnte und immer noch regelmäßig die Teegesellschaften der Mutter beehrte, sie zu Kaffee und Kuchen einlud.

»Schön, Sie wieder einmal hier zu haben«, begann sie, während Adele und die Mutter verhalten an dem bitteren Gebräu nippten. Sie waren Teetrinkerinnen, seit der Kakao aus Kostengründen gestrichen war. Frau Ludekus räusperte sich und fuhr dann fort: »Sicher haben Sie lediglich vergessen, dass die Jahresmiete für Ihre Wohnung seit einigen Wochen aussteht.«

Erschrocken blickte Adele von ihrem Kaffee auf. Sie hörte davon zum ersten Mal.

Ihre Mutter ließ sich nichts anmerken. »Wie unangenehm, natürlich, wo habe ich nur meinen Kopf?«, sagte sie mit einem entschuldigenden Lächeln. »Ich werde sofort alles Nötige veranlassen.«

Die Vermieterin winkte ab. »Wir sind alle nur Menschen.«

Während sie seelenruhig über neue Theaterstücke plauderte, trank die Mutter ihre Tasse aus. Beim Abschied sagte sie: »Es könnte einige Tage dauern, bis der Wechsel angewiesen ist. Mein Bankier sitzt, wie Sie wissen, in Danzig. Die Post dahin dauert.«

»Es hat keine Eile«, beschwichtigte Frau Ludekus. »Und nehmen Sie mir die Erinnerung nicht übel.«

Zurück in den eigenen Räumen, tigerte die Mutter händeringend auf und ab. »Was mache ich bloß?«

Adele hatte im Stillen bereits einige Berechnungen angestellt. »In der Kasse sind noch etwa zweihundert Taler. Wenn wir unauffällig etwas Schmuck verkaufen, müsste es reichen.«

Wortlos ging die Mutter zum Küchenschrank, holte die kleine Holzkiste hervor, in der sie ihre gesamte Barschaft aufbewahrten, und klappte sie auf. Sie war bis auf wenige Silberstücke leer.

Adele traute ihren Augen nicht. »Wie kann das sein?«

»Unsere Theaterplätze für die Saison waren fällig …«

Entnervt schüttelte Adele den Kopf. »Ich habe dir doch gesagt, wir nehmen günstigere.«

»Na, hör mal, wie sieht das aus?«

»Aber selbst dann …« Adele rechnete. »Es kann nicht alles weg sein.« Hoffnungsvoll sah sie ihre Mutter an. »Bestimmt hast du es nur verlegt?«

»Es wurden auch Spenden gesammelt für diese kranke Schauspielerin …«, erklärte die Mutter mit gesenktem Blick.

»Du hast unser letztes Geld verschenkt?!«

»In solchen Fällen lässt man sich nicht lumpen«, lautete die energische Antwort. »Und nun genug der Vorwürfe, die helfen uns auch nicht weiter.«

Adele ließ sich auf einen Küchenstuhl sinken. Sie würden ihr Dach über dem Kopf verlieren.

»Dass ich mich pausenlos mit Geld befassen soll«, jammerte ihre Mutter jetzt. »Ich hasse dieses Kaufmannsdenken!«

Fieberhaft dachte Adele nach. Wenn sie allen Schmuck der Mutter verkauften, könnten sie die Miete bezahlen. Aber wie sollte es weitergehen? Wovon würden sie leben? Sie sah nur einen Ausweg, und der war unerfreulich. Ihre einzige Möglichkeit, auf anständige Weise ausreichend viel Geld zu verdienen, bestand darin, sich als Gouvernante zu verdingen. In den Journalen, die unter den Bekannten ihrer Mutter zirkulierten, fanden sich immer auch Stellenanzeigen. Bei russischen Aristokratenfamilien waren gebildete Gouvernanten aus Deutschland sehr beliebt.

Sie sammelte sämtliche Zeitschriften ein, die in den Gesellschaftszimmern auslagen, und las sich die entsprechenden Annoncen durch. Mit jedem Gesuch wurde ihr kälter ums Herz. Sie würde mindestens nach Petersburg ziehen müssen, wenn nicht gar nach Moskau. Die reichen Familien, bei denen sie wohnen würde, warben damit, dass die Gouvernante ein beheiztes Zimmer bekomme und mit den Kindern gemeinsam essen dürfe. Adele sah sich schon im russischen Winter mit heiserer Stimme verzogenen Aristokratentöchtern Vokabeln eintrichtern, während die aus ihrer Verachtung keinen Hehl machten. Abends würde sie dann in ihrem spärlich beheizten Dienstbotenzimmer im Schein einer rußigen Öllampe einsam ein Buch lesen, nachdem sie die tote Spinne entfernt hatte, die ihre Schützlinge ihr zum Spaß unter die Bettdecke gelegt hatten.

In der Hoffnung, wenigstens in Berlin oder Hamburg eine

Anstellung zu finden, verließ Adele die Wohnung, um weitere Zeitschriften zu besorgen. Sie suchte Goethe auf, der ganze Stapel solcher Druckerzeugnisse aus allen Sparten der Wissenschaft abonnierte, und traf dort auf Ottilie, deren Ehemann seine krankhafte Eifersucht inzwischen etwas besser im Griff zu haben schien. Offenbar war sein Vater eingeschritten und hatte ihn zur Raison gebracht.

Erfreut, sie zu sehen, suchte Ottilie bereitwillig alle Journale zusammen, die sie finden konnte, und erkundigte sich, was sie damit vorhatte. Zu gerne hätte Adele der Freundin ihr Herz ausgeschüttet, doch sie hielt sich an ihr Schweigegelübde und behauptete, ihre privaten Studien in Literatur und Naturwissenschaften damit voranbringen zu wollen. Fast erleichtert, der Freundin nicht länger ins Gesicht lügen zu müssen, machte sie sich schon bald mit ihrer Beute auf den Heimweg.

Nachdem sie Umhang und Schute abgelegt hatte, wollte sie sich in ihr Zimmer zurückziehen, doch die Mutter nahm sie an der Hand und führte sie in den Salon, wo Gerstenbergk selbstzufrieden große Schlucke aus einem Weinglas trank.

»Wenn es euch nichts ausmacht, würde ich gerne ein wenig lesen«, versuchte Adele, sich dem Wunsch der Mutter nach ihrer Gesellschaft zu entziehen.

»Erst stößt du mit uns an«, widersprach die und drückte ihr einen Kelch in die Hand. »Es gibt gute Neuigkeiten: Die Miete ist bezahlt!«

Adele konnte es kaum glauben. »Wie ist das möglich?«

Ihre Mutter deutete mit dem Kopf auf den Hausfreund. »Georg war so freundlich, uns das Nötige vorzustrecken.«

Adele blickte verblüfft zwischen der Mutter und Gerstenbergk hin und her. »Das ist sehr großzügig«, murmelte sie.

Später, als sich eine Gelegenheit unter vier Augen ergab, fragte sie die Mutter: »Aber du wolltest doch niemals Geld von ihm leihen?«

»Bevor du dich nach Russland verkaufst...« Ihre Mutter zeigte auf eine Zeitschrift mit angekreuzten Stellenangeboten. »Sie lag aufgeschlagen auf dem Tisch.«

Adele wurde rot. Ihr zuliebe war die Mutter also über ihren Schatten gesprungen. »Das hat dich sicherlich große Überwindung gekostet«, sagte sie.

»Ich habe uns die Suppe eingebrockt, ich löffele sie auch aus«, erklärte ihre Mutter und fügte mehr zu sich selbst hinzu: »Hoffen wir, dass sie nicht allzu salzig schmeckt.«

Die Befürchtung der Mutter, Gerstenbergk könne eine Gegenleistung erwarten, erwies sich als nur allzu berechtigt. Von nun an hörte Adele die beiden immer häufiger hinter verschlossenen Zimmertüren hartnäckige Auseinandersetzungen führen. Gerstenbergk wollte unbedingt heiraten, die Mutter weigerte sich standhaft.

»Warum können wir nicht leben wie andere Leute?«, bedrängte er sie wieder einmal, als Adele vom Zeichenunterricht heimkehrte, den sie neuerdings zwei Nachbarstöchtern erteilte. Die Mutter der Mädchen hatte von sich aus angefragt, sodass sie hatte zusagen können, ohne Aufsehen zu erregen.

Als Adele eintrat, stockte der Hausfreund kurz, entschied sich aber dann, einfach weiter auf ihre Mutter einzureden. »Wir leben zusammen. Ich habe eine gute Stellung. Was ist falsch an mir, dass du immerfort nein sagst?«

»Also, bitte! Nicht vor dem Kind!«, bremste die Mutter.

»Von mir aus vor der ganzen Welt«, beharrte er. »Das Kind ist übrigens dreiundzwanzig, ich nehme an, sie ist im Bilde.« Er sah Adele an. »Könnten Sie sich vorstellen, dass ich Ihre Mutter heirate?«

Aus dem Augenwinkel bemerkte sie, wie ihre Mutter hinter Gerstenbergks Rücken warnend den Kopf schüttelte. »Das ist eure Angelegenheit«, erwiderte sie ausweichend.

Als sie später mit der Mutter allein war, sprach sie sie auf das Thema an. »Falls es an mir liegt ... ich würde mich nicht widersetzen. Er ist gut zu dir. Die Geldnot wäre Vergangenheit. Du wärest abgesichert.«

»Es hat weder mit dir zu tun, noch mit ihm«, winkte ihre Mutter ab. »Ich bin es selbst.«

»Darf ich den Grund wissen?«, fragte Adele.

»Du merkst es sicher auch: Schon durch meine Schulden bei ihm hat sich vieles verändert«, gab die Mutter zögernd zu. »Bisher war ich stets diejenige, die bestimmt hat. Durch eine Heirat würde ich auch meine restliche Macht über ihn verlieren. Schlimmer noch, meine ganze Freiheit. Ich wäre sein Eigentum. Und ich bräche ein Versprechen, das ich mir selbst gegeben habe: Auf meine Art bin ich deinem Vater treu. Er soll mein einziger Ehemann bleiben.«

Berührt von den selten offenen Worten der Mutter, gab Adele sich zufrieden. Sooft Gerstenbergk danach das Gespräch auf die Heirat brachte, stellte sie sich auf ihre Seite.

Nach einigen Wochen ebbten die Auseinandersetzungen zu Adeles Erleichterung ab. Gerstenbergk schien ein Einsehen zu haben und von seinen Plänen Abstand zu nehmen. Über Heirat wurde fortan nicht mehr gesprochen.

In Adeles Beisein erwähnte er auch die Schulden nie, obwohl ihm klar sein musste, dass die Mutter sie nicht würde zurückzahlen können. Adele vermutete sogar, dass er ihr im Stillen weiter Geld lieh. Er schien sie wirklich zu lieben. In jedem Fall legte er in dieser Hinsicht eine noble Haltung an den Tag.

Auch sein Verhalten Adele gegenüber änderte sich. Hatten sie über die Jahre hinweg in einer Art angespanntem Waffenstillstand nebeneinanderher gelebt, so bemühte er sich plötzlich um sie. Er fragte sie nach ihrer Meinung zu seinen Gedichten, sprach mit ihr über Bücher, die sie beide gelesen hatten, ja, er bat sie sogar, ihn in der Kunst des Scherenschnitts zu unterrichten. Sie konnte sich keinen rechten Reim darauf machen. Der Verdacht beschlich sie, dass er seine Heiratsabsichten heimlich weiterverfolgte und sie als Verbündete gewinnen wollte, um die Mutter umzustimmen. Eine andere Erklärung gab es nicht.

Eines Abends, als er ihr eines seiner Gedichte zur Beurteilung vorlegte, verabschiedete sich die Mutter zu einem Damenkränzchen, sodass Adele zum ersten Mal seit langem mit ihm allein war. Sie versuchte zu verbergen, wie wenig angenehm ihr diese Zweisamkeit war, und vertiefte sich in das Gedicht, das sie wie alle anderen aus seiner Feder pathetisch und mittelmäßig fand. Bei Gerstenbergk meinte sie ebenfalls eine gewisse Anspannung zu verspüren, die auch nicht wich, als sie das Gedicht wider besseres Wissen lobte. Ob er die Gelegenheit nutzen wollte, sie zu seiner Verbündeten zu machen, was seine fortgesetzten Absichten im Hinblick auf die Mutter betraf? Da sie nicht den geringsten Wunsch verspürte, sich seine Herzensergüsse anzuhören, plauderte sie unentwegt über sein Gedicht, dessen Vorzüge sie in allen Einzelheiten hervorhob. Es gelang ihr tatsächlich, ihn am Reden zu hindern, allerdings ließ er sich neben ihr am Tisch nieder, vorgeblich, um einige Reime mit ihr gemeinsam zu verfeinern. Er zog seinen Stuhl dicht heran, beugte sich über das beschriebene Blatt und kam ihr dabei so nahe, dass sich ihre Köpfe beinahe berührten. Er schien nicht das geringste Gespür für den Abstand zu besitzen, den sie von ihm einzuhalten wünschte. Der herbe Geruch seines parfümierten Haarpuders stach ihr in die Nase, seine Schulter berührte die ihre. Als er nach Feder und Tinte griff, um einige Worte zu ändern, streifte seine Hand ihren Arm. Unangenehm berührt, rückte sie von ihm ab, doch kurze Zeit später saß er erneut dicht neben ihr. Er schien überhaupt nicht zu bemerken, wie aufdringlich sie sein Benehmen fand.

Adele schob ihren Stuhl zurück und sagte gähnend, dass sie

sich für die Nacht zurückziehen wolle. Er bat sie jedoch eindringlich, ihn nicht mitten bei der Arbeit im Stich zu lassen, da er das Gedicht anderntags dem Großherzog vorlegen wolle. Widerstrebend setzte sie sich wieder, allerdings auf die andere Tischseite, in sicherer Entfernung. So glaubte sie zumindest, bis er auf der Suche nach den kritischen letzten Versen aufsprang und im Raum auf und ab ging, um sich, von einer Erleuchtung erhellt, wieder unmittelbar neben ihr auf einen Stuhl zu werfen, wobei sein Bein an ihrem Knie zur Ruhe kam. Ein unguter Verdacht überfiel sie. Inzwischen war kaum mehr vorstellbar, dass sein dreistes Verhalten reiner Gedankenlosigkeit entsprang und nicht einer widerwärtigen Absicht. Andererseits war das völlig unmöglich. Er war der Liebhaber ihrer Mutter. Sie musste sich irren.

Plötzlich legte sich seine Hand auf ihre, und er bat sie, die Augen zu schließen, um die Liebesverse in sich aufzunehmen, die sein Gedicht krönen sollten. Angewidert starrte sie auf die haarige Männerhand, die sich rau und trocken anfühlte. Ruckartig stand sie auf, murmelte etwas von übermächtiger Schläfrigkeit und verließ verstört den Raum. Für den Rest des Abends schloss sie sich in ihrem Zimmer ein.

Auch als vertraute Geräusche ihr anzeigten, dass die Mutter wieder im Hause war, konnte sie nicht einschlafen. Wie sollte sie ihr von dem Vorfall berichten? Würde sie ihr glauben? Was würde dann geschehen? Erst in den frühen Morgenstunden schlief sie ein.

Als sie aufstand, hatte Gerstenbergk glücklicherweise bereits das Haus verlassen. Die Mutter saß noch geruhsam am Frühstückstisch. Heiter begrüßte sie Adele, erzählte amüsanten Klatsch vom Damenkränzchen und erkundigte sich arglos, wie sie den Abend verbracht hatte.

Adele nippte stumm an ihrem Tee. Sie überlegte, ob sie das

Erlebnis nicht besser für sich behielt und in Zukunft dafür sorgte, nicht mehr mit Gerstenbergk allein zu sein.

Die Mutter hatte ihre Frage scheinbar schon wieder vergessen. Fröhlich verkündete sie, dass sie auch den heutigen Abend auswärts verbringen werde. Derzeit hagele es Einladungen.

Adele gab sich einen Ruck. »Ich habe etwas auf dem Herzen, Mama. Ich weiß nicht recht, wie ich es in Worte fassen soll ...«, begann sie.

»Einfach heraus damit, das ist immer das Beste.« Ihre Mutter lächelte aufmunternd.

»Es betrifft auch dich. Ich fürchte, es wird dich verletzen.«

»So?« Die Mutter runzelte die Stirn.

Adele schwieg. Das Vorgefallene erschien ihr auf einmal unaussprechlich.

»Nun spann mich nicht auf die Folter, Liebes.«

»Es geht um Gerstenbergk«, gestand Adele. »Möglicherweise irre ich mich auch, ich hoffe es sehr, aber ... Gestern Abend hat er sich ... etwas merkwürdig benommen.«

»Inwiefern?«

»Wie soll ich das beschreiben?« Adele suchte nach Worten. »Versteh mich nicht falsch, Mutter, bestimmt ist alles nur ein Missverständnis, aber ... ich hatte kurz den Eindruck, Herr von Gerstenbergk macht mir Avancen.« Unbehaglich blickte sie auf ihre Füße. Sie war fast sicher, dass ihre Mutter diese Unterstellung empört zurückweisen würde, zum Hirngespinst erklären, eine Entschuldigung von ihr fordern. Zu ihrer grenzenlosen Überraschung geschah das Gegenteil.

»Das hast du ganz richtig aufgefasst«, sagte die Mutter ruhig. »Übrigens unterstütze ich das.«

Adele traute ihren Ohren nicht. »Du bist einverstanden, wenn dein sogenannter Hausfreund deiner Tochter den Hof macht?«

»Wenn man es so ausdrückt, klingt es natürlich hässlich.

Aber sieh es doch einmal von einer anderen Seite«, erklärte ihre Mutter ungerührt. »Neulich hast du selbst betont, wie vorteilhaft eine Heirat mit Gerstenbergk wäre. Ich will und werde ihn nicht heiraten. Aber anders als ich könntest du wirklich einen Ehemann gebrauchen.«

»Wie bitte?«, stieß sie fassungslos hervor.

»Du bist dreiundzwanzig Jahre alt. Ich sehe keinen anderen Bewerber. Ehrlich gesagt sehe ich nicht einmal, dass du einen Mann suchst. Daraus schließe ich: Dir scheint die Liebe nicht so wichtig zu sein. Eine Ehe mit Gerstenbergk würde also nichts durchkreuzen.«

»Das kann nicht dein Ernst sein!« Adele war so verstört, dass sie stotterte. »Erstens, er ist dein Mann. Zweitens, ich will ihn nicht. Im Gegenteil!«

»Mein Kind, du hast mich falsch verstanden. Die Ehe wäre natürlich nur zum Schein. Sollte er Zweifel daran gelassen haben, wird das nicht wieder vorkommen. Alles bliebe, wie es ist.«

Mit offenem Mund starrte sie ihre Mutter an. In ihren Ohren rauschte es, ihr war regelrecht übel. »Dann ist das also deine Idee? Du selbst hast dir das ausgedacht?«

Die Antwort bestand aus einem gleichmütigen Nicken.

Wut stieg in ihr auf. Sie spürte, dass sie kurz davor war, loszuschreien. »Wie kannst du glauben, dass ich da mitmache? Ich lasse mich nicht verschachern!«

»Nun werde nicht dramatisch, Liebes. Sieh doch mal die Vorteile: Du wärest versorgt ...«

»*Du* wärest versorgt!«

»Das vielleicht auch. Wir würden alle zusammenbleiben, was mich sehr freuen würde. Aber auch wenn du es nicht glauben willst, in erster Linie denke ich an dich. Dir ist anscheinend nicht bewusst, wie viel schwieriger deine Lage mit jedem weiteren Jahr wird. Möchtest du als alte Jungfer enden, so wie deine Benimmlehrerin?«

»Ehe ich deinen Liebhaber heirate, allemal!«

»Du weißt, Georg tut alles, was ich ihm sage. Er frisst mir aus der Hand. Irgendeinen Mann musst du heiraten. Besser, es ist einer, den wir im Griff haben.«

Außer sich schüttelte Adele den Kopf. Etwas in ihr hatte die Führung übernommen, das völlig anders war als ihr sonst so zögerliches Selbst. »Es gibt kein ›wir‹, Mama. Es geht um mich! Und ich lasse mich nicht in eine Ehe drängen, nur weil du Schulden hast. Ich heirate, wen ich will! Vielleicht heirate ich gar nicht!«

»Das sagt sich leicht«, beharrte ihre Mutter. »Aber die Leute sind grausam. Sie sehen nicht dich, sie sehen nur deine gesellschaftliche Stellung. Und die will ich dir verschaffen.«

»Aber nicht so!«

»Ich bitte dich, denk in Ruhe darüber nach. Ich verspreche dir hoch und heilig, du müsstest nichts Unsittliches tun. Unser Leben ginge weiter seinen gewohnten Gang. Nur die Sorgen wären verschwunden, beide wären wir abgesichert. Du hättest sogar einen Adelstitel!« Die Mutter blickte sie beschwörend an.

Adele hielt dem Blick entschlossen stand. Noch nie hatte sie sich so im Recht gefühlt, nie ihrer Mutter so entschieden widersprochen. »Meine Antwort ist morgen dieselbe wie heute und in einem Jahr: Halt dich aus meinem Leben raus! Ich werde Gerstenbergk nicht heiraten, lieber gehe ich nach Russland!«

Adele, Sommer 1820

»Sie haben als Hauslehrer gearbeitet?« Sie musterte ihren Tischherren mit wohlwollendem Interesse. Er war nicht besonders gutaussehend, hatte aber angenehm zurückhaltende Manieren und eine ruhige, sachliche Art zu sprechen, die ihr gefiel.

Er nickte. »So habe ich mein Studium finanziert.« Erklärend fügte er hinzu: »Meine Mutter ist Witwe.«

Ottilie, die ihnen gegenübersaß, warf ein: »Herr Osann ist Gelehrter der Chemie. Er hat mit Auszeichnung promoviert.«

Osann war dieses Lob sichtlich peinlich, was Adele weiter für ihn einnahm.

»Fräulein Schopenhauer hat großes Interesse an den Naturwissenschaften«, ließ Ottilie den Chemiker wissen. Auffordernd sah sie sie an. »Habe ich nicht recht?«

»Ich interessiere mich für die Natur, insbesondere für Pflanzen«, stellte Adele richtig. »Von Chemie verstehe ich offen gesagt wenig.«

»Herr Osann beantwortet dir sicher gerne deine Fragen.« Ottilie brachte den Chemiker mit einem auffordernden Lächeln dazu, ihr beizupflichten. Sie schien sichtlich bemüht zu sein, sie beide miteinander ins Gespräch zu bringen. Adele begann sich zu fragen, ob dahinter eine bestimmte Absicht steckte.

Es war das erste Mal, dass ihre Freundin so formell zum Souper lud. Acht Gäste, bis auf Osann und Adele alles Ehepaare. Goethe wohnte an diesem Abend einer Theateraufführung bei. Sein Sohn August, Ottilies Ehemann, saß schlecht gelaunt am Tischende. Die Tischgesellschaft war gerade groß genug, um in Grüppchen zu zerfallen, die Einzelgespräche führten.

»Nun, letztlich ist alles in der Natur Chemie«, erläuterte Osann freundlich. »Auch die Pflanzen. Nehmen Sie dieses Blaukraut hier auf meinem Teller: Es ist so bläulich, weil es gesalzen ist. Träufele ich Zitrone darüber, also etwas Saures, dann wird es rot. Sehen Sie?«

Erstaunt beobachtete Adele, wie sich das Gemüse an den Stellen, an denen es mit dem Zitronensaft in Berührung kam, tatsächlich purpurn färbte. »Wie lässt sich das erklären?«, fragte sie.

»Bisher ist es nur eine Beobachtung, die tieferen Ursachen werden noch erforscht. Aber es funktioniert auch mit anderen Pflanzen, Hibiskus beispielsweise, oder mit dem Farbstoff Lackmus.«

»Ihr Beruf muss großes Vergnügen bereiten«, sagte Adele angetan. »Man schaut mit der Lupe ins Räderwerk der Natur.«

Osann lächelte. »Wenn Sie wollen, zeige ich Ihnen bei Gelegenheit einige Experimente.«

»Sehr gerne.«

Ottilie schaltete sich ein. »Passt es Ihnen morgen? Wir könnten am Vormittag bei Ihnen vorbeischauen.«

»Du bist hier unabkömmlich«, sagte ihr Ehemann kalt. Es missfiel ihm sichtlich, wie sich seine Frau um Osann bemühte.

Ottilie sah ihren Gatten auffordernd an. »Mir scheint, der Wein geht zur Neige. Hilfst du mir beim Dekantieren, Teuerster?«

Widerwillig folgte der Dichtersohn seiner Frau in die Küche. In der eintretenden Stille warf Adele dem Chemiker ein verlegenes Lächeln zu.

»Sie können gerne auch allein vorbeikommen, wenn Ihnen das nicht unangenehm ist«, sagte er freundlich.

Seine ruhige Art, seine offene Miene flößten ihr Vertrauen ein. Ohne weiter nachzudenken, willigte sie ein.

Ottilie und ihr Mann kehrten mit dem Wein zurück. August von Goethe setzte sich grimmig auf seinen Platz und verkündete, er habe sich im Datum geirrt. Der Besuch bei Osann könne stattfinden.

Ottilie warf Adele einen triumphierenden Blick zu. Offensichtlich hatte sie Wege gefunden, ihren Mann umzustimmen.

»Sehr schön«, sagte Adele und wandte sich an Osann. »Ihre Visitenkarte nehme ich dennoch gerne an mich.«

»Du wärest ohne mich gegangen?«, fragte Ottilie verblüfft.

»So gefällt es mir natürlich besser«, beeilte Adele sich zu sagen.

»Wahrscheinlich wirst du morgen dennoch auf meine Begleitung verzichten müssen«, erklärte die Freundin nun zu ihrer Verwunderung. »Der Kleine zahnt derzeit, da ist er immer so anhänglich, meist will er mich gar nicht gehen lassen. Trefft ihr euch also ruhig zu zweit.«

Als die Gäste aufbrachen, zögerte Adele ihren Abschied hinaus, bis sie mit Ottilie allein war. »Beabsichtigst du etwa, mich zu verkuppeln?«

Ihre Freundin war inzwischen eingeweiht in die Abwehrkämpfe, die sie tagtäglich gegen die absurden Pläne ihrer Mutter führte. Zwar hatte sie versucht, die Sache vor ihr zu verbergen, aber irgendwann hatte Ottilie bemerkt, dass etwas nicht stimmte. Sie gingen nun wieder häufiger miteinander spazieren, und so war ihre Freundin eines Tages, als sie Adele abholte, Zeugin von Gerstenbergks Werben geworden. Beflissen war er mit Adeles Umhang herbeigeeilt, um ihn ihr eigenhändig umzulegen. Voller Widerwillen hatte sie ihm das Kleidungsstück aus den Händen gerissen und war aus der Wohnung gestürmt. Erst auf der Straße hatte sie den Mantel angelegt. Ottilie hatte sich verwundert erkundigt, ob es häusliche Streitigkeiten gebe. Da hatte sie nicht länger an sich halten können und der Freundin ihr Herz ausgeschüttet, wobei sie sich bemüht hatte, die wirtschaftliche Not ihrer Familie möglichst im Dunkeln zu lassen.

Ottilie kannte die Mutter gut genug, um Adele beizupflichten, dass ein Einlenken nicht zu erwarten war.

Auf Adeles Frage entgegnete sie nun mit einem Schulterzucken: »Du brauchst schleunigst einen guten Ehemann. Nur dann gibt deine Mutter Ruhe.«

»Und den suchst du mir jetzt aus?«, fragte Adele stirnrunzelnd. »Darf ich das nicht selbst entscheiden?«

»Ich möchte dir helfen.«

»Osann wirkt angenehm«, räumte sie ein. »Aber ich weiß

nicht ... überhaupt heiraten? Wenn ich mir dich zum Beispiel ansehe ... warum sollte ich das wollen?«

Ottilie schien sich angegriffen zu fühlen. »So schlimm ist es auch nicht. Man gewöhnt sich dran.«

»Das gilt auch für zu kleine Schuhe oder ein Korsett«, erwiderte Adele. »Die Frage ist nur: Ist es wünschenswert?«

»Nein, die Frage ist: Was geschieht andernfalls?«, widersprach Ottilie. »Es wird nun einmal von dir erwartet. Und mit jedem Jahr, das vergeht, mehr.«

»Ich möchte mich nicht an jemanden binden, der über mich bestimmen darf. Schon mit Mutter gerate ich ja zunehmend in Konflikt, und ihre Rechte sind begrenzt.«

»So wie die Welt nun mal ist, wirst du nicht drum herumkommen, ohne Spott und Verachtung auf dich zu ziehen. Also wähle einen besseren Mann als ich. Such dir jemanden, der gut zu dir ist. Osann könnte so jemand sein.«

Als sie später im Bett lag und nicht schlafen konnte, sann sie über den Rat der Freundin nach. Die Sache widerstrebte ihr. Osann war zwar nicht abstoßend wie Gerstenbergk, aber sie fand ihn auch nicht anziehend. Genau genommen bezweifelte sie, dass sie irgendeinen Mann auf diese bestimmte Art anziehend finden konnte. Wenn sie die Augen schloss, sah sie inzwischen zwar nicht mehr Ottilie, ihre romantischen Gefühle für die Freundin waren verebbt, ohne dass sie genau hätte sagen können, wann und wie es geschehen war. Andernfalls hätte sie wohl kaum mit solcher Gleichmut deren Verkupplungsversuche über sich ergehen lassen. Die verwaiste Stelle in ihrem Herzen füllte nun aber eine Fantasiegestalt aus, die alles in sich vereinte, was sie sich von Ottilie vergebens gewünscht hatte. Dieses Traumgeschöpf war eindeutig weiblich und kein Mann, Adele konnte es nicht ändern. Vielleicht würde eine Ehe an ihrem äußeren Leben einiges vereinfachen.

Mit großer Sicherheit aber würden viele Schwierigkeiten dadurch erst entstehen.

Bevor sie am nächsten Morgen zu Osann aufbrach, sah Adele beim Betreten des Frühstückszimmers, wie ein Bankwechsel, den Gerstenbergk ihrer Mutter zugesteckt hatte, in deren Tasche verschwand.

Verärgert verschränkte sie die Arme. »Geht das jetzt so weiter?«

»Georg hat es angeboten«, rechtfertigte sich die Mutter.

Adele wandte sich an Gerstenbergk. »Erwarten Sie von mir keine Dankbarkeit.«

»Mir ist es Lohn genug, Ihnen das Leben zu erleichtern«, sagte er mit klebriger Unterwürfigkeit.

Sie schwieg ihn eisern an, bis er gezwungen war, das Haus zu verlassen, da seine Arbeit in der Residenz ihn rief.

Kaum hatte sich die Tür hinter ihm geschlossen, sagte die Mutter mahnend: »Sei nicht so schroff zu ihm. Wir schulden ihm einiges.«

»Sprich nur für dich.« Adele nahm inzwischen kein Blatt mehr vor den Mund. »Ich habe ihn nie um etwas gebeten. Und ich verstehe nicht, warum du dich tiefer und tiefer in seine Abhängigkeit begibst.«

»Was soll ich tun? Alles wird immer teurer«, erwiderte die Mutter hilflos. »Die Rechnungen wachsen mir über den Kopf.«

»Unsere Ausgaben ließen sich deutlich verringern, wenn du nur wolltest.« Adele war die faden Ausflüchte wirklich leid. »Und auch für dich gäbe es Einkommensmöglichkeiten. Ich gebe inzwischen wöchentlich zehn Unterrichtsstunden, und noch niemand hat mich verdächtigt, dass ich aus Geldnot handele.«

»Bei mir würden sie es aber tun. Du bist jung, du kannst dir das erlauben, ich nicht.«

»Dann übersetz eben Gedichte, oder lass dir irgendwas anderes einfallen! Ist es wirklich zu viel verlangt, dass du zur Abwechslung auch mal überlegst, wie sich unsere finanzielle Lage verbessern ließe?«

Die Mutter blickte sie empört an. »In welchem Ton sprichst du mit mir?«

»So was passiert nun mal, wenn man den Respekt verliert. Verdien ihn dir zurück, bevor du dich beschwerst.« Ohne eine Antwort abzuwarten, verließ sie das Haus.

Osann wohnte gar nicht weit entfernt bei seiner verwitweten Mutter. Die Unterkunft war bescheiden, aber immerhin besaß er ein eigenes Zimmer für seine Studien und Experimente. Er führte sie in den etwas dunklen, feucht riechenden Raum im Untergeschoss. Eine weitere Person befand sich bereits dort, ein Freund von ihm, der ebenfalls Chemiker war. Während er Adele die Hand reichte, musterte er sie kritisch. »Sie sind also die Frau, die sich für die Wissenschaft interessiert? Wie ungewöhnlich.«

Im Gegensatz zu seinem Freund behandelte Osann sie wie seinesgleichen. Er zeigte ihr seine Reagenzien und erklärte ihr in allen Einzelheiten, an welchem Experiment sie gerade arbeiteten. Es ging um Königswasser, eine besonders starke Säure. Er ließ einen kleinen Fetzen Blattgold hineinfallen, der sich unter ihrem staunenden Blick einfach auflöste.

»Die Dame sollte mehr Abstand halten«, wurde Osann von seinem Freund ermahnt. »Nicht, dass sie sich verätzt ...«

»Solange sie nicht mit der Hand hineinfasst ...«, entgegnete Osann in aller Ruhe.

»Sehr aufmerksam, aber ich gebe schon acht«, sagte sie.

»Siehst du?« Damit war für Osann die Sache erledigt.

Adele fand seine nüchterne Art vertrauenerweckend. Es schien für ihn keine Rolle zu spielen, dass sie eine Frau war.

Als der Freund sie kurz darauf verließ, schlug Osann eine

Stärkung vor und führte Adele in die gute Stube. Seine Mutter, eine einfache, freundliche Frau, die große Stücke auf ihren einzigen Sohn hielt, brachte selbstgemachten Sandkuchen und Melissentee. Osann erkundigte sich nun seinerseits nach Adeles Neigungen. Als er hörte, dass sie Gedichte schrieb, gab er ehrlich zu, mit Poesie wenig anfangen zu können. Ihre Scherenschnitte interessierten ihn jedoch. Bevor sie aufbrach, lud sie ihn zu sich ein, damit er sie sich ansehen konnte.

Auf dem Heimweg stellte sie fest, dass sie sich auf den Gegenbesuch freute. Noch nie hatte sie mit einem Mann auf so angenehme Weise Zeit verbracht.

Zu Hause riss ihre Mutter die Wohnungstür auf, kaum dass Adele davorstand. Offensichtlich hatte sie sie bereits erwartet. Adele befürchtete weitere Auseinandersetzungen, doch die Mutter strahlte übers ganze Gesicht. »Liebes Kind, ich habe mir deine Ermahnungen zu Herzen genommen. Bald werde ich alle Schulden zurückzahlen können«, verkündete sie zufrieden.

»Und zwar wie?«, fragte Adele überrascht.

»Mitunter sieht man ja den Wald vor lauter Bäumen nicht«, meinte die Mutter kopfschüttelnd. »Es ist mir ein Rätsel, dass ich nicht früher darauf gekommen bin. Aber wie ich heute früh so vor dem Spiegel saß und über deine Worte nachdachte, hatte ich plötzlich eine Eingebung: Ich schreibe einen Roman!«

Adele war sprachlos. »Du willst Geld damit verdienen, dass du ein Buch schreibst?«

Die Mutter nickte voller Zuversicht. »Romane sind groß in Mode derzeit. Ich denke, was andere Leute können, das kann ich schon lange.«

Adele konnte ihre Skepsis nicht verbergen. »Die anderen Leute sind allesamt Männer.«

»Was tut das zur Sache?«, winkte die Mutter ab. »Übrigens stimmt es nicht ganz. Wieland hat mir im Vertrauen gestanden, dass einige seiner Veröffentlichungen von seiner Ex-Geliebten stammen, dieser La Roche, du weißt schon.« Sichtlich obenauf befüllte sie den Samowar. »Eine gänzlich ehrenhafte Art, an Geld zu kommen. Jeder wird es für mein Steckenpferd halten. Es ist die Lösung aller unserer Schwierigkeiten!«

»Stellst du dir das wirklich so einfach vor?« Adele fürchtete, dass ihre Mutter sich ein Luftschloss baute. »Ich meine, nicht jeder ist ein zweiter Dichterfürst.«

»Falls du an meinen Fähigkeiten zweifelst: Darf ich dich daran erinnern, dass meine Schilderung von Napoleons Überfall auf Weimar in den Hamburger Zeitungen abgedruckt wurde?«

»Ich weiß, dass du anschaulich schreiben kannst. Nur, welcher Verlag wird dich drucken?«

»Ich bin eine enge Freundin Goethes. Das wird mir Türen öffnen. Dann ist da Bertuch, der einen eigenen Verlag betreibt. Auch er ist ein guter Bekannter. Glaub mir, ich habe alles bedacht.«

»Dein Vorhaben wird viel Zeit in Anspruch nehmen. Ein Roman schreibt sich nicht in ein paar Wochen.«

»Ich bitte dich, wir sprechen nicht von Hexenwerk! Ein wenig Menschenkenntnis, ein bisschen Klatsch und Tratsch, hübsch ausgeschmückt, dazu eine Prise Moral, *et voilà, un roman*! Wenn ich einmal loslege, ist das schnell erledigt.«

Adele ließ es dabei bewenden. Immerhin bemühte sich die Mutter, sich aus der Abhängigkeit von Gerstenbergk zu befreien, was ein Fortschritt war. Ob wirklich Aussicht auf Erfolg bestand, war eine andere Sache. Die Zuversicht ihrer Mutter konnte sie nicht so ganz teilen. Im besten Fall war das Unterfangen ein Lotteriespiel, dessen Erfolg sich irgendwann in der fernen Zukunft zeigen würde. Sie selbst würde jedenfalls nicht darauf bauen, sondern weiterhin ihr eigenes Geld verdienen und Gerstenbergk aus dem Weg gehen.

Die Freundschaft zu Osann vertiefte sich. Adele fühlte sich in seiner Gegenwart so wohl wie sonst nur mit Frauen.

»Kannst du dir also vorstellen, ihn zu heiraten?«, erkundigte sich Ottilie auf einem ihrer Spaziergänge.

»Ehrlich gesagt verspüre ich keine zarten Gefühle für ihn«, gab sie zu. »Und ich vermute, umgekehrt ist es genauso. Wahrscheinlich kommen wir deshalb so gut miteinander aus.«

»Darauf kann man doch aufbauen«, sagte Ottilie. »Die Liebe wird sich entwickeln, vertrau mir.«

Adele war fast sicher, dass die Freundin genauso wenig daran glaubte wie sie selbst. Also zuckte sie nur mit den Schultern.

»Apropos ...« Ottilie machte sie auf Gerstenbergk aufmerksam, der, den Vorplatz der Residenz überquerend, auf sie zusteuerte. Er trat ihnen in den Weg und begrüßte Adele mit einer übertrieben galanten Verbeugung. »Das Schicksal meint es gut mit mir. Ich wollte Sie heute früh schon fragen, aber Sie waren noch nicht auf den Beinen: Würden Sie mir die Freude machen und mich später ins Theater begleiten?«

»Was ist mit Mutter?«, fragte sie ausweichend.

»Sie hat zu tun.« Einer der Nachteile des Romanschreibens war, dass man für nichts anderes mehr Zeit fand. Adele bereitete es nun noch mehr Mühe, den Hausfreund abzuwehren, der sich bei jeder Gelegenheit an sie hängte.

»Leider ist sie heute bereits vergeben«, mischte Ottilie sich ein. »Sie begleitet ihren Verlobten.«

Adele traute ihren Ohren nicht. Was war nur in ihre Freundin gefahren?

Auch Gerstenbergk rang sichtlich um Fassung. »Verlobt? Sie? Warum weiß ich nichts davon? Ist Ihre Mutter schon im Bilde?«

Adele war so perplex, dass ihr keine Antwort einfiel.

»Nun, es ist noch ganz frisch«, half Ottilie aus und setzte entschuldigend hinzu: »Vielleicht hätte ich nicht damit herausplatzen sollen. Aber Herr Osann ist ja ein respektabler junger Mann. Niemand kann Einwände gegen die Verbindung haben.«

»Gottfried Osann? Der Chemiker?« Gerstenbergk starrte Adele an.

Sie zuckte mit den Achseln und hoffte, dass es wie Zustimmung wirkte.

»Ich hätte gedacht, dass Ihre Mutter und ich zuallererst benachrichtigt werden«, stieß er gekränkt hervor und verabschiedete sich eilig.

»Was bezweckst du damit?«, fragte Adele, sobald er außer Hörweite war.

»Willst du mir nicht danken?«, fragte Ottilie zurück. »Ich habe deinen Abend gerettet. Und ganz grundsätzlich: So bist du ihn endlich los!«

»Osann und ich sind aber nicht verlobt«, erinnerte Adele sie.

»Jetzt seid ihr es, wenigstens denken das die Leute.«

Als sie nach Hause kam, hatte ihre Mutter die Neuigkeit schon vernommen. Sie schoss aus ihrer Schreibstube hervor. »Hat man Töne! Warum hast du denn nichts erzählt?«

Adele setzte zu einer Beichte an, doch die Mutter schloss sie in die Arme und drückte sie fest an sich.

»Ich freue mich für dich, Liebes! Und ich gestehe ganz offen: Es nimmt mir eine große Sorge vom Herzen.« Liebevoll sah die Mutter sie an. »Auch wenn du es manchmal nicht verstehst, ich habe immer nur dein Wohl im Auge. Aber Gottfried Osann ist natürlich ein viel besserer Ehemann! Georg wird mir zustimmen, wenn sich die Überraschung erst einmal gelegt hat.«

Adele biss sich auf die Zunge. Sollte sie den Irrtum richtigstellen oder lieber nicht? Als Osanns Verlobte hätte sie endlich Ruhe vor der Mutter und vor Gerstenbergk. Während die Waagschale sich immer klarer dem Schweigen zuneigte, kündigte das Mädchen Osanns Besuch an. Adele erschrak. Alles würde auffliegen. Sie holte Luft, um doch noch die Wahrheit zu bekennen, als ihr angeblicher Verlobter auch schon eintrat.

Er nickte der Mutter höflich zu und wandte sich dann an sie. »Darf ich Sie heute ins Theater entführen? Man sagt mir, das Stück interessiert Sie.«

»Sie haben mit Ottilie gesprochen?«, fragte sie vorsichtig.

Osann nickte.

»Vor mir müsst ihr euch nicht verstellen, Kinder«, mischte sich ihre Mutter ein. Sie strahlte Osann an. »Herzlich willkommen in der Familie.«

Adele blickte auf ihre Schuhspitzen und wünschte, die peinliche Szene, die nun folgen würde, wäre schon vorbei. Doch dann brachte Osann nur ein verwundertes »Danke« hervor, nannte ihr die Zeit, zu der er sie abholen würde, und verließ das Haus, weil sein Taschenwecker ihn zu einem Experiment rief.

Als sie abends auf dem Weg zum Theater waren, klärte sie ihn verlegen über das Missverständnis auf. »Sie können sich nicht vorstellen, wie unangenehm es mir ist, aber jemand hat das Gerücht gestreut, wir seien verlobt.«

Osann ging ein Licht auf. »Ich habe mich schon gefragt, was Ihre Mutter meinte.«

»Sie denken hoffentlich nicht, dass ich daran beteiligt bin.«

»Das würde ich nie denken.« Osann zuckte mit den Achseln. »Die meisten Menschen können sich eine platonische Freundschaft zwischen Mann und Frau nicht vorstellen.«

»Wie es dazu gekommen ist, weiß ich nicht«, log sie. »Wir müssen die Sache jedenfalls aufklären, die Frage ist nur, wie?«

»Sollen die Leute doch reden«, sagte er gleichmütig. »Was schert uns das?«

Verblüfft blieb sie stehen. »Ist das Ihr Ernst?«

Er nickte. »Meiner Erfahrung nach halten sich Gerüchte umso hartnäckiger, je eifriger man sie aus der Welt zu schaffen sucht. Im Übrigen, wen außer uns beiden geht es etwas an?

Wenn Sie also keine Einwände haben, lassen wir die Sache einfach auf sich beruhen.«

Sie sah ihrem Begleiter staunend ins Gesicht. Er warf ihr ein flüchtiges Lächeln zu und ging weiter. Während sie neben ihm herlief, kam ihr der Gedanke, dass er eine Verlobung mit ihr möglicherweise gar nicht so abwegig fand. Sie trafen sich seit Wochen beinahe täglich, er schien ihre Gegenwart zu schätzen. Vielleicht hatte Ottilie ins Schwarze getroffen, und er war tatsächlich nicht abgeneigt.

Sie war selbst überrascht, dass ihr diese Vorstellung wohltat. Verstohlen musterte sie ihn von der Seite. Wenn sie ihn auch immer noch nicht hübsch fand, erschien er ihr doch durchaus einnehmend. Seine Gesichtszüge waren feingeschnitten, fast mädchenhaft. Seine friedfertige Stimme gefiel ihr, ebenso wie seine unaufdringliche Art. Oder lag es womöglich nur daran, dass sie sich geschmeichelt fühlte?

Kurz bevor sie aus der schmalen Gasse auf den Theaterplatz traten, blieb Osann stehen. Er holte tief Luft, zögerte noch einen Moment und sagte dann: »Ich muss Ihnen etwas gestehen …«

Ihr stockte der Atem. Sollte das Gerücht Wirklichkeit werden? Aufmunternd sah sie ihn an.

Osann atmete erneut tief durch. »Ich habe mich auf eine Professur an einer Universität im Baltikum beworben. Gestern habe ich die Zusage erhalten.«

Adele konnte ihre Bestürzung nicht verhehlen. »Sie gehen weg von hier?«

»Ich reise kommende Woche ab. Es geht alles schneller als erwartet.«

Die Enttäuschung war doppelt groß. Nicht nur zerschlug sich ihre lächerliche Hoffnung, nein, sie würde auch ihren derzeit besten Freund verlieren. »Nun, ich … das ist wirklich bedauerlich«, murmelte sie.

»Ich werde so manches in Weimar vermissen. Vor allem Sie, das gebe ich freimütig zu. Aber ich habe hier keine berufliche Perspektive. Drei, vier Jahre in Tartu, und ich bin ein gemachter Mann.« Während sie versuchte, sich zu sammeln, zog er ein kleines Ledersäckchen aus der Westentasche. »Darf ich Ihnen das hier verehren?«

Für einen Moment erwartete sie, doch noch die runde Form eines Rings durch das feine Leder hindurch zu erspüren. Aber der Gegenstand war eckig, voller Spitzen und Kanten. Sie packte ihn aus. Es war ein halbtransparenter, heller Kristall.

»Ein Rutil«, erklärte Osann. »Er verändert bei Wärme die Farbe, ein sonderbares chemisches Verhalten.«

Adele nickte. Sie hatten neulich darüber gesprochen. Artig bedankte sie sich.

»Es würde mich freuen, wenn Sie mir gelegentlich schrieben«, sagte ihr Begleiter nun.

»Sehr gerne. Und Sie mir«, presste sie hervor.

Wenige Tage darauf reiste er ab. Sie fand sich zum Abschied an der Poststation ein. Während der Kutscher ein letztes Mal die Pferde tränkte, reihte sie sich hinter den Chemikerfreunden ein, die Osann einer nach dem anderen nüchtern die Hand schüttelten und anschließend ihrer Wege gingen, ohne auf die Abfahrt der Kutsche zu warten. Als Adele als Letzte vor ihm stand, nahm er die dargebotene Hand in beide Hände, führte sie ganz unerwartet zu den Lippen und hauchte einen Kuss darauf. Während sie noch verwirrt der warmen Berührung nachspürte, hob er den Kopf und blickte ihr wehmütig in die Augen. »Denken Sie manchmal an mich. Das wird es mir in der Ferne leichter machen.«

Im nächsten Moment saß er in der Kutsche, gedrängt vom Postillon, der zur Abreise blies. Schon setzte sich der Wagen in Bewegung, ein letzter Blick durch das rückwärtige Fenster, dann beschrieb die Gasse eine Kurve, und der Freund war verschwunden.

Während Adele auf Umwegen nach Hause zurückging, fand sie den Rutil in ihrer Tasche. Sie umschloss ihn mit den Fingern. Versonnen fragte sie sich, ob es zwischen Osann und ihr nun ein Einvernehmen gab, ob sie sein bescheidenes Werben vorher nicht erkannt hatte, ob sie auf halb ausgesprochene Art nun tatsächlich verlobt waren. Es war ein wärmendes Gefühl, das den Abschiedsschmerz linderte.

8 Papier und Tinte

Adele, Sommer 1821

Im Schatten einer Trauerweide direkt am Flussufer breitete Adele ein Wollplaid aus. Dann zog sie ihr elfenbeinernes Papiermesser hervor und schnitt die Bögen des frisch aus der Druckerei gelieferten Buches auf, das die Mutter ihr am Vortag voller Stolz überreicht hatte. Bequem mit dem Rücken an den Baum gelehnt, schlug sie die erste Seite auf.

Ihre Mutter hatte monatelang fast rund um die Uhr in ihrer kleinen Schreibstube verbracht. Bei den gemeinsamen Mahlzeiten oder beim wöchentlichen Teezirkel hatte sie kein Wort darüber verlauten lassen, wie sie vorankam. Obwohl sie sonst so redselig war, wich sie nun allen Fragen zu ihrer Dichtung mit nichtssagenden Floskeln aus. Für ihre Tochter hatte sie keine Ausnahme gemacht. »Kommt Zeit, kommt Rat.«

Anfangs war Adele nicht einmal sicher gewesen, ob die Mutter überhaupt eine klare Vorstellung von dem hatte, was sie hervorbringen wollte. Man sah und hörte nichts von ihr, nur gelegentlich öffnete sie die Tür einen Spalt breit und bat um einen frisch gespitzten Bleistift, ein Schreibgerät, das sie Gänsekiel und Metallfeder vorzog. Der Abnutzung der Stifte nach zu urteilen, hatte sie bereits zahlreiche Seiten gefüllt. Aber dass am Ende wirklich ein Roman stehen würde, der als gedrucktes Buch erscheinen konnte, hatte Adele angezweifelt, bis die Mutter ihr den Brief des Verlegers zeigte. Adele konnte nicht leugnen, dass sie auch jetzt noch, mit dem ungelesenen Buch in den Händen, eher beunruhigt als vorfreudig war. Ihre Mutter war unberechenbar, mal brach sie auf ins Paradies der Geistesgrößen und landete im Krieg oder ging bankrott, mal bot sie bewaffneten Soldaten die Stirn und blieb als Einzige verschont. Nie konnte man vorhersagen, auf welcher Seite die Münze landen würde. Adele hoffte, dass sich die Mutter, die so viel Wert auf ihre Freundschaften mit den begabtesten Dichtern des Landes legte, mit ihrem Roman nicht vor aller Welt blamierte.

Adele hatte das Buch nicht lesen wollen, während die Autorin im Nebenzimmer saß. Selbst der Schlosspark war ihr zu nah erschienen. So war sie fast eine Meile bis zu der menschenleeren Uferbank der Ilm gewandert, die durch ein größeres Waldstück von der Stadt getrennt war. Falls ihre Befürchtungen zutrafen, konnte sie sich hier in Ruhe sammeln, ehe sie der Mutter gegenübertrat.

Die Sonne sank hinter die westlichen Flussauen, doch Adele las und las, bis die Buchstaben vor ihren Augen tanzten. Ihre Besorgnis war Staunen gewichen, gefolgt von Erleichterung und echtem Vergnügen. Das Buch war gut! Die Mutter schrieb lebendig, amüsant und heiter, mitunter etwas verworren und sprunghaft, aber immer einfallsreich, kurzum, sie schrieb, wie es ihrem Wesen entsprach. Stellenweise besaß das Buch sogar Tiefgang, doch in erster Linie wollte es unterhalten, mit einer hübschen Liebesgeschichte und schaurigen Hinderungsgründen für das Glück der Heldin. Nur die altmodischen Moralvorstellungen wirkten etwas lächerlich auf Adele. Ausgerechnet ihre Mutter!

Es war nun zu dunkel zum Weiterlesen. Bedauernd klappte sie das Buch zu. Den letzten Bogen würde sie zu Hause bei Kerzenschein genießen. Während sie die Wolldecke zusammenfaltete, hörte sie ein Geräusch in ihrem Rücken. Erschrocken wandte sie sich um und rief: »Wer ist da?«

Sie erhielt keine Antwort. Mit zusammengekniffenen Augen

versuchte sie, die Dunkelheit zu durchdringen, die plötzlich allumfassend war. Die Uferbäume, der Waldrand, alles wirkte furchteinflößend und unheimlich. Ein großer Vogel flog auf. Adele stieß einen Schrei aus.

Wie nachlässig von ihr, dass sie nicht an eine Laterne für den Rückweg gedacht hatte. Das Waldstück, durch das sie gehen musste, lag in tiefstem Schwarz vor ihr, sie konnte sich darin verirren, im Dickicht straucheln, gar verletzen. Noch ein Stück weiter von der Stadt entfernt befand sich in Flussnähe eine Mühle, deren Fenster schwach erleuchtet waren. Adele erwog, dort um Begleitung zu bitten, als sie in der Ferne ein kleines Licht bemerkte, das zitternd und hüpfend größer wurde. Nun ließ sich auch das metallene Klirren von Zaumzeug vernehmen. Eine Kutsche näherte sich. Im Lichtschein lief sie stolpernd zum Weg und winkte, um sich bemerkbar zu machen. Der Kutscher zügelte die Pferde, ein Reisender blickte aus dem Fenster und fragte nach dem Grund des Halts. Adele erkannte in ihm Friedrich Bertuch, den reichen, betagten Verleger ihrer Mutter. Erleichtert begrüßte sie ihn. Er lud sie ein, mit ihm in die Stadt zurückzufahren, und hielt ihr den Kutschschlag auf.

»Sie müssen stolz auf Ihre Mutter sein«, sagte er, während der Landauer wieder anfuhr. »Eben komme ich aus Jena, ich habe hundert Exemplare der *Gabriele* an den dortigen Buchhändler ausgeliefert.«

»Ist das nicht ziemlich viel?«, fragte Adele verwundert.

»Warten Sie Goethes Besprechung in der morgigen Literaturzeitung ab«, entgegnete Bertuch. »Danach wird es Ordern nur so hageln, darauf verwette ich mein Vermögen.«

Hatte die Mutter es also geschafft, den großen Dichter pünktlich zum Erscheinungsdatum für sich einzuspannen. Das hatte sie ihr verschwiegen. Nun ja, sie hatte ihn so viele Jahre über bewirtet und zu seinem Wohlbefinden beigetragen, da durfte sie das wohl erwarten.

»So günstig schreibt er?«, hakte Adele nach.

Bertuch nickte. »Und völlig zu Recht. Ihre Mutter schreibt sehr vergnüglich, ich habe die Seiten vor Drucklegung durchgesehen.«

Zu Hause suchte sie die Mutter gleich auf. »Es gefällt mir sehr«, sagte sie, heilfroh, die Wahrheit sagen zu können.

Die Mutter nahm ihr Lob hin, als wäre es eine Selbstverständlichkeit. »Das sagen alle. Scheinbar habe ich einen Treffer gelandet.«

»Ich höre, auch Goethe lobt dich sehr.«

Ihre Mutter nickte geschmeichelt. »Und weißt du, was er noch für mich erwirkt hat?« Sie wedelte mit einem Billett aus feinem Büttenpapier. »Der Großherzog bittet mich, vorzulesen! Ihm und dem ganzen Hofstaat, eine Matinee im großen Saal. Ist das nicht wundervoll?«

Von einem Tag auf den anderen war die Mutter eine Berühmtheit. Ihr Leben war wie umgekrempelt. Hatte ihr Bekanntenkreis zuletzt fast nur noch aus Bürgerlichen bestanden, so ging sie nun wieder in der Residenz ein und aus wie zu Zeiten der napoleonischen Besatzung. Die Adeligen, die sich in den vergangenen Jahren mehr und mehr separiert hatten, suchten wieder ihre Nähe. Auch bei den Besuchern ihres Teesalons genoss sie neuen Respekt. Hatte man früher vor allem ihr Talent als Gastgeberin geschätzt, so fragte man sie nun nach ihrer Meinung als Schriftstellerin. Plötzlich war sie den Männern ebenbürtig. Die Mutter trug es mit der ihr eigenen charmanten Nonchalance. Sie war in ihrem Element.

Blitzschnell war die erste Auflage ausverkauft, eine zweite wurde gedruckt. Niemand schien sich am Schluss des Romans zu stören, der bei Adele für schale Ernüchterung gesorgt hatte. Als sie nachts im Kerzenschein das Buch endlich zuklappte, fühlte sie sich um den glücklichen Ausgang für die Heldin betrogen, deren Hoffnungen so willkürlich und grundlos enttäuscht wurden. Sie hatte die Mutter darauf angesprochen, doch deren Antwort hatte gelautet: »Hohe Kunst ist immer tragisch, Liebes. Es wäre sonst abgeschmackt und würde die Menschen nicht rühren.«

Der Erfolg schien ihr recht zu geben. Geldsorgen gehörten bis auf weiteres der Vergangenheit an. Die Mutter gönnte ihr und sich selbst neue Kleider aus Seidentaft mit modisch tiefer Taille, dazu passende Hauben und Umschlagtücher aus feinstem Kaschmir. Auch ließ sie alle Gesellschaftsräume frisch mit taubenblauem Chintz bespannen. Zufrieden strich sie über die glänzenden Wände des Visitenzimmers, das in der neuen Farbe wirklich prächtig wirkte. »Wie habe ich das vermisst! Endlich hat der unselige Geiz ein Ende!«

»Wäre es nicht besser, ein wenig zu haushalten?«, fragte Adele, der angesichts der Ausgaben schon wieder angst und bange wurde.

»Wir werden nie wieder arm sein, Kind«, widersprach ihr die Mutter. »Bertuch hat mir bereits einen Vertrag für den nächsten Roman angeboten.«

Man hätte beinahe abergläubisch werden können. Genauso geballt, wie das Unglück sie zuvor getroffen hatte, schien ihnen nun das Glück vor die Füße zu fallen.

Die Mutter schüttelte über sich selbst milde den Kopf. »Ich könnte mich wirklich ohrfeigen, dass ich nicht früher darauf gekommen bin. Es ist eine so einfache Art, Einkünfte zu erzielen. Und so vollkommen angemessen für eine Dame.«

Inzwischen zweifelte Adele nicht mehr daran, dass auch der zweite Roman ein Erfolg werden würde. Sie schämte sich für ihren anfänglichen Mangel an Vertrauen. Die unbekümmerte Selbstsicherheit und die Tatkraft ihrer Mutter waren bewundernswert. Wieder einmal wünschte Adele, sie wäre mehr wie sie, würde weniger hadern und zaudern, würde handeln anstatt zu träumen. Aber sie war nicht aus demselben Holz geschnitzt, mit einem Fingerschnipsen ließ sich das nicht ändern.

Immerhin bedeutete der Erfolg der Mutter auch für sie eine große Erleichterung. Sogar ihr dringlichster Wunsch wurde ihr nun erfüllt. Eines Mittags nach dem Essen im Familienkreis wartete die Mutter geduldig, bis das Mädchen die Teller abgeräumt hatte. Als Gerstenbergk sich erhob, bat sie ihn, noch einen Augenblick zu bleiben. »Ich habe etwas für dich.« Damit legte sie einen Wechsel vor ihn auf den Tisch. »Das müsste die Summe all meiner Schulden sein. Ich gebe es dir gerne auch in Gold, falls du das bevorzugst.«

»Ich erwarte eigentlich keine Rückzahlung«, sagte Gerstenbergk etwas verwirrt.

»Und ich war immer fest entschlossen dazu«, entgegnete die Mutter. »Wir alle hier am Tisch sind uns hoffentlich in einem Punkt einig: Nie wieder wird zwischen uns von Ehe die Rede sein. Gewiss siehst du das auch so?«

»Natürlich«, stotterte Gerstenbergk, auf einmal hochrot im Gesicht, und knetete seine Hände.

Adele bemühte sich nach Kräften, sich ihre Genugtuung nicht anmerken zu lassen. Sie sprang auf, um ihrer Mutter frisches Obst zu bringen. Am liebsten wäre sie ihr um den Hals gefallen.

Adele, Herbst 1822

Schon an der Miene des Postbeamten erkannte sie, dass heute endlich etwas für sie dabei war. In den vergangenen Tagen war sie beinahe täglich zum Postamt gelaufen. Sie erwartete eine Sendung mit geschwärztem Papier für ihre Scherenschnitte. Der Umschlag, den der Mann ihr über den Schalter schob, war erstaunlich dick. Er stammte auch nicht von der Berliner Papiermanufaktur, bei der sie die Bestellung aufgegeben hatte. Überrascht las Adele den Namen ihres Bruders als Absender.

Neugierig riss sie das Paket schon auf der Straße vor dem Postamt auf. Zwei identische Bücher mit dem Titel *Die Welt als Wille und Vorstellung* fielen heraus. Autor war der Bruder selbst. Einen Brief dazu suchte sie vergebens. Nur auf der ersten Seite stand jeweils eine Widmung von seiner Hand: »Für meine Mutter« und »Für meine liebe Schwester mit herzlichen Grüßen«.

Nach einem Jahr des Schweigens war dies also Arthurs Antwort. Die Mutter hatte es sich nicht nehmen lassen, ihm gleich nach Erscheinen ein signiertes Exemplar der *Gabriele* zu schicken. Sie wollte es als Friedenssignal verstanden wissen, doch Adele hatte schon damals befürchtet, dass ihr Bruder die Zusendung als auftrumpfende Geste auffassen würde. Das Ausbleiben einer Antwort schien das zu bestätigen. Möglicherweise hatte er aber nur abgewartet, bis er selbst etwas vorzuweisen hatte.

Für einen Moment wirkte die Mutter bewegt, als Adele ihr das Buch ihres Sohnes überreichte. Doch wie immer hatte sie sich schnell wieder im Griff. »Hoffen wir, dass es sich leichter liest als seine Doktorarbeit mit dem Zahnarzttitel.«

Adele zog sich mit ihrem Exemplar in ihr Zimmer zurück. Das Buch fasste im Wesentlichen zusammen, was der Bruder ihr bei ihrem Besuch in Berlin als Ergebnis seiner Überlegungen erläutert hatte. Schwarz auf weiß wirkten seine Gedanken mutig, aber auch niederschmetternd. In gewisser Weise konnte man die Schrift als Aufforderung zum Selbstmord lesen. Beunruhigt fragte sich Adele, ob der Bruder mit dem Gedanken spielte, den Weg des Vaters zu beschreiten. Doch dann kam ihr seine Vorliebe für teure Kleidung in den Sinn, sein Hang zu gutem Essen und offenbar auch zu Frauen. Sie sagte sich, dass sein Lebenswille zu ausgeprägt war, als dass ihm diese Abkürzung ins Nichts wünschenswert erschienen wäre.

Sie saß an ihrem kleinen Mahagonischreibtisch und fuhr mit der Hand über den schweinsledernen Einband, in den sein Name in vergoldeten Lettern geprägt war. Sie musste zugeben, dass sie ihn beneidete, ebenso wie die Mutter. Beide kannten ihren Weg und beschritten ihn entschlossen. Nur ihr schien das nicht gegeben zu sein. Seit sie denken konnte, grübelte sie vergebens über ihre Bestimmung im Leben nach und fand sie doch nicht.

Ottilie schien nicht zu entgehen, was in ihr vorging. »Erst deine Mutter, nun dein Bruder, alle schreiben sie Bücher, nur du fehlst noch«, sagte sie, während sie im Goethe'schen Garten außerhalb der Stadt die ersten Äpfel ernteten.

»Das wird wohl auch so bleiben«, erwiderte Adele und schnitt einen rotbackigen Apfel auf, den sie gerecht zwischen dem inzwischen vierjährigen Walther und seinem jüngeren Bruder Wolfgang aufteilte.

»Ich bin sicher, du könntest das genauso gut.« Ottilie ließ nicht locker. »Denk an dein Theaterstück damals. Deine Gedichte. Und die vielen Geschichten, die du früher immer für mich erfunden hast.«

»Da war ich noch ein halbes Kind.«

»Heute würdest du ganz anderes zuwege bringen«, ermunterte ihre Freundin sie. »Warum versuchst du es nicht gelegentlich?«

Sie musste zugeben, dass ihr der Gedanke auch bereits gekommen war. Aber sie hatte ihn wieder fallengelassen. »Weißt du, das ist jetzt Mamas Domäne. Ich käme mir vor, als wollte ich mit ihr in Wettstreit treten. Erinnere dich nur an die Kämpfe zwischen Arthur und ihr: So etwas möchte ich nicht noch einmal erleben.«

Nach zwei Wochen hatte auch ihre Mutter das Werk des Bruders endlich durchgelesen. »Äußerst mühsam, muss ich leider sagen«, stellte sie beim Frühstück fest. »Ich habe immer gehofft, er legt seine Sucht, an allem herumzumäkeln, irgendwann ab. Aber das wird wohl nicht mehr geschehen.«

»Seine Gedanken sind doch sehr mutig«, verteidigte Adele ihren Bruder.

»Er hält sich für klüger als alle anderen, dabei versteht er die grundsätzlichsten Dinge nicht«, entgegnete die Mutter. »Nimm zum Beispiel die Verneinung der Religion: Welch unnötiger Affront! Die Leute wollen an einen guten Gott glauben. Sie wollen Gebete, sie wollen Rituale. Es tröstet sie, sie fühlen sich beschützt. Arthur nimmt ihnen, was sie glücklich macht. Als ob es nicht ohnedies genug Elend auf der Welt gäbe.«

»Er wird sich keine Freunde mit dieser Schrift machen«, gab Adele notgedrungen zu.

Die Mutter nickte resigniert. »Das wäre nichts Neues.«

»Was wirst du ihm schreiben?«, fragte Adele. Seit Tagen zerbrach sie sich den Kopf darüber, was sie selbst ihrem Bruder antworten sollte.

»Gar nichts«, erwiderte die Mutter knapp. »Seine Entschuldigung steht immer noch aus. Allerdings kannst du ihn grüßen. Nur erwähne besser nicht, was ich über sein Buch denke. Aus Taktgefühl behältst du vielleicht auch Goethes Kommentar für dich.«

Sie sah ihre Mutter verwundert an. Beim letzten Teezirkel hatte der Dichter stundenlang in Arthurs Buch gelesen. Erst gegen Ende des Abends hatte er sich von der Lektüre losgerissen und zu Adele gesagt, die gerade den Kartentisch aufräumte: »Interessant, nicht wahr?«

»Sein Urteil war doch nicht unfreundlich«, widersprach sie.

Die Mutter blickte spöttisch. »Interessant – so spricht man über Speisen, die nicht schmecken.«

»Mir schien er aufrichtig.«

»Wenn ich so darüber nachdenke …« Die Mutter wedelte

mit der Hand. »Gib es deinem Bruder ruhig weiter. Er kann austeilen, also muss er auch einstecken können.«

Die leise Hoffnung auf Familienfrieden, die Arthurs Paket in Adele geschürt hatte, zerplatzte vor ihren Augen.

In ihrem Brief umschiffte sie alles, was den Bruder kränken konnte. Sie sprach ihm aufrichtige Anerkennung für sein Gedankengebäude aus, erwähnte aber auch, dass sie die Menschen wohlwollender betrachtete. Wieder ließ Arthurs Antwort einige Wochen auf sich warten. Als sie schließlich eintraf, wünschte Adele, er hätte weiterhin geschwiegen. Er schrieb:

>*»Mich wundert nicht, dass du meine Einsichten nicht teilst. Für eine Frau hast du gute Geisteskräfte, aber du bist schwach. Sieh dir dein Leben an: Noch immer hängst du am Rockzipfel deiner Mutter, eine verschenkte Existenz! Und was unsere Mutter betrifft: Jede andere wäre stolz auf ihren Sohn. Sie aber gönnt mir meine Leistung nicht, will mich überstrahlen in ihrer grenzenlosen Selbstliebe. Sogar Goethe hetzt sie gegen mich auf, anders lässt sich sein beharrliches Schweigen nicht erklären. Richte ihr aus, sie kränkt mich nicht. Mein Werk wird Bestand haben, wenn ihr Schund in keiner Rumpelkammer mehr zu finden ist. Ich wünsche dir gute Gesundheit, dein Bruder Arthur.«*

Getroffen ließ sie das Blatt sinken. Ihr Bruder war wie immer schonungslos, aber das hieß nicht, dass er unrecht hatte, auch nicht in seinem Urteil über sie.

»Was schreibt er?«, fragte die Mutter, die am anderen Ende des Raumes mit ihrer Korrespondenz beschäftigt war.

»Nichts von Bedeutung«, antwortete sie ausweichend.

»Nun zeig schon her.«

Widerstrebend händigte sie ihr den Brief aus und wartete.

Die Mutter setzte ein spöttisches Lächeln auf, als sie ihn ihr zurückgab. »In einem Punkt stimme ich ihm zu: Seine gesamte Auflage wird noch für lange Zeit zu haben sein. Wenn es jemals einen Ladenhüter gab, dann ist es dieses Stück gedruckte Menschenfeindlichkeit.«

Adele wünschte, sie könnte die Kritik ihres Bruders ebenso leicht abschütteln wie die Mutter, die jetzt seelenruhig den Samowar auffüllte. Aber genau das war der Unterschied zwischen ihnen: Ihre Mutter glaubte an sich, sie nicht. Irgendetwas in ihr war von Geburt an beschädigt. Wenn sie ihre eigene Herrin werden wollte, musste sie dieses innere Hindernis überwinden.

Ein sonderbares Geräusch am anderen Ende des Raums riss sie aus ihren Gedanken. »Hast du etwas gesagt?«

Ihre Mutter antwortete nicht. Auf ihrem gewohnten Sessel sitzend, beugte sie sich über den Samowar, die Teedose in der einen Hand, den Messlöffel in der anderen. Adele sah, wie die Teeblätter auf den Teppich rieselten. Mit einem leisen Klirren fiel der Messlöffel zu Boden, ohne dass die Mutter Anstalten gemacht hätte, ihn festzuhalten.

»Ist alles in Ordnung, Mama?«

Die Mutter hob schwerfällig den Kopf und starrte sie mit weit aufgerissenen Augen an.

Alarmiert eilte Adele zu ihr. »Was ist los?«

Die Mutter öffnete ihren auf einmal seltsam schiefen Mund, brachte jedoch nur unverständliches Gemurmel hervor. Die Teedose glitt ihr aus der Hand und ergoss den restlichen Inhalt über ihre Füße, die wie bei einer Puppe verdreht waren. Auch ihr Arm schien ihr nicht mehr zu gehorchen. Er rutschte von der Sessellehne und hing dann schlaff herunter. Der Rumpf der Mutter sackte zur Seite, bis ihr Kopf leicht verdreht auf ihrer Brust lag.

Adele läutete panisch die Glocke. »Einen Arzt!«, rief sie, als das Mädchen erschien. »Schnell!«

Der Arzt konnte jedoch wenig ausrichten. Er leuchtete in die Pupillen ihrer Mutter, klopfte sachte auf deren schlaffe linke Wange und schüttelte bedauernd den Kopf. »Ein schwerer Fall von Schlagfluss, fürchte ich. Wir können nur beten und hoffen.«

Adele, Winter 1822/23

Sie nahm den Wasserkrug und die Waschschüssel entgegen und wartete, bis das Mädchen gegangen war. Dann wandte sie sich zur Mutter um, die wie immer in dem Polstersessel neben ihrem Bett saß und ausdruckslos aus dem Fenster blickte. Ihre Haare fielen in wirren Strähnen, die mit jedem Tag grauer wurden, über den geöffneten Morgenrock, unter dem ein nicht mehr ganz sauberes Nachthemd zu sehen war.

Adele atmete tief durch. »Drehst du dich bitte zu mir, Mama? Ich ziehe dich jetzt aus.«

Die Mutter rührte sich nicht. Vielleicht hatten ihre Worte sie wirklich nicht erreicht, man wusste es manchmal nicht so genau. »Wir müssen dich waschen«, wiederholte Adele.

Langsam wandte die Mutter ihr das Gesicht zu. Der linke Mundwinkel hing noch immer herab, das linke Augenlid ebenfalls. Sie sah aus, als würde sie halb schlafen und halb wachen. Adele hatte sich inzwischen an den Anblick gewöhnt. Sie zog einen Schemel heran und setzte sich neben den Sessel. Vorsichtig schob sie die grauen Haarsträhnen zurück und begann, den Morgenmantel über die Schultern der Mutter zu streifen. Die versteifte sich sofort und leistete Widerstand.

»Wenn du mithilfst, geht es einfacher.« Adele bemühte sich, ruhig zu bleiben.

Die Mutter setzte an, etwas zu sagen. Das Sprechen fiel ihr immer noch schwer. Sie fand die richtigen Worte oft nicht oder brachte sie nur undeutlich hervor. »Lass mich, ich möchte das nicht«, murmelte sie schließlich.

Die tägliche Waschung war jedes Mal ein Kampf. Das Mädchen ließ die Mutter erst gar nicht an sich heran, nur Adele durfte ihr bei den täglichen Verrichtungen helfen. Doch es kostete viel Geduld und Überredungskunst. Nach einigem Hin und Her brachte sie die Mutter jetzt immerhin dazu, sich mit einem feuchten Lappen reinigen zu lassen und frische Leibwäsche anzuziehen.

Als Adele endlich mit der Waschschüssel den Raum verließ, lehnte sie sich erschöpft von außen gegen die Tür. Seit Tagen schlief sie kaum. Sie wusste nicht, wie es weitergehen sollte. Drei Wochen war es nun her, seit die Mutter auf einen Schlag zur alten Frau geworden war. Anfangs hatte sie zwischen Leben und Tod geschwebt. Gottlob hatte sich dann aber ihre starke Natur durchgesetzt. Auch ihr anfangs verwirrter Geist schien wieder klarer zu werden. Doch die halbseitige Lähmung blieb, ebenso wie die Beeinträchtigung ihres Ausdrucksvermögens.

Die Mutter ließ keine Besucher vor, obwohl täglich Bekannte vorsprachen und sich nach ihrem Befinden erkundigten. Sie schien froh zu sein, dass Gerstenbergk im Auftrag des Großherzogs in Berlin weilte. Adele war es verboten, ihm genaue Nachricht vom Zustand der Mutter zu übermitteln. Er sollte nicht vorzeitig zurückkehren. Auch von ihm wollte sie nicht gesehen werden.

Der Arzt machte Adele wenig Hoffnung auf Besserung. »Manche Patienten erholen sich, andere nicht. Wir sollten die Zuversicht bewahren, aber auf alles gefasst sein.«

Nun war also plötzlich ihre Mutter das Kind und sie die Mutter. Morgens, mittags, abends, sogar nachts umsorgte sie die Kranke, brachte ihr zu essen und zu trinken, half ihr vom Bett in den Sessel und umgekehrt, las ihr zur Zerstreuung vor, wusch sie und leerte den Nachttopf. Zeit für sich selbst hatte sie nicht mehr, ebenso wenig wie Unterstützung. Arthur hatte nur lapidar geschrieben, er wünsche gute Besserung. Hatte sie kürzlich noch von ihrem eigenen Weg geträumt, so wusste sie nun manchmal nicht, wie sie den nächsten Tag meistern sollte.

Ottilies Kinder waren an Röteln erkrankt, doch als eine Ansteckung ausgeschlossen werden konnte, fand sie sich bei Adele ein. »Komm, lass uns rausgehen. Du brauchst dringend frische Luft.«

»Ich kann Mutter nicht im Stich lassen.«

»Sie kommt sicher eine halbe Stunde ohne dich aus. Das Mädchen kann aufpassen.«

Adele schüttelte den Kopf. »Sie lässt sich nur von mir helfen. Neulich war ich kurz im Garten, und als ich zurückkam, lag sie auf dem Boden. Anscheinend wollte sie Holz nachlegen, der Kamin brannte nicht gut. So was kann jederzeit wieder geschehen.«

Ottilie gab nach. Sie setzten sich in den Nebenraum, der sonst der Beherbergung von Gästen diente, und ließen die Türen angelehnt, damit Adele nichts entging.

»Wie bei einem Säugling«, sagte Ottilie.

»Nur werden Kinder immer selbständiger.« Adele seufzte. »Was, wenn es so bleibt?«

Ihre Freundin tätschelte aufmunternd ihre Schulter. »Deine Mutter ist die willensstärkste Person, die ich kenne. Wenn jemand wieder auf die Beine kommt, dann sie.«

Adele nickte tapfer. Auch sie bewahrte ja die Zuversicht und suchte beständig nach Anzeichen der Erholung. So schien es ihr neuerdings, als spreche die Mutter deutlicher. Allerdings konnte das auch daran liegen, dass sie deren Wünsche immer schneller erahnte.

Auf jeden kleinen Fortschritt folgte ein Rückschlag. Eines Morgens, als Adele auf dem Abtritt saß, hörte sie aus dem Zimmer der Mutter einen dumpfen Schlag. Sofort ließ sie die Röcke fallen und eilte hinzu. Die Mutter kauerte auf allen vieren neben dem Bett und versuchte, zum Sessel zu kriechen.

Adele half ihr auf. »Warum hast du nicht auf mich gewartet?«

»Ich bin es leid, hier herumzuliegen.«

Bei der anschließenden Waschung stellte sich heraus, dass die Mutter recht unsanft aus dem Bett gefallen war. Ihre Hüfte war mit blauen Flecken übersät. Dennoch wiederholte sich das Geschehen am nächsten Morgen. Seither stellte Adele sich den Wecker, um früher zur Stelle zu sein.

Abends ging sie nun meistens zu Bett, sobald sie das Nachtmahl der Mutter weggeräumt hatte. Sie schlief sehr schlecht. Bei jedem kleinen Geräusch schreckte sie hoch und sah nach, ob alles in Ordnung war. In einer solchen Nacht, als sie eben wieder eindämmerte, hörte sie ein Rumpeln. Sie sprang auf und warf ihren Morgenrock über. Im Flur erblickte sie ihre Mutter, die sich mit zusammengepressten Lippen an der Mahagonikommode festhielt, in der die Hauben und Schals aufbewahrt wurden. Eine Hutschachtel, die normalerweise darauf lag, rollte über den Boden. Wie die Mutter es bis dorthin geschafft hatte, war ein Rätsel.

»Komm«, sagte sie und eilte zu ihr. »Ich bringe dich wieder ins Bett.«

Die Mutter schüttelte den Kopf. Mit überraschender Klarheit brachte sie hervor: »Ich möchte wieder gehen lernen. Also lass mich bitte!«

Von da an übte die Mutter unermüdlich. Sie schob einen hölzernen Küchenstuhl vor sich her, an dessen Lehne sie sich festhielt, und setzte eisern Schritt vor Schritt. Die linke Körperhälfte schleifte zwar noch nach, doch es gab erste Anzeichen dafür, dass die Beweglichkeit zurückkehrte. Das Knie ließ sich wieder etwas anwinkeln, der Fuß vom Boden heben. Bald war die Mutter so weit, dass sie am Gehstock gehen konnte. Manchmal strauchelte sie und Adele musste sie auffangen, aber wenn sie gelegentlich nicht schnell genug war, rappelte die Mutter sich selbst auf.

Bei den Mahlzeiten übte sie mit dem linken Arm. Stundenlang saß sie da und ballte die Hand zur Faust, um sie anschließend auszustrecken, immer und immer wieder, bis sie endlich halbwegs greifen konnte. Manchmal ging ein Glas zu Bruch, doch das spornte sie nur noch mehr an. Bald konnte sie sich wieder selbst waschen, was eine enorme Erleichterung war.

Adele ließ die Mutter nun morgens in Ruhe, bis sie, vollständig angekleidet, am Gehstock aus ihrem Zimmer humpelte. Wurde es spät, sah Adele nach, ob sie zurechtkam. Bei einer dieser Gelegenheiten wurde sie Zeugin, wie ihre Mutter vor dem Spiegel Grimassen schnitt. Offenkundig versuchte sie, auch ihre Gesichtszüge wieder unter Kontrolle zu bekommen. Ohne sich bemerkbar zu machen, verließ Adele das Zimmer. Zwei Tage darauf sagte die Mutter beim Frühstück mit dem Anflug eines echten Lächelns: »Ich möchte heute endlich mal wieder vor die Tür gehen.«

Eine Hand am Geländer, die andere um den Gehstock geklammert, stieg sie die Stufen zum Hinterhof hinunter. Adele ging voran, um sie im Notfall zu stützen. Doch das erwies sich als unnötig. Die Mutter durchquerte den Hof und lief im angrenzenden Gemüsegarten auf und ab, bis ihre Kräfte nachließen. Zufrieden ließ sie sich auf der Bank neben dem Ziehbrunnen nieder und schaute in die Wintersonne. »Nun bin ich bereit, Georg zu begrüßen.«

Erst jetzt erfuhr Adele, dass Gerstenbergk in seinem letzten Brief die baldige Rückkehr von seiner Diplomatenreise angekündigt hatte, die inzwischen fast drei Monate währte. Sein Schreiben hatte der Mutter den letzten Anstoß gegeben, gegen ihr Schicksal anzukämpfen. Man konnte dem Mann nur dankbar sein.

Am Morgen seiner Ankunft half Adele der Mutter, ihre Haare mit Walnusssud zu waschen. Danach hatten sie beinahe wieder die alte Farbe. Anschließend frisierte sie sie nach der neuesten Mode mit Mittelscheitel und gelockten Schläfen und drapierte darüber ihr feinstes Häubchen. Die Mutter besah sich zufrieden im Spiegel. Ihr Anblick war wirklich sehr annehmbar.

Dennoch merkte man Gerstenbergk die Erschütterung an, als die Mutter ihm mit langsamen Schritten am Gehstock entgegenging. In seiner Miene spiegelten sich Mitgefühl und schlechtes Gewissen. Offenbar wurde ihm jetzt erst bewusst, in welcher Lage er die Lebensgefährtin monatelang alleingelassen hatte. Adele fragte sich, ob es richtig gewesen war, ihn so lange im Dunkeln zu lassen.

Nach Gerstenbergks Rückkehr konnte sie endlich wieder in die Oper gehen oder ihre Freundinnen treffen, und sie machte ausgiebig Gebrauch von der neuen Freiheit. Als sie am dritten Tag nach einem Besuch der großherzoglichen Bibliothek kurz vor Einbruch der Dämmerung heimkehrte, traf sie ihre Mutter und Gerstenbergk auf der Straße an. Zwei Diener trugen Koffer aus dem Haus.

»Sie gehen schon wieder auf Reisen?«, erkundigte sie sich betroffen. Nie hätte sie gedacht, dass sie die Abwesenheit dieses Mannes einmal bedauern würde.

»Herr von Gerstenbergk zieht aus«, verkündete die Mutter mit ausdruckslosem Gesicht. »Hat er dich übrigens davon unterrichtet, dass er sich in Berlin mit der Gräfin Häseler verlobt hat?«

Adele sah den Geliebten der Mutter fassungslos an. Daher also der schuldbewusste Ausdruck, den sie als Zeichen des Anstands ausgelegt hatte. »Mein Glückwunsch. Sie übertreffen sich immer wieder selbst«, sagte sie kühl.

»Ihre Mutter hat mich mehrfach abgewiesen«, rechtfertigte er sich mit sichtlichem Unbehagen.

»Von meiner Seite musst du keinen Groll befürchten«, erklärte die Mutter überraschend gefasst. »Du darfst dich weiterhin als Freund willkommen fühlen. Lass dich gelegentlich blicken, wenn ich demnächst den Teezirkel wieder aufnehme. Und nun lebe wohl. Ich bin keine Freundin von langen Abschieden.«

Damit drehte sie sich um und kehrte, auf ihren Gehstock gestützt, ins Haus zurück. Adele folgte ihr, ohne Gerstenbergk noch eines Blickes zu würdigen. Stumm stieg die Mutter die Treppenstufen in die erste Etage hinauf. Erst als sie ihre Räumlichkeiten erreicht hatten, fiel die Selbstbeherrschung von ihr ab. Ermattet ließ sie sich auf die Chaiselongue sinken. Adele setzte sich schweigend neben sie. Die Mutter lehnte den Kopf an ihre Schulter. Zehn Jahre hatte sie mit Gerstenbergk verbracht. Es musste sie sehr treffen.

Eine ganze Weile saßen sie so da. Ab und zu atmete die Mutter hörbar ein und wieder aus. Adele war nicht sicher, ob sie weinte. Erst als es Zeit wurde, die Kerzen anzuzünden, löste die Mutter sich von ihr, schüttelte leicht die Schultern aus und hievte sich an ihrem Gehstock in die Höhe. Mit einer wegwerfenden Handbewegung, so als spreche sie von etwas vollkommen Nebensächlichem, sagte sie: »Nun ja, wenn es heikel wird, sind Männer selten zu gebrauchen.«

Zum ersten Mal seit langem mussten sie beide lachen.

Adele, Herbst 1823

Ohne jedes Bedauern gestaltete Adele auf Wunsch der Mutter Gerstenbergks Zimmer um. Sie richteten dort eine kleine Bibliothek mit Schreibpult ein. Der Alkoven blieb erhalten, für den Fall, dass Gäste zu beherbergen waren. Danach wurde nicht mehr über den Regierungsrat gesprochen. Fiel sein Name zufällig, setzte die Mutter eine gleichgültige Miene auf, wechselte aber nicht das Thema, anders als beim Vater und beim Bruder. Offenbar waren die Gefühle für den Hausfreund dann doch nicht so tief gewesen.

Die täglichen Verrichtungen bereiteten der Mutter zur beiderseitigen Erleichterung inzwischen keine größeren Schwierigkeiten mehr. Auch sprach sie wieder flüssig und bewegte sich mit Hilfe des Gehstocks recht sicher. Nur ein leichtes Humpeln blieb zurück. Sie hatte sogar wieder angefangen zu schreiben. Voller Elan machte sie sich an die Sichtung ihrer Notizen zum zweiten Roman, den sie noch kaum begonnen hatte.

War sie auch beinahe wieder die Alte, so überdauerten doch einige grundlegende Veränderungen die Zeit ihrer Hilflosigkeit. Adele führte nun den Haushalt und verwaltete das Geld. Die Mutter erhob keine Einwände mehr, wenn sie weitere Änderungen vornahm. So ließ sie die Zugehfrau und die Wäscherin in größeren Abständen kommen. Den Gärtner schaffte sie ganz ab, ebenso wie die Lohndiener an den Teeabenden, die in kleinerem Kreis gelegentlich wieder stattfanden.

Notwendig wurden diese Einsparungen, weil ihre wirtschaftliche Zukunft erneut ungewiss war. Eines Nachmittags, als Adele mit einer Tasse Tee in die Schreibstube kam, fand sie die Mutter mit geröteten Augen inmitten zerknüllter Papiere vor. »Ich kann nicht mehr schreiben«, klagte sie. »Sobald ich meine Gedanken in Worte kleiden will, zerfallen sie.«

Adele strich einige beschriebene Blätter glatt und überflog sie. Die Mutter hatte leider recht. Zwar reihten sich die Wörter zu fehlerfreien Sätzen aneinander, aber das Geschriebene wirkte blutleer und hohl. Es fehlte der Zusammenhang.

»Was mache ich denn nun?« Die Mutter war sichtlich besorgt. »Ich habe versprochen, den Roman bis zum Jahresende fertigzustellen.«

»Der junge Bertuch ist dir ebenso gewogen, wie es sein Vater war. Er wird dir sicherlich mehr Zeit einräumen«, versuchte Adele, sie zu beruhigen.

»Das hilft mir nicht. Es ist einfach weg, verschwunden. Nach fünf Sätzen weiß ich nicht mehr, was ich geschrieben habe, und schon gar nicht, was ich noch schreiben wollte.«

Adele legte eine Hand auf ihren Unterarm. »Mama, du konntest nicht gehen und nicht sprechen, jetzt kannst du beides wieder. Wenn du dir nicht mehr so viel merken kannst, dann üben wir das. Ich helfe dir. Mit deiner Beharrlichkeit bekommst du das bald wieder hin.«

»Ja, ich kann laufen«, räumte die Mutter ein, »aber ich humpele. Ich kann sprechen, aber manchmal klingt es undeutlich. Vielleicht kann ich auch bald wieder schreiben, aber eben nur so lala.« Die Mutter sah sie entmutigt an. »Das reicht nicht, Liebes. In der Kunst ist Mittelmaß der Tod. Wer verschwendet seine Zeit auf Romane, die nicht wirklich vergnüglich sind?«

Adele schwieg. Sie wusste keine Antwort darauf.

Das Rad der Fortuna hatte sie also wieder untergepflügt. Erneut waren sie arm, erneut lag Adele nachts wach und machte sich Sorgen. Ohne recht zu wissen, was sie sich davon versprach, schlich sie sich in einer dieser schlaflosen Nächte in die Schreibstube ihrer Mutter und las im Kerzenschein deren Romanfragment. Wenn sie die Aufzeichnungen richtig verstand, ging es darin um eine Frau, die ihrer Nichte zu mehr Glück in der Liebe verhelfen wollte, als ihr selbst beschieden gewesen war. Genaueres war den spärlichen Notizen nicht zu entnehmen. Wenn sie gehofft hatte, die Überlegungen der Mutter aus der Zeit vor dem Schlaganfall in einen Zusammenhang bringen zu können, so sah sie sich leider enttäuscht. Es gab einfach nicht genügend Material.

Das Hausmädchen begann, in der Wohnung umherzulaufen

und Feuer in den Kaminen zu entfachen. Ihre schweren Schritte näherten sich und verschwanden nebenan im Frühstückszimmer. Adele legte schnell die Blätter an ihren Platz zurück und huschte aus dem Raum. Sie wollte nicht ertappt werden.

Zurück in ihrem Schlafzimmer, setzte sie sich auf die Bettkante und blickte zum Fenster hinaus. Es war noch dunkel, nur ein fahler Lichtschein kündigte den Morgen an. Sie spürte eine bleierne Müdigkeit. Die Mutter würde erst in einer ganzen Weile aufstehen. Also beschloss sie, auch noch ein wenig zu dösen, und legte sich wieder hin.

Die hochstehende Sonne weckte sie Stunden später. Sie sprang aus dem Bett und streckte sich wie eine Katze. Beschwingt warf sie sich ihr Kleid über und kämmte ihre Haare aus. Sie war in allerbester Stimmung. Ohne jeden Vorsatz hatte sie im Traum die Geschichte ihrer Mutter fortgesponnen. Auch jetzt nach dem Erwachen hatte sie noch alles lebhaft vor Augen. Sie hätte die Frau und ihre Nichte zeichnen können, so greifbar lebten sie in ihrer Fantasie, angefangen bei der streng gescheitelten, von Silberfäden durchzogenen Haartracht der Tante bis hin zur kaum gebändigten, kastanienbraunen Lockenpracht der Nichte. Ebenso erging es ihr mit der Handlung. Noch etwas vage zwar, doch mit zahlreichen Wendungen führte sie bruchlos zum krönenden Ende, ohne ins Absurde abzugleiten, wie es sonst bei Träumen oft genug der Fall war. Kurzum, eine in sich runde Geschichte, die jetzt, während sie sich das Gesicht wusch, mit jeder Sekunde mehr Gestalt annahm. Adele trocknete sich ab und blickte zuversichtlich in den Spiegel. Sie würde der Mutter helfen können, den begonnenen Roman zu vollenden.

Eine Hürde galt es allerdings zu überwinden: Ihre Mutter war stolz. Adele musste es so in die Wege leiten, dass sie Hilfe annehmen konnte. Sie ging die Sache daher auf Umwegen an. Während sie ihr Frühstücksbrötchen mit Butter bestrich, sagte sie beiläufig: »Ich hatte einen Einfall, Mama. Du sagst ja, wenn du schreibst, vergisst du manchmal, wie es weitergehen soll, weil das schiere Aufschreiben dich ablenkt. Wie wäre es also, wenn ich gewissermaßen deine Sekretärin bin? Ich notiere, was du sagst, und du konzentrierst dich ganz auf den Inhalt. Glaubst du, das würde dir helfen?«

Die Mutter blickte sie zweifelnd an. »Schwer zu sagen.«

»Einen Versuch ist es wert.« Adele holte Papier und Bleistift und goss ihr heißen Tee nach. »Nun erzähl mal: Wie ist die Vorgeschichte der Tante?«

Ihre Mutter dachte nach. Stirnrunzelnd schüttelte sie den Kopf. »Es fällt mir nicht mehr ein.«

»Dann denk es dir neu aus«, schlug sie vor. »Es muss ja nicht gleich endgültig sein, Papier ist geduldig.«

Auch die Einbildungskraft der Mutter hatte durch den Schlaganfall gelitten. Nach zwei weiteren Tassen Tee hatte sie gerade mal das Aussehen der Tante als hager und hohlwangig ausgemalt. Adele ließ sich nichts anmerken.

Tag für Tag ermunterte sie ihre Mutter nun beim Frühstück, die Romanfiguren zum Leben zu erwecken. Wenn sich der Anfang zäh gestaltete, streute sie Einfälle ein, die ihr morgens beim Aufwachen gekommen waren. Oft machte die Mutter sich diese Ideen zu eigen und war nach kurzer Zeit überzeugt, selbst darauf verfallen zu sein. Beglückt über die Auferstehung ihrer Schöpferkraft, schmückte sie die Gedanken aus, wobei gelegentlich ihr früherer Esprit wieder aufblitzte. Versiegte ihr Einfallsreichtum, spann Adele den Faden fort, bis die Mutter, dadurch angeregt, weitere Bilder entstehen ließ. Nach und nach nahmen die Tante und die Nichte Gestalt an.

Genau wie die Mutter fand Adele zunehmend Gefallen an den gemeinschaftlichen Fantastereien, die einem Federballspiel glichen. Sie wurde immer besser darin, den luftigen Ball im Spiel zu halten, auch wenn ihre Mutter gelegentlich mit dem Schläger ins Leere hieb.

An den Nachmittagen schrieb sie die morgendlichen Ideen nieder und ordnete sie in das Handlungsgerüst ein, das sie gleich nach ihrem ursprünglichen Traum zu Papier gebracht hatte und das nun dichter und dichter wurde. Nach einigen Wochen las sie der Mutter das Ergebnis vor.

»Mein Gedächtnis ist wirklich beklagenswert«, sagte die kopfschüttelnd, als sie geendet hatte. »Ich erkenne nicht die Hälfte davon wieder.«

»Wie gefällt es dir denn?«, fragte Adele gespannt.

»Nun, glücklicherweise hat mein Einfallsreichtum mich ja wohl doch nicht verlassen«, stellte die Mutter zufrieden fest. »Ich denke, Bertuch wird nicht enttäuscht sein.«

Adele lächelte erfreut. »Das höre ich gerne.«

Plötzlich beugte sich die Mutter vor und strich ihr mit der Rückseite der Hand über die Wange. »Danke, Liebes.«

Gerührt hielt Adele die Hand fest und drückte sie sanft. Sie hatten sich noch nie so gut verstanden.

Schneller als erwartet war der Roman vollendet. Inzwischen war es Oktober. Die Blätter der Linde im Hinterhof färbten sich golden, doch es war noch sonnig und recht warm. Sie setzten sich auf die Bank vor dem Brunnen, und Adele las die letzten Kapitel vor. Ihre Mutter kicherte gelegentlich, wenn ihr eine Stelle besonders gefiel. »Ich bin einfach gut«, sagte sie dann. Auch Adele fühlte sich angenehm unterhalten. Sie hatte in den vergangenen Nächten alle langatmigen Stellen herausgekürzt.

Das Schlusskapitel hoben sie sich bis nach dem Abendbrot auf. Weil es nun doch kühl wurde, hatten sie sich in die Wohnung zurückgezogen. Die Mutter goss sich ein Glas Portwein ein. Auch Adele gönnte sich gegen ihre Gewohnheit ein Gläschen. Sie nippte daran, genoss die Wärme, die durch ihre Adern strömte, und trug die letzten Seiten vor. Die Nichte heiratete ihren Helden, die Tante lebte fortan bei ihnen, alle waren glücklich.

Alle, nur die Mutter nicht. Kaum hatte Adele geendet, nahm sie stirnrunzelnd die Blätter an sich und überflog sie mit zusammengezogenen Brauen. »Das habe ich aber nicht so geschrieben.«

»In der Tat habe ich es leicht verändert«, räumte Adele ein. »Es ergibt keinen Sinn, dass alle sterben.«

»Im Gegenteil, so muss es sein«, widersetzte sich die Mutter.

»Die ganze Geschichte läuft auf ein glückliches Ende zu«, beharrte Adele. »Man fühlt sich sonst enttäuscht. Das fand ich schon bei der *Gabriele*. So ist es viel schöner.«

»Ich muss mich wirklich wundern, Liebes, bei deiner Erziehung!« Ihre Mutter schüttelte tadelnd den Kopf. »Du weißt doch, glückliche Enden sind banal, ja, minderwertig. Nur die Tragödie ist erhaben.«

»Aber du bist kein tragisches Talent, Mutter«, widersprach sie. »Du schreibst Komödien mit traurigem Ende. Als ob das wahre Leben nicht hart genug wäre. Der Mensch braucht Hoffnung, da stimmst du mir doch zu. Lass die Leute wenigstens im Roman von einem guten Ausgang träumen.«

Die Mutter setzte ihre hochmütige Miene auf. »Mir scheint, das zu beurteilen, steht nicht dir zu. Bei allem Dank, den ich dir für deine Dienste als Sekretärin entgegenbringe: Vergiss nicht, wer von uns beiden die Schriftstellerin ist.«

Adele lag eine Antwort auf der Zunge, doch sie schluckte sie hinunter. Wortlos zerknüllte sie die letzten Seiten. Sie hatte es selbst so eingefädelt, sie konnte sich nicht beschweren, wenn ihre Mutter sich als alleinige Urheberin sah. Ohne weitere Einwände zu erheben, ließ sie sich das neue Ende diktieren. Zufrieden nahm die Mutter die Blätter entgegen, bestellte eine Sänfte und überbrachte das Manuskript eigenhändig ihrem Verleger.

Johanna, Anfang 1824

Frisch aus der Buchbinderei eingetroffen, thronte die Holzkiste auf dem kleinen, runden Mahagonitisch am Erkerfenster wie ein verspätetes Weihnachtsgeschenk. Johanna löste die beiden Bänder mit dem Briefmesser und hob behutsam den Deckel an. Sie nahm einen der in Seidenpapier eingeschlagenen Bände heraus, von denen sich zwei Dutzend in der Kiste befanden, und wiegte ihn in der Hand. Er war schwer und solide. Sie wickelte ihn aus. Der vertraute Geruch von Schweinsleder stieg ihr in die Nase und versetzte sie augenblicklich in die Bibliothek ihres Vaters zurück. Sie liebte diesen Duft aus ihrer Kinderzeit. Der rotbraune Ledereinband war ordentlich gearbeitet, man war ihrem Wunsch gefolgt und hatte auf übertriebenen Zierrat verzichtet. Zufrieden fuhr sie mit dem Zeigefinger über ihren Namen, der in englischer Schreibschrift in den Buchdeckel geprägt und mit Blattgold hervorgehoben war. Darunter der ebenfalls vergoldete Titel in aller Schlichtheit: *Die Tante*.

Welch ein Jahr lag hinter ihr! Der Schlaganfall schien eine Ewigkeit her zu sein, die Zeit davor einer anderen Epoche anzugehören. Doch nach dem vollkommenen Stillstand hatten sich die Uhren zunächst langsam, dann immer schneller wieder zurückgedreht. Weihnachten vor einem Jahr war sie noch eine alte Frau gewesen, deren Tage gezählt zu sein schienen, nun glich sie wieder dem jungen Mädchen, als das sie sich zeitlebens gefühlt hatte. Die Feuerprobe hatte sie nur noch stärker gemacht. Ihre phönixartige Rückkehr ins Leben hatte bewiesen, dass man mit dem nötigen Kampfgeist alles erreichen konnte, was man sich vornahm.

Sie konnte wieder mit dem linken Auge zwinkern, ja, sogar mit den Fingern der linken Hand schnipsen. Nicht, dass sie derart vulgäre Gesten jemals benutzte, dennoch war es gut, sie zu beherrschen. Weit wichtiger war natürlich die Erholung ihrer

Geisteskräfte. Sie mochte sich nicht ausmalen, in welches Elend sie andernfalls gestürzt wäre, seelisch wie materiell. Nun, da sich alles so glücklich gefügt hatte, gaben ihre Freunde einer nach dem anderen zu, dass sie eine solch umfassende Heilung nicht erwartet hätten. Sogar der Arzt sprach von einem Wunder, das nur ihrer inneren Stärke zuzuschreiben sei.

Sie stellte sich vor, Georg könnte sie so sehen, aufrecht und strahlend, das eigene Werk in Händen. Mit wehenden Fahnen würde er seine dümmliche Gräfin verlassen und zu ihr zurückkehren. Doch sie würde ihn abweisen. Sie vermisste ihn längst nicht mehr. Was sie an ihm geschätzt hatte, war doch hauptsächlich seine Ergebenheit gewesen. Sein erbärmliches Verhalten in der Not hatte ihre Zuneigung jäh erkalten lassen. Wozu brauchte sie einen Liebhaber, der in jeder Hinsicht mittelmäßig, oft genug lästig und dazu noch wankelmütig war?

Vielleicht waren die Zeiten für Männer insgesamt vorbei. Mit Adele lebte es sich wunderbar. Inzwischen war sie froh, dass ihre Tochter keine Neigung zur Ehe zu verspüren schien.

Mit welcher Geduld Adele sie unterstützt hatte! Jede Art von ablenkender Arbeit hatte sie ihr abgenommen, sie hatte einen Raum geschaffen, in dem sie selbst ihre Sprachgewalt und Einbildungskraft wieder ganz hatte entfalten können. Der Mann hatte sie verlassen, der Sohn hatte sie verlassen, der Liebhaber hatte sie verlassen, aber die Tochter nicht. Das würde sie ihr nie vergessen.

Johanna hoffte, dass die Zeit als Sekretärin auch Adele etwas gegeben hatte. Sie hatte Einblick in ihre Gedankenwelt gewonnen, und es war dem Kind zu wünschen, dass es am Vorbild gelernt hatte. Sie gab es ungern zu, aber bei aller Klugheit mangelte es der Tochter an Geschmack. Dieser Wunsch nach einem seichten Ende. Sie schrieb doch kein billiges Melodram! Man konnte Adele nur die Ahnungslosigkeit der Jugend zugutehalten.

Der reißende Absatz, den *Die Tante* fand, belehrte sie hoffentlich eines Besseren. Diesmal hatte es nicht Goethes Freundschaftsdienst bedurft, um lobende Kritiken zu ergattern. Erneut hagelte es Einladungen von allen Seiten. Man hätte meinen können, eine Frau, die gerade erst von langer Krankheit genesen war, hätte etwas mehr Schonung verdient. Aber die Bewunderer belagerten unerbittlich das Haus, die Besuchsstunden zogen sich bis in die Nachmittage. Tapfer nahm sie all ihre Kräfte zusammen.

Manchmal wünschte sie sich, Adele könnte die Bürde des Ruhms mit ihr teilen. Doch so anstrengend es war, dieses Joch musste sie allein tragen.

9 Liebesleben

Adele, Sommer 1825

Der Geistesblitz kam wieder unverhofft in der Nacht. Hellwach saß sie plötzlich in ihrem Bett. Es war zwar nur ein grober Handlungsbogen, aber daraus ließ sich gewiss ein hübscher Gesellschaftsroman entwickeln. Die Freundschaft zweier Frauen wurde auf die Probe gestellt, weil sie sich in denselben Mann verliebt hatten. Ein edler Verzicht verhinderte das drohende Zerwürfnis. Die Freundin, die sich opferte, fand auf andere Weise doch noch ihr Glück.

Adele ließ das Frühstück ausfallen und setzte sich an den Schreibtisch. Ihre neue Stahlfeder flog über die Blätter, bis das Tintenfass halb leer war.

Mit dem Ergebnis ihrer Arbeit suchte sie am späten Vormittag ihre Mutter auf, die bereits seit geraumer Zeit nach einem passenden Sujet suchte. Sie war nicht allein. Bei ihr befand sich ein junger Theaterdichter, der früher häufig den Teezirkel frequentiert hatte und auch jetzt noch gelegentlich zu Besuch kam. Eben ließ er sich ihr neues Buch signieren.

»Ah, die Frau Tochter!«, rief er aus, als sie den Raum betrat. »Was sagen Sie zu dem neuen Roman Ihrer Mutter? Noch besser als der erste?«

»Ich maße mir kein Urteil an«, zog sie sich aus der Affäre. »Vermutlich bin ich zu nah dran.«

»Adele hat mir sehr geholfen«, warf die Mutter ein. »Sie hat alles ins Reine geschrieben.«

»Ich wünschte, ich wäre in einer ähnlichen Umgebung aufgewachsen«, sinnierte der Theaterdichter. »Mein Vater war Offizier. Er las nur Lageberichte.«

»Mit mir ist es auch nicht immer einfach«, gab die Mutter zu Adeles Überraschung zu. »Sobald ich mich mit einer neuen Idee trage, gehe ich ganz darin auf. Ich verlange meiner Tochter dann viel Nachsicht ab.«

Der Dichter nickte gewichtig. »Menschen, die selbst nicht schöpferisch tätig sind, ahnen die inneren Kämpfe nicht, die wir auszustehen haben.«

»Sehr wahr«, pflichtete ihm die Mutter bei. »Aber Adele hat auch eine künstlerische Ader. Sie verfertigt allerliebste Scherenschnitte.«

Adele lächelte innerlich und schwieg, die beschriebenen Blätter hinter dem Rücken verbergend.

Kaum hatte der Besucher sich verabschiedet, stellte sie der Mutter die neue Romanidee als Ergebnis zusammengetragener Einfälle vor, die diese in letzter Zeit hier und da geäußert habe.

Erfreut griff die Mutter ihren Vorschlag auf und hielt ihn bald schon ganz und gar für ihren eigenen. Wieder spannen sie beim ausgedehnten Frühstück den Faden fort, erdachten gemeinsam Charaktere, Szenen und Dialoge. Als die Mittsommernächte nahten, war das Manuskript bereits fingerdick.

Über alldem hatte Adele Ottilie eine Weile nicht gesehen. Endlich gingen sie wieder einmal gemeinsam an der Ilm spazieren. Während die beiden Kinder, von der Amme beaufsichtigt, Steine ins Wasser flitschten, musterte sie ihre Freundin von der Seite. Deren schönes Gesicht war eng eingerahmt von der großen Krempe ihrer Strohhaube, die sie trug, obwohl es sehr warm war.

Sie setzten sich auf einen umgestürzten Baumstamm und packten ein Picknick aus. Ottilie hatte für die Kinder Obstkuchen mitnehmen lassen, den sie so liebten. Der kleine Wolfgang fiel seiner Mutter vor Freude um den Hals. Mit einem unterdrückten Schrei schob sie ihn von sich fort, lächelte dann aber sofort wieder.

Als die beiden Jungen mit der Kinderfrau zum Spielen im Gestrüpp verschwanden, ging Adele dem Verdacht nach, der ihr gekommen war. »Es ist so warm, und wir sind unter uns«, begann sie. »Zieh ruhig die Schute aus.«

Ottilie machte keine Anstalten, der Aufforderung nachzukommen. »Die Sonne ist so grell.«

»Ach wo, hier ist doch Schatten«, widersprach sie. »Es ist viel angenehmer so.«

Zögernd setzte die Freundin ihre Haube ab. Adele starrte auf ihre Wange, die geschwollen und bläulich verfärbt war. Ottilie fing ihren Blick auf. »Ich bin gegen eine Kommode gestoßen.«

»Mit deinem Ehemann hat das nichts zu tun?«

Ottilie schüttelte den Kopf, doch dann traten Tränen in ihre Augen. »Hätte ich damals bloß auf dich gehört«, flüsterte sie. »Er ist so eifersüchtig. Ich traue mich kaum mehr, mit Männern auch nur zu sprechen.«

Ob sie etwas bewirken würde oder nicht, Adele konnte die Sache nicht auf sich beruhen lassen, ohne sich mitschuldig zu fühlen. Sie wählte einen Vormittag, an dem Ottilie beim Hutmacher war. Das erschien ihr sicherer.

Bei ihrem Eintreffen ließ der Dichtersohn ihr durch einen Lakaien ausrichten, dass er beschäftigt sei. Sie schickte den Diener zurück mit der Nachricht, sie werde warten. Nun saß sie im drückend heißen Empfangsraum der jüngeren Goethes unter dem Mansarddach und übte sich in Geduld.

»Ich dachte bislang, es ginge gebildeten Männern gegen die Ehre, eine Frau zu schlagen«, sagte sie, als der Ehemann ihr endlich mit verschränkten Armen gegenübertrat.

»Meine Ehe ist meine Angelegenheit«, entgegnete er störrisch. »Ohnehin sollten alte Jungfern wie Sie keine Ratschläge erteilen.«

Adele ließ die Beleidigung an sich abprallen. »Das Wohlergehen meiner Freundin ist mir wichtig. Sie sollten sie ehren, wie Sie es gelobt haben. Auch für Ihr eigenes Eheglück wäre das hilfreich.«

»Selbstverständlich, in Ihren Augen bin ich der Schurke«, meinte er düster. »Vielleicht reden Sie lieber meiner werten Gattin ins Gewissen. Sie ist die Ehebrecherin, nicht ich.«

»Ihre Eifersucht ist ungesund«, gab Adele ungerührt zurück.

»Sie wissen gar nichts! Seit Wochen poussiert sie mit diesem Engländer herum.«

Adele horchte auf. »Mr. Sterling ist wieder in der Stadt?«

»Erinnern Sie mich bitte nicht an diesen Menschen«, fuhr August von Goethe auf. »Er soll bleiben, wo der Pfeffer wächst. Und dieser Mr. Wilcox gleich mit.«

»Es geht also um jemand anderen?«

»Ich spreche von diesem Diplomatenspross, der neuerdings ständig um meine Frau herumscharwenzelt«, bekräftigte Ottilies Gatte erbost. »Vorgestern wurden sie gesehen, wie sie ganz allein außerhalb der Stadtmauern spazieren gingen.«

»Das kann doch harmlos sein.«

»Und wieso belügt sie mich dann?« Der junge Goethe klang bitter. »Gestern war sie angeblich zu Besuch bei Caroline von Egloffstein. Sogar Grüße hat sie mir ausgerichtet. Nur war die Egloffstein gar nicht in der Stadt. Sie hat den Tag bei einer Jagdgesellschaft verbracht, wie ich von anderer Seite erfahren habe!«

Adele konnte sich nicht vorstellen, dass an den Verdächtigungen etwas dran war. Auch wenn Ottilie gerne bewundert wurde, um Würze in ihr eingeschnürtes Leben zu bringen – nie überschritt sie die Grenzen des Schicklichen, davon war sie überzeugt.

»Sie sollten dringend Ihren Argwohn ablegen«, verteidigte sie ihre Freundin. »Er schadet Ihnen beiden.«

Wie befürchtet, endete das Gespräch ergebnislos. Sie konnte den Ehemann nicht zur Einsicht bringen.

Beim Hinausgehen traf sie auf Goethe, der sich freute, sie zu sehen. Er bat sie in seine Bibliothek und plauderte eine Weile mit ihr, wobei ihm ihre bekümmerte Miene auffiel. Sie zögerte, ihm den Grund zu nennen, doch auf seine wiederholte Nachfrage deutete sie die Streitigkeiten an, die unter seinem Dach herrschten. Er sei sich dessen längst bewusst, sagte er, versprach aber, sich schützend vor seine Schwiegertochter zu stellen.

Sein Einschreiten zeigte offensichtlich Wirkung. Beim nächsten Zusammentreffen erfuhr Adele von ihrer Freundin, dass deren Ehemann für seinen Gewaltausbruch um Verzeihung gebeten hatte. Erleichtert schlug sie vor, zur Feier der guten Nachricht das neue Kaffeehaus aufzusuchen, das auch ein Damenzimmer hatte. Ottilie hatte dafür jedoch keine Zeit. Caroline Egloffstein hatte sie zu einem Reitausflug eingeladen. Beim Abschied bat sie Adele, weder ihrem Schwiegervater noch sonstigen Bekannten etwas von dem Ausritt zu erzählen. Sie wollte keinen neuerlichen Streit mit ihrem Mann riskieren, der diese Art von Zeitvertreib bei Frauen für gefährlich hielt. Adele stutzte. Ein seltsames Gefühl beschlich sie. Noch nie hatte Ottilie sie gebeten, eine Unwahrheit zu sagen. Sie blickte der Freundin forschend ins Gesicht. »Dieser Engländer, wie heißt er gleich? Ist er mit von der Partie?«

»Mr. Wilcox?« Ottilie blickte arglos. »Vermutlich. Warum?«

Sie zögerte, aber dann stellte sie die Frage doch, die ihr auf der Zunge lag: »An diesem Gerede, also daran, was dein Mann zu glauben scheint ... da ist aber nichts dran, oder?«

»Natürlich nicht!«

»Du weißt, ich bin deine Freundin. Ich stehe auf deiner Seite.

Nichts auf der Welt rechtfertigt das Verhalten deines Mannes.« Ermunternd drehte sie die Handflächen nach oben. »Also, selbst wenn ... du kannst mir vertrauen.«

»Es kränkt mich, dass du so von mir denkst!«, empörte sich Ottilie, wandte ihr den Rücken zu und marschierte davon.

Adele ging ihr nach. »Verzeih mir«, murmelte sie. »Ich weiß nicht, warum ich das gesagt habe. Natürlich glaube ich dir.«

Die Freundin drehte sich zu ihr um und nickte knapp. Dennoch blieb sie verstimmt, Adele kannte sie gut genug, um das zu spüren. Es setzte ihr zu. Sie hätte viel darum gegeben, wenn sie ihre Verdächtigung hätte zurücknehmen können.

An einem der darauffolgenden Tage führte das Mädchen zu ihrer Verwunderung August von Goethe herein, der sie um ein Gespräch unter vier Augen bat. Ihre Mutter, die ihr gerade eine Jagdszene in die Feder diktierte, wirkte sichtlich konsterniert angesichts der indirekten Aufforderung, ihr eigenes Empfangszimmer zu verlassen. Sie blieb sitzen, als hätte sie nichts gehört. Adele legte die Feder zur Seite und geleitete den Gast in das kleinere Zimmer, das an den Salon grenzte. Sie räumte einige Zeichenutensilien beiseite und bat ihn, sich zu setzen.

»Ich habe mir Ihre Worte zu Herzen genommen. Nun habe ich eine Bitte an Sie«, begann Ottilies Ehemann.

Adele blickte ihn fragend an.

Ihr Gesprächspartner suchte sichtlich nach den richtigen Worten. »Auch wenn, wie Sie sagen, mein Misstrauen unbegründet ist ...«

»Ich versichere Ihnen erneut, Ottilie tut nichts Unrechtes«, unterbrach sie ihn. »Sie hat es mir beteuert.«

»Wie dem auch sei, meine Frau bringt mich ins Gerede.«

»Aber wo doch alles ehrbar ist ...«

»Pausenlos ist sie mit diesem Engländer unterwegs. Gestern gab es einen Ausritt, heute ist es eine Kutschfahrt.«

»Weder hier noch dort bin ich mit von der Partie«, betonte Adele.

»Aber Ottilie hört auf Ihren Rat. Führen Sie ihr vor Augen, dass ihr Benehmen Schande über mich bringt.«

»Wieso ich und nicht Sie selbst?«

»Ich habe es vergeblich versucht«, sagte er unzufrieden. »Es führt nur zu lauten Worten.«

»Sie haben sich hoffentlich nicht erneut vergessen?«, hakte Adele erschrocken nach.

August von Goethe wurde rot. »Sie sehen mich als Grobian. Aber ich möchte nur Frieden in meiner Ehe.«

»Und ich lasse mich ungerne vor fremde Karren spannen.«

»Es geht doch hier auch um Ottilies Wohl«, entgegnete er. »Ihr guter Ruf ist in Gefahr. Mir wurden Schmähungen zugetragen, die ich lieber nicht wiederhole.«

Das war allerdings ein ernstzunehmendes Problem. Es konnte schnell einsam werden um Frauen, die den Schein nicht wahrten. Vielleicht war Ottilie tatsächlich allzu unbekümmert. Adele beschloss, die Freundin vor sich selbst zu schützen.

»Ich werde es versuchen«, versprach sie.

Trotz des Protests der Mutter ließ sie am nächsten Tag die Arbeit ruhen und begab sich zum morgendlichen Freiluftkonzert in den Residenzgarten, wo sie wie erwartet auf Ottilie traf. Ihre Freundin befand sich in Gesellschaft eines hochaufgeschossenen, blassen Mannes mit modischem Backenbart. Als das Orchester geendet hatte und die Besucher sich zerstreuten, stellte sie ihr Mr. Wilcox vor, der mit einer angedeuteten Verbeugung seinen Zylinder vor ihr zog. In den wenigen Minuten, die sie dort beisammenstanden und Höflichkeiten austauschten, entwickelte sie ganz gegen ihren Willen Verständnis für August von Goethe. Die Art, wie Mr. Wilcox und Ottilie miteinander umgingen, hatte etwas so Vertrautes, dass auch sie unangenehm berührt war.

Es kostete sie einige Mühe, die Freundin zu einem Gespräch unter vier Augen zu bewegen. Ottilie wollte sich sichtlich nicht von ihrem Begleiter trennen. Nach einigem Zureden erklärte sie sich aber doch zu einem Spaziergang durch das Städtchen bereit.

Kaum waren sie allein, packte Adele den Stier bei den Hörnern. »Du weißt, wie sehr ich deine offenherzige Art schätze. Aber befürchtest du nicht, du könntest damit für Missverständnisse sorgen?«

Ottilie blieb stehen und runzelte die Stirn. »Worauf willst du hinaus?«

»Ich mache mir Sorgen, dass du unwillentlich deinen Ruf gefährdest«, sagte sie vorsichtig. »Und die Eifersucht deines Ehemannes neue Nahrung erhält.«

»Bist du jetzt auf seiner Seite?«

»Es gibt keine Entschuldigung dafür, wie er dich behandelt hat«, betonte Adele. »Du sagst allerdings selbst, dass er sich neuerdings Mühe gibt. Vielleicht solltest also auch du ihm entgegenkommen.«

»Ich bin eben anders als du«, erwiderte die Freundin verstimmt. »Ich lasse mir nicht alles bieten.«

»Ich ebenso wenig«, wehrte Adele den Vorwurf ab. »Aber schon aus eigenem Interesse solltest du dir etwas Zurückhaltung auferlegen. Du kannst nicht gewinnen, wenn du deinen Ehemann immer weiter gegen dich aufbringst.«

»Aber ich tue doch gar nichts!«, rief Ottilie aus. »Ich vertiefe nur meine Sprachkenntnisse, unterhalte mich über Kultur.« Sie sah Adele enttäuscht an. »Wirklich, ich hätte gedacht, dass wenigstens du zu mir hältst.«

»Das tue ich doch!«, beteuerte sie. »Mir gefallen die Fesseln auch nicht, die die Konventionen uns anlegen. Aber du bist nun mal an deinen Ehemann gekettet. Wäre es da nicht besser, Frieden mit ihm zu schließen? Oder ist dir Mr. Wilcox weitere Streitigkeiten wert?«

Ottilie schwieg.

Adele überlegte, wie sie ihre Freundin zur Vernunft bringen konnte. »Vielleicht würde dir eine kleine Reise guttun«, schlug sie vor. »Du hast früher oft davon gesprochen, wie gerne du deine Cousinen in Berlin wiedersehen würdest. Wäre jetzt nicht ein günstiger Moment, sie zu besuchen, bis sich die Gemüter beruhigt haben?«

Ottilie blickte sie nachdenklich an. Nach einer Weile nickte sie bedächtig. »Vielleicht ist das eine gute Idee.«

In vollendeter Pendeldiplomatie wurde Adele anschließend beim Ehemann ihrer Freundin vorstellig: »Gestatten Sie ihr, einige Wochen zu verreisen. Wenn sie wiederkommt, wird sich alles verlaufen haben, und Sie beide kommen umso besser miteinander aus.«

August von Goethe erhob keine Einwände, im Gegenteil: Sichtlich dankbar drückte er ihre Hand.

Vom Stadttor aus winkte Adele der Postkutsche nach, bis Ottilies Hand mit dem spitzenbesetzten Taschentuch nur noch ein weißer Farbtupfer war und die Kutsche von Alleebäumen verschluckt wurde. Zufrieden kehrte sie Seite an Seite mit dem Ehemann ins Städtchen zurück, jeder eines der Kinder an der Hand. Was ihr bei ihrer Mutter und ihrem Bruder nicht geglückt war, hier hatte sie es geschafft. Ottilie hatte den Gatten zum Abschied sogar geküsst.

Durch die Abwesenheit der Freundin schien Weimar für Mr. Wilcox an Reiz verloren zu haben. Adele erfuhr, dass er wenige Tage nach Ottilie die Stadt verlassen hatte. Sie nahm die Nachricht mit Erleichterung auf und vertiefte sich wieder in das gemeinsame Schreiben. Die Arbeit schritt gut voran. Morgen für Morgen diktierte ihre Mutter ihr einige Seiten in die Feder, Abend für Abend gestaltete sie diese Seiten so um, dass sie sich ins Gesamtwerk einfügten.

An einem Vormittag etwa zwei Wochen nach Ottilies Abreise kam Goethe zu Besuch. Adele nahm an, dass er die Mutter sprechen wollte. Sie stand schon auf, um sich zurückzuziehen, als er sie bat, ihr etwas zeigen zu dürfen. Auf ihren fragenden Blick hin schlug er ein Journal auf, das er mitgebracht hatte, und reichte es ihr. Es war die *Vossische Zeitung* aus Berlin. Er deutete auf einen kurzen Artikel. »Aufruhr im Hause Goethe« war er überschrieben. Erschrocken las sie weiter:

>»*Mit Bedauern teilen wir mit, dass Ottilie von Goethe, die Schwiegertochter des großen Dichters, ihren Gatten verlassen hat und seitdem mehrfach in Begleitung des englischen Landedelmannes William Wilcox, Esq. gesehen wurde. Die beiden halten sich gegenwärtig im Goldenen Adler in Charlottenburg auf, wo sie ein gemeinsames Hotelzimmer bewohnen.*«

Adele fiel aus allen Wolken. Noch am Vortag hatte sie einen Brief von Ottilie erhalten, in dem sie vom herzlichen Wiedersehen mit ihren Cousinen und von den kulturellen Vorzügen Berlins schwärmte.

Goethe blickte sie kühl an. »Mein Sohn sagt, du steckst mit ihr unter einer Decke.«

Adele klappte den Mund auf und wieder zu. So viele Gedanken schossen ihr durch den Kopf, doch kein einziger fand den Weg über ihre Lippen.

»Er sagt, du hast die Reise arrangiert und ihm seine Zustimmung abgerungen.«

»Das ist nicht wahr«, rief sie betroffen aus.

»Du willst nichts davon gewusst haben?« Es war offensichtlich, dass Goethe ihr nicht glaubte. Enttäuscht schüttelte er den Kopf. »Ich war dir immer zugetan, Adele. So etwas hätte ich nicht von dir erwartet.« Er wandte sich ab, verabschiedete sich freundschaftlich von der Mutter, die seinem Auftritt stumm gefolgt war, und ging, ohne Adele zum Abschied auch nur zuzunicken.

Benommen starrte sie ihm nach. Sie wusste, dass er ihr niemals mehr vertrauen würde. Wie auch? Sie war Ottilies engste Freundin, und sie hatte sich nach Kräften in die Ehe seines Sohnes eingemischt.

Die Mutter kam zu ihr, setzte sich neben sie und tätschelte milde den Kopf schüttelnd ihre Hand. »Du warst wirklich ahnungslos, nicht wahr?«

Adele schluckte den faden Geschmack hinunter, der sich in ihrem Mund ausbreitete, und nickte. »Dann glaubst wenigstens du mir?«

»Aber natürlich. Wir alle haben unseren blinden Fleck, und Ottilie ist deiner.«

Adele sah auf. »Wie meinst du das?«

»Nun ja, seien wir ehrlich, Liebes. Deine Freundin hintergeht ihren Mann seit Jahren. Nur du bist zu gutgläubig, um das zu erkennen.«

Perplex blickte Adele ihre Mutter an. »Denkst du das wirklich?«

Die Mutter nickte. »So schlimm ist es ja nun auch wieder nicht. Männer tun so etwas ständig. Selbst unser hochgeschätzter Freund, der eben hier war, hat da früher keine Ausnahme gemacht.« Sie breitete die Arme aus. »Warum also sollte eine Frau nicht ebenfalls ihr Leben genießen?«

»Aber sie hat mich belogen! Mein Vertrauen missbraucht! Mich in eine unmögliche Lage gebracht!«, rief Adele aus. Ottilies Verrat an ihr erschien ihr ebenso schwerwiegend wie der Verrat am Ehemann. Nichts konnte wiedergutmachen, dass sie, die angeblich beste Freundin, offenbar die Letzte gewesen war, die noch im Dunkeln tappte.

Das Mädchen brachte einen Brief herein. Er trug Ottilies Handschrift. Adele wollte ihn schon weglegen, aber dann riss sie ihn doch auf. Er bestand nur aus wenigen Zeilen:

>*Ich stecke in Schwierigkeiten. Bitte, liebste Adele, komm her und hilf mir!*«

Dazu noch die Adresse und eine innige Versicherung ihrer Freundschaft.

Ohne viel Hoffnung, dass der Artikel in der *Vossischen Zeitung* sich doch noch als üble Nachrede entpuppen könnte, packte sie eine Tasche, verabschiedete sich von der Mutter, die nur den Kopf schüttelte über ihre angebliche Unbelehrbarkeit, und nahm die nächste Postkutsche nach Berlin.

Sie war diese Strecke schon einmal allein gereist, in Gegenrichtung, nach dem Besuch bei ihrem Bruder, der inzwischen in Dresden lebte. Damals war ihr die Fahrt nicht übermäßig lang erschienen, sie hatte den größten Teil verschlafen. Diesmal zogen sich die Stunden endlos hin. Mit schmerzendem Allerwertesten saß sie auf ihrem Reisekissen und bemühte sich, ihre Sitznachbarn nicht anzustoßen, während die Kutsche über die löchrige Chaussee holperte. Sie versuchte, ihre Aufmerksamkeit auf die vorbeiziehende Landschaft zu richten, doch die Enttäuschung über Ottilies Vertrauensbruch schob sich immer wieder in den Vordergrund.

An der Zollgrenze zu Preußen mussten sie einen längeren Halt einlegen, bei dem Pässe und Gepäck kontrolliert und die Pferde gewechselt wurden. Nach einer Nacht, in der sie kein Auge zugetan hatte, erreichte sie am Morgen todmüde und kräftig durchgeschüttelt Charlottenburg.

Sie suchte den Goldenen Adler auf und ließ sich anmelden. Während sie wartete, sah sie sich im Foyer des Gasthofes um. Es war eng und wenig prunkvoll, Teppiche und Wandbespannung wirkten heruntergekommen.

»Wie gut, dass du da bist!«, hörte sie auf einmal Ottilies Stimme. Ihre Freundin flog ihr förmlich über die ausgetretene Treppe entgegen, blieb dann vor ihr stehen und drückte fahrig ihre Hände.

Adele nickte zurückhaltend und hielt nach Mr. Wilcox Ausschau, doch er war nirgends zu sehen.

»Lass uns frische Luft schnappen.« Ottilie zog sie zum Ausgang. Kaum waren sie auf der Straße, sprudelten die Worte nur so aus ihrer Freundin heraus. Unumwunden gab sie jetzt auf einmal die Liaison zu, die sie inzwischen aber angeblich schon wieder bereute. Anscheinend sollte der Engländer von seiner Familie enterbt werden, wenn er an ihr, einer verheirateten Preußin, festhielt. Aus Liebe sei er bereit, das in Kauf zu nehmen. Ottilie, die von sämtlichen Berliner Verwandten und Bekannten geschnitten wurde, fand die Aussicht auf ein Leben in Armut und mit gesellschaftlicher Ächtung hingegen wenig verlockend. »Ich war so dumm. Ich weiß nicht, was in mich gefahren ist«, erklärte sie und blickte Adele mit ihren großen, blauen Puppenaugen flehend an. »Hilfst du mir, August zu besänftigen? Ich möchte zu ihm zurück.«

Zu ihrem eigenen Ärger empfand Adele auf einmal Mitleid mit der Freundin, die sich in eine solch elende Lage manövriert hatte. Sie zögerte mit einer Antwort.

»Bitte schau mich nicht so an, Dele.« Ottilie legte den Kopf schief. »Ich brauche dich.«

»Ich weiß nicht recht …«, sagte sie schließlich gedehnt. »Es behagt mir nicht, deine Komplizin zu werden. Ich musste mir auch so schon einiges anhören.«

»Du darfst mich nicht im Stich lassen!«, rief ihre Freundin. »Ich habe doch nur noch dich!«

»Wer lässt hier wen im Stich?« Adele merkte, wie sie ungehalten wurde. »Wie konntest du mich so belügen?«

»Meine Güte, das spielt doch jetzt keine Rolle.« Auch Ottilies Stimme klang auf einmal gereizt. »Hilfst du mir oder nicht?«

»Natürlich spielt es eine Rolle«, gab sie zurück. »Ich habe geglaubt, wir sagen uns immer alles.«

»Nun habe ich dir doch alles gesagt. Ich bereue es. Was willst du denn noch hören?«

»Du scheinst mich nicht zu verstehen«, beharrte Adele. »Ich dachte immer, wir sind beste Freundinnen. Deshalb bin ich trotz allem hier. Aber mir scheint, du hast eine andere Vorstellung von Freundschaft als ich. Du rufst nur nach mir, wenn es dir nützt. Warum warst du nicht ehrlich zu mir? Nicht einmal, als ich dich direkt gefragt habe?«

»Ich bitte dich, Adele, du sitzt nun wirklich im Glashaus«, drehte Ottilie plötzlich den Spieß um. »Man ist eben manchmal nicht ehrlich, das weißt du ja wohl am besten.«

Sie starrte die Freundin irritiert an. »Was soll das denn heißen? Wovon sprichst du?«

»Zum Beispiel von deinem Liebesleben.«

»Da ist nichts. Nicht jede Frau denkt ständig an Männer, so wie du.«

Ottilie lachte auf. »Allerdings nicht. Glaubst du, ich weiß nicht, dass du andersrum bist?«

Adele war wie vor den Kopf geschlagen. »Was redest du da?«

»Du bist doch so für Ehrlichkeit. Also, warum gibst du es nicht zu?« Aus den blauen Puppenaugen sprach jetzt blanke Angriffslust. »Und beantworte mir bitte eine Frage: Bist du in mich verliebt? Willst du mir nur deshalb nicht helfen, weil ich mit anderen erlebe, was du nicht haben kannst?«

»Du bist ja verrückt«, stammelte Adele und ließ die Freundin stehen. Wie besinnungslos lief sie durch die Straßen von Charlottenburg. Ottilies brutale Worte, die beschämende Erkenntnis, dass sie längst über sie Bescheid wusste, dass ihre Freundschaft nur noch eine leere Hülle gewesen war, all das stürzte über ihr zusammen wie ein Haus bei einem Erdbeben. Es zerschmetterte ihr das Herz. Sie lief, bis ihre Füße genauso brannten wie ihre verweinten Augen. Erst als ihr innerer Aufruhr einer aus Erschöpfung geborenen Kälte gewichen war, kehrte sie zum Gasthof zurück.

»Ich hoffe, du hast inzwischen deine Sachen gepackt«, sagte sie zu Ottilie, die ihr verwundert die Zimmertür öffnete. Sie sah die Freundin, die sie nun nicht mehr als Freundin betrachten konnte, ernst an. »Damit eins klar ist: Ich möchte nie wieder so ein Gespräch wie vorhin mit dir führen. Und jetzt komm, wir müssen aufbrechen.«

Wenig später saßen sie bei kräftigem Regen in der Kutsche nach Weimar. Mehrfach versuchte Ottilie, das Schweigen zu brechen. Doch Adele wusste nicht, was sie der Kindheitsfreundin noch zu sagen gehabt hätte.

Adele, Frühjahr 1826

In Osanns Studierzimmer im ärmlichen Haus seiner Mutter roch es wegen der jahrelangen Abwesenheit des Bewohners nun noch modriger als zuvor. Schimmel breitete sich in den Ecken der schmalen Lichtluke dicht unter der Decke aus. Adele zog ihr Kaschmirtuch enger um ihre Schultern. Trotz des schönen Maiwetters war es hier unten kühl, dunkel und feucht.

Osann hielt mit Daumen und Zeigefinger einen Glaskolben in die Höhe, der mit seinen zwei ungleich großen Öffnungen an eine Gießkanne erinnerte. Er hatte sich das Gerät eigens bei einem renommierten Glasbläser in Jena anfertigen lassen. Nun füllte er Natron hinein, ein weißes Pulver, das auch Backsoda genannt wurde, wie er ihr erklärte. Seit einiger Zeit erforschte er dessen chemische Eigenschaften, die außerordentlich vielfältig zu sein schienen. Das Pulver ließ sich als Ameisengift verwenden oder als Mittel gegen Mehltau, man konnte damit Flecken und Gerüche entfernen, die Zähne aufhellen, Magendrücken kurieren, Erbsen weichkochen und natürlich backen. Warum das so war, versuchte Osann zu entschlüsseln – bislang vergebens. Er hatte nur herausgefunden, dass Backsoda so etwas wie das Gegenteil von einer Säure war. Darauf beruhte das Experiment, das er Adele vorführen wollte. Er reichte ihr ein Fläschchen mit Apfelessig und bat sie, einige Tropfen davon auf das Backsoda in dem Glaskolben zu träufeln. Sofort begann das Pulver zu schäumen, wobei es sich blitzschnell ausdehnte. Der Schaum quoll aus dem rohrförmigen Ausguss, ja, er spritzte geradezu in alle Richtungen. Nun verstand sie, warum Osann ihr eine Schürze gereicht und auch selbst eine umgebunden hatte.

»So recht weiß ich noch nicht, wozu es gut ist. Vielleicht kann man damit Feuer löschen«, erklärte er, während er sich eine Schaumwolke aus den Haaren fischte. Adele lachte so vergnügt wie lange nicht.

Sie war heilfroh über Osanns Rückkehr aus dem Baltikum. Die letzten Monate waren einsam gewesen. Ihre Freundschaft mit Ottilie ließ sich nicht kitten. Zwar wechselten sie belanglose Worte, wenn sie sich auf der Straße begegneten – Ottilie war zu Adeles Erstaunen tatsächlich von ihrem Ehemann wieder aufgenommen worden –, aber es war wie ein Gespräch unter entfernten Bekannten. Dass August von Goethe angeblich hoch und heilig versprochen hatte, seine Ehefrau nicht mehr zu schlagen, dass beide stumpf nebeneinanderher lebten, ohne zu reden oder zu streiten – all das wusste Adele nur vom Hörensagen, nicht von Ottilie selbst. Es interessierte sie auch nicht mehr. Die bittersüße Qual, die jedes Zusammentreffen mit der Freundin über viele Jahre hinweg begleitet hatte, war der Empfindungslosigkeit gewichen. Ihre anderen Freundinnen waren ihr schon immer weniger nahe gewesen. Nun waren alle verheiratet und sprachen nur über Ehemänner, Kinder und häusliche

Sorgen. Die Mutter war kein Ersatz für eine echte Freundin. Sie kamen gut miteinander aus, aber sie waren doch sehr unterschiedlich. So war Osann der einzige Lichtblick.

Während seiner Abwesenheit hatten sie einander gelegentlich geschrieben, ohne dass jedoch zarte Worte gefallen waren. Nun, da er zurück war, lebte die frühere, eher sachliche Freundschaft wieder auf. Ab und zu kam es überraschend zu einem langen Händedruck oder einem tiefen Blick, der erneut die Frage aufwarf, ob bei Osann unausgesprochen tiefere Gefühle im Spiel waren. Falls es so war, benahm er sich jedoch so zurückhaltend, dass sie sich nie bedrängt fühlte. Anders als Ottilie war Osann vertrauenswürdig und ehrlich, was Adele ihm hoch anrechnete. Er ließ sie bereitwillig an seinen wissenschaftlichen Forschungen teilhaben und erkundigte sich seinerseits stets interessiert nach ihrer schriftstellerischen Arbeit mit der Mutter. Kurzum, in seiner Gegenwart fühlte sie sich wohl.

Nach und nach verwandelte sich der Schaum, der den Experimentiertisch und Teile des Bodens bedeckte, in eine durchsichtige Flüssigkeit, die, wie Osann versicherte, ungiftig war. Während Adele ihre Hände in der Waschschüssel wusch, wischte der Freund den Arbeitstisch mit einem Lappen ab. Adele war eben dabei, sich abzutrocknen, als einer seiner Universitätsfreunde eintrat, ohne anzuklopfen. Der Ankömmling, ein Gymnasiallehrer, den Adele nur flüchtig kannte, stutzte einen Moment und sagte dann mit einem spöttischen Lächeln zu Osann: »Na, du Schwerenöter?«

Osann errötete leicht und zog schnell seine Taschenuhr hervor. »Müssen wir schon los?«

Sein Freund nickte und fügte mit dem gleichen spöttischen Lächeln hinzu: »Da hat wohl jemand die Zeit vergessen.«

»Ich wollte mich ohnehin gerade verabschieden«, mischte Adele sich ein. »Wo geht es denn hin?«

Der Lehrer warf Osann einen warnenden Blick zu, doch der

erwiderte ruhig: »Man kann ihr vertrauen.« Dann wandte er sich an sie. »Wir sind nicht einverstanden mit der politischen Entwicklung. Alles wird zurückgedreht, alles wird zensiert. Es gibt ein Netzwerk von Leuten, die sich dagegenstemmen.«

»Das kannst du doch nicht einfach ausplaudern«, rief der Lehrer erschrocken.

»Ich verspreche Ihnen, Ihr Geheimnis ist bei mir gut aufgehoben«, beteuerte Adele und blickte Osann besorgt an. »Ist das nicht gefährlich? Man hat von Verhaftungen gehört ...«

»Wir sind sehr vorsichtig. Aber ich danke Ihnen für Ihre Sorge.« Zum Abschied drückte er ihre Hand mit beiden Händen und blickte ihr dabei ergriffen in die Augen, bis sein Freund sich räusperte.

Auf dem Heimweg fragte Adele sich, wie sie mit Osanns nicht mehr zu übersehender Zuneigung umgehen sollte. Sie konnte vor sich selbst nicht verhehlen, wie gut es ihr tat, dass sie ihm etwas bedeutete. Es wärmte ihr Herz, so wie schon damals, vor seiner Abreise.

Die Frage war, ob sie ebensolche Gefühle für ihn entwickeln konnte. Sie war bereits weit in ihren Zwanzigern, und noch nie hatte sie einen Menschen anders als auf die Wange geküsst. Um sie herum tobte das Leben, bei ihr selbst hingegen herrschte Stillstand, eine verschwendete Existenz, wie ihr Bruder sagte. Fast schmerzhaft sehnte sie sich nach Nähe, nach Geborgenheit. War es da nicht höchste Zeit zu handeln, ihr Schicksal in die Hand zu nehmen? Dass Osann ein Mann war, machte die Sache einerseits schwerer, andererseits bot sich hier vielleicht die Gelegenheit, endlich ein normales Leben zu führen wie jede andere Frau.

Ob aus Schüchternheit oder Rücksichtnahme, Osann machte ihr die Sache nicht einfach. Beim nächsten Treffen war er wieder ganz der nüchterne Wissenschaftler und führte ihr die einzelnen Schritte des Leblanc-Verfahrens zur Gewinnung von Natron vor. Geistesabwesend starrte Adele auf die kleinen Bläschen, die wie Perlen aus der Flüssigkeit im Glaskolben aufstiegen, während sie über dem Petroleumkocher erhitzt wurde. Sie verstand kein einziges Wort von dem, was Osann ihr erklärte. Viel zu sehr war sie in Gedanken mit der Frage beschäftigt, ob sie ihn küssen sollte.

Die Vorstellung kostete sie einige Überwindung, doch sie hoffte, dass der Appetit beim Essen kam. Nun war nicht die Zeit zu zaudern und zu zweifeln. Das Leben wartete nicht. Osann schwenkte den Glaskolben sachte über der Flamme. Durch den emporsteigenden Wasserdampf hindurch warf er ihr ein Lächeln zu. Seine Augen hatten dabei fast dieselbe kristallene Farbe wie die kochende Flüssigkeit. Adele beschloss, es einfach zu wagen. Sie fühlte sich, als stünde sie auf einer hohen Klippe, im Begriff, in einen tiefen, dunklen Fluss zu springen.

Mit einem leisen Zischen verdampfte der letzte Rest der Lösung, und ein weißliches Pulver blieb zurück. Osann löschte die Petroleumflamme, dann hielt er das Gefäß in die Höhe.

»*Voilà*, fertiges Natron.« Er ließ eine kleine Menge in seine Handfläche rieseln und probierte mit angefeuchtetem Zeigefinger davon. »Einwandfrei.« Er trat neben Adele und blickte sie von der Seite an. »Möchten Sie es kosten? Es schmeckt etwas salzig.«

Mit pochendem Herzen sah sie den richtigen Augenblick gekommen. Todesmutig sprang sie in die Tiefe. Sie packte Osanns Kopf und wollte ihm einen Kuss auf den Mund drücken, traf aber nur seinen Mundwinkel. Sie spürte, wie er überrascht zusammenzuckte. Ohne sich von ihm zu lösen, drehte sie seinen Kopf mit beiden Händen so, dass ihre Lippen ganz auf seinen lagen. Mit geschlossenen Augen verharrte sie so. Ihre Ohren sausten, die Luft wurde ihr knapp.

Osann presste nun dagegen. Seine Arme schlossen sich um

ihre Taille. Er zog ihren Körper fest an sich. Sein Mund öffnete sich, seine Zunge kam hervor und drängte sich zwischen ihre Lippen. Sie erschrak so heftig, dass sie haltsuchend hinter sich griff. Ihre Hand wischte über den Experimentiertisch. Ein Glas kippte von der Tischkante und zersprang klirrend. Als habe das Geräusch ihn geweckt, ließ Osann plötzlich von ihr ab. Seine Umarmung erschlaffte, sein Mund löste sich von ihrem. Schwer atmend trat er einige Schritte zurück. Er war ganz rot im Gesicht und vermied es, ihrem Blick zu begegnen. Beide starrten stumm auf das weißliche Pulver, das inmitten von Scherben den Boden bedeckte.

Tiefe Scham stieg in Adele auf. »Es tut mir leid …«, stieß sie hervor.

»Nicht doch, es ist meine Schuld«, murmelte er und begann, mit gesenktem Blick die Scherben aufzulesen.

Adele half ihm mechanisch. Ihr Gesicht brannte. »Ich weiß nicht, was in mich gefahren ist.«

Er legte das Kehrblech zur Seite und sah sie mit sichtlichem Unbehagen an. »Mein Verhalten ist unverzeihlich. Ich hätte Ihnen auf jeden Fall mitteilen müssen, dass ich mich in Tartu verlobt habe.«

»Oh«, war alles, was ihr zu dieser irritierenden Neuigkeit einfiel.

»Meine Braut lebt noch dort. Wir warten, bis ich eine feste Professur habe. Ich bin untröstlich, dass ich Sie in die Irre geführt habe.«

»Am besten, wir … vergessen den … Vorfall einfach«, stammelte sie.

Osann nickte. »Ich hoffe, wir bleiben gute Freunde.« Seine Stimme klang alles andere als überzeugt.

Zu Hause warf sie sich auf ihr Bett und zog sich die Decke über den Kopf. Sie bezweifelte, dass sie Osann je wieder unter die Augen treten konnte.

Nun hatte sie also auch diesen Freund verloren. Der Traum von einem normalen Leben war zerplatzt. Vor allem aber gab es unter den Gleichaltrigen in ihrer Umgebung niemanden mehr, dem sie sich wirklich nahe fühlte. Mit schwerem Herzen nahm sie den Rutil, den Osann ihr einst vermacht hatte, von seinem Ehrenplatz auf ihrem Frisiertisch und verstaute ihn in der Schachtel mit Erinnerungsstücken, in der schon Ottilies Briefe und Freundschaftsgeschenke verschwunden waren. Sie schloss den Deckel und schob die Kiste zurück an ihren Platz ganz hinten im Schrank.

Etwas Trost bot der Erfolg des neuen Romans. Neben Lorbeeren für ihre Mutter trug er ihnen auch wieder ein hübsches Sümmchen für die Familienkasse ein. »Wir sollten uns belohnen«, fand die Mutter. »Was hältst du davon, wenn wir es noch einmal mit einer Badereise versuchen?«

Hätte Adele vor kurzem noch versucht, ihr diesen Luxus auszureden, so kam ihr der Vorschlag nun gerade recht. Sie musste raus aus Weimar, wo man bei jedem Spaziergang und jedem Theaterbesuch auf Ottilie oder Osann oder beide traf. Eine Badereise versprach Zerstreuung, und die brauchte sie dringender denn je.

Ihre Unterkunft in Wiesbaden fiel dieses Mal deutlich bescheidener aus, eine kleine, aber gepflegte Pension etwa fünfzehn Gehminuten von den Kuranlagen entfernt, immerhin jedoch mit Blick auf den Rhein. Das Grandhotel, das sie bei ihrem letzten Besuch so abrupt hatten verlassen müssen, sahen sie nur von außen. Gelegentlich gönnten sie sich bei der Rückkehr vom Nachmittagsspaziergang auf der schicken Hotelterrasse eine Tasse Tee.

Jedes Mal dachte Adele dann an ihre Brieffreundin Sibylle, mit der sie weiterhin in Verbindung stand. Sibylle hatte geschrieben, sie wäre gerne ebenfalls nach Wiesbaden gekommen, um sie wiederzusehen, doch leider sei ihr jüngstes Kind so schwer erkrankt, dass sie sich nicht trennen könne. Ob Adele sie denn nicht endlich einmal in Köln besuchen wolle.

An einem strahlenden Frühsommernachmittag saßen sie bei einem Stück Erdbeerkuchen auf der Terrasse, als Adele plötzlich ein heftiger Schmerz durchfuhr. Mit einem Aufschrei ließ sie die Gabel fallen. Eine von dem süßen Gebäck angelockte Biene hatte zugestochen und zappelte nun an ihrer Hand. Geistesgegenwärtig schlug die Mutter nach dem Insekt, wobei der Stachel jedoch wie ein Rosendorn in ihrer Haut steckenblieb. Die knallrote, heiße Hand schwoll im Nu an wie ein Hefeteig.

»Oje«, rief die Mutter. »Das kenne ich von meiner Schwester. Ist dir übel?«

»Es geht«, wiegelte Adele ab, während sie gegen den Brechreiz ankämpfte.

Die Mutter winkte einen Kellner herbei. »Könnten Sie etwas zur Kühlung bringen? Ein feuchtes Tuch oder ein Stück Gefrorenes aus dem Eiskeller?«

Der Kellner nickte und verschwand. Ein junger Mann, der am Nebentisch gesessen hatte, trat zu ihnen. »Verzeihen Sie meine Zudringlichkeit, aber kann ich vielleicht helfen?«, fragte er höflich. »Ich bin Arzt.«

Adele wollte schon abwehren, doch die Mutter war schneller: »Sie schickt der Himmel. Meine Tochter hat eine Überempfindlichkeit gegen Bienenstiche.«

Der junge Arzt kniete bereits neben Adele und besah sich ihre Hand. »Der Stachel muss raus. Entschuldigen Sie bitte.« Er legte ihre Hand auf sein Knie und drückte mit beiden Daumennägeln fest zu. Es schmerzte kurz, aber dann war der Stachel verschwunden. »Sie müssen das Gift heraussaugen«, erklärte ihr Helfer. »Oder ich könnte es tun, wenn Sie erlauben.«

»Bitte sehr«, sagte Adele, der es gar nicht gut ging. Ihr war schwindelig, und sie sah ihre Umgebung nur noch wie durch dichten Nebel, während der Mann an ihrem Handballen saugte.

»Ich hoffe sehr, das hilft«, hörte sie ihre Mutter spitz sagen.

Der junge Arzt nahm dem zurückkehrenden Kellner das in ein Leinentuch gewickelte Eisstück ab und drückte es auf die Schwellung. »Gleich müsste es Ihnen besser gehen. Trinken Sie einen Tee mit viel Zucker.«

Tatsächlich erholte sich Adele schnell. »Ein Segen, dass Sie da waren«, sagte sie, während das letzte Stückchen Eis auf ihrer schon nicht mehr ganz so stark geschwollenen Hand schmolz. »Wie können wir das wiedergutmachen?«

»Nicht doch, gerne geschehen! Darf ich mich übrigens vorstellen? Mein Name ist Stromeyer, Doktor der Medizin.«

Zum Dank luden sie Doktor Stromeyer zum Souper ein. Ihre Pension, so bescheiden sie war, verfügte über einen anständigen Koch. Der junge Arzt erwies sich als guter Unterhalter. Er arbeitete im hiesigen Kurbadbetrieb und hatte einige skurrile Geschichten mit anspruchsvollen Kurgästen erlebt, die er auf amüsante Weise zum Besten gab. Sie saßen beisammen, bis die Wirtin sich räusperte, weil sie die Letzten im Speisesaal waren. So gut war das Einvernehmen, dass man ein Wiedersehen am nächsten Tag zum Kurkonzert vereinbarte.

»Ein angenehmer Zeitgenosse«, meinte die Mutter, als sie sich vor ihren nebeneinanderliegenden Zimmern trennten. »Aber morgen geh du ohne mich zum Konzert. Ich ruhe mich nach der Trinkkur gerne aus.«

Im Schatten ihres kleinen, tragbaren Sonnenschirms wartete Adele tags darauf allein auf Stromeyer. Er kam mit leichter Verspätung direkt aus dem Kurhaus und bat um Verzeihung, dass er nicht mehr die Zeit gefunden hatte, sich vor dem Konzert umzuziehen.

Während sie durch den Kurpark auf den Konzertpavillon

zuschlenderten, musterte sie ihren neuen Bekannten von der Seite. Er war ungefähr in ihrem Alter, kaum größer als sie und sehr schlank. Seine Haarfarbe lag irgendwo zwischen dunkelblond und mattbraun. Auch seine Gesichtszüge waren nicht gerade bemerkenswert, aber angenehm. Der junge Arzt wirkte heiter, ausgeglichen und hellwach. Er grüßte hier und da andere Konzertbesucher, während er Adele zu ihren Plätzen in einer der vorderen Reihen lotste. Das Orchester stimmte die Instrumente.

»Vergangenes Jahr habe ich hier noch das Wunderkind erlebt, oder vielleicht sollte ich sagen, das ehemalige Wunderkind«, erzählte Stromeyer. »Dieser Mendelssohn-Bartholdy ist jetzt auch schon fast erwachsen.«

»Schade, er ist also dieses Jahr nicht hier?«, fragte Adele.

»Sie kennen ihn?«

»Wir schätzen und mögen uns, auch wenn ich ihn lange nicht gesehen habe.«

»Ich frage mich, was das für ein Leben ist: So früh berühmt, und dann wächst man mit jedem Tag mehr aus dem gefeierten Dasein als Wunderkind heraus«, überlegte der junge Arzt.

»Das ist sicher nicht einfach«, stimmte sie zu. »Aber er ist so begabt am Klavier und als Komponist, er wird auch als Erwachsener bestehen. Übrigens ehrt es Sie, dass Sie sich solche Gedanken machen.«

»Ich interessiere mich für das Seelenleben der Menschen«, bekannte Stromeyer. »Meinem Verständnis nach gehören Körper und Seele nämlich zusammen. Ein Arzt sollte beides im Blick haben.«

»Zwar verstehe ich wenig von Medizin«, erwiderte Adele. »Aber das erscheint mir sehr einleuchtend. Auf meine Art teile ich Ihr Interesse.«

Nach dem Konzert schlenderten sie durch den Kurpark zur Burgruine. Schnell stellten sie fest, dass sie weitere Gemeinsamkeiten hatten. Stromeyer las Romane, sogar solche mit Frauennamen im Titel wie die *Gabriele.*

»Wie ist es so, die Tochter einer namhaften Schriftstellerin zu sein?«, erkundigte er sich.

»Zergliedern Sie nun meine Seele?«, fragte sie mit einem Lächeln.

»Verzeihen Sie. Ich bin immer sehr neugierig«, lenkte er schnell ein.

»Neugierde hat einen viel zu schlechten Ruf«, beruhigte sie ihn. »Was Ihre Frage betrifft: Ich lebe recht gut damit, nicht im Rampenlicht zu stehen.«

Stromeyer pflückte eine Rose von einem Strauch und überreichte sie ihr. »Wer Sie kennenlernt, wird Sie gewiss trotzdem nicht übersehen.«

Verblüfft hielt sie die duftende Blüte an ihre Nase. Noch nie hatte ihr jemand eine Blume verehrt.

Bei strahlendem Sonnenschein spazierten sie tags darauf zu den Auenwäldern am versandeten Seitenarm des Rheins, die sie damals bei ihrem Ausflug mit Sibylle schon aus der Ferne bewundert hatte. Wieder war die Mutter nicht mit von der Partie. Einige Kurgäste hatten sie gebeten, aus ihrem letzten Roman vorzulesen, ein Wunsch, dem sie nur zu gerne nachkam. Was Schmeicheleien betraf, musste Adele zugeben, dass auch sie dafür nicht unempfänglich war. Sie sonnte sich in der ungewohnten Bewunderung, die Stromeyer ihr entgegenbrachte. Diesmal war kein Irrtum möglich. Er bestand darauf, ihren Sonnenschirm zu tragen, und dirigierte sie sorgfältig um jede Pfütze herum, die ein nächtlicher Gewitterguss hinterlassen hatte. Kaum erreichten sie die ersten Auen, geleitete er sie zu einer Sitzbank, die durch eine hängende Weide vom Weg abgeschirmt war.

Er setzte sich neben sie und musterte sie besorgt. »Ich hoffe, ich habe Ihnen nicht zu viel zugemutet.«

»Ganz der Arzt«, stellte sie lächelnd fest. »Seien Sie unbesorgt: Ich bin lange Spaziergänge gewohnt, ich liebe die Natur.«
»In jedem Fall bringt es Ihren Teint zum Strahlen.« Er nahm ihre Hand und blickte sie unverwandt an. Seine Augen waren von einem hellen Braun und hatten einen hingebungsvollen Ausdruck, der Adele ganz verlegen machte. Sie senkte den Blick. Während sie noch nach einer passenden Antwort suchte, nahm sie erschrocken wahr, wie sich sein Gesicht dem ihren näherte. Im nächsten Augenblick spürte sie seine Lippen auf ihrem Mund. Ihr erster Impuls war es, aufzuspringen, doch sogleich siegten ihre Neugierde und ihre Abenteuerlust. Sie entspannte sich, schloss die Augen und überließ sich dem Moment.

Stromeyers Lippen waren etwas trocken, aber sanft und weich. Aus der Nähe verströmte er einen herben, keineswegs unangenehmen Geruch nach Tabak und Gewürzen. Sein Schnurrbart kitzelte leicht. Anders als Osann versuchte er nicht, seine Zunge zwischen ihre Lippen zu pressen, was ihr nur recht war. Eine Weile saßen sie so da, die Münder aufeinandergelegt, die Hände ineinander verschränkt, dann löste er sich von ihr und blickte ihr suchend in die Augen. »Sind Sie mir böse?«, fragte er leise.

Sie schüttelte den Kopf und küsste ihn ihrerseits. Ein freudiges Lächeln erhellte seine Miene. Er zog sie näher zu sich heran und übersäte ihr Gesicht mit Küssen.

Adele versuchte herauszufinden, was sie empfand. Aufregung sicherlich, Verwunderung und Verwirrung. Darüber hinaus war alles unklar. Die Situation begann, ihr über den Kopf zu wachsen. Sie entwand sich ihm sachte und stand auf. »Es wird spät. Meine Mutter wird sich sorgen. Wir sollten zurückkehren.«

Vor der Pension trennten sie sich mit einem raschen Kuss, nachdem sie sich vergewissert hatten, dass niemand aus dem Fenster sah. Innerlich glühend, huschte Adele die Treppe hinauf in ihr Zimmer. Sie war froh, dass sie ihrer Mutter nicht begegnete. Versonnen schnupperte sie an der Damaszenerrose, die in einem Glas auf ihrem Nachttisch stand, und fragte sich, ob sie verliebt war.

Es fühlte sich anders an als bei Ottilie, aber damals war auch immer viel Kummer dabei gewesen. Vielleicht war dieses sanfte, wohlige Kribbeln, das weder die Welt zum Einsturz brachte, noch sie unglücklich machte, das normale Gefühl zwischen Mann und Frau. In jedem Fall war es eine angenehme Empfindung, und Stromeyer war ein angenehmer Mensch. Sie beschloss, mit offenen Armen auf sich zukommen zu lassen, was die Zukunft bereithielt.

Die Mutter stellte wie üblich keine Fragen, als sie beim Abendessen beisammensaßen. Noch ganz erfüllt vom Erfolg ihrer Lesung, schien sie nicht einmal zu merken, dass ihre Tochter mit den Gedanken woanders war. Erst beim Dessert musterte sie sie genauer: »Du siehst gesund aus, Liebes, richtig hübsch. Mir scheint, die Kur tut auch dir gut.«

Adele merkte, wie sie rot wurde. Schon seit dem Hauptgang überlegte sie, wie sie es anstellen konnte, am folgenden Nachmittag wieder unbegleitet mit Stromeyer spazieren zu gehen. Als sie vorsichtig ihre Pläne ansprach, wedelte die Mutter mit der Hand: »Geht ihr jungen Leute nur alleine. Mir liegen weite Wege nicht mehr. Auch habe ich diverse Einladungen zum Tee. Also genieße deine Jugend und kümmere dich nicht um mich.«

Vorfreudig fand Adele sich zur vereinbarten Zeit vor dem Heilbad ein, wo Stromeyer sie nach Beendigung seines Dienstes begrüßte. Da einige Kurgäste in der Nähe waren, reichten sie sich förmlich die Hand und mussten dabei beide lachen. Kaum hatten sie den Kurpark durchquert, zog er sie auf einen kleinen Seitenpfad, der an einem Bach entlang zu einer moosbedeckten Lichtung führte. Dort ließ Stromeyer, der mit Vornamen Louis hieß, sich auf den weichen Boden sinken und zog sie zu sich hinab. Im Schutz des Gebüschs umarmten und küssten sie sich, bis ihr ganz schwindelig wurde. Auch als die Zunge ins Spiel kam, machte sie mit. Sie war froh, dass sie bereits lag, sonst wäre sie umgefallen, so ungewohnt war alles. Louis beugte sich über sie und vergrub sein Gesicht in ihrer Halsbeuge. Während sie seinen schnellen Atem dicht an ihrem Ohr hörte, spürte sie, wie sich seine Hand unter ihren Rock schob. Seine Finger legten sich auf ihren Oberschenkel und wanderten an der Innenseite ihres Beines hinauf. Sie verspannte sich innerlich, ließ ihn jedoch gewähren. Auf einmal ergriff er ihre Hand und steckte sie vorne in seine Hose. Adele dachte an die kopflose Statue im Goethe'schen Gesellschaftszimmer, doch was sie ertastete, war größer und fest aufgerichtet, außerdem ziemlich warm. Schwer atmend drückte Louis sein Geschlechtsteil gegen ihre Hand, während seine Finger sich in ihre empfindlichste Stelle hineindrängten. Das war nun doch zu viel. Adele zog ihre Hand weg, schob Louis von sich und sprang auf.

Mit hochrotem Kopf kam jetzt auch er zu sich. Sein Gesicht nahm einen zerknirschten Ausdruck an. »Ich habe mich davontragen lassen...«

Sie unterbrach ihn. »Ich möchte jetzt gerne nach Hause.«

Ihre Kleider richtend, schlüpfte sie zwischen den Büschen hindurch zurück auf den Pfad. Sie konnte nicht sagen, warum sie in einem Moment neugierig seine Berührungen genossen hatte und im nächsten nur noch das Weite suchen wollte, aber so war es.

Er folgte ihr. »So warte doch!«

Sie drehte sich zu ihm um.

Er blickte sie flehend an. »Ich hatte nichts Unrechtes im Sinn...« Dann fiel er vor ihr auf die Knie. »Ich will dich heiraten! Ich liebe dich!«

Nun war sie wirklich sprachlos.

Nachdenklich saß sie am Ufer des am Rande des Kurparks gelegenen künstlichen Weihers. Im trüben Wasser spiegelte sich ihr Abbild, als blicke ihr eine fremde Person entgegen. Zwei leuchtend blaue Libellen schwirrten umeinander. Sie sah ihnen zu und hoffte auf eine innere Stimme, die ihr sagte, was sie tun sollte. Doch alles blieb stumm. Die Libellen tanzten auf dem Wasser, berührten die Oberfläche. Das Wasser kräuselte sich, das Spiegelbild verschwamm, wurde unscharf wie ihre Empfindungen und Wünsche. Adele pflückte eine Margerite vom Uferrand und zupfte die Blütenblätter ab, eines nach dem anderen, wie ein kleines Mädchen: Soll ich? Soll ich nicht?

Sie hatte Stromeyer, also Louis, eine Antwort bis zum nächsten Tag versprochen. Nun galt es also, eine Entscheidung zu treffen. Sollte sie seine Frau werden?

Vieles sprach für ihn. Er war ein guter Mann, klug, verständnisvoll, mit Herzensbildung. Auch war er nicht unansehnlich, seine Nähe durchaus angenehm. Wenn sie vor dem zurückschreckte, was man die ehelichen Pflichten nannte, so lag das vermutlich an ihrer Angst vor allem Neuen, die sie doch zu überwinden wünschte.

Man gewöhnt sich daran, hatte Ottilie verraten, und dann bereitet es sogar Vergnügen. Adele hatte Louis gerne geküsst, sie mochte seinen Geruch. Sie hielt es durchaus für möglich, dass sie auch am Rest Gefallen finden konnte. Anders als Ottilies Ehemann trank Louis nur sehr maßvoll. Unvorstellbar, dass er jemals die Hand gegen sie erheben würde.

Sie ging auf die dreißig zu. Louis war der erste Mann, der um sie anhielt, und er konnte sehr gut der letzte sein. Ein Mann, der sie liebte, sie, deren Sehnsüchte noch nie erfüllt worden waren. Was machte es schon aus, dass ihr Blut nicht rauschte, wenn sie an ihn dachte? Die Liebe konnte wachsen. Diesen Satz hatte sie viele Male gehört, sicher lag Wahrheit darin. Warum zögerte sie also? Sie wusste nichts Nachteiliges über Louis zu sagen, nichts störte sie an ihm. Die Sonne brach hinter einer Wolke hervor und brachte die beiden Libellen zum Glitzern, die nun einträchtig an einem Schilfhalm hingen und sich paarten. Die letzten Blütenblätter fielen. Soll ich? Soll ich nicht? Soll ich? Der Blütenstiel war kahl. Adele stand auf. Sie kannte nun die Antwort. Einen besseren Ehemann würde sie nicht finden.

Diesmal schien ihr die Mutter etwas anzumerken. Im schwindenden Abendlicht saßen sie in dem kleinen Garten hinter der Pension bei einem Glas Portwein beisammen.

»Ich hoffe, ihr hattet einen vergnüglichen Ausflug.« Die Mutter musterte sie neugierig.

»Sehr erlebnisreich, ja.« Adele fasste sich ein Herz. »Was würdest du sagen, Mama, wenn ich heiraten würde?«

Die Mutter öffnete überrascht den Mund. »Er hat um dich angehalten?«

Adele nickte, halb verlegen, halb stolz, so als hätte sie eine Leistung vollbracht.

»Und du hast ja gesagt?«

»Ich werde ihm morgen antworten.« Sie sah ihre Mutter fragend an. »Wie stehst du dazu?«

Die Mutter schwieg einen Augenblick. Ihrer Miene war nicht anzusehen, was sie dachte. »Nun, du weißt, ich habe dich sehr gerne um mich, aber das ist wohl der Lauf der Dinge. Ich werde deinem Glück nicht im Wege stehen.«

»Dann wärest du einverstanden?«

»Selbstverständlich.« Die Mutter schien nachzudenken. »Gibt es die Aussicht, dass ihr in Weimar wohnt? Doktor Vogt ist nicht mehr jung. Er spielt mit dem Gedanken, sich zurückzuziehen. Die Vakanz könnte dein Mann füllen.«

Adele spürte die Unruhe hinter der scheinbar beiläufigen Frage. »Ich werde mit ihm darüber sprechen.«

Am nächsten Morgen stieß Louis zu ihnen, als sie noch

beim Frühstück saßen. Wegen des schönen Wetters hatten sie ihren Tisch im Freien decken lassen. Mit einem üppigen Pfingstrosenstrauß in Händen stieg er die Treppenstufen von der Pension hinunter ins Gärtchen. Sein Blick war bange auf Adele gerichtet. Sie glaubte zu spüren, dass ihr Herz hüpfte. Gerührt nahm sie die Blumen entgegen und sog ihren Duft ein.

»Setzen Sie sich.« Die Mutter wies auf einen Stuhl. Während Louis Platz nahm und Adele unsicher zulächelte, ließ sie durchblicken, dass sie im Bilde war. Sie wolle der Antwort ihrer Tochter nicht vorgreifen, erklärte sie, aber ein Mann mit Stromeyers Beruf könne in Weimar gut Fuß fassen.

»Sehr aufmerksam, dass Sie sich darüber Gedanken machen«, entgegnete er. »Nur gibt es in Weimar leider keine Universität.«

»Warum Universität?«, erkundigte sich Adele. Auch die Mutter blickte fragend.

»Möglicherweise stellt sich das von außen anders dar, aber die Medizin steckt noch in den Kinderschuhen. Für die allermeisten Krankheiten kennen wir keine oder nur unzureichende Kuren«, erläuterte er. »Doch inzwischen tut sich etwas, neue Methoden werden erkundet, in Berlin hat sich die Universität im Dienste des Fortschritts mit dem größten Hospital zusammengetan. Dort möchte ich arbeiten. Ich will einen Beitrag leisten, um mein Fachgebiet voranzubringen.«

Adele sah ihm die Begeisterung an. Berlin also. »Alles strebt zurzeit dorthin«, stellte sie fest und wandte sich der Mutter zu. »Könntest du dir vorstellen, dort zu wohnen?«

»Heißt das …?« Louis blickte sie hoffnungsvoll an. Mit glühenden Wangen warf sie ihm ein scheues Lächeln zu.

»Ich trinke nur eben meinen Tee aus, dann seid ihr unter euch«, schaltete sich die Mutter ein, die offenbar nicht Zeugin einer Liebesszene zu werden wünschte.

Während die Mutter ihre Tasse leerte, näherte sich die Wirtin und legte einen gefalteten Zettel vor sie hin. »Verzeihen Sie die Störung«, sagte sie. »Aber heute ist Samstag.«

Natürlich, die Zimmermiete, fiel es Adele siedend heiß ein. Die wöchentliche Zahlung wäre eigentlich am Vortag fällig gewesen. Bei all der Aufregung war ihr das vollkommen entfallen. »Sie bekommen Ihr Geld sofort. Nehmen Sie auch Taler, oder müssen es hessische Gulden sein?«

»Wie es Ihnen beliebt. Es genügt bis heute Abend.« Die Wirtin zog sich zurück.

»Danke, dass du dich darum kümmerst, Liebes.« Die Mutter stand auf. »Adele regelt all unsere Geldgeschäfte. Sie ist sehr tüchtig«, fügte sie an Stromeyer gewandt hinzu und folgte der Wirtin ins Haus.

Als sie mit ihrem zukünftigen Verlobten allein war, atmete Adele einmal tief ein und wieder aus. Gleich würde sie ihm ihre Entscheidung mitteilen. Währenddessen nahm er die gefaltete Rechnung an sich und steckte sie ein. »Das übernehme ich«, sagte er. »Von jetzt an musst du dich um Geld nicht mehr sorgen. Den hässlichen Alltag werde ich von dir fernhalten, damit du dich ganz unserem trauten Heim widmen und unsere Kinder großziehen kannst.«

Obwohl seine Worte als liebevolles Versprechen gemeint waren, schnürten sie ihr die Luft ab: Wenn sie Louis heiratete, würde sie ihre Tage einsam zu Hause verbringen, mit keiner anderen Aufgabe als der, die Ansprüche ihrer wachsenden Kinderschar zu befriedigen und den Haushalt in Ordnung zu halten. Ihr Mann wäre abwesend, er würde die Medizin revolutionieren. Wenn er abends heimkehrte, würde er ihr von seinem erfüllten Tag berichten, während sie es ihm behaglich machte. Wollte sie andere Menschen treffen, einen Kurort besuchen, ja, auch nur ein Kleid kaufen, müsste sie ihren Mann um Erlaubnis fragen. Weiterhin eigene Entscheidungen zu treffen, gar selbst Geld zu verdienen, käme nicht in Betracht. Obwohl volljährig, würde sie mit der Heirat wieder unmündig werden, jemandes Besitz. Sie gäbe alle Freiheiten auf und schlüge einen Weg ein, auf dem für Träume kein Platz mehr wäre.

»Ich kann dich nicht heiraten«, hörte sie sich plötzlich sagen.

Louis wurde abwechselnd blass und rot. Mit aufgerissenen Augen starrte er sie an.

»Es liegt nicht an dir. Wenn ich jemals einen Ehemann wählen würde, dann dich«, beteuerte sie eifrig, um die Kränkung abzumildern. »Es tut mir schrecklich leid, aber ich bin einfach nicht für die Ehe geschaffen.«

Er erhob sich, setzte mit zitternden Händen seinen Zylinder auf, nickte ihr stumm zu und ging, um Würde bemüht, betont aufrecht davon.

So schied Stromeyer aus ihrem Leben. Adele bedauerte sehr, ihn verletzt zu haben. Doch er hatte ihr zu einer wichtigen Erkenntnis verholfen. Sie würde niemals heiraten. Seit sie denken konnte, hatte sie sich für fehlerhaft gehalten, weil sie anders war als die meisten Mädchen oder Frauen. Erst jetzt begann sie zu begreifen, dass gerade darin ihre Stärke lag. Sie hatte die Möglichkeit, ihren eigenen Platz im Leben zu finden, einen Platz, der kein Abklatsch des fragwürdigen häuslichen Glücks war, mit dem andere Frauen vorliebnehmen mussten.

Als sie wenige Tage nach ihrem Nein-Wort mit der Postkutsche nach Weimar zurückruckelten, wusste sie, was sie vom Leben wollte: die Freiheit, stets dazuzulernen und sich zu entwickeln, bis sie vielleicht irgendwann mit sich im Reinen war.

10 *Auf eigenen Wegen*

Adele, Frühjahr 1827

Ein letztes Mal blickte sie sich in ihrem alten Zuhause um, das sie nun ein ganzes Jahr lang nicht sehen würde. Ihre Zeichenutensilien, ihre Scheren, ihre Lieblingsbücher hatte sie eingepackt. Alles andere würde sie entbehren können. Sie war so weit.

Mit unbewegtem Gesicht stand die Mutter in der Tür. Nur widerwillig machte sie dem Mietdiener Platz, der Adeles Gepäck zur Poststation bringen sollte. Dann griff sie nach ihrem Gehstock. »Ich begleite dich zur Kutsche.«

Während sie wortlos ein letztes Mal durch Weimar liefen, war Adele nun doch traurig zumute. »Ich komme ja wieder«, sagte sie.

Die Mutter nickte stumm. Erst an der Poststation, wo der Schirrmeister bereits die Pferde anspannte, sagte sie: »Melde dich regelmäßig. Ich möchte wissen, dass es dir gut geht.«

Adele versprach es.

»Und bleib gesund.« Ungewohnt bewegt drückte die Mutter sie an sich. Dann ließ sie sie abrupt los, wünschte ein letztes Lebewohl und humpelte ohne einen weiteren Blick zurück davon. Adele sah ihr nach, bis der Postillon ins Horn stieß.

In der Kalesche war nur noch ein einziger Platz frei. Sie zwängte sich zwischen die Mitreisenden, legte ihr Reisekissen auf die Sitzbank und ließ sich darauf nieder.

Die Mutter ließ sie endlich ziehen. Es war ein harter Kampf gewesen. Sie hatte nicht im Streit gehen wollen. Zwar war sie mündig und verfügte über ihr bescheidenes Restvermögen, das vor der Pleite gerettet worden war. Aber ohne den Segen der Mutter hätte sie die Freiheit nicht genießen können. Sie war nicht wie Arthur, dem an Harmonie nichts lag.

Während der Wagen aus dem Stadttor rollte, rief sie sich die Auseinandersetzung mit der Mutter in Erinnerung.

»Du willst schon wieder verreisen?«, hatte die erstaunt gefragt. »Wir sind doch eben erst aus Wiesbaden zurück.«

»Weimar erstickt mich. Ich muss neue Orte sehen, anderen Menschen begegnen.«

»Nun, deine Unruhe ist verständlich«, räumte die Mutter in Anspielung auf die geplatzte Verlobung ein. »Glücklicherweise ist ja wieder genug Geld da. Was hältst du von Karlsbad?«

»Ich dachte eher an eine Bildungsreise ohne festes Ziel.«

Die Mutter wiegte zweifelnd den Kopf. »Ich fürchte, ich bin zu alt für eine solche Strapaze.«

Erst da erkannte sie, dass ihre Mutter mitzureisen gedachte. »Mir scheint, hier liegt ein Missverständnis vor«, stellte sie richtig. »Ich möchte alleine reisen. Was mir vorschwebt, ist nur möglich, wenn ich auf mich selbst gestellt bin.«

»Liebes Kind, das kommt überhaupt nicht infrage«, lautete die kategorische Antwort.

Damit hatte sie gerechnet. »Ich bin kein Kind mehr, und ich wüsste nicht, was dagegensprechen sollte.«

»Du musst zugeben, dein Wunsch ist sehr ungewöhnlich«, entgegnete die Mutter.

Bevor sie etwas erwidern konnte, führte das Mädchen Goethe herein, der auf Stippvisite vorbeikam. Die Mutter setzte ihn ins Bild. »Allein will das Kind verreisen! Hat man Töne!«

Trotz der noch immer nicht gänzlich ausgeräumten Verstimmung wegen der Geschichte mit Ottilie hoffte Adele, er werde Partei für sie ergreifen. »Sie sind in Ihrer Jugend auch gereist. Selbst in Italien waren Sie.«

»Das lässt sich nicht vergleichen«, befand Goethe. »Du bist

eine junge Dame. Auf Reisen lauern Gefahren. Banditen ... Männer, die sich Freiheiten herausnehmen ...«

»Bisher habe ich mir die Männer gut vom Leib gehalten«, sagte Adele sarkastisch.

»Überdies schickt es sich nicht«, fuhr der Dichter fort.

Die Mutter nickte. »Man wird dich für ein loses Frauenzimmer halten.«

»Ich denke doch, dass man mir die Dame ansieht«, beharrte sie. »Und was die Schicklichkeit betrifft: Niemand hier im Raum hat jemals viel auf Konventionen gegeben, nicht wahr? Warum also plötzlich damit anfangen?«

»Deiner Mutter liegt dein Glück am Herzen, und mir auch«, beharrte Goethe. »Vielleicht ziehst du in Erwägung, dass unsere Lebenserfahrung trotz allem Gewicht hat.« Damit verabschiedete er sich.

Von da an benahm sich die Mutter so, als wäre die Frage abschließend geklärt. Sie ging Gesprächen aus dem Weg, bis Adele sie regelrecht festnagelte. »Die Reise ist nicht irgendeine Laune von mir, sie ist mir wichtig, sehr wichtig sogar!«

»Nun, von Gefahren und Schicklichkeit einmal abgesehen, Liebes, denn unter uns gesagt, Herr Goethe wird ein wenig alt ...«, begann die Mutter und wurde plötzlich ernst. »Warum ich mich dagegen ausspreche, hat einen anderen Grund: Ich kann auf dich nicht verzichten.« Sie wirkte regelrecht verletzlich, als sie das sagte.

Adele hatte einen Kloß im Hals. »Aber du bist doch wieder gesund. Du kommst zurecht, auch ohne mich.«

»Ich habe dich aber gerne um mich«, gestand die Mutter. »Und du weißt ja, wie es mit dem Schreiben steht. Der Verlag wartet auf den nächsten Roman.«

Sie saß in der Falle. Die Liebe zu ihrer Mutter legte ihr Fesseln an, die sich nur schwer abstreifen ließen. Anderseits erschien ihr die Vorstellung, ihr eintöniges Leben in Weimar fortzuführen, unerträglich. »Dennoch kann ich nicht bleiben«, erwiderte sie aufgewühlt. »Sonst werde ich unglücklich. Du weißt, ich habe dich selten um etwas gebeten, nun bitte ich dich!«

Die Mutter schwieg eine Weile, dann nickte sie bedächtig. »Also gut. Du bist meine Tochter. Auch du brauchst deine Freiheit«, räumte sie ein. »Ich schlage vor, wir stellen den Roman fertig. Danach bedinge ich mir beim Verlag eine Pause aus. Ich wollte immer schon meine Reiseaufzeichnungen aus England durchsehen. Das Geld wird nicht ewig reichen, aber ich denke, etwa ein Jahr könntest du unterwegs sein. Länger möchte ich dich auch nicht missen.« Die Mutter blickte sie eindringlich an. »Bist du damit einverstanden?«

Adele fiel ihr um den Hals. Angespornt von dieser Aussicht, würde sie den Roman im Handumdrehen zu Papier bringen. Ein Jahr unbegrenzter Möglichkeiten lag vor ihr.

Die Kutsche ratterte in Richtung Westen. Ihr erstes Ziel war Köln. Sie hoffte, dass ihre Erinnerung an die Herzlichkeit und Lebenslust ihrer Brieffreundin Sibylle sie nicht trog. Die kurze Begegnung lag ja nun schon acht Jahre zurück. Sibylle hatte auf ihre Ankündigung, die mehrfach wiederholte Einladung endlich anzunehmen, postwendend, aber nur sehr knapp geantwortet. Sie werde versuchen, sich die Zeit freizuschaufeln. Adele könne bei ihr wohnen.

Der Wagen schleppte sich das Jonastal hinauf. Am Fuße der malerischen Kalkfelsen war sie früher einmal mit Ottilie gewandert, nur von einem Diener begleitet, damals, als sie noch ein Herz und eine Seele gewesen waren. Wie anders war gestern ihr Abschied verlaufen. Wenn Adele nicht von sich aus hingegangen wäre, hätten sie sich nicht mehr gesprochen. Auch so hatten sie sich wenig zu sagen gewusst, das Unbehagen war beiderseitig gewesen.

»Also verlässt du mich«, hatte Ottilie schließlich hervorgebracht.

Aus Adeles Sicht war es so, dass die Freundin sie schon vor langer Zeit verlassen hatte. Ihre letzte Umarmung fiel eckig aus, sie war froh, als es vorbei war. Beim Verlassen des Hauses hatte sie noch mitbekommen, wie ein Bediensteter ein Billett eines kürzlich in Weimar eingetroffenen Engländers überbrachte, das Ottilie verstohlen einsteckte.

Auch von Osann hatte sie sich verabschiedet. Sie spürte noch jetzt den schlaffen Händedruck, mit dem er ihr eine gute Fahrt gewünscht hatte. All das war nun Vergangenheit. Vor ihr lag das Abenteuer. Sie konnte nicht einmal sagen, in welchem *Chambre garnie* sie heute nächtigen würde. Doch selbst die unbequemste Bleibe würde ihr wie ein Palast vorkommen.

Die letzte ihr bekannte Person stieg in Erfurt aus, ein Tuchhändler, bei dem sie gelegentlich eingekauft hatte. Man nickte sich freundlich zu, dann war auch der letzte Faden nach Weimar gekappt. Den Platz ihr gegenüber nahm nun ein junger Mann in Studentenkleidung ein. Er hatte ein fast mädchenhaftes Gesicht mit großen, verträumten Augen und weichen Zügen ohne sichtbaren Bartwuchs. Dem Aussehen nach kam er aus gutem Hause. Adele hätte gerne ein Gespräch mit ihm angeknüpft, aber der junge Mann erwies sich als ausgesprochen wortkarg. Auf ihre Fragen nickte er nur knapp oder schüttelte stumm den Kopf. Sie gab es auf und sah wieder aus dem Fenster.

Der Wagen fuhr durch eine tiefe Bodenwelle und schwankte gefährlich. Adele wurde gegen den jungen Mann geschleudert, der erschrocken aufschrie. Seine Stimme war schrill und hoch, wie von einem Chorknaben – oder einer Frau.

Als sie wieder auf ihrem Platz saß, musterte Adele ihn eingehender. Wenn man die Möglichkeit in Betracht zog, konnte es sich tatsächlich um eine Frau in Männerkleidern handeln. Zwar war keine Brust zu sehen, aber die Schultern waren schmal, die Hände zart und gepflegt. Adele hatte gehört, dass es Frauen gab, die aus Sicherheitsgründen verkleidet reisten. Sie versuchte nun erst recht, ihr Gegenüber zum Reden zu bringen. Doch der Angesprochene stellte sich schlafend. In Gotha stieg er oder sie aus, ohne dass Adele das Rätsel gelöst hatte. Es wurmte sie ein wenig, dass sie nun nie erfahren würde, ob ihre Vermutung der Wahrheit entsprach.

Nach fünftägiger Reise erreichte sie endlich den Rhein. Keinerlei Unziemlichkeit war ihr begegnet, jedermann hatte sie zuvorkommend behandelt, sie hatte zahlreiche neue Menschen getroffen und wieder aus den Augen verloren, sie hatte sich nicht eine Sekunde einsam gefühlt oder nach Hause zurückgesehnt.

Nun lag Sibylles Heimatstadt vor ihr, eine Ansammlung zahlloser Kirchen, überragt von der monströsen Bauruine des Doms. Sibylle hatte nicht übertrieben, hier war Größenwahn im Spiel. Der winzige Kran auf dem unfertigen Turm wirkte wie ein Spottgesang auf die menschliche Selbstüberschätzung.

Während sie mit dem Fährboot übersetzte, hielt sie nach der Freundin Ausschau. Am gegenüberliegenden Anleger hatten sich zahlreiche Menschen versammelt, die über den breiten Strom hinweg nicht zu unterscheiden waren. Doch als sie näherkamen, erkannte sie vorne in der Mitte ganz deutlich Sibylle, die ihr wild zuwinkte.

Wie eine Kanonenkugel flog ihr die Freundin entgegen, kaum dass Adele den Fuß an Land gesetzt hatte, und drückte sie fest an ihre üppige Brust. »Gott, bist du dünn«, rief sie aus. »Das hatte ich ja gar nicht mehr im Kopf. Nun ja, warte ab, bis meine Köchin mit dir fertig ist.«

Nachdem die Anmeldeformalitäten bei der örtlichen Polizei erledigt waren, mieteten sie zwei Kofferträger, die ihnen durch mittelalterlich anmutende Gassen folgten. Sibylle hatte sich bei ihr untergehakt und dirigierte sie resolut durch das Menschengewirr, das sich in den schmalen Straßen drängte. Fröhlich verkündete sie: »Ich hoffe, du bringst viel Zeit mit. Ich habe mir tausend schöne Dinge für dich ausgedacht.«

»Du musst dich nicht verpflichtet fühlen«, erwiderte Adele höflich. »Es klang so, als hättest du nicht viel Zeit.«

»Ach wo, nein, das habe ich alles abgesagt. Die nächsten Wochen bin ich nur für dich da.« Sibylle drückte ihren Arm und strahlte.

Die Brieffreundin war also doch noch ebenso tatkräftig und gut gelaunt, wie sie sie in Erinnerung hatte.

Jetzt winkte sie die Kofferträger herbei und führte Adele durch einen hohen Torbogen. Dahinter tat sich ein großer Platz auf, an dessen Ende die Domruine in den Himmel wuchs. Sibylle steuerte auf ein hochherrschaftliches Gebäude zu, das noch wohlhabender wirkte als die vierstöckigen Nachbarhäuser. Ein davor postierter livrierter Diener verbeugte sich respektvoll und öffnete die schwere Eichentür, die ins Innere führte.

Sibylle machte eine einladende Geste. »Hereinspaziert.«

Staunend folgte Adele der Freundin in die Eingangshalle. Der Diener kümmerte sich um die Kofferträger und das Gepäck. Der hohe Raum, in dem sie sich befanden, war auf das Erlesenste eingerichtet. Von hier gingen zahlreiche Türen ab, und zwei Freitreppen führten in die oberen Geschosse. Die Freundin musste noch reicher sein, als sie angenommen hatte.

»Leg erst einmal ab«, forderte sie sie auf. Eine Bedienstete kam herbei, um Adeles Reisemantel entgegenzunehmen. Dann geleitete Sibylle sie in einen geräumigen Salon mit hohen Fenstern, die auf die Kathedrale hinausgingen. Von dort konnte man die filigranen, spätgotischen Steinmetzverzierungen bewundern, die auf einer gewissen Höhe abrupt endeten. Fasziniert musterte Adele die grotesken Wasserspeier, von denen keiner dem anderen glich. Als sie sich wieder umwandte, brachte ein Mädchen soeben einen Krug mit warmem Wasser und eine

Waschschüssel herein. Sibylle ließ sie allein, damit sie sich frisch machen konnte. Nach einer Weile erschien sie wieder, gefolgt von einem Mädchen, das Gebäck, Tee und Kaffee hereintrug.

»Ihr wart Teetrinker, nicht wahr?«, stellte Sibylle fest.

Adele staunte, dass sie sich daran erinnerte.

Als sie sich gesetzt hatten und an ihren Tassen nippten, musterte die Freundin sie neugierig. »Nun erzähl mal: Du gönnst dir also eine *Grand Tour*? Wunderbar finde ich das, und sehr mutig.«

»Ganz so ist es nicht«, gab sie zu. »Im Grunde versuche ich, aus einer Sackgasse herauszukommen. Ich weiß genau, was ich nicht will. Aber meine Aufgabe im Leben, die suche ich noch. Ich möchte herausfinden, was mich wirklich ausfüllt. Nicht, weil andere es von mir erwarten, sondern aus mir selbst heraus.«

Es wirkte völlig natürlich, Sibylle die eigenen Gedanken anzuvertrauen. Wie schon bei der ersten Begegnung gab sie ihr unmittelbar das Gefühl, verstanden zu werden und auf Wohlwollen zu stoßen.

»Wenn ich dir in irgendeiner Weise dabei helfen kann, wäre mir das eine Freude«, sagte Sibylle, und Adele war sicher, dass sie es so meinte.

Aus einem der Nachbarräume waren Kinderstimmen zu hören. Dann wurde eine Tür geschlossen.

»Wo sind eigentlich deine Kinder?«, erkundigte sie sich.

»Die lernst du später kennen. Vor dem Abendbrot verbringe ich meist etwas Zeit mit ihnen.« Sibylle stellte ihre Kaffeetasse ab. »So, nun zeige ich dir erst einmal das Haus.«

Das Zimmer, in dem sie schlafen sollte, befand sich im zweiten Stock. Es war ebenfalls geräumig und wurde beherrscht von einem riesigen Himmelbett mit geschnitzten Säulen und taubenblauen Atlasvorhängen. Das Fenster ging nach hinten zu einem Blumengarten hinaus, in dem bereits der Flieder blühte. Eine

Kinderfrau beaufsichtigte dort zwei kleine Mädchen, die mit Holzpferden herumhüpften. Ein Säugling schlief in einem Körbchen auf der Gartenbank. »Da sind schon mal die drei Jüngsten«, erklärte ihre Gastgeberin. »Die anderen haben Unterricht.«

Sie stiegen die Treppe in die dritte Etage hinauf, die ganz für Sibylle reserviert war. In einer Flucht von drei großen Räumen bewahrte sie ihre Sammlungen auf, die sie Adele mit leuchtenden Augen präsentierte. Adele wusste bereits, dass die Freundin sich für Historie interessierte, insbesondere für die Antike. Dass sie aber regelrechte Ausgrabungen leitete, erfuhr sie erst jetzt. Einer der Räume beherbergte ausschließlich römische Münzen, die teils aus Köln, teils aus Xanten, Trier und Bonn, teils aus ganz Europa stammten. Selbst eine Goldmünze aus Konstantinopel war dabei, sie ruhte auf einem kleinen Samtkissen. Der zweite Saal war römischen Glasarbeiten gewidmet, die man beim Bau der napoleonischen Befestigungen gefunden hatte. Sie waren so kunstvoll und vielfältig, dass Sibylles Begeisterung auf Adele übersprang. Im letzten und größten Raum befanden sich antike Grabbeigaben und Alltagsgegenstände sowie die Werkstatt, in der Sibylle ihre Fundstücke säuberte und archivierte. Auf einigen Podesten thronten Marmorskulpturen von Frauenkörpern. Adele fühlte sich an das private Museum von Goethe erinnert.

»Ich muss zugeben, dass ich eine derart wissenschaftliche Sammlung nicht erwartet hatte«, sagte sie beeindruckt.

»Das ist meine Nische, die ich mir erschaffen habe«, bekannte Sibylle. »Zum Glück kann ich es mir erlauben. Mein Vater betreibt eines der größten Bankhäuser der Stadt. Mein Mann, du wirst ihm später begegnen, ist seine rechte Hand.«

»Sie finanzieren dir all das?«, staunte Adele, die an die Kämpfe dachte, die Ottilie mit August ausfechten musste, wenn sie sich auch nur ein neues Kleid kaufen wollte.

»Ich bekomme einen jährlichen Betrag, über den ich frei verfüge«, erläuterte Sibylle. »Das habe ich durchgesetzt. Immerhin ist mein Mann nur durch mich reich geworden.«

»Es sind also nicht alle Ehen unglücklich«, folgerte Adele.

»Nun ja.« Sibylle zögerte. »Sagen wir so: Wir haben uns arrangiert. Jeder lebt sein Leben und lässt den anderen in Ruhe.« Lächelnd zuckte sie mit den Schultern. »Es könnte schlimmer sein.«

Die drei größeren Kinder wirkten höflich und wohlerzogen. Die Älteste war bereits ein Backfisch von zwölf Jahren. Adele rechnete verwundert nach. »Du hast aber früh geheiratet.«

»Oder wurde früh verheiratet«, murmelte Sibylle mit einem schiefen Lächeln.

In der halben Stunde, die sie mit ihnen verbrachten, stellte Adele fest, dass die Freundin nicht sehr viel mit ihren Kindern anzufangen wusste. Es verwunderte sie, dass eine derart herzliche Frau offenbar über so wenig Mutterinstinkt verfügte. Um die Stimmung aufzulockern, brachte sie den Kindern Zungenbrecher bei. Bald kicherten alle ausgelassen. Und waren sichtlich enttäuscht, als die Kinderfrau sie zum Abendbrot abholte, das sie getrennt von den Eltern einnahmen.

»Du hast ein Händchen für Kinder«, sagte Sibylle, als sie wieder allein waren.

»Unwahrscheinlich, dass ich selbst welche haben werde«, erwiderte Adele mit leichtem Bedauern.

»Auch bei mir ist damit nun Schluss«, bekräftigte Sibylle. »Die letzte Niederkunft hat mich beinahe das Leben gekostet.«

»Nach allem, was man hört, kann ich wohl froh sein, dass mir diese Erfahrung erspart bleibt«, sinnierte Adele.

Bei der üppigen Mahlzeit, die später gereicht wurde, lernte sie den Ehemann kennen. Herr Mertens schien deutlich älter zu sein als Sibylle, sein Haar ergraute schon und lichtete sich am

Hinterkopf. Auf Adele machte er einen eher schlichten Eindruck, nicht unangenehm, aber auch nicht sonderlich unterhaltsam. Er war höflich zu Adele, ohne Interesse zu zeigen, beantwortete Sibylles Frage nach seinem Arbeitstag mit einem ärgerlichen Redeschwall über eine missglückte Banktransaktion, erkundigte sich knapp nach den Kindern und schaufelte große Mengen Braten in sich hinein, ohne sich weiter um die Konversation zu bemühen.

Nach dem Essen ging er noch einmal aus, um an einer Assemblee städtischer Honoratioren teilzunehmen. Seiner Ehefrau war es recht so, Adele auch. Sie begaben sich in ein kleineres Gesellschaftszimmer mit Pianoforte, in dem ein Kaminfeuer prasselte. Sibylle setzte sich an das Instrument, um mit leichten Händen eine fröhliche Melodie vorzutragen, die Adele nicht kannte.

»Das ist schön. Wer hat es geschrieben?«, fragte sie.

Sibylle deutete auf sich selbst. »Das habe ich mir damals in Wiesbaden ausgedacht. Kurz nachdem wir uns kennengelernt hatten.«

»Du komponierst?« Adele war beeindruckt. »Was kannst du noch alles?«

Sibylle winkte ab. »Es ist ein einfaches Lied.«

»Hast du noch mehr davon? Dann will ich es hören.«

Sibylle spielte einige weitere Stücke vor. Sie waren eingängig und berührten Adele auf seltsame Weise. Sie hätte die ganze Nacht in die Glut schauen und der Musik lauschen mögen. Irgendwann nach Mitternacht streckte sich Sibylle jedoch, klappte das Klavier zu und sagte: »Wir sollten langsam schlafen gehen. Morgen habe ich viel mit dir vor.«

Nach einem späten Frühstück, bestehend aus buttrigem französischem Blätterteiggebäck, führte Sibylle sie in der Stadt herum, die wesentlich schmutziger war, als sie es von Weimar kannte.

Die Gassen quollen über von übelriechendem Unrat. Anscheinend wurden die Nachttöpfe hier nicht frühmorgens abgeholt. Auch schien es zahlreiche Brauereien zu geben, aus denen es durchdringend nach Bierhefe roch. Die Trinkstuben der Brauhäuser waren schon mittags gut gefüllt. Man vernahm Gelächter und Gebrüll. Zwei Betrunkene torkelten direkt vor ihren Füßen auf die Straße und beschimpften einander in der merkwürdigen Mundart, die man hier sprach. Aus Sorge vor einer Schlägerei eilte Adele schnell weiter. Als sie über die Schulter noch einmal zurückblickte, lagen sich die beiden Streithähne einträchtig in den Armen und sangen. Sibylle schien sich über ihr verblüfftes Gesicht zu amüsieren. »So sind die Leute hier. Nicht nur an Karneval.«

Sie besichtigten die romanischen Kirchen der Stadt, allesamt über tausend Jahre alt. Viele Nonnen und Mönche begegneten ihnen und gaben dem Ort mit ihrer Tracht einen fremdländischen Anstrich. Religion wurde hier in der Tat großgeschrieben. In einem der Gotteshäuser lag von der vergangenen Messe noch Weihrauch wie Nebel in der Luft. Adele wurde übel. Sibylle hielt ihr ein Fläschchen unter die Nase, dessen Duft sie sofort wiederbelebte.

»Orangenblütenessenz«, erklärte sie. »Sie wird in einer Apotheke hier ganz in der Nähe hergestellt. Man kann sie übrigens auch trinken, aber zumeist verwenden wir sie äußerlich.«

Als sie aus dem Kirchenportal traten, wurden sie beinahe von einem jungen Burschen über den Haufen gerannt, der ohne ein Wort der Entschuldigung weiterstürmte. Während Adele ihre Haube richtete, kamen aus derselben Richtung zwei Polizisten angelaufen: »Haltet den Dieb!«

Der Bursche war inzwischen außer Sichtweite, die Polizisten blickten sich suchend um. Adele wollte ihnen den Weg weisen, doch Sibylle kam ihr zuvor. »Dorthin ist er verschwunden«, sagte sie und deutete in die entgegengesetzte Richtung.

Die Polizisten rannten weiter. Adele sah ihre Freundin befremdet an. »Warum hast du das getan?«

»Das war kein Dieb, sondern ein Student«, erklärte Sibylle.

»Und warum war die Polizei dann hinter ihm her?« »Wahrscheinlich hat er Flugblätter verteilt gegen die Pressezensur.«

Unwillkürlich musste Adele an Osann und seine Versammlungen denken. Man hörte jetzt überall von Protesten gegen die Obrigkeit. »Du bist also auf der Seite der Studenten?«, fragte sie.

»Jeder hält zu ihnen«, bestätigte Sibylle. »Wir mögen die Preußen hier nicht, und schon gar nicht die preußische Polizei. Sie denken rückwärts, wollen alle zum Gehorsam zwingen. Da waren uns die Franzosen lieber.«

Adele schmunzelte bei dem Gedanken, dass ihre Mutter mit der »frechen Person«, wie sie sie immer noch nannte, in diesem Punkt einer Meinung war. In Weimar spürte man allerdings bis heute wenig von den politischen Rückschritten, die die Preußen erzwungen. Der Großherzog federte alles ab. Hier hingegen klebten tatsächlich an vielen Wänden Flugblätter gegen die Fremdherrschaft, wie Adele auf dem Rückweg zu Sibylles Haus feststellte. Sie war froh, dass sie aus ihrer verschlafenen Heimat aufgebrochen war. Der Vorfall gab ihr das Gefühl, im echten Leben gelandet zu sein.

Beim Souper, das sie wieder mit dem Hausherrn einnahmen, erfuhr sie, dass der Tag noch nicht zu Ende war.

»Wir besuchen später noch meinen Damenzirkel«, teilte Sibylle ihrem Ehemann mit.

Mertens nickte gleichmütig und beschäftigte sich wieder mit dem Rinderbraten, der in der Tat ausgezeichnet war.

Der Zirkel traf sich bei einer wohlhabenden Witwe, die wenige Gassen entfernt allein ein ganzes Haus bewohnte. Adele war müde und ging eigentlich nur mit, um Sibylle nicht zu brüskieren. Ihre Erwartung, ein gesittetes Teekränzchen anzutreffen, wie sie es von zu Hause kannte, erwies sich als Irrtum. Kaum öffnete sich die Tür, drangen Lärm und Gesang aus dem Haus. Die beiden Neuankömmlinge wurden eilig hereingescheucht und fanden sich inmitten von fröhlich feiernden Frauen wieder, die plauderten, lachten und tranken. Eine von ihnen drückte Adele ein Glas Schaumwein in die Hand. Sibylle stellte die Gastgeberin formlos als Helene vor, auch sonst waren alle per du und behandelten Adele wie eine alte Freundin.

Eine nicht mehr ganz junge Frau rauchte zu Adeles Verblüffung Zigarre. Mit zurückgelehntem Kopf stieß sie genießerisch den Qualm aus, reichte den glimmenden Stumpen an ihre Nachbarin weiter und setzte sich ans Klavier, um Tanzmusik anzustimmen. Sofort bildeten sich Paare, die im Walzertakt durch den Raum wirbelten.

Sibylle lächelte Adele an und streckte ihr die Hand entgegen. »Erweisen Sie mir die Ehre?«

»Ich tanze nicht besonders gut«, erwiderte sie zaudernd.

»Dann sind wir schon zu zweit. Glücklicherweise ist das hier unwichtig.«

Während sie sich etwas holprig miteinander im Takt wiegten, rief Adele der Freundin ins Ohr: »Was ihr hier tut – ist das eigentlich erlaubt?«

»Wir sind nur Frauen. Wer achtet schon auf uns?« Sibylle grinste. »Einige Matronen aus der guten Gesellschaft treffen sich zu einem harmlosen Kränzchen. Niemand muss wissen, dass wir keine Strickmuster austauschen.«

»Und eure Männer?«

»Man muss es ihnen nicht auf die Nase binden«, meinte Sibylle achselzuckend. »Aber selbst, wenn mal eine aus dem Nähkästchen plaudern sollte: Die meisten Männer hören nur, was sie hören wollen. Die Hauptsache ist doch, dass der Schein gewahrt bleibt.«

Adele beschloss, die Dinge so zu nehmen, wie sie kamen, und ließ sich verwegen ein weiteres Glas Schaumwein schmecken.

Spätnachts auf dem Heimweg machten sie einen Abstecher zum nahegelegenen Rheinufer. Adele hatte Mühe, sich aufrecht zu halten, sie war das Trinken nicht gewohnt. Kichernd stützte sie sich auf Sibylles Schulter ab. Sie ließen sich auf ein Mäuerchen sinken und blickten auf den Strom, der silbrig und träge dahinfloss. Der Blick über das Wasser, die fremde Umgebung, der Schaumwein, die Wärme der lachenden Freundin neben ihr, alles flößte Adele Zuversicht ein. Die Zukunft lag vor ihr wie ein unendliches Abenteuer. Tausend Bilder und Gedanken stiegen in ihr auf. Sie hätte auf der Stelle einen Roman entwerfen können, doch das Leben war zu prall und ausgefüllt, um die Zeit mit Schreiben zu vergeuden.

Adele, Frühsommer 1827

Vom Bordrand des Schiffes blickte sie auf das riesige Schaufelrad hinunter, das sich kraftvoll stromaufwärts durch das Wasser pflügte. Das Schiff stampfte und vibrierte, die Höllenmaschine, die es antrieb, machte einen ohrenbetäubenden Krach. Es war unmöglich, sich mit Sibylle zu unterhalten, die neben ihr an der Reling stand und auf das vorbeiziehende Ufer blickte, als wäre es das Gewöhnlichste von der Welt. Der hohe Schlot, der anstelle eines Segels in der Mitte des Schiffes aufragte, stieß dunklen, gelblich ausfransenden Qualm aus, der nach Schwefel roch. Adele hielt sich ein Taschentuch unter die Nase, das mit Orangenblütenessenz getränkt war. Hinter ihr schleppten rußverschmierte, schwitzende Männer Säcke mit Kohlen in den wummernden Schiffsbauch. Plötzlich gab es einen Knall. Funken stoben.

Erschrocken packte sie Sibylles Arm. »Wir gehen unter!«

Die Freundin tätschelte ermutigend ihre Hand. »Das ist normal. Ich kenne das Gefühl, auf der Jungfernfahrt hatte ich auch noch Angst. Aber die Linie verkehrt seit drei Jahren. Ich habe die Reise bestimmt zwanzig Mal gemacht. Es hat nie einen Zwischenfall gegeben.«

»Mir behagt das alles nicht«, murmelte Adele. »Diese rohe Gewalt …«

»Früher hat die Reise zum Landgut bis in den Abend gedauert«, wandte Sibylle ein. »So sind wir doppelt so schnell. Und weder Pferde noch Sträflinge müssen das Schiff flussaufwärts ziehen.«

Das Stampfen wurde schwächer, die Fähre legte in Bonn an. Im Hintergrund sah man alte Kirchen, der Ort schien eine kleinere Ausgabe von Köln zu sein. Einige Krämer, deren Knechte die Waren auf Handwagen hinter sich herzogen, verließen das Schiff. Neue Fahrgäste kamen hinzu, teils Ausflügler wie sie selbst, teils Weinbauern, die in Bonn Geschäfte gemacht hatten und nun wieder auf ihre weiter südlich gelegenen Güter zurückkehrten.

Sibylle zeigte auf einige Hügel am anderen Rheinufer, auf dessen höchstem eine Burgruine thronte. »Das ist der Drachenfels. Nicht mehr lange, und wir sind da.«

Adele atmete auf, als sie beim nächsten Halt die Fähre endlich verlassen konnte und festen Boden unter den Füßen spürte.

Ein älterer Bediensteter mit einem Ruderboot wartete an der Anlegestelle und setzte sie zum gegenüberliegenden Rheinufer über. »Das ist unser Verwalter, Herr Meyer«, stellte Sibylle ihn vor.

Der grauhaarige, aber noch rüstige Mann nickte Adele höflich zu, dann wandte er sich an Sibylle. »Meine Frau hat alles vorbereitet. Die Zimmer sind gelüftet, die Betten bezogen. Nur die Köchin braucht noch etwas Zeit.«

Wohlstand ist etwas Wunderbares, dachte Adele, während das Landgut mit seinen weitläufigen Nebengebäuden immer größer wurde, je näher sie kamen. Das Anwesen lag etwas erhöht am Hang. Dahinter ragten steil die Weinberge auf, die zum Gut gehörten und wiederum von schroffen Schieferfelsen überragt wurden. Vor dem Gehöft erstreckten sich Wiesen bis hinunter zum Rhein.

»Die Sommermonate verbringe ich am liebsten ganz hier, wenn es sich einrichten lässt«, erklärte Sibylle, während der Verwalter die Koffer auf den zum Gut gehörenden Holzsteg hievte, an dem er das Boot festgemacht hatte. »Auch als Kind konnte ich es immer kaum abwarten, endlich wieder hier zu sein.«

»So lange habt ihr das Gut schon?«

Sibylle nickte. »Der Vater von Herrn Meyer hat bereits unter meinem Großvater hier nach dem Rechten gesehen.«

Angetan blickte Adele sich um. Nur wenige Schritte entfernt stand ein Kirschbaum, der sich unter der Last der reifen Früchte bog. Mit kindlicher Freude pflückte sie sich eine Handvoll und stopfte sie sich in den Mund. Sie schmeckten köstlich.

»Hinten im Garten gibt es Himbeeren und Johannisbeeren, die müssten auch reif sein«, sagte Sibylle, während Adele nach dem nächsten Ast voll dunkelroter Kirschen griff.

Immer hatte sie in der Stadt gewohnt, umgeben von Steinen, eingeengt von Häusern, Gassen und Gedränge. Hier auf dem Land atmete es sich viel freier, die Luft roch nach Heu von frisch gemähten Wiesen.

Sie schlenderten zum Gut hinauf. Die Gattin des Verwalters, eine ebenfalls schon ältere Frau mit freundlichem Gesicht, hatte bereits einen Tisch auf der Terrasse vor dem Haupthaus gedeckt und brachte nun Kuchen und Limonade. Adele ließ sich neben Sibylle auf einem der Gartenstühle nieder, nippte an dem kühlen Getränk und blickte hinunter zum Rhein. Etwas stromaufwärts lag eine mit Silberweiden bewachsene Insel. Sie teilte den

Fluss in zwei Arme, von denen einer still war wie ein See. Ein Reiher stand dort reglos auf einem Bein, Adele hielt ihn im ersten Moment für eine Statue, doch dann flog er plötzlich auf und schwebte über sie hinweg. Kaum war er verschwunden, begannen die Frösche zu quaken. Ein Eichhörnchen huschte am Stamm des Kirschbaums hinauf, ein Rotkehlchen stibitzte einige Krümel, die von Adeles Teller gefallen waren. Tiefer Frieden breitete sich in ihr aus. »Ich glaube, hier könnte ich auch leben.«

Sie brachten den Blumengarten in Schuss. Das Unkraut wucherte dort, weil die Frau des Verwalters ihre kranke Mutter hatte pflegen müssen. Sibylle lieh Adele ein grobgewebtes Leinenkleid mit Kittelschürze, dazu einen Strohhut, feste Stiefel und robuste Lederhandschuhe. Sie selbst schlüpfte in eine reißfeste Männerhose, wie Bauernburschen sie trugen.

»Sieht doch niemand«, kommentierte sie Adeles erstaunten Blick. »Hier kann ich tun und lassen, was ich will.«

Bei der groben Arbeit half ihnen anfangs ein Bediensteter. Bald wurde er jedoch für die Obsternte benötigt, und so verbrachten sie die Tage fortan zu zweit. Mit Forken und Spaten gruben sie den Boden um, entfernten Unkraut und setzten neue Pflanzen. Einträchtig werkelten sie nebeneinander her, ohne viel zu sprechen.

Seit zwei Monaten war Adele nun bei Sibylle zu Besuch, und sie dachte nicht an Weiterfahrt. So wie es jetzt war, sollte es bleiben. Ihr Leben lang hatte sie sich einsam gefühlt, auch wenn sie unter Menschen war. Mit Sibylle war es anders. Obwohl sie so unterschiedlich waren, verstanden sie sich blind. Es musste Seelenverwandtschaft sein.

Die Luft flimmerte in der Hitze, das Wasser, mit dem Adele die frisch gesäten Ringelblumen angoss, verdunstete beim Zusehen.

Sibylle legte ihre Schaufel beiseite, wischte sich mit dem Handrücken den Schweiß von der Stirn und stand auf. »Genug für heute, würde ich sagen. Wir haben uns eine Belohnung verdient. Ich packe schnell ein paar Sachen ein, dann zeige ich dir einen Flecken am Fluss, den ich besonders liebe.«

Adele wusch sich die erdigen Hände und tauschte den Leinenkittel gegen ein Sommerkleid. Als sie wieder zu Sibylle stieß, trug die immer noch die schmutzige Arbeitshose, hatte inzwischen aber ein Picknick zusammengepackt. »Wir bleiben auf unserem Grund und Boden«, erklärte sie. »Du wirst sehen, wir sind da völlig unter uns.«

Sie überquerten eine Streuobstwiese und gingen am Ufer flussaufwärts, bis sie auf Höhe der Insel waren. Das Rheinufer war hier dicht mit Sträuchern bewachsen und so unzugänglich, dass sie einen kleinen Bogen machen mussten. Nach einer Weile lichtete sich das Gestrüpp. Sibylle schob einige Äste beiseite und ließ sie vorgehen. Adele zwängte sich durch das Gebüsch und stand plötzlich an einem kleinen Sandstrand. Das Wasser war hier spiegelglatt, aber anscheinend sauber und tief.

»Die Stelle kennt sonst niemand.« Sibylle stellte den Picknickkorb ab, breitete eine Wolldecke aus und holte einige Leinenhandtücher hervor. »Zieh dich ruhig aus!«

»Aber ...«, stammelte Adele überrumpelt.

Sibylle legte bereits ihre Kleidung ab. »Oder lass das Unterkleid an, wenn es dir lieber ist. Wie gesagt, hier sieht dich niemand.« Sie warf ihre Unaussprechlichen in den Sand und sprang splitterfasernackt ins Wasser. Adele sah ihr mit aufgerissenen Augen zu. Mit kräftigen Schwimmbewegungen entfernte sich die Freundin vom Ufer. Plötzlich versank sie wie ein Stein. Adele erschrak. Im nächsten Moment kam Sibylle wieder zum Vorschein, winkte fröhlich und rief ihr zu, sie solle auch reinkommen.

Adele gab sich einen Ruck. Sie streifte ihr Sommerkleid ab

und stieg im Unterkleid ins Wasser, das wärmer war als erwartet. Als es ihr bis an den Bauchnabel reichte, blieb sie stehen.

»Du kannst ruhig ganz hineingehen«, rief Sibylle. »Es gibt hier keine Strömung. Wirklich, es ist völlig ungefährlich.«

»Ich kann nicht schwimmen«, gab sie zu.

»Dann bringe ich es dir bei.« Die Freundin erklärte ihr die Bewegungen. »Du streckst die zusammengelegten Hände aus und beschreibst einen weiten Bogen. Mit den Füßen stößt du dich ab wie ein Frosch.«

Sie versuchte es. Blubbernd ging sie unter und japste nach Luft. »Ich bin nicht sicher, ob ich dafür geeignet bin.«

Sibylle sprach ihr Mut zu. »Jeder kann das lernen.« Dann stellte sie sich neben Adele. Dass sie dabei ihre rosafarbenen Brüste zur Schau stellte, schien ihr egal zu sein. »Wenn es dir recht ist, halte ich dich über Wasser«, schlug sie vor. »Du kannst nicht untergehen. Achte nur auf deine Bewegungen.«

Adele vertraute sich also der Freundin an, die ihr im hüfttiefen Wasser geduldig Hilfestellung leistete. Flach auf der Wasseroberfläche liegend, übte sie die Schwimmbewegungen ein. Nach einer Weile meinte sie, langsam den Dreh herauszuhaben. »Ich möchte es alleine versuchen«, verkündete sie. Sibylle ließ los. Adele machte einen Schwimmzug, dann noch einen und hektisch noch einen, doch ihr Körper wurde nach unten gezogen. Sie versuchte es erneut, gab sich jede erdenkliche Mühe, doch immer wieder ging sie unter. Sie stellte die Füße auf den Grund und drehte sich zu der Freundin um, die auf einmal überraschend weit entfernt war.

»Schau, wie weit du schon geschwommen bist«, rief Sibylle ihr zu. »Ich glaube, nun beherrschst du es beinahe.«

Adeles Ehrgeiz war gepackt. Sie wollte gar nicht mehr aus dem Wasser. Sie übte und übte, und jedes Mal gelang es ein wenig besser.

Sibylle war inzwischen an Land gegangen und hatte ein sauberes Kleid angezogen. Sie sah ihr vom Strand aus zu. »Hier gibt es Sandwiches und Obst«, rief sie. »Hast du noch immer keinen Hunger?«

»Ich komme ja gleich.« Adele stieß sich ein letztes Mal vom Flussboden ab. Inzwischen machte sie die Bewegungen, ohne nachzudenken. Sie geriet außer Puste, aber ihr Kopf blieb oben. Schließlich schwamm sie ans Ufer und stieg hochzufrieden aus dem Wasser. »Ich kann es!«

Sibylle reichte ihr eine Stärkung. »Das hättest du heute Morgen auch noch nicht gedacht, oder?«

Glücklich schüttelte sie den Kopf. »Es ist wunderbar!«

Sie wickelte sich in ein Leinentuch, ließ sich auf die Picknickdecke fallen und aß zwei Butterbrote. Als sie wieder bei Kräften war, lächelte sie die Freundin an. »Ich verdanke dir so viel. Wie froh ich bin, dass wir uns kennen!«

Sibylles Miene nahm einen sonderbaren Ausdruck an. Hatte sie eben noch gelächelt, so schaute sie ihr nun fragend oder suchend geradewegs in die Augen. Viel zu lange verharrte sie so, ohne den Blick abzuwenden. Eine seltsame Beklommenheit überkam Adele. Bevor sie der Ursache dafür auf den Grund gehen konnte, beugte die Freundin sich plötzlich vor und küsste sie auf den Mund. Adeles Herz blieb stehen. Sie konnte sich nicht mehr rühren, nicht mehr denken, nicht einmal mehr fühlen. Sibylle löste sich von ihr und sah sie erneut mit diesem tastenden Blick an.

Mit aufgerissenen Augen starrte sie zurück. »Was tust du da?«, flüsterte sie.

»Gefällt es dir?«, fragte Sibylle leise.

»Ich weiß nicht.« Verstört sprang sie auf. »Mir ist kalt.«

Die Freundin wurde blass. »Es tut mir leid. Ich dachte ...«

»Schon gut«, unterbrach sie sie und streifte hastig ihr Sommerkleid über das Unterkleid, das vom Baden noch ganz klamm war. »Ich ... das war sehr unerwartet ... ich weiß nicht, ob ...«

Eine Männerstimme rettete sie aus der Verlegenheit. Von jenseits des Gebüschs rief der Verwalter nach Sibylle. Offenkundig ebenfalls froh, der peinlichen Situation zu entkommen, eilte die Freundin ihm entgegen, während sie selbst sich präsentabel machte. Kaum hatte sie alles an seinen Platz gezupft, kehrte Sibylle zurück. »Er wollte Bescheid geben, dass deine Mutter soeben eingetroffen ist.«

In jederlei Hinsicht verwirrt, eilte Adele zum Gut, während Sibylle das Picknick zusammenräumte.

Adele, Sommer 1827

Nach außen hin um Gleichmut bemüht, führte sie ihre Mutter über das Landgut. Innerlich war sie noch bei der Szene am See. Sie befand sich in solch einem Aufruhr, dass sie kaum die Hälfte von dem mitbekam, was die Mutter erzählte. Diese schien nichts davon zu bemerken. Wie selbstverständlich plauderte sie über die Gründe ihres unerwarteten Auftauchens, ließ sich über die Unzuverlässigkeit der Post aus, die den Brief mit der Ankündigung ihres Besuchs offenkundig verloren hatte, und brachte hier und dort ihr Entzücken über die Schönheit der Umgebung zum Ausdruck.

Wie sich herausstellte, war die Mutter seit Adeles Abreise häufiger unpässlich gewesen. Insbesondere hatte sie unter wiederkehrenden Kopfschmerzen gelitten. Um die Tochter nicht zu beunruhigen, hatte sie in ihren Briefen darüber geschwiegen. Der Arzt, der keine andere Kur zu kennen schien, hatte ihr eine neuerliche Badereise empfohlen. Aus Sehnsucht nach ihrer Tochter hatte sie beschlossen, auf dem Weg nach Wiesbaden einen Abstecher hierher zu machen.

»Schön, dass wir uns früher wiedersehen als erwartet«, sagte Adele bemüht. In Wirklichkeit hätte sie viel darum gegeben, allein mit ihren Gedanken zu sein. Zudem bereitete es ihr Sorgen, dass die Mutter ohne sie offenbar weniger gut zurechtkam als erhofft. Wenn sie ehrlich war, fühlte sie sich bedrängt.

Immerhin lieferte ihr das unerwartete Eintreffen der Mutter einen Vorwand, Sibylle aus dem Weg zu gehen. Der schien das nur recht zu sein. Sie gab an, eine Stärkung zubereiten zu lassen, und verschwand. Erst an der Kaffeetafel, die auf der Terrasse aufgebaut war, begegnete Adele ihr wieder. Die Freundin suchte ihren Blick mit einem so ängstlichen Ausdruck, dass sie schnell wegsah und sich mehr als nötig der Aufgabe widmete, es der Mutter auf ihrem Platz bequem zu machen. Mit rotem Gesicht blickte Sibylle sie dabei unentwegt an, wie sie aus dem Augenwinkel feststellte. Sie war nun beinahe froh über die Anwesenheit der Mutter, die mit der ihr eigenen selbstzufriedenen Heiterkeit Neuigkeiten von gemeinsamen Bekannten in Weimar zum Besten gab und Sibylle mit Komplimenten zu ihren Ländereien überhäufte. Während es Adele nicht gelang, ihr Gleichgewicht wiederzufinden, schien die Freundin sich nach und nach zu erholen. Beim zweiten Kuchenstück hatte sie in ihre Rolle als Gastgeberin gefunden, gab Anekdoten über Land und Leute zum Besten und schmiedete mit der Mutter Ausflugspläne. Später zeigte sie ihr die Schlafstube, die sie im ebenerdigen Geschoss hatte herrichten lassen, damit die Mutter keine Treppen steigen musste. Ohne Adele ein einziges Mal direkt angesprochen zu haben, zog sie sich für die Nacht zurück.

»Ich hatte deine Freundin in falscher Erinnerung«, erklärte die Mutter, als sie unter sich waren. »Sie ist ganz bezaubernd, wirklich ein Gewinn.«

Adele war froh, als sie endlich allein in ihrem Zimmer war. Während sie sich die Haare für die Nacht flocht, kreisten ihre Gedanken um die Ereignisse des Tages. Dass ausgerechnet die Freundin, mit der sie sich vollkommen im Einklang gefühlt hatte, ihr auf so unerwartete Art zeigte, wie unterschiedlich sie empfanden, verwirrte Adele zutiefst. Noch nie hatte sie auf diese Weise an Sibylle gedacht. Nie hätte sie vermutet, dass auch andere Frauen ähnlich unnatürliche Regungen verspürten wie sie selbst. Noch weniger, dass ausgerechnet ihre Seelenverwandte ihr solche Gefühle entgegenbrachte. Es erfüllte sie mit leichtem Schwindel, auch mit Aufregung. Sie fühlte sich geschmeichelt. Aber konnte sie diese Regungen auch erwidern?

Es fiel ihr schwer, sich das vorzustellen. Sie fühlte sich zu Sibylle nicht auf diese bange, sehnsuchtsvolle Weise hingezogen wie früher zu Ottilie. Eben deshalb hatte sie so schnell Vertrauen zu der neuen Freundin gefasst. Nun drohte alles aus den Fugen zu geraten.

Es klopfte an ihrer Zimmertür. Sibylle rief leise ihren Namen. Adele stellte sich schlafend. Die Kerze brannte noch. Sie beugte sich lautlos darüber, um sie auszupusten, doch dann wurde sie sich ihrer Feigheit bewusst. Sie warf sich ein Umschlagtuch über das Nachthemd, nahm die Kerze und öffnete die Tür.

Mit aufgelöstem Haar stand Sibylle vor ihr. Die souveräne Gastgeberin war verschwunden, vertauscht gegen eine verletzliche Person, die Adele so noch nicht kannte. Unwillkürlich erwachte ihr Mitleid. Sie bat die Freundin herein.

»Ich bitte dich inständig um Verzeihung«, begann Sibylle, kaum dass sie die Tür geschlossen hatte. »Ich schäme mich furchtbar. Ich habe mir eingebildet ...«

»Schon gut«, winkte sie ab.

»Nein, nichts ist gut«, widersprach Sibylle. »Ich möchte unsere Freundschaft nicht beschädigen. Ich verstehe selbst nicht, warum ich die Zeichen so falsch gedeutet habe.«

Adele dachte eine Weile nach. Dann entschied sie sich für Offenheit. »Möglicherweise hast du dich nur halb geirrt«, räumte sie ein und gab sich einen Ruck. »Mir sind solche Regungen nicht unbekannt.« Sibylle hob hoffnungsvoll den Kopf. Sofort bereute sie ihre Worte. »Ganz allgemein, wollte ich damit sagen ...«, ergänzte sie schnell. »Es bezog sich nicht auf uns ...« Sie brach ab, um die Freundin nicht zu verletzen.

Sibylle sah sie forschend an. »Es ist nicht unnatürlich, falls du das denkst«, sagte sie leise.

Adele schüttelte abwehrend den Kopf. »Warum ist es dann verboten?«

»In der Antike war es keine Seltenheit«, erklärte die Freundin. »Auch heute noch ... Was meinst du, was in Damenstiften vor sich geht? Man hängt es nicht an die große Glocke, aber es ist eher die Regel als die Ausnahme.«

Adele glaubte ihr nicht.

»Wirklich, so ist es. Warum auch nicht?«, beteuerte Sibylle. »Was ist anders an zwei Frauen als an einer Frau und einem Mann?«

»Hast du das schon einmal getan?«, fragte Adele zögernd.

Sibylle nickte. »Und siehst du? Ich bin ein ganz normaler Mensch.«

Adele ließ das auf sich wirken. So viele Jahre der Selbstzweifel. Und nun gab es eine Freundin, die sie verstand.

Sibylle griff nach ihrer Hand. »Ist es nur das, wovor du dich fürchtest?«

Die Hand der Freundin fühlte sich ein wenig rau an von der Gartenarbeit. Adele zog die ihre nicht weg, rührte sich aber auch nicht.

»Du wirst sehen, es ist wie mit dem Schwimmen«, sagte Sibylle aufmunternd. »Man braucht ein wenig Mut, aber hinterher will man es nie wieder missen.«

Adele versuchte sich auszumalen, wie sie in den Armen der Freundin lag. Vielleicht war es das Schamlose an dieser Vorstellung, vielleicht sperrte sie sich aus anderen Gründen dagegen, jedenfalls gelang es ihr nicht.

Aus dem Erdgeschoss waren Geräusche zu hören. Die Mutter konnte offenbar nicht schlafen und bat das Küchenmädchen um ein Glas Wasser. Es gab eine Welt außerhalb dieses Zimmers, eine Welt, in der Sibylle einen Ehemann hatte und sechs Kinder. Bedauernd schüttelte sie den Kopf. »Ich kann das nicht.«

»Lass dir Zeit«, sagte Sibylle. »Ich dränge dich zu nichts.«

»Ich werde es auch morgen nicht können und übermorgen.« Traurig sprach sie das Unausweichliche aus: »Ich sollte abreisen.«

»Nein«, rief Sibylle erschrocken. »Tu das nicht!«

»Aber ich möchte dir keine falschen Hoffnungen machen«, sagte sie zweifelnd.

Sibylle atmete tief durch. »Hör zu, ich werde dich nie wieder auf diese Art bedrängen. Unter gar keinen Umständen möchte ich unsere Freundschaft missen. Bitte bleib hier, und wir vergessen den heutigen Tag.«

Adele blickte die Freundin zweifelnd an. »Quälst du dich dann nicht?«

»Ich komme darüber hinweg, sei unbesorgt. Alles wird wieder wie früher.« Mit einem schiefen Lächeln fügte Sibylle hinzu: »So unwiderstehlich bist du auch nicht.«

Adele wollte ihr nur zu gerne glauben. »Also gut. Was wäre das auch für eine Freundschaft, die den ersten Sturm nicht übersteht. Ich bleibe gerne.«

Impulsiv umschlang Sibylle sie und drückte sie an sich. Adele versteifte sich leicht, doch die Freundin ließ sie schon wieder los, wünschte ihr strahlend eine gute Nacht und huschte hinaus.

Nachdem Sibylle gegangen war, lag sie noch lange wach. Sie bereute ihre Entscheidung nicht. Das klärende Gespräch hatte ihr eine Last von der Seele genommen. Doch im hintersten Winkel ihres Herzens regte sich auch leises Bedauern. Wenn Sybille ihr weniger bedeutet hätte, wer weiß, vielleicht hätte am

Ende die Neugierde gesiegt. So jedenfalls war sie vor einer Erfahrung zurückgeschreckt, die sie nun möglicherweise niemals machen würde.

Die Sonne stand bereits hoch am Himmel, als Adele anderntags erwachte. Durch das offene Fenster drangen die Stimmen von Sibylle und der Mutter zu ihr herein, die auf der Terrasse miteinander plauderten. Sie zog sich an, prüfte ihr Aussehen im Spiegel und ging die Treppe hinunter. Ehe sie sich zu den beiden Frauen gesellte, atmete sie kurz durch. Dann gab sie sich einen Ruck und trat auf die Terrasse. Etwas befangen nickte sie Sibylle zu, wobei sie sich zwang, ihr offen in die Augen zu sehen. Sibylle begrüßte sie mit völliger Selbstverständlichkeit und schob ihr eine Tasse Kaffee hin. Während ihres Aufenthalts bei der Freundin hatte sie sich an das bittere Getränk gewöhnt.

Die Mutter mahnte zur Eile. Die Eseltreiber, die sie auf ihren Tieren hoch zum Drachenfels bringen sollten, warteten bereits. Sie ging ins Haus, um Strohhut und Sonnenschirm zu holen.

Adele blieb mit Sibylle zurück. Die Anspannung währte nur kurz. Schon bald erörterten sie eifrig und mit jeder Minute unbefangener das Programm für die kommenden Tage. Da die Mutter nicht gut zu Fuß war, standen Kutschfahrten und Bootsausflüge an. Auch hatten sich Sibylles Kinder angekündigt. Bei allem bevorstehenden Trubel hatte die Freundin auch einen Tag für einen Spaziergang mit ihr allein reserviert. Sie wollte ihr eine Burgruine zeigen, mit der sie schöne Erinnerungen verband. Schon als die Mutter aufbruchsbereit zurückkehrte, wirkten die Vorfälle des vergangenen Tages wie in weite Ferne gerückt. Erheitert ließ Adele sich von Sibylle zeigen, wie man einen Esel antrieb. Auch wenn sie vielleicht nicht ganz ehrlich waren, benahmen sie sich doch beide, als wäre nie etwas geschehen.

Die Kinder trafen ein, begleitet nicht nur von der Kinderfrau, sondern auch von Sibylles Schwägerinnen. Sie hatten die Romane der Mutter verschlungen und wollten die Autorin kennenlernen. Sibylles Ehemann wurde von Geschäften in Köln zurückgehalten. Zwei laute, fröhliche Tage vergingen in einem Wirbel von Geselligkeit. Die Kinder belegten Adele freudig mit Beschlag, während die beiden Schwägerinnen ihre Mutter belagerten, die sich nur zu gerne von ihnen bewundern ließ. Sie blühte sichtlich auf, während die Damen an ihren Lippen hingen. Als der Besuch schließlich wieder die Fähre nach Köln bestieg, meinte sie kokett: »Man sollte einer älteren Dame mehr Ruhe gönnen.«

Sie selbst schien es mit der Weiterreise nach Wiesbaden nicht eilig zu haben, ja, sie erwog sogar, ganz auf die Kur zu verzichten, weil sie den Aufenthalt auf Sibylles Landgut mindestens ebenso erholsam fand. Adele war davon alles andere als begeistert. Die Mutter schien nicht zu begreifen, dass sie sich auch von ihr freischwimmen wollte. Mit großer Selbstverständlichkeit setzte sie sich wieder einmal über ihre Wünsche hinweg und war taub für ihre Versuche, ihr die Abreise nahezulegen.

»Wir haben uns für die nächsten Tage ausgedehnte Wanderungen vorgenommen«, erklärte sie zum wiederholten Mal. »Ich fürchte, du wirst uns nicht begleiten können.«

»Kein Problem. Ich setze mich auf die Terrasse und lese.«

»Wahrscheinlich nächtigen wir ein- oder zweimal auswärts. Du wirst allein sein.«

»Ich verstehe mich blendend mit der Frau des Verwalters. Und ein Bekannter aus Weimar lebt jetzt in Bonn. Ich werde ihm schreiben.«

Adele gab sich einen Ruck. »Mama, du hast eingewilligt, mich für ein Jahr ziehen zu lassen. Das Jahr ist noch nicht vorbei.«

»So ist das also.« Ihre Mutter runzelte die Stirn. »Nun, in

Wiesbaden fragt man sich auch schon, wo ich bleibe.« Schnell fand sie ihren Gleichmut wieder und lächelte Adele an. »Machen wir uns also einen schönen letzten Abend. Morgen reise ich ab.«

Nach einem feuchtfröhlichen Souper auf der Terrasse, das sich bis tief in die Nacht hingezogen hatte, verstaute der Verwalter am Morgen die Koffer der Mutter im Ruderboot. Währenddessen trank die einen letzten Tee auf der Terrasse, massierte sich die Schläfen gegen die Unpässlichkeit, die der Vorabend verursacht hatte, und nahm Adele das Versprechen ab, ihr zu schreiben. Adele gelobte alles, was die Mutter hören wollte, und drängte zur Eile. Die Fähre wartete nicht.

Auf ihren Gehstock gestützt, richtete die Mutter sich auf – und sackte wie eine vom Faden geschnittene Marionette in sich zusammen. Mit aufgerissenen Augen lag sie am Boden und ächzte.

Adele kniete sich erschrocken neben sie. »Mama, was ist mit dir? Sag doch etwas!«

»Hörst du mich?«, brachte die Mutter hervor.

Adele nickte. »Kannst du dich auch bewegen?«

Die Mutter schüttelte den Kopf.

Sibylle kam herbei. »Ich lasse einen Arzt rufen.«

»Schnell«, bat Adele. »Ich fürchte, es ist wieder ein Schlagfluss.«

Gemeinsam mit dem Verwalter schafften sie die Mutter ins Haus. Ein Bauernjunge wurde losgeschickt. Es dauerte endlos, bis der Arzt endlich eintraf. Als Adele ihn zur Mutter führte, setzte diese sich soeben auf. Sie blickte auf ihre Hände, die im Schoß lagen, ballte sie angestrengt zu Fäusten und streckte sie wieder. Vorsichtig hob sie erst den rechten Arm und dann den linken Arm etwas an. Auch das gelang ihr. Sie hob den Blick. »Mir scheint, ich habe noch einmal Glück gehabt.«

Von Weiterreise konnte dennoch keine Rede sein. Der Arzt

verordnete strikte Bettruhe und warnte, dass sie jederzeit mit einem weiteren Schlaganfall rechnen müssten. Die Mutter sollte nicht mehr allein sein und wollte das auch nicht. Ungewohnt offen gestand sie Adele: »Liebes, ich habe Angst.«

So war es also aus mit der Freiheit. Adele würde in ihr altes Leben zurückkehren müssen. Bei der Vorstellung hatte sie das Gefühl, durch tiefen Morast zu waten. Am Flussufer sitzend, warf sie Steinchen ins Wasser und versuchte, die Enttäuschung niederzuringen. Sie schämte sich für ihre Eigensucht. Die Mutter konnte nichts für ihr Unglück und litt viel mehr als sie. Das Gefühl, wieder angekettet zu sein, ließ sich jedoch nicht vertreiben.

Ein Schatten fiel auf den Holzsteg. Sibylle setzte sich zu ihr. »Der Arzt wird jeden Tag nach ihr sehen. Ich lasse auch eine Pflegerin kommen.«

Adele nickte dankbar.

»Wie geht es nun weiter?«, fragte die Freundin.

Adele zuckte mit den Achseln. »Ich werde mich ins Unvermeidliche schicken und mit ihr nach Weimar zurückkehren, sobald es ihr Zustand erlaubt.«

»Warum bleibt ihr nicht hier?«

»Zu Hause ist es für sie angenehmer. Und wir können dir auch nicht ewig zur Last fallen.«

»Ich meine, warum zieht ihr nicht ganz hierher?«, präzisierte Sibylle. »Ich würde das Bauernhäuschen am anderen Ende der Wiese für euch herrichten. Es ist geräumiger, als es aussieht. Ihr wäret dort für euch, aber in der Nähe.«

Adele sah die Freundin von der Seite an. »Das meinst du nicht ernst, oder?«

»Doch, selbstverständlich. Sonst würde ich es nicht vorschlagen.« Sibylle wandte ihr das Gesicht zu. »Ich habe euch gerne um mich, dich vor allem, aber deine Mutter auch. Manchmal müsste ich natürlich in Köln sein. Das Haus wäre mietfrei, Geld habe ich genug. Und falls es dich umtreibt: Ich erwarte auch sonst nichts. Vergangen ist vergangen.« Sie erhob sich. »Ich würde mich wirklich freuen. Also überlegt es euch.«

Adele sah der Freundin nach. Ihr Angebot war ein Silberstreif am Horizont. Nun musste sie nur noch die Mutter überzeugen.

Als die wieder halbwegs auf dem Damm war, schnitt sie das Thema behutsam an. Zu ihrer Überraschung rannte sie offene Türen ein. »Mietfrei?«, fragte die Mutter. »Und ich würde dich damit glücklich machen?«

Sie bejahte.

»Um ehrlich zu sein, Weimar ist nicht mehr, was es einmal war«, gestand die Mutter. »Der Adel bleibt unter sich, die klugen Leute ziehen nach Jena, Goethe kommt kaum mehr zu Besuch.« Sie lächelte Adele an. »Warum also nicht?«

Als sie die Mutter umarmte, rief die abwehrend: »Vorsicht!«

Zwar war ihre Reise damit beendet, aber hatte sie nicht schon vorher hier Wurzeln geschlagen? Freudig eilte sie zu Sibylle und überbrachte die gute Nachricht.

11 *Unter Frauen*

Adele, Frühjahr 1828

Adele kippte einen Eimer Wasser in die Wanne mit gemahlenem Kalk und rührte den weißen Brei mit dem Holzstab um. Es war anstrengender als erwartet. Sie schwitzte, doch noch immer schwammen Klumpen in der Farbe.

»Lass mich mal.« Sibylle nahm ihr den Rührstab aus der Hand. Sie war zwar kleiner, aber stärker als Adele. Bald war die Oberfläche glatt wie Sahne. Beide tauchten ihre Pinselquasten in die Farbe und begannen, die Wände zu weißen, jede an einem anderen Ende des Raumes.

Sibylle stand auf einer hölzernen Leiter und strich die Kante zur Zimmerdecke, die im Obergeschoss des Bauernhauses nicht sehr hoch war. Aus der unteren Etage drangen die Stimmen der Handwerker herauf, die die groben Instandsetzungen vornahmen. Adele musterte die Freundin von der Seite. Freihändig stand sie auf den Trittstufen und verteilte mit großen, entschlossenen Bewegungen die Farbe. Wie bei der Gartenarbeit trug sie Männerkleidung, die über ihren Rundungen spannte. Adele ertappte sich bei dem Wunsch, zu ihr hinüberzugehen, sie zu berühren, zu umarmen. In letzter Zeit hatte sie solche Anwandlungen häufiger, bei ganz alltäglichen Anlässen. Etwas hatte sich verändert.

Sie konnte nicht genau sagen, wann sie begonnen hatte, sich zu der Freundin hingezogen zu fühlen. Sibylle bezauberte nicht auf den ersten Blick wie Ottilie, aber sie besaß eine ganz eigene Schönheit, nahm durch Lebensfreude, Güte und Wärme für sich ein, durch ihre fröhlichen Augen und die innere Stärke, die man jeder ihrer Bewegungen ansah.

Nachdenklich tauchte Adele ihren Pinselquast in die Wanne. Auch Sibylle schien neue Farbe zu brauchen. Sie stieg von der Leiter und lächelte ihr zu. Adele hätte nur den Arm ausstrecken müssen, um sie an sich zu ziehen. Doch sie ließ es bleiben. Die Gefahr, durch schwankende Gefühle die Freundschaft zu gefährden, erschien ihr zu groß. Auch schien Sibylle jegliches Interesse dieser Art an ihr verloren zu haben.

Zwei Fuhrwerke mit den Möbeln aus Weimar trafen ein. Ottilie hatte sich dankenswerterweise bereit erklärt, sich darum zu kümmern. Als die ersten Tulpen blühten, bezogen sie und die Mutter das Haus. Die vertrauten Kupferstiche hingen an den Wänden, die Perserteppiche, auf denen Adele als Kind gespielt hatte, bedeckten die Böden. Alles war so wohnlich, als würden sie schon ewig hier leben.

Die Mutter saß in der etwas engen, aber gemütlichen Wohnstube auf ihrem Diwan, der von Danzig über Hamburg und Weimar hierhergekommen war, und blickte in den frisch aufgemauerten, prasselnden Kamin, während Adele Vorschläge für den nächsten Roman machte.

»Die Zeiten ändern sich«, erklärte sie. »Die Leute wünschen sich Erzählungen aus fernen Zeiten und von fernen Orten, romantisch, vielleicht auch unheimlich. Vor allem wollen sie große Gefühle mitempfinden, das heitere Gesellschaftsbild gerät aus der Mode.«

Seit einiger Zeit bearbeitete sie die Mutter, etwas Neues auszuprobieren. Eine Buchhandlung in Bonn schickte ihr regelmäßig Neuerscheinungen, sodass sie mit den sich wandelnden Strömungen vertraut war.

»Ich schreibe, wie ich eben schreibe«, beharrte die Mutter. »Bisher hat sich noch niemand beschwert.«

»Es müsste kein Roman sein«, gab Adele zu bedenken. »Man schreibt jetzt kürzere Novellen.«

Die Mutter beugte sich vor, um das Feuer zu schüren. Als es wieder aufflackerte, legte sie das Eisen beiseite und sah Adele an. »Woran hast du gedacht?«

»Bedeutet das, du willigst ein?«

»Wenn es dir eine Freude bereitet, meinetwegen.«

Aufgeregt begann sie, der Mutter die Historiennovelle zu schildern, die ihr vorschwebte. Sie spielte um die Zeit der Schlacht von Hastings und handelte von Margarete, Königin von Schottland.

»Tiefstes Mittelalter?« Die Mutter zog die Augenbrauen zusammen. »Ist das nicht eine sehr düstere Zeit?«

»Ihr Mann war ziemlich blutrünstig«, gestand Adele. »Aber sie hatte einen guten Einfluss auf ihn, hat für Frieden und Wohlstand gesorgt. Bis heute wird sie in ihrem Land verehrt.«

»Eine Frau mit eigenem Willen also. Das gefällt mir«, sagte die Mutter.

In dem Moment kam die Magd herein, ein junges Mädchen aus dem Dorf, das ihnen zur Hand ging. Sie brachte ein Billett von Sibylle: eine Einladung zum Diner. Das Essen wurde zu Ehren einer alten Bekannten gegeben, die für einige Tage zu Besuch war.

»So förmlich«, wunderte sich die Mutter.

»Die Bekannte ist aus vornehmem Hause«, erklärte Adele. »Sibylle hat den Namen mal erwähnt.«

»Dann sollten wir uns wohl in Schale werfen.« Die Mutter wirkte ganz vergnügt bei dieser Aussicht.

Adele hatte ihre feinen Kleider noch gar nicht ausgepackt. Tagein, tagaus lief sie in denselben zwei, drei Alltagskleidern herum. Auch auf ihre Haare verwendete sie nur noch wenig Mühe. Heute jedoch ließ sie sich von der Magd frisieren, nachdem die der Mutter beim Ankleiden geholfen hatte. Das Ergebnis ließ zwar zu wünschen übrig, aber der gute Wille war erkennbar.

Mit angehobenen Seidenröcken stapften sie vorsichtig über den matschigen Weg zum Gutshof. Dort streiften sie die Überschuhe ab und folgten dem Lakaien, der heute livriert war, in ihren Seidenmokassins in den Salon. Sibylle, ebenfalls ungewohnt sorgfältig zurechtgemacht, wartete bereits mit ihrer Bekannten, die, wie Adele auf den ersten Blick sah, wirklich aus der besten Gesellschaft stammte. Ihr Kleid aus feinstem Seidentaft war nach neuester Mode geschnitten, mit enger Taille, breiten Keulenärmeln und noch breiterem Rock. Ein Tuch aus spitzenbesetztem Voile verhüllte das Dekolleté.

Sibylle machte ihre Gäste miteinander bekannt. »Darf ich vorstellen, Fräulein von Droste zu Hülshoff.«

Die adelige Dame reichte erst der Mutter, dann Adele eine in armlange Glacéhandschuhe gehüllte Hand.

Adele blickte in ein weiches Gesicht mit großen, blassblauen Augen, die einen verträumten Ausdruck hatten. Sie hatte das Gefühl, diese Augen schon einmal gesehen zu haben. »Kennen wir uns irgendwoher?«, fragte sie nachdenklich.

Die adelige Dame setzte ein Lorgnon auf und schob ruckartig den Kopf vor. Durch die Linsen hindurch musterte sie sie wie eine seltene Pflanze. »Sie kommen mir ebenfalls bekannt vor«, sagte sie. Plötzlich schien ihr ein Licht aufzugehen. Sie lächelte spitzbübisch. »Wie klein die Welt doch ist. Mir scheint, wir sind gemeinsam gereist. Ich glaube, es war auf dem Weg nach Eisenach ...«

Adele dachte nach. Sie konnte sich an keine vornehme Dame in der Kutsche erinnern. Doch dann dämmerte es ihr. »Sie waren das! Der junge Mann ...«

Das Fräulein nickte. »Ich reise oft in Männerkleidung.«

»Dann war der junge Mann also doch eine Frau. Ich habe die ganze Reise darüber nachgegrübelt.«

»Bisher fanden alle, dass ich recht glaubwürdig aussehe.«

Die Mutter musterte die adelige Dame neugierig. »Ist es erlaubt zu fragen, warum Sie diese Marotte pflegen?«

»Aber natürlich«, erwiderte die. »Auf früheren Reisen hatte ich einige unangenehme Begegnungen. Als Mann hat man seine Ruhe, wird nicht belästigt ... Ich kann es nur empfehlen.«

»Das leuchtet ein«, gab sich die Mutter zufrieden.

»Fräulein Droste ist übrigens auch Dichterin«, warf Sibylle ein.

»Nur für den Privatgebrauch.« Das Fräulein winkte bescheiden ab. »Kein Vergleich zu Ihnen.« Sie blickte die Mutter an. »Ich habe Ihre Werke mit großem Vergnügen gelesen.«

Die Angesprochene neigte geschmeichelt den Kopf.

Adele hingegen wollte mehr über die Gedichte des adeligen Fräuleins wissen. Schnell entspann sich ein Gespräch über Literatur und Kunst. Fräulein Droste war gebildet, geistreich und witzig. Sie hatte eine Vorliebe für alles, was wunderlich und schrullig war. Man hatte sich jede Menge zu erzählen.

Im Laufe des Abends entfaltete sich eine Stimmung wie früher zu den besten Zeiten von Mutters Teesalon. Nach dem Mahl setzte sich Sibylle ans Klavier. Adele und das adelige Fräulein sangen gemeinsam Duette. Sie kannten ganz ähnliche Lieder. Erst als der Hahn schon krähte, trennten sich die vier Frauen, heiser, aber beschwingt.

»Für gewöhnlich stehe ich der Aristokratie ja skeptisch gegenüber«, erklärte die Mutter, als sie zum Bauernhaus zurückkehrten. »Aber in diesem Fall muss ich sagen: Hoffentlich beehrt uns das Freifräulein für länger.«

Der Wunsch der Mutter ging in Erfüllung. Fräulein Droste zu Hülshoff beschloss, auf unbestimmte Zeit zu bleiben. Man sah sich nun beinahe täglich, las gemeinsam, musizierte und ging spazieren. Wenn Adele und ihre Mutter unter sich waren, setzten sie die Arbeit an der Novelle über die Schottenkönigin fort. So saßen sie an einem warmen Maitag auf der kiesbedeckten Terrasse, die Sibylle vor dem Bauernhaus hatte anlegen lassen, und verbesserten gemeinsam die beschriebenen Blätter.

Ganz von ihrer Tätigkeit in Anspruch genommen, bemerkte Adele das Freifräulein erst, als der Kies unter deren Füßen knirschte. Mit einer ihrer typischen ruckartigen Bewegungen reckte sie den Kopf vor und zückte ihr Lorgnon. Verwundert wanderte ihr Blick von den Blättern zu Adele. »Sie wirken an den Werken Ihrer Mutter mit?«

Etwas unbehaglich suchte sie nach einer ausweichenden Antwort. Sie wollte nicht gegen die stillschweigende Vereinbarung verstoßen, dass nur die Mutter als Schriftstellerin in Erscheinung trat.

»Adele ist meine Schülerin«, entgegnete die statt ihrer. »Indem ich ihr in die Feder diktiere, lernt sie, worauf es ankommt. Talent hat sie ja glücklicherweise geerbt. Umgekehrt entlastet sie mich von lästiger Schreiberei. Ein Gewinn für uns beide.«

»Das hört sich an, als würden Sie einander wunderbar ergänzen«, sagte das Freifräulein. »Beneidenswert.«

Auch wenn die Mutter eine eigenwillige Sicht auf die Wahrheit hatte, stimmte Adele zu. »So ist es.«

Später am Tag schlenderte sie neben der adeligen Dame über den Treidelpfad am Flussufer, als die völlig unerwartet fragte: »Schreiben Sie eigentlich auch selbst?«

»Meine Ideen finden durchaus Eingang in die Schriften meiner Mutter«, gab Adele zögernd zu.

»Letztlich bestimmt Ihre Mutter aber Form und Inhalt. Ich spreche von eigener Dichtung.«

»Ich betrachte die gemeinsamen Werke auch als eigene Dichtung«, verteidigte sie sich. »Die Novelle, an der wir gerade arbeiten, habe im Wesentlichen ich ersonnen.«

»Ihr Name taucht jedoch bisher nirgends auf.«

»Mir bedeutet Ruhm nicht viel«, wiegelte sie ab.

Das Freifräulein blickte sie skeptisch an. »Bei all Ihrer Bescheidenheit kann ich mir vorstellen, dass es Sie gelegentlich hart ankommt, im Schatten Ihrer Mutter zu stehen.«

»Ich bin es nicht anders gewohnt.«

»Aber die Unterordnung, die Kompromisse, die Sie schließen müssen«, wandte die Droste ein. »Aus meiner Sicht ist es so, dass jeder Künstler sein Werk ausschließlich gestalten möchte. Sie hingegen begnügen sich mit der Rolle der Assistentin. Reicht Ihnen das wirklich aus? Hand aufs Herz?«

Das Fräulein hatte einen empfindlichen Punkt getroffen. Natürlich spielte sie mit dem Gedanken, unabhängig von ihrer Mutter Geschichten zu Papier zu bringen. Der Mutter zuliebe hatte sie diese Überlegungen bisher aber immer verworfen. »Sehen Sie, meine Mutter ist in gewisser Hinsicht auf mich angewiesen. Wenn ich mich auf eigene Schriften verlegen würde, käme es mir vor, als würde ich sie im Stich lassen«, erwiderte sie nach einer Weile.

»Sie machen sich das Leben nicht leicht, wie mir scheint«, stellte das Fräulein fest.

Adele lächelte schief. Das war nun wirklich keine Neuigkeit.

Abends in ihrem Zimmer sann sie über das Gespräch nach. Es stimmte, auch beim Schreiben stellte sie die Wünsche der Mutter über die eigenen. Um des lieben Friedens willen hatte sie sich bisher immer untergeordnet. Bevor ihr die Augen zufielen, beschloss sie, daran etwas zu ändern.

Voller Tatendrang setzte sie sich am nächsten Morgen an ihren kleinen Mahagonischreibtisch und skizzierte eine Geschichte, die ihr schon länger im Kopf herumging, die sie der Mutter aber noch nicht offenbart hatte. Vorbild waren wahre Begebenheiten. Es ging um die vier Kinder des Königs von

Lothringen, die sich gemeinsam gegen die Unterwerfung durch Ludwig den Vierzehnten zur Wehr setzten. Adele hatte kürzlich eine Abhandlung über Kardinal Richelieu gelesen, den entscheidenden Gegenspieler der vier Geschwister. Bisher hatte sie nicht recht gewusst, ob, und falls ja, wie sie sich dem umfangreichen Stoff nähern sollte. Doch nun hatte im Dämmerschlaf des Erwachens eine hübsche Anfangsszene in ihrem Kopf Gestalt angenommen, die ihr wie ein weit geöffnetes Tor den Zugang zu der Geschichte freigab.

In den darauffolgenden Tagen schloss sie sich in jeder verfügbaren Minute in ihrem Zimmer ein und schrieb an der Erzählung. Als die Mutter begann, sich zu beklagen, verlegte sie ihre eigene Arbeit in die späten Abendstunden, wenn die Mutter bereits zu Bett gegangen war. Die Argandsche Lampe, die sie jüngst angeschafft hatte, war so hell, dass sich auch nachts gut schreiben ließ.

Im Beisein von Sibylle bedankte sie sich bei der Droste dafür, dass sie ihr den Anstoß gegeben hatte, auch selbst zu schreiben. Historisch interessiert, wie Sibylle war, fing sie sofort Feuer für die Geschichte. Tatkräftig ließ sie Almanache und Kompendien aus ihrer Kölner Privatbibliothek herbeischaffen und suchte hilfreiche Passagen heraus. In manchen Nächten kam sie zum Bauernhaus herüber und warf Steinchen ans Fenster, um Adele einen interessanten Fund zu zeigen. Mit leuchtenden Augen las sie dann aus dem mitgebrachten Buch vor. Nicht immer hörte Adele ihr zu. Zu nah saß die Freundin neben ihr, zu sehr spürte sie ihre Körperwärme. Gelegentlich ruhten ihre Schultern aneinander. Sibylle schien das nicht einmal mehr zu merken. Wenn sie fertig war, klappte sie fröhlich ihr Buch zu und schlüpfte mit einem Luftkuss wieder hinaus in die Dunkelheit. Durch das Fenster beobachtete Adele, wie sich die Laterne sachte wippend entfernte, bis die Freundin im Gutshof angelangt war.

Angespornt durch Sibylles Begeisterung, kam sie gut voran.

Das Schlusskapitel schrieb sie in einer Nacht. Der Orangenblütenduft der Freundin lag noch in der Luft. Sie war spät zu Besuch gekommen, um einen Aufsatz über das alte Frankreich vorbeizubringen.

Im ersten Morgenlicht legte Adele die Schreibfeder nieder, streute Sand auf die letzte Seite, pustete sie trocken und raffte die beschriebenen Blätter zusammen. Es brannte ihr auf den Nägeln, sie der Freundin und, falls das Freifräulein schon wach sein sollte, auch ihr vorzulesen. Sibylle stand immer beim ersten Hahnenschrei auf. Adele war sicher, sie wach anzutreffen. Tatsächlich stand bereits eine Kanne mit dampfendem Kaffee auf dem Gartentisch. Die Tür, die von der Terrasse ins Haus führte, war angelehnt. Aus dem Inneren ertönte Sibylles Lachen.

Adele klopfte an und trat ein. Der Vorraum lag noch halb im Dunkeln. Zunächst sah sie nur einen hellen Fleck, der sich um die eigene Achse drehte. Körperteile schälten sich heraus, ein Knäuel von Armen wurde sichtbar, verdeckt von wogenden kastanienbraunen Locken, in die sich glatte flachsfarbene Haarsträhnen mischten. Plötzlich zerriss der Fleck in zwei getrennte Gestalten. Zwei hochrote Gesichter starrten Adele aus weißen Nachthemden an.

Eine Entschuldigung murmelnd, eilte sie aus dem Haus. Während sie zum Rhein hinunterrannte, fragte sie sich, ob Sibylle und das Freifräulein wirklich gerade eng umschlungen durch den Vorraum getaumelt waren, einander küssend und das Nachthemd der anderen hochschiebend. Konnte es die Müdigkeit sein, die ihre Sinne getäuscht hatte?

Sie erreichte den hölzernen Bootssteg, setzte sich hin und starrte aufs Wasser. Hätte sie darauf gefasst sein müssen? Vielleicht ja, aber sie hatte es nicht kommen sehen. Ebenso wenig wie den brennenden Schmerz, der sie bei dem Anblick erfasst hatte. Eine eiserne Faust zerquetschte förmlich ihr Herz.

Der Holzsteg schwankte. Atemlos ließ Sibylle sich neben sie

fallen. Ihr Kleid war nicht einmal vollständig zugeknöpft. Adele rückte von ihr ab.

»Es kann dich doch nicht wundern«, begann die Freundin. »Und ich rechtfertige mich auch nicht. Ich nehme mir, was ich haben kann. Da bin ich anders als du. Hoffentlich verstehst du das.«

»Du bist verheiratet«, murmelte Adele, auch wenn das ihr geringster Kummer war.

»Unsere Ehe ist arrangiert, es geht nur ums Geld«, entgegnete Sibylle. »Glaubst du, mein Mann hält es anders? Vielleicht solltest du einmal mit seiner Geliebten sprechen, einer reizenden Dame übrigens, sie singt an der Oper, wunderbarer Sopran. Ein Rätsel, was sie an ihm findet.«

Adele sammelte sich mühsam. Als sie ihre Stimme wieder im Griff hatte, sagte sie: »Es stimmt, du schuldest mir keine Erklärung. Ich wünsche euch Glück.«

Sibylle sah sie lange an. Ihre Miene drückte verschiedene Empfindungen aus, die Adele nicht einordnen konnte. Eine sonderbare Spannung lag in der Luft. Sie konnte diesem bewegten und irgendwie traurigen Blick nicht standhalten. Sie schaute weg.

Unvermittelt stand Sibylle auf. Im Weggehen murmelte sie: »Du wolltest mich ja nicht.«

Als sie am Abend das Speisezimmer betrat, sah Adele schon von der Tür aus das Freifräulein und Sibylle nebeneinander am Tisch sitzen, die Gesichter mit höflicher Aufmerksamkeit ihrer Gastgeberin zugewandt. Adele fiel wieder ein, dass die Mutter zum Spargel eingeladen hatte. Unter dem Tisch berührten sich die Schuhspitzen der beiden Frauen. Blitzartig rückte der rotseidene Escarpin der Droste von Sibylles Schnürschuh ab, als sie Adele bemerkten.

Nach außen hin gleichmütig, wie sie hoffte, trat sie näher. Sibylle erwiderte ihren Gruß mit aufgesetzter Herzlichkeit. Das

Freifräulein lächelte gezwungen. Adele konnte sie nicht ansehen, ohne Widerwillen zu spüren. Dass sie ihre Rivalin bis zu diesem Morgen noch hochgeschätzt hatte, machte die Sache nicht besser.

»Die Köchin, die Sie uns vermittelt haben, stellt eine gute holländische Sauce her«, sagte die Mutter zu Sibylle und ließ sich ausführlich über die heikle Herstellung dieser warmen Mayonnaise aus. Sie war überhaupt ziemlich die Einzige, die sprach. Irgendwann fiel es auch ihr auf. »Was habt ihr denn alle?«, fragte sie in die Runde, als die Erdbeeren gereicht wurden. Niemand antwortete.

Sibylle verabschiedete sich früh. Sie hatte Jäger einbestellt. Wildsauen hatten Teile des Weinbergs verwüstet. Das Freifräulein wollte ebenfalls aufbrechen, aber die Mutter hatte versprochen, ihr ein Buch auszuleihen. Sie musste es nur noch schnell aus ihrem Zimmer holen. Stumm saß Adele mit ihrer Rivalin am Tisch, während das Pochen des Gehstocks sich entfernte. Sie hatte nicht die geringste Lust, ein Gespräch anzufangen. Fräulein Droste faltete ihre Leinenserviette auseinander und rollte sie wieder zusammen. Sie ging Adele damit auf die Nerven. Schließlich legte sie die Serviette weg und atmete tief durch. »Sie müssen sehr schlecht von uns denken...«, murmelte sie, ohne Adele direkt anzusehen.

»Ihre Angelegenheiten interessieren mich nicht«, erwiderte Adele kühl. »Aber sollten Sie nicht vorsichtiger sein? Ihr Ansehen steht auf dem Spiel. Sie könnten mit der Justiz aneinandergeraten.«

»Was haben Sie vor?« Man sah der Adeligen die Sorge an.

Adele winkte ab. »Von mir haben Sie nichts zu befürchten.«

Die Droste wirkte nur halb erleichtert. »Aber Sie verachten mich?«

»Wie könnte ich? Hat Sibylle Ihnen nicht gesagt...?« Sie unterbrach sich.

»Was soll sie gesagt haben?«

Adele musterte ihr Gegenüber. Scheinbar hatte Sibylle es für besser gehalten, ihrer Geliebten nichts von verflossenen Gefühlen zu erzählen. Wenn der Droste unbekannt war, was sich zwischen Sibylle und ihr abgespielt hatte, konnte sie erst recht nicht ahnen, dass sie sie nun als Rivalin betrachtete. Plötzlich schämte sich Adele. »Es tut nichts zur Sache. Ich versichere Ihnen, an meiner guten Meinung hat sich nichts geändert.«

Aufatmend drückte das Freifräulein ihre Hand. »Mir fällt ein Stein vom Herzen. Unsere Gespräche sind mir wichtig geworden.«

Die Mutter kehrte mit dem Buch zurück. Das Fräulein nahm es entgegen, ohne sich zu rühren. »Vielleicht bleibe ich doch noch ein wenig.«

Zu dritt genehmigten sie sich noch einen Kräuterlikör und plauderten schon bald wieder angeregt über Literatur.

Auch wenn Adele ihre ungerechte Eifersucht nicht völlig überwinden konnte, war die Droste die Erste, der sie ihr Manuskript anvertraute. Das Freifräulein schien ihr am besten geeignet, unparteiisch die Qualität der Novelle zu beurteilen. Die Mutter ließ sie weiterhin im Dunkeln.

Die Droste hielt mit Kritik nicht hinterm Berg. Adele empfand die vielen Verbesserungsvorschläge zunächst als kränkend, konnte deren Berechtigung nach einigem Überlegen aber nicht von der Hand weisen. Sie schrieb die lothringische Novelle entsprechend um.

Das Freifräulein zeigte sich zufrieden und beehrte sie im Gegenzug damit, ihre Meinung zu eigenen Gedichten zu erbitten. Sibylle war sichtlich froh über das spannungsfreie Verhältnis, das sich zwischen ihren beiden Freundinnen wieder eingestellt hatte. Sie machte sie auf eine neue Frankfurter Literaturzeitung namens *Phönix* aufmerksam, die Werke junger

Schriftsteller abdruckte. Adele gab sich einen Ruck und packte die Reinschrift des Manuskripts in Packpapier ein. Bevor sie es sich anders überlegen konnte, übergab sie das Paket der Magd und bat sie, es umgehend auf die Post zu bringen.

Sie rechnete nicht mit einer baldigen Antwort. Zwar blickte sie jedes Mal auf, wenn das Mädchen morgens die Briefe hereinbrachte, ansonsten widmete sie sich aber wieder ganz der vernachlässigten Zusammenarbeit mit der Mutter. Die Schottland-Novelle war beim Verleger gut angekommen, er wollte mehr in dieser Art. Die Mutter fremdelte zwar immer noch mit dem neuen Stil, widersetzte sich aber nicht.

Mitten in die ersten Überlegungen für eine neue Geschichte platzte die Zusage der Literaturzeitung. Adeles Novelle *Die lothringischen Geschwister* sollte kapitelweise auf der Titelseite der jeweiligen Ausgabe abgedruckt werden. Erst jetzt enthüllte sie der Mutter voller Stolz, dass sie in eigenem Namen eine Novelle geschrieben hatte: »Sie wurde allen anderen Einreichungen vorgezogen!«

Verblüfft zog die Mutter die Brauen zusammen. »Warum hast du mir das verheimlicht?«

»Du solltest nicht denken, ich würde unsere gemeinsame Arbeit nicht mehr schätzen«, bekannte Adele.

Die Mutter bat um die Urschrift des Manuskripts. Am späten Abend – sie kehrte von einer Feier ihres Erfolgs aus dem Gutshof zurück – sah Adele noch Licht in deren Zimmer brennen. Als die Mutter am Morgen zum Frühstück kam, blickte sie ihr nervös entgegen. »Nun?«

Die Mutter rührte bedächtig Zucker in ihren Tee. »Recht gelungen, Liebes, das muss ich zugeben«, sagte sie, sehr zu Adeles Freude. »Nur leider, fürchte ich, wirst du der Zeitung absagen müssen. Dein Werk kann so nicht abgedruckt werden.«

Adele war wie vor den Kopf gestoßen. »Warum denn nicht?«

»Ist das nicht offensichtlich?«, fragte die Mutter. »Erst vor wenigen Wochen ist meine Novelle über Margarete von Schottland erschienen.«

»Das ist mir nicht neu. Ich habe sie zum größten Teil verfasst«, erwiderte Adele ohne die übliche Rücksichtnahme. »Worin sollte der Hinderungsgrund bestehen?«

Die Mutter musterte sie kopfschüttelnd. »Normalerweise bist du nicht so begriffsstutzig, Kind! Jeder wird denken, ich hätte die Geschichte geschrieben.«

»Aber es steht mein Name darunter.«

Ihre Mutter breitete die Hände aus. »Und was werden die Leute daraus folgern? Dass ich dir die Steigbügel halte! Dass du meine Schriften als deine eigenen verkaufst!«

Adele war bestürzt. »Das ist ja völlig verdreht!«

»Du siehst also, du tust dir keinen Gefallen damit«, bekräftigte die Mutter. »Wir sollten die Schrift unter meinem Namen herausbringen.«

Adele war sprachlos. Sie sollte als Betrügerin dastehen, wo doch die Mutter diejenige war, die sich fremder Hilfe bediente? Entschieden schüttelte sie den Kopf. »Ich habe die Blätter unter meinem Namen an den *Phönix* geschickt. Wenn ich das ändere, wirft das Fragen auf, und zwar zu Recht.«

»Dann wirst du das Manuskript leider ganz zurückziehen müssen.«

Adele überlegte fieberhaft. Sie wollte und konnte nicht hinnehmen, dass ihr erster Versuch, als Schriftstellerin auf eigenen Füßen zu stehen, so endete. Dann fiel ihr etwas ein. »Ich werde es unter einem Pseudonym veröffentlichen.«

Dagegen konnte die Mutter keine Einwände vorbringen. »Ich gönne es dir ja, Liebes«, sagte sie milde. »Zudem schmücke ich mich nicht gerne mit fremden Federn.«

Erleichtert, doch noch eine Lösung gefunden zu haben, schluckte Adele die bissige Antwort auf die kuriose Selbstwahrnehmung ihrer Mutter hinunter, die ihr auf der Zunge lag.

Jeden zweiten Vormittag brachte das Dampfschiff nun den *Phönix* mit. Gleich unter dem Titelbild stand dort in fetten Lettern: »*Die lothringischen Geschwister*, geschrieben von Adrian von der Venne.«

Das Pseudonym hatte sie gemeinsam mit Sibylle und dem Freifräulein ausgesucht. Erstere hatte ihr zu einem Männernamen geraten, die Droste zu einem Adelsprädikat. Sie selbst wollte wenigstens in den Anfangsbuchstaben ihren Vornamen wiederfinden. So hatte sie schließlich den Namen des alten niederländischen Meisters gewählt, dessen Kupferstiche sie so mochte. Wenn es sie auch noch immer wurmte, dass ihr eigener Name im Dunkeln blieb, war es doch ein erhebendes Gefühl, einen Drucktext zu lesen, den sie ohne die Mutter Wort für Wort selbst erdacht hatte.

An einem Regentag las sie Sibylle im geräumigen Wohnraum des Gutshofes aus der neuen Ausgabe des *Phönix* vor. Die Droste hatte sich entschuldigt, sie habe dringende Korrespondenz zu erledigen. Adele war nicht unglücklich über die seltene Gelegenheit, mit der Freundin allein zu sein. Sibylle wirkte jedoch geistesabwesend. Sie blickte aus dem Fenster und schien kaum zuzuhören. Adele wollte sich schon erkundigen, was ihr auf der Seele liege, als das Freifräulein den Raum betrat.

Sofort wandte Sibylle sich ihr zu. »Wann musst du abreisen?«
»Leider morgen schon.«

Wie sich herausstellte, heiratete eine Cousine der Droste. Es wurde erwartet, dass sie in ihre münsterländische Heimat zurückkehrte und bei den Hochzeitsvorbereitungen half. Daher also rührte die Niedergeschlagenheit der Freundin.

»Kommst du bald wieder?«, fragte Sibylle.
»Das kann ich noch nicht sagen. Es gibt weitere familiäre Angelegenheiten ... Ich war recht lange abwesend.«

Sibylle, die solche Zurschaustellungen in Adeles Gegenwart

sonst vermied, stand auf und umarmte die Droste. Unwillkürlich mischte sich Eifersucht in das ehrliche Bedauern über deren Abreise, das Adele verspürte. Sie verabschiedete sich schnell und ließ die beiden Frauen allein.

Sie hatte vorgehabt, am Bootssteg Abschied zu nehmen, doch zu ihrer Überraschung kam die Droste am nächsten Morgen in aller Frühe auf einen kurzen Besuch vorbei. Adele wollte bei dem strahlend schönen Wetter gerade zu einem Spaziergang aufbrechen. Das Freifräulein schloss sich ihr zu einer Runde über das Anwesen an. Während sie nebeneinanderher schlenderten, brachte Adele ihre Hoffnung zum Ausdruck, dass sie sich gelegentlich schreiben würden. Dem Fräulein war augenscheinlich auch daran gelegen, sich weiterhin über Dichtung auszutauschen. Sie versprach es und kam dann unvermittelt auf Sibylle zu sprechen.

»Ich bin nicht sicher, ob Sie das Verhältnis zwischen Sibylle und mir gänzlich begreifen …«, begann sie.

»Nun, ich denke, ich verstehe genug«, entgegnete Adele schnell, um eventuelle Herzensergüsse im Keim zu ersticken.

»Sehen Sie, für Menschen wie uns ist es schwierig, Gleichgesinnte zu finden«, fuhr die Droste unbeeindruckt fort. »Wenn sich die Gelegenheit bietet … Was ich sagen will: Sibylle und ich, wir tun uns gut und mögen uns sehr, aber die große Liebe ist es nicht. Sonst hätte ich Ihnen längst die Augen ausgekratzt.«

»Warum teilen Sie mir das mit?«, fragte Adele peinlich berührt.

»Manchmal habe ich so ein Gefühl, dass Sie mir trotz aller Sympathie gewisse Vorbehalte entgegenbringen«, erklärte das Freifräulein. »Einige Andeutungen, die Sibylle gemacht hat, haben in mir den Verdacht genährt, dass … nun ja, dass es Dinge gibt, die Ihnen vielleicht nicht bewusst sind.«

»Weder muss ich alles wissen, noch möchte ich es.«

»Das hier werden Sie hören wollen.«

Adele zuckte mit den Achseln. »Sie scheinen ohnehin fest entschlossen zu sein. Also heraus damit.«

Das Freifräulein blieb stehen. »Sibylle mag es zwar bestreiten, aber wenn sie einen einzigen Menschen aus einem brennenden Haus retten könnte, dann wäre das nicht ich, und auch keins ihrer Kinder. Das wären Sie.«

Adele starrte sie verwirrt an. »Sie irren sich. Das ist lange vorbei, war vermutlich nie der Fall …«

»Lassen Sie es sich von mir sagen: Sibylle liebt Sie. Ihr Herz gehört Ihnen.« Abrupt packte das Freifräulein ihre Hand, drückte sie fest, ließ los und wandte sich ab.

»Betrachten Sie es als Abschiedsgeschenk«, sagte sie im Weggehen über die Schulter. Dann blickte sie sich nicht noch einmal um.

Aus der Ferne sah Adele zu, wie Sibylle sich am Bootssteg von der Reisenden trennte. Ein Wirbelsturm der Gefühle tobte in ihrer Brust. Sibylle liebte sie! Es bestand Hoffnung! Nun musste sie einmal im Leben alles richtig machen, sich nicht selber im Weg stehen.

Das Ruderboot legte ab. Die Droste hob winkend die Hand, dann setzte sie sich und kehrte dem Ufer den Rücken zu. Adele sah, wie auch Sibylle die Hand sinken ließ, dem Boot noch einen Moment nachblickte und dann gemächlich zum Gutshof zurückging. Auf halber Strecke wurde sie noch langsamer, blieb schließlich ganz stehen. Sie schien einen Entschluss zu fassen und machte kehrt. Nun ging sie wieder zum Rhein hinunter, ließ den Bootssteg links liegen und marschierte am Ufer entlang. Offenbar steuerte sie auf die Badestelle zu.

Adele lief los. Die Mutter rief von der Terrasse nach ihr, aber sie hörte nicht hin. Nicht jetzt. Sibylle verschwand zwischen den Sträuchern. Adele beschleunigte ihre Schritte. Mit hochgerafften Röcken rannte sie über die Wiese zum Ufer. Auf Höhe der Insel angekommen, zwängte sie sich durchs Gebüsch. Ein Ast peitschte ihr ins Gesicht. Sie achtete nicht darauf. Sie schob den letzten Blättervorhang beiseite. Der Sandstrand lag vor ihr. Von Sibylle keine Spur.

Adele rief, lief suchend umher. Dann entdeckte sie die Kleider der Freundin hinter einem Stück Treibgut. Plötzlich teilte sich plätschernd das Wasser. Wie eine üppige Venus tauchte Sibylle aus dem Fluss auf. Als sie Adele erblickte, stockte sie und errötete. Offenbar dachte auch sie an ein früheres Badeerlebnis. Wie sie so dastand, tropfnass und frisch wie Morgentau, war sie der bezauberndste Anblick, den Adele in ihrem Leben gesehen hatte. Ohne eine weitere Sekunde zu verschwenden, stieg sie in ihren Kleidern ins Wasser, legte ihre Arme um die Freundin, zog sie an sich und küsste sie mit all der Sehnsucht, die sich über die Monate hinweg angesammelt hatte.

Adele, Winter 1830

Der Hahnenschrei riss sie aus dem Schlaf. Benommen schlug sie die Augen auf. Durch die hohen Fenster, auf denen Eisblumen blühten, fiel schwach das rötliche Licht des anbrechenden Tages und beleuchtete Sibylles kastanienfarbene Locken, die über das Kissen aus blassgrüner Seide flossen. Erst jetzt wurde Adele bewusst, dass sie sich im Herrenhaus befand. Sie stützte den Kopf auf und betrachtete die Freundin, die friedlich neben ihr schlummerte, die Wangen rosig, der Mund leicht geöffnet wie bei einem Kind. Bei jedem Atemzug zitterten ihre dichten Wimpern. Nun murmelte sie im Traum, Adele meinte, ihren Namen herauszuhören. Beglückt schmiegte sie sich an sie, genoss für einige letzte Augenblicke die Nähe, auch wenn es draußen langsam hell wurde.

Wieder krähte der Hahn. Es war höchste Zeit. Behutsam hob sie Sibylles Arm an, der ihren Körper umschlungen hielt, löste sich vorsichtig von ihr und wollte aus dem Bett schlüpfen.

Sibylle hielt ihr Handgelenk fest. »Bleib noch.«

Adele küsste sie sanft auf den Haaransatz. »Ich muss los, leider. Mutter erwacht gleich.«

»Und wenn schon.«

Adele kämpfte gegen die Versuchung, sich wieder zur Freundin zu legen, stand schließlich aber auf.

Während sie sich anzog, sah Sibylle ihr vom Bett aus zu. »Wäre es so unerträglich, wenn deine Mutter es endlich erführe?«

»Bitte fang nicht wieder davon an. Ich würde im Erdboden versinken.«

»Aber sie ist eine liberale Frau. Sie hatte selbst einen Geliebten, sagst du.«

»Das ist nicht dasselbe. Auch meine Mutter hat ihre Grenzen. Ich könnte ihr nicht mehr in die Augen sehen.«

Sibylle gab seufzend nach. »Soll ich dich später abholen? Der Flussarm ist fest genug zugefroren. Wir könnten Schlittschuh laufen.«

Adele schüttelte den Kopf. In ihrer Jugend hatte sie es einmal auf einem Fischteich bei Weimar ausprobiert. Wie eine Kuh auf dem Eis, so hatte sie Ottilie zufolge ausgesehen. Und so hatte sie sich auch gefühlt.

»Es ist nicht schwieriger als schwimmen«, sagte Sibylle aufmunternd. »Ich zeige es dir.«

Adele lächelte. »Demnächst bringst du mir noch das Fahren auf dem Zweirad bei.«

»Warum nicht?«, fragte Sibylle grinsend. »Ich habe tatsächlich vor, mir eins anzuschaffen.«

»Wir werden sehen. Bis später also.« Adele vergewisserte sich lauschend, dass niemand vom Gesinde auf den Fluren war, und stahl sich aus dem Haus. Ihr warmes Wolltuch eng um die Schultern geschlungen, eilte sie über den schneebedeckten Weg zum Bauernhaus. So geräuschlos wie möglich öffnete sie die Tür, schlich an der Küche vorbei, in der die Magd gerade mit dem Rücken zu ihr den Herd entzündete, und huschte zur Treppe. Sie hatte eben die dritte Stufe erreicht, als die Mutter aus ihrem ebenerdigen Schlafzimmer trat. »Guten Morgen, Liebes. Hast du gut geschlafen?«

Adele tat, als käme sie von oben aus ihrem Zimmer, und streckte sich gähnend. »Ja, doch, sehr.« Sie hoffte, dass die Mutter ihre Schnürstiefel nicht bemerkte, an denen noch Schnee klebte, der nun schmolz und Wasserflecken hinterließ.

Die Mutter humpelte Richtung Wohnstube. Mit einer Handbewegung forderte sie Adele auf, vorzugehen. »Vielleicht setzt du schon Tee auf.«

Adele tippte sich an den Kopf. »Ich habe vergessen, zu lüften. Ich komme sofort nach.« Sie eilte die Treppe hinauf und in ihr Zimmer. Erleichtert wechselte sie die Stiefel gegen Hausschuhe. Ihre Mutter schien keinen Argwohn geschöpft zu haben.

Seit dem Sommer schwebte Adele auf einer Wolke des Glücks. Jede freie Minute verbrachte sie mit Sibylle. Ein Vorwand fand sich immer. Stets gab es auf dem Gutshof etwas zu pflanzen, zu jäten, zu ernten oder einzukochen. Außerdem musste die Sammlung antiker Fundstücke, die Sibylle aus Xanten angekauft hatte, katalogisiert werden. Adeles Unterstützung war dabei unentbehrlich. Manchmal beklagte die Mutter sich, weil sie sich nun weniger Zeit für sie nahm. Aber sie beide verdankten Sibylle so viel, da konnte sie keine Einwände erheben.

Nachts schlich Adele sich zum Gutshof, sobald es im Zimmer der Mutter still geworden war. Anfangs war es ihr befremdlich erschienen, in den Armen der Geliebten zu liegen. Doch bald hatte sie alle Scham abgelegt. Sie fragte sich nicht mehr, ob sie unnatürlich war. Sibylle gab ihr das Gefühl, genau richtig zu sein.

Vom Strand der Badestelle aus sah Adele zu, wie Sibylle über das Eis schwebte. Wieder einmal staunte sie über die tänzerische Leichtfüßigkeit der Freundin. Auf schmalen Kufen glitt sie über den zugefrorenen Flussarm bis zur vorgelagerten Insel, beschrieb einen eleganten Kreis und kehrte wieder zu ihr zurück. Kurz vor dem Ufer bremste sie ab, drehte sich übermütig noch einmal um die eigene Achse und kam zum Stehen, die Arme ausgebreitet, um sie in Empfang zu nehmen.

Adele stakste mit den untergeschnallten Eisen über den Sand bis zur Uferkante, setzte erst einen Fuß auf die Eisfläche, dann den zweiten. Sofort rutschte sie aus, ruderte mit den Armen und fiel rücklings aufs harte Eis, das beunruhigend knirschte. Hilflos wie ein verendender Käfer lag sie da und strampelte mit den Beinen. Die Freundin hielt sich den Bauch vor Lachen. Adele angelte nach deren Füßen und zog sie weg, sodass sie neben ihr zu Boden ging. Kichernd stürzte Sibylle sich auf sie, um Rache zu nehmen. Sie wälzten sich verliebt auf dem knirschenden Eis und spürten die Kälte nicht mehr.

Plötzlich ließ die Freundin von ihr ab und setzte sich auf. Als Adele ihrem Blick folgte, sah sie die Mutter am Ufer stehen. Wie aus dem Nichts war sie plötzlich hier aufgetaucht.

Erschrocken rückte sie von Sibylle ab und stammelte: »Mama ... stehst du schon lange da?«

Sie bekam keine Antwort auf ihre Frage. »Mir ist ein wunderbarer Einfall für eine Novelle gekommen«, verkündete die Mutter stattdessen. »Ich bin gespannt, was du dazu sagst. Mir scheint aber, erst einmal solltet ihr euch aufwärmen.« Damit machte sie kehrt und humpelte mit ihrem Gehstock davon.

Adeles Wangen glühten. Sie verfluchte ihren Leichtsinn. Wie hatten sie sich unter freiem Himmel nur so gehen lassen können?

»Vielleicht hat sie nichts bemerkt«, versuchte Sibylle, sie zu beruhigen, wirkte dabei aber selbst nicht sehr überzeugt.

Auf allen vieren rutschte Adele zum Ufer, schnallte die Schlittschuhe ab und eilte der Mutter nach. Sie holte sie auf der großen Wiese ein. »Nie wieder stelle ich mich auf Schlittschuhe!«, verkündete sie so munter sie konnte. »Ich weiß nicht, wie oft ich hingefallen bin. Die arme Sibylle habe ich gleich mit umgerissen. Das war sicher ein Bild für die Götter!«

Die Mutter machte eine wegwerfende Handbewegung. »Falls es dich tröstet: Ich war auch nie eine große Schlittschuhläuferin. Manche Dinge lässt man besser bleiben.«

Adele wartete schweigend ab, aber mehr sagte sie nicht dazu. Hatte sie wirklich nichts bemerkt?

Die Mutter klatschte auffordernd in die Hände. »Worauf wartest du? Lauf vor und zieh dich um. Ich koche uns eine Tasse Tee, und dann reden wir über meinen Einfall.«

Damit scheuchte sie sie davon und kam auch später nicht mehr auf den Vorfall zu sprechen. Vielleicht hatte es weniger verfänglich ausgesehen als Adele befürchtet hatte, vielleicht überstieg es auch einfach ihre Fantasie. Glücklicherweise schien sie jedenfalls nicht begriffen zu haben, was zwischen ihrer Tochter und deren Freundin vor sich ging.

Nach dem Vorfall auf dem Eis übernachtete Adele aus Vorsicht eine Zeitlang nicht bei Sibylle. Das hatte immerhin den Vorzug, dass sie auch nicht um drei Uhr nachts mit der Freundin wach wurde. Die hatte nämlich an einigen Rebstöcken Trauben hängen lassen, in der Hoffnung, Eiswein herstellen zu können. Nun wartete sie auf eine klirrend kalte Nacht, in der die Trauben zu süßen Eisklumpen gefroren. Dafür musste sie in den frühen Morgenstunden aufs Thermometer schauen. Doch nie fiel die Temperatur auf unter minus sieben Grad, und so ging das Warten weiter. Sibylles Augenringe wurden tiefer. Adele begann, sich Sorgen zu machen. Die Freundin ließ sich das Vorhaben jedoch nicht ausreden.

Kurz vor Weihnachten riss das Prasseln von Kieselsteinen an ihrem Fenster Adele aus dem Schlaf. Es war noch stockdunkel. Nicht einmal der Mond war zu sehen. Leise rief Sibylle von draußen: »Komm schnell. Und zieh dich bloß warm an!«

In ihren Kaninchenpelzmantel gehüllt, mit Lammfellstiefeln an den Füßen und ihrer wärmsten Haube auf den Ohren, pflückte Adele im Schein der Pechfackeln Seite an Seite mit Sibylle die gefrorenen Trauben von den Reben. Eine Handvoll Tagelöhner aus dem Dorf half mit. In Rückenkiepen aus Weidengeflecht trugen sie den gelesenen Wein den steilen Hang hinunter zur Presse, wo der nicht gefrorene, zuckerhaltige Teil der Beeren so schnell wie möglich zu süßem Most verkeltert wurde. Bei Tagesanbruch war die meiste Arbeit erledigt, der Most konnte zur Gärung in ein kleines Fass gefüllt werden.

Kurz darauf saß Adele gemeinsam mit Sibylle in der großen Emaillebadewanne, die die Freundin im Nebenraum ihres Schlafzimmers hatte aufstellen lassen. Das heiße, nach Lavendelblüten duftende Wasser umhüllte sie wohlig. Ihr vor Kälte starrer Körper erwachte langsam wieder zum Leben. Feiner Wasserdampf erfüllte den Raum und zeichnete alles weich, auch die Umrisse der Freundin, die ihr gegenübersaß und sich mit dem Badeschwamm einseifte. Schläfrig zurückgelehnt, sah Adele ihr zu. Ein Schaumhäubchen blieb auf Sibylles Brust sitzen. Adele schob es lächelnd mit den Zehenspitzen weg.

Auch die Eisblumen am Fenster tauten in der Wärme langsam auf. Dahinter wurde schwach der erste Lichtschein sichtbar. Die Welt lag noch im Dämmerschlaf. Auch das Haus war still und leer. Die Tagelöhner waren gegangen. Das Verwalterehepaar, das ebenfalls geholfen hatte, schlief friedlich in dem Nebengebäude, in dem es wohnte.

Plötzlich ertönten in der unteren Etage Stimmen. Mit zusammengezogenen Brauen blickte Adele ihre Freundin an. »Wer ist das?«

Sibylle ließ sich nicht stören. »Ich nehme an, die Köchin und der Junge, der die Milch bringt. Es muss uns nicht interessieren.«

Adele lehnte sich wieder zurück. Doch dann setzte sich plötzlich Sibylle auf und lauschte. Eine laute Männerstimme war nun deutlich zu vernehmen. Befehlsgewohnt stellte sie knappe Fragen. Sibylle sprang aus der Wanne. »Das ist mein Mann.« Sie warf Adele ein Handtuch zu. »Schnell, zieh dich an!«

Erschrocken stieg Adele aus dem Bad und trocknete sich ab. Hastig wollte sie ihr Unterkleid überwerfen, doch der Baumwollstoff blieb an ihrer feuchten Haut kleben. Sie zerrte und zupfte daran.

»Du musst dich verstecken.« Sibylle schob sie, während sie noch immer mit dem Kleid kämpfte, durch eine Tür. Dahinter lag das Arbeitszimmer, das über einen Balkon verfügte.

Unten erklang nun eine zweite Stimme, die Adele sehr vertraut war. »Jetzt auch noch meine Mutter«, stöhnte sie.

»Was wollen die hier? Beeil dich!« Sibylle riss entnervt die Balkontür auf. Ein Kälteschwall schwappte herein. Eisig schnitt er durch Adeles dünnes Unterkleid. Sie rannte umher und sammelte ihre warmen Sachen auf.

Im Erdgeschoss sprach der Ehemann mit der Mutter, oder eher: Die Mutter sprach mit ihm. Die meiste Zeit war sie zu hören. Man verstand nichts, aber dem Tonfall nach zu urteilen, erzählte sie eine ihrer launigen Geschichten.

Adele warf den Kaninchenpelz über, schlüpfte in die Stiefel und trat auf den Balkon.

»Ich versuche, ihn so schnell wie möglich loszuwerden.« Sibylle sah sie entschuldigend an. »Hoffentlich erfrierst du nicht.«

»Keine Sorge.« Adele kletterte über die Brüstung.

»Was tust du?«, fragte die Freundin erschrocken. »Wir sind im ersten Stock!«

»Ich weiß. Halt mich fest.« Sie streckte die Hand aus. Sibylle packte gerade noch rechtzeitig zu, bevor sie ausrutschte und den Halt verlor. Ihr Sturz vom Balkon endete mitten in der Luft. Sie baumelte an Sibylles Hand und krallte sich mit der anderen an einem Mauervorsprung fest. Die Freundin stöhnte unter der Last. Adele schielte nach unten. Der Boden war noch ein gutes Stück entfernt, aber die Terrasse war schneebedeckt. »Ich springe jetzt. Lass los.«

Der Schnee dämpfte ihren Aufprall, unter der angefrorenen Oberfläche war er noch watteweich. Schnell rappelte sie sich auf, winkte Sibylle zu und rannte, um nicht gesehen zu werden, in einem Bogen zum Bauernhaus.

Sie hatte sich gerade umgezogen, als ihre Mutter zurückkehrte. Sie trug dem Mädchen auf, Tee und Kaffee zu kochen, warf ein Scheit in den Kamin und sagte, ohne Adele anzusehen: »Ihr müsst vorsichtiger sein.«

Wie vom Donner gerührt starrte sie die Mutter an. »Ich weiß nicht, wovon du sprichst.«

»Oh doch, mein Kind, das weißt du sehr wohl.« Die Mutter sah ihr seelenruhig ins Gesicht. »Weißt du, ältere Menschen schlafen meist nicht gut. Sie hören es, wenn frühmorgens die Tochter nach Hause kommt. Oder wenn Ehemänner zur Unzeit mit Ruderbooten anlanden. Mir müsst ihr also nichts vormachen.«

Adele starrte beschämt ins Feuer. »Warum hast du nie etwas gesagt?«

»Man muss nicht alles breittreten«, erklärte die Mutter und hob die Schultern. »Der Mantel des Schweigens ist oft sehr kleidsam.«

Adele zupfte an ihrem Ärmel. Sie wagte es nicht, ihrer Mutter in die Augen zu sehen. Bange stellte sie die Frage, obwohl sie die Antwort fürchtete: »Findest du mich abstoßend?«

Die Mutter wiegte leicht den Kopf. »Mir ist nicht geheuer,

was ihr da tut. Das gebe ich freimütig zu.« Sie machte eine Pause. »Wie dem auch sei ... Ich habe immer den Standpunkt vertreten, dass jeder nach seiner Façon glücklich werden soll. Danach habe ich gelebt, also sollte das wohl auch für dich gelten.«

Adele blickte der Mutter forschend ins Gesicht. Sie wirkte vollkommen ernst.

»Eine dringende Bitte habe ich allerdings: Bringt euch nicht in Teufels Küche. Diskretion scheint mir hier essentiell zu sein, wie so oft im Leben.« Sie warf ihr ein knappes Lächeln zu und ging in die Küche, um nachzusehen, wo der Tee blieb.

Adele ließ sich auf den Fauteuil vor dem Kamin fallen. Ihr war ganz schwindelig vor Erleichterung. Sie hatte so große Angst vor diesem Moment gehabt. Wie falsch hatte sie die Situation wieder einmal eingeschätzt! Fortan würde sie nicht mehr lügen müssen. Die Mutter nahm sie hin, wie sie war. Adele fühlte sich von innen gewärmt.

12 Tumulte

Adele, Frühjahr 1835

Das Stampfen des Dampfschiffs wurde in der Ferne hörbar, der schwarze Qualm aus den Schloten mischte sich in die tiefhängenden Wolken dieses trüben Märztages. Adele legte die Blätter zur Seite, an denen sie geschrieben hatte, und ging hinunter zum Bootssteg. Angestrengt blickte sie zum anderen Flussufer hinüber, an dem die Fähre nun anlegte. Ihre Hoffnung, dort die vertraute Gestalt zu erblicken, erfüllte sich nicht.

Seit einer Weile schon lief sie täglich zum Steg, sobald das Dampfschiff nahte. Bisher war sie immer allein zurückgekehrt. Nun aber konnte es nicht mehr lange dauern, bis Sibylle endlich wieder da war.

Hinter Adele lagen die glücklichsten vier Jahre ihres Lebens. Wie in einer Ehe hatte sie Tag und Nacht mit der Freundin verbracht, alle Freuden und kleinen Sorgen mit ihr geteilt, befreit von der Angst vor der Verachtung der Mutter.

Sibylles Ehemann hatte sie während der Zeit nur wenige Male gesehen. Ihm schien ebenso wenig an seiner Frau gelegen zu sein wie umgekehrt. Adele verspürte kein schlechtes Gewissen, wenn sie an ihn dachte. Mit den Kindern war es anders. Sie mochte sie alle sechs und hatte dafür gesorgt, dass sie häufiger zu Besuch kamen. Das letzte Jahr hatten sie fast ganz hier auf dem Land verbracht. Sibylle verstand sich nun besser mit ihnen als früher. Adele konnte sich damit trösten, dass sie den Kindern nichts wegnahm.

Im Herbst war die älteste Tochter sechzehn geworden. Ihr

Debut stand bevor, auf das sie schon seit Jahren hinfieberte. Auf Wunsch ihres Ehemannes war Sibylle für die Wintersaison nach Köln zurückgekehrt. Die Anwesenheit einer Mutter war wichtig, wenn die Tochter in die Gesellschaft eingeführt wurde. Sibylle hatte zunächst Ausflüchte gesucht. Aber Adele hatte ihr gut zugeredet, der Tochter und dem Ehemann den Gefallen zu tun.

In den vergangenen sechs Monaten hatte sie nur gelegentlich postalisch von Sibylle gehört. In den Briefen ging es um die Selbstbeweihräucherung der besseren Gesellschaft und um Heiratskandidaten, die allesamt nicht gut genug waren. Ein Ehemann für die Tochter hatte sich nicht gefunden. Auch wenn das für den nächsten Winter wieder eine Trennung bedeuten würde, freute Adele sich für das Mädchen, das nun einer weiteren Ballsaison entgegenblicken durfte.

In den Monaten, die sie allein mit ihrer Mutter verbracht hatte, hatte Adele begonnen, Kunstmärchen zu schreiben. Nach Goethes Tod, der auch sie sehr mitgenommen hatte, hatte sich die Mutter viel mit ihrer eigenen Sterblichkeit befasst und irgendwann verkündet, die Zeit der Unterhaltungsliteratur sei vorbei. Sie wolle sich gehaltvolleren Schriften zuwenden. Ihr reicher Erfahrungsschatz solle der Nachwelt nicht vorenthalten bleiben, also schrieb sie nun an ihren Memoiren. Naturgemäß konnte Adele da wenig helfen. Was ihr nicht unlieb war, denn sie fand zunehmend Gefallen daran, für sich allein zu schreiben.

Dabei vermisste sie Sibylle mit jedem Tag mehr. Ostern lag dieses Jahr sehr spät und damit auch Karneval, mit dem die Ballsaison endete. Der Aschermittwoch war verstrichen, doch statt der Freundin war ein Brief eingetroffen mit der Nachricht, dass sie wegen einer Grippe ans Bett gefesselt sei. Gefahr bestand offenbar keine, doch so musste Adele weitere Wochen ausharren, deren Dauer ihr endlos erschien.

Endlich schaukelte die Geliebte im Ruderboot über den

Fluss. Sie war merklich dünner geworden und wirkte dadurch älter und ernster. Adele breitete die Arme aus, um sie an sich zu drücken, doch Sibylle bremste sie mit warnenden Handzeichen, bevor sie dem Boot entstieg. Da erst bemerkte Adele, dass die Person am Ruder kein Lakai war, sondern Sibylles Ehemann.

»Endlich einmal erlauben es die Geschäfte meinem Gatten, mich zu begleiten«, erklärte Sibylle, während Mertens Adele höflich die Hand reichte. Es war offensichtlich, dass die Freude der Freundin nur vorgetäuscht war.

Sie gingen zu dritt nebeneinander her über die Uferwiese. »Wie lange bleiben Sie?«, fragte Adele den Ehemann möglichst beiläufig.

»Einige Wochen vielleicht. Es steht noch nicht fest.«

Sie verbarg ihre Enttäuschung. »Dann lasse ich Sie erst einmal ankommen. Wie wäre es vor dem Abendessen mit einem Spaziergang?«

»Gerne.« Sibylle streifte wie zufällig ihre Taille.

»Auf mich werdet ihr wohl verzichten müssen«, erklärte Mertens. »Ich sehe die Bücher durch. Auch möchte ich den Verwalter sprechen.«

»Natürlich«, sagte Sibylle. »Ich hoffe, du findest alles in bester Ordnung vor.«

Hinter seinem Rücken warfen die beiden Frauen sich eine Kusshand zu.

Adele wartete an der Badestelle auf Sibylle. Sie hatten sich nicht abgesprochen, dennoch war sie überzeugt, dass die Freundin dorthin kommen würde. Endlich knackte es im Gebüsch, die Sträucher teilten sich, Sibylle stürmte auf sie zu und umarmte sie so ungestüm, dass sie zu Boden fielen.

»Er will mich zurück«, erklärte die Freundin leise, kaum dass sie ihre Leidenschaft gestillt hatten. »Ich soll wieder in Köln wohnen.«

Adele erschrak. »Er war doch bisher ganz zufrieden.«
»Über den Winter hat er sich wohl an mich gewöhnt. Vor allem aber ist ihm die Geliebte weggelaufen.«
»Was bedeutet das für uns?«
»Sei unbesorgt, ich werde es ihm schon ausreden.«

Die Zuversicht der Freundin erwies sich als voreilig. Mertens beharrte hartnäckig auf seinem Wunsch. Selbst in Adeles Gegenwart redete er auf Sibylle ein. Pausenlos musste sie sich neue Gründe einfallen lassen, warum ihre Anwesenheit auf dem Gutshof unabdingbar war. »Es werden neue Rebstöcke gepflanzt. Ohne meine Aufsicht geschieht Gott weiß was.«

Zu dritt standen sie einige Tage nach Sibylles Rückkehr am Fuße des Weinbergs. Adele hatte es so eingerichtet, dass sie der Freundin wie zufällig über den Weg laufen würde. Doch leider befand sich Mertens mal wieder in deren Schlepptau.

»Ihre Frau pflegt die Ländereien ganz hervorragend«, sagte Adele zu ihm.

»Schau.« Sibylle zeigte auf einige Rebstöcke, die sich noch in Winterstarre befanden und wirklich kläglich aussahen. »Die sind vollkommen verschnitten. Wenn ich nicht ständig dabei bin und achtgebe, haben wir auf Jahre hinaus schlechten Wein.«

Mertens blieb unbeeindruckt. »Diese und andere Angelegenheiten habe ich bereits mit dem Verwalter besprochen«, entgegnete er. »Er hat mir versichert, dass er größte Sorgfalt walten lassen wird.«

Nachdem die Vorwände aufgebraucht waren, verlegte die Freundin sich auf offenen Widerstand. Sie gab an, das Stadtleben nicht mehr zu ertragen. Wohl wissend, dass dies auf Dauer unmöglich sein würde, forderte sie ihren Gatten auf, ebenfalls aufs Landgut zu ziehen. Wortreiche Streitigkeiten zwischen den Eheleuten entbrannten, die sich nicht auf die eigenen vier Wände beschränkten.

Die Mutter hatte zum freitäglichen Fischessen geladen. Zu viert saßen sie im Bauernhäuschen zu Tisch. Solche Anlässe waren inzwischen die einzigen Gelegenheiten, bei denen Adele Sibylle noch unverfänglich begegnen konnte.

Nach dem Dessert bedankte Mertens sich höflich bei der Mutter. »Das war köstlich. Ein wunderbarer Abschied.«

»Sie reisen ab?«, fragte die Mutter.

»Meine Geschäfte lassen sich nicht länger aufschieben«, bestätigte er. »Meine Frau begleitet mich.«

Adele warf Sibylle einen beunruhigten Blick zu.

Die Freundin zog die Brauen zusammen. »Du irrst dich, mein Teurer. Ich bleibe hier.«

»Ich dachte, ich hätte mich klar ausgedrückt. Die Kinder vermissen dich.«

»Die Kinder haben mich den ganzen Winter über um sich gehabt. Übrigens sind sie jederzeit hier willkommen, so oft und so lange sie wollen. Bitte schiebe sie nicht vor, wenn es eigentlich um dich geht.«

»In der Tat wünsche auch ich, dass du mitkommst«, bekräftigte Mertens. Um Zustimmung heischend, blickte er Adele und die Mutter an. »Sicher teilen Sie meine Meinung: Eine Frau gehört zu ihrem Mann.«

Adele schwieg unbehaglich, während die Mutter diplomatisch die gesundheitlichen Vorzüge des Landlebens hervorhob. »Sicher ist Ihnen das Wohlbefinden Ihrer Gattin doch ein Anliegen.«

»Nun, meinem Wohlbefinden dient es, wenn sie mich begleitet«, erwiderte Mertens trocken. »Das scheint mir mehr Gewicht zu haben als die angeblichen Nachteile der Stadtluft.«

»Jahrelang hat es dir wenig ausgemacht, auf mich zu verzichten«, sagte Sibylle scharf.

»Die Veränderung sollte dich freuen.«

»Nicht, wenn sie mit Rücksichtslosigkeit einhergeht.«

Mertens stand auf. »Genug der Diskussionen. Du kommst mit. Ich befehle es dir!«

Sibylle erhob sich ebenfalls. Mit auf den Tisch gestützten Armen beugte sie sich vor und zischte: »Du wärest nichts ohne mich! Ein Niemand!«

Der Ehemann wurde laut. »So sprichst du nicht mit mir!«

»Und was passiert sonst?«, fragte Sibylle herausfordernd.

Mertens starrte sie wütend an. »Sei froh, dass wir nicht allein sind!«

Voller Unbehagen schritt Adele ein. »Bitte, beruhigen wir uns doch alle! Meine Mutter verträgt derartige Auseinandersetzungen nicht.« Sie fing sich einen konsternierten Blick der Mutter ein, Widerspruch blieb jedoch aus.

Mertens schien sich wieder zu erinnern, wo er sich befand. Er verbeugte sich mit gezwungener Höflichkeit vor der Mutter. »Verzeihen Sie bitte.« Kalt blickte er Sibylle an. »Wir sprechen uns später.« Mit einem knappen Kopfnicken in Richtung Adele verließ er das Haus.

Sibylle schüttete sich ein Glas Riesling ein. »Ein Alptraum«, stöhnte sie und nahm einen großen Schluck.

»Ist es richtig, ihn so herauszufordern?«, fragte Adele ratlos.

»Dann sag du mir, was ich tun soll!«, rief die Freundin, noch immer aufgebracht. »Wie um alles in der Welt bringe ich ihn zu der Einsicht, dass er ohne mich besser dran ist?«

»Kommt eine Trennung gar nicht in Betracht?«, fragte Adele vorsichtig.

»Wir sind Katholiken, bei uns gibt es keine Scheidung«, stellte Sibylle heftig klar. »Welchen Grund sollte ich auch nennen? Und der Skandal! Ich wäre erledigt! Außerdem: Wenn das Gerede erst losgeht, was meinst du, wie schnell es dann um uns beide geht?«

Adele hob beschwichtigend die Hände. »Schon gut, ich sehe es ein.«

Die Mutter hatte währenddessen die Kerzen des Kandelabers auf dem Kaminsims geschnäuzt. Nun wandte sie sich ungeduldig zu Adele und Sibylle um: »Mein Gott, so schwer ist es doch nicht. Schafft dem Mann eine Geliebte herbei!«

Sibylle lachte auf. »Darüber habe ich auch schon nachgedacht.«

Die Mutter nickte zufrieden. »Sicher wissen Sie in Köln einige passende Damen?«

Manchmal verstanden sich ihre Freundin und ihre Mutter auf eine Art, die Adele fast unheimlich war.

Das Pianoforte im großen Saal des Gutshofes war eigens für das Konzert gestimmt worden. Die Sopranistin, die mit glockenklarer Stimme Schuberts *Winterreise* vortrug, sah mit ihren dunklen Rehaugen und dem schwanenweißen Dekolleté höchst ansprechend aus. Sibylle begleitete sie am Klavier. Das Publikum bestand aus der Mutter, Adele und Mertens, der übers Wochenende erneut aufs Landgut gekommen war, um seine Gattin weiter zu bearbeiten. Auch die Bediensteten durften im Hintergrund zuhören. Mertens starrte unverhohlen auf die Rundungen der Sängerin. Sibylle warf Adele hoffnungsvolle Blicke zu.

Das Komplott, das die Freundin mit der Mutter geschmiedet hatte, gefiel Adele noch immer nicht. Sibylle hatte ihrem Ehemann weisgemacht, sie habe die gefragte Kölner Sängerin zu Ehren der Mutter eingeladen. Die Wahl war auf diese Sopranistin gefallen, weil gemunkelt wurde, dass sie mit ihrem derzeitigen Mäzen nicht zufrieden sei. Sibylle kannte den Mann, er war abstoßend, geizig und anspruchsvoll. Demgegenüber konnte ihr Gatte nur eine Verbesserung bedeuten.

Adele schloss die Augen und vertiefte sich in die Musik. Die himmlisch reine Stimme rührte sie zutiefst. Dass eine begnadete Musikerin unter so entwürdigenden Umständen ihr Brot verdienen musste, erfüllte sie mit Mitgefühl und Widerwillen.

Nachdem der letzte Ton verklungen war, klatschte Mertens noch frenetischer als die anderen. Die Mutter nutzte das Privileg des Alters, um frühe Müdigkeit vorzuschützen. Adele begleitete sie, sodass nur Sibylle sich noch mit Kopfschmerzen zurückziehen müsste, bevor der Ehemann mit der Sängerin allein zurückblieb. Man hatte ihr im Gutshof ein Zimmer hergerichtet, da natürlich so spät kein Schiff mehr fuhr.

»Ich habe die deutliche Ahnung, dass sich euer Problem über Nacht verflüchtigen wird«, erklärte die Mutter auf dem Heimweg frohgemut.

Adele glaubte das ebenfalls, allerdings hegte sie nach wie vor zwiespältige Gefühle.

Als sie am nächsten Morgen mit ihrer Kaffeetasse auf die Terrasse trat, sah sie Sibylle von Weitem auf sich zueilen. Erwartungsvoll blickte sie ihr entgegen. »Bringst du die Erfolgsmeldung?«

Die Freundin ließ sich auf einen Gartenstuhl fallen und machte eine wegwerfende Handbewegung. »Hör mir auf«, sagte sie verstimmt.

»Was ist passiert?«

»Sie hat ihn geohrfeigt!«

Wie erwartet war Mertens der Sängerin nachgestiegen. Spät nachts hatte er sich Zutritt zu ihrem Schlafzimmer verschafft. Nur hatte die Künstlerin nicht mitgespielt. »Was fällt Ihnen ein! Halten Sie mich für eine Hure?«, hatte sie mit ihrer durchdringenden Stimme durchs Haus geschrien. Der Ehemann hatte von dem Abenteuer ein Veilchen davongetragen.

Gegen ihren Willen prustete Adele los. Sibylle hingegen fand die neue Wendung gar nicht witzig. »Er ist außer sich. So habe ich ihn noch nie erlebt. In diesem Augenblick lässt er meine Sachen packen. Er besteht auf unserer Abreise, noch heute, mit dem nächsten Schiff.« Die Freundin blickte ratlos. »Ich weiß nicht, wie ich mich noch wehren soll.«

Adele blieb das Lachen im Halse stecken. Sibylle würde bald nicht mehr hier sein. Sie würden sich nicht mehr sehen. Alle Rücksichten über Bord werfend, nahm sie sie mit auf ihr Zimmer. Die Mutter brach wortlos zu einem Spaziergang auf.

Ein letztes Mal schmiegte sie sich an die Freundin, spürte ihre Wärme, atmete ihren Geruch ein. Durch das Fenster hörten sie die zurückkehrende Mutter zu Mertens sagen: »Nein, leider habe ich Ihre Gattin heute noch nicht gesehen.« Widerstrebend lösten sie sich voneinander.

»Wann kann ich dich in Köln besuchen?«, fragte Adele.

»So bald wie möglich. Aber es wird nicht dasselbe sein.« Sibylle fasste sich an die Schläfen. »Ich habe Kopfweh, und mir ist schlecht.«

»Mir auch.«

»Komm nicht zum Boot. Lass uns jetzt Abschied nehmen.«

Mit einem letzten verzweifelten Kuss trennten sie sich. Adele blickte Sibylle durch das Fenster nach. An der Tür zum Gutshof drehte die Freundin sich noch einmal um. Dann verschwand sie im Haus.

So war Adele also wieder allein. Die Mutter brachte gesüßten Tee, wie für ein krankes Kind. Ansonsten ließ sie sie in Ruhe. Am frühen Nachmittag kündigte das Hornsignal die Ankunft der Fähre nach Köln an. Adele schloss die Vorhänge und legte sich ins Bett, zog sich die Decke über den Kopf. Als das Stampfen der Fähre verhallt war, stand sie auf und lief am Fluss entlang Richtung Süden. Sie kam durch Dörfer, in denen sie noch nie gewesen war. In einem Gasthof aß sie belegte Brote. Draußen dunkelte es bereits. Sie fragte die Wirtin nach einem Zimmer. Ein Fischer, der mit anderen Männern an der Theke Bier trank, bot an, sie im Boot nach Hause zu bringen.

Trotz der späten Stunde war die Mutter noch auf den Beinen. Bei Adeles Rückkehr atmete sie auf. »Ich wollte mir schon

Sorgen machen. Übrigens ist deine Freundin doch nicht abgereist. Scheinbar ist sie krank.«

Am nächsten Tag ging Adele, sobald es statthaft war, zum Gutshof hinüber. Mertens führte sie missmutig die Treppe hinauf. »Das ist nur eine ihrer Listen. Kurz vorher war sie noch kerngesund.«

Sibylle krümmte sich im Bett wie ein Häufchen Elend und begrüßte Adele mit matter Stimme.

Ihr Ehemann musterte sie unzufrieden: »Ich lasse einen Arzt kommen.«

»Bitte tu das«, flüsterte Sibylle mit ersterbender Stimme. »Schick jemanden zu Doktor Engel, er wohnt gleich unten im Dorf.«

Adele zog einen Stuhl heran und setzte sich zu ihr. Sie wartete, bis der Ehemann gegangen war, und ergriff dann die Hand der Freundin. »Wie schön, dass du noch da bist.«

»Reichst du mir das Glas Wasser?«, krächzte Sibylle.

»Du kannst aufhören, Billa«, sagte Adele leise. »Wir sind unter uns.«

Sibylle blieb jedoch unverändert kläglich in ihren Kissen liegen. »Mir geht es wirklich nicht gut. Mein Kopf platzt, und ich glaube, ich habe Fieber. Schließt du bitte die Vorhänge?«

Adele erkannte, dass die Freundin ihre Krankheit nicht vorspielte. »Hoffentlich ist es harmlos«, sagte sie mitfühlend.

»Wahrscheinlich habe ich mich zu sehr aufgeregt«, murmelte Sibylle. »Das hat mein Mann nun davon.«

Das Eintreffen des Arztes beendete Adeles Besuch. Sie bat Mertens, später wieder nach der Kranken sehen zu dürfen.

»Die guten alten Kopfschmerzen«, sinnierte die Mutter, als Adele ihr von Sibylles Zustand berichtete. »Sie sind doch immer wieder eine wirkungsvolle Waffe.«

Die Mutter ließ sich nicht davon überzeugen, dass Sibylle tatsächlich krank war. Doktor Engel hingegen, ein grauhaariger Mann mit klugem Gesicht, wirkte beunruhigt. Mit ernster Miene redete er auf Mertens ein, als Adele am späten Nachmittag erneut zum Gutshof kam. »Ich sehe alle Anzeichen eines nervösen Fiebers«, erklärte er auf Adeles erschrockene Frage hin. »Wenn nichts unternommen wird, kann sich der Zustand schnell verschlechtern. Ich empfehle viel Ruhe, wenig Außenreize und gegebenenfalls eine Luftkur.«

»Dann ist die Rückkehr nach Köln nicht anzuraten?«, fragte sie.

»Die Stadt mit ihrem Lärm und Gestank?« Der Arzt verneinte entschieden. »Davon sollten Sie dringend Abstand nehmen.«

Mertens sah aus, als hätte er auf eine Zitrone gebissen. »Ich leite ein Bankhaus. Ich kann meinen Aufenthaltsort nicht dauerhaft aufs Land verlegen.«

»Mit Nervenfieber ist nicht zu spaßen«, mahnte Doktor Engel. »Notfalls muss Ihre Gattin eine Zeitlang ohne Sie auskommen.« Er sah Adele nachdenklich an. »Vielleicht findet sich eine andere Begleitung für die Kur.«

Zwischen Sorge und Hoffnung schwankend, stieg sie die Treppe hinauf. Sie hatte die Erlaubnis, Sibylle für einige Minuten zu sehen. Aufregung galt es zu vermeiden. Leise trat sie ein.

Die Freundin lächelte schwach. Sie sah sehr blass aus. Der Weidenrindenabsud, den der Arzt ihr verabreicht hatte, schien noch nicht zu wirken. Adele setzte sich zu ihr und drückte ihre Hand. »Wie fühlst du dich?«

»Ich bin etwas heiser«, krächzte die Kranke.

Mitfühlend strich Adele ihr die Haare aus dem Gesicht. »Hast du Schmerzen?«

Sibylle schüttelte den Kopf. »Nur Halsweh und Kopfschmerzen. Eine hundsgewöhnliche Erkältung«, röchelte sie.

»Hat der Arzt das zu dir gesagt?« Adele zögerte. »Ich will dich nicht beunruhigen, aber … auf mich wirkte er besorgt. Er sprach von einer Kur …«

Sibylle nieste. Sie nahm ihr Taschentuch und schnäuzte sich. »Ich kenne Doktor Engel, seit ich ein Kind bin«, brachte sie mühsam hervor. »Wir mögen uns. Die Kur war meine Idee.«

»Die Kur ist gar nicht notwendig?«, fragte Adele verwirrt.

Sibylle nickte und lächelte schwach. »Erzähl das bloß nicht meinem Mann«, flüsterte sie. »Begleitest du mich?«

»Meinst du, das wäre möglich?«

»Warum nicht?«

»Aber wird dein Mann das zulassen?«

»Da vertraue ich wieder auf unseren guten Doktor Engel. Was hältst du von Italien?«

Adele lachte ungläubig. »Du möchtest mit mir nach Italien reisen?«

»Deine Mutter kann gerne mitkommen«, flüsterte Sibylle. »Die alte Dame ist mir ans Herz gewachsen.«

»Italien …« Adele dachte an Goethes Bericht, an blühende Mandelbäume, warmes Licht, Zypressen und Zitronen. »Dort wollte ich so lange schon einmal hin.«

»Ist das ein Ja?«

»Ja!«

»Ich glaube, meine Erkältung wird bereits besser«, röchelte Sibylle.

Ohne Rücksicht auf Ansteckung oder das mögliche Erscheinen des Ehemannes fielen sie und die Freundin sich in die Arme. Hatte Adele sich gestern noch gegen die Einsamkeit gewappnet, so schienen plötzlich Träume wahr zu werden, auf deren Erfüllung sie nie gehofft hatte.

Adele, Sommer 1835

In warme Decken gehüllt saßen sie bei Nieselregen in dem kleinen Pavillon, den Sibylle am Rande der Terrasse hatte errichten lassen. Im Geiste waren sie bereits in Italien. Die Freundin las aus dem Brief einer Bekannten vor, die sich seit einigen Monaten an der Riviera aufhielt.

»›Ihr werdet ganz in unserer Nähe wohnen. Das Dorf ist winzig, aber pittoresk. Eure Villa blickt aufs Meer hinaus, eine Steintreppe führt hinunter zu einer von Felsen eingerahmten Sandbucht.‹«

»Das klingt himmlisch.« Adele nippte an der frischen Limonade, die Sibylle zur Einstimmung zubereitet hatte. »Hoffentlich wird mein neuer Strohhut rechtzeitig fertig.«

»Die Hutmacherin hat noch acht Tage Zeit. Sonnenschirme besorgen wir uns dort, sie sollen sehr hübsch und günstig sein. Und dünne, aber blickdichte Baumwollkleider. Man badet dort ohne Karren.«

»Ins Meer hinausschwimmen bis zum Horizont …« Adele verlor sich in Träumereien.

»Das Wasser soll noch klarer sein als deine Augen. Man sieht bis auf den Grund, selbst dort, wo man nicht mehr stehen kann.«

»Wir könnten uns ein Boot mieten, uns die Küste vom Meer aus anschauen«, schlug Adele vor.

»Es gibt sogar eins am Haus, das wir benutzen können, schreibt meine Bekannte.«

»Dann lerne ich rudern«, beschloss Adele. »Wir verzichten auf den Bootsmann. Nur wir zwei, auf den Wellen schaukelnd, unter der hellen Sonne Italiens …«

Jeden Tag aufs Neue wunderte sie sich, dass sie die gemeinsame Reise wirklich antreten würden. Der Arzt hatte Mertens von

Mann zu Mann ins Gebet genommen und durchschlagenden Erfolg erzielt. Murrend, aber ohne sich weiter zu widersetzen, war er nach Köln zurückgekehrt. Er hatte seiner Gattin vier Monate Kur erlaubt. Vielleicht würden sie auch länger bleiben. Sicher fand sich in Italien ein zugewandter Arzt, der weiteren Behandlungsbedarf bescheinigte.

Erfüllt von glücklichen Gedanken lehnte Adele den Kopf an Sibylles Schulter. Aus den Augenwinkeln sah sie ihre humpelnde Mutter näherkommen. »Unsere Unterkunft steht fest«, rief sie ihr zu.

»Und der Polsterer hat gute Arbeit geleistet«, ergänzte Sibylle, während die Mutter den Pavillon betrat. »Man sitzt jetzt sehr bequem in unserem Landauer. Auch die Federung, der ganze Wagen wurde überholt. Ihr Rücken wird nicht leiden.«

»Du hast Besuch, Liebes.« Etwas außer Atem trat die Mutter zur Seite und gab den Blick auf eine Frau in Halbtrauer frei. Adele musste zweimal hinschauen, bis sie in der mit Rouge und Lippenrot geschminkten Frau mittleren Alters Ottilie erkannte. Unschlüssig, wie sie ihr entgegentreten sollte, erhob sie sich.

Ottilie flog ihr in die Arme. »Dele! Es tut so gut, dich zu sehen!«

Verwirrt ließ sie die Umarmung über sich ergehen. Ottilie war korpulenter, als sie sie in Erinnerung hatte. Ihr Geruch hingegen war immer noch seltsam vertraut. Adele löste sich und blickte in ihr Gesicht. Sie konnte kaum glauben, was die Zeit aus der früheren Freundin gemacht hatte.

Aus dem Augenwinkel bemerkte sie, wie Sibylle Ottilie neugierig musterte. Sie stellte die Freundinnen einander vor. Die beiden maßen sich aufmerksam mit Blicken, so wie sich Tiere beschnuppern.

Adele blickte auf das schwarze Band an Ottilies Hut. Aus den wenigen Briefen, die sie in den letzten Jahren mit der Jugendfreundin gewechselt hatte, wusste sie, dass nicht nur Goethe, sondern auch dessen Sohn, Ottilies Ehemann, verstorben war. »Ich hoffe, du kommst zurecht«, sagte sie mitfühlend.

Ottilie deutete ein Nicken an. »Du weißt ja, wie es war …«

»Wie lange werden Sie bleiben?«, erkundigte sich Sibylle.

»Das steht noch nicht fest …« Ottilie zögerte.

»Mindestens zwei Tage. Eher lasse ich dich nicht gehen«, sagte Adele bestimmt, hakte die Jugendfreundin unter und zog sie mit sich fort. »Komm, ich zeige dir, wie ich nun lebe. Und wir machen dir ein Zimmer zurecht.« Sie wandte sich noch einmal zu Sibylle um. »Das ist dir doch recht, oder?«

Sibylle nickte freundlich. »Ich werde die Köchin bitten, ein hübsches Souper zu zaubern.«

Während sie auf das Bauernhäuschen zugingen, betrachtete Adele die verwitwete Jugendfreundin von der Seite. Die acht Jahre seit ihrer letzten Begegnung hatten deutliche Spuren hinterlassen, das konnte auch die Schminke nicht überdecken. Falten zwischen den Augenbrauen und um die Mundwinkel herum verliehen dem früher so schönen Antlitz einen vergrämten Ausdruck. Der Verlust des Ehemannes hatte Ottilie augenscheinlich mehr getroffen, als Adele erwartet hätte. Mochten noch irgendwelche bitteren Gefühle in ihrem Herzen geschlummert haben, so blies das Mitleid sie nun weg.

Die Jugendfreundin warf ihr ein etwas gezwungenes Lächeln zu. »Deine Mutter erwähnte, ihr wollt verreisen?«

Sie nickte. »An die Riviera.«

»Du hast es gut getroffen, scheint mir.«

»Tatsächlich kann ich mich nicht beklagen«, gab Adele zu. »Aber sprechen wir von dir: Wie ist es dir ergangen? Abgesehen von …« Sie blickte auf den Trauerflor.

»Auch wenn er seine Fehler hatte, er war mein Mann …« Ottilie seufzte melancholisch. »Das Leben meint es nicht nur gut mit mir.«

»Die Kinder sind aber wohlauf?«

»Ja, sie sind erwachsen und aus dem Haus. Beide studieren jetzt.«

»Dann bist du sicherlich etwas einsam.«

Ottilie nickte bedrückt. »Vielleicht hältst du mir das zugute, wenn ich dir etwas anvertraue ...« Der Blick, den sie ihr zuwarf, zeugte von großem Unbehagen. »Niemand weiß davon. Und das muss auch so bleiben ...«

»Sprich einfach so wie früher. Du kannst mir alles erzählen«, sagte sie aufmunternd.

Sie hatten die Terrasse des Bauernhauses erreicht. Vor dem Rosenstrauch, den Adele dort gepflanzt hatte, blieb Ottilie stehen. Mit dem Fuß malte sie Kreise in den Kies. Ohne Adele anzusehen, gestand sie: »Du musst mir helfen. Ich erwarte ein Kind.«

Adeles einzige Überraschung war, dass sie nicht überrascht war. Schon als die Jugendfreundin zu sprechen ansetzte, hatte sie dieses Bekenntnis erwartet. Was genau es ihr verraten hatte, konnte sie nicht sagen. Ihr Blick wanderte über den Körper der Freundin. Man sah noch nichts. »Wann? Und von wem?«

»Du kennst ihn nicht. Er war nur vorübergehend in Weimar.«

»Dann wird er dich also nicht heiraten?«, fragte Adele, obwohl sie auch hier die Antwort bereits kannte.

»Er ist schon verheiratet.« Ottilie seufzte. »Diesmal dachte ich wirklich, es sei Liebe.«

Die frühere Freundin bot wirklich ein Bild des Elends. Mit hängenden Schultern stand sie da und vermied es sorgfältig, ihr in die Augen zu schauen. Unwillkürlich strich Adele tröstend über ihren Arm. »Was hast du nun vor?«

»Ich kann unmöglich ein uneheliches Kind aufziehen. Mein Ruf ist bereits mehr als angekratzt.«

»Du möchtest dich hier verstecken, bis es da ist?«

Ottilie nickte. »Es sind noch fünf Monate. Sicher findet sich eine Bauernfamilie, die es aufnimmt?«

Der hilfesuchende Blick der Freundin ließ Adele nicht kalt. Sie atmete durch. »Nun, ich werde sehen, was ich tun kann. Geld ist vorhanden?«

Ottilie nickte stumm.

»Wir werden eine freundliche Familie finden.«

»Ich bräuchte auch eine Unterkunft …«, brachte die Jugendfreundin zögernd hervor.

»Du kannst bei uns wohnen«, sagte Adele, ohne lange nachzudenken. »Mutter ist sicher einverstanden. Wir werden ja leider die meiste Zeit abwesend sein, aber unsere Haushälterin ist sehr patent.«

Ottilie drückte ihr dankbar die Hand. »Ich wusste, du lässt mich nicht im Stich.«

Ein Kreis schien sich zu schließen. Nie hatte Ottilie ihr gegeben, was sie sich von ihr wünschte. Aber daraus wollte sie ihr keinen Strick drehen. Sie war jetzt glücklich und konnte freigiebig sein.

Am Abend zog Ottilie sich früh zurück. Sie sei müde von der Reise, erklärte sie. Adele saß noch mit ihrer Mutter und Sibylle in der Wohnstube zusammen. Irgendwann fragte sie die Mutter, ob Ottilie bei ihnen wohnen könne, während sie in Italien seien. Den wahren Grund verschwieg sie, darum hatte Ottilie sie gebeten. Sie gab vor, die Jugendfreundin brauche eine Luftveränderung.

Die Mutter erhob keine Einwände. Es war ihr im Gegenteil nur recht, dass jemand in ihrer Abwesenheit das Haus hütete.

Zu Ottilies Niederkunft würden sie wahrscheinlich aus Italien zurück sein. Adele wollte dennoch lieber jetzt schon dafür sorgen, dass ihr eine Hebamme zur Seite stehen würde. Während sie Sibylle Riesling nachgoss, erkundigte sie sich beiläufig nach der Adresse des Familienarztes.

Ihre Freundin blickte besorgt auf. »Du wirst doch nicht krank?«

»Ich nehme an, es geht um Ottilie«, schaltete die Mutter sich ein.

»Ach, natürlich.« Sibylle nickte. »Im Dorf lebt eine erfahrene Hebamme.«

Adele staunte. »Ihr wisst Bescheid?«

Sibylle breitete die Hände aus. »Was glaubst du wohl? Wir haben Kinder zur Welt gebracht.«

»Offen gestanden war es das Erste, was mir bei der Begrüßung durch den Kopf ging«, sagte die Mutter. »Nebenbei bemerkt wundert es mich nicht.«

»Mutter!« Adele seufzte. »Sie fühlte sich einsam. Schließlich lebt sie jetzt völlig allein.«

»Offenbar doch nicht völlig. Und in Zukunft wird sie noch weniger allein sein«, erklärte die Mutter ungerührt.

»Ich habe versprochen, ihr zu helfen«, beharrte Adele.

»Das ist doch selbstverständlich«, pflichtete Sibylle ihr bei.

Die Mutter nickte. »Man sollte sich unter der Hand nach einer tauglichen Amme für das Kind erkundigen.«

»Das sollte keine großen Schwierigkeiten bereiten«, überlegte Sibylle. »Im Dorf gibt es mehrere alleinstehende Mütter, die etwas Geld sicher gut gebrauchen können.«

»Ich sehe schon, ich muss gar nichts mehr tun.« Adele schüttelte lächelnd den Kopf.

Sibylle und die Mutter wechselten einen amüsierten Blick.

Ottilie errötete unter der Schminke, als Sibylle ihr beim Frühstück den Namen der Hebamme nannte. Vorwurfsvoll blickte sie Adele an. »Konntest du mir die Schmach nicht wenigstens noch eine Zeitlang ersparen?«

»Beruhige dich.« Die Mutter betrat eben den Raum. »Niemand hier wirft mit Steinen.«

Ottilie fuhr herum. »Sie auch?« Ungläubig wandte sie sich zu Adele um. »Weiß irgendwer in der Gegend noch nicht Bescheid?«

Adele fand es sinnlos, sich zu rechtfertigen. »Wir wollen dir helfen.«

»Mach lieber eine Aufstellung, was du alles brauchst«, forderte die Mutter Ottilie auf.

In den verbleibenden Tagen regelten sie die Angelegenheiten der Jugendfreundin mit vereinten Kräften so weit, dass sie beruhigt auf Reisen gehen konnten. Die letzte Nacht brach an. Die Koffer waren gepackt, die Reisekutsche stand bereit, der Wecker war gestellt. Vor Aufregung konnte Adele nicht schlafen. Ihre Gedanken kreisten um Berge, Strände, Buchten und darum, was sie wohl vergessen haben könnte. Plötzlich klopfte es an ihrer Zimmertür.

»Bist du noch wach?«, rief Ottilie leise. »Mir geht es nicht so gut.«

Adele stieg aus dem Bett und öffnete die Tür. Die Jugendfreundin stand im Nachtkleid davor. Ihr Gesicht war so weiß wie das Leinenhemd, in dessen Mitte sich ein großer Blutfleck abzeichnete.

Erschrocken rannte Adele zum Gutshof und weckte Sibylle, die einen Bediensteten losschickte, damit er den Arzt holte.

Von dem Tumult im Flur wachte auch die Mutter auf. Sie, Adele und Sibylle warteten vor Ottilies Zimmer, während Doktor Engel die Schwangere untersuchte. Endlich trat er in den Flur. Er blickte ernst. »Das Kind lebt. Aber sie wird bis zur Niederkunft das Bett hüten müssen. Andernfalls droht Mutter und Kind Gefahr für Leib und Leben.«

Betroffen lehnte Adele sich gegen die Wand.

»Wir verschieben die Abreise um einige Tage«, schlug Sibylle vor. »Ich werde die Frau des Verwalters bitten, deine Freundin zu pflegen. Frau Meyer kennt sich aus, ihre Mutter war lange bettlägerig.«

Adele nickte abwesend.

Der Arzt wandte sich an sie. »Fräulein Schopenhauer, die Patientin möchte Sie übrigens gerne sprechen.«

Ottilie lag fahl und geschwächt im Bett. Ihre Lippen waren fast bläulich. Voller Mitgefühl setzte Adele sich zu ihr. Die Jugendfreundin tastete nach ihrer Hand. »Bitte, verlass mich nicht!«
Adele drückte ihre Hand, die kalt war und etwas feucht. »Du wirst hier bestens versorgt«, versuchte sie, Ottilie und sich selbst zu beruhigen.
»Bitte, Adele! Ich werde sterben, ich weiß es.« Ottilies flehende Augen, die in dem eingesunkenen Gesicht noch größer wirkten als sonst, schillerten fiebrig in einem fernen Abglanz der früheren Veilchenfarbe. Adele war es plötzlich, als schaute sie wieder in das Gesicht des jungen Mädchens, das sie früher so sehr geliebt hatte. Der Anblick durchbohrte ihr Herz. Mitleid schnürte ihre Kehle zu.

In dieser Nacht tat Adele kein Auge zu. Sie focht einen inneren Kampf aus. Am Morgen hatte sie ihre Entscheidung getroffen und suchte Sibylle im Gutshof auf. Sie räusperte sich, holte tief Luft und sagte schließlich: »Es tut mir unendlich leid, aber ich kann Ottilie jetzt nicht allein lassen. Du musst ohne mich verreisen, ich bleibe hier.«
Sibylle schien schon so etwas geahnt zu haben und versuchte, sie umzustimmen. »Ich versichere dir, für deine Freundin ist gesorgt. Sie wird es guthaben, auch ohne dich.«
Adele schüttelte den Kopf. »Ich würde ununterbrochen an sie denken, mich fragen, wie es ihr geht, ob sie noch lebt. Es würde mir alles verderben und dir am Ende auch.«
Sibylle musterte sie aufmerksam. »Du warst in sie verliebt, nicht wahr?«
Adele zuckte die Schultern. »Das ist lange her. Aber ja, sie verbindet mich mit meiner Kindheit, mit meinem halben Le-

ben, sie ist trotz allem wie Familie, wie ein Teil von mir. Aber das ist nicht der eigentliche Grund. Hier geht es um mich. Ich könnte mit mir selber nicht mehr glücklich werden, wenn ihr etwas zustieße. Nenn es Pflichtgefühl, ich kann nicht anders.«

Sichtlich enttäuscht wandte Sibylle sich ab und blickte stumm aus dem Fenster. Adele trat neben sie, schmiegte sich an ihre Schulter. »Verzeih mir bitte, dass ich dir einen Strich durch die Rechnung mache. Ich hoffe, du kannst mich zumindest ein wenig verstehen.«

Sibylle schien nachzudenken. Endlich sagte sie: »Ich habe so für diese Reise gekämpft. Wenn ich nun alles absage ... Ein zweites Mal wird mein Mann mich nicht gehen lassen.«

»Du sollst wegen mir nichts absagen«, beteuerte Adele. »Natürlich musst du reisen. Nur leider ohne mich.«

»Allein ist es nicht dasselbe.« Sibylle lächelte sie schief an. »Ich hatte mir alles so schön vorgestellt.«

»Ich doch auch.« Sie legte den Arm um die Taille der Geliebten. »Wenn es irgendwie möglich ist, komme ich mit Mutter nach.«

Eine Weile standen sie so da und sahen einander wehmütig an. Schließlich machte Sibylle sich von ihr los. »Also gut.« Sie begann, ihre letzten Sachen einzupacken. »Wenn dein Entschluss unumstößlich feststeht, fahre ich wie geplant noch heute.«

Keine halbe Stunde später saß sie in dem bepackten Landauer, dessen Pferde ungeduldig schnaubten. Der Abschied fiel etwas schal aus. Ein unausgesprochener Vorwurf stand weiter im Raum. Schlaff winkte Sibylle aus dem Fenster, als die Kutsche vom Hof fuhr, dann verschwand ihre Hand, und die Klappe wurde geschlossen. Adele blieb mit ihrer bitteren Enttäuschung allein zurück.

Johanna, Winter 1835

Sie saß in der beheizten Wohnstube des Bauernhauses über ihren Memoiren, doch an diesem Vormittag hatte sie noch kein einziges Blatt beschrieben. Vergebens bemühte sie sich, ihre Gelassenheit zu bewahren. Die Anwesenheit von Ottilie, die wie ein aufgedunsener Walfisch auf dem Diwan lag, die Beflissenheit, mit der Adele der kapriziösen Freundin jeden Wunsch erfüllte – alles zerrte an ihren Nerven. Selbst der Flüsterton, in dem die Tochter aus Rücksicht auf sie mit Ottilie sprach, ging Johanna gegen den Strich.

Durch das verregnete Fenster blickte sie auf die schlammige Wiese, an deren Rändern noch Schneematsch lag. Sie könnte unter Palmen sitzen und in der milden Wintersonne dem Meeresrauschen lauschen, wenn der Walfisch nicht wäre.

Am Morgen hatte Adele einen Brief von Sibylle vorgelesen, in dem die in aller Ausführlichkeit die verlockenden Schönheiten Italiens beschrieb und ankündigte, einige Monate länger dort zu bleiben. Wie es schien, hatte Mertens ganz ohne ihre Hilfe doch noch eine neue Geliebte gefunden. Plötzlich war es ihm mit Sibylles Rückkehr nicht mehr eilig. Und sie saßen hier in der Kälte fest, in dieser Strohhütte, in der die Schlafräume keinen Kamin hatten, ohne anregende Gesellschaft, ohne kulturelle Nahrung. Es war mehr, als Johanna gleichmütig ertragen konnte.

Sie verfluchte Adeles Gutherzigkeit. Frauen halfen einander in der Not, so weit stimmte sie mit der Tochter überein. Aber Ottilie wäre sehr gut imstande gewesen, das Kind ohne ihre Hilfe auszutragen. Es hätte ihr an nichts gefehlt. Adele hätte sich einfach weigern müssen, ihr beizustehen, was nach der langen Stille zwischen ihnen nur allzu verständlich gewesen wäre. Aber dazu war ihre Tochter außerstande. Dass andere Menschen durch ihre deplatzierte Selbstlosigkeit in Mitleidenschaft gezogen wurden, bedachte sie nicht.

»Mir tun die Beine weh«, seufzte Ottilie. »Dieses Sofa ist wirklich nicht sehr bequem.«

»Soll ich jemanden rufen, dass wir dich hoch in dein Zimmer tragen?«, fragte die Tochter leise.

»Lass nur«, winkte Ottilie ab, bevor Johanna sich Hoffnungen machen konnte. »Ein, zwei Kissen unter den Füßen reichen völlig aus.«

Adele half der larmoyanten Person, sich halb aufzurichten, und polsterte den Diwan mit Kissen aus. »Besser so?«

»Ein wenig.« Auch diese Antwort wurde wieder mit Leidensmiene vorgebracht.

Adeles Kindheitsfreundin hatte sich nicht eben zu ihrem Vorteil entwickelt. Das geschminkte Gesicht, das Festklammern an ihrer verblühenden Schönheit, die würdelose Wehleidigkeit: Die Frau war kaum halb so alt wie Johanna und lebte schon in der Vergangenheit. Selbstverliebt war Ottilie schon immer gewesen, aber früher hatte sie Charme besessen. Heute war sie nur noch lächerlich.

Welch ein gegensätzlicher Mensch war doch Sibylle mit ihrer zugewandten, tatkräftigen Art, ihrer Offenheit und Fröhlichkeit. Adeles Herzensfreundin hatte sich als wahrer Segen entpuppt. Auch ihretwegen wurmte es Johanna, dass die Tochter bei Ottilie geblieben war.

Die Schwangere verspürte Appetit. Mit einigem Hin und Her ließ sie sich Häppchen bringen. Johanna schob ihre Blätter zusammen und erhob sich. »Esst nur ohne mich. Ich ziehe mich schon mal zurück.«

In ihrem Alkoven war es so kalt, dass sich Atemwölkchen vor ihrem Mund bildeten. Zum Glück war das Bett vorgeheizt. Das Mädchen brachte noch eine zweite Wärmflasche und eine heiße Brühe, die sie im Bett sitzend zu sich nahm.

Zum Schlafen war es noch zu früh. Sie nahm den Brief wieder zur Hand, der auf ihrem Nachttisch lag. Georg hatte geschrieben, zum ersten Mal seit seiner Heirat. Aus seinen Zeilen sprach Wehmut. Die Ehe schien nicht glücklich zu sein. Johanna vermisste ihn nicht. Sie hatte ewig nicht mehr an ihn gedacht. Auch jetzt weckte sein Brief nicht den Wunsch, ihn zu sehen. Wohl aber weckte er die Sehnsucht nach Weimar. Offenbar stand sie in der Residenz wieder hoch im Kurs. Die russische Gattin des jungen Großherzogs, eine sehr kluge Frau, wie es hieß, hatte sich die deutsche Sprache mithilfe ihrer Romane angeeignet. Alle Welt las jetzt wieder ihre Bücher, wenn man Gerstenbergk Glauben schenken durfte.

Weimar. Gebildete Menschen, Kultur, Theater, städtischer Komfort … Ein Seufzer entrang sich ihrer Brust. Wenn schon nicht in Italien, wie gern wäre sie dort!

Ein Schrei riss sie aus ihren Träumereien. Vorne in der Wohnstube schien alles in Aufruhr zu sein. Sie hörte Rufen, Schritte, das Schlagen der Haustür. Johanna beschloss, nach dem Rechten zu sehen. Sie trat in den Flur hinaus. Aus der Küche kam ihr Adele mit einem Krug entgegen, aus dem Wasser schwappte. »Die Wehen haben eingesetzt«, rief sie.

In der Stube herrschte Durcheinander. Der Teetisch war zur Seite gerückt, die Schwangere kniete jammernd auf dem Boden und hielt sich an der Sofalehne fest. Ihr Kleid war nass, ebenso wie der Perserteppich, der schon den Umzug aus Danzig mitgemacht hatte. Ihre Tochter lief aufgeregt umher, offenkundig ohne recht zu wissen, was zu tun war. Das Mädchen war nirgends zu sehen.

»Sie holt die Hebamme«, erklärte Adele und reichte der Gebärenden ein Glas Wasser. Die wehrte das Getränk mit einem Aufschrei ab und krallte die Finger in die Sofakissen.

Johanna musterte die kreischende Frau eingehend. Dann sah sie ihre Tochter an. »Wann hast du das Mädchen losgeschickt?«

»Gerade eben.«

»Das könnte knapp werden.«

»Ich kann nicht mehr«, wimmerte Ottilie.

Johanna beschloss, die Dinge selbst in die Hand zu nehmen. Eilig gab sie Adele Anweisungen. »Du rennst zum Gutshof und bittest den Verwalter um eine große Wachstuchdecke. Und eine Flasche Obstbrand brauchen wir. Zur Not geht auch der Fusel, den er selber säuft.«

Die Tochter nickte angespannt. »Was noch?«

»Der Rest müsste hier sein. Wenn du zurück bist, suchst du Handtücher zusammen. So viele wie möglich. Und Putzlappen. Ich setze inzwischen heißes Wasser auf.«

Adele eilte hinaus. Johanna wollte in die Küche gehen.

»Bitte lasst mich nicht allein!«, rief die Schwangere kläglich. Johanna bedauerte sie nun doch. Sie tunkte ein Taschentuch in das Wasserglas und kühlte Ottilies schweißnasse Stirn. Beruhigend legte sie ihr eine Hand auf den Rücken. »Es wird alles gut. Du machst das nicht zum ersten Mal.«

»Ich wusste gar nicht mehr, wie weh das tut«, stöhnte die Gebärende. Ihre Worte gingen in einen ohrenzerfetzenden Schrei über.

Johanna wartete, bis die Wehe verebbt war, dann sagte sie sanft: »Ich gehe nur kurz in die Küche, gleich bin ich wieder da. Wenn du kannst, zieh in der Zwischenzeit dein Oberkleid aus. Wenn nicht, helfe ich dir.«

Als sie zurückkam, stand Ottilie zitternd im Leibchen da. Johanna schürte das Feuer. Mit einem Aufschrei krampfte die Schwangere sich zusammen. Johanna blickte auf ihre Taschenuhr. Die Häufigkeit der Wehen ließ befürchten, dass die Geburt kurz bevorstand.

Mit einem Schwung kalter Luft kehrte Adele zurück. Johanna nahm ihr die Wachstuchdecke ab und faltete sie auseinander. »Hilf mir«, forderte sie die Tochter auf. Zu der Gebärenden sagte sie: »Und du, geh kurz beiseite.«

Sie breiteten das Wachstuch über den Teppich. »Wofür brauchen wir das?«, fragte Adele.

»Glaub mir, das wird eine blutige Angelegenheit.«

Die Tochter starrte mit einer Mischung aus Mitleid und Panik auf ihre jammernde Freundin.

Johanna schnipste neben ihren Ohren mit den Fingern. »Worauf wartest du? Hol Handtücher. Und das Wasser. Es müsste jetzt heiß sein.«

Während die Tochter im Haus herumrannte, öffnete Johanna die Schnapsflasche und hielt sie der Gebärenden hin. »Hier, trink einen großen Schluck. Gegen die Schmerzen.«

Ottilie gehorchte zwischen zwei Wehen. Johanna nahm die Flasche wieder an sich. Als die zurückkehrende Adele das dampfende Waschbecken abgestellt hatte, schüttete sie ihr Obstbrand über die Hände. »Reib sie gut damit ein«, sagte sie. »Es beugt Kindbettfieber vor.«

»Schnaps?«, fragte Adele ungläubig.

Johanna nickte und reinigte auch ihre eigenen Hände mit der Flüssigkeit. »Ich war das erste Kind in Danzig, das gegen die Pocken geimpft wurde. Unser sehr fortschrittlicher Arzt damals hat das behauptet. Bei mir hat es jedenfalls geholfen.«

Adele rieb sich gehorsam die Hände ein. Ottilie kniete erschöpft vor dem Sofa. Eine Haarsträhne klebte an ihrer Stirn. Wieder ging es los, sie bäumte sich auf und schrie. »Zieh das Leibchen hoch«, wies Johanna sie an.

»Mutter!«, sagte Adele entgeistert.

»Was glaubst du, wie das Kind zur Welt kommt? Langsam solltest du Bescheid wissen.«

»Wo bleibt die verfluchte Hebamme?«, rief Ottilie verzweifelt.

»Wir können es nicht ändern.« Johanna ging ebenfalls auf die Knie. Ihre Hüfte tat weh. Sie ignorierte den Schmerz. »Zeig mal her.«

Ottilie hob folgsam das Hemd. Adele riss verstört die Augen auf. »Was ist das?«

»Man sieht schon das Köpfchen!« Johanna tätschelte Ottilies Arm. »Gleich hast du es geschafft!«

Ein letzter, aus tiefster Tiefe kommender Schrei, dann fiel ein nacktes, kraftloses Wesen direkt in das angewärmte Leinentuch, das sie bereithielt. Es schnappte nach Luft und krähte jämmerlich, aber offensichtlich war es gesund.

Sie tupfte das Neugeborene trocken, wickelte es in ein sauberes Tuch und legte es der erschöpften Ottilie auf den Bauch. »Ein Mädchen!«

Die junge Mutter rang sich ein mattes Lächeln ab.

Adele murmelte: »Ein Wunder.« Sie wirkte bewegt wie selten. Mit Tränen in den Augen starrte sie auf das Kind, dessen Nabelschnur noch mit Ottilie verbunden war.

Johanna goss Schnaps über eine Schere und reichte sie ihr: »Möchtest du?«

Die Tochter zögerte. »Tue ich niemandem etwas zuleide?«

»Sei unbesorgt, Liebes. Oder soll ich?«

Adele schüttelte den Kopf. Tief durchatmend kniete sie sich hin und durchtrennte feierlich die Nabelschnur, die Johanna an zwei Stellen abgeklemmt hatte.

Ottilie sah ihr erschöpft zu. »Möchtest du sie mal nehmen?«

Adele wollte, das sah man deutlich. Aber sie zauderte schon wieder. »Sie ist so klein ... hoffentlich mache ich nichts falsch.«

Johanna zeigte ihr, wie das Kind zu halten war. Äußerst behutsam nahm ihre Tochter den Säugling auf den Arm und wiegte ihn hingerissen. »Diese kleinen Finger ...« Adele lächelte verzückt. »Und die Ohren ...« Sie sah zu Ottilie auf. »Wie soll sie heißen?«

»Such du den Namen aus«, erwiderte die Freundin teilnahmslos. Nun, da sie die Geburt hinter sich hatte, schien ihr wieder einzufallen, dass sie das Kind nicht behalten würde.

Versunken musterte Adele das Neugeborene auf ihrem Arm. »Wie sollen wir dich nennen?« Sie schien eine Idee zu haben und sah ihre Jugendfreundin fragend an. »Was hältst du von Eva?«

»Dann soll sie Eva heißen«, willigte Ottilie gleichgültig ein.

»Eva.« Adele strich mit dem Finger sanft über das flaumige Säuglingshaar. Sie wirkte regelrecht verliebt. Johanna fragte sich, ob ihre Tochter es wohl bedauerte, keine eigenen Kinder zu haben.

Während Johanna zur allgemeinen Stärkung Tee zubereitete, traf endlich die Hebamme ein, eine zupackende Matrone, die sie und Adele aus dem Raum schob und alles Weitere übernahm. Johanna war nicht unglücklich darüber, dass ihr so der Anblick der Nachgeburt erspart blieb.

In der Küche gossen sie etwas Schnaps in ihren Tee und erholten sich von der überstandenen Aufregung. Das Hausmädchen erschien und räusperte sich schüchtern. »Eins soll ich den Herrschaften noch ausrichten: Die Amme ist leider an Grippe erkrankt. Man kann nicht sagen, wann sie wieder auf den Beinen sein wird.« Das war unerfreulich. In solchen Fällen empfahl es sich schließlich, das Kind möglichst bald wegzugeben.

Nach dem Weggang der Hebamme lag Ottilie gewaschen und in ein sauberes Nachthemd gekleidet auf dem Sofa. Als Johanna ihr die schlechte Nachricht mitteilte, blickte sie erschrocken zu dem Körbchen am Kamin hinüber, in dem das kleine Mädchen in weiche Tücher gewickelt schlief. Adele saß daneben, schon wieder ganz in den Anblick versunken.

Ottilie schüttelte entschieden den Kopf. »Ich ahne, was ihr denkt, aber ich kann das Kind nicht nähren. Wie könnte ich mich sonst jemals von ihm trennen?«

Sie hat also doch ein Herz, dachte Johanna und überlegte, was zu tun war.

Adele ergriff das Wort. »Dann werde ich für die kleine Eva sorgen.«

Johanna blickte auf. »Du?«

Die Tochter nickte. »Ich habe gehört, man verabreicht abgekochte Ziegenmilch.« Sie sah ihre Kindheitsfreundin an. »Mir bereitet es Freude, und du kannst dich ganz deiner Erholung widmen.«

Morgens, mittags, abends und nachts kümmerte Adele sich nun um die kleine Eva wie um ein eigenes Kind. Es bekam ihr gut. Sie blühte sichtlich auf, beinahe sah sie hübsch aus. Johanna staunte über diese neue, mütterliche Seite ihrer Tochter. Wenn Adele nicht den Säugling fütterte oder herumtrug, sorgte sie für das Wohl der Wöchnerin, die sich das gerne gefallen ließ. Erfreulicherweise kam Ottilie zügig wieder zu Kräften. Nach Ablauf von zwei Wochen stand sie erstmals auf, nach zwei weiteren Wochen war sie so weit wiederhergestellt, dass sie an Abreise dachte.

Die Amme hatte ihre Fiebergrippe inzwischen überwunden, sodass der Tag festgelegt wurde, an dem ihr die kleine Eva übergeben werden sollte. Je näher die bevorstehende Trennung heranrückte, desto unruhiger wurde Adele.

»Ist diese Frau auch ganz bestimmt vertrauenswürdig?«, fragte sie und wiegte das mit zwei Schnüren an der Decke aufgehängte Säuglingskörbchen sanft.

»Wir haben uns eingehend erkundigt«, wiederholte Johanna.

»Zudem bleibt mir keine andere Wahl«, sagte Ottilie, die es sorgfältig vermied, zu dem Körbchen hinüberzublicken. Sie hatte den Säugling nicht ein einziges Mal auf den Arm genommen.

»Ich könnte Eva aufziehen«, schlug Adele vor.

Johanna hatte es kommen sehen. Warnend schüttelte sie den Kopf. »Möchtest du fortan als ledige Mutter gelten?«

»Irgendwann käme die Wahrheit ans Licht«, gab die Wöchnerin zu bedenken. »Es würde auf mich zurückfallen. Deshalb möchte ich das nicht.«

Adele konnte ihre Kindheitsfreundin nicht überzeugen. »Wollen wir nicht wenigstens noch ein wenig warten?«, bat sie schließlich. »Sie ist doch noch so klein.«

»Es wird nicht einfacher«, entgegnete Johanna, der der Trennungsschmerz ihrer Tochter selbst wehtat. »Wenn du sie jetzt schon nicht hergeben willst, wie soll es erst dann werden?«

Adele schwieg. Man sah, wie Herz und Verstand in ihr miteinander stritten.

»Ich möchte gerne bald zurück nach Weimar«, durchbrach Ottilie die Stille. »Vorher muss die Angelegenheit geregelt sein, sonst habe ich keine Ruhe.«

Adele nickte betrübt. Es war unausweichlich. Zu Johannas Erleichterung sah sie es ein.

Die Tochter ließ es sich nicht nehmen, den Säugling zur Amme zu bringen, die in einem etwas weiter entfernten Dorf wohnte. Sie blieb sehr lange fort, und als sie am späten Abend zurückkehrte, waren ihre Augen rotgeweint.

Am nächsten Morgen brach Ottilie auf. Der Verwalter wartete schon im Ruderboot, um sie zum Fähranleger zu bringen. Die Tochter war gleich wieder den Tränen nahe, als sie die Kindheitsfreundin umarmte. »Wer weiß, wann wir uns wiedersehen …«

»Besucht mich bei Gelegenheit in Weimar«, schlug Ottilie vor. »Im Haus ist nun viel Platz. Es ist doch ein anderes Leben als hier im Nirgendwo.«

Während sie dem Boot nachblickte, hörte Johanna sich selbst seufzen. Sie machte sich nichts vor, sie beneidete Ottilie. In wenigen Tagen würde die jüngere Frau durch die vertrauten Straßen schlendern, das Theater oder ein Konzert besuchen, den Abend im Kreis gebildeter Freunde verbringen. Nichts davon war hier möglich. Die wenigen Besucher, die ihr die Aufwartung machten, waren meist provinziell und nicht sehr anregend. Johanna fragte sich mehr und mehr, ob sie ihre Tage wirklich hier beschließen wollte.

Als habe der Himmel sie erhört, brachte das Mädchen kurze Zeit später einen Brief mit goldenem Siegel herein. Erstaunt las Johanna den Absender und zeigte ihn Adele. Die Tochter kehrte eben von einem ihrer Besuche bei dem Säugling zurück, die sie weiterhin unternahm. Auch sie war nicht wenig verwundert.
»Vom Großherzog persönlich?«
Johanna entfaltete das feine Büttenpapier und las vor:

»*Auf Ersuchen meiner durchlauchtigsten Gattin Maria Pawlowna Romanowa gestatten wir uns, Ihnen in Anerkennung Ihrer hervorragenden Leistungen als Romancière eine Ehrenpension in Höhe von jährlich sechshundert Talern zu gewähren. Wir wünschen uns dringend, dass Sie das Großherzogtum Sachsen-Weimar-Eisenach wieder mit Ihrer dauerhaften Gegenwart schmücken.*«

Bewegt ließ sie den Brief sinken. Eine solche Auszeichnung wurde wahrlich nicht jedem zuteil.
»Aber das ist ja großartig!«, rief die Tochter aus. »Wurde jemals eine Frau mit einer solchen Ehre bedacht?«
»Nicht, dass ich wüsste.« Dass sie die Erste war, steigerte Johannas Genugtuung über die unerwartete Belohnung noch.
»Du hast es allemal verdient«, sagte Adele anerkennend. »Damit dürften auch die Geldsorgen endgültig der Vergangenheit angehören.«
Johanna nickte. Dieser Aspekt war ihr nicht entgangen. Sie sah ihre Tochter fragend an. »Und was sagst du zu der Bedingung?«

»Welcher Bedingung?«

»Nun, lies doch hier ...« Sie hielt Adele den Brief hin. »Der Großherzog wünscht, dass wir wieder in Weimar wohnen. Ich für meinen Teil bin damit mehr als einverstanden.«

Adele schüttelte den Kopf. »Dann musst du leider ohne mich gehen.«

Johanna sah sie missvergnügt an. »Du weißt, dass ich das nicht tun werde.«

»Und ich gehe hier nicht weg.« Die Tochter blieb störrisch. »Sibylle kehrt bald zurück. Warum sollte ich woanders leben?«

»Versteh mich nicht falsch. Ich möchte euch nicht trennen. Aber meinst du nicht, sie kommt vielleicht mit? Eine Frau, die nach Italien geht, findet sicher auch einen Weg, dich nach Weimar zu begleiten.«

»Das stellst du dir zu einfach vor. Außerdem ist da noch die kleine Eva. Vor allem aber: Ich möchte gar nicht zurück. Ich lebe gerne hier. Du kannst nicht verlangen, dass ich alles für dich aufgebe.«

Johanna wurde ungeduldig. »Denk nicht immer nur an dich, Kind. Soll ich den Großherzog etwa enttäuschen?«

»Ich trenne mich ungern von dir. Aber wenn du auf diesem Umzug bestehst, kannst du nicht auf mich rechnen.«

Johanna spürte Ärger in sich aufsteigen. Über die eigene Ohnmacht, aber auch über die Tochter, die sehr wohl wusste, dass sie sie in der Hand hatte. »Zwingst du mich wirklich, es auszusprechen?« Es kostete sie Überwindung. »Du weißt, wie es um meine Gesundheit steht. Ohne dich geht es nicht.«

Adele verschränkte die Arme. »Dann wirst du dich wohl oder übel nach mir richten müssen.«

Johanna warf ihren Stolz über Bord und verlegte sich aufs Bitten. »Ich habe im Leben so viel für dich getan. Tu ein einziges Mal was für mich!«

Nicht einmal davon ließ ihre undankbare Tochter sich erweichen. »Lass uns nicht streiten, Mama. Es tut mir weh, dich zu enttäuschen. Aber ich habe so viele Jahre gebraucht, um Weimar hinter mir zu lassen. Ich kann nicht zurückkehren, sonst müsste ich mich selbst aufgeben. Das kannst du nicht von mir verlangen.«

Dabei blieb es. Alle Überredungskünste, alle Vorhaltungen prallten an Adele ab. Verstimmt bat Johanna, sie möge sie allein lassen. Sie war zutiefst enttäuscht. Der selbstsüchtigen Kindheitsfreundin hatte die Tochter monatelang jeden Wunsch von den Augen abgelesen. Und sie, ihre eigene Mutter, die sie unter Schmerzen geboren hatte, wurde so herzlos abgefertigt. Es war empörend!

Adele, Frühjahr 1836

Sie ließ ihre rechte Hand über der Wiege hin und her wandern, beobachtete, wie die ewig staunenden, nachtblauen Augen ihren Bewegungen folgten, und freute sich auf den Moment, in dem das winzige Händchen nach ihren Fingern greifen und sich wie ein Äffchen daran festklammern würde. Das stumme Zwiegespräch mit dem kleinen Wesen erfüllte sie mit einem Glück wie sonst nur die Liebe zu Sibylle.

Wenn sie in das Säuglingsgesicht blickte, das immer pausbäckiger wurde und neuerdings entwaffnend lächelte, war das Schmollen ihrer Mutter vergessen. Im ärmlichen, wenn auch sauberen Haus der frisch verwitweten Amme, die neben dem Pflegekind drei leibliche Kinder aufzog, wirkten deren Wünsche noch selbstbezogener. Seit Wochen bestrafte die Mutter sie nun mit Schweigen. Früher wäre Adele womöglich schwankend geworden. Aber inzwischen war sie nicht mehr gewillt, die eigenen Bedürfnisse hintanzustellen, wenn sie dadurch unglücklich wurde. Sie sehnte sich nach Sibylle, zählte die Tage bis zu ihrer

Rückkehr. Wie konnte die Mutter nur erwarten, dass sie von hier wegging?

Eva wurde unruhig. Adele schaukelte sie summend in der Wiege hin und her, doch sie schien Hunger zu haben. Die Amme, die in einem großen Topf auf dem Holzofen Windeln auskochte, entblößte seufzend ihre Brust. Nun begann auch das jüngste ihrer Kinder zu schreien, das ebenfalls noch ein Säugling war. Die Amme griff nach einer Schnabeltasse mit überschüssiger Muttermilch, die am Rand des Herdes warmstand. Adele sprang herbei und bot an, Eva damit zu füttern. Die Amme war dankbar, die Aufgabe abgeben zu können. Adele nahm die Kleine auf den Arm und führte die Schnabeltasse an ihre Lippen. Sofort begann sie, gierig zu trinken. Adele drückte sie an sich und schnupperte an ihrer Stirn. Sie war die blinde Sklavin dieses Kindes. Manchmal fragte sie sich, ob ihre Mutter jemals so empfunden hatte, früher, als Arthur und sie klein waren. Sie hatte ihre Zweifel. Zwar besaß die Mutter durchaus eine liebevolle Seite, und Adele konnte sicher sein, dass sie der zweitwichtigste Mensch in ihrem Leben war. Aber der mit Abstand wichtigste war und blieb sie selbst. Dadurch war es zum Zerwürfnis mit Arthur gekommen, der damit nicht hatte umgehen können. Adele hingegen hatte sich zeitlebens angepasst. Nun war sie nicht mehr bereit dazu. Die Mutter würde sich schon beruhigen. Ihr Gemüt war zu sonnig für dauerhafte Verstimmungen. Ihre berühmte Heiterkeit würde den Sieg davontragen, und alles würde ins Lot kommen, sobald Sibylle zurückkehrte.

Die kleine Eva ließ mit einem Schmatzen von der leeren Schnabeltasse ab und war im nächsten Moment eingeschlafen. Adele legte sie vorsichtig zurück in die Wiege. Dann zog sie ihren Skizzenblock hervor und versuchte, mit dem Bleistift das Bild des Friedens einzufangen, das der schlummernde Säugling bot.

Sie überlegte, ob sie die Zeichnung an Ottilie schicken sollte.

Sie schrieben sich nun regelmäßig Briefe. Die Freundschaft war loser als früher, aber doch wieder intakt. Adele war froh darüber. Sie konnte nun ohne Bedauern an ihre Jugend zurückdenken, an die inzwischen unerklärliche Verliebtheit in Ottilie, aber auch an die schönen Erlebnisse, für die sie ewig dankbar sein würde. Ohne diese Erinnerungen wäre es ihr vermutlich schwergefallen, die heutige Ottilie als Freundin zu betrachten. Zu deutlich sah sie deren Schwächen: die bettlerische Gefallsucht, mit der sie sich Männern an den Hals warf, die Unfähigkeit, dazuzulernen, und vor allem die unbestreitbare Gefühlsrohheit, mit der sie die eigene Tochter ihrem Schicksal überließ. Nie erkundigte Ottilie sich nach der kleinen Eva. Über Adeles Berichte ging sie wortlos hinweg. Für Ottilie war der Säugling nur der lebende Beweis eines Fehltritts, den sie gründlich vergessen wollte. Adele beschloss, die Zeichnung zu behalten.

Zu Hause begrüßte die Mutter sie mit einem Kopfnicken. »Wie geht es dem Kind? Ich hoffe, es gedeiht?«

Adele stutzte. Das waren die ersten freundlichen Worte der Mutter seit dem großherzoglichen Brief.

»Oh ja, sehr«, erwiderte sie und zeigte ihr die Zeichnung.

»Entzückend. Möchtest du einen Tee?«

»Wir reden also wieder miteinander? Das freut mich sehr.«

»Ich bin nach wie vor nicht glücklich über deine Sturheit«, erklärte die Mutter. »Aber man darf sich im Leben nicht vom Ärger beherrschen lassen. Wenn etwas nicht zu ändern ist, dann nehme ich es hin. Alles andere bringt nur Kummerfalten.«

»Ich weiß deine Großmut zu schätzen, Mama. Und deine Enttäuschung tut mir auch immer noch leid …«

Die Mutter unterbrach sie. »Genug davon. Hättest du übrigens Zeit, ein paar Seiten meiner Memoiren ins Reine zu schreiben? Der Verleger würde gerne die erste Charge sehen.«

»Natürlich«, sagte sie bereitwillig.

Die Mutter reichte ihr einen dicken Stapel Papiere. »Ich bräuchte es bis übermorgen.«

Adele blickte skeptisch auf den Stapel. »Wie viele Seiten sind es denn?«

»Etwa dreihundert. Aber manche sind nur halb beschrieben.«

»Ich sehe zu, was ich tun kann.« Adele lächelte. Die Versöhnung mit der Mutter war mehr als diese kleine Gegenleistung wert.

Sie wurde gerade noch rechtzeitig fertig, bevor das Postamt schloss. Vom vielen Schreiben brannten ihr die Augen. Der Postmeister, der gleichzeitig die Lebensmittelhandlung im Dorf betrieb, packte die Abschrift für den Verleger in einen Postsack. Im Gegenzug reichte er ihr einen Brief aus einem der vielen Holzfächer hinter dem Verkaufsschalter. Das Freifräulein hatte geschrieben. Adele korrespondierte inzwischen regelmäßig mit der ehemaligen Rivalin. Sie schickten sich ihre Schreiberzeugnisse und kritisierten einander schonungslos. Zuletzt hatte sie der Droste ihre drei besten Kunstmärchen vorgelegt. Die Resonanz des Freifräuleins war durchwachsen ausgefallen, sie hatte ihr zu zahlreichen Änderungen geraten. Adele hatte die Vorschläge eingearbeitet und der Adeligen die Neufassung zugeschickt. Sie nahm an, dass sich der Brief darauf bezog.

Ihr war etwas bange vor dem Inhalt, und sie beschloss, ihn erst am nächsten Tag zu lesen. Für heute hatte sie genug auf Tinte gestarrt.

Am anderen Morgen frühstückte sie ausgiebig und schlich auch danach noch eine ganze Weile um den Brief herum. Irgendwann siegte ihre Neugierde. Sie gab sich einen Ruck und riss das Schreiben auf.

Wider Erwarten zeigte die Droste sich mit der Neufassung zufrieden. In ihren Augen waren die Märchen so weit gediehen, dass man sie einem Verlag vorlegen konnte. Auch die vage

Romanidee, die Adele skizziert hatte, fand die Zustimmung der Dichterfreundin. Adele wollte einen Bildungsroman für Frauen schreiben. Die Heldin sollte aus ihrem vorgezeichneten Leben ausbrechen und ihren eigenen Weg gehen. Zu ihrem Leidwesen hatte sie die Mutter nie davon abbringen können, auf den letzten Seiten sinnlose Todesfälle herbeizuschreiben. Nun hatte sie es selbst in der Hand. Der Mut der Heldin würde durch ein glückliches Ende belohnt werden.

Angespornt vom Zuspruch des Freifräuleins, machte sie sich daran, der Romanheldin eine Seele zu verleihen. Sie sollte ihr selbst gleichen, gemischt mit Zügen der willensstarken Sibylle. Adele war in Hochstimmung, denn auch aus Italien traf Post ein. Die Rückkehr der Freundin stand unmittelbar bevor. Sibylle sollte nur wenige Tage nach ihrem Brief eintreffen. Bald wären sie wieder vereint.

Adele saß am Bootssteg und hielt nach der Freundin Ausschau. Trotz des regnerischen Wetters verließ sie ihren Aussichtsposten nur zu den Mahlzeiten. Die Mutter warnte vor einer Erkältung, doch Adele versorgte sich mit heißem Kaffee und einer Wolldecke.

Am dritten Tag steuerte im abendlichen Dämmerlicht ein Ruderboot auf sie zu. Adele sprang auf und winkte eifrig mit den Armen. Dann erkannte sie den Fahrgast. Nicht Sibylle saß im Boot, sondern ihr Ehemann. Sie ließ die Arme sinken.

Er landete am Steg und sprang auf die Planken. Es war zu spät, sich in den Schutz der Dunkelheit zu flüchten. Notgedrungen ging sie Mertens entgegen. Sie nahm an, dass ihn Sibylles anstehende Rückkehr herführte.

Mertens bestätigte vage. »Gewissermaßen. In diesem Zusammenhang habe ich ein Anliegen an Sie.«

Während sie im Nieselregen auf das Bauernhaus zuschritten, fragte sie sich, was Sibylles Ehemann von ihr wollte. Sein Erscheinen ließ ein Wiederaufflackern der Ehestreitigkeiten befürchten. Die Mutter runzelte beim Eintreten des Gastes ebenfalls die Stirn.

Mertens trat an den Kamin und wärmte seine Hände, offenbar unschlüssig, wie er beginnen sollte. Dann atmete er tief ein und wandte sich zu Adele um. »Ich nehme an, auch Sie haben Nachricht von Sibylle erhalten ...«

»Wir erwarten ihre Rückkehr«, bestätigte sie.

»Erwähnte sie sonst etwas von Belang?«, fragte er forschend.

Adele war auf der Hut. »Ich kann nicht ganz folgen ...?«

Er gab sich einen Ruck. »Es hat wenig Sinn, drum herumzureden. Kurzum, sie hat die Absicht geäußert, zukünftig getrennt von mir zu leben.« Er ließ sich auf den Polstersessel fallen. »Ich wüsste wirklich gerne, womit ich das verdient habe.«

Adele murmelte Worte des Mitgefühls, während sie dem Blick der Mutter auswich, die mit hochgezogener Augenbraue wissend lächelte. Innerlich frohlockte Adele, dass Sibylle endlich Farbe bekannt hatte.

Mertens schien nichts zu bemerken. »Ich habe mich gefragt ...«, sagte er gedehnt, »nun ja, Sie haben Einfluss auf meine Frau und scheinen vernünftig zu sein. Daher bitte ich Sie zu erwägen, ob Sie ein gutes Wort einlegen könnten. Vor allem auch für die Kinder.«

Adele schluckte unbehaglich. »Ich bezweifle, dass ich viel ausrichten kann«, wich sie aus.

»Versuchen Sie es«, bat Mertens.

Es war an der Zeit, Stellung zu beziehen. »Sibylle muss während der Kur zu dem Entschluss gekommen sein«, entgegnete sie. »Die unbestreitbaren Spannungen zwischen Ihnen haben ihre Gesundheit angegriffen. Mir liegt das Wohl meiner Freundin am Herzen. Daher bitte ich Sie: Denken Sie darüber nach, ob es nicht besser für alle Beteiligten wäre, wenn Sie die Wünsche Ihrer Gattin beherzigen würden.«

Mertens fuhr auf. »Ist Ihnen bewusst, was Sie von mir verlangen?«

»Ich verlange gar nichts«, wehrte sie schnell ab, während die Mutter ihr einen warnenden Blick zuwarf. »Sie sollen nur begreifen, wie ich die Sache sehe.«

»Dann helfen Sie mir also nicht?«

Sie blieb standfest. »Ich habe schlechte Erfahrungen damit gemacht, mich in fremde Angelegenheiten einzumischen.«

»Ich hätte mir mehr Entgegenkommen erhofft«, murrte Mertens.

Adele hielt schweigend seinem unzufriedenen Blick stand.

Er verabschiedete sich, ohne den Tee anzurühren, den die Mutter vor ihn hingestellt hatte. Im Hinausgehen wandte er sich noch einmal um. »Falls Sie Ihre Haltung überdenken: Ich bleibe noch bis morgen hier.«

»Gut zu wissen, aber rechnen Sie bitte nicht damit.«

Während sie die Tür hinter ihm schloss, ließ Adele den Auftritt auf sich wirken. Sibylle war offenbar gewillt, den offenen Bruch zu riskieren. Nichts sollte ihre Zweisamkeit mehr stören. Ihr wurde ganz warm ums Herz angesichts dieses Liebesbeweises.

Die Mutter sah sie beunruhigt an. »Passt bloß auf, dass es keinen Skandal gibt.«

Doch sie wollte sich keine Sorgen machen. »Gemeinsam nehmen wir es mit allen auf.«

Zwei Tage, nachdem Mertens wieder abgereist war, schälte sich eines Morgens endlich das Ruderboot mit der vertrauten Gestalt der Freundin aus dem Frühnebel heraus. Wie auf einer Wolke schwebte Sibylle heran, sichtlich abgekämpft von der Reise. Adele zog sie vom Boot auf den Steg und umarmte sie so stürmisch, dass sie beinahe ins Wasser fielen.

»Sachte.« Die Freundin löste sich von ihr, um den Bootsmann zu entlohnen, der ihren Handkoffer auf die Bretter hievte.

»Wo ist dein restliches Gepäck?«, fragte Adele verwundert.

»Der Landauer kommt in zwei, drei Tagen nach. Auf dem Landweg dauert es länger. Deshalb bin ich ja in Mainz aufs Dampfschiff umgestiegen.«

»Das war eine hervorragende Idee.« Adele legte den Arm um Sibylles Taille und griff nach dem Koffer.

»Ich kann ihn ruhig selbst tragen.«

»Kommt nicht infrage!«

Seite an Seite stapften sie auf den Gutshof zu. Glücklich blickte Adele die Freundin von der Seite an. »Nun erzähl, wie ist es dir ergangen? Wie war die Reise?«

Sibylle blieb stehen. Seufzend massierte sie ihre Schläfen. »Nimm es mir nicht übel, aber ich bin völlig zerschlagen. Die Schiffskabine war leider eine Katastrophe. Mein Kopf zerspringt.«

»Oje, dann ruh dich erst einmal aus.«

»Danke. Ich komme später bei dir vorbei.« Mit einem schwachen Lächeln nahm Sibylle ihr den Koffer aus der Hand und legte den restlichen Weg zum Gutshof allein zurück. Adele sah ihr nach. Die lauwarme Begrüßung wirkte wie ein kalter Luftzug. Sie wurde den Eindruck nicht los, dass die Freundin sich gar nicht richtig über das Wiedersehen freute.

Den ganzen Tag über wartete sie vergebens darauf, dass Sibylle sich blicken ließ.

»Ich habe nach meiner Englandreise vierundzwanzig Stunden geschlafen«, versuchte die Mutter, sie zu trösten.

Als Sibylle gegen Abend noch immer nicht aufgetaucht war, machte Adele sich auf zum Gutshof. Die Haushälterin öffnete und bat sie, kurz zu warten.

»Die gnädige Frau lässt ausrichten, sie kommt sofort herunter«, teilte sie bei ihrer Rückkehr mit.

»Sie ist also wach?« Adele war über die Art des Empfangs etwas konsterniert.

Als die Haushälterin erwartungsgemäß nickte, schob sie sich an ihr vorbei zur Treppe. »Dann gehe ich schon mal zu ihr. Ich kenne ja den Weg«, sagte sie über die Schulter, während sie die Stufen hinaufstieg.

Oben klopfte sie kurz an und öffnete Sibylles Zimmertür. Die Freundin warf sich gerade ein Kleid über. Sie war offensichtlich gerade dem Bett entstiegen, das Plumeau war noch zurückgeschlagen.

Sibylle schloss die letzten Knöpfe und wandte sich ihr zu. »Ich wollte gerade einen Imbiss zu mir nehmen.«

»Hast du dich also ausgeschlafen?«

Die Freundin nickte und griff nach der Türklinke. »Gehen wir?«

Ihr Verhalten hatte etwas Gezwungenes an sich, das Adele verunsicherte. »Willst du mich denn gar nicht richtig begrüßen?«

»Wie gesagt, ich bin hungrig.«

Adele setzte sich aufs Bett. »Wir können uns etwas bringen lassen.«

Sibylle rührte sich nicht. »Ich habe eine anstrengende Reise hinter mir. Mir ist gerade nicht nach Tändeleien.«

Adele musterte sie forschend. »Du bist so anders. Was mache ich falsch?«

Sibylle schloss die Tür wieder. Sie trat ans Fenster und ließ den Blick schweifen. Mit einem tiefen Atemzug drehte sie sich zu ihr um. »Es ist nicht so einfach, das zu sagen. Aber es muss ja heraus.« Sie schob ihr Reisekleid von einem Stuhl, der als Ablage diente, und setzte sich ihr gegenüber. Nachdenklich betrachtete sie ihre zusammengelegten Fingerspitzen. Angst stieg in Adele auf.

»Also gut.« Sibylle sprach schnell. »Ich habe mich verliebt. Sie heißt Laura und ist Italienerin.«

Adele war wie betäubt. In ihrem Herzen wusste sie, dass gerade ihre Welt zersprungen war, aber sie spürte nichts. Benommen hörte sie sich sagen: »Wiederholst du das, bitte? Ich fürchte, ich habe dich nicht richtig verstanden.«

Während die Freundin von Laura sprach, ihrer neuen großen Liebe, die sie an der Riviera kennengelernt hatte, dachte Adele die ganze Zeit: Ich träume nur. Gleich wache ich auf.

Aber Sibylle sprach weiter, erzählte, dass sie seit drei Monaten mit Laura zusammenlebte. Dass sie Adele nichts davon geschrieben hatte, weil sie es ihr von Angesicht zu Angesicht beichten wollte. Dass es einfach passiert sei, ohne ihr Zutun. Dass sie nicht dagegen ankomme. Dass Laura in Kürze in Sibylles Kutsche hier eintreffen werde, um mit ihr zu leben. »Sag doch etwas«, bat die Freundin, die keine Freundin mehr war.

Adele fand keine Worte. Alles war leer. »Dann gehe ich wohl besser«, hörte sie eine Stimme sagen, die ihr fremd erschien.

Erst als sie über die Obstwiese lief, setzte der Schmerz ein. Sie rannte, bis sie keine Luft mehr bekam. Das Fuhrwerk des Verwalters kam ihr entgegen. Die Mutter saß darauf, offenbar war sie im Dorf gewesen. Adele lief hinunter zum Ufer, weg von ihr. Sie konnte jetzt keine Fragen beantworten.

Irgendwann fand sie sich am Strand gegenüber der Insel wieder. Ihre Füße hatten sie von selbst hergebracht, nun knickten sie weg. Adele sackte in sich zusammen. Sie legte die Arme um die angezogenen Beine und wiegte sich wie ein Kind. Oder wie eine Irre, die vergebens Trost sucht.

Das Pochen des Gehstocks brachte sie dazu, den Kopf zu heben. Ächzend ließ die Mutter sich neben ihr auf einem angeschwemmten Baumstamm nieder. Sie musterte Adele voller Mitleid. »Dann hast du die schlimme Nachricht schon gehört?«

Ein Gespräch ließ sich nicht mehr vermeiden. Adele bog den Rücken durch. »Woher weißt du es?«

»Die Amme war im Kramladen. Sie schien selbst ganz aufgelöst zu sein. Es war wohl Fleckfieber. Der einzige Trost ist, dass es schnell ging.«

Eine schreckliche Ahnung erfasste Adele. »Wovon redest du?«

»Natürlich von der kleinen Eva. Ich habe der Amme versprochen, dass wir uns um das Begräbnis kümmern. Du wirst an Ottilie schreiben müssen.«

Adele konnte plötzlich nicht mehr atmen. Ihre Lunge war wie abgeschnürt. Die Mutter tätschelte sie hilflos.

»Ich will weg hier.« Das war das Einzige, was sie denken konnte. Flehend blickte sie der Mutter ins Gesicht. »So schnell wie möglich.«

»An mir soll es nicht liegen, Kind.«

Nach der Beisetzung machte Adele sich ans Einpacken. Ein Fuhrwerk mit Möbeln, die im Alltag entbehrlich waren, hatten sie schon vorausgeschickt nach Jena. Dort und nicht in Weimar würden sie in Zukunft wohnen. Adele hatte die Mutter dazu überredet. »Die klugen Leute leben jetzt in Jena. Da gibt es Industrie, die Universität. Weimar hingegen … ist Vergangenheit. In jeder Hinsicht.«

Der Widerstand der Mutter war schwächer ausgefallen als befürchtet. »Weimar ist wirklich nicht mehr wie früher. Nun, da Goethe nicht mehr dort ist, noch weniger.«

»Falls du Freunde besuchen möchtest: Jena ist fast nebenan. Man baut ja jetzt die Eisenbahn«, hatte Adele erklärt. »Der Großherzog kann auch zufrieden sein. Es ist auf seinem Territorium.«

Die Mutter hatte sich einen Ruck gegeben. »Nun gut, es sei!«

Also gingen die Kisten nach Jena. Adele kniete auf dem nackten Dielenboden, der dort, wo der Perserteppich gelegen hatte, etwas heller war, und räumte die kostbarsten Bücher in eine abschließbare Truhe. Die Mutter packte hinten in ihrem

Schlafzimmer schon die Kleider zusammen. Räder ratterten heran. Es musste das bestellte Fuhrwerk für den restlichen Hausrat sein. Adele klopfte ihre Hände ab und trat vors Haus, um den Fuhrmann zu begrüßen. Das Gefährt steuerte jedoch auf den Gutshof zu. Es war Sibylles Landauer, wie Adele nun erkannte. Durch das Schlagfenster sah sie eine junge Frau mit dunkelbraunen Locken. Der Anblick versetzte ihr einen Stich ins Herz. Eilig wandte sie sich um und ging ins Haus zurück. Sie wollte nicht auch noch Zeugin werden. Bevor sie die Tür schließen konnte, sah sie für einen Augenblick Sibylle und ihre neue Freundin, die sich ohne jede Rücksicht auf den Kutscher mit Küssen bedeckten. Adele warf die Haustür zu und nahm sich die nächste Bücherkiste vor.

Später am Tag kam das erwartete Fuhrwerk. Sie atmete auf. Noch eine letzte Nacht, dann läge diese Hölle hinter ihr. Den Abend über bemühte sie sich, durch pausenlose Beschäftigung alle Bilder von Sibylle und ihrer schönen italienischen Freundin zu verscheuchen. Es erwies sich als unmöglich. Erst als sie beim Einpacken auf ein Mützchen der kleinen Eva stieß, das hinter ein Regal geraten war, wurde der eine Kummer für eine Weile von einem ebenso großen anderen Kummer abgelöst. Auf dem Boden kniend strich sie mit den Händen über das Mützchen, als könnte sie es zum Leben erwecken. Ein Geräusch wie von einem gequälten Tier ließ sie zusammenfahren. Benommen sah sie sich nach der Quelle um und erkannte, dass der Schmerzenslaut sich ihrer eigenen Kehle entrungen hatte.

Sie ging erst zu Bett, als sie sich kaum noch auf den Beinen halten konnte. Dennoch blieb der Schlaf fern. In den frühen Morgenstunden dämmerte sie kurz weg und wachte beinahe sofort wieder auf. Das Haus lag noch in tiefem Schlaf. Der Herd in der Küche war kalt, das Mädchen noch nicht auf den Beinen. Adele verzichtete auf ihr Frühstück und begann, das letzte Geschirr einzupacken. Während sie Weinkelche in Seidenpapier einschlug, grübelte sie darüber nach, wie sie sich von Sibylle verabschieden sollte. Es widerstrebte ihr, zum Gutshof hinüberzugehen. Keinesfalls wollte sie der anderen Frau begegnen, gar in einen unpassenden Moment hineingeraten. Andererseits fand sie es feige, nur einen Brief zu hinterlassen.

Ohne zu einem Entschluss zu kommen, legte sie den eingepackten Kelch in eine Kiste mit Holzwolle und nahm das nächste Glas vom Tisch. Sibylles Stimme in ihrem Rücken ließ sie herumfahren. Der Kelch fiel ihr aus der Hand und zerschellte am Boden, während sie Sibylle anstarrte, die mit offenen Haaren vor ihr stand. Die frühere Freundin trug das altbekannte Wollkleid und sah sie mit einem Ausdruck an, der fast wehmütig wirkte.

Adele bückte sich wortlos, um die Scherben aufzusammeln. Sibylle kniete sich neben sie und half ihr.

»Ich mache das schon«, wehrte Adele ab.

»Lass uns nicht als Feinde scheiden.« Sibylle blickte sie bittend an.

Adele verspürte einen stechenden Schmerz, rotes Blut quoll aus ihrem Handballen, sie musste sich an einer Scherbe geschnitten haben. Sie führte die Hand zum Mund.

Sibylle zog ein Taschentuch hervor. »Gib mal her ...«

Ihre Schultern berührten sich, Adele spürte Sibylles Wärme. Sie sprang auf. »Nicht nötig.«

»Aber das muss man verbinden.«

Sie drückte ihr eigenes Taschentuch auf die Wunde. Ans Fensterbrett gelehnt, musterte sie die ehemalige Freundin feindselig. In diesem Moment verspürte sie nur Ablehnung. »Ich habe nicht viel Zeit. Warum bist du hier?«

»Wir hatten so wundervolle Jahre. Ich würde mir wünschen ... Können wir nicht Freundinnen bleiben?«

Ungläubig schüttelte Adele den Kopf. »Du tauschst mich einfach aus, und dann ... Du musst verrückt sein.«

»Ich habe dich verletzt. Das tut mir unendlich leid«, sagte Sibylle kleinlaut.

»Das ändert aber nichts«, gab Adele kalt zurück.

Sibylle zog die Brauen zusammen. »Es kam doch nicht von ungefähr. Auch du hast deinen Teil dazu beigetragen.«

»Ich bin schuld, dass du mich hintergehst?« Adele war fassungslos. »Ich habe hier auf dich gewartet. Ich habe die Tage gezählt.«

»Weshalb bist du nicht mit mir nach Italien gereist?«

»Weil es unmöglich war.«

»Deine Jugendfreundin war dir wichtiger als ich.«

»Sie brauchte Hilfe. Hast du das vergessen?«

»Du hattest die freie Wahl. Und deine Entscheidung hat mir gezeigt, was ich dir bedeute. In Wahrheit ist es nämlich umgekehrt: Ich hätte alles für dich getan. Aber du hast dich nie wirklich zu mir bekannt.«

Es war so ungerecht, Adele fehlten die Worte. »Du verdrehst alles«, sagte sie schließlich. »Bestimmt weißt du das im Inneren selbst.«

Sibylle schwieg. Sie wirkte betroffen.

Plötzlich wurde Adele ganz ruhig. Sie löste sich vom Fensterbrett und ging auf Sibylle zu. »Mir scheint, es hat wenig Sinn, dieses Gespräch fortzusetzen. Rede dir ein, was du willst, um dich besser zu fühlen. Werde glücklich mit deiner Laura. Nur erwarte nicht, dass ich dir schreibe.« Sie streckte die Hand aus und verabschiedete sich von der Freundin wie von einer Fremden.

In Sibylles Augen schwammen plötzlich Tränen. »Und das ist wirklich alles?«

»Ich habe es mir nicht ausgesucht.«

Nachdem sich die Tür hinter der ehemaligen Geliebten geschlossen hatte, holte Adele ein Kehrblech. Sie kniete sich hin, um die restlichen Scherben zusammenzufegen. Der Boden verschwamm vor ihren Augen, die sich mit Tränen füllten. Sie wischte sie weg, doch es drängten immer neue nach. Gemischt mit dem Blut von ihrer Hand tropften sie auf ihr Kleid. Schluchzend stieß Adele das Kehrblech weg.

»Du brauchst dich gar nicht mehr blicken zu lassen«, schrie sie durch die Tür, als könnte Sibylle sie noch hören.

13 Abschied

Johanna, Frühjahr 1838

Sie saß in ihrem gepolsterten Fauteuil, der Danzig, Hamburg, Weimar und das Rheinland gesehen hatte und nun in Jena stand. Die Füße ruhten bequem auf einem Fußbänkchen, in ihrer Hand funkelte ein Glas Portwein, das sie nach dem Abendbrot gerne zu sich nahm. Neben ihr auf dem gedrechselten runden Beistelltischchen stapelte sich das Manuskript ihrer Memoiren. Es umfasste inzwischen mehr als tausend Seiten, und Adeles Geburt lag noch in ferner Zukunft. Johanna durfte dankbar sein. Ein ereignisreiches Leben war ihr vergönnt gewesen.

Auch hier in Jena war sie wieder auf die Füße gefallen. Jedermann suchte ihre Gesellschaft, die vielen Einladungen und Besucher wurden mitunter fast lästig. Erst am Vormittag hatten sich drei Größen aus Literatur, Politik und Wissenschaft regelrecht darum gebalgt, wer von ihnen zuerst vorgelassen werden durfte. Einer der Beteiligten, ein talentierter Dichter von einnehmendem Äußeren, hatte ihr einen Strauß Hyazinthen verehrt. In diesem ungewöhnlich kalten Frühjahr blühten bisher nur die Krokusse. Der junge Mann konnte keine Kosten und Mühen gescheut haben, um die duftende Pracht aus Gewächshäusern herbeizuschaffen.

Ja, das Leben hatte es gut mit ihr gemeint. Während Johanna in ihren Aufzeichnungen blätterte, wanderten ihre Gedanken zu ihrer Kindheit zurück. Das stattliche Haus, in dem sie aufgewachsen war, die stille Gasse nahe der Bucht, in der sie mit den

Nachbarskindern gespielt hatte, die Straßen Danzigs, in denen sie so frei herumgetollt war, wie sonst nur Jungen es gedurft hatten. Überhaupt, ihre Erziehung – die Eltern hatten ihre Begabungen stets gefördert. Vier Sprachen hatte sie erlernen dürfen. Ihr Englischlehrer, ein liebenswerter, wenn auch etwas wunderlicher Privatgelehrter, stand ihr noch lebhaft vor Augen. Er hatte ein Monokel getragen, das stets herunterfiel, wenn er sprach. Er fing es dann mit einem erschrockenen Zusammenzucken auf, als habe er gar nicht damit gerechnet, und klemmte es hastig wieder ein. Abgesehen von seinen kleinen Marotten war er aber ein gebildeter, artiger Mensch gewesen. Er hatte ihre Eltern dazu bewegt, sie auch in Erdkunde, Historie und den Grundzügen der Mathematik unterrichten zu dürfen, weil ihm ihre schnelle Auffassungsgabe aufgefallen war. Dann die Kunstlehrerin, deren unangefochtene Lieblingsschülerin sie gewesen war. Die anderen Mädchen hatten es ihr nicht übelgenommen, sondern sich bemüht, ihr nachzueifern. Jede wollte ihre Freundin sein. Acht Brautjungfern hatten sie bei ihrer Hochzeit begleitet.

Wie hatten ihre Freundinnen sie um Heinrich Floris beneidet. Sie war die Erste aus ihrem Kreis gewesen, die sich verlobte, noch dazu mit einem der renommiertesten und reichsten Männer der Stadt. Auf Händen hatte ihr Ehegemahl sie getragen. Er hatte ihr die Welt gezeigt: Böhmen, Österreich, Frankreich, England, Schottland. Die letzten Jahre, nun ja, darüber deckte man den Mantel des Schweigens. Niemand liebte wehleidiges Klagen, am wenigsten sie selbst.

Sie goss sich noch etwas Portwein ein und sann über die vielen Kapitel nach, die noch nicht zu Papier gebracht waren. Die Flucht nach Hamburg. Man hatte sich durchgebissen, bis man wieder fest im Sattel saß. Ebenso in Weimar, nach Heinrichs unglücklichem Tod. Oder nach dem Bankrott dieses betrügerischen Bankiers, dem zu vertrauen man ihr fälschlicherweise geraten hatte. Widrigkeiten hatten stets ihren Kampfgeist angefacht. Nie hatte sie sich entmutigen lassen, nie aufgegeben. Wenn es ihr im Leben gut ergangen war, so musste dies zu einem Quäntchen wohl auch ihr eigenes Verdienst sein.

Ein großer Segen war natürlich Adele. Ohne das gute Kind wäre vieles nicht möglich gewesen. Eine Stütze war sie und eine treue Gefährtin, von ihrer Geburt an bis zum heutigen Tag. Als sie noch klein war, hatte Johanna mitunter gezweifelt, ob die Tochter das Leben gut meistern würde. Sie war so eigenwillig, so sperrig gewesen. Wenn Spitzenhauben mit bunten Bändern in Mode waren, trug Adele eine Schute aus Stroh, wenn alle Welt Seidenschals bemalte, verlegte sie sich auf Scherenschnitte. Dazu stürzte sie sich mit einer Begeisterung in ihre Interessen, die jungen Damen nicht gut anstand. Sie machte sich zu wenig aus der Meinung der Mitmenschen. Ein Mädchen tat gut daran, sich anzupassen.

Erst mit den Jahren hatte ihre Tochter sich gemacht. Als ihre treue Begleiterin war sie unverzagt durch manche Feuertaufe gegangen. Sie hatte gelernt, für sich selbst einzustehen. Zwar hatte sie einen ungewöhnlichen Pfad eingeschlagen, aber das hatte sie sich nicht ausgesucht. Immerhin hatte sie Menschen gefunden, mit denen sie im Gleichklang fühlte und dachte. Man konnte von dieser Art Liebe halten, was man wollte – die Mertens war für Adele ein großes Glück gewesen. In dieser Welt fanden sich nicht oft zwei Menschen, die einander so guttaten. Es war wirklich ein Jammer, dass sie sich überworfen hatten.

Doch ihre Tochter besaß wie sie selbst die Fähigkeit, sich nach jedem Sturz wieder aufzurappeln. Auch nun wieder. Hier in Jena hatte sie schnell Zugang zu den fortschrittlichen Kreisen gefunden, die sie an diesen Ort geführt hatten. Fast jeden Abend traf sie ihre neuen Bekannten in einem Kaffeehaus oder bei einer Assemblee. Adele genoss deren Anerkennung, denn auch sie schrieb nun an eigener Dichtung moderner Machart. Johanna konnte mit Märchen und Fantastereien wenig anfangen, aber bei einer Lesung, bei der Adele aus ihren noch unveröffentlichten Erzählungen vorgetragen hatte, war sie beklatscht worden. Am Ende schlug sie also doch nach ihr: Wenn sie sich etwas in den Kopf setzte, erreichte sie es auch. Sie würde ihren Weg gehen. Nur befürchtete Johanna, dass sich ein Glück, wie sie es mit Sibylle erlebt hatte, nicht wiederholen würde. Vielleicht, sie begrub die Hoffnung nicht ganz, versöhnte sich ihre Tochter eines Tages mit der Freundin.

Versöhnung. Ein kleines Wort und doch so unerreichbar. Die einzige Wunde, die sie bis heute schmerzte, war das Zerwürfnis mit Arthur. Seit vierundzwanzig Jahren hatte sie ihn nicht gesehen. Vielleicht hatte er schon Falten, graue Schläfen gar. Sie konnte nicht einmal sicher sein, dass sie ihren eigenen Sohn auf der Straße erkennen würde.

Wie hatte sie ihn geliebt, ihren blonden Posaunenengel mit den Pausbacken und den speckigen Beinchen. Ihr gehätschelter Augenstern, freudig hätte sie ihr Leben für ihn hingegeben. Und dann wurde er mit jedem Jahr streitlustiger und unausstehlicher. Nach Heinrichs Tod war es ganz vorbei. Sie hatte alles versucht, aber es war kein Auskommen mehr mit ihm.

Vor achtzehn Jahren hatte er ihr zuletzt geschrieben, damals, als sein vermaledeites Buch erschien. Nie wieder hatte sie danach von ihm gehört. Gelegentlich wechselte er Briefe mit Adele. Von ihr wusste sie immerhin, dass er bis auf das taube Ohr gesund war und in Frankfurt lebte. Einer geregelten Arbeit ging er bis heute nicht nach, aber mit dem ungeschmälerten Vermögen kam er als Privatier zurecht. Natürlich war er nicht verheiratet. Wie hätte es anders sein können?

Sie stellte sich Arthur in seiner vermutlich übertrieben aufgeräumten Stube vor, wie er seinen Pudel anherrschte, der, wie Adele berichtete, sein einziger Begleiter war. Er musste einsam sein. Unvermutet wurde Johanna von einer Welle der Traurigkeit überrollt. Das Dasein, das ihr Sohn fristete, mochte selbstgewähltes Schicksal sein, aber sie hätte ihm doch ein erfüllteres, glücklicheres Leben gewünscht.

Letztlich war kein Mensch verantwortlich für sein Wesen. Über Johanna hatten die Götter ein reich gefülltes Füllhorn ausgeschüttet, Arthur hingegen hatten sie nur die mäkelige Rechthaberei vor die Füße geworfen. Und seine unbestreitbare Klugheit, die ihm leider nur dazu gedient hatte, sich selbst immer fester in sein niederschmetterndes Weltbild einzumauern. Klugheit ohne Weisheit war verheerender als Dummheit.

Es war seit langem das erste Mal, dass Johanna wieder an ihren Sohn dachte. Sonst hatte sie die schmerzhaften Gedanken gründlich verscheucht. Nun verspürte sie Mitleid – und Sehnsucht, ihn wiederzusehen. Auch sie war hart gegen ihn gewesen. Vielleicht war es Zeit, sich einander wieder anzunähern.

Sie könnte ihm schreiben, einen Schritt auf ihn zugehen. Sie zögerte. Beinahe war sie sicher, dass seine Antwort sie treffen würde wie ein kalter Guss. Höchstwahrscheinlich würde sie ihr Entgegenkommen bereuen. Dennoch: Nun, da sie den Gedanken einmal gefasst hatte, konnte sie nicht mehr zurück. Sie würde Arthur einen Olivenzweig reichen. Er konnte mit den Jahren milder geworden sein, wer wusste das schon? Sie wollte diese Wunde noch schließen.

Sie griff nach Stift und Papier. Nachdenklich blickte sie aus dem Fenster in die Nacht. Sie fand keinen Anfang, aber es war auch schon spät. Sie merkte, wie sie schläfrig wurde. Ihre Augen fielen zu, sie musste sich anstrengen, um nicht einzudösen. Sie legte den Stift weg und gönnte sich noch einen Schluck Portwein. Für heute hatte es keinen Sinn mehr. Der Brief musste warten bis morgen.

Adele, Frühjahr 1838

Bei der Rückkehr in die leere Wohnung erschien ihr das Knarren ihrer Schritte auf dem Dielenboden fast unnatürlich laut. Es war ansonsten so still um sie herum. Sie zupfte die schwarzen Handschuhe von den Fingern, nahm den schwarzen Schleier ab, hängte den schwarzen Mantel an die Garderobe und ging in die Küche. Sie setzte Wasser für Tee auf, füllte den Kessel bis oben hin. Ihr fiel ein, dass es viel zu viel war. Sie schüttete die Hälfte des Wassers wieder weg. Dann heizte sie den Herd ein und setzte sich an den Tisch. Der Kessel zischte leise. Das Geräusch hatte etwas Beruhigendes. Sie fühlte sich nicht mehr so allein.

Ihre Mutter war gestorben, wie sie gelebt hatte: mit Haltung und Leichtigkeit. Nur ein wenig zusammengesunken, hatte sie friedlich in ihrem Lehnsessel geruht, die Füße hochgelegt, ein halbgeleertes Gläschen Portwein neben sich auf dem Tisch. Ihre Miene war beinahe heiter gewesen.

Im ersten Moment hatte Adele gedacht, die Mutter schliefe. In letzter Zeit war sie gelegentlich vor dem Zubettgehen eingenickt. Anfangs hatten bei Adele jedes Mal die Alarmglocken geschrillt, sie befürchtete einen neuerlichen Schlaganfall. Inzwischen hatte sie sich daran gewöhnt. Sie wollte die Mutter vorsichtig wecken und in ihr Schlafzimmer geleiten. Die Hand der Mutter fühlte sich kühl an. Adele wunderte sich. Das Feuer im Kamin brannte. Sie rief die Mutter leise beim Namen, doch die schlief tief und fest. Adele rüttelte sachte an ihrer Schulter. Der Arm der Mutter fiel schlaff von der Sessellehne.

Da erst erschrak sie. Sie rief und schüttelte die Mutter, bat sie aufzuwachen. Der Kopf der Mutter sackte seitlich weg. Die heitere Miene blieb. Die Stirn war blass wie Marmor und fühlte sich auch ähnlich kühl an. Adele warf ihren Umhang über und klingelte einen Arzt heraus, der in der Nachbarschaft wohnte. Der Mann besah die Mutter, blickte in ihre Pupillen, hielt eine

Feder vor ihren Mund. Dann schüttelte er den Kopf. Immer noch hielt Adele die Möglichkeit von sich fern, aber der Arzt sprach es schließlich aus: »Sie ist tot.«

Der Wasserkocher pfiff. Adele goss den Assam-Tee mit den gleichen Bewegungen auf, die sie tausend Mal bei der Mutter gesehen hatte. Sie zog deren goldene Taschenuhr hervor, die sie nun immer bei sich trug, und ließ den Sekundenzeiger zweimal kreisen. Die Blätter sollten weder zu kurz noch zu lange ziehen.

Sie schenkte sich Tee ein und schloss ihre klammen Hände um die Meissener Lieblingstasse ihrer Mutter mit den handgemalten Rosen. Heute war sie zum letzten Mal in ihrem Leben Tochter gewesen. Unzählige Hände hatte sie geschüttelt, unzählige Male die immergleichen Trostworte mit tapferem Kopfnicken quittiert. Der Mutter hätte die eigene Beerdigung gefallen. So viele Freunde und Bekannte, selbst der Großherzog war nebst Gattin zugegen gewesen. Er hatte eine würdige Rede gehalten. Allseits zollte man der Mutter Bewunderung und Respekt.

Auch Ottilie war gekommen. Für den Anlass hatte sie die Schminke weggelassen, wodurch sie wieder mehr ihrem früheren Selbst ähnelte. Sie hatte Adeles Hand gehalten und war nicht von ihrer Seite gewichen, während der Priester die altbekannten Worte las, die Erde auf den Sarg herniederprasselte. Adele würde es ihr nie vergessen.

Nur eine Person war nicht erschienen: ihr Bruder Arthur. An der Entfernung konnte es nicht gelegen haben. Sie hatte noch am Todestag einen Kurier losgeschickt, und die Postkutsche benötigte von Frankfurt höchstens drei Tage. Immerhin hatte er einen Brief geschrieben:

»Liebe Adele,
ich nehme an, dass der Tod deiner Mutter dir schwer zusetzt,
und so versichere ich dich meines aufrichtigen Beileids.

Mich hat die Nachricht tiefer bewegt, als ich erwartet hätte. Es gab Momente in meiner Kindheit, in denen stand sie mir näher als jeder andere Mensch. Doch das ist lange her. Nichts kann ihr Betragen in den späteren Jahren wiedergutmachen. Nie hat sie ihre Fehler eingestanden, nie um Verzeihung gebeten. Sie war selbstsüchtig und rücksichtslos. Ich werde nicht um sie trauern.
Was das Erbe angeht, so kannst du frei darüber verfügen. Viel kann es ohnehin nicht sein. Sie hat das Vermögen unseres Vaters gründlich durchgebracht.
Ich hoffe sehr, dass du mit diesen Mitteln zurechtkommst. Du wirst für dich selbst sorgen müssen, auch wenn dein bequemes Leben als behütete Tochter eine schlechte Vorbereitung war. Sieh zu, dass du nicht in Not gerätst. Du hast einmal versprochen, dass du mich nie um Hilfe bitten wirst. Ich wünschte, ich könnte in dieser Hinsicht beruhigt sein. Indessen, wie viel gilt schon ein Frauenwort?
In aufrichtiger Zuneigung, dein Bruder Arthur.«

Adele las den Brief mit einem Kopfschütteln. Der Bruder blieb sich doch immer gleich in seiner widersprüchlichen Mischung aus Anstand und Menschlichkeit einerseits, Kleinlichkeit und Unbarmherzigkeit andererseits. Sie faltete den Brief zusammen und legte ihn zu den übrigen Trauerkarten.

Der Tee schmeckte anders als bei der Mutter. Sie verstand nicht ganz, wieso. Vielleicht lag es an ihrer Erschöpfung, dass sie ihn nicht genießen konnte. Hinter ihr lagen sieben Tage, in denen sie seelisch wie durch einen Fleischwolf gedreht worden war. Sie hatte den Tod der Mutter so oft geschildert, in so viele betroffene Gesichter geblickt, immer wieder selbst den Schmerz durchlebt. Und doch waren die Erlebnisse mit jedem Erzählen etwas weiter von ihr weggerückt, konnte sie den Verlust inzwischen ein wenig besser hinnehmen.

Am offenen Grab hatte sie dann noch einmal herzzerreißend geschluchzt. Sie hatte an die kleine Eva denken müssen, den Tod ihres Vaters vor langer Zeit, all die vielen Verstorbenen. Nach der Beisetzung hatte sie sich von Ottilie zu dem angemieteten Gasthaus begleiten lassen, in dem belegte Brote gereicht wurden. Dort hatte es nicht lange gedauert, bis hier und da gelacht wurde, erst verlegen, dann laut und unbekümmert. Irgendwann hatte sie sich dabei ertappt, wie auch sie mit den Trauergästen scherzte. Kurz hatte sie sich geschämt, doch dann hatte sie sich selbst die Erlaubnis dazu erteilt. Sie war sicher, die Mutter hätte es nicht übelgenommen. Oft genug hatte sie sie sagen hören: Das Leben siegt immer.

Adele leerte ihre Tasse und ging zum ersten Mal wieder in die Wohnstube, die sie in den vergangenen Tagen gemieden hatte. Alle Möbel standen noch so wie an dem Abend vor einer Woche. Der Portwein war im Glas eingetrocknet. Sie setzte sich auf das Kanapee und blickte auf den leeren Polstersessel mit der Fußbank davor. Über der Sessellehne hing das wollene Umschlagtuch, das die Mutter stets getragen hatte. Adele sah sie förmlich noch dort sitzen.

Sie hatten friedlich nebeneinanderher gelebt. Schon im Rheinland hatten sie kaum mehr Kämpfe ausgefochten, hier in Jena schließlich waren sie gänzlich miteinander ins Reine gekommen. Sie kannten die Marotten der jeweils anderen und nahmen Rücksicht darauf.

Von ihrer Geburt an war die Mutter die tragende Säule in ihrem Leben gewesen. Auf niemanden hatte sie sich so verlassen können. Von jetzt an war sie auf sich allein gestellt, wie der Bruder so schön hervorgehoben hatte. Aber die Säule trug noch, Adele spürte es. Die Mutter war nicht ganz verschwunden. Adele glaubte nicht an ein Leben nach dem Tod. Sie glaubte an das, was die Mutter ihr mitgegeben hatte. Sie hatte sie gelehrt, dem Leben immer mutig, offen und voller Zuversicht zu begegnen.

Bedächtig erhob sie sich, ging zum Lehnstuhl und ließ sich darauf nieder. Sie legte die Füße auf die Fußbank und schloss die Augen. Es fühlte sich an, als sollte es so sein. Wieder fiel ein Stück Trauer von ihr ab, und sie verspürte Dankbarkeit. In gewissem Sinne würde die Mutter immer bei ihr sein.

Ihr Magen knurrte. Adele merkte, dass sie Hunger hatte, seit sieben Tagen zum ersten Mal. Sie ging in die Küche und bereitete sich zwei Brote zu. Dem Mädchen hatte sie auf unbestimmte Zeit Urlaub gegeben. Sie wollte allein sein.

Während sie aß, ging sie die Trauerpost durch. Nach der Beerdigung hatte sie zu Hause neue Briefe vorgefunden. Aus Danzig schrieben ihre Tanten, die Schwestern der Mutter. Adele staunte wieder einmal, wie provinziell sie sich ausdrückten. In ihrer Familie war die Mutter eine Orchidee gewesen, umgeben von Gänseblümchen.

Ein Brief kam aus dem Münsterland. Das Freifräulein von Droste-Hülshoff schrieb voller Mitgefühl und Wärme. Die sonst so kritische Korrespondentin erwies sich als echte Freundin. Sie schlug Adele eine Luftveränderung vor und lud sie zu einem längeren Aufenthalt im Rüschhaus ein, ihrem ländlichen Wohnsitz bei Münster.

Die großen, kraftvollen Schwünge, mit denen ihr Name auf den untersten Brief gesetzt worden war, erkannte Adele sofort. Sie fragte sich, wie die ehemalige Freundin vom Tod der Mutter erfahren hatte. Vermutlich durch die Droste. Widerwillig wendete sie den Umschlag zwischen den Fingern hin und her. Vor kurzem noch hatte Sibylle dieses Papier berührt. Alles sträubte sich in Adele. Sie ging zum Ofen, um den Brief ungelesen wegzuwerfen.

Sie hielt den Umschlag an die Flammen. Im letzten Moment zuckte sie zurück und schloss die offene Herdklappe wieder. Die Neugierde, was Sibylle ihr zu sagen hatte, trug dann doch den Sieg davon. Sie erbrach das Schreiben und las.

»Liebe Adele,
mit großer Anteilnahme habe ich erfahren, dass deine Mutter verstorben ist. Wie du weißt, mochte ich sie sehr. Sie war eine außerordentliche Frau.
Ich denke auch viel an dich. Du hast ja sehr an ihr gehangen. Viel gäbe ich darum, dir Trost spenden zu können. Wie gerne wäre ich in diesem Augenblick bei dir, so bleiben mir nur leere Worte. Deine Mutter durfte ein erfülltes Leben friedlich beenden. Dennoch ist es traurig.
Wie geht es dir? Gibt es jemanden, der für dich da ist? Einerseits würde es mich für dich freuen, andererseits nicht. Ich bin wieder allein. Laura ist nach Italien zurückgekehrt, vor sechs Monaten schon. Meine kurze Verblendung war ein Strohfeuer, ein großer Fehler, den ich unendlich bereue. Ich träume davon, dich wiederzusehen, deine Stimme zu hören, deine Vergebung zu erlangen. Kannst du mir jemals verzeihen?
Für die Zeit, die vor dir liegt, wünsche ich dir Stärke und Kraft. Meine Gedanken sind bei dir.
In Liebe, Sibylle.«

Verwirrt las sie den Brief ein zweites Mal. Ihre Sinne spielten ihr keinen Streich: Sibylle wollte sie wirklich zurückgewinnen. Das andere Spielzeug hatte ausgedient.

Sie verspürte Genugtuung, aber sie konnte sich nicht freuen. Sie sehnte sich auch nicht nach der ehemaligen Freundin. Vielmehr stieg Ärger in ihr auf, mit jeder Sekunde mehr. Vor wenigen Stunden hatte sie ihre Mutter begraben. Ihr war nicht nach Süßholzraspeln zumute, und sie fand es geschmacklos, den Trauerfall als Vorwand für einen Liebesbrief zu benutzen.

Sibylle bat um Verzeihung. Sie hatte sie weggeworfen und ihr auch noch die Schuld an der Trennung gegeben. Nun wurde sie wieder aus der Spielzeugkiste hervorgekramt. So ließ sie sich nicht behandeln, von niemandem. Sibylle konnte warten, bis sie Staub ansetzte.

Im Küchenherd war die Glut bereits fast erloschen. Adele zog das Umschlagtuch enger um ihre Schultern und legte ein Holzscheit nach. Qualm quoll aus der Ofenklappe, aber das Holz fing kein Feuer. Bedächtig nahm sie Sibylles Brief und schob ihn unter das Scheit in die letzte Glut. Regungslos sah sie zu, wie er aufloderte. Die Flammen fraßen sich züngelnd in das Papier. Sibylles Liebesworte gingen in Rauch auf. Adele sah gleichgültig zu, wie sie zu Asche zerfielen. Ihre Gefühle für die ehemalige Freundin waren erkaltet.

14 Entfaltung

Adele, Herbst 1842

Aus der oberen Etage des großzügig bemessenen Witwensitzes derer zu Droste-Hülshoff blickte sie durch das Sprossenfenster auf die saftigen münsterländischen Wiesen, die sich vom Ziergarten bis zum Waldrand erstreckten. Von ihrem Schreibtisch aus sah sie zwei Rehe, die im Schatten der Bäume grasten. Plötzlich zuckten sie zusammen und suchten im Unterholz Deckung. Nun kam der Grund für ihre Unruhe in Sicht. Das Freifräulein kehrte von ihrem Beutezug zurück. Wie ein Mann mit Hosen und Stiefeln bekleidet, war sie frühmorgens zu einem nahegelegenen Steinbruch aufgebrochen, um dort nach Fossilien zu suchen. Sie hegte eine sonderbare Leidenschaft für diese Zeugnisse früheren Lebens.

Das Freifräulein kam näher, wechselte im Ziergarten ein paar Worte mit ihrer Mutter, die nur einen tadelnden Blick für ihren Aufzug übrighatte, und verschwand im Haus. Kurz darauf klopfte es an Adeles Zimmertür. Sie legte den Füllfederhalter beiseite, den sie sich vom Erlös ihrer ersten Veröffentlichung unter eigenem Namen gekauft hatte, und wandte sich zur Tür um. »Herein.«

Mit Hausschuhen an den Füßen, aber noch in erdbeschmutzten Hosen trat das Fräulein ein. Freudestrahlend zeigte sie ihren Fund vor. »Das Bruchstück eines Ammoniten. Die Größe hat Seltenheitswert, und den Rest finde ich auch noch.«

»Morgen könnte ich Sie ... also, dich begleiten.«

Sie duzten sich jetzt, aber Adele vergaß es immer wieder.

Ihre Gastgeberin war und blieb für sie das Fräulein, auch wenn sie beide inzwischen eine herzliche Freundschaft verband.

Der Essensgong tönte durchs Haus. Adele sprang auf und lief zur Waschschüssel. Auch das Fräulein hatte es plötzlich sehr eilig. »Oje, das wird eng. Bis gleich.« Schon war sie verschwunden.

Adele nahm Seife und Bürste zur Hand und schrubbte sich die Tinte von den Fingern. Dann holte sie ihr bestes Seidenkleid aus dem Schrank. Die Mutter der Droste legte großen Wert auf angemessene Garderobe, noch größeren aber auf Pünktlichkeit. An ihrem ersten Abend im Rüschhaus war Adele mit leichter Verspätung erschienen. Die gesamte Mahlzeit über hatte sich die verwitwete Freiin über die lauwarme Suppe beschwert, die ihrer Gesundheit nicht bekomme. Seitdem wurde Adele den Eindruck nicht los, dass die Freiin auch ihr gegenüber eher lauwarm eingestellt war.

Das Fräulein, also Annette, wohnte mit ihrer Mutter zusammen, so wie früher sie mit ihrer Mutter. Die alte Freiin war gebildet und willensstark, so weit glichen sich die beiden Frauen, allerdings beharrte sie auf der Einhaltung starrer Regeln und der äußeren Form. Anfangs war es Adele ein Rätsel gewesen, wieso es zwischen der unkonventionellen Tochter und ihrer Mutter nicht häufiger zu Streit kam. Wie es schien, hielten die beiden es erstaunlich gut miteinander aus. Erst nach einer Weile begriff sie, dass die alte Dame unter der strengen Oberfläche eine herzensgute Frau war, die jedem seine Freiheit ließ, sofern man nur pünktlich zu den Mahlzeiten erschien.

Seit acht Wochen hielt sie sich nun hier auf. Sie hatte keinerlei Verpflichtungen mehr gegen irgendeinen Menschen, außer gegen sich selbst. Alle Angelegenheiten der Mutter waren geregelt. Sie hatte einen Verleger für die unvollendeten Memoiren gefunden und sich um die sorgfältige Herausgabe einer vollständigen

Gesamtausgabe gekümmert. Die alten Schriften wieder zu lesen, hatte ihr gutgetan. Dadurch hatte sie sich der Verstorbenen näher gefühlt. Zugleich hatte es ihr erlaubt, sie loszulassen. Auch einige Schulden, von denen sie nichts geahnt hatte, hatte sie beglichen. Irgendwie hatte die Mutter es doch immer wieder fertiggebracht, Geld auszugeben, das sie nicht besaß.

Ottilie hatte ihr in dieser Zeit sehr geholfen. Sie kam häufig zu Besuch, brachte Speisen mit, leistete ihr Gesellschaft, sortierte mit ihr Kleider der Mutter aus, die den Armen gespendet wurden, und übernahm auch andere Aufgaben, die Adele als zu schmerzlich empfand.

Die Jugendfreundin hatte sich verändert. Man sah es an ihrem Gesicht, das sie nun wieder meist ungeschminkt zeigte. An einem der Abende, die sie gemeinsam in der Wohnstube in Jena verbrachten, hatte Ottilie zugegeben, dass sie in einer Sackgasse steckte. Immer hatte sie nur den Männern nachgejagt. Seitdem die Söhne aus dem Haus waren, noch mehr als früher. Damit sollte nun Schluss sein. Sie wollte wieder lernen, sich selbst eine gute Gesellschaft zu sein. Einfach für eine Weile allein leben und auf die Art nach Erfüllung suchen.

Dass sich sogar die Jugendfreundin weiterentwickelte, war Adele ein Ansporn, ebenfalls etwas zu wagen. Sie sandte ihre immer noch unveröffentlichten Kunstmärchen an den Verleger. Seine Antwort kam postwendend. Die Märchen gefielen ihm, sie sollten zur nächsten Messe erscheinen. An dem Tag, an dem sie die ersten gebundenen Exemplare in Händen hielt, öffnete Adele eine Flasche Schaumwein mit Ottilie. Sie musste beinahe über sich selbst lachen, so groß war ihre kindliche Freude darüber, endlich ihren eigenen Namen in Goldlettern gedruckt zu sehen.

Nun konnte sie es kaum erwarten, den Bildungsroman für Frauen zu Papier zu bringen, der schon länger in ihrem Kopf herumspukte. In der ländlichen Abgeschiedenheit des Rüschhauses fand sie die Muße dazu. Annette hatte ihr im westlichen Teil des Obergeschosses ein helles Zimmer mit allem Nötigen zur Verfügung gestellt. Adele könne bleiben, solange es ihr beliebe.

Ebenso pünktlich wie die alte Freiin ihre Mahlzeiten einnahm, setzte Adele sich jeden Vormittag an den kleinen weißen Schreibtisch, nahm Papier und Füllfederhalter zur Hand und schrieb, bis die Sonne sie am frühen Nachmittag blendete. Sie kam gut voran. Annette, die selbst an einer ländlichen Erzählung schrieb, nahm regen Anteil am Fortgang ihrer Arbeit. Wenn es irgendwo hakte, stand sie ihr mit Rat und Tat zur Seite.

An den Nachmittagen gingen sie meist spazieren. Nicht selten führte sie ihr Weg zum alten Steinbruch, der wegen seiner Fossilien eine so große Faszination auf das Freifräulein ausübte. Auch heute zogen sie nach dem Lunch, den sie pünktlich mit der entsprechend milde gestimmten Witwe eingenommen hatten, robuste Kleidung über. Adele trug grobes Schuhwerk und das alte Kattunkleid, das bereits viele Male ausgebürstet war. Auf matschigen Pfaden liefen sie durch den Laubwald, dessen Blätter sich bereits gelb färbten. Sie unterhielten sich über eine zentrale Szene des Romans, an der Adele noch herumdachte. Es ging um ein Duell. Der Ehemann, obwohl seit Jahren untreu, wollte nicht zulassen, dass seine Gemahlin eigene Wege ging. Selbstverständlich wurde die Sache unter den beteiligten Männern geklärt. Man traf sich mit Pistolen im Morgengrauen.

»Die Frage ist nun: Wer erschießt wen?«, sinnierte Adele, während sie über Baumwurzeln stiegen. »Ich möchte den Ehemann umbringen, aber der Liebhaber darf kein Mörder sein.«

»Eins dürfte ohne das andere nicht zu haben sein, fürchte ich.«

»Oh doch, jetzt habe ich es.« Adele kicherte. »Der Ehemann zielt, aber er schießt daneben. Zitternd erwartet er nun sein Verhängnis. Der Liebhaber hebt den Arm. Die Augen des Ehemannes weiten sich angstvoll, doch der Liebhaber schießt edelmütig in die Luft. Niemand ist verletzt. Die Sekundanten atmen auf. Der Ehemann dankt seinem Rivalen mannhaft für die Schonung. Plötzlich fasst er sich an die Brust. Seine Knie knicken ein. Er sackt in sich zusammen, stürzt zu Boden. Ein Herzanfall hat ihn dahingestreckt. Mit letzten stammelnden Worten gibt er seine Gemahlin frei. Dann stirbt er.«

Annette lachte. »Sein Herz versagt?«

Adele nickte. »Er ist ein Opfer seiner Angst. Den Liebhaber trifft keine Schuld.«

»Ein hübsches Liebesdreieck jedenfalls«, sagte Annette schmunzelnd. »Ich weiß nicht, wie es kommt, aber irgendwie sehe ich plötzlich Sibylle vor mir.« Sie bemerkte ihren Fauxpas und schlug die Hand vor den Mund. »Pardon.«

Adeles gute Laune war schlagartig dahin. Schweigend gingen sie weiter.

»Du möchtest nicht über sie sprechen?«, unterbrach Annette irgendwann die Stille. Bisher hatte sie die gemeinsame Freundin mit keinem Wort erwähnt.

»Ganz recht«, sagte Adele. Es kam ihr sehr gelegen, dass der Pfad nun schmaler wurde, sodass sie hintereinander herlaufen mussten.

Nach einer Weile wandte sich Annette, die voranging, zu ihr um. »Ohne dir zu nahe treten zu wollen: Interessiert dich gar nicht, wie es ihr geht?«

»Unsere Wege haben sich getrennt. Sie wollte es so.«

»Wie sie es schildert, war es etwas anders. Dir ist bewusst, dass wir uns regelmäßig schreiben?«

»Ich bin davon ausgegangen, und es ist euer gutes Recht. Mich geht es nichts an.«

»Ihr Mann ist verstorben, vor einigen Wochen. Ihr Brief kam erst heute Morgen.«

»Oh.« Mehr fiel Adele dazu nicht ein. Sie weigerte sich, darüber nachzudenken, wie Sibylle sich fühlen mochte. Ob sie traurig war oder fast schon erleichtert.

»Ich werde ihr schreiben«, fuhr Annette fort. »Möchtest du einige Zeilen beilegen?«

Adele schüttelte zögernd den Kopf. »Richte ihr mein Beileid aus.«

Mit einer ihrer ruckartigen Bewegungen schob Annette den Kopf vor und musterte sie forschend. »Das ist alles?«

Adele zuckte verstimmt mit den Achseln. »Was sollte ich ihr sonst zu sagen haben?« Erleichtert stellte sie fest, dass der Wald sich nun öffnete und der Steinbruch vor ihnen lag. Tatsächlich gab sich Annette mit dieser Antwort zufrieden und packte einige Werkzeuge aus, mit denen sie den brüchigen Stein bearbeitete. Bald war sie ganz in ihre Jagd nach dem Rest des Ammoniten vertieft. Den Blick fest auf den kalkigen Boden geheftet, begann auch Adele zu klopfen. Entschlossen verscheuchte sie alle anderen Gedanken.

Einige Tage darauf traf sie ihre Gastgeberin im hellen Frühstückszimmer beim Lesen an. Deren Mutter erhob sich soeben von der Tafel und nickte Adele im Hinausgehen etwas schmallippig zu. Erneut kam sie zu spät. Sie grüßte verlegen. Annette war so in ihre Lektüre vertieft, dass sie Adeles Erscheinen erst nicht zu bemerken schien. Ihre Miene wirkte ernst. Adele wurde bange zumute. Sie hatte der Freundin die erste Hälfte des Romanmanuskripts überlassen, um ihre Meinung zu erfragen. Nun war die Stunde der Wahrheit gekommen.

»Sei ganz offen zu mir«, bat sie und trat näher.

Annette blickte auf und reichte ihr die Blätter, die sie in der Hand hielt. »Lies selbst.«

Sie griff danach, doch es war nicht ihr Manuskript. Vielmehr erkannte sie die großen, geschwungenen Bögen von Sibylles Handschrift. Sie zuckte zurück, als hätte sie sich verbrannt.

»Du darfst ihn lesen«, forderte Annette sie auf.

»Er ist nicht für mich bestimmt.«

»Immerhin dürfte dich interessieren, was sie mitteilt«, beharrte Annette. »Sie siedelt nach Italien um. Sie ist ja nun frei.«

Adele versetzte es einen Stich. »Also ist es mit dieser Laura doch nicht vorbei.«

Annette schüttelte den Kopf. »Laura ist passé, schon länger. Sibylle geht auch nicht nach Genua, sie zieht nach Rom.«

»Es sei ihr gegönnt«, presste Adele hervor.

Annette hielt ihr erneut den Brief hin. »Möchtest du ihn nicht doch lesen? Sie schreibt auch über damals, als ihr zusammen nach Süden reisen wolltet. Es klingt recht wehmütig, muss ich zugeben. Sie trauert dir nach.«

Adele tat, als ließen sie die Worte kalt. »Die Zeit lässt sich nicht zurückdrehen«, sagte sie mit aufgesetztem Gleichmut.

»Eben dies schreibt Sibylle auch«, entgegnete Annette mit schiefem Lächeln. »Sie würde viel darum geben, wenn es anders wäre.«

Adele runzelte die Stirn. »Sie benutzt dich als Botin, merkst du das nicht?«

Annette breitete die Hände aus. »Sie weiß eben nicht, was sie tun soll, damit du ihr verzeihst. Du antwortest ja nicht.«

Adele dachte an die beiden Briefe mit Sibylles Absender, die sie ungelesen weggeworfen hatte. Unwillig stellte sie ihre Teetasse ab. Sie wollte nicht mehr über die ehemalige Freundin sprechen. »Was hältst du von meinem Manuskript?«

»Sie kehrt nicht zurück, Adele«, sagte Annette eindringlich. Als sie schwieg, fügte die Freundin hinzu: »Ich werde sie besuchen, um sie noch einmal zu sehen.«

Adele tat, als verstünde sie die indirekte Aufforderung nicht. »Wann fährst du?«

»Nächste Woche, wenn es geht.«

Adele nickte stoisch. »Ich habe deine Gastfreundschaft sehr genossen. Noch einmal tausend Dank! So bald wie möglich erkundige ich mich nach den Postkutschen Richtung Jena.«

»Du möchtest mich also nicht begleiten?«

Sie schüttelte den Kopf. »Wozu sollte das gut sein?«

Annette blickte zur Decke. »Und von uns Münsterländern sagt man, wir wären stur …« Mit ernster Miene beugte sie sich zu Adele vor. »Dies ist die letzte Gelegenheit, dich mit ihr auszusprechen.«

»Es ist alles gesagt.«

»Sie liebt dich noch!«

Adeles Herz zog sich zusammen. Nur mühsam brachte sie die Stimme der Sehnsucht zum Schweigen. »Das behauptet sie heute, aber wie kann ich mich darauf verlassen? Vielleicht überlegt sie es sich morgen wieder anders. Bei ihr weiß man das nie.«

»Sie bereut ihren Fehler seit drei Jahren! Du solltest ihre Briefe sehen.«

Entschlossen rang Adele jeden Zweifel nieder. »Selbst wenn ich wollte, ich könnte nicht mitkommen. Der Roman muss fertig werden. Die Frist des Verlegers läuft ab.«

Annette gab kopfschüttelnd auf. »Wie kann sich ein Mensch bloß selbst so im Wege stehen?«

Adele, Winter 1842

Nichts lenkte sie ab in der stillen, leeren Wohnung in Jena. Neben ihren Atemgeräuschen hörte sie nur das Ticken der Taschenuhr und das Kratzen ihres Füllfederhalters auf dem Papier. Ein Dienstmädchen hatte sie nach ihrer Rückkehr aus dem

Münsterland nicht wieder eingestellt. Jeden Morgen verrichtete eine Zugehfrau die gröbsten Arbeiten, ansonsten behalf Adele sich allein. Sie wollte ihre Ruhe haben.

Fast rund um die Uhr saß sie nun am Schreibtisch. Die Heldin strebte mit großen Schritten ihrem Schicksal entgegen. Noch schwebte Anna, wie Adele sie getauft hatte, in arger Bedrängnis. Ihr Ehemann war doch nicht beim Duell gestorben. Die Heldin hatte den Waffengang der beiden Rivalen durch beherztes Eingreifen verhindert, weil ihr Gewissen keinen Blutzoll erlaubte. Doch damit hatte sie sich selbst in eine ausweglose Lage gebracht. Der Ehemann wollte die Trennung nicht hinnehmen, die sie wünschte. Er sperrte sie ein. Der Geliebte konnte nicht helfen. Auf Betreiben des mächtigen Ehemannes hatte man ihn unter Androhung der Todesstrafe ins Ausland verbannt. Anna war auf sich allein gestellt. Nur sie selbst konnte sich retten. Mutig musste sie ihre Freiheit erkämpfen, um endlich mit dem Mann, den sie liebte, vereint zu sein.

Natürlich war der Geliebte ein Mann, Adele war nicht von Sinnen. Er wartete in der Ferne auf seine Angebetete. Unwillkürlich schweiften ihre Gedanken ab. Auf einmal sah sie Sibylle vor sich, wie sie durch Rom schlenderte, sich den Palatin ansah, die Trajanssäule. Sie hatten oft davon geträumt, gemeinsam über das Forum Romanum zu streifen, die jahrtausendealten Reliefs der Triumphbögen zu bewundern, im Schatten einer Schirmpinie die Szenerie mit dem Zeichenstift festzuhalten. Um diese Jahreszeit musste es dort herrlich milde sein, keine Eisblumen an den Fenstern wie hier in ihrer einsamen Stube … Ein großer Tintenfleck breitete sich auf dem Blatt aus, fraß sich in die Zeilen, die sie eben geschrieben hatte. Sie griff nach dem Löschpapier, säuberte auch ihre fleckigen Finger und rief sich zur Ordnung. Sie durfte sich nicht ständig davontragen lassen.

Leider kam sie nicht dagegen an. Sibylle spukte tagsüber in

ihren Gedanken und nachts in ihren Träumen. Weder Kamillentee noch fortgesetzte Arbeit halfen dagegen.

Sie beschloss, einen Spaziergang zu machen. Frische Luft würde ihr guttun. Sie hüllte sich in ihren Kaninchenpelz, der sie an einen zugefrorenen Flussarm erinnerte, verscheuchte die Bilder einer auf Schlittschuhen kreisenden Sibylle aus ihrem Kopf und trat auf die Straße. Es war so eisig wie in einer früheren Winternacht bei der Traubenernte ... Unwillig schüttelte sie auch diese Bilder ab. Sie summte ein Lied, um gegen die unerwünschten Erinnerungen anzukämpfen. Sibylle setzte sich ans Klavier, ihre Finger flogen über die Tasten, Adele hörte ihre klangvolle Altstimme ... Sie verlegte sich aufs Zählen, stoisch von eins bis hundert und wieder zurück.

Bei ihrer Rückkunft dämmerte es bereits. Adele kochte sich eine Kanne Tee, den sie dem Kaffee wieder vorzog, weil Kaffeegeruch sie immer an Sibylle erinnerte. Die dampfende Tasse in der Hand, machte sie sich im Schein ihrer neuen Petroleumlampe an das letzte Kapitel.

An dem Punkt der Romanhandlung, an dem sie angelangt war, hätte ihre Mutter unausweichlich einen tragischen Todesfall herbeigeführt, aus heiterem Himmel und völlig grundlos. Mit diebischem Vergnügen brachte Adele das genaue Gegenteil zu Papier. Die Heldin folgte ihrer inneren Stimme und errettete sich aus lebensbedrohlicher Bedrängnis. Niemand starb. Freunde und Verwandte sahen ein, dass Anna nicht anders hätte handeln können, ohne sich untreu zu werden, und versöhnten sich mit ihr. Selbst der Ehemann zeigte Reue. Mit dem Geliebten vereint, lebte sie fortan das erfüllte Leben, von dem sie immer geträumt hatte. Ihre engste Freundin brach zu neuen Abenteuern auf, wie es ihrem freiheitsliebenden Wesen entsprach. Alle waren glücklich.

Mit verschnörkelten Lettern setzte Adele das Wort »Ende« unter den letzten Satz und pustete die Tinte trocken. Erschöpft, aber zufrieden las sie das Schlusskapitel noch einmal durch. Ihre eigenen Worte rührten sie beinahe zu Tränen. Wenigstens ihrer Heldin war das Glück vergönnt, das ihr selbst versagt blieb.

Das Petroleumlicht drohte zu verlöschen. Der Brennstoff war aufgebraucht. Die Flamme flackerte ein letztes Mal, dann war es dunkel. Plötzlich überkam Adele ein Gefühl vollkommener Leere. Das Werk, das ihrem Leben Sinn gegeben hatte, lag fertig vor ihr. Womit würde sie morgen ihren Tag ausfüllen? Übermorgen?

Sie schob den Gedanken beiseite. Während sie ans Fenster trat und im Mondlicht die Lampe nachfüllte, stellte sie sich lieber wieder vor, wie ihre Heldin Anna sich ihr kleines Paradies erkämpft hatte. Als alles aussichtslos schien, hatte sie ihr Schicksal in die Hand genommen und war belohnt worden.

Adele schraubte den Brenner wieder zu und entzündete den Docht. Dann setzte sie den Glaskolben auf den Messingfuß und drehte die Flamme hoch. Hell leuchtete die Lampe auf. Da hatte Adele plötzlich eine Eingebung. Glasklar stand ihr auf einmal vor Augen, wofür sie bis vor wenigen Minuten blind gewesen war: Sie hatte es selbst in der Hand! Ihr Schicksal, ihr Leben, einfach alles. Sie musste sich nur erlauben, was sie ihrer Heldin zugestanden hatte. Mutig ihre eigenen Wünsche verfolgen.

Worin ihre Wünsche bestanden, daran gab es keinen Zweifel. Gleichgültig, wie fest sie sich die Ohren zuhielt, ihr Herz rief Tag und Nacht nach Sibylle. Rief, obwohl es noch verwundet war, obwohl ihr Vertrauen noch in Scherben lag.

Sie musste an ihre Mutter denken. Bis zum Tode hatte sie sich nicht mit dem Bruder versöhnt. Zeitlebens hatte sie darunter gelitten, aber Stolz und Sturheit waren stärker gewesen. Wollte sie so werden? Ein Opfer ihres eigenen Gekränktseins?

Möglich, dass Sibylle sie erneut verletzte. Das Risiko musste sie eingehen. Liebe war immer ein Wagnis. Nur einsame Menschen hatten nichts zu verlieren.

Sie sprang auf. Plötzlich gab es so viel zu tun. Sie schlug das Manuskript in Packpapier ein, schnürte es fest zu und setzte die Anschrift des Verlegers darauf. Anschließend stieg sie auf einen Stuhl und zerrte ihren großen Reisekoffer vom Schrank. Er schloss nicht mehr richtig, die Verriegelung war beim Umzug nach Jena herausgerissen. Gleich morgen früh würde sie ihn zur Reparatur bringen. Als sie diesen Beschluss gefasst hatte, ging sie in die Küche, füllte eine Handvoll Bohnen in die Kaffeemühle, sog den wundervollen Duft des gemahlenen Pulvers ein und freute sich auf die Tasse Kaffee, die sie gleich trinken würde.

Adele, Frühjahr 1843

Die Höllenmaschine ratterte mit solcher Geschwindigkeit über die eisernen Schienen, dass der Fahrtwind ihr den Hut vom Kopf wehte. Ihre Frisur löste sich auf, Haarsträhnen flogen ihr ins Gesicht. Sie drehte den Kopf in Fahrtrichtung. Nun konnte sie wieder etwas sehen, doch die Bäume und Sträucher verwischten im Vorbeihuschen wie Pinselstriche. Selbst ein berittener Kurier fiel im gestreckten Galopp hinter sie zurück, als hielten ihn unsichtbare Hände fest.

Adele zog den Kopf ins Abteil zurück, schloss das Fenster und widmete sich dem Proviantkörbchen, das Ottilie ihr mitgegeben hatte. Es hüpfte auf ihrem Schoß auf und ab. Unmöglich, ein belegtes Brot zu essen, ohne sich mit Krümeln zu bedecken. Sie führte nur dieses eine Reisekleid mit sich, also ließ sie es lieber bleiben. Ohnehin würden sie bald den Endbahnhof erreichen. Das Teilstück der neumodischen Eisenbahn verband bislang nur zwei Poststationen.

Der Rhythmus der Räder verlangsamte sich. Mit einem haarsträubenden, schmirgelnden Geräusch bremste der Zug ab. Adele gelang es nicht, im dichten Qualm das Stationsschild zu entziffern. Ein Schaffner in hessischer Uniform bat alle Reisenden, auszusteigen. Er war so freundlich, ihren Koffer aus dem Waggon zu heben. Neben ihrer Handtasche und dem Proviantkorb begleitete nur dieses eine, allerdings sperrige Gepäckstück sie auf dem Weg in den Süden. Ihre übrigen Habseligkeiten lagerten in Ottilies Haus in Weimar. Sie würde sie sich bei Bedarf nachsenden lassen.

Mit der Postkutsche ging es langsamer, aber nicht minder holprig weiter nach Frankfurt. Sie wollte noch einmal ihren Bruder sehen, bevor sie vielleicht nicht mehr zurückkehrte. Zwanzig Jahre waren verstrichen seit ihrem letzten Besuch.

Leichte Nervosität ergriff sie, als sie in der hektischen Großstadt aus der Kutsche stieg. In einem Gasthof neben der Relaisstation ließ sie sich ein Zimmer geben, bat um warmes Wasser und machte sich vor dem Spiegel frisch. Sie zog ein besseres Kleid an, richtete ihre Haare, kniff und drückte ihre Wangen, bis sie wieder Farbe hatten, und ging los. Ungeduldig fragte sie sich zu der Straße durch, in der Arthur wohnte.

Sie hob den schweren Messingklopfer an und ließ ihn fallen. Donnernd krachte er gegen die Eingangstür des mehrstöckigen Stadthauses. Wieder war der Bruder abwesend, wieder ließ die Hauswirtin kein gutes Haar an ihm. Schicksalsergeben hörte Adele sich die Schmähungen an, die stellvertretend über ihr ausgegossen wurden. Es ging um Damenbesuch und Sittenverfall, auch eine Dienstmagd in interessanten Umständen war wieder im Spiel.

Ein helles Kläffen bewahrte sie davor, antworten zu müssen. Ein grauer Pudel sprang an ihr hoch, die Stimme ihres Bruders rief: »Atman, bei Fuß!«

Bis auf die grauen Schläfen hatte Arthur sich kaum verändert. Er war immer noch fast absurd lang und dünn. Wie früher erinnerte seine Haltung durch die hängenden Schultern an einen Spazierstock.

Der Bruder beachtete die Wirtin nicht, sondern drückte fest Adeles Hand, wobei er sie unverhohlen musterte. »Du bist älter geworden«, sagte er wenig charmant.

»Du hingegen kaum.« Sie deutete auf den Pudel. »Ist das tatsächlich derselbe Hund wie damals?«

»Mein dritter. Der letzte hat nicht lange gelebt. Aus Gründen«, nun starrte er die Wirtin böse an, »die Sie mir sicherlich erklären könnten.«

»Ich verbitte mir diese Unterstellung«, gab die Frau zurück. »Ich vergifte keine Tiere.«

»Lügnerin!«

Adele hob schlichtend die Hände. »Kehren wir irgendwo ein, wo wir Ruhe haben«, schlug sie vor und zog den schimpfenden Arthur weg von seiner Widersacherin, die seine Tiraden mit gleicher Münze zurückgab, bis sie außer Hörweite waren.

Wenig später saßen sie in einem gemütlichen Wirtshaus, aßen Klöße mit grüner Soße, die Goethe so gelobt hatte, und stießen mit einem Glas Apfelwein an.

»Schön, dich wiederzusehen.« Adele meinte es aufrichtig.

Der Blick des Bruders wurde misstrauisch. »Du bist hoffentlich nicht hier, um mich anzubetteln.«

»Ich benötige weder Geld noch Hilfe von dir«, sagte sie, fest entschlossen, sich nicht zu ärgern. Sie packte ihre Mitbringsel aus. »Dies hier fand sich noch bei unserer Mutter. Es steht dir zu, denke ich.« Sie reichte ihm ein kleines Kästchen.

Der Bruder klappte es auf. Der goldene Siegelring mit dem Lapislazuliwappen der Schopenhauers kam zum Vorschein, seit Generationen weitergereicht vom Vater an den ältesten Sohn. Arthur hielt ihn gegen das Licht und las murmelnd den eingravierten Wahlspruch vor: »»Ohne Freiheit kein Glück.««

»Unbestreitbar wahr«, sagte Adele.

Arthur streifte den Ring über seinen dürren Ringfinger. Er

saß ein wenig locker. Missmutig ließ er den Anblick auf sich wirken. »Ich dachte schon, sie hätte ihn verschleudert wie den ganzen Rest. Dabei hat sie ihn nur unterschlagen.«

»So schließ doch Frieden mit ihr«, bat Adele. »Sie ist tot.«

»Nur ein Idiot wird aus angeblicher Pietät zum Heuchler.«

Adele verkniff sich einen Kommentar und zog ein zweites Päckchen hervor. »Ich habe noch etwas für dich. Nicht von Mutter, von mir.«

Arthur wickelte das Buch aus dem Seidenpapier und las den Titel: »*Anna*. Von Adele Schopenhauer.« Er zog eine Augenbraue hoch. »Du trittst in Mutters Fußstapfen?«

»Wenn du so willst«, entgegnete sie nicht ohne Stolz. »Genau genommen unterscheidet der Roman sich allerdings doch sehr von ihren Büchern. Er zeichnet die Entwicklung eines Mädchens zur Frau nach. Ich habe mich jahrelang damit herumgetragen, nun ist es vollbracht.«

»Du weißt, ich halte nicht viel von diesem Weiberkram.« Er schob das Buch von sich weg. »Bist du nicht überhaupt zu alt für dieses Steckenpferd?«

Adele atmete tief durch. Was hatte sie auch erwartet? Sie beschwor sich, die Geduld nicht zu verlieren. »Lebenserfahrung ist beim Schreiben eher hilfreich, würde ich sagen.«

»Völliger Unsinn. Was man bis dreißig nicht gesagt hat, ist nur noch schwächliches Gebrabbel.«

Adeles Blick wanderte zu den grauen Haaren des älteren Bruders. Seit über zwei Jahrzehnten war er über die selbstgesetzte Frist hinaus. Sie verspürte Mitleid mit ihm.

»Unsere Ansichten gehen da auseinander. Ich bin überzeugt, dass man sich fortentwickelt, lebenslang«, sagte sie ruhig. »Was mich betrifft, so lerne ich täglich dazu.«

»Und wieder irrst du dich. Die Menschen ändern sich nicht.«

»Oh doch, man hat sein Leben in der Hand«, beharrte Adele. »Was jeder aus sich macht, beruht auf freier Entscheidung.«

Arthur leerte seinen Apfelwein in einem Zug. »Was ich den Willen nenne, hat nichts mit freier Wahl zu tun. Aber es lohnt nicht, dir das zu erklären. Du hast meine Schriften gründlich missverstanden.«

»Lass uns nicht streiten.« Adele trank ebenfalls aus. Sie erhob sich und trat mit ausgebreiteten Armen auf Arthur zu. »Unsere Wege sind unterschiedlich. Aber du bleibst immer in meinem Herzen. Lebe wohl, Bruder. Ich wünsche dir Glück.«

Die letzte Umarmung fiel ungelenk und steif aus wie alle vorangegangenen. Der Pudel sprang an Adele hoch, bis Arthur ihn zur Ordnung rief. Sie trennten sich vor dem Wirtshaus und gingen in unterschiedliche Richtungen davon. An der Straßenecke drehte sich Adele noch einmal um. Arthur war ebenfalls stehen geblieben und sah ihr nach, die Hand zu einer Geste erhoben, die einen Gruß bedeuten konnte oder ein Haltesignal. Adeles Herz zog sich zusammen vor Traurigkeit. Vermutlich würde ihr Bruder sich tatsächlich nie ändern. Für alle Zeiten würde er selbst sein schlimmster Feind sein. Wie froh war sie, dass sie nun den entgegengesetzten Weg einschlug. Sie spürte deutlich, der beste Teil ihres Lebens lag vor ihr.

15 Freiheit

Adele, Frühjahr 1843

Mit klopfendem Herzen durchschritt sie den begrünten Innenhof des großen Wohnhauses am *Campo de' Fiori*, in dessen rückwärtigem Trakt die deutsche Dame nach Angaben des Portiers logierte. Nun, da die Begegnung nach langer, entbehrungsreicher Reise unmittelbar bevorstand, schnürte ihr plötzlich Angst die Kehle zu. Sie konnte kaum atmen. Auf dem Weg über die Alpen, ja selbst bei der Einfahrt in die Ewige Stadt hatte sie nicht daran gezweifelt, dass Sibylle ihr ihre jahrelange Kälte klaglos verzeihen würde. Was, wenn sie sich irrte? Wenn Sibylle sie mit Zurückweisung strafte? Oder sich anderweitig getröstet hatte?

Am anderen Ende des Atriums ging sie unter einigen Arkaden hindurch zur steinernen Außentreppe, die in die oberen Stockwerke führte. Sie stieg zur Beletage hinauf. Wie eine schützende Monstranz trug sie den Pfingstrosenstrauß vor sich her, den sie auf dem lauten, bunten Blumenmarkt vor dem Haus erstanden hatte. Als das bezaubernde Blumenmädchen ihr die purpurfarbene Pracht anbot, hatte sie keinen Moment gezögert. Sibylle liebte Päonien. Nun erschien ihr der üppige Strauß auf einmal wie die billige Geste eines Ehemannes, der sich für einen Fehltritt entschuldigen will. Mit jeder Treppenstufe wuchsen ihre Zweifel, ob die Blumen nicht alles noch schlimmer machten. Auf dem Treppenabsatz stand ein Oleanderbusch in einem Terracottatopf. Die Ecke dahinter lag im Schatten. So beiläufig wie möglich versuchte Adele, die Blumen dort loszuwerden. In dem Moment verließ eine Signora von strenger Schönheit eine Wohnung. Sie musterte Adele mit hochmütigem, argwöhnischem Blick. Verlegen nahm Adele ihre Blumen wieder an sich. Vielleicht würde sich Sibylle doch darüber freuen.

An den Eingangstüren gab es keine Namensschilder. Da die Signora aus der einen Wohnung gekommen war, läutete Adele an der anderen. Mit trockener Kehle wartete sie. Von innen näherten sich Schritte. Der Riegel wurde zurückgeschoben. Sie rieb ihre schweißnassen Hände am Kleid trocken und atmete tief durch. Die Tür öffnete sich, aber statt Sibylle stand eine Bedienstete in weißer Schürze vor ihr und fragte sie auf Italienisch, was sie wolle. Als sie sich nach Sibylle erkundigte, runzelte die Frau verständnislos die Stirn. »*Come? Non ho capito niente.*« Adele wiederholte den schwierigen Namen. Die Magd nickte und zeigte auf die gegenüberliegende Wohnung. »*Abita lì.*«

Adele bedankte sich. Das Mädchen schloss die Tür wieder. Mit Schweiß auf der Stirn starrte Adele auf die eichene Wohnungstür, aus der die hochmütige Signora getreten war. Ihre schlimmsten Befürchtungen wurden wahr. Sibylle hatte eine neue Freundin. Wie lächerlich würde sie wirken mit ihrem Liebesgeständnis, das um Jahre zu spät kam!

Sie nahm sich zusammen. Ein Pflaster riss man in einem Ruck ab, sonst schmerzte es noch mehr. Entschlossen trat sie vor Sibylles Wohnungstür und zog am Klingelzug. Alles blieb still. Sie zog erneut, klopfte gegen die Tür und lauschte. Irgendwann meinte sie, Schritte zu hören, auch einen Schatten zu sehen, der sich über den Türspion legte. Doch niemand öffnete.

Nach mehrmaligem Klingeln gab sie auf. Sie lief die Stufen hinunter, warf die Blumen hinter den Oleander, setzte sich auf die unterste Treppenstufe und stützte den Kopf in die Hände. Noch nicht einmal die Tür öffnete Sibylle ihr. Was hatte sie sich nur dabei gedacht, herzukommen?

Die Kälte der Steine drang durch ihr Kleid. Sie fragte sich, was sie nun tun sollte. Erst einmal musste sie sich stärken und ausruhen, ein Zimmer in einem Gasthof mieten. Vor lauter Sehnsucht war sie auf kürzestem Wege hierhergekommen. Ihr Koffer lag noch in der Kutschstation in Verwahrung.

Sie stand auf und klopfte sich den Staub vom Kleid. Bevor sie das Atrium verließ, warf sie noch einen Blick zurück. Sie meinte, eine Bewegung hinter einem Fenster zu sehen, das zu Sibylles Wohnung gehören musste. So viel Feigheit hatte sie nicht erwartet. Wenigstens ein Gespräch schuldete die Freundin ihr. Sie beschloss, es nötigenfalls zu erzwingen.

Auf dem Blumenmarkt herrschte noch immer Trubel. Die entzückende Verkäuferin winkte freundlich, ehe sie sich einer neuen Kundin zuwandte. Adele schob sich durch die Menge, stieß mit Menschen zusammen, schlüpfte zwischen zwei Verkaufsständen hindurch, um in ruhigere Gefilde zu gelangen. Plötzlich hörte sie ihren Namen. »Adele?«

Sie drehte sich um. Zunächst erblickte sie nur eine ausladende Fülle prächtiger Pfingstrosen. Dahinter kam Sibylles ungläubiges Gesicht zum Vorschein. »Bist du das wirklich?«

Adele starrte die ehemalige Freundin an, die aussah wie eine Frühlingsgöttin, mit rosigen Wangen und leuchtenden Augen, die Rundungen in ein blassblaues Seidenkleid gehüllt, das ihren Teint zum Strahlen brachte. Tausend verschiedene Ansprachen hatte sie sich zurechtgelegt, und nun war sie zu durcheinander, um Worte zu finden.

Sibylle ließ den Blumenstrauß sinken, den sie vermutlich für ihre neue Freundin gekauft hatte. Wie angewurzelt stand sie da. Auch sie schien nicht zu wissen, was sie sagen sollte. Ein Händler mit einer Schubkarre voller Schwertlilien schimpfte, weil sie ihm den Weg versperrte.

Plötzlich stieß Sibylle einen Schrei aus. Sie drückte dem Händler die Blumen in die Hand und flog auf Adele zu. Nachdem sie noch eine Passantin beiseitegeschoben hatte, schloss sie Adele so ungestüm in die Arme, dass beide das Gleichgewicht verloren. Sie rissen einen halben Blumenstand um und fanden sich in einem Meer von Lilien liegend wieder.

»Du bist es wirklich«, stammelte Sibylle zweimal, dreimal, während die Flüche des verärgerten Händlers immer derber wurden.

»Du freust dich, mich zu sehen?« Adele war heiser vor Aufregung.

»Bist du bei Trost?« Sibylle strahlte. »Geträumt habe ich davon, jeden Tag!«

Adele zupfte ihr eine Lilie aus dem Haar. Sie beachtete den zeternden Händler nicht. Sie hatte nur Augen für Sibylle, die rötlichen Blütenstaub auf den Wangen hatte und einen gelben Fleck auf der Nase. Sie hätte sie auf der Stelle küssen mögen.

Der Händler schob sich dazwischen, zerrte an ihrem Ärmel, stieß wüste Verwünschungen aus. Adele rappelte sich auf und half auch der Freundin hoch. Dann steckte sie dem Mann sämtliche Münzen zu, die sie in ihrer Tasche fand, und zog Sibylle mit sich fort. »Komm.«

Lachend rannten sie über den Marktplatz. An der breiten Pforte zu Sibylles Wohnhaus prallten sie um ein Haar mit der strengen Schönheit zusammen, die sich mit dem Portier unterhielt. Sibylle grüßte sie respektvoll. »Das ist die *padrona di casa*. Ihr gehört das Haus hier«, flüsterte sie Adele zu. Das also war die Erklärung. Die Vermieterin hatte auf Sibylles Bitte hin eine Kaffeemaschine hiesiger Bauart vorbeigebracht. Adele schämte sich für ihre unbegründete Eifersucht.

Im menschenleeren Atrium konnte sie sich nicht länger zurückhalten. Sie zog Sibylle in den Schatten der Arkaden. Hinter einer Säule küssten sie sich, bis ihre Knie weich wurden. Der vertraute Duft der Freundin raubte ihr die Sinne. Sie hätte hier und jetzt tot umfallen können.

Später lagen sie erschöpft, aber glücklich in den zerwühlten Laken von Sibylles Himmelbett. Adeles Kopf ruhte träge in der Armbeuge der Geliebten, ihre Arme hatte sie um deren Taille geschlungen. Die weißen, halb durchsichtigen Seidenvorhänge, die das Bett umhüllten, bewegten sich sachte in dem angenehm warmen Luftzug, der durch das offene Fenster hereindrang. In sanften Wellen trug er den Duft des blühenden Orangenbaumes zu ihnen, der im Innenhof stand. Zahlreiche Vögel hatten sich darauf niedergelassen und zwitscherten um die Wette.

Sibylle sah Adele an. »Weißt du, wie viele Briefe ich geschrieben und wieder zerknüllt habe? Ich hatte irgendwann nicht mehr den Mut, sie abzuschicken.«

Adele strich ihr eine Strähne aus der Stirn. »Ich war so dumm«, gestand sie. »Dabei habe ich dich geliebt, es hat nie aufgehört.«

»An deiner Stelle hätte ich mir auch nicht mehr vertraut.« Sibylle setzte einen reuevollen Blick auf. »Ich habe mich schäbig aufgeführt.«

»So viel vertane Zeit«, flüsterte Adele bedauernd. »Nur, weil ich nicht vergeben konnte.« Es fühlte sich so natürlich an, hier bei Sibylle zu liegen, ihre Wärme zu spüren. Schon konnte sie sich kaum noch erinnern, wie es gewesen war, allein zu sein. Die Jahre schnurrten zusammen, verloschen im Nichts. Ihr war, als wären ihre Geliebte und sie nie getrennt gewesen.

»Lass uns nicht mehr von früher sprechen. Von jetzt an schauen wir nach vorne.« Sibylle strich ihr mit dem Handrücken sachte über die Wange, dann warf sie sich plötzlich auf sie und küsste sie feurig. »Ich lasse dich nie wieder gehen!«

Bevor die Sonne unterging, machten sie einen Spaziergang durch das Altstadtviertel. Sie nahmen eine köstliche Mahlzeit in einer zweifelhaften Spelunke ein, in die Adele sich anfangs gar nicht hineinwagen wollte. Bei ihrer Rückkehr empfing sie die italienische Zugehfrau, die Sibylle eingestellt hatte, mit einem Wortschwall, dem Adele nicht ganz folgen konnte. Ihre Sprachkenntnisse waren noch etwas verbesserungswürdig. Es schienen jedoch keine schlimmen Nachrichten zu sein. Sibylle bedeutete ihr lächelnd, ihr durch die beiden Empfangsräume hindurch zum Schlafzimmer zu folgen. Als sie den Raum betrat, schlug ihr ein atemberaubender Duft entgegen. Wohin sie auch blickte, überall waren Lilien. Sie zierten den Spiegelschrank und die Kommode, standen in Vasen auf dem Fensterbrett und bedeckten in dichter Fülle den Boden. Inmitten dieses Blumenteppichs schwebte das Himmelbett, dessen Pfosten ebenfalls mit Girlanden aus Lilien umflochten waren.

»Das war der Blumenhändler von heute Morgen«, erklärte Sibylle lachend. »Du hast sie schließlich alle bezahlt.«

Adele bemerkte zwei purpurfarbene Pfingstrosensträuße zwischen all den Lilien. Sie lächelte. »Die haben auch noch ihren Weg hierher gefunden.«

»Wieso eigentlich zwei?«, wunderte sich Sibylle.

»Einen hatte ich für dich besorgt, aber ...« Sie winkte ab. »Lassen wir das.«

Sibylle musterte sie versonnen. Adele hob eine Blüte auf und steckte sie ihr ans Kleid. Plötzlich fiel die Geliebte vor ihr auf die Knie, ergriff ihre Hand und fragte heiser: »Willst du mich heiraten?«

Adele lachte verblüfft auf. Reglos vor ihr kniend, sah Sibylle sie mit einem Blick an, der ihr Innerstes offenbarte. Die reine Liebe, die aus ihren Augen sprach, berührte Adele zutiefst. Sibylle würde sie nie wieder verlassen, das sagte dieser Blick. In einer Aufwallung der Gefühle sank nun auch sie auf die Knie und fragte aus vollem Herzen: »Und du mich?«

»Ja«, flüsterten beide gleichzeitig, auch wenn es keiner Worte mehr bedurft hätte. Der innige Kuss, zu dem sich ihre Lippen trafen, war Antwort genug. Für einen feierlichen Moment stand die Zeit still, die Welt war nur noch Liebe und pures Glück. Plötzlich kitzelte es in Adeles Nase. Sie musste niesen. Sibylle prustete los. Der Bann war gebrochen. Lauthals lachend wälzten sie sich in den Blumen, bis ihre Kleider von oben bis unten voller Blütenstaub waren.

Nun lebte Adele schon zwei Monate hier in Rom mit Sibylle zusammen. Jeder neue Tag war wie ein Geschenk, brachte neue Erlebnisse, Bekanntschaften, Eindrücke, und glich doch dem vorangegangenen darin, dass sie beide wunschlos glücklich waren.

In den flatterdünnen weißen Sommerkleidern, die sie sich zur Feier ihrer »Verlobung« gekauft hatten, schlenderten sie an einem angenehm warmen Maitag über den Palatin. Sie konnten sich nicht sattsehen an den Wundern der Vergangenheit, die hier einfach herumstanden. Die Sonne senkte sich bereits hinter den Hügel und tauchte die marmornen Säulen, Bögen und Gewölbe in ein goldenes Licht. Sie erreichten das Forum, auf dem emsig gegraben wurde. Gerade legte man den Fußboden einer alten Markthalle frei. Sibylle reichte dem Ausgrabungsleiter die Hand. Er war inzwischen ein guter Bekannter. An manchen Tagen griff sie selbst zum Pinsel, um die Fundstücke freizulegen und zu säubern. Adele setzte sich dann häufig mit ihrem Falthocker und der Staffelei dazu und aquarellierte die Szenerie für den Kunstreiseführer von Rom, den der Verleger bei ihr in Auftrag gegeben hatte.

Zwei Männer trugen eine große Glasscheibe über das Trümmerfeld. Umsichtig umrundeten sie eine eingestürzte Tempelwand, überquerten einen kunstvoll mit schwarzen und weißen Steinen angelegten Mosaikfußboden und erklommen eine steinerne Treppe, die seit zweitausend Jahren zum Kapitol hinaufführte. Dort schickten sie sich an, das Fenster eines Wohnhauses auszubessern, das buchstäblich auf den antiken Überresten errichtet worden war. Teilweise fanden sich in seinem Mauerwerk Marmorblöcke aus den Ruinen.

Die Mischung aus alltäglicher Geschäftigkeit und zeitloser Ewigkeit faszinierte Adele jeden Tag aufs Neue. In dieser Stadt lebte man in einer Traumwelt, fühlte sich mit den Menschen aus allen Epochen verbunden.

Am Morgen war ein Brief ihres Verlegers eingetroffen. Er gab ihr freie Hand im Hinblick auf weitere Reiseführer zu Kunstschätzen. Auch ihr Vorschlag für einen zweiten Roman fand seine Zustimmung. Es sollte eine Familiengeschichte werden. Eine Schwester setzte ihre Lebensziele gegen den traditionsbewussten Bruder durch. Der Verleger bot einen großzügigen Vorschuss, sie würde also auch in Zukunft von Sibylle unabhängig sein. Selbst wenn sie nun Bett und Tisch und all ihre Gedanken teilten: Ebenbürtigkeit war wichtig. Ihre Liebe sollte rein sein, frei von Vorteilen und Interessen.

Im Abendrot liefen sie am Tiberufer entlang nach Hause zurück. Unterwegs kauften sie auf einem der vielen Viktualienmärkte Früchte und Oliven ein. Später würden sie eine Gesellschaft geben. Ein stetig wachsender Kreis von Schriftstellern und Gelehrten hatte sich in Rom zusammengefunden. Einige Italiener waren darunter, aber auch Deutsche, Franzosen und Engländer, die hier lebten. Man tauschte sich aus, musizierte, spielte zuweilen Karten. An guter Gesellschaft mangelte es nicht.

Auch über Politik wurde viel gesprochen. Alle spürten, dass es Zeit für einen Umbruch war. Die Bürger sollten endlich mitbestimmen dürfen. Adele und Sibylle unterstützten die Ideen, hüteten sich aber vor Ärger mit der Obrigkeit. Sie hatten sich endlich ihr Paradies geschaffen. Nun waren sie entschlossen, es sich zu bewahren.

Bis die Gäste erschienen, blieb ihnen noch ein wenig Zeit.

Adele saß an ihrem Schreibtisch in dem kleinen, hellen Zimmer, das sie sich eingerichtet hatte. Das Fenster ging auf eine enge, vom Blumenmarkt abgewandte Gasse hinaus. Eben kam der Blumenhändler mit seinem zusammengepackten Karren auf dem Heimweg vorbei. Er fing ihren Blick auf und winkte freundlich. Auch wenn die Menschen hier in ihrer Religion verwurzelt waren, nahmen sie doch keinen Anstoß an dem Leben, das Sibylle und sie führten. Vielleicht begriffen sie es einfach nicht, wie Sibylle meinte. Mitunter war es von Vorteil, dass man Frauen nicht viel zutraute. Adele winkte lächelnd zurück.

Dann nahm sie wieder ihren Füllfederhalter zur Hand. Ihr war ein hübscher Einfall für ein Eröffnungskapitel gekommen. Die Feder huschte über die Seiten. Sibylle kam herein und beugte sich über ihre Schulter. Sie hielt ihr ein Schälchen mit Früchten hin. Bedauernd deutete Adele auf ihre tintenfleckigen Hände. Lächelnd fütterte Sibylle sie mit einer Himbeere. »Faulpelz.«

»Darf ich noch eine?«

Als das Schälchen leer war, massierte die Geliebte ihr den Nacken. Mit geschlossenen Augen ließ Adele sich die sanften Berührungen wohlig gefallen. Nach einer Weile fragte Sibylle nachdenklich: »Was hältst du davon, wenn wir in den heißen Monaten ein Haus an der Küste mieten?«

Adele gefiel der Gedanke. Sie wandte sich zur Freundin um. »Warum nicht? Wir könnten eine Reise durch die Toskana anschließen.«

»Oder nach Pompeji.«

»Oder beides.« Adele stand auf und legte lächelnd die Arme um Sibylles Taille.

Die Geliebte zog sie zu sich heran. »Haben wir es nicht gut?«

Sie bejahte aus vollem Herzen. Nur wenigen Frauen war es vergönnt, so frei zu leben, keinen äußeren Zwängen unterworfen und trotz allem im Einklang mit ihrer Umgebung. Adele musste plötzlich an ihre Mutter denken, die den Grundstein für dieses Leben gelegt hatte. Könnte sie ihre Tochter nun sehen, würde sie sich für sie freuen. Während Adele sich an Sibylle schmiegte, hoffte sie, dass es in Zukunft mehr Frauen wie sie geben würde. Dafür lohnte es sich zu kämpfen.

Nachwort

Adele Schopenhauer und Sibylle Mertens-Schaaffhausen blieben dauerhaft ein Paar. Als Adele 1849 an einem Krebsleiden starb, war nicht nur Sibylle bei ihr, sondern auch Ottilie von Goethe, mit der sie sich vollständig versöhnt hatte. Selbst ihr sonst so einzelgängerischer Bruder Arthur, den sie kurz vor ihrem Tod ein letztes Mal gesehen hatte, trauerte sehr um sie.

Die Zeit, in die Adele Schopenhauer hineingeboren wurde, war auch im deutschen Sprachraum noch stark von der Französischen Revolution geprägt. Für wenige Jahrzehnte bestand gerade im gebildeten Bürgertum die Hoffnung, dass sich die Ideale von Freiheit, Gleichheit und Mitmenschlichkeit zunehmend durchsetzen würden. Dies galt, in Grenzen, auch für die Stellung der Frauen in der Gesellschaft. Wenn sich deren Rolle damals auch nicht grundsätzlich änderte, taten sich doch nun Frauen als Gastgeberinnen literarischer Salons hervor und trugen zum Geistesleben bei. Dass Frauen selbst zur Schreibfeder griffen wie Johanna und Adele Schopenhauer, war hingegen eine große Ausnahme.

Mit der Niederlage Napoleons im Jahr 1815 wurde die Restauration eingeläutet. In den meisten deutschen Ländern erwirkte die Obrigkeit durch Repression und Zensur einen Rückfall in vorrevolutionäre Zeiten. Der Adel separierte sich erneut vom Bürgertum, überwunden geglaubte Sitten wurden wiederhergestellt, Frauen mit aller Macht aus der Öffentlichkeit gedrängt und in die häusliche Sphäre verbannt. Letzteres wurde nun nicht mehr mit der Religion begründet, sondern mit angeblichen Naturgesetzen. Vor diesem Hintergrund ist es umso bemerkenswerter, dass Frauen wie Adele Schopenhauer, Johanna Schopenhauer, Sibylle Mertens-Schaaffhausen und Annette von Droste-Hülshoff sich – sozusagen unter dem Radar der öffentlichen Wahrnehmung – dennoch den Freiraum für ein selbstbestimmtes Leben erkämpften.

Die Community für alle, die Bücher lieben

Das Gefühl, wenn man ein Buch in einer einzigen Nacht verschlingt – teile es mit der Community

In der Lesejury kannst du

★ Bücher lesen und rezensieren, die noch nicht erschienen sind

★ Gemeinsam mit anderen buchbegeisterten Menschen in Leserunden diskutieren

★ Autoren persönlich kennenlernen

★ An exklusiven Gewinnspielen und Aktionen teilnehmen

★ Bonuspunkte sammeln und diese gegen tolle Prämien eintauschen

Jetzt kostenlos registrieren: www.lesejury.de

Folge uns auf Instagram & Facebook:
www.instagram.com/lesejury
www.facebook.com/lesejury